北京宣传文化引导基金资助项目

The Phoenix in Flight

程青 著

北京出版集团
北京十月文艺出版社

图书在版编目(CIP)数据

凤舞 / 程青著. -- 北京：北京十月文艺出版社, 2025.5. -- ISBN 978-7-5302-2452-6

I. I247.5

中国国家版本馆CIP数据核字第2024G3J881号

凤舞
FENGWU
程青 著

出　　版	北京出版集团
	北京十月文艺出版社
地　　址	北京北三环中路6号
邮　　编	100120
网　　址	www.bph.com.cn
发　　行	新经典发行有限公司
	电话 010-68423599
经　　销	新华书店
印　　刷	北京盛通印刷股份有限公司
版　　次	2025年5月第1版
印　　次	2025年5月第1次印刷
开　　本	850毫米×1168毫米 1/32
印　　张	16.5
字　　数	394千字
书　　号	ISBN 978-7-5302-2452-6
定　　价	66.00元

如有印装质量问题，由本社负责调换
质量监督电话 010-58572393

版权所有，未经书面许可，不得转载、复制、翻印，违者必究。

献给我心中的故乡

一块石头,
一片树叶,
一扇找不到的门;
这石头,
这树叶,
这门。
所有那些已忘却了的面孔。

托马斯·沃尔夫
《天使,望故乡》

目 录 Contents

楔　子　　　　　　　　　001

第一章　童年　　　　　　003
第二章　少年　　　　　　064
第三章　青春　　　　　　123
第四章　婚前　　　　　　178
第五章　婚后　　　　　　224
第六章　亲密　　　　　　288
第七章　失去　　　　　　346
第八章　爱情　　　　　　403
尾　声　　　　　　　　　465
后　记　心里的声音　　　515

楔　子

我一直以为自己是一个没有故乡的人。到我出生的时候，我的长辈们有不少早已经离开了故土，包括我的父母。他们辗转漂泊，安居他乡，说起老家，含含糊糊。

我生在咸城，每次从外地回到这里，无论搭乘什么交通工具，无论是清早还是夜晚抵达，我总会在空气里闻到那股味道——那种混杂着雾霭、河水、泥土、树脂、青草、秋秸还有炊烟和酿酒的气味，那是我熟悉到喉咙会涌起暖流，眼眶会湿润，心情会激荡的气息。我在踏上这片土地时，内心深处会犹如被点亮一般触发某种特殊的意识——那是一种回到出发之地的特有的情感，离开的时候以为一去不回头，其实无论走出多远，家乡都在心里。

我记得妈妈不止一次说过，生我的那个夜晚全城停电，医生在烛光里接生。因为我太急着来到这个世界，她在生产的阵痛之外还遭受了巨大的撕裂的疼痛。几年后我得知，就在同一个夜里，鸡叫头遍的时候，河西一处简陋破败的民居里，另一个母亲产下一个女婴——她是家中第五个女孩，她呱呱坠地的时间和我仅差一两个时辰，但已经是另一天。她就是凤舞，我们一起长大，是从小到大的玩伴和朋友。

我们出生在三年困难时期结束不久的一九六三年春天，听说那年粮食和物资已经慢慢丰富起来。我刚满百日就被送到江南的外公外婆家，八九岁时回到父母身边，那时我已经是一个小学生。我转学到为顺应时代短暂改名为"向阳花小学"的咸城一小，在那里我结识了小脸肮脏、眼神清亮的凤舞。

我的影集里有一张边缘切成锯齿状的黑白照片，那是一九七五年我们小学毕业时的合影。我和她梳着长短一致的麻花辫，穿着素净土气的两用衫，衬衫的领子翻出来压在外衣领子上，头靠着头，相互搂着腰，双腿并拢，坐得笔直，干净稚嫩的脸蛋上露出同样羞怯不自然的笑容，就像一对双胞胎。如果镜头再往下移，就会拍到我们膝盖上的补丁和接出来的裤脚。

离开家乡后我时常会梦见凤舞，梦里的她不是少年时代的模样，也不是她实际年龄的模样，长得和她本人也并不相像，但我知道那个人就是她。她总是忙忙碌碌，不停奔波，和她现实中的样子不太一样，或许那才是她真实的状态，只是我不知道而已。

人到中年以后，好几次我梦见几乎相同的场景：在一个高大空旷富有现代感的大厅里，人很多却没有声音，在那种现实生活中几乎从来没有出现过的绝对的静音状态中，她独自临窗坐着，穿着雪白的衣裙，涂着鲜艳的红唇，面前放着一只透明的杯子，一切都好像飘浮在空气中，她脸上绽放着幸福的笑容，妩媚多情的大眼睛里却泪水盈盈。

第一章 童年

1 开头

清明回咸城扫墓,表姐映玉问我:你还记得花家小凤吗?

我说:怎么不记得?她是我同学,大名叫花凤舞,从小我们就很要好。

映玉说:对的,我说的正是她。小时候你们常在一块玩,年初我去文化宫唱歌遇到,差点没认出来,少说有二三十年没见过她了,她变化好大。

我说:以前我倒是和她常见,不过这几年见得少。

映玉说:前些天在菜市场碰见,她问起你,说你回来一定告诉她,她有话要对你说。

表姐夫大朱在旁边笑了两声说:那个挺神的女人,她不好直接打电话发微信吗?通信这么发达,弄得神神秘秘的,像接头一样。

映玉朝他说:你也认识她呀?

大朱说:岂止认识,跟她很熟。又说:她可是我们此地鼎鼎大名的人物,多少年前就常上报纸电视。别看她一脸清冷,有点拒人于千里之外的样子,其实是个热心肠,特别肯帮忙,有时候热情得叫人吃不消。十几年前我陪亲戚找她办过贷款,还托她帮忙进过人,她做事麻利，特别高效，替你想得比你自己还要周到。不过，遇到讲原则的事情，她也不含糊，一点弯不拐，不行就是不行，一是一二是二，心眼死得很，没办法通融，送礼送钱都打不倒她。

映玉说：倒是个黑白分明的人。

大朱嘿嘿笑了两声继续说：你们不晓得，我大哥离婚后偏偏看上她，那时刚好她也离了婚，托了人去说，被她拒绝得干脆了当。

我笑说：这么说，凤舞还差点成了我们亲戚。

大朱说：高攀不上的。我家大哥读的是名校，分在大单位工作，公派留过学，早早当上了集团公司的老总，算是混得有头有脸，而且他酷爱读书，有钱还有文化。他喜欢有性格的女人——不过，女人前面还要加上"风姿绰约"几个字，上中学那会儿他就见过凤舞，对她迷得不得了，可以说是一见钟情，人生过半，以为好不容易有了机会，可惜并无缘分。

映玉问大朱：为啥呢？是不是追凤舞的人太多了？

大朱说：拒绝需要理由吗？估计人家心有所属吧。

映玉也笑，说：她年轻的时候标致水灵，是一等一的美人，而且待人真诚，一看就是实心实意，还有几分侠气，真做了我家大嫂倒蛮不错的。

大朱说：此话也是十年前的事了，那时她已经算不得年轻。他加重了语气说：吃不消的。

映玉问：啥意思？

大朱不吭声。

映玉说：有啥不好说的？

大朱慢悠悠道：不是不好说，是一句两句话讲不清楚。花凤舞那个女人，有时候金戈铁马，有时候一唱三叹，外头传她的故事很多，罗曼蒂克得很。看看她那双眼睛，如烟如雾，又清爽干净得像小孩子一样，就不是一般人。

映玉噗地一笑：越说越深奥了。她嘀咕一句：都这个年纪了，男人说到她还蛮兴奋。

大朱立马辩白：不是兴奋，是感慨。一个女人要有什么样的经历才会那样既深不可测，又清澈透明？

映玉转向我，笑道：说得我都好奇了，你跟她熟，她有啥故事你跟我们讲讲。

我说：我知道得太多了，一时倒有点不知从何说起。

2 爬在旗杆上的女孩

提到凤舞，我脑海里闪现出的是她小时候的模样，一张尖尖的瓜子脸，两只又黑又亮的大眼睛，睫毛长长的，眼角处的几根翻卷着，笑起来脸颊上有两个深深的小酒窝，显得特别聪明伶俐的样子。

她读书却并不聪明。我小学二年级转学过去，和她同班，考试她经常垫底，即使班上考不及格的寥寥无几，她也总是在列。那是二十世纪七十年代初，学校里读书的氛围不浓，经常要出去开门办学，我们上的刚刚从向阳花小学改为原名的咸城一小是当地最好的小学，以前学生入学都要经过面试筛选，到我们那时就是划片就近上学，生源很杂，周边工厂和农村的孩子很多，他们小小年纪就要帮家里做事，要带弟妹，有的还要做零工赚钱，不少人上学就是三天打鱼两天晒网。一到下午，教室里经常稀稀落落坐不到一半人，老师发过脾气，把缺席的同学名字写在黑板上——老师背转身写名字就要写好半天，还威胁说要给他们处分，不过并不管用。凤舞也是经常逃课的一个，她坐我前头一桌，她不在时我面前就空出一块，毫无遮挡，上课我只得听讲，不能偷看小画书。我很想问问她不上课去做什么,但我一直没有机会,因为那时候我们不说话。

凤舞在我眼里有点莫测高深。我发现她表面安静,其实是个很有冲劲的人。在教室里她沉默寡言,连笑都是不出声的,很少能听到她的声音,出了教室她就像换了个人,又疯又闹,调皮捣蛋,很不安分。

一天清早,我走进校门,看到她高高地爬在学校门口的旗杆上。她松开两只手,像大鸟振翅高飞那样张开胳膊,转动着身子,扬扬得意地往下滑,看得我胆战心惊。她经常用稀脏的手指捏着大大小小长长短短的虫子,往女同学的脖子上放,引起一阵阵惊恐的尖叫。上课间操的时候,她跟同学推推搡搡,出其不意地伸出脚去绊别人。她还跟男同学打架,用尖利的指甲把他们抓得鲜血淋漓。她经常被老师点名批评,别的同学挨了批评会羞愧地低着头,满脸通红,还会哭,而她却坦然自若,甚至还流露出趾高气扬和自命不凡的神气,令我羡慕不已。有一次,她不知做错了什么被老师罚站,站在教室最前面,一直在老师背后做鬼脸,逗得同学笑出声。老师发现后像拎小鸡一样将她拎到走廊上,整整一天不让她进教室上课,她站在教室门外,平静而高傲。我觉得她太拽了,与众不同,太让我佩服了。课间,我好几次从她身边经过,我们的目光碰到一起,我在她脸上看见了似有若无的笑意。

她跟我好得很突然。一天中午,在学校门口长长的乐善巷里我遇见她,她迈着富有弹性的脚步,迎面朝我走来,那是和学校相反的方向,我不知道她要往哪里去,她走路的样子看上去心情很好。我避开她直视的目光,继续快步走着。在我们即将擦身而过的时候,她突然对我说话:哎,想不想跟我去玩?

当时预备铃已经响过,离上课只有不到十分钟,我不知道这么短的时间能玩什么,但我想都没想就点了头。

我跟在她后面，走上大街。经过花花绿绿的店铺，她放慢了脚步，就像星期天逛街一样，不紧不慢地一个小铺一个小铺逛过去，看看这，看看那。上课铃突然震响起来，响得那样急促和焦躁，就像在催我们快点跑进教室。但她却置若罔闻，无动于衷，让我也不好意思流露惊慌。铃声终于停止了，就像一头远去的野兽，对我们没有了威胁，我大松了一口气。

她侧过身，等我走到她旁边，轻轻拉住了我的手。我心头一喜，体会到一种从来没有过的友好。这一刻便是我们友谊的开始。从这时起，我们的关系发生了变化，我们开始有了一种情投意合的默契。

我们一路朝南，走得离学校越来越远。她领着我走过城里最长的一条街，过了南门大桥，一直走到工厂区。她指着一堵高高的白围墙，骄傲地告诉我说：这是纱厂，我妈妈就在里面上班。

我问她：你要去找你妈妈吗？

她摇头，十分坚决地说：不去，让她晓得我逃学会打我的。

我问她：你想去哪里？

她嘴角上扬，一脸得意地说：我小姑父在造船厂，我带你去他那里看大轮船。

我问她造船厂在哪里，她含糊地说不远，就在前边。马路已经到头，我们走到了城市的边缘，这里的景象和城里大不相同，房子不再连成片，柏油马路也中断了，一条铺了碎石子的道路，窄窄的，蜿蜒曲折，好多地方挖开了，泥土堆得高高的，我们只能从荒草丛生的小道绕过去。我们走得汗流浃背，头发打了绺，贴在头颈和脸颊上。越往前走越荒僻，连碎石子路都消失了，只有坑坑洼洼的土路。路的两边是长长的流着脏水的水沟，有的地方干涸了，沟里丢弃着脏得不成样子的破架子、油漆桶、烂掉的轮胎、开裂的竹竿，鸡毛鸭毛随风飞舞，还有叮着密密麻麻苍蝇的西瓜皮一类的垃圾。

更远处是一望无际的农田和长着芦苇的池塘。我又热又渴，累得迈不动腿。她只顾埋头朝前走，好像忘记了跟在后面的我。我和她的距离拉得越来越大，好几次我都想打退堂鼓掉头回去。

我们顶着烈日走了很久，空气里都是热天中午蒸人的气息。太阳像个大灯明晃晃地照着，我感觉自己就像置身夜晚的灯光球场，头顶是雪亮的，四周却一片漆黑。我害怕起来，一次次问凤舞：快到了吗？她头也不回，大声喊：马上就到。她还说了什么，我听不清楚，她的声音被知了起劲的叫声盖住。

路长得没完没了，我感觉就像落入了一个圈套，心中没底，进退两难。想到自己这个时间应该坐在教室里认认真真上课，却跟着她跑到这么个除了我们两个连鬼影子都看不见的地方，要是被妈妈晓得，挨顿打肯定是免不了的，我后悔得快要哭出来。

总算到了造船厂，大门有人把守，看门的人不让我们进。凤舞带我穿过一片树林，绕过一排低矮的房子，从一个小门走进去。造船厂里面很大，迎面就是一条宽阔的大河，河边停着几艘大船。她熟门熟路地走进一个又高又大的巨型厂房，里面空空荡荡，只有几个穿着油渍麻花工作服的人坐在角落里抽烟。她走上去，做出十分老练的样子问道：吉益升在吗？有人搭腔说：不认识。她又说：就是吉技术员。他们打量着我们，似笑非笑。有个师傅指点她说：船上找找去。他没说哪条船，她却像是听明白了，一副胸有成竹的样子，带着我往码头走去。

她很笃定地走向一条船，我也不知道对不对，紧跟在她后面。上船要经过一条跳板，我从来没有见过那么高那么长的跳板，一走上去晃得厉害，我走了两步就退回去不敢再走。她昂首阔步走上船，没有一点害怕的样子。她回过头催我，我咬着牙，小心翼翼，一步一步走过去。

等上了船，我的两条腿还在发抖。凤舞在船头找到了她的小姑父，一个四方面孔满脸络腮胡子的男人。给我印象特别深的是别人衣服上都沾了油污，只有他一个人穿得干净整洁，衬衣雪白，一尘不染，裤子挺括，裤线笔直。他梳着当时十分时髦的小分头，乌黑的头发油光发亮，看上去非常讲究。看见我们，他皱起眉头，很吃惊的样子，不过马上就展露出笑容。他快步朝我们走来，我发现他走路一颠一颠的，还以为他故意的，仔细一看，他的两条腿好像一长一短，心里不由有点失望，没想到这么体面的一个人竟是个瘸子。他用方言朝凤舞说：哪个叫你跑出来的？不好好念书，皮又作痒啦。还带了同学出来，把人家带坏了，我看你胆子是越来越大了。

凤舞笑嘻嘻的，不仅不害怕，还得意扬扬。她拉住小姑父的手，跳起脚，身体悬空吊在他胳膊上。小姑父很配合地攥紧拳头，抬起手臂。我从来没有看见过谁的胳膊有他么粗壮结实。凤舞朝我炫耀说：看见了吧，小姑父是大力士。

小姑父把她放下来，催促道：快点回去上学。凤舞扭头就往跳板走，小姑父追上去，口气温柔地对她说：你跑这么大老远，还带了同学来，这会子我正好有事在忙，没空带你们玩。

他手伸进裤子口袋，凤舞就像得到暗示，停住了脚步，眼睛亮闪闪地望着他。小姑父从口袋里掏出钱包，从里面摸出一个五分角子，塞到她手里。我很吃惊，他明明知道我们是逃学出来的，不仅没有凶我们，还给凤舞钱，而且和颜悦色，让我大感意外，也完全超出了我的生活经验。一时我竟无法判断他究竟是一个喜欢小孩的好人，还是一个纵容包庇小孩的坏人。

凤舞拿到钱笑逐颜开，好像这才是她此行真正的目的。她顾不得再看轮船，拉起我往回走。太阳还是那么高，但我们的脚步却轻快了不少。凤舞对我说，我们去买棒冰吃，又说我们去买西瓜吃，还说要买凉粉吃，买杂糖吃，好像那五分钱是一笔想买什么就能买什么的巨款。

走到半路，天陡然阴下来，雷声隆隆，乌云滚滚，硕大的雨点砸下来，空气里充满了土腥味。我们在旷地里淋着雨，无处躲藏。雨打得我们睁不开眼睛，凤舞倒是很镇定，她说：就是阵头雨，下不长的。她一副经验十足的样子。果真，雨下了一阵就停了，不过天还是灰暗的，我们两个淋得像落汤鸡。

回到城里，云开日出，又是大夏天的样子。凤舞没有食言，拉着我直奔冷饮店，脚步快得我追不上。她把五分钱放在柜台上，买了一大杯冰镇酸梅汤，我们两个你一口我一口，很快喝光。

那是我喝过的最好喝的酸梅汤，又酸又甜，冰得凉凉透透的，关键是逃学出来喝的，所以还有一种我从来没有尝到过的自由的味道。酸梅汤花掉了三分钱，她跑到隔壁小店，大方地把剩下的两分钱也花了出去，买了一包被我们叫作"老鼠屎"的盐金枣。喝了冰镇酸梅汤，再吃又咸又甜的盐金枣，我觉得这个下午过得太开心了。

我妈妈是在我们逃学两三个星期后才知道这件事的。在一次数学测验时，考卷上的一道附加题我没有做出来，恰巧是那个下午老师在课上讲的。在这之前考试我都是满分，从来没有过因为不会做把题空着交卷这样的事。卷子要家长签字，在妈妈的逼问下，我坦白了和凤舞去造船厂的事，她气坏了，两条细细的眉毛拧在一起，面孔涨得通红。她操起鸡毛掸子，举得高高的，不过落到我身上并不重，但我还是哇哇大哭，心中满是悔恨。妈妈对我怒目圆睁说了四个字：胆大妄为。

那个时候她刚从学习班放回家，马上就要跟着淮剧团下乡巡演，我爸爸被定为"五一六"关在学校里，具体关在哪间房子连我们都不知道。和他一起被带走的人不少已经放回家，而他却杳无音信，听说是因为问题严重,而且悔过表现不好。妈妈自顾不暇。她忧心忡忡,愁眉不展,虽然又气又急,但还是草草收场,放过了我。

3 "一帮一,一对红"

和凤舞一块逃学之后,我说不清是更加喜欢她,还是更加惧怕她,但我跟她的关系更加密切。

我和她住得不算太远,从学校出来是同一个方向,我们都是北路队的。那时咸城很小,两条街加一条河,出了市中心不远朝哪边走都是乡下,满眼的水稻田、棉花田和蔬菜田,再有就是大片的苜蓿地和芦苇滩。放学之后,凤舞经常叫我跟她一块玩玩再回家,我只敢在外面玩一小会儿。妈妈给我和双胞胎弟弟的规定是放了学必须直接回家,不准在外面逗留,要玩也得先回家写完作业再玩。只要父母在家,我们出门还要征得他们同意。凤舞家就没有这些规矩,放学以后她背着书包就去疯玩,天黑了才回去,作业也不做,经常在第二天早读课上拿了我的作业本一通猛抄。因为玩得好,她要抄我作业我很乐意。有时她来不及写,我还帮她抄。考试的时候她趁监考老师不注意,会回头看我的试卷,我也由她看。有一段时间我们的座位调开了,考试的时候我还给她传过小纸条。那时候我头脑简单,只晓得考试不能抄别人,不晓得也不能让别人抄,从来没有人告诉过我这同样属于作弊,万一被追究,后果很严重。我觉得让她抄抄没关系,对她的态度也没有变。而她却对我流露出小心翼翼,还有明显的巴结,我才慢慢意识到原来自己是帮了她的忙。

凤舞是个很知恩图报的人,尽管那时我还没有学会这个词,但意思是能体会的。我感觉她对我很用心,除了带我玩,还处处照顾我。比如轮到我做值日,她会留下来和我一起打扫教室,就像是她自己的事。她手脚很快，做得比我还多。每次我扫完一排，她把三排都扫完了。不过她扫得粗枝大叶马马虎虎，扫过的地方比没扫过的地方干净不了多少。她跟我说：扫扫就好了，老师不管的。而我却很认真，也很刻板，认为做事就要负责，要人前人后一个样，况且地扫得干净不干净老师是一眼就能看得出来的，但我稀里糊涂也都听她的。

那时候学校开展"一帮一，一对红"的活动，老师图省事，让同桌结对子，相互帮助，凤舞提出要和我结对子，先被老师拒绝，她一次次去找老师说，老师嫌烦，就答应了。老师说她：就你花头多，看你不声不响，还当你是个老实人。凤舞一点不惧被老师说，用老师的话说，面皮相当厚。她达到目的很开心。

自打我给她抄作业，让她看答案，她对我笑脸相迎，百依百顺。她处处对我好，简直是太好了，而且让你觉得完全发自内心。

凤舞对我好的例子很多。老师经常要我们捡碎玻璃、捡树叶、割秧草交给学校，甚至还让我们交过老鼠尾巴、知了壳和蛇蜕。有些任务并不容易完成，比如捉老鼠。就拿看着容易的捡碎玻璃来说，学校发动每个学生都去捡，外面哪有那么多可捡的？常常是出去转上好半天也只能捡到一点点，甚至一块也捡不到。有一阵我看见水塘里结的冰块都会一阵激动，以为是碎玻璃碴子。捡废铁和废塑料也是一样，大家没办法，只得把家里的旧铁锅、旧铲子、旧脸盆、牙膏皮和破凉鞋等拿到学校去充数。令我惊奇的是凤舞每次都能捡到很多，有几次她甚至提了满满一篮子废品到学校。她会主动分我一半，这样我就也能圆满完成任务，甚至还因为上交的废品多得到过老师的表扬。割草、捡树叶这些更加不在话下，一是容易，二是她同样会帮我。因为有她，我不再担心老师布置的那些稀奇古怪的事情完不成。

有一件事我心里特别感激她。我在北路队里是家住得最远的,从学校回家要穿过三四条小巷子,还要经过动力机械厂、拖拉机厂、机修厂、化肥厂、农药厂那片工厂区。经常是一出校门走到老师看不见的地方路队就一哄而散,有时老师拖堂,尤其是冬天,走出教室天都快黑了,巷子里人少,走在里面提心吊胆。我们不止一个女生碰到过嬉皮笑脸的流氓,还碰到过露阴癖的人,长长的一截东西拖在裤子外面,大摇大摆朝我们迎面走来,有时是走到我们面前突然把那个东西掏出来,吓得我们大惊失色。偶尔还会遇到其他精神不正常的人,我们也被他们吓过。在大厂区那里更是时常能遇到一帮游手好闲的大孩子,他们特别野,有的就是地地道道的小痞子,他们以打群架出名,还会抢钱抢东西,甚至骑在自行车上抢,等被抢的人反应过来,他们早已经不知拐到哪里消失不见了。更加恶劣的是他们还会在书包里装上砖头,从后面将人一拍,把人拍蒙,下手重时能把人拍倒拍伤。他们想对我们这些小学生下手,就像老鹰抓小鸡,更是手到擒来。凤舞每天都会到我家来等我一起上学,风雨无阻。刚开始她不进门,就在门外站着,反复叫她,才肯进来。她家离学校比我家近,约我上学她要多走一段路,还是河边的小路,每次放学她也不先下路队,总是把我送到家之后再返回去。

记得有一次她生病没上学,路队散了,我被几个高年级的男生拦住,他们拉我衣服,拽我辫子,有人凶我,有人不怀好意地笑,我害怕极了,加快步子想快点离开。他们跑得比我快,冲上来掏我口袋,把我衣兜里的硬币和水果糖都掏走了。拿了东西他们还推搡我,我是哭着跑回家的。凤舞和我一起时从来没有发生过这样的事情,她敢和男孩打架,她那野猫一样随时准备撕咬和拼命的凌厉神气让那些小混混不敢随便招惹。病好之后,她还像之前一样上学放学跟我一块走。后来我才意识到,她其实一直在保护我。

还有一件事我也非常感激她，不仅是我，我妈妈也好多次提到要谢谢她。从我外婆将我送回咸城，我爸爸就一直被关着没有回过家，从大人口中我听说他是"五一六"，我问妈妈什么是"五一六"，她气愤得嘴唇发抖，眼泪在眼眶里打转，我不敢再问。后来直到平反，我才从报纸上看到"五一六"就是个莫须有的罪名。

一天半夜，有人上门报信，说爸爸胃出血住院了。当时风声鹤唳，连我们这些只有几岁的小孩都能感觉到社会气氛异常紧张。听到爸爸生病的消息，我们十分担心。我在睡梦中听见来人急促的说话声中夹着妈妈焦急的问话，随后是吱呀的关门声和妈妈压抑的抽泣声。我醒过来再睡不着，听到窗户外面风刮得呼呼的，还有一声一声的狗叫，仿佛随时会有人破门而入。夜特别黑，特别长，我既恐慌又无助。到了白天，关押爸爸的人来通知我们，不许我们到医院探视，还威胁我们如果不听招呼，后果自负。他们封锁消息，不让我们知道一点爸爸的情况。

几天后爸爸出院，他又被带到学校关了起来。他身体很差，只能吃流食，看押他的人开恩一般允许家属送饭，提出的条件是只许小孩去，不许大人去。这个任务就落到了我和两个弟弟的头上。友帛和友黍刚六岁，这对长得一模一样的双胞胎兄弟，性格截然相反，大弟弟胆大外向，见到生人不怵，小弟弟脆弱内向，对陌生的人和环境非常警觉，动不动就放声大哭。平常他两个总是躲在房间里玩，偶尔跑出去，兄弟俩也是形影不离，从不惹事，倒是省心。我们三个一起去给爸爸送饭，我和友帛走在前面，友黍远远地跟在后面，常常没走出多远他就因为害怕掉头回家去了。

爸爸住的地方把守森严，那些看守他的小将一个个板着面孔，离得很远就凶神恶煞地呵斥我们，每次去送饭，我和弟弟都战战兢兢。凤舞知道了，主动提出陪我们去，为我们壮胆。她很灵活，很快便和那些小将混得很熟，在路上碰见他们，她会落落大方地迎上去，甜甜地喊他们哥哥姐姐，跟他们亲近得就像是真的兄弟姐妹一般。爸爸经常被转移，一会儿被关在实验楼的空教室里，一会儿关在教务楼的杂物间里，一会儿又被挪到澡堂子里。校园很大，放假后空空荡荡，好多次都是凤舞帮我们打听到关押爸爸的具体地点，再和我们一起把饭送进去。用我妈妈的话说，凤舞这个小孩社会经验丰富，灵活得很。妈妈说这话时除了由衷的赞赏，还有一点隐隐的轻视。

某天早上，早读课刚结束，班主任张老师就板着面孔现身了。她脚步很重地走进教室，疾言厉色地说：我们班级有人给反革命的父亲送饭，这就是同情反革命，没有阶级立场。她义愤填膺，一张大胖脸红红的，一口气讲了很长一段话。她嗓门比平常讲课时更大，还夹杂着尖锐的东西刮过玻璃的那种刺耳的声音。尽管没有点名，她说话的时候眼睛也没有一直盯着我，但她刀片般锋利的目光一遍遍从我脸上掠过，仿佛一刀一刀砍在我心上，我感到一股股热血冲到头上，我的面颊变得滚烫，浑身冷汗直冒。我真希望那一刻自己能从教室里消失。

然而难堪的情形并没有很快结束。张老师一直滔滔地说着，仿佛她胸腔里填满的对阶级敌人的愤慨都要在这个早晨喷射出来。听到后来，我渐渐平静下来，就好像她说的根本不是我，她的话与我无关。我没想到的是凤舞也很不自在，张老师讲话的时候，她在座位上扭动着身子，就像霜打的秧苗，塌着腰，似乎快坐不住。我和她的座位都很靠前，跟张老师几乎脸对着脸，张老师说话时唾沫星子像毛毛雨一样溅到我们的头上和脸上。凤舞比我离张老师更近一点，我感觉她似乎用自己小小的身子替我抵挡着张老师像锤子一样敲击过来的恶狠狠的话语。这个早晨，她和我一样深受煎熬。

下课以后我和她一句没提这件事，我不知道该怎么说，她好像也一样。放学以后，她还是跟我走在一起，陪我回家，和我一起去给爸爸送饭。我叫她不要去了，她不肯，我恳求她，她眼睛一瞪，步子更加坚定。我心里觉得她这份情意沉甸甸的，也觉得很对不住她。

凤舞一如既往地跟我要好，张老师夹枪带棒的批评和对我明显的冷落，我知道她是看得懂的，她却仍然跟我勾肩搭背，十分亲近。她对我的事情还是十分上心，甚至比对她自己的事情还要上心。

凤舞还从家里带零食给我吃，那时候大家都穷，能吃饱饭就不错，小孩子的零食很少。她家有姐弟六个，经常是一天三顿吃我们当地人叫做"喝嘟"的杂面粥，有时加点山芋干子和菜叶子，连干饭都没有，吃不饱是常事，零食更是稀缺和珍贵。当时我并没有意识到那些零食是她从自己牙缝里省下来的，她给我便开心收下。有时候是一块硬糖，有时候是几粒炒蚕豆，有时候是一只煮山芋，有时候是一牙水萝卜。不过我有零食也会和她分享，我的零食比起她的算是又多又好，我给她的糖是包着玻璃纸和糯米衣的奶油软糖，给她的饼干是我们当地买不到的华夫饼干，我还给过她爆炒米、话梅、金刚脐、苹果和香蕉。她总是不肯要，跟我像打架一样推让，收下以后还要一次一次塞还给我，直到我押着她吃掉为止。我们的友谊也因此加强了，我们变得更加亲密。

我学到一个词——"仗义"，我觉得用在凤舞身上特别合适。她好像天生就会对人好，我常常被她感动。学校同学之间明里暗里存在一条鄙视链，成绩差的被学习好的看不起，有时候同学来找我玩，看见凤舞跟我在一起，就不起劲了，甚至跟我明说不带她玩，我当然不会答应。

我和凤舞成了形影不离的朋友，其实我和她也不是时时都有话说，和她一块玩也不是总那么有趣，但我不忍心抛开她。

4　河西

一天放学后走在路队里,凤舞问我想不想到她家里去玩玩,我一口答应。她常到我家,我还一次没有到过她家呢。那时候串门是十分平常的事情,有的小孩经常跑到别人家去吃饭,还有住在别人家好几天不回家的,也不算什么了不得的事。因为孩子多,有些家长对自家小孩并不特别在意,孩子回没回吃没吃都随他们去。我家算是管得严的,去哪里、跟谁玩、多久回妈妈不但要过问,还要问得清清楚楚。妈妈曾问过凤舞家住哪里,凤舞说住在河西,妈妈便沉默不语。河西又穷又乱,原先那边是一大片盐碱滩和乱坟岗子,非常荒凉。三年困难时期过后,那里扎下来的人多起来,绝大部分是周边农村的人,还有上岸定居的渔民,以及外地逃难过来的,几乎都是靠下力气吃饭的,五行八作、三教九流、鱼龙混杂。河西河东虽然只是一河之隔,两边好像是两个世界。河东人对河西人的歧视很明显,街上发生吵架斗殴,看的人随口就是一句:河西的吧?河西的叫花子常到河东讨饭,别的地方来乞讨的张口就说自己是河西的。河西的人被贴上了贫穷粗野的标签,他们自己说到自己是河西的,都有点抬不起头来。妈妈曾反复提醒我不要乱跑,平日她也不准我到河西去玩,但凤舞一叫,我立刻就跟她走了,把妈妈的话忘到了九霄云外。

河西的破败让我吃惊。街道像肠子一样弯弯曲曲,有的地方细得只容一个人通过,路面铺的是煤渣子和蛤蜊壳,凹凸不平,有的街巷就是土路,到处是积水和泥泞,一团一团的鸡屎牛粪,被踩烂了,融进一摊摊积水,脏得没处下脚。街两边的房屋都是矮趴趴的,盖得歪歪扭扭,好像随时要倒塌。用土坯和油毛毡接出来的披屋到处都是，把街道挤得更加逼仄。空气里飘荡着浓烈的煤烟味，呛得人喉咙发痒。街上的闲汉三五成群，有的在打牌，有的在抽烟，有的就坐在马路边上直勾勾地看着来来往往的人发呆。他们穿得肮脏破烂，神情麻木，开口说话却嗓门极大，能吓人一跳。

凤舞家在巷子尽头，她家是两间平房，和周边的房子一样简陋破败，里面用芦席打了隔断，房子后头搭出两个小披，大白天走进去也是黑乎乎的。她家里没啥像样的家具，除了桌子板凳，满屋子都是床。家前屋后也和别家一样，见缝插针种着菠菜、芹菜、韭菜、西红柿和茄子，墙头上爬着丝瓜和南瓜，开着黄灿灿的花，有几个很小的瓜吊在上面，墙角里长着两三棵瘦骨伶仃的玉米和向日葵。和别人家不同的是她家门口铺了一块桌面大小方方正正的水门汀，显得很不一般。凤舞告诉我，这是爸爸特地为大喜抽陀螺做的。

凤舞的爸爸是泥瓦匠，矮个子，干巴瘦，脸上长了不少皱纹，笑起来骨骼突出的一张脸像朵枯萎的大菊花。他很少笑，也不说话，看见我们这些小孩爱搭不理，就像没看见一样。她妈妈长得人高马大，皮肤黝黑，腰很粗，比她爸爸至少高出一个头，说起话来嗓门大得吓人，就像炸雷一样。配上她颌骨宽大的四方脸和两条浓眉，我觉得她就像是一个伪装成女人的男人。她在家里的地位明显比谁都高，她眼睛一瞪全家人都不敢作声，绝对是当之无愧的一家之主。凤舞有四个姐姐一个弟弟，姐姐们和她一样，长着瓜子脸大眼睛，个个都是美人儿，弟弟也是浓眉大眼，虎头虎脑，只是胖得有点面目不清，显不出英俊。他们长得都不像父母，比爹妈要好看得多。她四个姐姐的名字按春夏秋冬排下来，大姐叫花小春，二姐叫花小夏，三姐叫花小秋，四姐叫花小冬。她们年纪相差不大，大姐和二姐，三姐和四姐，不细看都难分清她们谁是谁。弟弟大喜比她小两三岁，他活泼好动，上蹿下跳，一刻不停。他一只眼睛略微有点斜睨，看人的时候好像带着鄙视和挑战。我第一次见到他时他一条胳膊用脏兮兮的绷带吊在胸前，听说是掏鸟蛋从房顶滑下来跌骨折了，好在下面正好有个草堆，要不然怕是小命不保了。家里大人的注意力都在他身上，对他宝贝得不得了。凤舞的奶奶和外公外婆也跟他们住在一起，这么一大家子人，我不知道那么小的房子怎么住得下。

走进她家，正好开饭，我不晓得是中饭还是晚饭。一家人围着桌子闷着头吃，发出很响的咀嚼声和喝汤声。屋里黑洞洞的，没有开灯，眼睛要定一下才能看清东西。

看见凤舞带着我，她妈妈抬起脸打量了我一下，嘀咕一句：你在外头还没皮够？凤舞显然听懂了妈妈的话，她头一低，不作声，扔下书包转身就拉我出去了。

她没有坐下跟他们一起吃饭。我们在门口的水泥地上玩跳房子，她妈妈剔着牙走出来。她穿着纺织厂浅粉色工作服，戴着白软帽，扎着白围裙，眼神空洞地望了我们片刻，换了一副和颜悦色的神情对我说：来家坐呀，一块吃饭呀。她满脸堆笑，说得热情洋溢，但我晓得是客套话。凤舞望着妈妈，局促不安。她妈妈看都不看她，掏出钥匙哗啦打开自行车锁，一只脚踩着脚蹬，一撇腿骑了上去，临走还不忘记客气地关照我吃过了再家去。

看妈妈走了，凤舞松了一口气，好像这才活过来。她有说有笑，像在学校里那样疯起来。后来我才知道，她从来不带同学到家里，因为她妈妈不许，原因是生怕别人家的小孩子到她家吃东西。

5　大喜

我到凤舞家多了，知道她在家里和四个姐姐都是没什么地位的，大人叫她们做什么就做什么，她们很听话，很顺从，唯有弟弟大喜跟她们不一样，作为唯一的男孩，他在家里耀武扬威，横行霸道，脾气上来说一不二，一家人都要看他的脸色，甚至连妈妈都不例外。

大喜是全家的宝贝，在孩子当中地位最高，待遇特殊，大人们经常偷偷给他开小灶，几个姐姐知道了也装作不知道，哪个要是流露出一点眼热或者不满，不是讨打，就是讨骂。凤舞家吃得很差，中饭晚饭的菜经常只有酱黄瓜、酱茄子和腌雪里蕻、腌萝卜干，桌上很少有荤菜，炒蔬菜也不像别人家青菜是青菜，豆角是豆角，她家是有啥菜都炒在一起，一大锅里有好几样。我很好奇，以为是新花样。凤舞告诉我，他们总去市场买落脚菜，有时候不是去买，而是去捡，所以有什么做什么。只有大喜会嫌饭菜不好不肯吃，奶奶就会用一个纱布口袋装上两小把米，水开的时候丢进汤锅里，出锅的时候就把这唯一的一碗米饭给他吃，有时候还会单为他弄一盘菜。

有一天桌上又没菜，大喜不肯吃饭，噘着嘴发脾气，爸爸吼了他几句，他摔了碗哭，爸爸气得骂他小促寿鬼，抬手给了他一巴掌。这下子捅了马蜂窝，妈妈抱起心尖子儿子，又是拍又是揉，心疼得眼泪直蹿。她一边哄儿子，一边把丈夫骂得狗血淋头，恨不得拿刀杀了他。奶奶在旁边看着儿子被儿媳痛骂，别说劝架，连大气都不敢出一声。外公外婆抖抖地围着大喜转，几个姐姐又是烧热水，又是绞手巾，给弟弟擦的擦，焐的焐，忙得不亦乐乎。她们抢着表现，迅速站队，害怕爹妈的战火烧到自己头上。大喜号哭得更加来劲，奶奶看不下去，颠着小脚，跑到邻居家借了两只鸡蛋，一声不响进厨房炒了，盛在小碗里，端到大喜面前，只叫他一个人吃。大喜破涕为笑，啥都不管，独自吃了。一家人就脸对脸看着他吃，他们仍是喝着照得见人影的稀粥，吃着一点油星子没有的萝卜干和雪里蕻。

这样的事情在凤舞家经常发生。家里只要有点好吃的东西，自然就是大喜的。妈妈和奶奶是最护着他的人，婆媳两个经常为点芝麻绿豆大的事吵嘴，一动气相互不理不睬，对大喜她们倒是出奇地一致，捧在手里怕摔了，含在嘴里怕化了，不知道怎样惯他才好。她们看见人家订牛奶给小孩喝，听人说小孩喝牛奶长得高，也给大喜订了半磅鲜牛奶。那时鲜奶是很贵的东西，经济条件好的人家才喝得起，河西连取奶点都没有，每天都是凤舞一大清早跑过河去取，一来一回要走将近半个钟头。为了帮大喜拿牛奶，她每天要早起，但这个差使还是她争取来的。因为她主动包揽了这件事，而且不管刮风下雨，一天不落做得尽心尽意，总是在大喜起床前把牛奶取回家，妈妈对她态度略微好了一点，偶尔高兴起来还会顺嘴夸她两句，说她有点用处了，没白养她，她听了开心得嘴都咧到耳朵根。

凤舞有一个在旁人看来很傻气的想法，她一心认为是因为大喜才有的她——换句话说，如果弟弟生在她前头，那她就肯定没有机会来到这个世上了。第一次听她这样说，我觉得很可笑，想一想倒像是蛮有道理的。

凤舞从不妒忌弟弟，她是发自真心爱他。大人们偏心大喜，几个姐姐不服气，有时候嘀嘀咕咕，有时候还会捉弄他，她从来不跟着姐姐们叽叽咕咕，也从来不跟着她们在背后鬼鬼祟祟对大喜搞点小动作。她样样都让着这个唯一的弟弟，弟弟怎么受宠在她眼里都不为过，她心甘情愿他过得比自己好。大喜出去玩，她紧随其后，就像他的一个小跟班。她处处护着弟弟，不让他受欺负。

一天，上学的路上我看见大喜蹲在街边哭，凤舞发疯一样冲到男孩堆里跟他们扭打成一团，她人小力薄，被他们推倒在地，浑身沾满泥灰。他们踢她，还死命拽着她头发猛扇她耳光，她挣扎着从地上爬起来，先去查看弟弟有没有受伤，自己额头磕破了却全然不顾。看到弟弟白嫩的皮肤上有红红的印子，她再次冲向那些高大的男孩，凶狠地骂他们，抡起书包甩向他们，书、本子、笔和橡皮从她书包里飞出来，掉得满地都是。被她抢到的一个男孩把她狠狠地朝一堵墙推去，她重重地撞在墙上，随即倒在地上，那群人一拥而上，对她又是一顿拳打脚踢。

我想喊人，周围却看不见一个路过的人。那帮人打完便一哄而散，消失得无影无踪，凤舞蜷缩在地上，嘴唇和鼻子都在流血，我伸手拉她，却拉不动她，以为她要断气了，急得要哭。她只是用衣袖抹了一下脸，飞快站起身，掸掸土，很无所谓的样子。她搂过弟弟，蹲下身，仔细查看大喜，他并没有受伤，她大大松了一口气，捡起散落在地上的书本和文具，在裤腿上胡乱擦了擦，一股脑装进书包。她背起弟弟，脚步轻快往学校走去，一边跟我说说笑笑，就像什么事也没发生一样。

还有一次，我看见她在街上边走边哭，问她怎么了，她哽咽着说弟弟不见了，一家人都到外面去找了。那天恰巧有小孩落水，这个消息把他们全家吓坏了。当然不过是虚惊一场，大喜只是贪玩，天黑了才想起回家。

大喜做的吓人的事情是真不少。他刚会走路就调皮捣蛋，爬高上低，舞刀弄棒，劲头十足，一刻不看好就要闯祸。他从四五岁就开始作死，身上大大小小好几个伤疤，最明显的一道疤在眼皮上，他偷爬拖拉机从车斗里摔出来，磕在马路的青砖沿上，一只眼睛差点报废。他不懂危险，也不怕疼，有一阵子特别喜欢从高处往下跳。先是从小板凳上朝下跳，后来从八仙桌上往下跳，再后来爬到体育场的主席台往下跳，刚开始几次都没事，他以为找到了窍门，跳下去的时候只要把脚一缩再着地多高都不怕，胆子因此越来越大。有一天他跟爸爸去工地玩，爸爸是很少带小孩去工地的，一是工地不允许外人进，二是怕有危险。果然是不安全，他稍一不留神，大喜就蹿到二楼的脚手架上往下跳。那一次就没之前那么幸运了，跳下去之后他的一只脚就跌折了，在家里躺了两个多月才好。本来他是想爬到脚手架最高一层跳的，那里大约有四层楼高，被一个老头拦住，还凶了他几句，算是意外救了他一条小命。凤舞心疼得要死，她好几天没来上学，请假在家陪弟弟。好在是爸爸带大喜去的，所以她没有责任，可是爸爸没看好大喜，把唯一的儿子跌坏了，他又自责又难受，心情很差，在家里打鸡骂狗，她也没少吃挂落。

大喜刚一好又玩出新花样，对河有个人家结婚放鞭炮，他和隔壁小菜子的哥哥大老虎和弟弟小老虎去捡哑炮，拆出里面的火药，用火柴点着玩。大老虎小老虎兄弟俩胆子小，只敢玩小鞭炮，大喜胆子大，他让他们把所有的哑炮开膛破肚，拿了爸爸的香烟，点燃了香烟去点火药。只听得"咻"的一声，火光一闪，他瞬间被燎成了黑人，棉袄胸口也熏焦了。恰巧被妈妈看见，吓得她惨叫一声，转身痛骂凤舞和四个姐姐都是吃白饭的，不看好弟弟，说时迟那时快，她手里的笤帚把子就狠狠抽到她们的头上身上。

花家重男轻女是出了名的，街坊四邻有时候会笑他们，那些人说话直来直去，她爸爸妈妈不承认，用鼻子里拖长的声音否认。情绪不错的时候他们会笑眯眯地说自己才不重男轻女，生得多是因为欢喜小孩子，还会说一些"手心手背都是肉"，"儿子女儿都一样"这样的话，不管别人怎么嘲笑和奚落，他们倒是一点不生气，嘻嘻哈哈的。

他们自己在家里也经常讲笑话一样说她爸爸想儿子想疯了，不生儿子不罢休。她爸爸听了抿着嘴哑哑地笑，笑得傻里傻气，既像是理亏，又像是自得。这似乎是她家特别喜欢的一个话题，一说起来没大没小，人人快乐无比，个个笑得前仰后合。看得出来他们不过是拿她爸爸打镲，其实那是一种抑制不住的得意，是他们全家的得意。后来我才明白，他们最骄傲和得劲的是生了一连串女儿之后，到底还是生出了一个他们认为真正能够传宗接代的儿子。

凤舞家的大人喜欢讲他们几个孩子出生时她爸爸不一样的反应，每次叽叽呱呱说得特别起劲。他们说她爸爸一心盼儿子，生第一个小孩的时候他跑到医院去等，不吃不喝不睡，等了一天一夜，结果是个丫头；生老二的时候他没那么大劲头了，就在家等，结果还是个丫头；生老三的时候他在外面做活，不想耽误挣钱，就在工地上等，结果还是个丫头；到生老四，他早早上床睡觉，说他就在睡梦里等，不是儿子不许别人叫醒他，结果又是个丫头；到生第五个，也就是凤舞，他根本就不等了，从来不打牌的他跑出去跟人打了一通宵，出门前关照家里说，不是儿子不要去给他报信。

凤舞父母在他们自认为的五局连败之后总算打赢了一盘，这是真正的翻身仗，是喜从天降。据说大喜出生时他爸爸高兴得大冬天脱光衣服赤膊到雪地里打滚，还把家里所有的钞票拿去买了鞭炮，从夜里一直放到天亮。大喜满月的时候他更是借了钱摆酒席，连不大走动的乡下亲戚都请了过来。除了爸爸，妈妈对生了儿子一样得意非凡，他们夫妻两个时时要拿大喜裤裆里的小东西逗趣。他们经常一伸手揽过大喜，从他的开裆裤里掏进去，嘴里说着让人听了难为情的话，嘻嘻哈哈发上一阵子疯。他们对大喜两腿之间的小玩意儿视若珍宝，经常忍不住要炫耀一番。他们发明了不少狎亵的昵称，比如小麻雀子、小野鸭子、小茶壶嘴子、小茨菰、小花生、小葫芦，还有大金疙瘩、大元宝、大宝塔等，他们一说起来便喜上眉梢，兴高采烈，笑得放纵疯癫。

我在凤舞家见到过十分令人震惊也是相当不堪入目的一幕。一天放学后，凤舞叫我去她家写作业，还没进门，就看见大喜爬到门前的桃树上撅着屁股往下拉屎。他已经六七岁了，竟然还穿着开裆裤，白白胖胖的大屁股暴露无遗，一节一节的屎从树杈间掉落下来。

他爸爸妈妈奶奶外婆外公还有几个姐姐都从家里跑出来围观,一家人笑得前仰后合,他们就像看西洋景一样,又兴奋又骄傲地叫嚷着,啧啧有声地夸赞他,说他有本事,那么点子小人就有胆气爬那么高拉屎,长大以后肯定不得了。还嘻嘻哈哈说下头这块地肥了,能长出金子来。他们一迭声喊大喜转过来,让他们看看他裆里的小鸟。他们一家子欢呼雀跃的样子让我觉得匪夷所思,也非常难为情。

6 好名字

凤舞跟我说过,她就是个多余的人,直到上学,她连个大名都没有。大姐出生的时候,晚爹爹——她爸爸的继父,是个小学老师,也是他们家最有学问的人,给她起名字叫花小春,后面二姐三姐四姐跟着排下去,就叫花小夏、花小秋和花小冬。她爸爸很怨,说接二连三生出一串丫头片子,就是老头子把名字起坏了,跟打麻将一样,来了一个,非得把四个凑齐。春夏秋冬四个字用完了,下面怎么也该转转风水了。没想到生了她,还是个姑娘,她爸爸光火了,说凑齐了桌上打牌的,还有来看牌的,他再不要晚爹爹起名了,就喊她小五子,她快上学才胡乱给她起个名字叫小凤。她自己不喜欢,觉得跟四个姐姐不像一个家里的人,也不如她们的名字好听。几个姐姐趁机嘲笑她本来就是垃圾堆里捡的。她到学校去报名,老师问她叫什么,她说叫花小凤,老师说倒是不难听,就是有点土。老师问了问她情况,得知她是家里第五个女儿,便说那就叫花舞凤吧,舞与五谐音,虽大俗,但有特点,也好听,还不容易跟人家重名。等到落笔,老师不知怎么手一抖,误打误撞写成了"花凤舞",一想,恰好合了"凤舞九天"之意。老师从新生登记名册上抬起头,对她说:你就叫花凤舞吧。后来老师扬扬得意地对别人说,多好一个名字，那简直是神来之笔啊。

凤舞有一个好名字，却没有一个好成绩，老师先前还喜欢她，慢慢就不怎么喜欢她了，到后来只剩下失望，说到她便摇头叹气，再后来不怎么愿意提起她。

我刚转学过去时听不懂当地话，老师上课都说方言，至少有一两个月我坐在教室里就像傻子一样，即便如此，我的考试成绩仍然都是一百分。在被同学举报我给"五一六"爸爸送饭之前，班主任张老师一直是很喜欢我的，她经常拿我做例子教育别的同学，尤其是凤舞。有一阵张老师还特意把她的座位换到我旁边，要我作为好学生带带她。我不记得自己对她有过什么帮助，顶多是让她抄抄作业和试卷吧。她和我坐了没多久就被调开了，因为上课时我们说话，还笑，张老师就把她换到我前面。但她还是回过头来和我讲话，张老师认为她朽木不可雕，一怒之下将她调到了后面的角落里去坐，理由是怕她影响我学习。她坐在角落里也不安分，有时上着课就趁老师不注意从后门溜出去了，老师只好又把她调回到前面来，方便上课时看着她。但不管她坐在哪里，课间和放学我们还是会在一起玩，她对我的态度变得越加恭顺，那时我虽年幼，也能明显感觉到，有时候会觉得很不自在。

凤舞在家里的待遇也是末流的。爹妈对她的冷淡和嫌弃非常明显，她家泛黄的石灰墙上，并排挂着两个镜框，里面贴满了家里人大大小小的照片，那么多照片中，竟没有一张是她的单人照。她的四个姐姐每人都有一张满月纪念照，上面印着出生年月日。虽说她们也不被待见，但有这么一张照片，她们还是蛮得意的。大喜的照片就更多了，镜框里大部分的照片都是他的，他不仅有满月照，还有双满月照、百日照、半岁照、周岁照和一些元旦留念、春节留念、五一留念、国庆留念的照片。多一半是脱得光溜溜，叉着双腿，即使大冬天，包裹在厚厚的棉衣里，棉裤也是开裆的，该露的东西一定会显眼地露出来。凤舞没有一张小时候的照片，她去问妈妈，妈妈不当回事地说忘记带她去拍了，还嫌她烦。被她缠不过，妈妈随手拿一张大姐的照片说就是她，立刻被花小春一把夺过去。她不甘心，又去问爸爸，爸爸给她的回答很干脆：滚一边去。她很伤心，姐姐们还要嘲笑她，嬉皮笑脸地说让她有本事就追回去照。

尽管她们在家里同样没地位，但跟凤舞比，她们心里还是很有优越感。四个姐姐欺负起她来各有招数，她拿她们却没有办法，她寡不敌众，不是她们一干人的对手。她家经济条件差，几个小孩之间经常抢东西，抢吃的抢穿的抢用的，姐姐们人多手快，抢下东西来再四个人分，经常是有点什么，一眨眼工夫就被她们抢得精光，没她的份。而弟弟是被特殊关照的，他用不着跟她们抢，总归不会缺他的，所以吃亏的就是她一个人。她的衣服又旧又破，是四个姐姐穿过不要的。她洗脸的毛巾用得糟掉了，展开来简直就像渔网。她没有梳子，头发老是乱蓬蓬的。她没有书包，用一个旧面粉口袋改的布兜装书本。她甚至没有钢笔，老是用一支笔杆缠着胶布的圆珠笔，被老师说过好几次。老师要求写作业一律用钢笔，我把一支旧钢笔送给了她。

常去凤舞家，我和她四个姐姐都很熟，我对她们的感情有点复杂。在我眼里她们都是漂亮得耀目的姑娘，个个聪明伶俐，而且四个人各有特点。大姐花小春稳重心细，做什么事都特别认真，而且很会照顾人，我常看见她坐在小板凳上洗全家人的衣服，不过凤舞的除外。洗干净的衣服她用小木夹子夹在家门前的细铁丝上，风一吹，大大小小的衣服翩跹起舞。她叠衣服也很有耐心，静静地侧身坐在床沿上，把衣服裤子一件件地折得方方正正，我从来没有见过谁把衣服叠得那样整齐好看。二姐花小夏能说会道，性格泼辣，是她们五姐妹当中最能干的一个。她头脑灵活，胆子大，不怵生人，和外面打交道的事都是她冲在头里去办，再难办的事情，她总有变通的法子，爹妈都忍不住要夸她。三姐花小秋的特别之处是心灵手巧，她会打毛衣，钩各种罩子垫子，还会做衣服和绣花。她从来没有学过，都是无师自通。她做出来的衣服和裁缝店的老师傅比一点不差，针脚平整不说，式样还比裁缝店里的时髦。她还很会精打细算，出去买东西总能买到又便宜又好的，能给自己赚下一点零头，积少成多，手中也有了些钱，只是没人晓得她到底存下了多少。四姐花小冬性子最柔，也最听话，是姐妹几个中读书最好的。她作文写得尤其好，文采飞扬，老是被老师当作范文在班上朗读，她还代表学校参加过地区的数学竞赛。除了读书好，她能歌善舞，是学校宣传队的台柱子，也是宣传队里唯一能连续翻三四十个空心跟斗的演员。每次演出不管和节目合拍不合拍，肯定都会安排她出场炫技。她从舞台的这一端翻跟斗到舞台的那一端，有时还原路翻回去，引来阵阵雷鸣般的掌声，这也是老观众们的期盼。宣传队演出一晚上发给每个演员两毛钱的夜餐费，她因为表演翻跟斗这项绝技能拿双份。每次她都把发到的钱原封不动拿回家交给父母，爸爸妈妈非常开心，人前人后夸她最有孝心。看她们四个叽叽喳喳在一起说说笑笑，在双层床之间灵活地爬上爬下，相互温柔地梳头发，编出不同的花式，我会心生羡慕，真想成为她们当中的一员。不过我也更加想不通她们为什么要那样冷酷无情地排挤她们最小的妹妹。

　　四个姐姐讨厌凤舞都是做在面上的，毫不掩饰。她们不许她碰属于她们的东西，嫌她粗手笨脚，还嫌她脏。只要看见她换衣服或者洗澡时露出皮肉，就会故意尖叫，好像受到惊吓一般。如果她们正好在，会一迭声地大叫"哎呀"，随即发出"啧啧啧啧啧"那种极端鄙夷的声音，让她觉得自己的身体丑陋，感到羞耻。她们对她的衣服，尤其是贴身内衣表现出厌恶，洗衣服的时候不许她把自己的背心裤头跟她们的放在同一个盆里洗，就好像她极其肮脏，浑身都是细菌。

四个姐姐团结一致孤立凤舞，她们都不怎么跟她说话，她和她们说话，她们爱搭不理，她多说两句，她们就嫌她聒噪，还耻笑她。因为我是她同学，她们也不大理我。那时社会和学校都拉帮结派，同一帮派的人很抱团，不同帮派之间视若水火，动不动就要干上一仗，所以对她们那一套我很熟悉，也很敏感。我虽然喜欢她们，羡慕她们，但更多的是害怕她们，她们不光是比我大，还个个嘴尖牙利，得理不饶人，都不是好惹的。她们远不像看上去那样娇美乖巧，她们其实是一群猛兽。我心里怜惜凤舞，每天和她们生活在一起，就像在夹缝里求生存。

7　爸爸和自行车

我渐渐长大起来，对凤舞有了更多的同情心。我想一个小孩在家里不被大人喜欢，在学校不被老师喜欢，也不被同学喜欢，这样的境遇应该是很难受的，然而却看不出她有一点不快和沮丧，相反，她总是高高兴兴的。她很爱笑，同学们玩的游戏不管什么她都喜欢，都乐于参加，更准确说是看别人在一起玩，她总是会主动凑上去，也不管人家脸色好坏，愿不愿意带她玩，她都兴致勃勃。她老是笑嘻嘻的，两个圆圆的酒窝特别醒目，仿佛放着光彩，整个人都是喜气洋洋的。她对每个人都好，是发自真心的那种好。有时我在旁边看着，竟会为她不好意思，因为她实在太热情了，是那种不顾一切的热情，火辣辣的，我甚至害怕别人要误会她有啥企图。她和我在一起的时候总是照顾我，特别乐意帮我做事，替我交作业，替我开门,替我打伞,替我拿衣服,给我讲好玩的事情。她话很多,说东说西,把我逗笑的时候她特别开心,笑得特别灿烂。

过了假期再开学,我和凤舞上三年级。我们换了班主任,新班主任陆老师,微胖,人很温柔,说话慢条斯理,从来不对学生发脾气。因为我学习成绩好,陆老师让我当了副班长,很快又让我当了班长,我慢慢摆脱了张老师带给我的阴影。然而,陆老师和张老师一样,并不喜欢凤舞。陆老师对凤舞似乎有点恨铁不成钢,上课的时候她会从讲台上走下来,在凤舞的课桌边停下脚步,手指轻轻敲着她的桌面,提醒她不要开小差,要集中注意力认真听讲。陆老师还会翻开她的作业本,像耳语一样轻声地提醒她该做的题目没有做,或者是作业没做对。凤舞会脸红,不过陆老师一走,她又依然故我,还是一副无忧无虑的样子。好在陆老师从来不会拉下脸来说她,就这一点,令我特别敬重和喜欢她,我觉得她像我理想中的妈妈。

其实除了读书,凤舞处处比我聪明和机灵。她很会玩,会打羽毛球、会跳橡皮筋、会跳绳、会踢毽子、会打弹子、会打弹弓、会滚铁环还会爬树和在单杠上翻跟斗,男孩女孩玩的,她样样都很精通。而且她玩起来主意特别多,春天去找墙洞掏蜜蜂,夏天去树林里逮蜻蜓,秋天去草地上扑蚂蚱,冬天去小河浜刨开冰面抓鱼,还带我去护城河游泳,去废弃的老厂房捉迷藏,偷出她爸爸的手电筒和气枪,带着我在天黑后去粮库的竹林里打麻雀。她玩起来特别忘我,而且胆大勇敢,我真的蛮佩服她的。

一九七二年春节过后,我爸爸被放出来了,家里顿时有一种云开日出的气氛。早春天气,万物复苏,妈妈脸上也有了笑容,对我和两个弟弟和蔼了许多。爸爸虽说回家了,平反前还是没有资格重返讲台。原先他一直教高中语文,校方担心他上课时可能会借题发挥,腐蚀学生的思想,让他靠边歇着。但学校大概也不愿意真让他赋闲，没过多久，叫他去上农知课。爸爸好像十分乐意，除了上课，还用自己在书本上学到的农业知识在家门口的空地上进行各种实验，他种了菜椒、黄瓜、番茄、莴苣和菠菜，还种了别人家很少见到的洋生姜和葫芦，我和两个弟弟一天跑去看八遍，急不可耐地盼着它们发芽开花结果。爸爸还兴味盎然地用洋葱制作标本，把青菜叶插在红墨水瓶里让脉络变色，把不相干的枝条嫁接到同一棵树上，经常弄出一点我们没见过的新花样。

爸爸放回来后，我们除了吃得比之前要好，中午饭的时候，一家人还听收音机里的长篇评书或是长篇小说连播，晚上是雷打不动围坐在灯下读书，这让我们家的氛围跟周边的邻居不太一样，也令妈妈有种掩饰不住的骄傲。她比以前穿得更加整洁雅致，在我眼里十分讲究。她对我和弟弟的要求也更高，自己的事情自己做好，考试要得高分那是不必说的，还要我们按分工做家务，而且，我们跟谁玩她也会管。我和凤舞在一起妈妈倒是没说过什么，但态度略有不悦，我能敏锐地感觉到，不过我不管。

有爸爸在家，妈妈就经常出差。她在淮剧团管道具，剧团排了样板戏下乡巡演，她经常一走就是十天半个月，甚至一两个月不回家。妈妈不在家，我和弟弟们非常自由，爸爸不问我们的学习，我们跑出去玩，他也不多管。

天气渐渐暖和起来，我们不在乎大人成天挂在嘴上的"春捂秋冻"那一套，早早脱掉了笨重的棉衣棉裤，身体轻灵地东跑西颠。放学之后我跟着凤舞到处游荡，每天疯到很晚才回家。

我们并不知道这一年社会生活发生了怎样的变化，但好像大家比之前乐观，大人们脸上也多了些笑容。凤舞家的变化是新添了一辆自行车。那时候自行车、缝纫机、收音机是家里的三大件，一般人家结婚时就置办齐了。我妈妈结婚的时候，家里除了这三大件，从前开当铺的外公还给她买了一只瑞士产的英纳格手表做陪嫁,令她很是荣耀。可见当时尽管普遍都穷,其实也不是不讲物质。凤舞的爸爸不是在商店里买的新自行车,而是在小菜场买的人家的旧车子,也不知道是几手的,挡泥板和轮胎上沾满泥土,钢圈上锈迹斑斑,脚蹬子也歪了,链子随时会掉下来,但一点不影响他喜悦的心情。

凤舞不止一次跟我说她更喜欢爸爸,原因是爸爸比妈妈要大方得多,他舍得花钱,不是有了钱才花,而是有多少花多少。比如他一早出去买菜,会顺手买一笼蝈蝈回来,他还买过金鱼、风筝、剪纸和泥人,有一次还买回来两只毛茸茸的小鸭子,把他们一群小孩高兴坏了。她妈妈是个精打细算过日子的人,一分钱恨不得掰成八瓣花,家里吃了上顿下顿还没着落,看见男人这样大手大脚乱花钱,脸一拉就开骂,不知跟他吵过多少次架。

爸爸买了自行车乐开了花,回到家第一件事情就是抱起大喜坐在后座上,带他上街去兜了一大圈。回家来的时候大喜乐滋滋的,嘴里含着话梅,手里举着一支蓬成一大团的棉花糖。爸爸也是难得的眉开眼笑,用自行车挨个带着她们姐妹几个上街去转。他和颜悦色,耐心极好。但是轮到凤舞的时候,他说累死了,没劲了,下次吧。凤舞跟我说这些的时候是喜气洋洋的,一点没有不开心。她说自行车买来就是家里的,爸爸答应带她,总归能坐上车子的。她欢欢喜喜等着这一天,等了好久,她的这个心愿终于实现了。

那天爸爸去走亲戚,几个大的一个没带,只带了她和大喜。去的时候爸爸说骑车带不动他们两个,只让大喜坐上车,叫她走路去。回的时候已经是夜里,天黑漆漆的,西北风刮得呼呼的,爸爸让她自己走,等他把弟弟送到家再回过头接她。她不怕天黑,也不怕刮风,为了能坐在爸爸自行车后面时间长一点,她走得很慢,慢得就像蜗牛爬。

她终于等来了爸爸，在昏黄的路灯下，她影影绰绰看见爸爸骑在自行车上，就像一个英雄骑在高头大马上，又威武，又神气，完全不像他平常穿着脏兮兮的旧衣衫，缩着头躬着腰的样子，简直就像电影里的人。她觉得那是爸爸最好看的样子，她真希望是大白天，爸爸这个样子让街上的人都看到。

爸爸看见她，刹住车，脸一翻，劈头把她一顿骂。爸爸嫌她太磨蹭，老半天才走了一点点。"乌龟爬都要比你快得多！"爸爸对她大发雷霆，差一点骑着车扬长而去。

她吓坏了，她不怕爸爸骂，但怕失去这个快要到手的坐车机会……最后她总算是坐上了爸爸的自行车，那真是一个无比快乐的时刻啊！爸爸骑在车上还在骂她，骂声跟呼啸的西北风一起灌进她耳朵里。她一点没有不开心，相反，心里的快乐丝毫没有打折扣，她觉得坐在自行车上，就像在风里飞一样。

第二天见到我，她迫不及待把这一段告诉我，她边说边笑，脸上闪耀着幸福的光彩。

8　面临辍学

有一天，上学的路上凤舞突然对我说，念完三年级她就不上学了。我很吃惊，问她为什么，她支支吾吾的，说不清楚，也许是不想说。那会儿我还从来没有听说谁家小孩不上学的，我们班家里比她穷的同学也没有辍学的。我问她不上学做什么，她脸上挂着迷茫的笑容说：我也不晓得，就在家里帮大人做做事吧。后来我去她家听她爸爸妈妈也这样说，看来是真的。

隔些日子，我在她家玩，她的小姑妈和小姑父也在，正和她爸爸妈妈说这件事。他们不像在商议，就像在闲谈。她爸爸妈妈态度很坚决，就是不让她再读了，夫妻俩难得这样一致。她爸爸说：小丫头子读书有啥用？早晚是人家的人。大喜马上就要上学了，要负担他们六个，实在吃不消。她妈妈说：辛辛苦苦挣点钱全交给学校老师了，她又学不进，倒不如省下来多买几块豆腐几把青菜呐。

小姑妈静静地听着，默不作声。她有个艳丽得俗气的名字叫花美香，二十六七的年纪，长得花容月貌，打扮得却相当朴素，她剪着齐耳的清汤挂面式短发，总穿着灰不拉叽或者颜色很暗的衬衫和两用衫，裤腿上打着补丁，夏天也从来没见她穿过裙子。她面色清和，不爱笑，高傲中透出冰雪一般的冷冽。咸城的姑娘出嫁后一般就不能管娘家的事情，但小姑妈在哥哥嫂子家好像还是很有发言权的，不过她并不轻易开口。

小姑父神情严肃，对凤舞不上学，他明显是反对的，态度却软绵绵，好多话还都是顺着她的父母说的。小姑父说：从前讲"万般皆下品，唯有读书高"，现在报纸上一直在批判。从前讲师道尊严，现在学校里那些老师被斗来斗去，有的还被关起来，倒是我们这些肚里没得二两墨水的平头小百姓还好过些。不过话说回来，小五子才九岁，这么点小丫头不上学能做啥？

小姑妈终于开口了，附和他说：就是啊，如果她十九岁，还能想想办法找点事情做做。

凤舞的爸爸妈妈听了，变得不耐烦，他们说：去上学不是要多花钱吗？

小姑妈和小姑父就把话岔开去，说些别的。他们临走的时候，小姑父掏出三块钱，不声不响放在茶几上。她爸爸妈妈看见了，高声叫他收起来。他谦和地笑，逃一样快步朝门外走。走到门口低声说一句：还是让她读下去吧。

到第二天，我就听凤舞说那三块钱被她爸爸妈妈退了回去。我问为什么，她说她爸爸妈妈的意思是不想受小姑父和小姑妈的恩。她这样说：我爸爸说了，救急不救穷，我们还没到揭不开锅呢。他们一个小技术员，一个小护士，自己还有三个小孩要养，挣点钱不容易，手头子也不是多宽裕，我们花他们的钱，要承多大的情？我妈妈说，今天拿他们三块钱去念书，将来读得出来读不出来都还不清。我只觉得她爸爸妈妈一点不为她着想，大人的那套人情世故我也根本弄不懂。

学期很快就要结束了，本来放假是一件开心的事，但想到过了暑假凤舞就不能来上学，我心里有一种说不出来的失落，感觉没有她一起，上学这件事对我也失去了吸引力。好几次我问她：你真的不上学吗？她苦着脸说：我求过爸爸妈妈了，没得用。过了一阵子，她又来对我说：我会去上学的，我还是要读书的。她说得言之凿凿，十分肯定。我追问她：真的吗？你爸爸妈妈答应啦？她却马上又不吭声了。

那段时间，放学之后凤舞经常去捡废品，我知道她是在给自己攒学费，有时候我也跟她一起去。她带我到工厂里去捡铁块，但铁块太大，我们根本拿不动。运气好的时候能捡到一点边边角角的东西，运气不好的时候空手而归。也有的时候我们都已经把捡来的东西装进篮子里了，却让凶神恶煞的人拦下来。他们还威胁我们要是再让他们看见，就要把我们抓起来。好几次我们远远看见穿工作服的人，吓得仓皇逃窜，连捡到手的战利品都没有拿出来。

经过好多次的历险，凤舞才攒下五角钱。这样下去，到开学她也很难凑够三块钱学费。我替她灰心，但她好像并不气馁，每天清早和傍晚都提着小篮子出去转悠。

整个暑假凤舞很少来找我玩，我去找她，看见她奶奶正带着她们姊妹几个围坐在八仙桌边剥大蒜。她家里堆着一麻袋一麻袋的大蒜，即使开着窗户，屋里也充满了大蒜刺鼻的气味。不过剥大蒜挣的钱都让她妈妈拿走了，一分都落不到她手里。因为整天都要剥大蒜，她连出去捡废品的工夫都没有。

9　晚爹爹

开学前夕，凤舞告诉我她总共存了七毛三分钱，这点钱离交学费还差得很远。她去向爸爸妈妈要，他们谁也不给，对她说的是同样的话：不是说好了嘛，你不要去上学了。凤舞跟在他们后面磨，问他们为什么姐姐弟弟都能上学就她不能，他们不理她，她哭了好几场，也没有用，她不吃饭，同样打动不了他们的心，反而惹得他们烦。

开学我们都背着书包走进教室，凤舞没有来，她的座位空着，就像豁了的牙齿。

过了一个多星期，她突然出现了，背着一只崭新的花洋布小书包，一脸喜气地走进教室。她的新书包很引人注目，粉白相间的菱形图案，周围还有一圈薄如蝉翼的白色荷叶边，比我们千篇一律印着红五角星的黄书包漂亮太多了，让我心生艳羡。我甚至认为有这只新书包，掉了一个星期课也是值得的。她得意扬扬地告诉我，书包是老爹爹给她买的，也是老爹爹带她来报的名。

她说的老爹爹是她的晚爹爹，我听说过她晚爹爹，但一直没有见过他。有时到她家看见桌上摆着一些新鲜水果或者一些亮眼的东西，她家里人会说是晚爹爹来过了。听凤舞说，她爷爷去世得早，她没有见过，连她爸爸对他也印象模糊。她奶奶不识字，是家庭妇女，丈夫死后她一个人拉扯四个孩子没办法，经人介绍，改嫁给也是丧偶的晚爹爹。不过她姐姐跟她说得不一样，她们说晚爹爹和奶奶是远房亲戚,他们从小就认识。爷爷确实很早就死了,不过不是奶奶说的生病死的,而是被镇压的。从前爷爷家很有钱,有百十来亩田,还有店铺,半条街的房子都是他家的,定成分的时候被定为地主。爷爷死后,奶奶为了划清界限,带着她爸爸和小姑妈改嫁过一次,两个在乡下的叔叔就是奶奶和第二个男将生的。奶奶和第二任丈夫过不下去,嫌他又穷又懒,跑回了娘家,好多年以后才嫁给了晚爹爹。晚爹爹是从苏南下放到苏北的,听她们说他在苏南的时候当过中学副校长,有头有脸,为什么会来苏北,她们说得含含糊糊。我听她家隔壁邻居说晚爹爹是犯了错误被发配到我们这个苦地方来改造的,他的老婆不是死了,是因为他犯错误跟他离婚的。我估计凤舞不晓得这些事,要不然她大概不会说起晚爹爹时那么得意和骄傲。

晚爹爹不跟凤舞一家人一起住,他住在北闸大桥还要往北的一个地方,走路很远,过来一趟要走一两个钟头。晚爹爹和他妈妈一起生活,他的老母亲将近一百岁,老太太怕人吵,一点声音都吃不消,不愿意到城里住,晚爹爹一个人陪她在乡里住。街坊四邻都说晚爹爹是个大孝子,凤舞在作文里写过他。

我在她家见到她奶奶对晚爹爹毕恭毕敬,泡了茶都是双手捧给他,她跟着孙辈喊他"老爹爹",和别人说话提到他都敬称他为"先生",包括对我们这些小孩子。平常她满口粗话,骂起架来特别脏——她镶着一颗大金牙,我觉得那些脏话都是从她大金牙里冒出来的,但她在晚爹爹面前嘴巴干干净净,态度非常温柔,和她在别人面前粗声大嗓不一样。奶奶一直住在凤舞家,一年到头很少回晚爹爹那个家去,晚爹爹隔段日子会过来看看,跟这边走动得不算频繁,难得也会留下吃顿饭,但他好像从来不在这边住。听凤舞说,晚爹爹来会给奶奶钱,有时五块,有时十块,全凭他高兴,所以奶奶很巴结他，不光奶奶，全家人都巴结他。她还悄悄告诉过我，几个小孩当中晚爹爹对她最好——他会带东西给她吃，偶尔还会偷偷塞钱给她，有时是两分钱，有时是五分钱，有时是一毛钱，最多的一次给过她五角钱，把她开心坏了。最让她得意和骄傲的是晚爹爹从来不给她几个姐姐钱，也不给大喜。她对我说起这些，脸上是形容不出的喜悦和甜蜜。

那一阵，凤舞经常跟我说她的晚爹爹。说起他时她有一种莫名的兴奋，或者说陶醉，很难形容。晚爹爹来她会告诉我，还特意喊我去她家玩。晚爹爹对我们小孩也是客客气气的，他喜欢听我们说话，听得很入神，让我们很有自豪感。他也乐意辅导我们作业，有什么不会的问他，他回答得特别认真和耐心。我们都喊他老爹爹，当然不会喊他晚爹爹。

看得出来凤舞特别盼着晚爹爹来，每次他登门，她都非常欢喜，替他点烟倒茶，为他做这做那。晚爹爹来了就坐在八仙桌旁，一支接一支抽烟，面前放一杯热气腾腾的茶。那杯茶是有讲究的，她家别的人都不能喝，茶叶是奶奶亲自收的，有时放在碗橱顶上，有时塞在枕头底下。晚爹爹喝起茶来慢慢吞吞，他端起茶杯，揭开盖子，用杯盖小心翼翼刮一下浮在上面的茶叶末子，朝杯里轻轻吹上一两口仙气，然后才浅浅地抿上一口。喝茶的时候他不作声，也不去留心边上别的人，他很专心，眼观鼻，鼻观心，仿佛瞬间和旁人拉开了距离。

晚爹爹很严肃，不跟小孩子随便逗笑，虽然客气，脸上却难得有笑容，笑起来也很矜持，但他与凤舞的爸爸不爱理人不同，他的严肃里有一种高冷，让人有点高攀不上。我不敢和他说话，感觉他是一个难以接近的人，但在凤舞的描述中他和蔼可亲，完全像是另一个人。也许是为了得到我的认同，她把晚爹爹给她的钱买成零食，和我分享,那些硬币在她手里都捏出汗来了,付钱的时候会粘在她手心里,给我的印象相当深刻。她不止一次跟我说,晚爹爹很有学问,他是大学毕业生呢,他是下放到我们这里的,要不然他不会是小学老师,至少也是中学老师。

晚爹爹说出来的话水平很高,比如他说"明枪易躲,暗箭难防","见人只说三分话,不可全抛一片心","人情如纸张张薄,世事如棋局局新",在我这样刚认了些字的小学生听来真是高深莫测,令我佩服得五体投地。街坊四邻遇到事情也会向他讨主意,他总是帮人家分析得头头是道,邻居们听得也是心悦诚服,交口称赞。凤舞特别说过,晚爹爹关照她爸爸妈妈——是认认真真说的,叫他们一定要让小孩子读书,男孩女孩一个样。还有就是要对小孩子好点,不能想打就打想骂就骂。他说小孩子统统会记得的,就是这时候忘记了,以后也会想起来的。"不要伤了小孩的自尊","不能伤了小孩的心",他反反复复叮嘱她爸爸妈妈,还说家里要有和睦的气氛,有利于孩子成长。她妈妈一听一了,不以为然,对几个丫头照打不误,还是没有一点好脸色。她爸爸倒像是听进去了,对小孩他不怎么动手了,对他们说话也比以前和气得多,进进出出也不再拉着一张就像谁都欠了他钱的苦瓜脸。我见到他到学校给凤舞开家长会,穿得也算干净,走的时候还不忘记面带笑容去跟老师打声招呼,看上去体体面面,不像平常在家里看见他时那样邋里邋遢。那时他也就三十几岁,我印象很深的是他瘦骨嶙峋,裤子用一条皮子开裂的旧皮带扎在窄窄的腰间,衬衣掖在裤腰里,堆起乱糟糟的一圈褶皱,似乎鼓着风。可能是因为到了陌生的环境,他板起一张刀把脸,薄唇噘着,形成一条向下的弧线,显得特别冷峻。我跟他打招呼,他反应迟钝,仿佛认不出我是谁。等反应过来,对我露出害羞的笑容,那个笑容仿佛暴露了他的本性,就好像他的严肃是装出来的。记得某次开家长会，他穿着一件闪闪发亮的褐色衬衣，看上去十分高级，那天他和凤舞都是精神抖擞的样子，情绪格外高昂，他的嘴唇也没有抿成苦相的半个括号，让我感到啥叫脸上有光。而且，他穿上时新的衣服，人还是相当精神的呢。其实他穿的衬衣不过是很便宜的涤纶面料，只是那个时候还很少见。我听到过凤舞的妈妈嘲讽他，说他一个下力气的泥水匠，就是穿上中山装还不是一身泥一身水？他听了笑笑，不作声，不像从前那样一点就着。

我们都知道晚爹爹是凤舞的保护伞，有了这个保护伞，她不但顺顺当当回到了学校，还有了新书包和各式各样崭新的学习用品。她每天都过得欢欢喜喜，她就是这样，一点点小事就能特别高兴，即使在家里受了欺负，挨了打骂，吃了苦头，走出来也是雨过天晴，还格外阳光灿烂。她天生就是一个乐观的小孩，蹦蹦跳跳，无忧无虑，直到发生了那件尴尬的事情。

10　发生在下晚的事

那也是凤舞亲口对我说的。放学回到家，家里一个人没有，她捅开煤炉烧晚饭，刚把泡饭锅炖上，晚爹爹走进门。他往八仙桌边上一坐，不声不响，跟他平常没啥两样。她从厨房出来，看见他，甜甜地叫他，赶紧洗了手给他泡茶。她找不到茶叶，翻遍了碗橱和奶奶的枕头底下还有奶奶藏东西的角角落落都没有找到，就给他倒了一碗白开水。晚爹爹对她说：你不要忙，坐过来，我跟你说说话。

晚爹爹很少像这样正式，她走过去，坐在他对面，他让她坐得靠近些，坐到他旁边，她照做了。他起身去关好门，重新坐下来，好一会儿并没有和她说什么，只是静静地望着她。她被他看毛了，忍不住咯咯笑起来。他不笑，还是专心地看着她。

他忽然问她：你冷不冷？又说：把手伸过来我替你焐焐。

晚爹爹以前从来不这样，她不好意思，没有动。晚爹爹说着，身子朝她凑近了，把她的手握在自己手心里，还细细地在她手背上摩挲来摩挲去。

从她记事起从来没有人对她这么亲，她不习惯，也不敢把手抽回来，怕那样做辜负了晚爹爹对她的好。晚爹爹忽然又伸手摸她的脸，他一边摸一边说，小脸滑滴滴，像只小苹果。从她记事起从来没有人用这种怜爱的口气对她说过话，她听了心里暖洋洋的，也有一点不自在。晚爹爹摸她的脸也不像人家摸小孩那样手掌贴上去摸一两下，而是伸出三根细长的手指头，在她面颊上轻轻地划过来划过去，仿佛在摸一件特别珍贵的东西，生怕用劲了会弄坏，让她心里有种说不出的感动。她忽然觉得晚爹爹真的是蛮喜欢她的，她还从来没有被别人这样惯过呢。就在这时，比突然还突然，晚爹爹凑到她耳朵边上，轻声对她说：把你的衣服撩起来让我看看。她呆住了，以为自己听错了，一时间不知道衣服应该怎么个撩法才对头。

晚爹爹嘿嘿笑着，亲自动手，尖起两根手指轻轻地把她的灯芯绒夹袄掀起一角，对她说：你自己来吧。她听话地掀起外衣，晚爹爹让她把里面的衣服也撩起来，又把她的手轻轻往上推了推，飞快地瞟了一眼门口，两只眼睛盯着她的上身看。

她这才反应过来，他是要看她的奶子。晚爹爹看得很专心，目不转睛的，两个黑眼珠子都快对起来了，他那个样子就像在用心读一本书。他一边看，一边自言自语，嘴里念念叨叨，不能碰啊，碰不得啊。很快，他碰了碰她胳膊肘，让她把衣服放下来，马上换了一副脸色，一本正经的，就好像什么事情都没有发生过。

家里有人回来前，同样的事情又发生了一次。炉子上的锅突然开了，稀饭潽得一塌糊涂，她冲进厨房，手忙脚乱用抹布擦，生怕妈妈回来要骂。她还没有弄干净,晚爹爹跟进来,对她说:不要紧的,有我在这里呢,他们不能拿你怎么样。他说话的口气非常温柔,跟原先和她说话时很不一样。就在厨房里,他又叫她把衣服撩起来让他看看。这次她知道衣服怎么撩了,就照他说的做。他也只是看了看,一边看一边还留心着外面是不是有人走进门。看过之后他让她把衣服弄弄整齐,然后他们一前一后走出厨房,回到了堂屋里。

等家里人一个个回来,晚爹爹又坐了一歇,跟奶奶还有爸爸妈妈说了一会子话就走了。

吃过晚饭,收拾好躺到床上,她才想起发生在下晚的那件事,觉得一切是那么不真实,既像是有过,又像是不可能有的,心里一阵清楚,一阵糊涂,好像被一个梦缠住。她没有从吃惊中缓过来,还沉醉在这件事当中,不管怎么想都怪怪的,而且,莫名其妙地有点硌硬。她是隔了一阵才把这件事告诉我的,当时我听了心里同样觉得稀奇古怪,不明白晚爹爹是啥意思。

她问我:你说晚爹爹是欢喜我吗?

我肯定地说:那当然呀。

我想要不然他看她做什么?她长得像一棵豆芽菜,个子小小的,还没有发育,完全是小孩子的模样,不像我们班有的同学胸脯已经有了小鼓包。她经常在礼拜天约我到纱厂由她妈妈带进去洗澡,我们对彼此的身体一清二楚,她的两个小奶子就像两只叮在墙上的小蚊子,还是那种没有吸到血肚子瘪瘪的蚊子,甚至比蚊子还要小,我实在想不出有啥好看的,而晚爹爹看了一次不够,还要再看第二次,我觉得太莫名其妙了,简直是发神经。后来我们就把这件事忘掉了,再没提起过。

那年春节对凤舞来说很不一般,她穿上了里外全新的棉袄和棉裤,罩衫和罩裤是绵绸的,料子又软又滑,微微闪着柔光,看上去特别高级。穿得那样簇新漂亮，以前她是从来没有过的。她头颈里系着一条当时最时髦的红纱巾，大年初一一个老早就来我家拜年，约我到大街上看热闹。她喜气洋洋，小脸蛋红扑扑，蛤蜊油搽得亮晶晶，就像新蒸的暄暄的大馒头。她口袋里装着软糖和掼炮，软糖我也有，但掼炮只有我两个弟弟有，通常也只是男孩子才玩的。我很惊讶，她的爸爸妈妈怎么一下子对她这么大方，她说不是爸爸妈妈买的，是晚爹爹买给她的，也不是只给她一个人，她和大喜都有份，不过四个姐姐就只能干看着。她笑眯眯地说晚爹爹打出牌子来只喜欢他们两个小的，她几个姐姐干着急。

晚爹爹把她拉到和大喜平起平坐，她相当开心，但也把四个姐姐惹恼了。她们不敢在大人面前流露，却变本加厉地欺负她。从前她们排斥她，大多时候是在暗地里搞名堂，现在她得了晚爹爹抬举，她们实在气不忿，不再遮遮掩掩，公开跟她闹翻了。她们不仅像以前那样霸吃霸穿，还想出各种计策捉弄和陷害她。她们有事没事就到奶奶外婆外公和爸爸妈妈面前说她的坏话，不管她事情做得好不好，她们都能挑出毛病告她的状。大人交代的事情，假如她没听到，她们就故意不对她说，让她被责骂。她们还藏起她的书本和文具，让她上学出洋相。临到她要考试，她们上蹿下跳格外兴奋，故意吵闹半夜，不让她睡觉。她做菜时她们会趁她走开或者不注意时往锅里加盐，有时候一个加了，另一个又去加。不过这个事情损人不利己，虽然挨骂的是她，菜咸她们一样也得吃。

四个姐姐对付她各有手段，她不怕她们欺负，但怕被她们孤立。她们四个不跟她说话，不带她玩，她很难受，我看她老是主动去跟她们说话，主动帮她们做事，处处讨好她们，可她们根本不搭理她，视她若无物。

有一天我去她家玩，她突然捂着眼睛哭着跑到门外，越哭越伤心。我问她哭啥,她不肯说。后来就像是憋不住了,终于说了出来。她说:我不晓得怎么得罪她们了,我没有做过对不起她们的事情,她们为啥要这样对我?

她哭得呜呜的,她几个姐姐都在屋里,对她哭得那般伤心无动于衷,还发出嘲笑声,我看了心里很难过,但我不晓得怎么才能帮上她。

晚爹爹在那件事情之后倒是一切如常。他还是隔一段时间过来转一转,坐一坐,喝杯茶,偶尔吃顿饭。他拿钱给奶奶,或者不拿钱给她,奶奶都是恭恭敬敬对他,一点不敢怠慢。有时候他给她带一条飞马牌香烟,奶奶笑得合不拢嘴,她逢人便说,要说上好多天。有时候他带些吃的过来,一家人欢天喜地,笑声又高又尖,空气里充满了谄媚的味道。他还是会给凤舞和大喜特殊的待遇,给他们买零食,给他们买玩具,给他们买衣服,高兴了还带他们到街上或者公园转一圈,几个姐姐看着,只有眼馋的份。

我不知道后来晚爹爹有没有再对凤舞做什么,她没有说起,她甚至不怎么提晚爹爹。也许是她之前说他说得太多了,我会问她:你怎么好久不说晚爹爹了?还有:晚爹爹又给你买啥了?她听了就是笑笑,随便用一两句话支吾过去——也许她的笑容是暧昧的,或者是羞作的,只是当时我太小还不懂。

11　春旦从上海来

不知不觉间,凤舞有了一些变化。她经常笑得很疯很大声,有时神神秘秘鬼鬼祟祟,说一些我听不大懂的话,有时自言自语,我不知道她在嘀咕些什么。我听见她家邻居小菜子的妈妈说"这个细小的头脑子开窍了",还说"不好了,这么小就醒了哎",她神情里带着浮夸的赞赏和掩饰不住的鄙夷。我倒是听明白小菜子妈妈说的不是什么好话,她的意思大概是说凤舞懂得了我们这些小孩子家不该懂的事情。

我其实也已经感觉到她和我们不一样。有一天,我无意中听见别人说一个词——"早熟",马上就联想到她。除了那种很疯很响、放肆的、歇斯底里的、不顾一切的大笑,她还会突然间脸红,神色古怪,问她为什么却不说,弄得我摸不着头脑。她对一些奇奇怪怪的声音也特别敏感,比如别人叹口气,或者哼一声,她会停下手上正做的事情,侧耳细听,似笑非笑,做出奇怪的模样。有时她听着听着脸上会露出神秘的笑容,那种笑容很复杂,有嘲讽,有鄙视,有尴尬,有羞耻,也有被吸引,难以形容。

秋天,我们升到四年级。开学不久,凤舞家从上海来了一个亲戚,她告诉我是她的表叔,名叫春旦。虽是长辈,但春旦只有十四岁,是个刚刚抽条的大眼睛少年,长着一张娃娃脸,稚气未脱。他穿着那个年头最时髦的洗得发白的黄军裤和海魂衫,头发理得短短的,俊俏得就像一棵长满嫩叶的水杉树。

春旦管凤舞的爸爸妈妈叫表哥表嫂,管她的奶奶叫姑妈,是她嫡亲的侄子。春旦来之前,奶奶就去邻居家借了一张行军床,搁在自己的披屋里,两张小床拼在一起,连条缝都没有,几个小孩觉得新鲜,上去打滚。凤舞的妈妈搂过大喜,黑着脸吼她们姐妹几个,叫她们快滚出去。她听说春旦要来就不乐意,担心他住下不走,本来就穷,怕他来了白吃白用他们的。她在家里不阴不阳地说:姑妈和侄子睡一块不便当吧?奶奶当即拉下脸,呛回去:听听你在说啥呢?狗嘴里吐不出象牙来,亏你想得出,你要不说没人嚼瘟蛆。我牙齿都落光了,他小毛头一个,有啥不便当?妈妈被奶奶几句话呛得不响了。等她见到春旦,看他眉清目秀,举止大方,小小年纪就有大城市人的展样，尤其是他大包小包带了各式吃的用的过来，那些包装精美的礼物一看就是实实在在花了不少钱的，有些是他们一家人从来没有见过的，她心里欢喜，态度立马来了个一百八十度大转弯。凤舞的爸爸对春旦没得说，喜欢这个表兄弟和喜欢大喜不相上下，远在凤舞姐妹之上。春旦的父亲是他舅舅，从小舅舅对他非常好，有点好吃的东西都会省给他，不说别的，他理所应当要招待好这个表弟。虽然穷，面子还是要讲的。

春旦一来，凤舞家伙食明显改善，原来的酱菜萝卜干下了桌，端上来的是红烧肉，烧杂鱼，海带烧排骨，酱鸡爪，韭菜炒虾子，老鸭汤，肚肺汤，还有放了咸肉、百叶结、金针、木耳的大杂烩，比过年还要丰盛，半条街都能闻到他们家的饭菜香。家里几个孩子看见一桌子的荤腥，馋得抓耳挠腮，口水直流。他们被爸爸妈妈悄悄拉到山墙根下打招呼，要他们先尽着客人吃，不能馋相毕露跟叔叔抢，哪个不听话，不要怪他们不客气。等上了桌，爸爸妈妈一直拿眼睛瞪他们几个，时刻提醒他们不得过分。他们总算还能顾及体面，坚持到春旦吃完才把桌上的好菜风卷残云吃个精光。

家里来了亲戚，多了一个玩伴，又吃得这样好，凤舞跟姐姐弟弟一样，欢喜得了不得。春旦没来之前我就听凤舞说过他，他来了之后她更是几句话就要说到他，特别兴奋。凤舞详详细细告诉我春旦在她家里的情形，他说了什么，吃了什么，喜欢吃什么，不喜欢吃什么，他会打弹子，会打扑克，会滑冰，他不会爬树，不敢抓毛虫和蚯蚓，事无巨细，每一件都当成大事讲给我听。我还没有见到她这个表叔，但我感觉跟他已经像是熟人一般。

春旦在凤舞嘴里就像是一个传奇人物。她告诉我春旦准备去当兵，所以不上学了。他是搭便车来我们这里的，便车不是事先找好的，而是他在公路边上拦的，他只用几包香烟就从上海来到了这里。

她还骄傲地告诉我春旦的爸爸是海员,坐着大轮船周游世界,地球上没有他没到过的地方。春旦的两个哥哥也很有本事,他们会打篮球,会做航模,他们弟兄三个都在少年体校学过武术,出去打架谁都害怕他们,他们是家周围好几条街上的大王,别人听见他们的名字就瑟瑟发抖。

她有些话听上去很夸张,有吹牛的成分,但我觉得有意思,喜欢听她说。

凤舞的爸爸妈妈怕春旦待不惯,除了每天变着花样弄好吃的给他吃,还让她们姐妹几个一人一天轮班陪他。一个星期要上六天学,多出来的一天凤舞自告奋勇由她来陪。自从差点辍学,她不再逃学,但上学跟玩相比,她肯定更喜欢玩,何况有个名正言顺的理由出去玩,又是跟着见闻广博机灵帅气的春旦一块玩,天下竟有这等美事,而且几个姐姐还不来跟她争抢,她开心极了。

凤舞领着春旦来我家串门,我觉得家里没有什么好玩的,友帛友黍年纪太小,春旦显然跟他们玩不到一块,我就带他们去找我表姐映玉玩。我们两家就住隔壁,那时的映玉刚上初一,高挑纤瘦,乌溜溜的大眼睛会说话,她既聪明又漂亮,学习成绩名列前茅,是我们大家庭最拿得出手的孩子。她很矜持,对男生一概不理,但对春旦却例外。她和他一见如故,跟他闲聊,和他下跳棋,给他看她轻易不示人的集邮册。他们一聊就好半天,我和凤舞基本插不上话,而且他们的谈话我们听得也是似懂非懂。映玉还弹琵琶给春旦听,虽然我和凤舞也跟着一起听了,但我们清楚是沾了人家的光。后来凤舞就不带春旦来我家玩了,她跟我说,春旦还想来,她没让。

凤舞倒是乐意我跟他们一起玩。我懵懵懂懂,头脑简单,就是个天真无邪的傻孩子,不会抢她风头,也根本没有那样的意识和心机,跟他们一块玩只是像个尾巴一样跟在他们后面。凤舞出啥主意我都热烈响应，不过她实际上都是听春旦的，围着他转。春旦比我们大，又是来自大上海，见多识广，足智多谋，我们都对他言听计从。

春旦跟我们两个玩并不居高临下，他很有耐心，而且很细心。我们知道他对我们这里不少东西都看不上，他吃棒冰会说，上海的棒冰比此地的味道要好。喝酸梅汤会说，甜度和酸度的比例不太恰当。我们不知道怎么接话，愣在那里，他以后就不再说。他跟我们说起上海的外滩，国际饭店，中百公司，永安公司，美琪电影院，拖着辫子的电车，各种糖果糕点，用的都是平平淡淡的语气，一点没有炫耀的意思，似乎生怕伤害到我们敏感脆弱的自尊心。某天他问我们：你们这里有博物馆吗？那是我第一次听见"博物馆"三个字。看我们很茫然，他又问我们：你们这里有天文馆吗？我们摇头说不知道。他又问：文化宫总归有吧？我和凤舞一迭声说有有有，我们不仅有文化宫，还有少年宫，它们在一起。我和凤舞骄傲极了，我们从来没想过文化宫和少年宫会让我们这么自豪。

我们三个去了文化宫和少年宫。文化宫里空空荡荡，少年宫锁着门，有人看见我们进去，问我们是做什么的。我和凤舞吓得不敢说话，春旦落落大方地说：我们来看看。在我看来他的回答很得体，很沉着，有一种令我暗暗骄傲的很有尊严的舒展。那人轰我们走，说在维修呢，不开放。春旦也是坦坦然然的，一点不慌张，还问什么时候能开放。那人也不回答，大概看他是小孩。春旦关照我们说：等开放了，记得来看看展览，有好处的。他说话的样子就像个大人。我把他这句话记住了，后来常到这里来。

春旦住了十几天要回去了。他临走前的一个傍晚，和凤舞一道约我出去玩。我们三个漫无目的地逛街，在卖水果的小摊子前春旦停下来，买了新上市的梨给我们吃，他挑了三个最大的，让店主拿刨子旋了皮，我们一人一个，边走边啃。刚吃完梨，他又买了香蕉给我们吃。香蕉在当时是非常金贵的水果,我们不肯要,拖住他,不让他付钱。他笑笑,还是买了三只,给我们一人一只。经过市中心,他带我们走进小吃店,又买了凉粉给我们吃。那一晚我吃到撑得不行,春旦花钱如流水的大方劲头非常打动我。

不知不觉,我们走出很远,一直走到大蟒河边。大蟒河和小蟒河在这里成"Y"形状交汇,这边是真正的城外,放眼望去,天大地大,滔滔的河水之外,是茫茫的田地和芦苇滩。凤舞很兴奋,提出要过桥去,说着就往前冲。那座桥又高又长,我们走了好一会儿才走完。河对岸很荒僻,几乎看不到房屋和街道。天色正暗下来,风吹在身上冷飕飕的,我感到有点害怕。春旦似乎被这样的风景吸引,他从旁边窄窄的阶梯走下大桥,在河岸边快步走着,凤舞紧随他身后,我走得气喘吁吁,跟不上他们的步伐。

春旦越走越远,跟我们拉开了好一段距离,突然,他在前面站住,抬头仰望天空。凤舞也跟着他停下了脚步。我听见春旦感叹:太美了!他转过头,大声朝我们说:你们这里比上海好——我们问他:什么?

春旦一指天空。

漫天的繁星,闪闪烁烁。

他久久地站在空廓的河滩上,脚下像生了根,凝望着星空。我还从来没有见过一个人会这样呆呆地看上老半天星星,我觉得他太浪漫了。

往回走的时候,春旦不像来时那样兴高采烈,他默默地走着,脚步很快。我和凤舞走在他后头,越落越远。突然,凤舞凑到我耳边悄悄说:我们去撞他一下好不好?我不明白为什么要这样做,还没反应过来,她已经发力奔跑,朝春旦冲过去。

她的身体像一只被用力扔出去的皮球,重重地撞在春旦身上,他吓了一大跳，不过一点没有生气，而是眼疾手快一把拉住了她。要不是他拉住，她刹不住脚步很可能会摔倒。他们两个笑作一团。我也很想像她那样去撞春旦一下，但我没敢那样做。

笑闹过后，凤舞又凑过来轻声对我说：我们一人去打他一拳好吧？虽然我知道是闹着玩，但我没有答应，觉得那样不好。隔了片刻，她好像有了新主意，又跟我咬耳朵，她声音小小的，低到听不见。不过我还是听见了，我简直惊呆了——她竟然对我说：敢去亲春旦一下吗？

我毫不迟疑地拒绝了。我不是不好意思，在我当时的认知里，电影里的坏人才会那样做。凤舞赌气地说：你真是胆小鬼，你不去我去！

我觉得她就是激将法，她不会真那样做。只见她甩开膀子，夸张地扭着胯，大步流星朝春旦走去，就像戏里的英雄奔赴刑场一样大义凛然。走出几步，还回过头看了看我。靠近春旦时，她做出要跟他说悄悄话的样子，踮起脚，凑上去，猛地在他脸上啄了一下。

春旦怔住了，呆立在原地好几分钟，也许并没有那么久，是我在忐忑中觉得时间像是凝固了。他抬起一只手摸着后脑勺，咧着嘴，似笑非笑。那个样子让我不安，我以为他生气了，心咚咚咚跳起来，生怕这下子没法收场。我好像听他说了一句上海话"侬做啥"，或者是普通话"别这样"，离得有点远，我没听清楚，也许是当时太紧张了。

凤舞却是轻狂的样子，她亲过春旦就转身跑开了，一边疯疯癫癫地大笑着，嘎嘎嘎的，像一只得意忘形的大鸟。平常她这个样子疯笑被她妈妈听见了是要讨骂的。

快到家时凤舞一只手挽住春旦的膀子，她蹦蹦跳跳的，就像小孩子一样。我晓得她是装出来的，她没有那么幼稚。

春旦好像很尴尬,他要抽出胳膊,却小心翼翼,尽量保持着礼貌。

凤舞却装得像是不知道,一次又一次挽紧他,胸口靠过去,问他:你真要回去呀?

春旦点头。

她又问:你回去了还会来吗?

春旦不作声。

她盯着他问:那你什么时候再来呢?

春旦皱起眉头,好像有一点不耐烦,但他说话的口气还是很温和。他说:我也不知道呀。又说:你不要问了好不好,问得我心里都难过了。

他看着我们,目光柔柔的,很快把眼睛移开了。

我忽然体会到了离愁别绪。

春旦回上海去了,凤舞很失落,一副没精打采的样子。课上老师提问她,她像木头一样杵在那里,一句答不上来。以前她答不上来的时候也不少,但不像这样眼神呆滞。我知道她是因为春旦,心里也有点怅然若失。我向她问起春旦,她却一句不愿意说。

大约过了一个星期,凤舞来约我上学,她告诉我春旦来信了。我问她春旦信上说了啥,她说回头拿给我看看。下午上学的时候她果真就把信拿来了,春旦用指甲盖大的字写了一页纸,感谢了姑妈、表哥、表嫂一家人对他的热情招待,写了几句客气话,希望他们有机会到上海去玩。信的末尾处特别提到让凤舞问我和映玉好,替他谢谢我们,盼着有机会再见到我们。

他心里有我们哎。凤舞这样说。我觉得她真想说的肯定是——"他心里有我哎"。

收到春旦的信后,凤舞变得开心了。她经常主动跟我提到他,有时跟我说着别的事情,明明跟春旦无关,也会七拐八绕扯到他。

有一件事令凤舞无比兴奋和得意。她过生日当天,收到春旦从上海寄给她的一张明信片。明信片上印着外滩的全景,那是最经典的上海的照片。明信片是寄到学校的,陆老师拿到教室里来郑重其事地交给她的时候,全班同学都向她投去羡慕的眼光。那是凤舞人生中第一次收到寄给她的信,她也是我们班级第一个收到信的人,虽然仅仅是一张明信片。她十分珍爱地拿给我看,掩饰不住欣喜和骄傲。明信片上写着八个字:生日快乐,友谊长存!

12 跟你说了也不懂

凤舞一直说要给春旦回信,还问我写什么好,但她迟迟没有动笔。

有一天,下课时她把练习本拿给我看,上面有她用一笔一画的字体写的一首诗,她羞涩地说要寄给春旦。那首诗就是"东风吹""红旗飘"一类老生常谈的句子,那时我们写作文经常这样开头,但后来她没有再说起,可能是她也觉得那首诗不像样吧。过了一段日子,我想起来问她给春旦的信寄出了吗?她摇头,说还没写呢。

过了一冬一春,班上的同学像秧苗一样忽地蹿了起来,只有凤舞仍在原地踏步。她一张小尖脸,配上小小的个子,往我们这些长高长大的同学当中一站,越发显得娇小玲珑,一眼看上去就像个特别秀气的小童。连班主任都说:别人都是越长越大,只有花凤舞倒是越长越小。

虽然凤舞模样还像个小孩子,但心思却要比我们这些同龄的孩子多得多。她喜欢背地里议论同学,经常告诉我哪个女同学和哪个男同学要好,仿佛掌握着班上每个人的秘密,常常听得我目瞪口呆。

这样的话题她说起来津津有味,只要看她脸上浮起暧昧或嘲弄的微笑,我就知道她又要说点什么了。但她有的时候也会烦,因为她说的一些话我不相信,或者听不懂,她赌气说不想再跟我说了。我以为她真的不说了,可用不了多一会儿,她又会神秘兮兮地告诉我她有了啥新发现。

一天放学路上,下了路队,只有我们两个人的时候,她忽然问我:班上有你喜欢的男同学吗?

我立马说没有。

我反问她:你有吗?

她叫我猜。我说猜不着。她像大人一样叹口气说:跟你说了也不懂。

我缠着她,要她告诉我。她瞟我一眼说:你长着两只水灵灵的大眼睛,难道没有看出来吗?可我真的没有看出来。她只好说出来:就是我们这组最后一排那个人。

她的话让我顿时来了兴趣。我们这组坐在最后一排的只有一个人,就是谢文屿。他刚转学过来不到半学期,好像是因为搬家从城郊那边转来的,衣服和头发都很土,我不知道她怎么会注意到他,而且竟然还喜欢他。

凤舞跟我说过之后,我开始暗中留心谢文屿。之前我对他只有一个模模糊糊的印象,个头不高,长得圆头圆脑,他不爱说话,我几乎从来没有听过他的声音,他成绩不错,作业做得非常认真,字写得工工整整,我负责收发作业本,知道他是男同学当中作业本最干净的人。经过仔细观察,我发现他看上去圆头圆脑,其实很瘦,衣服穿在他身上又大又旷,人在衣服里晃。而且他的衣服又旧又脏,补丁摞补丁。他的书包也是补过的,颜色都暗淡了。他好像不合群,从来都是独来独往,下课也不出去玩,男同学打打闹闹,他从不参与,看上去性格很闷，有点孤僻，还有一点呆。我不知道凤舞怎么会喜欢他。

有一阵凤舞因为上课老讲话被老师调到最后一排，恰好跟谢文屿同桌，她喜悦的心情不可言表。那一段时间她经常要跟我说到谢文屿，几乎每天都说，把她看到的听到的谢文屿的点点滴滴都说给我听。她告诉我谢文屿的爸爸妈妈离婚了，他爸爸去了青海，他妈妈又和别人结婚了，他跟着爷爷奶奶过。她说谢文屿穿的衬衣衬裤是他奶奶的，他袜子上都是洞，她还说谢文屿不吃肉。这些话在当时听来让我觉得很劲爆，也很匪夷所思，特别是谢文屿竟然不吃肉，我还是第一次听说有人不吃肉的，肉是多么好吃，而且不容易吃到。我问凤舞：谢文屿为什么不吃肉？她说他家从来没有肉吃。我闹不清楚是他自己不喜欢吃肉，还是因为家里吃不起肉而不吃肉。凤舞说：他从来就没有吃过肉。她在答话时有点尴尬，也有点难受，仿佛那是她造成的一般。

我发现她很心疼谢文屿。她时常满怀同情地对我说，谢文屿没有橡皮，或者，谢文屿的本子反面都写满了也没钱买新的。某天她就像有重大发现一样说，谢文屿每天没有早饭吃，他喝一杯白开水就来上学了。她悄悄把自己的橡皮放进他的文具盒，把自己没有写过的本子送给他，还把自己从家里偷偷带出来的烧饼和山芋给他吃，不用说，那是她费尽心思省下的，她自己的学习用品还缺东少西，而且经常吃不饱肚子。

没多久，班上同学中突然传出谢文屿和花凤舞要好，他们两个是对象。先还是暗暗地传，很快就成了班上公开的秘密。同学们故意把他们的考试卷和作业本相互发错，课间做操的时候，他们把一个推到另一个身上，公然拿他们开玩笑。这种时候谢文屿沉默着，低着头，红着脸，显得特别不好意思。凤舞也沉默着，低着头，红着脸，但她会偷偷笑。至今我都记得她娇羞的模样。我知道她心里肯定是无比喜悦的。我很怀疑这个消息是她自己放出去的,因为当时班上除了她会说这样的话,我没有听别人说过。凤舞好像忽然心里只有谢文屿,她和我说的话差不多都围绕着谢文屿,竟连之前时常要说起的春旦也不提了。

班主任陆老师也听说了班级里在传花凤舞和谢文屿两个的话,她大概怕影响不好,把他们的位子调开了。两个人坐在教室的大对角,而且被班上那么多双眼睛盯着,不像之前坐同桌的时候上课都能说悄悄话。因为不在一个小组,学习讨论他们也不在一起。但我发现凤舞的目光经常在谢文屿的身上,谢文屿的目光也同样老是在凤舞身上,有时他们两人迎面碰上,都不敢对视,走过之后,又会不约而同回过头去看对方。

虽然不和谢文屿坐在一起,凤舞还是会经常跟我谈论他。有一天,教室里没别人,凤舞从口袋里掏出几张揉得皱皱巴巴的小纸片给我看,有一张纸上写着一道应用题,我仔细看,题目是凤舞的笔迹,解答是谢文屿工工整整的小字,正反面写得满满的。有一张上面写着:你不发烧了吧?还有几张上面就简单地写着"好的""我晓得了""哈哈哈"这样的字样,我认得都是谢文屿的笔迹。凤舞一脸的陶醉,不用说这都是他们之间传的小纸条。每一张我都看了,没有一句让人脸红心跳的话,我想也许是她把那些不想给我看的纸条收起来了吧,我问她,她说都在这里呀。她的眼神十分诚实,我相信她说的是真话。

那时我还不懂"要好"的真实含义,也不知道凤舞懂不懂。我觉得能和一个人要好,是一件令人向往的事。想到这件事,我心里会有一种酸酸甜甜的感觉——不仅有羡慕,更多的是好奇和向往。

和凤舞说悄悄话的时候,我问她:你以后会和谢文屿结婚吗?

她不假思索地回答:那当然啦。

她连一点躲闪和犹豫都没有,脸皮可真厚。

我问她:你们会住在一个家里吗?

她说:那当然啦。

她说得相当肯定,好像在说一个事实。

我问她:你们会生好多孩子吗?她一下愣住了,迟疑地说:不晓得。

我说:肯定会的。

她听了直摇头,好像很怵,很害怕。而在我看来,那是理所当然的事。

某天,凤舞对我说:谢文屿跟我说,他长大后要远走高飞。我觉得"远走高飞"这个词特别响亮,特别有气势,特别让人振奋,带劲极了,听得让我心头一亮。

我问她:你会跟他一起远走高飞吗?

她不作声,神情黯然。

她说:我不想远走高飞,我要照顾爸爸妈妈。等我长大了,他们就老了。她还说:我还有晚爹爹要照顾呢,我走不开。

她说话的腔调完完全全像一个大人。

我听了心里很震动,想到晚爹爹在家里替她撑腰,常给她买这买那,她要照顾他倒也罢了,她爸爸妈妈一点也不喜欢她,对她一点也不好,想打就打,想骂就骂,她心里还这样记挂他们,我很是吃惊。真想不到她会这样逆来顺受,我说不上是同情还是感动,但还是忍不住要在心里轻视她。

谢文屿对她说的"远走高飞"却像一颗种子在我心里扎下了根,想到这四个字,我的心就像小鸟一样长出翅膀。那大概是我有生以来第一次萌生出长大以后要去更广阔的天地的念头,尽管很模糊,但想一想就令我激动不已。

那个学期快结束前的一天早晨,谢文屿在上学的路上挨了打。事情的经过我们不太清楚,那天他迟到了将近一节课,他走进教室的时候鼻子淌着血,额头和面颊上有红肿和血迹,还沾了泥土,手背上也有擦伤,衬衣后背撕开了一块。老师停下讲课,问他怎么了。他用胳膊挡着眼睛,呜呜地哭起来,断断续续说出来上学的路上被街上的小混混打了。他们要他把零钱交出来,可他身上一分钱没有,他们就揍了他一顿。

老师放下讲课,带他去办公室洗脸、擦药水。回到教室,他脸上手上涂了紫药水,额头上包了白纱布,就像电影里的伤病员。下课的时候,不少同学走到他课桌边围着他,凤舞特别关切,向他问长问短。她眼圈潮潮的,我生怕她会当众哭出来。

谢文屿除了挨打还有损失,他的文具盒被打他的那些人摔坏踩扁了,一本趣味算术书被撕得稀烂,那是他最宝贝的一本课外书。他低着头,从书包里掏出那些被撕碎的书页,放在课桌上用劲抹平,一张一角地拼起来,可是怎么拼都缺了很多。他的眼泪无声地淌下来。

中午放学后,凤舞早早来到学校,她把夹着玻璃糖纸的一个旧课本带了过来,从教室前头走到后头,问同学谁要糖纸。那时流行集糖纸,我们也相互交换,一张漂亮稀缺的可以换好几张普通的。但凤舞不是白送,也不是交换,而是卖糖纸。她先是一分钱一张,只有一个同学买了一张,眼看无人问津,她马上就改成一分钱五张,再后来是一分钱十张,同学们都围过去,很快她整整一本糖纸就全卖光了。她把一把硬币放在课桌上,一分两分三分数了一下,一共一毛七分钱。她问我:你有钱吗?我有五分钱,她伸手从我衣袋里掏走,说先借她用用,她有了就还给我。除了跟我借,她还和另外两个比较富裕的女同学黄小橘和吕素静借了钱。课外活动的时候,她已经凑齐了两毛九分钱,她跑出校门,直奔新华书店,买了一本和谢文屿那本一模一样的趣味算术书回来。当她把书给谢文屿的时候,我远远看见他接过书,在原地呆立了好一会儿,然后不顾课外活动还没有结束,捧着那本书跑回了教室。

陆老师知道了这件事,她在课堂上表扬了凤舞,她说班级就是一个大家庭,大家要团结友爱,互帮互助,不过,帮助别人也要量力而行。她没提凤舞把糖纸卖给同学的事,也没提她借钱的事,只是肯定了她助人为乐的精神。

下课之后,大家不约而同对凤舞和谢文屿起哄,说谢文屿是花凤舞的男将,花凤舞是谢文屿的女将,他们是一对。他们两个的关系就这样在大家的哄笑中被坐实了。

那时候还没有早恋一说,不说青少年,成年人都很少看见明目张胆谈情说爱的。街上素净得很,男女老少穿着样子大同小异的衣服,颜色大都是蓝白灰,看不见有谁当着别人拥抱接吻手拉手,连电影里都难得看到这样的镜头,国产影片里没有,外国电影里有也要被剪掉。同学起哄凤舞和谢文屿,不过就是小孩子闹着玩而已。老师看了,就是笑笑,也不说啥。后来听说班主任把这一段讲给同办公室的老师听,老师们都啧啧称奇,说这两个小孩倒比人家两口子还有情有义。他们很赞赏凤舞,都想认识她。

13 哀

那一阵子凤舞在学校里很出风头,她几乎受到所有任课老师的赏识。语文老师和算术老师不约而同给她补课开小灶,她的成绩有了明显的提高。关键是她只要有一点点进步,老师们就会在班上表扬她。她经常作为学生代表去出席这样那样的活动,她一直想进却进不去的宣传队也主动来找她，分给她的还是比较显要的角色。她经常抹着红脸蛋，眉眼描得很深去演出，有时候一个晚上她要串五六个节目。她穿着漂亮的舞衣和鲜艳的裙子，光彩照人。虽然比和她同台跳舞的人要矮许多，但神气一点不输她们。以前因为学习成绩不好，在同学当中她是经常被冷落的，没什么人理她，如今因为登台表演，她一下子蹿红起来，成了学校里令大家仰慕的大红人。

她的新衣服也多了起来，令我眼热。我问她：是晚爹爹给你买的吧？她不回答，就像没听见一样。我追着问她，她躲不过去，只好点头，用一种老成的口气说：还能有哪个撒？她笑，娇羞而甜蜜，特别美的样子。

在学校里凤舞成了一个自带光环的人物，走到哪里都引人注目。她就像一颗冉冉升起的星星，也像星星一样熠熠生辉。不知她从哪里学会了用一种抑扬顿挫的声音说话，尾调上扬，听上去令人振奋，我觉得那就是名人说话的样子。大人们听了会露出笑容，说她展样，拿得出，我们这些同学都十分羡慕她，被她的风采折服。女同学们变得喜欢她，下了课经常是好几个声音喊她一起玩，她去跟谁玩谁就很有面子，很欣悦，我为有她这样一个朋友非常得意。她渐渐变得矜持了，我们说话她不怎么搭腔，我们叫她，她也会装得听不见。她也不怎么围着谢文屿转了，我们觉得沉默寡言的谢文屿已经配不上她，大家也不再提他们的特殊关系。

但是她很快遭到了打击，一个非常沉重的打击——她的晚爹爹去世了。那天正上着课，她的小姑妈和小姑父跑来报信，她一听到噩耗便号啕大哭，哭得涕泪交流，声嘶力竭。我们坐在教室里，被走廊里传来的哭声震惊，停下了读书。从教室的窗户里我们看着她小姑妈和小姑父挽着她离开。直到晚爹爹下葬，她没有到学校来上学。

等再见到她,她的两只眼睛红肿着,脸色惨白,人都瘦脱了形,看上去更加矮小。她穿着素色的衣服,左胳膊上套着一圈黑纱。那圈黑纱她戴了很久很久,远远超过了一般人家服丧的时间。

晚爹爹去世之后有好长一段,凤舞十分忧郁。她话很少,时常一个人发呆,就像是伤心过度。我不敢问她经历的事情,不敢在她面前提晚爹爹,也不敢到她家去玩,怕惹得她伤心,也害怕她哭。我不知不觉疏远了她,也没留意她是怎么缓过来的。不知道从什么时候起,下课和放学以后她又凑到女同学堆里和她们一起踢毽子、跳橡皮筋,还像以前一样,非常热情,非常开朗,玩得开开心心,哪里人多哪里就有她的身影。

她好像一点不介意我和她的疏离,十分自然地跟我再次亲近起来,又要带我去她家里玩,说了一次又一次,热情得根本不容你拒绝。我只好答应,心里却有一种莫名的害怕,似乎晚爹爹去世让她家笼罩着一层瘆人的阴影。

她叫了我几次,我才跟她去了她家。她家里看不出有啥变化,基本还是老样子,屋子里黑黢黢的,满屋的床,床上堆得乱七八糟。她奶奶灰白的鬓角上别着一朵绒线编的小白花,她眯着眼睛抽烟,嗓门很大地骂人,还跟从前一模一样。她爸爸妈妈不喜欢她更加明显,对她说话粗声大气,动不动就吼她几句,小棍子、鸡毛掸子和鞋底子说不定什么时候就敲到她头上身上。四个姐姐还是不怎么搭理她,弟弟仍然很霸道,她对他们再好也没用。没有晚爹爹做靠山,她失去了保护伞,家里谁都对她吆五喝六。

有一点和我料想的很不一样,我以为晚爹爹死了她家的人会很悲痛,我完全想错了,他们提起晚爹爹没一个悲悲切切,都是嘻嘻哈哈,不当回事,就好像他根本没有死,还活得好好的,或者说他死他活对他们是一回事。他们拿晚爹爹跟她开玩笑,话说得相当露骨，晚爹爹活着时他们是绝对不敢的。

花小春说她：哭灵就你哭得最伤心，比奶奶还过不去，我问问你，你哪来的那么多眼泪？我怎么就哭不出来呢。花小夏调侃她：说说看，老爹爹给你啥好处了，你哭成那个鬼样子？她爸爸不冷不热地说：真没看出来，我家小五子倒是最有孝心的一个，等我们老了就靠她了。她妈妈说：你想得美，她跟老爹爹感情深，别的人怕指望她不上。说的时候还配着鄙夷和不屑的神情。他们毫不掩饰地取笑挖苦她，她听了抿紧嘴巴不说话，被说急了，就用一连串的嚷嚷回敬他们。

大概父母和姐姐们觉得这样逗她很有趣，这些话说了一遍又一遍。后来她变得无所谓，面无表情地听他们说，好像说的不是她，偶尔也会反击他们几句。她故作理直气壮地说：老爹爹对我好，我哭他怎么啦？老爹爹给我钱了，我就哭他，你们拿钱把我，等你们死了，我也哭。她爸爸妈妈和几个姐姐听了瞬间变了脸色，呸呸呸朝地上吐口水，恶狠狠地骂她促寿鬼，说话没轻没重，光天白日的，怎么好红嘴白牙咒自己家里人？转过头他们又嬉皮笑脸地追问她：晚爹爹到底给了你多少钱呀？还说：你拿出来跟我们一起用用呀。她就沉默了，郁着脸，一副不敢招惹他们的样子。

这样的玩笑她家里人经常跟她开，听得多了我忽然明白过来，这不是玩笑，这是在往她伤口上撒盐。有时候他们的口气既嫌弃又不耐烦，分明是故意找茬子怄她。她装得听不见，不动声色。实在受不了了，她会突然跑到门外去。看她忍气吞声的样子，我心里很为她难过。

有一天，放学后我们两个坐在河滩上，她用一种轻快的口气跟我谈起晚爹爹。

她说晚爹爹活着的时候确实对她说过，死了以后要她哭一哭。

晚爹爹这样跟她说,"人死了没人哭,难为情的,要把人家笑话的。"他说,"我自己没得小孩子,就拿你当亲的。"他还说,"家里这么些小伢子,我一个一个看过来,就你心最好,我不会看错的。"他不止一次对她说,"你跟我最贴心。"

这些话听得我很震动,我从来没有在别处听到过。我第一次知道长辈会这样对小辈说话,我也是第一次知道知心话是什么都可以说的。

凤舞还告诉我,晚爹爹特别跟她说过,"人再好再不好,钱总归是好的。"晚爹爹还说,"一个人肯把钱你用,就是真心对你好。"每次他对她说这种贴心话的时候总会拿钱给她,有时是一块钱,有时是两块钱,有时是五块钱,最多的一次给过她二十块钱。那是她从来没有得到过的巨款,连她爸爸妈妈口袋里都不常有这么多的钱。她说晚爹拿出两张十块钱的大票子给她,她头都蒙了,心口咚咚咚跳个不停,眼前金光闪闪,人直发晕。她不肯收,是真心不肯要,拿出吃奶的劲跟他推。但是晚爹爹抓着她的手硬把钱塞在她手心里,对她说,你一定要收下,我年纪大了,今天说不准明天的事,钱给到你手里,我就安心了。她还是跟他推,他把两张新崭崭的十块钱叠一叠,小心翼翼地塞到她贴身的口袋里,关照她一定要放好,不要掉了,也不要让别人拿走。那还不是晚爹爹最后一次给她钱,后来他又给过她,但再没有这么大的数目了。直到临终,他一直陆陆续续给她钱,临了他已经没有钱了。

她说这些话只告诉我一个人,叫我千万不要让她家里人知道,我向她保证不会对她家里人说。

钱是真的!——她站起身,掸着屁股上的土,就像自言自语一般说。

她的神情就像一个小大人,我发现她经常会流露出把什么事情都看得明明白白的表情，她这样说话让我既吃惊又佩服。

往回走的路上我问她：晚爹爹不在了，你会不会想他？

她愣住了一般，不作声。过了一歇，就像回过神来说：也想也不想。我听不懂，她解释说：晚爹爹对我太好了，他给我买这样买那样，还给我钱用，我想到他不在了，心里就痛，所以我也不敢多想他。她眼里闪着泪光，停下不说话。走出一段又说：不过我倒是梦见过他，梦里他很年轻，不是一个老头子，衣服穿得干干净净，头发梳得整整齐齐，样子很时髦，其实我根本没有见到过他年轻时的样子。他不说话，安安静静坐在椅子里，还是他平常的神态。在梦里我模模糊糊想到他不是死了吗，怎么还活生生坐在那里呢？但是我不敢往死上面想，隐隐约约觉得他身上发生了一件事，很严重，那件事情让他跟以前不一样了。我一想到他不同了，心就揪起来。我形容不出来，就是觉得晚爹爹已经不是活着时候的他了，不过不是死，他没有死，人还在那里。

她说得语无伦次，我听得毛骨悚然。她笃定的口气让我觉得那些话都是真的，她没有撒谎，也不是胡说八道。她说完，神情庄重肃穆，更让我相信她说的就是真的。从她身上我第一次真切地、带着恐惧地感知到失去最亲的亲人的哀痛。

第二章　少年

1　初遇方老师

我和凤舞一起小学毕业，一起升到了中学。我们上的是咸城中学，还在同一个班级，谢文屿也和我们一个班，我们小学同学黄小橘和吕素静几个也还跟我们同班。当时是按地段入学，我们毕业和升学都没有考试，直接从五年级就上了初中，只不过换了一所学校而已。我想假如要考试的话，凭凤舞的成绩，无论如何是考不上这所全城最好的中学的。她小学没怎么学好，基础薄弱，尽管一个又一个老师给她补了课，她成绩确实比原来提高很多，但因为基础不扎实，她错别字很多，不会用标点符号，应用题做不出来，计算题常常出错。进入中学，课程一下子多起来，难度也大增，她明显吃力，考试成绩又重回及格线上下。

她还是没怎么长个，身材纤瘦，娇小玲珑，但发育得很好，胸前凸起，像结了两只紧实的果子，脸庞也更加标致秀丽，大大的眼睛明亮有神，嘴唇像玫瑰花瓣一样红润，头发又黑又长，尤其是一笑起来酒窝深深的，既娇憨又妩媚，学校里有不少人叫她校花。

中学里的活动很多，凤舞是一个活跃分子。跳舞、合唱、朗诵、打腰鼓、扭秧歌等都能见到她的身影。除了登台表演，在体育运动方面她更是显露出惊人的天赋,每次学校召开运动会她都能拿到名次。她不仅跑步好,跳高、跳远、标枪、铁饼都很出色,她还打破过学校的一百米跨栏纪录。很难想象她小小的身躯里蕴藏着那么巨大的能量,而且具有那么强的爆发力和持久力。她一上场,顿时便吸引全场的目光,能令观战的人血脉偾张。她是我们学校运动会上当之无愧的明星,我们班写到广播站的稿件几乎每一篇都是夸赞她的。我也为她写过不少表扬稿,我的每篇小文章里都饱含敬佩和羡慕,我把掌握的所有好词好句都堆砌到她身上。我也确实是真心服气她——满头大汗,气喘吁吁,比了一项又一项,在大太阳底下晒得黑黝黝的,她狠命咬着嘴唇皱着眉头时脸上仿佛生出很深的皱纹,获胜时绽放笑容的一刹那又是那样灿烂和美丽。她一次次夺得第一,拿到奖牌,却从来不骄不躁。那种沉着,稳当,内敛,安静,我从来没有在别的同龄人身上看到过。

凤舞的机遇来得很快——就像是天上掉馅饼,一下就砸中了她,然而,长远地看,恐怕未必能说那是一个好运。

一天下午,放学之后我们几个同学正在操场上玩耍,有一位穿着运动服的年轻男老师走过来,他径直走向凤舞,问她愿意不愿意参加长跑训练。他说见过她跑步,觉得她很有潜力。他说了几句夸奖和鼓励的话,就要她去领衣服。没多一会儿,这位老师就带着她到操场边的一个小库房里领出了两套运动服和一双跑鞋。幸福来得如此突然,不但是她,连旁观的我都感到万分惊喜。惊喜之外也伴随着羡慕和眼热,好希望被老师看中的是自己。

这位老师不久就成了我们的体育老师,他叫方翱翔,听说因为工作出色,被我们校长从城郊的中学挖了过来。他自创了一套先进的教学方法,既适合普通学生,又适合有体育特长的学生,眼下他正在物色人才准备创建一支校运动队。方老师二十四五岁,身材匀称，肌肉结实，活力四射，却有一种文质彬彬的气质。因为他又帅气又年轻，我们都称他"小方老师"，我们叫他的口气和声音都和叫别的老师不同。

方老师课上课下都不说方言，只讲普通话，在我们眼里特别清高和优雅。他对学生非常亲切，一点不端架子，深得我们这些初中生的喜爱。他带我们全年级八个班的体育课，上课的时候男女生分开，每节课他为男生和女生安排不同的内容。回想起来，方老师教体育课很有自己的一套，他非常重视我们的力量和技巧，每次上课，先是让我们绕操场慢跑十分钟，算是热身，之后他为我们安排丰富多彩的内容，田径、篮球、足球、排球、体操和武术都有涉及。在他的课上，我跑步的速度和耐力显著提高，跳高、跳远的成绩也大幅提升，还学会了前滚翻，单杠，双杠，跨栏，跳马，三步上篮，甚至还能一口气做好几个俯卧撑。这些在上他的课之前我都是零基础，跟着他不知不觉就学会了。多少年后我在健身房听教练说"核心收紧"，觉得这句话似曾相识，想起正是方老师在课上反复跟我们强调的"中心收住"。当时我并不懂是什么意思，也不明白"中心"在哪里，记得我问过他，他在一番耐心的讲解之后说：你静下心来体会一下就知道了。后来我发现他这句话几乎是一个金句，许多事情，静下心来体会一下，确实就知道了。不知从什么时候起，我听见班上的女同学在悄悄议论他，她们说到他的时候都是很开心很陶醉的样子。每次上他的体育课，女生们都特别兴奋和活跃，甚至放学以后也会到操场上去观看他训练运动员。方老师成了老师当中的明星。

凤舞每天下午跟着方老师训练。下午有时有一节课，有时有两节课，她经过特许，顶多只上一节课，这可太让我眼馋了。在上自习课的时候，经常可以从窗户里远远看见她在操场跑步，跑了一圈又一圈，那个小小的身影就像上紧了发条一样，能量十足，没有疲倦的时候。她经常要训练到天黑才回家，有时我到操场上边看她训练边等她，但她总也不结束，让我没有耐心等下去。

班级成立学习小组，老师让大家自愿结合。凤舞和我理所当然在一个组。她去和谢文屿说，把他也拉来跟我们一个组，我们的小学同班同学黄小橘和吕素静也加入到我们这一组。

分组讨论的时候，只要老师一走开，我们几个就闲聊起来，聊得热火朝天。让我惊讶的是少言寡语的谢文屿，平常还像上小学时那么腼腆内向，但这种时候却异常活跃，学习上的事不必说，他总能三言两语就把老师布置的讨论题目说得明明白白，就像是直截了当把标准答案告诉我们一样，他跟我们聊的绝大部分都是题外话。他博闻强记，天文地理历史生物，知识面广得惊人，好像没有他不知道的。他特别幽默，而且很会搞怪，常逗得我们捧腹大笑。他还给我们讲故事，他的故事离奇惊悚，听得我们一惊一乍，比起听老师讲课绝对要有意思得多。听到紧张和害怕处，我们会忍不住尖叫起来，瞬间就把全班同学的目光齐刷刷地吸引过来，别的小组的人也会凑过来听。除了那些离奇恐怖故事，他还给我们讲四大名著，他讲得最多的是《水浒传》。我在凤舞家听她小姑父讲过武松打虎和鲁智深倒拔垂杨柳，不过他翻来覆去只会讲这两段。谢文屿不同，他熟读《水浒传》，一本书能从头讲到尾。他边说边比画，绘声绘色，妙语连珠，讲得兴奋处还站到凳子上表演，逗得我们乐不可支。后来我读《水浒传》，发现他有不少的自由发挥，某些部分甚至可以说是他的即兴创作，但居然和原著衔接得天衣无缝，确实是相当有才。我们这个学习小组放学后会留在教室一起写作业，但凤舞要训练，参加不了。谢文屿总是把老师布置的作业记下来，连同她的作业本一起帮她带回家。

训练占据了凤舞很多时间，回到家里还有许多家务要做，每天她都忙忙碌碌，作业经常没有做。第二天早晨到了课堂，头一件事情就是手忙脚乱补作业。以前她总抄我的，现在有了更好的人可抄，她的作业本下面总是压着谢文屿的作业本。看她埋头奋笔疾书，我心里虽然有一点酸溜溜，但也并不计较。有时老师布置的家庭作业太多她抄不完，我和谢文屿就模仿她的字体一起动手帮她抄，我们齐心协力，让她能蒙混过关。

虽说和谢文屿接触频繁，凤舞很少跟我谈论他，明显对他淡了。一天，她忽然跟我说起方老师。她用一句俏皮的玩笑话开场，她说："方老师是一只鸟。"

我听得一头雾水，不懂她说什么。她笑嘻嘻地告诉我说方老师名字叫方翱翔，她说：你说什么能在天空翱翔？当然是鸟啦。

噢，原来是这样。我觉得她这个说法既牵强又幼稚，滑稽可笑，也只有她想得出。说完这句话，她手舞足蹈，做出振翅飞翔的样子，她心情大好时那种装疯卖傻的劲头逗得我忍俊不禁。

她以一种天真的姿态让我和她一起猜猜方老师会是一只什么鸟。我说他应该是鸽子吧，因为他长得很像和平鸽。她否定说，他应该是布谷鸟，因为他特别勤劳，每天带学生在操场上跑圈，从来不会累。我说那他就是大雁，他在前面领头飞，大家排队跟着他。她笑，说他那么英俊潇洒，更像是孔雀。我们搜肠刮肚，把能想到的各种鸟说了一遍，最后我们一致认定方老师是鹰，是那种在群山之巅的天空中展翅高飞的雄鹰。

凤舞还告诉我方老师会写诗，他已经写了两大本，正写着的一个厚厚的笔记本也快写满了。我问她有没有看过，她点头，绽露出得意的笑容。她带着崇拜和仰慕说：方老师的诗写得特别好。她还说：方老师说了，他的诗从来不给别人看的。她掩饰不住得意和骄傲。

我心里好笑，她语文刚考了不及格，怎么忽然懂起诗来了？还那样把握十足地赞扬起方老师的诗。

她不时要提起方老师,几乎每天给我带来方老师的各种资讯。她通常会用"你知道吗"或者"你不知道吧"开头,比如:你知道吗?方老师会拉二胡。又一次,她跟我说:你不知道吧,方老师还会画画。某一天,她又跟我说:方老师唱歌特别好听,他是男中音哎。她会跟我说得十分详细,她所知道的方老师的点点滴滴似乎都不想遗漏。方老师的才艺在她的讲述中越来越多,让我对他佩服得五体投地,也更增添了他在我心中的分量。

我惊奇地发现凤舞书包里新鲜的物品多了起来,那些东西不像是她自己买的,而且,自从她晚爹爹去世之后,她用的就是那些司空见惯的东西,每一样都是我熟悉得不能再熟悉的。

一天课间,我看她拿出一本《数学的奥秘》捧在手里认真地阅读,我很好奇,她居然看起课外书来了。她美美地一笑说:是方老师让我看的。

我很奇怪,方老师一个体育老师,怎么会让她看数学方面的书。

我问她:方老师还会数学?

她十分认真地点头说:方老师对数学很有兴趣的,我做不出的题目问他,他都会。

我发现确实有好长一段时间她不抄我们作业了,而且在最近的几次数学小测验中,她也没有考不及格,成绩都在七八十分,不知不觉间她进步还蛮大的。我没想到原来是方老师在辅导她,看来他的辅导还是很见成效的。

又一天,课间凤舞玩起了魔方。她让我玩,我根本不会,费了九牛二虎之力,在她一招一式的指点下,才拼起一面。她拿过去,纤长的手指像花丛中的蝴蝶上下翻飞,魔方在她的手掌上灵活地转动,往前往后左转右转,三下五除二竟然拼出了六面相同的颜色。

我不由惊叹，问她是怎么做到的，她说是方老师教她的，还说这种魔方是最简单的，方老师有好多异形魔方，只有他自己会。他也手把手教过她，不过她没学会。

方老师的一切都让我很感兴趣，渐渐地我发现我们班上的女同学也跟我一样，上方老师的课大家都格外兴奋和快乐，叽叽喳喳，就像一群小麻雀。我们的纪律一团糟，要是别的老师早就该发火了，可方老师竟然一点不生气，他从来不像别的老师那样呵斥我们，会由着我们说一阵，然后面带微笑，温和地说一句：同学们我们是不是可以开始上课了？我们都喜欢上体育课，方老师的课上我们的笑声最多，他给我们带来的是不一样的新鲜空气。

学校里经常有文艺会演，班上有女同学提出请方老师来指导，我们跑去找他，一窝蜂拥进他办公室，七嘴八舌对他说话，他欣然应允，非常认真也非常有耐心地来教我们，就像给我们上体育课一样。他指导我们排演的节目，不管是舞蹈还是演唱，总能得奖。

我们都非常喜欢方老师，而且越来越喜欢他。他不像那些古板的老师对学生不苟言笑，也不像那些拉家带口的老师下了课就匆匆忙忙赶回家去买菜烧饭，他单身一人，无论是训练运动员还是给我们排练节目，都是神闲气定，从从容容，不急不躁，一遍不行再来一遍，有了新想法就推倒重来，直到满意为止。有时我们做完值日或者开完班会很晚离开学校，还看见他在教室前的操场上打篮球。他身上那种雍容闲逸的风度，让我开窍一般懂得了那是一种独特的个人魅力。

2　风姿绰约的宋老师

我听班上的女同学传方老师和教我们英语的宋嘉星老师在谈恋爱。她们神神秘秘，用散布流言蜚语的腔调传播着老师的绯闻，激动的样子就好像她们自己在谈恋爱。

宋老师一年前才从师范学院毕业分配到我们学校，她是工农兵大学生，那时是由基层推荐上大学，能当上工农兵大学生的是凤毛麟角，一般都是根正苗红，个人表现好，或者是家里有路子。宋老师靠什么成为工农兵大学生我们并不晓得，她是学校里最年轻漂亮的老师，二十二三岁，我们称她"小老师"。在老师前面加"小"，表达的是我们这些学生特别的喜爱。

宋老师是典型的淡颜美人，细腻的皮肤，鹅蛋脸，褐金色的瞳仁，弯弯的眉毛，笑起来甜到人心里。她身材高挑，比我们学校别的女老师至少要高出一个头。夏天她穿着裙摆窄窄的一步裙，露出修长美丽的小腿，让我莫名联想到公园里小船上好看的木桨。那种韵味撩人心弦，难以形容。某日，我学到一个词"风姿绰约"，马上就想到了她。

宋老师性格活泼，喜欢跟学生打成一片。在我们学了一年哑巴英语之后，她带来了全新的教学方法。她用象形的方式告诉我们字母代表的含义，比如"A"代表的是贝壳，既是食物又是财宝，"D"像屋顶，"e"像眼睛，"r"像发芽后努力往上生长的秧苗，她还找出相关意思的词汇，让我们对字母和单词的内在联系建立感性认识。她给我们讲词根词缀构词法，让我们即便不认识单词也能蒙一蒙意思，这样在阅读的时候遇到生词也能大概猜出上下文。她还教我们发音规则，让我们不认识单词也能读出来。她跟我们强调不要把英语当作一门学问，要把它当成语言，语言就是为了交流沟通的，所以不必害怕说错，要敢张口。她要求我们像小时候学说话一样来学习英语，不像之前的老师那样总是强调语法和拼写，纯粹为了应付考试。她经常在课堂上重复一些句子，让我们做到耳熟能详，能够脱口而出。她还有个让我们耳目一新的提法，让我们习惯用耳朵来学习英语。她说文字有空格，语言没有空格，要把一句话当作一个整体来听，记住音块就行，甚至记住模糊的声音就行，能听懂意思才是有效的学习方法。

每次来上课，宋老师都会拎着一只很大的长方形录音机，那时候录音机还不多见，在我们眼里那是极其贵重的教学器材，连碰都不敢碰一下。宋老师熟练地操作着机器，放英语原声给我们听，偶尔还放一些音乐给我们听，她的时髦和优雅令我们倾倒。她是我在中学阶段遇到的唯一在课堂上用英语讲课的老师。自从她教我们英语，许多简单常用的英语句子我们随口就能说出来，甚至有同学用蹩脚的英语交谈，尽管说得错误百出，大家却乐此不疲。

上宋老师的课从来不会让我们感到枯燥乏味，因为她总是一边讲英语一边讲笑话，或者倒过来说，她一边讲笑话一边讲英语，我们班上原先英语成绩很差的同学也喜欢上她的课，对学习英语有了兴趣。

宋老师多才多艺，她有着银铃般的嗓音，唱歌特别好听。课余她教我们唱《四季歌》、《送别》、《茉莉花》和一些民间小调，还教我们唱英文歌，《Long Long Ago》、《Red River Valley》、《Take Me Home, Country Roads》、《Scarborough Fair》都是她教我们的。

那时我们每天上午有一节英语课，宋老师给四个班上课，从第一节到第四节，她在四个班轮流讲同样的内容，每天都一样。有件事我印象极深，某一天，第四节课她来到我们班上，讲着讲着突然大笑起来，笑得收不住。我们不知道她笑什么，大家先都很惊愕，随后就像被传染了一样，跟着她大笑起来。班上瞬间涌起阵阵笑浪，高亢的笑声简直要把屋顶掀翻，引得隔壁班的老师和学生纷纷跑来看热闹。我们上了那么多年学，从来没有在课堂上如此肆无忌惮地大笑，那种放纵和恣意，真有一种解放般的痛快。在这场由宋老师引发的莫名其妙的大笑中,她就像当仁不让的主角,笑得泪眼婆娑,喘不上气。她像一棵狂风中的小树,身子软软地弯下。她好容易止住笑,继续给我们上课。下课之后我们问她笑什么,她先不肯说,在我们反复追问下才说出来。她说一上午把同样的内容重复四遍,而且日复一日都这样,感觉自己就像一台机器,傻得要命。

那时离复读机出现还差着好几十年,我们觉得她说得很好玩,那种调侃和自嘲也令我们喜欢。宋老师经常会说些有趣的话,不像别的老师一本正经,而且她从来不搭架子,不摆师道尊严那一套。我们课间常围着她说说笑笑,她的一言一行一颦一笑都很吸引我们这些小女生,包括她的穿衣打扮,也成了我们心目中的时尚标准。那时大家都相当朴素,她也不例外,然而,就是一件普普通通的白衬衫穿在她身上也有一种独特的味道。除了容貌气质出众,她在穿着打扮上也总有点别出心裁之处。比如,她很会搭配衣服,任何时候上衣、裤子和鞋子的颜色都非常和谐,同一件衣服也能穿出不同的样子,她会巧妙地加一条丝巾,搭一个背心,或者套一件外衣,立马让人眼前一亮。再比如,别的姑娘都是中规中矩编两条辫子的时候,她梳一根粗大光滑的大辫子,开始流行梳一根辫子的时候,她扎起了高高的马尾,别人也扎马尾的时候,她把头发顺顺溜溜清汤挂面般披散下来,别人也梳披肩发的时候,她又将头发束起,在头顶盘一个紧紧的发髻,别人也盘发髻的时候,她剪短了头发,烫得弯弯的,就像从黑白老电影里走下来的美人,风情万种。她总是别具一格,与众不同,而且开风气之先。

宋老师妩媚优雅,方老师英俊潇洒,在我们这些刚刚步入青春期的孩子眼里,他们真是天造地设的一对。当我看到宋老师和方老师站在办公室门口的台阶上含笑说话,看见他们拿着饭盆迈着轻盈的步子并肩去食堂吃饭,看见他们不紧不慢在林荫道上散步,我觉得那就是爱情最标准最完美的样子。

我们喜欢宋老师和喜欢方老师不相上下，有时似乎更加喜欢宋老师一点。我们女生不知不觉在模仿她，但其实不过是东施效颦，她举手投足间那股成熟女性才有的温婉，不是我们这些十二三岁的小姑娘学得来的。

让我意想不到的是凤舞却不喜欢她，也不是一开始就不喜欢，宋老师刚来的时候她也很喜欢她，被她深深吸引，甚至比我们还要迷她。她的英语学得非常努力，是她各门功课中成绩最好的。上课时宋老师提问，她举手最积极，宋老师讲笑话，她笑得比任何人更响，课间她会主动帮宋老师擦黑板，还跑很远去食堂替她接开水。可是她突然就不喜欢宋老师了，我丝毫不知道因为什么。她上课不好好听，老是没精打采地趴在课桌上，作业也不好好做，作业本上胡涂乱画，错误百出。她还在背地里跟我说宋老师特别坏，特别会装，是个妖怪精——她用的是方言，拖长了音调，听上去充满厌恶，让我大为吃惊，说不出话。她下了这么些结论，却又说不出证据，连一点细节都没有，让我糊涂。我觉得宋老师很好呀，她漂亮，温柔，和蔼可亲，一点不凶，也不欺负人，对每个学生都好，包括对她，我看不出来像她说的"特别坏，特别会装，是个妖怪精"。我跟她那么好，听她这些话也没法附和。大概看我并不偏向她，她用一种透露秘密的口气说宋老师的舌头是分叉的，经常伸得特别长，在黑暗的房子里舔飞着的苍蝇和蚊子，还说每天早晨宋老师梳头的时候是把脑袋拿下来梳的，这些话听上去荒诞不经，没有根据，无法令我相信。不过我知道她很恨宋老师。

凤舞经常在上英语课时逃课，起先她用训练做借口，但上午方老师不会安排她训练，这明显是谎话，再说宋老师和方老师关系那样近，她撒谎很容易穿帮。宋老师听了不吱声，脸上似笑非笑，显然是不想当面戳穿她。后来她干脆什么理由也不找，人就消失不见了。她的英语成绩直线下降。

某日，宋老师走到她课桌边，俯下身，用轻得几乎听不见的声音问她有什么不懂，让她有不明白的问她。宋老师还让她到办公室找她补课，凤舞竟然拉着张脸撅她说没空，自己要去训练。她态度傲慢，就像宋老师求她一样。我还从来没有看见过一个学生这样对老师说话。

宋老师却还是心平气和，极有耐心地对她说哪天有空去找她补课都可以，打基础的阶段如果不认真学，后面会很吃力，学起来事倍功半，还可能跟不上。凤舞低着头，皱着眉，一声不吭，就像没听见一样。宋老师一走，她抓起英语作业本，哗哗几把撕得粉碎，看得我目瞪口呆。

3　吃醋

那时我不懂凤舞其实是在吃宋老师的醋。一段时间之后，我才明白过来。

我完全想不到她会跟宋老师吃醋，她处处和宋老师作对，宋老师上课，她就在下面讲话做小动作，甚至站起来大摇大摆走出教室，扬长而去。宋老师只是看着，不仅没有阻止她，甚至没有说过她一句。她依然脾气很好，就像一个容忍小孩胡闹的家长。

我虽然目睹了这一切，好像并没有往心里去。许多事情，我看见了，却看不懂，或者并不理解真正的意思，或者一时不知道该如何反应，然后便下意识地忽略了。我虽然已经十二三岁，但头脑简单，孤陋寡闻，不太懂人情世故。谢文屿好像跟我差不多，对发生在眼皮底下的事情也是视若无睹。他对凤舞还和之前一样，她去训练，他会帮她记下家庭作业，连同她的作业本给她带回家，如果交作业前她没做，或者没写完，他会拿出自己的作业让她抄，也会帮她抄。凤舞接受这一切顺理成章，仿佛他替她做这些只不过是做了应该做的。

凤舞对谢文屿早已经没有了小时候的热情，她对他的态度很平淡，就像对待普通同学一样，甚至还不如普通同学。她跟谢文屿说话有时会不耐烦，对他有点爱搭不理，谢文屿倒是满不在乎，不管她对他是冷是热，他都坦然接受，从来没有一丝恼怒。他那种沉稳、宽厚、不计较的气度，在我心里引起了微妙的波澜，也许就是从那时候开始我对他心生好感。

那一段凤舞烦躁不安，而且有点古怪。因为在家里没有地位，她习惯了逆来顺受，可是不知怎么突然就像仙人掌一样浑身长出刺来，性子变得火暴，她跟平和稳重与人为善的吕素静也不对付起来。

吕素静跟我们从小学就是同班同学，她是家里的独养女儿，我们这一代绝大多数人家都不止一个孩子，独生子女很稀少，她父母又是老来得女，所以特别宠爱她，把她看作掌上明珠。她跟我们这些普通的多子女家庭的女孩不一样，受到非同一般的呵护。印象很深的是只要突然变天，她父母总是头一拨到学校来给她送衣服送伞，学农的时候她爸爸妈妈会骑着自行车给她送饭，饭盒里除了热腾腾的米饭，还有装得满满的大鱼大肉。吕素静身材细长，长相平平，内向文静，是典型的小家碧玉。她不是那种有心计的人，也没有攻击性，虽是独生女，除了有点娇气，既不霸道，也不自私，算是个老好人，待人友善，很好相处，同学给她起外号叫"空心萝卜"。她衣服总是穿得干干净净，两条辫子梳得光光溜溜，作业做得工工整整，学习十分努力，称得上是勤奋刻苦的学生，但成绩一般，基本在及格以上，良好以下，不及格不会有她，名列前茅也同样不会有她。她本本分分，从不惹事，最大的特点就是没什么特点。她爸爸是县委招待所的所长，妈妈是百货公司的会计，同学背后议论她爹妈很会捞油水，老是让她提着大包小包给老师送东西。我就亲眼看见过她拎了两串用稻草绳扎起来的螃蟹送给班主任，每只螃蟹比碗口还大，在我们这个号称鱼米之乡的地方都不多见。她给老师送东西也不避人，落落大方，一点不觉得有啥不好意思。那时候计划经济，日常生活用品都是限量供应，买米买面买糖买烟买火柴买肥皂都要凭票，想多买要开后门，而开后门并不是谁都摸得着门路，她父母有本事弄得到各种购物票送给老师，老师有事情也会找他们帮忙，所以尽管她成绩一般，老师也让她当个小组长。

吕素静家经济条件远好过一般人家，她经常带零食到学校，而且都是放在课桌上让同学一起吃，在那个物质匮乏的年代，这是很少见的。和凤舞一样，吕素静也很有运动天赋，她腿长，跑得快，耐力好，同样也是被方老师发现并重点栽培的好苗子。每天下午，她也去运动队参加训练，她比凤舞进入得晚，但方老师对她的重视程度一点不差，他打算把她培养成长跑运动员。她刚参加训练不到一个学期，已经在学校运动会上拿了全部长跑项目的第一名，八百米还差一点打破纪录，一时风头盖过凤舞。方老师认为她还有很大的提升空间，对她的训练抓得很紧，对她也格外看好。

一天清晨，我们正在教室上早读课，凤舞脚步很重地走进来，她没在自己位子上坐下来，直奔后面而去。她径直走到吕素静座位前，抬手给了她一记响亮的耳光。

突如其来的异响让全班的读书声瞬间停了下来。我们扭头去看，吕素静垂着头，满面通红，似乎被这出其不意的一巴掌打蒙了。片刻之后，她噌的一下站起身，却没有还手。她比凤舞高出一个头，如果打起来，凤舞不一定是她的对手。然而，她捂着被打的半边脸，定定地在原地站了好一会儿，眼圈慢慢红了，却强忍着没让眼泪流下来。

她平静地坐下去，面色恢复了正常，就像什么也没有发生一样，拿起书，做出继续早读的样子。凤舞打了她之后，又恶声恶气地骂了她几句，随后，气呼呼地坐回自己的座位上，把书包狠狠地掼在桌子上。

我们很快知道，凤舞这一巴掌打过去，吕素静没哭，有一个人却哭了——她就是宋老师。

那一阵，传言四起，我们平静的生活里浪花翻卷，好多消息纷至沓来。同学们，尤其是女同学们异常兴奋，课间常在一起交头接耳。我们知道了凤舞为什么要打吕素静，也知道了凤舞和方老师及宋老师之间说不清道不明的关系。他们几个人之间的事情被传得沸沸扬扬，肯定少不了口耳相传时的添油加醋。

很久以后，我才听凤舞说出那件事的前后经过。

就在她抽吕素静耳光的前一天傍晚，训练完她回到家，才想起书包忘在方老师宿舍里了。谢文屿已经把她的作业本送来，笔家里就有，她可以不用书包里的东西把作业做好，但她想去看看方老师，正好这是个现成的借口。那一段时间方老师跟宋老师恋爱谈得热热乎乎，对她的训练不像之前那样抓得紧，方老师让她跑完规定的圈数自己回家，而先前每次训练结束，他会在她做完放松运动后为她测脉搏，布置下一次的训练内容，还会亲自送她到校门口，目送她走远。那是最让她感到温暖和幸福的环节，正是她吃苦流汗想通过训练获得好成绩的动力。然而，因为被妖媚的宋老师吸引，方老师好像没多少心思在她身上，好几次他都跳过了这些她最喜欢的步骤，让她心里非常不痛快。她不敢在方老师面前流露，只能跟宋老师找别扭。

那天晚上她跑到学校，径直去敲方老师的门。方老师屋子的窗户透着灯光，敲门却一直不开。她知道他不会开着灯出去，就在门外等。学校为了有人看管运动器材，让方老师搬到了体育馆后面的这间小房子，窗户特别高，装着毛玻璃，从外面什么也看不见。她等了许久，天已经很晚，她不知道时间，看教师办公楼那边的灯都熄了，校园里四处黑漆漆的，估计已经十点多了。她忽地听见小屋里有了说话声和笑声，鼓起勇气又去敲门。门还是没开，说笑声也戛然而止。她又等了好一会儿，终于等到门开了——她简直不敢相信自己的眼睛，从里面走出来的不是她以为的宋老师，竟是吕素静。她穿着一身运动服，脸蛋红扑扑，额头亮晶晶，咧着嘴笑得很灿烂，方老师紧跟在她后面，同样是笑容满面。

她万万没想到自己居然抓到了方老师和吕素静的把柄，实在是太意外了，他们三个面对面立定，一时都呆了。她热血上涌，脑袋像开锅了一般，但她心里却是冷静的，冷得像块冰，她认定方老师和吕素静之间肯定有名堂。

片刻之后，方老师做出惊喜的样子，问她怎么跑来了。他真的好会演戏啊！她气得说不上话。他是老师，她总不能对他发脾气。她咬牙说一句"我来拿书包"，自己听出声音都变了。等吕素静一走，她迫不及待问方老师为什么那么长时间不开门，他辩解说根本没听见敲门声，刚才他和吕素静在体育馆里打乒乓球，没在房间里。他领她走进门，穿过房间，从侧门进了体育馆，里面果然灯火通明，乒乓台上一边放着一个球拍，一个球拍下还扣着一只乒乓球，空气中还有没有散尽的运动过后的那团雾气，真像是刚刚经过了一场激烈的鏖战。

方老师的脸冷下来，他没多解释，好像忽然变得理直气壮了，叫她拿上书包赶紧回家，天黑路上注意安全。她能感觉到他态度里的敷衍和不耐烦。

回到家,她心里憋着一股气,翻来覆去睡不着。她感觉事情肯定不是方老师说的那样,对方老师她没有办法,但她不能便宜了吕素静。煎熬了大半夜,她心生一计,打着手电,在被窝里写了一张纸条,找信封封好,第二天天蒙蒙亮就跑到学校,校园还在沉睡,她从宋老师办公室门缝底下把那封薄薄的信塞了进去。

关于后来发生的事情我们同学的传言很多,据说宋老师一大早到办公室就看到了那封没有署名的信,当时她并不知道是谁写的,她拿着信跑去找方老师,哭着向他提出分手。

那天我们第一节就应该是宋老师的英语课,但她没有来。上课铃打过之后,英语课代表去办公室找她,她不在办公室,后来在方老师的宿舍找到了她。课代表回来神秘兮兮地告诉我们,宋老师跟方老师在吵架。课代表说,宋老师哭得好伤心。

我们还听说是校长亲自出面替方老师和宋老师调解,本来教师旷课是要被处分的,但校长是个老好人,大事化小,小事化了,打个哈哈就让这事过去了。方老师和宋老师也不能不给校长面子,他们分开没几天就又复合了。两个人又在校园里出双入对,还是女貌郎才,蜜意浓情,走一路吸引一路的眼珠。我们同学暗中在传是宋老师主动找方老师投降的,因为虽然还没有结婚,她实际上早已经是他的老婆了。

凤舞一下子变得孤僻,她板着一张脸,双目无神,走起路来脚步虚浮,轻飘飘的就像个影子。她妈妈看见她那副模样,就忍不住要骂一句"死相样子"。在学校里她不跟任何人玩,下课独自坐在座位上,小组讨论时一言不发,放学拎起书包就走。闹过这个风波之后,宋老师不再给我们班上英语课,她和另一位姓汪的英语老师对调,去教楼下的四个班。凤舞和吕素静的训练也停了,方老师除了上课，不来我们班级。过了一阵，因为要代表学校参加省运动会，凤舞和吕素静两人的训练又恢复了。每天下午她们还是照常去操场训练，方老师对她们还和以前差不多，凤舞却拿着劲，时常还要耍点小脾气，方老师对她很宽容，大人不计小人过。他尽量安排她们两个保持一定的距离，一个在操场这头，一个在操场那头，免得再打起来。吕素静始终隐忍克制，委曲求全，这让凤舞对她越发讨嫌和憋气。

4 惊心动魄的一幕

新学期来临，我们初二了，班上同学对男女之事传得越发起劲，大部分人还是似懂非懂，说的话幼稚可笑，但那种蠢蠢欲动的气氛却很浓。那时经常开门办学，说不上课就不上课，一会儿学工，一会儿学农，一会儿出门拉练，老师和学生的心散了，都没有心思坐在教室里好好上课，不过一天一天过得倒是闲散轻松。

忽然学校里风传方老师作风不好，和不止一个女老师谈恋爱，脚踏几只船。我们不知真假，也不知这些消息是从哪里传出来的。一时间方老师似乎成了众矢之的。

那时方老师和宋老师马上就要结婚了，两个人看上去感情很好，我们看见他们一起买回脸盆、热水瓶、痰盂、被子、枕头、枕套等，两个人喜气洋洋，十分恩爱。因为有了上次的波折，宋老师对方老师盯得很紧，除了上课，他们形影不离，都快成连体婴儿了。说方老师同时还跟别的女老师谈恋爱，恐怕连宋老师都不相信。有人说他们出双入对是做给别人看的，为的是各自的面子。还有人传方老师和女学生不清不楚，跟校花暗中来往——"校花"指的无疑就是凤舞，一时间方老师和凤舞被卷入舆论的旋涡。

不过流言对他们似乎并没有多少影响，至少表面看上去是这样。方老师在忙结婚，凤舞该上学上学，该训练训练，然而她心情显然很不好。打了吕素静之后她并没罢休，一直跟她疙疙瘩瘩。吕素静一味退缩，凤舞却逮着机会就挑衅她，时常找茬跟她发生冲突。她在家里常受几个姐姐欺负，积攒了丰富的斗争经验，知道怎么气人，也知道怎么挑起和激化矛盾，吕素静在她面前就像一只软柿子，她想怎么捏就怎么捏，吕素静只会忍气吞声，经常吃哑巴亏。

夹在两个爱徒中间，方老师努力对她们做到一碗水端平，尽管就像走钢丝，难度很大。作为老师，他还要表现得若无其事。他一直在两个女学生之间穿针引线，竭力缝合她们的裂隙，让她们化敌为友，无奈他的付出与成果南辕北辙，他越是努力，她们的矛盾越深。只要他和这个接近一点，说话多一点，关照得多一点，另一个就会非常生气。凤舞火暴，硬起来像块石头，动不动就罢课不练了，有时人虽然还在操场，叫她跑她也跑，但跑不了多一会儿就瘫坐在草坪边上，就像算盘珠子，不拨不动。吕素静柔顺，有气闷在心里，但暗中也是别别扭扭。那一段她脸色枯黄，腿上没劲，跑步的速度明显慢了下来。马上就要参加比赛，方老师很焦急，让她把精神放到正事上，不要纠缠那些鸡毛蒜皮，结果效果更坏，她干脆病倒了，连训练也去不了。之前花了那么大力气培训她，眼看她连比赛都不一定能参加，方老师很受打击。大概他认为这都是凤舞挑起的，对她偶有愠色，抓她的训练也不如之前上心。

凤舞把这些账都记到吕素静头上，本来她就嫌恶她，这下更要变本加厉报复她。她故意把她的运动服丢在地上，把墨汁打翻在她的作业本上，趁她不在把她发回来的试卷撕碎。有一天吕素静的运动鞋里被人放了几颗图钉，还是尖头朝上的，虽然不能证明是凤舞干的，但她是第一个被怀疑的对象。她还扬言要打吕素静，吕素静在上学的路上果真遇到了一帮流里流气的小痞子，他们拦住她，用污言秽语辱骂她，还威胁她，纠缠了她好半天不让她走。虽说没有打她，她吓得不轻，到学校报告了老师。班主任赵老师召开了整整一节课的临时班会，提醒我们在校内校外都要注意安全，还特别告诫大家在校内校外都要严于律己，不交不三不四的朋友。赵老师是个非常温和的人，这一天却声色俱厉，他锐利的目光一次次停留在凤舞的身上，我们都知道他是在警告她。

方老师倒是淡定，他对凤舞和吕素静之间的摩擦似乎尽量忽略，也许他心里也急，但不太显露。他有意无意对吕素静多了关照，比如提醒她增减衣物，热身时要活动开，给她测心率更加频繁和仔细，对凤舞他从不施压，即使不少人把她说成是一个心狠手辣的挑事精，他不仅没有附和半句，还对他们强调没有调查就没有发言权。在大家的眼里他就像一个疼爱孩子的老父亲，一意孤行地维护着两个学生，淋漓尽致地展示出啥叫手心手背都是肉。对于他自己和凤舞的流言蜚语，他并不怎么在乎，有好事的人把话传给他，他也就说一句"身正不怕影子歪"。他走在校园里还是一副春风得意的样子，学生们都是老远跟他打招呼，他也是热情洋溢地回应，他的课上依然充满了欢声笑语，他仍然是我们最喜爱的老师。宋老师似乎跟他冰释前嫌，很信赖他，尤其是看到他两个得意门生都在惹他生气，她开心得很，对凤舞和吕素静表面上也能做到客客气气。

有一天突然就出事了。那天，我们正在大操场上准备做课间操，大家已经排好了队，但队形还是松散的，同学们交头接耳，打打闹闹，和平常一样，还没有形成整齐的方阵。学校的大喇叭在一阵刺刺啦啦的电流声后响了起来，播放的不是广播体操音乐，而是教导主任难听的公鸭嗓子，说有一件重要的事情要宣布，让大家不要讲话，保持安静。

说时迟那时快，几条大汉呼啦一下冲到前面，团团围住了领操的方老师。刹那间我们都惊呆了。没等我们反应过来，教导主任在大喇叭里厉声宣读方翱翔犯了流氓罪，已经被学校除名，从此他不再是人民教师队伍中的一员，他的所作所为玷污了"老师"这个光荣的称号……操场上鸦雀无声，我们都吓傻了，眼睁睁看着几个满脸横肉气势汹汹的家伙像饿狼扑食一样把方老师扑倒在地。紧接着的一幕既残暴又难看，头天夜里下了雨，操场地上还很潮湿，他们用力把方老师摁倒在泥泞里，他的运动衣和运动裤上沾了大片的泥水。他们粗鲁地把他逮走，还当着我们的面给他套上了一副寒光凛凛的手铐。

刚才还是晴空万里，阳光明媚，突然之间乌云密布，阴风阵阵，我们陷入到一种大难临头的惊恐之中。也许天气并无变化，恐惧来自我们的内心。凤舞排在队列的最前面，她一样眼睁睁目睹了这一幕，她吓得呆若木鸡，她内心受到的冲击无疑是巨大的。

那天方老师被抓走之后，校长、副校长、教导主任等出现在操场上，他们一个接一个讲话，义愤填膺地声讨方老师的罪行。他们对着嗡嗡作响的麦克风说他是一个恶贯满盈的流氓和十恶不赦的教唆犯，他将被绳之以法，接受法律的审判。那天我还听到一个词叫"法不容情"，心里更增添了惧怕和重压。那个时候经常开批斗会，对这样的场景我们并不陌生，而且习以为常，但我们从来没有眼睁睁看见过一个朝夕相处的老师被铐上手铐当着全校师生的面押走，况且，方老师是我们特别尊敬和喜爱的老师，那种震惊和惶恐难以描述。

回到教室，我一直在瑟瑟发抖。全班气氛沉闷，平常乱糟糟的自习课也没有人讲话。凤舞一进教室就伏倒在桌子上，不知道她是不是在哭。吕素静和凤舞一样，也是趴倒在课桌上，她的同桌发现她面色煞白，额头上豆大的汗珠往下淌，叫她也不回应，赶紧报告老师。老师派同学跑去叫来医务室医生，给她扎了好几根银针，她才哇的一声哭出来。

方老师被抓走之后，学校倒是并没有追究和他相关的人和事。逮走方老师那会儿宋老师不在场，她在办公室备课，高音喇叭里的每一句话她应该都能听得一清二楚。她是方老师的正牌女朋友，出了这样的事情，她蒙受的打击和羞辱难以想象。起先她还很坚强，每天腰背挺得笔直照常在楼下给四个班上课，就像什么事没有发生一样。但她坚持了两三天就败下阵来，听说她上着课就晕倒在地。她精神崩溃，请了病假，回家休养，从此再没见她出现在课堂上。后来她调走了，听说颇多周折，学校这边发出了调令，但之前特别想挖她的教育局却一直不肯接收她，她退而求其次，想随便换个学校，也始终没有换成。一晃两年过去，听说她一直处于无业状态。她出去找人，没人理她。有同学在街上撞见她，说她瘦得吓人，眼睛无神，走路轻飘飘，像个纸片人，几乎认不出来，完全没有了原先的光彩。再后来听说她发奋读书，考了两次，考上了广东一所大学的研究生，毕业之后嫁给了一个华侨，跟着丈夫去了南美定居。三十年后，她回来给我们学校捐款，她不仅是富商太太，自己也是一个非常成功的企业家。我曾经无意中在《咸城晚报》上看到一条消息，文字不长，配了一张很大的彩色照片，照片上的宋老师化着浓妆，抹着乌梅紫的口红，就是我们现在说的"中毒红"，她穿着华丽，珠光宝气，绽露着那种堪称富丽堂皇的笑容，气场全开，把接待和陪同她的一干人衬托得拘谨渺小。她出现在晚报上的名字也不是"宋嘉星"，而是"陈宋嘉星"。她完全不像当初在学校里当老师时清水出芙蓉般纯净淡雅，也不再年轻，但依然风姿绰约。

吕素静几乎没有受到影响，除了凤舞对她满怀敌意，压根就没人说她什么。在老师和同学眼里，她木木的，不苟言笑，单纯，不会投机钻营，无论是学习还是运动，都是靠勤学苦练下笨功夫。她长得也不算好看，长方脸，单眼皮，又瘦又高，像根细麻秆，既不沉鱼也不落雁，和如花似玉一点不沾边，满脸的小红疙瘩，不见青春只见痘，在操场上晒得皮肤黝黑，头发剪得又短，春夏秋冬都套一身学校发的运动服，看上去跟男生差不多。没有花容月貌就不说了，也没有一点小姑娘的伶俐讨喜，估计没人相信方老师会对她动心，因此干净彻底地将她排除在舆论之外。

说起来凤舞也没受太大影响。尽管她是被传得最厉害的人之一，而且还犯了师生恋的禁忌，连一向见人三分笑对什么事情都打哈哈的校长都正颜厉色地在全校大会上说"哪行都有哪行的规矩，师生恋必须禁绝"，但学校并没有怪罪到她头上。方老师被抓，好像所有错都由他一个人顶了。凤舞学还是上得好好的，没人找她麻烦。班主任赵老师在班上三令五申，不允许同学提这件事。

5 家人们

学校里的风波很快平息，至少是表面上平息了，但是在家里，凤舞的几个姐姐却抓住这件事大做文章，话里话外奚落她，嘲讽她，挖苦她，跟她吵起架来还恶毒地咒骂她，仿佛让她难堪和难受是她们最大的快乐。常常她们四个围攻她一个，她们说出来的话尖酸刻薄，句句戳心，总要把她怄哭为止。有几次我和同学黄小橘在场，她的姐姐们当着我们的面也一样不肯放过她。

四个姐姐气她丢了她们的脸，对她同仇敌忾，把她看作眼中钉。她们串门上街都不带她，有时候一家人出去走亲戚，她们嫌她碍眼，叫她离远点，不要跟她们走在一起，免得碰见熟人难为情。

爸爸妈妈对她也相当冷淡，也许说讨厌她有点过头，他们不喜欢她是真的。她小的时候他们还做做样子，嘴上会说自己家的孩子个个喜欢之类的话，渐渐也懒得说了。她在学校里的事情让他们坍台，跟街坊吵架时人家骂出来让他们吃瘪，他们连样子都不装了，对她说话粗声大气，想骂就骂，想打就打，毫不掩饰对她的嫌弃。他们给孩子东西都是先尽着那几个挑，给她的都是别人挑剩的，有时候人人都有的，唯独就缺她的。晚爹爹死后她没有添过一件新衣服，尽管她没怎么长个，那些衣服穿在身上也都小了，她将就着，从不抱怨，也不提要求，就像麻木了一般。

她奶奶和外公外婆常年住在一个家里，也没有谁会出来替她说句话，更谈不上保护她。他们在家也没啥发言权，话里话外却瞧不起女孩子，对她们姐妹几个都没有好脸色，喊她们"死丫头"，"小婊子"，"小贱货"，他们只喜欢大喜一个。

她奶奶对她尤其不好，跟她说话总是皱着眉头，恶声恶气。她成天嘴角叼着根香烟，太阳穴贴一块圆膏药，脸上阴阴的，斜着眼瞄人，动不动就张嘴骂上几句。晚爹爹去世之后，她脾气更大，除了孙子，看谁都不顺眼，看凤舞更加像仇敌一般。家里的脏活累活，只要看见她就支她去做，老听她喊"小五子，去把门前鸡屎扫扫"，要不就是"死丫头，小马子快满了，留着闻臊啊，还不去倒掉"，再不就是"稍点去烧饭，我看你闲得爪子都长毛了"。凤舞做得好，她不吭声，做得不好，她劈头盖脸骂过去，有时候手里的鸡毛掸子笤帚把子就上去了，甚至还拿烟头烫她。她牙齿快落光了，嘴巴瘪瘪的，一说话露出黑洞洞的豁口，那颗孤零零的大金牙还在嘴里一闪一闪的，很丑很瘆人。我见过她跟隔壁邻居小菜子的妈妈吵架，两个人都是张牙舞爪，发了疯一样，骂的都是最恶毒的话，开口就是咒对方死。她们还从厨房里拿出砧板和菜刀，一边剁，一边直往对方身上扑，我真怕她们手里雪亮的菜刀砍到对方身上去。她奶奶和她妈妈婆媳不和，两个也动不动就吵架，吵起来相当狠，什么话难听说什么，她妈妈那样厉害的一个人，在老太太面前一点便宜讨不到。凤舞不喜欢奶奶，背地里叫她地主婆，她悄悄跟我说，奶奶特别自私，还特别有心计，她住的披屋又小又黑，一下雨就漏，她不想住，拿些吃的把大喜哄过去睡，妈妈心疼大喜，就把房间让出来给他们两个住。奶奶抓着大喜，想达到什么目的都能达到，一家人都晓得她这一套，拿她没办法，只好容着她。

凤舞晓得奶奶心里对她一直很有气，因为晚爹爹活着的时候对她好，奶奶很不满，还不好说出来。所以在奶奶面前她总是小心翼翼，甚至还有点战战兢兢，生怕做错事情被她抓到。晚爹爹临终前特为关照她多照应奶奶，她听进去了，不管奶奶怎么不待见她，她对奶奶的事情都会很上心。奶奶有点头疼脑热，她在床头替她端汤递水，把她照顾得无微不至，有时候干脆连学都不上，在家服侍她。奶奶要靠她的时候，嘴头子上也会说几句夸她的话，病一好就又对她冷冰冰，还要鸡蛋里挑骨头，看她一百个不顺眼。不管她怎么做，也打动不了奶奶的心。

她的外公外婆对她同样是冷若冰霜，从来不给她好脸色。老两口在家里是没嘴的葫芦，听不见他们什么声音，他们能不说话就不说话，一副生怕惹事上身的胆小样子，就这样小心翼翼，她妈妈还经常要高一声低一声数落他们。虽说都一把年纪了，她妈妈训斥起父母不留情面，跟骂她们姊妹几个差不多。因为从小爹妈对她不好，她记仇，有时话说呛了就跟他们翻旧账，说得老两口面红耳赤，一句话不敢回。当着外人她也这样，完全没有顾忌。她翻得最多的几件事，连我都听过不止一两遍。一件是她三四岁就替弟弟洗尿布，一大清早就被爹妈从被窝里薅起来，支到河边去，也不管她会不会掉进水里淹死。寒冬腊月河水结了冰,她力气小,敲不开,只好求别人。有时候去得太早,天还没大亮,等不到人,生怕回去迟了要挨骂,自己先吓得哭起来。在冰碴子割手的凉水里洗,手上生冻疮,一冬一春都破皮,一下水钻心疼,她是一头淌眼泪,一头洗屎尿。另一件事情是去工厂洗塑料,两角三分钱洗一天,她才七八岁,早出晚归,天天被打发去,学都不让她上。那些塑料气味特别冲,熏一天吃不下饭,人家说是有毒的,不让小孩接触,她回家对爹妈说,他们回她不是还有别的小孩在洗,就你命金贵,人家就不过了?还有一件事,也是她最恼火的,就是她十岁才上学,只读了一年多他们就不让她读了,就那一年多还是三天打鱼两天晒网。说来也是活该她没有念书的命,妈妈居然年头生了个弟弟,年尾又生了个弟弟,一年让她伺候了两场月子,日日要帮忙带小孩,放着上学的机会,也没空去读书,弄得她一共认不得几个字。"活作孽啊,我从小你们就不拿我当人待","要是我多识些字,现在早就坐办公室享清福了","多少机会,就是因为文化水平低,塌得了","我命不好,吃亏吃大发了",这些话她反复说,说一次气一次,回回都是火冒三丈。骂到气头上,就撵爹妈回乡下去跟兄弟过。老两口是跟两房儿媳妇打翻了卷了铺盖到城里来投奔她的,连条退路都没得,不管她说什么,他们只好听着,大气不敢出。不过他们表面忍气吞声,不当着她的面也会骂她,还会把气撒到凤舞和几个姐姐身上。外公外婆也是满脑子重男轻女的思想,眼里只有大喜,对外孙子看得就像金疙瘩一般。不管真的假的,他们疼爱大喜,在这个家里就有了安身立命的法宝。对几个外孙女,他们都不拿正眼瞧她们。她们之间你争我斗,他们视若无睹,能躲多远躲多远,唯恐火烧到自己头上。

6　暗中约定

家里难得还会为凤舞说几句话的是她的小姑妈和小姑父。小姑妈上过中专，是兄弟姊妹当中学历最高的，毕业后先在一所农村小学当民办老师，后来她自己想办法，通过曲里拐弯的关系，调到城郊的医院当上了护士。当初小姑父看上她就因为她文化高，工作好。小姑父自己只上过半年初中，他说自己实实在在就是小学毕业水平。他是苦出身，爹妈都是上岸定居的渔民，据说是因为得罪了恶霸，在水上混不下去，才到岸上的，没有一点根基，处处受欺负，从小就学会了忍辱负重。他妈妈一口气生了十三个孩子，他排行老七，前面六个，后面六个，不前不后正好排在当中，他自己说是"前不着村，后不着店"，在家里是最被忽视的一个。兄弟姐妹多，吃不饱穿不暖是常事，谁回家谁没有回家父母也不当回事。小时候他长得特别瘦小，他妈妈经常分不清他和老八，有时候还能把他跟老十一弄混。他爸爸更加过分，走在街上看见他就像没看见，他上去喊爹，他爸爸一愣，说一眼没认出他是哪一个。他六七岁就在社会上闯荡，练得相当精明活络，见人笑容满面，说话周到好听，做事热心快肠，走到哪里都有朋友。船厂招工，他不够年龄，厚着脸皮混了进去，又靠着熟人照应帮衬当上了技术员，在厂里混得风生水起，评劳模选标兵都有他的份。他还暗中做一点水产生意，口袋里多了几个活便的钱。凤舞的爸爸妈妈常常对他面露羡慕，嘴里啧啧有声夸他有本事，是个路路通。当时社会上打击投机倒把，"割资本主义尾巴"的标语贴得到处都是，像他这样有经济头脑还胆大的人不多。

晚爹爹去世后，小姑妈和小姑父成了凤舞家长辈中最有见识的人，关键是他们还拿得出钱，所以他们开口说话很有用，凤舞当初很大程度正是靠着他们最先站出来说话才没有辍学,她家姊妹几个对小姑妈和小姑父也格外尊敬和喜爱。

小姑妈和小姑父很文雅,他们从来不高声大气说话,更不乱发脾气,夫妻俩相互说话也是轻声慢语,真像书上说的相敬如宾。特别是小姑妈,总是笑眯眯地跟着丈夫,他说什么,她都赞成,十足的夫唱妇随。小姑父除了一条腿有点瘸,长得算是仪表堂堂,小姑妈虽说貌美如花,却朴实淳厚,一点不娇气,天长日久,别人都说他们两口子特别有夫妻相。

小姑妈和小姑父看见凤舞家里人这样对待她,有时也会笑嘻嘻地打圆场,不过他们极注意分寸,话分几头说,一个都不得罪。他们难得也会带凤舞回家去吃顿饭,只带她一个,连大喜都不带,算是给她撑腰。当时我不懂,后来明白这可是大情大义。长大以后聊起来,凤舞不止一次这样说,对他们充满感激。可是当时她只要去小姑妈小姑父家吃过饭,回到家等着她的就是几个姐姐极其难看的脸色和变着花样对她的作践。小姑妈小姑父毕竟担当不了晚爹爹的角色,我们那里的老话说"嫁出去的女,泼出去的水",照理娘家的事小姑妈都不应当插嘴,哪能管到哥嫂家里头的事?小姑父就更加是外人了。

凤舞在学校里和家里都不舒心,没有温暖,没有爱,她似乎有点干脆破罐子破摔,结交了一些街上的孩子,大多数是我不认识的,我知道的一两个都是出了名的小痞子,平常我们都是躲着他们走的。她和工厂区的孩子也混得透熟,我不知道她是怎么跟他们搭上关系的,那些孩子比我们大,大都十六七岁,他们穿着洗得发白的黄军装,或者是厂里发的工作服,也有赶时髦的,穿起了方领和尖领的衬衫,领子无一例外翻在外套上面,带着牛皮哄哄的优越感。他们常聚在一起抽烟喝酒打架,家里大人管不住,街上循规蹈矩过日子的人对他们都很黑眼，不让自己家孩子接近他们。凤舞跟他们混在一起，也带上了几分野性。不过她倒是没穿奇装异服，身上还是原先的旧衣服。她穿着赶不上时髦，发型却一点不落后。她用火钳和铝梳子放在炉火上烧红，把头发烫得卷卷的，乱蓬蓬的十分扎眼，跟她那帮狐朋狗友在一起完全就是一拨人。她顶着一头鸡窝般的焦煳头发到学校，赵老师看不过去，叫她去剪短了再上学。她倒是去剪了，剪得只有半寸长，而且参差不齐，就跟狗啃的一样。同学背后说花凤舞变成了小阿飞，我不懂"小阿飞"是什么意思，他们说就跟小流氓一个意思。凤舞被同学看成不三不四的人，我心里真替她难过。

和吕素静闹翻之后，她和我还有谢文屿、黄小橘几个也疏远了，她独来独往，像个独行侠。不久之后谢文屿转学去了青海，说是他爷爷病了，奶奶成天要服侍他，还要帮他叔叔婶婶家做饭看孩子，实在忙不过来，打发他去西宁跟他爸爸。谢文屿一走，凤舞又是那样阴阳怪气，我们原来的课外学习小组就彻底散了，我们都并到了别的小组。

一天临近黄昏，凤舞忽然急匆匆跑到我家来，这是多少时候没有过的。她跑得气喘吁吁，站在我家门口喊我出去。她神色慌张，说有话要对我说，我也跟着她紧张起来。但她没有马上说，和我在我家后面的体育场转了好一阵子才对我说，她爸爸叫她晚上去拖拉机厂见魁五。

我听了吓一大跳。魁五是工厂区出了名的痞子，他大名鼎鼎，连我都知道，他手下有一帮子小兄弟，都是打架特别凶在街头称王称霸的。前些年大人分帮分派，派系之间经常武斗，大人不打了，孩子却不停手。据说魁五那派是各派当中最厉害的，经常听到他们把谁的胳膊打折了，或者把谁的脑袋开了瓢，连他们的对头都不敢惹他们。魁五这个名字让我听了胆战心惊,我不知道凤舞的爸爸为什么要她去见他,而且她明显害怕极了。

她用焦躁的口气说:要是明天上学我没去,你就到造船厂告诉我小姑父,人家要不让你进,你就说有急事找吉益升,你还认得去造船厂的路吧?

我马上想到她肯定是怕有去无回,才来跟我暗中约定吧。我奇怪她为什么不叫我去跟她爸爸妈妈说,至少是去跟她小姑妈说,他们不是跟她更亲吗?

我追问她到底是怎么回事,起先她不肯讲,后来还是说了出来。

事情是这样的,有个小混混盯上了她家大姐花小春,说要跟她交朋友,她去上学经常被那个人跟踪。隔了没多久,又有一个小痞子也来找她交朋友,还威胁她说不答应的话有她好果子吃。这两个人都是魁五的手下,他们找花小春是不约而同的。每天上学放学花小春都胆战心惊,既要躲过这一个,又要再躲过另一个。她在家哭过好几次,爸爸妈妈都不当回事,后来她害怕得不敢出门,他们就叫花小夏跟着她,给她壮胆。

很快花小夏也被人盯上了,也有小混混拦她的路,纠缠她,她胆子大,倒也不害怕,跟小混混对说对骂,差点和他们动起手来。再之后,花小秋也被小混混起哄,她回家告诉爸爸妈妈,爹妈还是不当回事,说光天白日的,几个毛猴子能拿你们怎么样?还有没有王法啦?他们动手你们不会喊?弄得她们上学只能结伴去,不敢单独出门。

前些时候,花小春回来说,老去堵她的两个小混混不露脸了,有个不认识的半大男孩跑去对她说他们的大哥魁五看上她了,叫她识相点,不要敬酒不吃吃罚酒。家里没有人认识魁五,不过都听过他大名,知道他练过武,身上有功夫。妈妈一听脸色陡变说没得命了，这下子碰到真老虎了。爸爸也好像突然之间醒过神来，他不怕小混混，但对魁五不敢不当一回事。他担心魁五来横的，万一要是他开了头，那些小喽啰说不定就壮了胆，家里大大小小有五个女儿，他不敢不上点心。他让几个姑娘下了学就回家，天黑以后不要出门，自己早早晚晚只要有空就去接送她们。对花小春他叮得最紧，几个丫头当中他最放不下她。不过，他要忙着挣钱养家，多出这一档子说大不大说小不小的事，让他头疼得很，又怨又烦，每天唉声叹气。

7　魁五有请

那天傍晚我们两个在体育场上走了一圈又一圈，凤舞紧紧攥着我的手，她的手指冰凉，却一直湿湿地在冒汗。我知道她既害怕又委屈，但我不知道怎么安慰她。

她跟我说她爸爸妈妈骂她，说小流氓都是她招来的，要不是她在外面瞎七搭八跟不三不四的人鬼混，几个姐姐也不会被人家盯上。之前姐姐回来说一次，她就会被骂一次。这次魁五提出要跟花小春单独会面，他们眼看躲不过去，就把她推出去。

她说得吞吞吐吐，颠三倒四，不过我还是大概听明白了事情的经过。魁五不像那些鲁莽的小混混，他从来没有在路上堵过花小春，他直接到学校里去找她，大大方方对她作自我介绍，跟她闲聊，说的都是平平常常的话，一句没提要和她交朋友，她也不好拒绝他。他经常在校园的林荫道上假装与她邂逅，花小春知道他是有意的，看他笑容可掬，客客气气，不好不理他。一来二去，他们两个熟识起来，处得也蛮自然。魁五没有一点过分的举动不说，而且他一出现，以前纠缠她的小混混们就不再骚扰她，连同她两个妹妹也都清净了。花小春逐渐放下了戒备，可是，一天魁五忽然拿出一封信，彬彬有礼地交给她，让她回家看，看完再答复他。

那是一封五页纸的信，上面绿豆大的字写得密密麻麻，不仅花小春从来没有收到过这么厚的信，她家祖祖辈辈大概也没有人收到过这样的长信。这封信写得字迹端正，用词讲究，还引经据典，有些高深的句子她家没有一个人看得懂。魁五在信里夸赞花小春"美丽，大方，高雅"，向她表达了倾慕之情，希望跟她"进一步发展革命的友谊"，她当然明白他说的什么，害怕的同时也很骄傲和得意，尤其是"高雅"这个词，让她受宠若惊。她献宝一样把信拿给几个妹妹看，连凤舞也看了，她说魁五的信写得特别浪漫。爸爸妈妈晓得了这件事，气得大骂魁五"小流氓"，"杀千刀的"，"没家教"，"混账王八蛋"，叫花小春划根火柴把那封信点了烧掉，不要去理睬他。花小春表面答应，实际上她把那封信当宝贝一样收得好好的，用围巾一层层包起来，藏在枕套里。

花小春收到情书不久，魁五到学校去找她，问她考虑得怎么样。她听父母的话，一声不吭。魁五耐心很好地找了她几次，每次她都一样是缄口不言。后来魁五又给她写了一封信，这封信比第一封信要简短得多，只有寥寥数语，提出三天后请她去拖拉机厂玩玩，想和她当面谈谈。花小春又把这封信交给爸爸，两只美丽的大眼睛里含满泪花。

爸爸火冒三丈，跳着脚说小痞子欺人太甚，屎都敢拉到他头上，还把门背后的铁锹抓在手里，说要去跟他拼命。妈妈也很气，不过她是看这个当爹的这副虚张声势的样子来气。她朝他泼冷水，吐出一串话，说就你有铁锹，人家就没得铁锤？你的铁锹狠，还是他的铁锤狠？你的铁锹就一定干得过他的铁锤？是你一把铁锹狠，还是人家一人一把铁锤狠？你一个打得过他们一大群？爸爸很硬气，脸红脖子粗地说我也不是一个人，我有好多工友，我把工地上的工友都叫过去。妈妈说他，你空口白牙喊人家肯听你的？想也不要想！你也不墙根底下尿泡尿照照自己什么东西。两个人没说几句就吵起来，相互把对方祖宗十八代翻出来日了一遍，一通恶骂之后，夫妻两个互不理睬。

家里有了不好办的事情爹妈就吵架，吵过之后就冷战，凤舞见得多了。以前他们拖一拖也能把事情拖过去，不过这次遇到的是魁五，他既认真又固执，三天之内，一而再再而三地找花小春，每天都是放学后在校门外同一个地方等她，他斯斯文文，面带微笑，跟她说你用不着怕我，我是受过教育的，你不要听外面的人瞎说，我是不会胡来的。但他越这样说，花小春越是紧张。他还提出要请花小春去馆子里吃饭，花小春长这么大还没下过馆子，她哪里会随随便便跟个男的去那种要花老多钱的地方？她怕被人家晓得了戳她脊梁骨。爸爸也说，要了老命了，这是埋到家门口的一颗雷啊。

一家人都悬着心等着这一天。

这件事要说从头至尾跟凤舞没有一点关系，到了第三天，一大早上爸爸突然喊醒她，对她说：你不是跟那帮人熟吗？你去跟他们说说，叫他们不要再缠你大姐了。她睡得迷迷糊糊，赶紧翻身起床，反应过来爸爸是要她出面，战战惶惶地说不认识魁五，爸爸直着嗓门说：你整天在外头七混八混，人家喊你小阿飞是白喊的，当我不晓得？

爸爸话虽说得重，态度倒不凶，面色也不狰狞，他还把手放在她肩膀上，显得对她蛮器重，也蛮交心。

他对她说：你晓得吧，反正你大姐是不能去，十八岁的大姑娘，我能让她往流氓窝里蹚吗？万一把名声弄坏了，害的不是她一个，一家老小都要让人家骂死的。不去的话，我就怕魁五那边没得完，那个人，听说刚得很，不达目的不罢休，是块硬骨头。所以我思来想去，不如你去跑一趟。你人小没得事，我教你一句话，你一进门就说把他听，你说你才十三岁，还是小伢子，你就问他怕不怕吃官司。

我担忧地问凤舞：你真的要去呀？

她缩着头说：我不去我爸爸要打死我的。她反过来安慰我说：没事。

她咧嘴一笑，但笑得极不自然。

我们在体育场门口分别的时候，我目送她匆匆走远，心里有一种无法言说的惆怅和担忧。

第二天去上学我心情比考试还紧张，好在一进教室就看见凤舞端坐在位子上，心中一块大石头顿时落了地。她朝我嫣然一笑，笑得会心会意。

下了课她迫不及待把昨晚去拖拉机厂见魁五的经过讲给我听。她回家还没吃完晚饭，魁五就派了两个比她大不了多少的男孩到她家门口候着——不是来接她，是来接她大姐的。爸爸让她多吃点，说特为给你做了干饭，要是被他们扣住关起来，扛饿些。她听了，心里更加害怕。

两个男孩稀里糊涂带上她就走。到了拖拉机厂，他们把她领到大礼堂，魁五端坐在主席台上，旁边还直挺挺站着两排大男孩，个个人高马大，一脸严肃。魁五一看是她不是花小春，怔了一下，跟带她来的两个人轻声嘀咕了几句，转过来和颜悦色地问她：你大姐怎么不来？她回答说：她不敢来。魁五听了笑笑，一点没有为难她，只说她不来就不来吧，说一声就行了，用不着差你跑一趟。她没有说是爸爸让她来的，也没有说爸爸教她说的话，不是忘记了，而是觉得那样说太不礼貌了。

她看魁五没有生气，赶紧拍他马屁说：你的信写得真好。魁五惊愕地说：你也看了？他看上去不但没有不高兴，好像还有一点小得意。

魁五请她坐，还请她喝汽水，她觉得他不像人家传的那样凶。他让她带话给她大姐，说他就是想跟她交个朋友，是诚心诚意的。她回他说：那也要她心甘情愿才行吧。魁五说：我没有强迫她，而且我不可能强迫她的。她灵机一动说：我大姐配不上你。

凤舞对我说她没有说假话，她确实觉得魁五不一般，她用了"气宇轩昂"这个词形容他。

魁五听她那么说，哈哈笑起来，说你才多大呀，这么会说话。

她说魁五跟她聊了好一会儿，看天黑下来，让她早点回家去，不要让家里人着急，他还是叫那两个男孩护送她回去。她走的时候，他一直把她送到拖拉机厂大门口，还关照她说，有事情就来找他，不要见外。他郑重其事地对她说：哪个敢欺负你，你就说魁五是我大哥。

我觉得她对魁五好像蛮有好感的，这个变化也太大了吧。她神秘兮兮地对我说：魁五长得很像一个人，你知道是谁吗？我猜了好几个我们认识的人，还猜了电影明星，她都一个劲摇头。

我说猜不着，她说出来：他长得像春旦。

她笑得眼睛弯弯的。

8　不眠夜

凤舞家里谁也没想到这件棘手的事情会这样太太平平就过去了，她爸爸妈妈显然是有点惊喜的。经历了这么一件事，凤舞反倒振作了不少，不像之前那样鸢头耷脑，也不像之前整天往外跑，疯得不着家。用她爹妈的话说：她精神头起来了。她爸爸妈妈用一种既像是夸奖又像是挖苦的口气说她"你厉害啦，流氓窝子平蹚"，"了不得，跟痞子王都攀得上，以后一家老小就全靠你啦"。而实际上，她在家里的地位并没有改变，爸爸妈妈对她还是想打就打，想骂就骂，几个姐姐还是相互抱团，对她不阴不阳，还不时想点小花招坑害她。花小春对她比以前稍微要客气一些，或者说是做得要客气些，毕竟她帮了她，替她去冒了险，排了雷，不过客气得很有限。

在学校里凤舞又像以前一样风头十足。听同学传，好多男生对她着迷，有不少是高年级的，男生给她递纸条，她不像别的女生遇到这种事情羞羞答答，甚至害怕，她大大方方，一点不尴尬。男孩子约她，她也肯跟他们出去吃东西，那些胆子大的男生敢找她碰碰运气。有人夸她性格好，也有人说她脸皮厚，还有人说她不自爱，对她褒贬不一。我听说有几次她和男生在点心店里被人撞见，报告给班主任，当时和前几年比，风气已经开放不少，但成年男女谈恋爱尚且偷偷摸摸躲着人，她才十三四岁，不遮不掩，大大咧咧，明目张胆跟男生走在一起，简直大逆不道。赵老师大概觉得不管实在不行了，让班长捎话去请她家长到学校。凤舞从外面疯够了回到家，她不知道班长已经上过门请家长了，只见妈妈像一支离弦的箭一样朝她飞过来，对她又拧又掐，又扇了她一顿大耳刮子。爸爸妈妈一起朝她破口大骂，把最脏的话都骂出来了。

她爸爸妈妈一个也没有到学校。赵老师再一次让班长去请，他们还是没有去。赵老师亲笔手书一封，郑重其事叫班长送过去，请他们看过签字拿回来。班长把信送上门，她爸爸推给她妈妈，她妈妈推给她爸爸，两个人连蒙带猜勉强看明白了老师信上的意思，谁也没有在上面签字。班长到学校回复，赵老师很无奈。

凤舞的爸爸妈妈嫌她在学校丢面子，说不好意思见老师的面，从此再不去开家长会。他们派她的姐姐去，四个姐姐也是推来推去。

大姐胆小怯懦，不爱出头露面，自己的事还怵呢，不是自己的事，她躲得远远的。三姐四姐比她大不了多少，跟她打架占不到上风，心里有气，懒得管她的闲事。二姐泼辣能干，又好出风头，所以就由二姐去。可是二姐跟她关系最不好，有事没事都要欺负她，这下子更加不放过她。每次花小夏去开过家长会回家都没有什么好话，不是说老师批评她，就是说老师让她补考补作业，回回气得她爹妈要吐血，不打她一顿不解恨。

很快就要期中考试了，凤舞不是迟到，就是早退，比平常缺课还多。赵老师当着全班说她：一学期都没有好好学，三天打鱼，两天晒网，作业写得马马虎虎就罢了，最后三次辅导课还不好好上，到底还想不想考及格？赵老师板着脸，嗓门很高，不像他平常和蔼可亲苦口婆心的样子。他一般是不直截了当批评人的，像这种样子很少见。说着说着他甚至发起火来，叫凤舞到黑板前站着，让她示众。

凤舞默默地走到黑板前，面无表情地站着。到下课，赵老师好像忘了她，也不叫她回到座位上去。凤舞就低着头，一直站到放学。我觉得赵老师是因为之前她家长不配合故意刁难她，拿她出气。这一幕让我想起小学里她被老师拉到教室外罚站的情景，不过她可没有小学时的神气。

三天考了六门，到最后一天，凤舞居然在考场里睡着了。那天下午考数学，数学老师在监考时发现她趴在课桌上，头枕着铅笔盒子，还以为她不舒服，仔细一看，她竟然睡着了。他当即把她拉起来，轰出教室，让她站到教室外面去醒醒神。

考试结束，数学老师把她叫进教室，对我们全班进行训话。他足足讲了一堂课，火力全开，发泄着心头恨铁不成钢的怒气。他说做了三四十年老师，还没见到过哪个学生在考场里睡着的，况且这不是平常的小测验，是一学期最重要的两次考试之一，这已经不是学习能力的问题，而是学习态度的问题。他余怒未消，让课代表去请来班主任和教导主任，他们又轮番训话。那天一直把我们关到天黑透才放学。

放学以后凤舞拉着我和她一道走，我以为她心情低落，想让我陪她。她也确实情绪不佳，但却不是因为被老师训了，而是另有原因。

走出学校，她突然站定对我说：魁五要走了。

我很惊讶她不为自己着急，竟还有心思关心魁五的事。看她的样子，魁五的事好像更加重要。

她情绪转得飞快，忽地一扫沮丧，神气活现地对我说：魁五要去当兵了。

当兵在那时候是件特别令人眼热的事，一般除了自身条件好，就是家里有门路，而且还能躲避去农村插队，算是特别好的一条出路，我想不到魁五那样的小痞子竟然能去当兵，惊讶得说不出话。凤舞不管我的反应，她完全沉浸在自己的情绪里，说：你知道考数学的时候我为啥睡着吗？题目太难我不会做是真的，其实我连卷子都没有看到底，我困得实在是不行了。她掩口而笑，神秘兮兮地说：昨天夜里我后半夜才回家，躺下睡不着，就跑到窗口看月亮，月亮好亮啊，像个水晶球，直到天亮我都没有睡着过一秒钟。

她娇羞地笑，面颊绯红，欲言又止。我从来没有见过她这种痴痴的样子，而且也从来没有听过她用这种抒情的调子说话，直觉她肯定是遇到什么事情了。

我问她：你为什么睡不着？

她附到我耳边悄声说：我去给魁五送行了。

她就像忘记了刚才学校里的不快，兴高采烈地讲起前一天去给魁五送行的事情。在她嘴里,魁五成了一个富有传奇色彩的人物。她说魁五当兵是他自己跑去找带兵的干部说的,他跑了无数趟,看到首长忙,就远远躲开,等首长一个人的时候,就凑上去跟他说话。有时也说不上话,就是在人家身边站一会儿,一来二去,首长记住了他。他终于候到一个机会,在首长独自散步的时候跟上去,和他聊天,谈自己读过的书,首长对他好像蛮有好感,夸他机灵。再之后他鼓起勇气开口求这位首长带他去部队,首长答应帮忙,后来就真的成功了。他是他们学校唯一一个去当兵的。

想不到魁五竟然还是学生,我一直以为小痞子是不上学的呢。我不知道凤舞说的这些是真是假,有没有水分,但看她对魁五佩服得五体投地的样子,我被她感染,觉得魁五真是很有本事,很有办法,很了不起。凤舞显然为他感到十分荣耀。

她带着炫耀跟我说起昨天魁五家摆酒庆祝,居然请了她。最让她激动和骄傲的是连她大姐都没有请。魁五不追花小春了。——她一字一顿口气肯定地向我宣布这个消息,掩饰不住发自内心的得意。她欢快的样子就像阳光下的蒲公英,全身轻飘飘的,马上就要随风飞起。

她详详细细跟我讲了到魁五家吃饭的经过,描述了她吃到的那些好吃的饭菜和点心,说得眉飞色舞,小脸泛光,馋得我口水都快流下来。她说魁五的爸爸妈妈烧了好多好菜,斩了肉团子,炖了老母鸡,煎了大带鱼,炸了藕夹子,菜把桌子堆得满满的。肥的精的,咸的甜的,油汪汪,香喷喷,她家过年都吃不到那些好东西。

她特别说到魁五家有一道传家菜,一般只有年夜饭才做一次,遇到特别喜庆的事才会打破这个规矩,这道菜有个专门的名字叫"八样锦",我以为大概就像八宝粥要放八样东西吧,她说她数了,远远不止八样东西。这道菜里面有小鱼、小虾、螺螺(螺蛳)、歪歪(河蚌)、膘(油炸肉皮)、咸肉、香肠、豆腐果子、百叶结、竹笋、金针、木耳、香菇,还有一些她叫不上名字的东西,一个字,就是鲜,用她的话说是"鲜掉眉毛"。她听魁五家里人说菜里的材料都是凑的,小鱼小虾是魁五和他的小兄弟在厂后头的小河里捞的,河蚌和螺蛳是他哥哥姐姐去城外的河里摸的,膘是他妈妈去肉店跟熟人要的两小块猪皮自己炸的,咸肉和香肠是过年时亲戚送的,吊在房梁上一直舍不得吃,那一锅菜里全是齐心协力相亲相爱的味道。开锅的时候满屋飘香,他们邻居来说一条街都是香喷喷的。她说好些菜不要说吃了,她见都没有见过,长这么大,爸爸妈妈出去吃酒席从来不带她,她做梦也想不到自己头一次吃宴席居然是在非亲非故的魁五家。

她特别眼馋魁五一家人亲亲热热,谁跟谁说话都和和气气,父母跟儿女不搭架子,兄弟姐妹之间也不你争我抢,更不你争我斗,好吃的都是先让别人,不像她家一个个乌眼鸡一样,好东西要上手抢,抢还不一定抢得到,不抢肯定得不到,为争点东西命都能豁出去。饭菜端上桌,用她妈妈的话说,个个都像饿死鬼投胎,手里的筷子似刀枪,谁出得慢谁完蛋,哪道菜端上桌都能吃得碗底子朝天,连汤汁都不剩。说起话来没有不是粗声大嗓的,动不动还要吵起来,吵架不解气就动手,相打起来比仇人相见还要眼红。以前她一直听说拖拉机厂的人特别野,打架都是直接上棍棒动刀子,还听说过魁五的爸爸就是靠打架下死手才当上厂长的,他妈妈是因为算盘打得精加上凶蛮霸道才当上会计的,等见到他们,才发现他们都是和善慈爱的人,脸上带着笑,说话客客气气,对小孩都是谦和有礼的。他们用很土的方言一口一个"小乖乖"叫她,把她的心叫得暖融融的,在家里从来没有谁这样叫过她。她非常喜欢他们,从心里希望自己爸爸妈妈能跟他们一样,对家里人好,不要整天为点鸡毛蒜皮的事情吹胡子瞪眼发脾气。

在魁五家她还有一个收获,就是学会了打扑克,是魁五的姐姐教她的。她跟他们兄弟姐妹打了好几把,大家都开开心心的,输赢也没有人急,更没有人吵架。

散了牌,魁五还带她去参观了一下拖拉机厂。天已很晚,厂里还有工人在加班,一排排车间灯火通明,如同白昼。拖拉机厂很大,离车间远的地方黑魆魆的,树木成片,树冠发出很大的沙沙声,风吹在身上凉丝丝的,魁五问她害怕不害怕,他让她不要怕,说自己能保护她。

魁五带她穿过拖拉机厂,走到小河边,从这里她可以抄近路回家。魁五对她说,他从来没有和女孩子单独出来过,她是第一个。他还说喜欢她大大咧咧像个小男孩。"你很勇敢。"——魁五这样夸她,让她骄傲极了。她觉得魁五在她面前反倒有点羞涩,完全不像他之前那样专横跋扈趾高气扬。他对她说话轻声轻气,让她几乎忘了他是一个在街头打架出名的小痞子。聊得开心,她问他:你怎么不追我大姐了?他居然有点难为情,抓耳挠腮的。她说她是故意问他的,他不说,她又追问他。他被逼得没办法,吞吞吐吐说一句:她不肯就算了吧。

她说这是一晚上她听到的最让她开心的一句话。

这显然是她的心里话,我觉得好笑又震惊。

我问她:你是不是喜欢魁五呀?

她一愣。这是我们第一次说这样的话,感觉某种禁忌突然被打破了。

她逃避一般回答说:没有没有,我怎么会喜欢他啊?

她气虚得很,我觉得她言不由衷,说了假话。

她微微一笑说:魁五特别好玩,他说的话很有意思。

她没有细说魁五都跟她说了什么有意思的话,话头一转,显摆一般跟我说魁五读过好多书,她在他屋里看到有一个竹子编的小书架,上面放着许多老厚的书。她还说魁五有一张图书馆的借书证,他还答应帮她也弄一张。我忽然对她羡慕起来,连魁五那样大名鼎鼎的人都这么看得起她,她在我心中的地位迅速蹿升。

她忽然不好意思起来,脸上飘过红晕。大概是对我说了太多魁五,她似乎有点过意不去地对我说:下次带你去找他玩啊。我听了很兴奋,但看她的神情却带着敷衍,眼光虚飘飘的,我立马明白这就是一句客气话,魁五这样的朋友她是不会拿出来和别人分享的。

我忍不住好奇地问她:魁五有没有让你做他的女朋友?

她用力摇头,严肃地板起面孔说:他没有。

我说:他会不会放在心里没有说出来?

她听得一呆,说:怎么可能呢?又说:他马上都要走了。

我问她:他没让你等他吗?

她摇头说:没有。

她口气肯定而干脆,我却莫名感到怅然若失。

9 第一次离家出走

我和凤舞从来没有像那天说话那么大胆,仿佛我们一个箭步从童年迈进了青春期。好像就从这一天起,我们俩变得无话不说,尤其是一些不怎么好跟别人说的话,包括不能跟父母说的话,甚至无法启齿的话,都毫无障碍地跟对方说。

没几天,期中考试的成绩出来了,六门主课凤舞有四门不及格。班上也有别的同学考不及格,但他们也就是一门最多两门课不及格,这样大面积考砸的,除了她没别人。

赵老师黑着脸，在总结课上点名批评的头一个就是花凤舞。赵老师的话说得很严厉，在我听来不少话就是针对她一个人说的，我听得都如坐针毡，不知道她如何挺得住。赵老师让考不及格的同学带信给家长让他们次日到学校开家长会，他特别对凤舞说，我知道你父母没空来，但这次对不起，请他们不要再派代表来，有些话我还是当面对他们讲讲清楚比较好，这也是对你负责。如果他们还是没空来，那么——赵老师停下不说了，他翻开备课笔记，似乎准备讲课。过了一会儿，他才接着说，补考我看你是大可不必了，你现在这个成绩，再考怕也及格不了。就看你期末考试了，如果再有这么多不及格，下学期就准备好留级吧——当然了，我这么说是客气的，我想你不会不明白。

凤舞呆呆地坐在座位上，既像在听，又不像在听，泥塑木雕一般。和泥塑木雕不同的是，她仿佛忍着巨痛似的脸色煞白。

次日，她没有来上学。那天本来我们说好放学后去新开的花鸟市场看小金鱼，但早上她就没来上课，下午也没来。到第二天，她的座位仍然是空的，第三天第四天还是这样。我不放心，下学之后跑到她家里，她父母说不知道她死哪里去了，神情是淡漠的，一点不着急，很无所谓的样子。我问她几个姐姐知不知道她去哪里了，她们也都摇头，脸上是似有若无的笑。他们一家人跟平常完全没有两样，庸碌、麻木、自顾自地忙些鸡毛蒜皮的事，说些不咸不淡的话，然后发出叽叽嘎嘎的笑声，就像没有发生任何事，也没有谁出去寻找她。

到第七天，凤舞出现了。一大清早她就坐在教室里，她没带书包，衣服和头发都脏兮兮的，别的和以往差不多。赵老师来检查早读时看见了她，盯了她两眼，脸上的神情瞬息万变，说不清是恼怒、生气、无奈还是同情，随即把她带到办公室去了。

放学之后凤舞一个人不声不响走了,我在后面叫她,她没反应,就像没听见。她走得飞快,不一会儿就消失在放学的人流里。

她回去之后肯定挨了打,因为第二天我看她眼睛是肿的,脸也是肿的,额头和手腕青一块紫一块挂了彩。我看了心里难过,替她感到疼,也不敢问,不知道对她说什么好,能做的就是把作业本拿给她抄。她掉了一星期的课,落下了许多新内容,有很多作业要补,有些习题还很难,我想如果我是她,都不知道该怎么办。

那是凤舞第一次离家出走。她知道自己爹妈的脾气,他们早说过不去开她的家长会,嫌她给他们丢脸,这回她亮了四盏红灯,他们更加不会得去。他们不去,她跟赵老师不好交代,她左右为难,没有办法。还有一件事也像一把刀插在她心上,那天去魁五家吃晚饭她没对家里说,生怕说出来爹妈不让去,也生怕得罪了大姐,他们都是她不敢惹也惹不起的,她清楚触怒了他们的后果,所以把心一横悄悄去了。原本想早去早回,神不知,鬼不觉,没想到她回到家的时候家里人早已经关门上锁黑灯睡觉了。除了上锁,门还从里面上了插销,她拿钥匙打不开,只好硬着头皮敲门。敲了老半天,爸爸才趿拉着鞋走过来。爸爸开了门,抬手先扇了她一巴掌,吼一句:"你还晓得来家?"嘴里嘟囔着"明天我找你算账",回床上接茬睡觉。第二天早起好在他已经出工走了,不过她知道他记性好,肯定会新账老账一块跟她算。

当天还有一件事,在她心里是天大的事。魁五要走,她想无论如何要跟他去见一面。她绞尽脑汁也没想出一个能出门的借口,如果不跑,她就会错过去送他的机会。她迈出家门,走在去拖拉机厂的路上才反应过来自己在做什么。那时爸爸妈妈还没有下班,姐姐和弟弟都没有回来,只有奶奶在堂屋里摇着旧纺车纺线,她戴着老花镜,太阳穴贴着白膏药,手臂机械地摇动着,入定一般。看见

107

进屋的是她，奶奶把老花镜上的眼光收回去，装得像是没有看见，等着她跟她打招呼。她懒得叫她，进门丢下书包，在屋门口站了一刻，太阳已经有点偏西，家里人随时都会回来，她没跟奶奶打声招呼就在泥泞的土路上飞奔而去。

多少年后，忆起往事，凤舞说那是她一生中做过的最不后悔的事情，如果没去，那倒会让她后悔一辈子。在我的记忆中，后来她很少提魁五，对他有点讳莫如深，似乎那是她心中不可触碰的一角，我不知道他们之间发生过什么，但我相信她肯定是不会忘记他的。

而在当时，魁五对她的礼遇不仅令她激动和兴奋，也给她带来不少改变。她跟我说知心话的时候说起，那天他带她在拖拉机厂转悠，好几次她感觉他想拉她的手，她心里是欢喜的，暗暗等着，但他并没有伸手。在过一段栅栏的时候，魁五终于向她伸出手，栅栏其实并不高，她完全可以自己跨过去，她以为他就是扶她一把，没想到他搂住她的腰，轻轻一托，就把她抱了起来——她惊呆了，那真是一个难忘的时刻！她给我讲这一段的时候，眼睛里闪着清亮的光，整个人就像一条溪流一样清澈和欢快。这个片段后来她又跟我讲过好多遍，每次都像是无意间提起，每次都像第一次说时那样充满惊喜和快乐。她讲得绘声绘色，我听得也是津津有味。她这样说："他真有劲啊，他抱起我，我轻得就像一根羽毛。"

她有一种无法形容的骄傲，在刚刚进入青春期的我听来，这简直是一个无法形容的好运，真希望得到这个好运的是我自己。

那时候正是敏感多思的年纪，一点点小事情都会让我觉得不好意思，甚至觉得羞耻，而凤舞对我讲起这些，我一点没有感到难为情和不自在。我没有嫉妒，只有羡慕和憧憬。

回过头想，凤舞比我更早进入青春期，不是生理意义上的，而是心理和精神层面的。魁五的轻轻一抱，对她影响深远。我发现她身上所有的部位好像都进入一种灵敏状态，随时随地对外界保持着高度的警觉，别人无意中碰到她，她会迅速闪开，仿佛被电击了一般。她有意疏远了所有男生，面对他们，她格外严肃，不跟他们说笑，更不跟他们打闹，排队的时候她也是站在女生堆里，不和男生挨着。有时正好站在男生旁边，她会和别的女同学调换位置，我们都知道她这个特点，也都宽容地成全她。

我常到她家去玩，她在家里也一样是怪怪的。她洗澡的时间特别长，插上门老半天不出来，好几次被她妈妈怒骂，她妈妈用土话骂她"妖怪精"，"绝式样子"，"人不大，鬼不小"，有时候骂得更加难听，骂她"小婊子"，"小娼妇"。但骂归骂，她不改，依然故我。她花很多时间梳妆打扮，还特别喜欢照镜子，有一面小圆镜子她就放在书包里，课上课下不时拿出来照一下。偶尔不小心把阳光反射到黑板上，引得老师对她怒目而视。她不像以前那样用火钳把头发烫得焦煳，而是把头发留长，每天变着花样梳头，有时扎起来，有时放下来，有时梳一条辫子，有时梳两条辫子，有时梳满头的辫子，总是花样翻新。她爱美的劲头让我想起宋老师。比起宋老师，她虽然不够妩媚和精致，也没有宋老师那股妖娆的气质，但因为年纪小，更加清纯俏丽，就像初放的蓓蕾。她也一改以前的邋遢马虎，作业写得工整清爽，在家里自己的床铺也收拾得平平整整，不再像以前那样床单皱皱巴巴，穿过没穿过的衣服裤子堆得乱七八糟。她做事情变得有条不紊，有板有眼，甚至一丝不苟。我发现她蓦地变成了大姑娘。

魁五刚走那一阵子她很喜欢和我提起他。她会说昨天我见到魁五了——我还以为是魁五回来了，结果她马上改口说是梦见他了。她会详详细细和我讲梦里的情形，她讲得活灵活现，就像真的一样。她讲给我听的那些梦大同小异，都是和魁五一起去某个地方，然后他们走散了，后来又找到了，或者没有找到，她要么是笑醒了，要么是哭醒了，给我的感觉就是不断重复做着同一个梦，而她却讲得津津有味，陶醉其中。

有天，她突然对我说：魁五说我很好。

我不知道魁五真这样对她说的，还是她自己编出来的。

她问我：我好吗？

我说：你好呀。

她说：真的吗？

我说：真的呀。

她放松下来，显得无比安心。在我看来她确实是越变越好，她经常做好事，别人需要帮助，她当仁不让，什么都愿意拿出来分享，而且脾气也变得比以前好多了。

但我总觉得她和魁五没有多少实际的联系，也许他们根本就没有联系。我发现她兴兴头头告诉我的关于魁五的事情都是过去时的，我早已听得耳熟能详。后来，我倒是从别处听到一些关于魁五的消息，不过是东一句西一句的，不但语焉不详，甚至前后矛盾。我听说他肝还是肺有点小问题，体检没有通过，被打了回来。他受了挫折，非常郁闷。他父亲让他顶替，他没去，还像从前那样伙同一帮小兄弟逍遥度日。不过，我从来没有从凤舞嘴里听到过这些消息。

更晚一些，我还听说"严打"的时候，魁五一伙因为打群架被抓了进去。被放出来之后他就失踪了，家里和亲戚朋友都不知道他的去向，有说他去南方做生意了，也有说他偷渡穿过了国境线，还有说他混得很惨在外省的一个火车站要饭。说的人都是言之凿凿，十分肯定。不管哪种说法，都令人唏嘘感叹。我不知道凤舞听说没有，怕她伤心，我从来没有和她说起过。

这次离家出走给凤舞带来的影响是巨大的。她变得更加胆大，而且很有主意,遇到什么事情都不慌张,用她妈妈的话说是"翅膀拐子硬了"。在小学二年级的时候她就曾带我逃课去造船厂玩,那时候我就非常佩服她,到这时候我发现自己和她的距离拉得更大了。记得她对我说,要是那天把晚爹爹给的钱带在身上,她肯定就不回来了。我问她:是永远吗?她点头,神色异常坚决。

她从来没有跟我细说过她在外面那几天是怎么过的。她好像不愿意提起,偶尔提到,也是说得藏头露尾,三言两语一带而过。我无法想象一个人在路上风餐露宿怎么过,我问她在外面吃什么,住哪里,天黑以后害怕不害怕,万一遇到坏人和野兽怎么办?她木着脸,沉默着,就像那是一段早已遗忘的记忆,或者说她根本不愿意再去回忆那些经历。她只是说:总有办法的。还有:反正活着回来了。说得轻描淡写,口气很冲,很不耐烦。

某一次,我们正说别的,她突然说起在露天过夜冷起来很怕人,她原先以为天黑可怕,但天冷时再黑也顾不得,风刮在身上飕飕的,寒气直往骨头缝里钻,不大一会儿人就冻透了,衣服穿在身上比纸还薄,就跟没穿一个样。白天也没觉得冷,夜里却完全不同。冷的时候还特别饿,肚子咕咕叫,肠子都像要被消化掉了,饥寒交迫实在让人太痛苦太难受了。她还说,在外面黑夜比白天漫长得多,她真希望能跳过夜晚,直接到白天。看见太阳出来,惊心动魄,幸福得心都要开花了,特别庆幸自己又熬过了一夜。

我问她:你不会再跑出去了吧?

她漫不经心地回答说:那可不一定。又说:下次再跑我会走得更远。

我问她要去哪里,她说不知道,没想好。思索了片刻又说:先到上海,然后再到北京去。她说得十分肯定。她没说为什么要到上海和北京,也没说去上海和北京干什么。我马上想到春旦在上海,但我不知道魁五是不是在北京，那时我天真地以为如果一个地方没有眷恋的人，跑去做什么呢？那有啥意思？她的眼睛里闪现出我从来没有见过的光彩，我脑子里飘过谢文屿说的"远走高飞"四个字，我不知道她是不是这样想的。

我对她说：上海在我们南面，北京在我们北面，两个地方不是一个方向。她顿时愣住了，结结巴巴说我就是随便说说的。不知怎么她瞬间没了神气，变得低落和沮丧。

10　爸爸殁了

没多久，凤舞家出了一件大事，她爸爸做工时从脚手架上掉下来，死了。爸爸是家里的顶梁柱，这件事一出她家的天塌了。

爸爸掉下来之后没有马上死，被人抬回家，躺在床上。送医院已经不收，让他回家去。爸爸大部分时候都是昏迷的，一家人围在他身边，他紧闭眼睛睡着了一样。偶尔清醒过来，只要看见凤舞在，就会把脸别过去，有时愤怒地叫她滚。他已经发不出很大的声音，他沉闷的嗓音十分吓人。

爸爸死后，全家上下都说他是被她活活气死的。他们说要不是她不听话，成绩一塌糊涂，在外头和乌七八糟的人交朋友，还离家出走，爸爸不会干活的时候走神摔下来，他等于是被她害死的。

爸爸死后凤舞没有哭，她亲口告诉我她一滴眼泪没有淌。当时我听她说出这句话，只觉得胸口发闷，仿佛挨了一拳。那时候我还理解不了她的自责和懊悔。她告诉我家里人都烦她，看见她就叫她"滚开去"，"滚远点"。爸爸出殡，应该是一家人一起去送他，她怕他们吼她，一个人站得远远的，不靠前去。奶奶妈妈姐姐弟弟都上了大卡车，没有谁招呼她一声，就好像她根本不是这个家里的人。

等哭声和汽车声远去，她一个人孤零零站在家门口，早晨的阳光把她影子拉得老长，她从厨房里艰难地搬出爸爸的自行车，歪歪扭扭骑上去。因为个子小，她只会把腿从大杠底下伸过去踩着脚蹬子"掏螃蟹"。之前她偷偷骑过几次，家里人不让她骑，见一次骂一次，所以还不熟练。一路上她摔了两三跤，沾了一身泥，车龙头跌歪了，她夹在两腿之间掰正，继续骑上去，一顿猛踏，好在一路朝东没有走错路。她赶到火葬场时爸爸正被推进火化炉，妈妈和姐姐弟弟哭得声嘶力竭，一大群亲戚挤在人堆里，哭的哭，吼的吼，嘴里还念念有词，说爸爸命苦，死得惨，一天福没享到。他们装腔作势，就像在演戏。她站在大门外，呆呆地看着这一幕，就好像在看别人家的事情。

凤舞家出了这件事，赵老师倒像是放过了她，请家长的事情不提了，对她的作业也是睁一只眼闭一只眼，她没做或者没做完很少说她，跟她说话也是轻言细语。但赵老师的态度明显是冷淡的，公事公办的样子。我感觉他并不是改变了对她的看法，他不喜欢她，也不同情她，只是不想多管她。

爸爸去世后，凤舞一蹶不振。她整天愁眉苦脸，也不再热情地拉我去她家玩，连她自己回去仿佛都是出于不得已。我在街上碰见她家的人，她妈妈和姐姐弟弟个个面黄肌瘦，形容枯槁，看上去营养不良。那时候物质匮乏，大家都瘦，但像他们一家人瘦到形销骨立还是十分扎眼。她爸爸活着的时候，她家虽说不富裕，几个姐姐多少还是打扮的，她爸爸不在后，她们穿得寒酸拉挂，连体面也不顾了。

好长一段时间后，凤舞才慢慢开朗了一些。一天放学时，外面下着大雨，我想等雨小一点再走，她却一个劲催我跟她一起走。

我们合打着一把雨伞走出教室，我感觉她有话要说。果然，她

113

就像憋不住一般，嘴唇颤抖着，没头没脑地说：我真不知道，我怎么就这么倒霉！我做错了什么，还是天生不如别人呢？

她两眼望着我，眼睛里含着两汪泪水。她没有具体说什么事，她从袖口露出的手腕上有好几条青紫的瘀伤，半边面颊是红肿的，估计在家又挨打了。我不敢看她，心里一阵酸楚。我想安慰她，可不知道对她说什么——难道把她家里人骂上一通不成？我只好不作声。

她走着走着突然停下脚步，站在街边上，犹如竹筒倒豆子一般说个不住。雨一直在哗哗下，溅起的泥水打湿了我们的裤脚，我只得陪她站在雨地里，听她说话。

她说爸爸殁了，妈妈一个月三十多块的工资根本不够养家里这么多张嘴，大姐就响应号召上山下乡了，本来她还想等等看有没有留城的机会，她自己也是想了办法作了努力的，平常她不哼不哈，胆小怕事，为了自己还真拿出了闯劲。她拉着花小夏去找了自己班主任，又去找了副校长，让他们同意她在学校留级一年，拖延时间。仗着爸爸有点疼爱她，妈妈虽然不高兴，也还不大说她，现在不一样了，没人护着她，妈妈一点不惯着她，她在家里多待一天等于多吃一天的闲饭，妈妈话里话外把她往外撵。花小春很委屈，她在家其实也不少做事，除了买菜烧饭洗衣裳这些家务活，妈妈拿回来的锁扣眼、织围巾、叠纸盒、剥豆子等零活她都是没日没夜干，也是帮家里挣了钱的，妈妈就像看不见一样，一不高兴就拉长了脸骂骂咧咧，还三天两头跟她呛上几句。花小夏也快毕业了，马上就面临跟花小春一样的局面，但她城府深，妈妈说大姐，她事不关己，高高挂起，听了也只当没听见。但凡妈妈一句半句捎带上她，她能立马蹿起来，一蹦三尺高，发起脾气火暴得很。看她急，妈妈也不敢正面跟她杠，还对她赔笑脸，好言哄她说的不是她。大姐听了，如坐针毡，在家更加蹲不住。前些天妈妈摔摔打打又说家里这么多人养不起，花小春正吃饭，饭碗一推跑出去报了名，当天就卷铺盖下乡去了。妈妈看她硬起来，倒软下去，红了眼圈把自己床上唯一一条七成新的线绨被面的被子卷给她，一边抹眼泪一边说，这个家穷成这个鬼样子，你要怪只怪自己没有投好胎。母女两个抱头痛哭，伤心欲绝。花小春一走，妈妈又唉声叹气，心疼自己头脑发热把家里最好的一床被子给了大丫头。

凤舞又说起妈妈和奶奶吵架的事情。妈妈和奶奶两个都厉害，爸爸在的时候她们关系就不好，经常是你怄我，我气你，动不动就骂上几句，有时候吵得摔碗砸锅，要爸爸出来发上一通火才能把她们压下去。爸爸对老娘和老婆一个也不帮，她们一吵他就烦，发起火来六亲不认，她们都怕他，不敢当着他吵，现在他不在了，她们无所顾忌，想什么时候吵就什么时候吵。有几次半夜三更奶奶和妈妈忽然大吵起来，吵得惊天动地，她们一头骂，一头哭，一个哭儿子，一个哭男人，哭得呼天抢地。街坊四邻一趟趟跑来看热闹，劝都劝不住她们。她和姐姐弟弟在睡梦中被吵醒，个个心惊胆战，束手无策。

奶奶和妈妈成了敌对双方，他们几个小孩夹在当中没法处，经常莫名其妙挨一通骂。跟妈妈近一点，奶奶骂他们是一群记吃不记打的猪，跟奶奶近一点，妈妈骂他们是小畜生、狗腿子。她自己偏向妈妈多一点，尽管妈妈和奶奶哪一个对她都不好。

说到奶奶，她摇头叹气，欲言又止。她答应过晚爹爹会照顾奶奶，但奶奶却因为晚爹爹对她好，顶讨厌的就是她。奶奶年纪越大越磨人，她经常犯头疼病，一发病就躺倒，什么家务活都不能做，还要人侍候，而且点名要她服侍，做得称心不说啥，稍有差错，伸手就拧她，有时把点着的香烟头快如闪电戳到她手背上，把她烫得皮开肉绽。

奶奶骂起架来凶得狠，话都是一套一套的，句句怄人，戳人心窝子。她摆开架势端坐在八仙桌边上，不急不躁，骂人就像讲道理，一句跟着一句迸出来。她骂她妈妈：水大没不过船去，我是长辈，你还想爬到我头上呀？还有：你今天怎么个对我的，你后人也会怎么个对你，我睁着眼等着看呢。还有：你也会有老的一天，你老了比我要惨。就你这个臭脾气，等不到老就没人理了。还说：不是我咒你，恶有恶报，你忤逆不孝，有你苦头子吃。

奶奶数落妈妈比老母猪还能生，老爹爹在的时候，没少花他的钱，她儿子活着的时候，更加被他们啃得连骨头渣子都不剩。她下的一窝小崽子就是一群狼，一个个都是填不满的无底洞，要不是为了他们，她的心尖子儿子也不会年纪轻轻就跌死了。说到伤心处，她一把鼻涕一把眼泪哭起来，咿咿呀呀，连哭带说，引得街坊邻居来围观，来的人越多，她越起劲，拉着人家，把从前的陈芝麻烂谷子统统翻出来说一通。有一天妈妈被她气疯了，一怒之下把她赶回乡下老家去了。

奶奶走了不久，妈妈把外公外婆也撵走了。妈妈对自己爹妈也有气，怪他们从前对她不好，年纪大了又赖上她，挣了钱也不把她，有钱没钱都吃她的。外公外婆都是没什么脾气的人，不哼不哈，随她去说。他们忍气吞声的样子也让她烦，这次正好有把柄落在她手里，她对他们就不客气了。她扫地的时候，在爹妈的床底下翻到了两条肥皂，还有三盒火柴和一小包糖，这些都是凭票供应的，每个月家里都紧紧巴巴不够用，她没想到老两口还能偷偷摸摸抠出来这么些。她一看就晓得他们是要拿给乡下的两个儿子，立时气炸了，发了疯一样骂他们，把他们的铺盖丢到了家门外。外公外婆灰溜溜搬到早点铺子里去了，在那里打地铺。

一两个月间，家里一下子少了五口人，房子显空了，但是日子却过得一点不清净。妈妈心里只有儿子，只关心大喜一个。除开儿子，她骂了这个骂那个，看几个女儿哪个都不顺眼。她是妈妈最厌烦的人，妈妈嫌她碗洗得不干净，菜洗得不干净，地扫得不干净，衣服叠得不整齐，被子叠得不方正，菜做得不是咸了就是淡了，倒杯茶不是烫了就是凉了，反正样样不称她的心，从早到晚不知要吼她多少回。骂她还是便宜的，经常一声不吭直接就上手打。她在家里每一天过得都提心吊胆。

她站在雨里说了老半天，嘴唇发紫，面色和水雾一样灰蒙蒙的。她边说边重重地叹气，就像一个饱经沧桑的人。她皱起眉头时前额上竟然有明显的皱纹，一点看不出来才是个十三四岁的小姑娘。

11 纸也是甜的

凤舞似乎一夜之间变得饱经风霜，不是成熟，而是变老了。她说出来的话也有一种老气横秋的味道，有的话听上去就像我们语文课上学的格言警句。她说：爸爸活着的时候，没觉得日子好过，爸爸不在了，才知道那时候就是好日子。她反反复复说起爸爸，说他是个很好的人。她这样说：其实他是个老好人。

我能辨别"好人"和"老好人"的不同，"好人"是说这个人好，"老好人"是说这个人对谁都好，也有老实无用的意思。可是，我看到的并不像她说的，她爸爸好像从来没有厚待过她，他脾气一上来头上青筋暴起，动起手来操起什么抡什么，打她跟打仇敌一样。所以我听她这样说，甚至以为她是在说反话。

但她说得真心诚意，没有一丝一毫的讽刺和别的意思，好像她爸爸的死把过去的许多事情都改变了，变得跟真正发生时不一样了。她满怀深情的讲述有时会让我感到恍惚，不过我还是不由自主让自己跟上她的情绪。

她说有一阵奶奶腰疼,家里没钱给她看病,她疼起来就吃止痛片,后来止痛片不管用了,她一把一把吃,就像吃蚕豆一样。有一天傍晚,放了学她在街上闲逛,无意间撞见爸爸站在卫生院的围墙外哭。他用胳膊挡着眼睛,哭得呜呜的,像个孩子。她从来没有看见过爸爸哭,吓坏了,不知道他出了什么事。爸爸那么大个人哭成那样,也让她非常难为情,生怕被熟人瞧见,也怕爸爸看见她不好意思,没敢上前跟他说话,悄悄溜走了。等爸爸回到家,他拿了一大包药给奶奶,有中药,有西药,还有膏药,有治腰疼的,还有治头疼头晕和咳嗽的。奶奶问他哪来的钱买这些药,他说工地发钱了。奶奶不信,说工地开工资都要拖拖拉拉,会有额外的钱发把你?爸爸笑笑,不说啥。后来全家都知道爸爸是去卖血了。除了给奶奶买药,他还花了五角钱到双龙饭店打了一大茶缸子杂烩给家里人加餐,大喜还额外得到了一只他早就想要的红扑扑的小苹果。那天他们一家人比过年还高兴。

凤舞还讲了一件爸爸令全家惊喜的事。有一阵子,他总是很晚才回家,往常家里吃好吃赖都要等他回来才开饭,他们老是左等他不来,右等他不来,后来他让他们不要等,也不说自己在做什么。再后来他经常半夜三更或者一大清早出门,问他去哪里只说上班,多一句就不耐烦,连妈妈都起了疑心,话里话外怀疑他跟街头的寡妇有勾当。爸爸听了也不急,还笑嘻嘻的。妈妈暗中指使大姐跟上他去看看,花小春跟爸爸关系好,她出去一忽就回来了,只说没跟住,走丢了。妈妈骂她没用,又叫二姐去跟。花小夏比猴还精,花小春不肯做的事,她断断不会傻乎乎往上冲。她连门也没出,走到窗前朝外瞄一眼说,不好了,爸爸往寡妇家去了,一条腿已经迈进寡妇家门槛了,寡妇端茶把他喝了,把他拉进房间里去了。妈妈气得上去刮她一巴掌，骂她：贼昏头的，你不出洞就能望见你老子进了寡妇的门，你是长了千里眼还是长了透视眼？花小夏立刻撂挑子，说你要盯自己不会去？妈妈一气，干脆自己出马。

　　妈妈顺手拉上了她。支不动四个大的，她成了妈妈的靶子。晚饭后爸爸又出去，妈妈拽着她一路尾随。妈妈打着一支小手电，昏暗的一团光只照着脚面子，走出没多远就看不见爸爸了。她们见他是往工地方向走的，在离工地不远的一片野草长得半人高的废墟里终于找到了他。

　　月光下爸爸正挥舞着一只长柄大瓢往地里浇水，虽然只是一个模糊的轮廓，佝偻着背的样子她知道不会看错——原来是爸爸发现了一片空地，悄悄开荒种了菜。见她们找来，他也就不再瞒了，本来他是想给家里人惊喜的。那片地方围起来要建两三年，爸爸把角角落落都种上了菜。他蹲在地上，扬扬得意地告诉她们说他种了青菜、韭菜、黄瓜、番茄、茄子，还种了香瓜和西瓜。他说等到夏天，大喜子和小凤子两个小馋嘴就有得吃了。爸爸叫她"小凤子"，还和弟弟相提并论，她受宠若惊，幸福得一颗心就像长上了翅膀要飞起来。那天爸爸心情特别好，特别和蔼可亲，对妈妈说话也是不紧不慢，柔声细语的。那个夏天她家的新鲜蔬菜多到吃不完，而且一分钱用不着花。不过香瓜和西瓜他们一口没吃到，结一个被偷一个，不等长熟就不翼而飞了。

　　她还说了爸爸临终前的一些事情。她说看爸爸躺在床上，一天一天瘦下去，瘦得皮包骨，人成了薄薄的一片，有几次她看被子是平的，还以为爸爸消失了。她悄悄去摸他鼻子底下，好在还有呼吸。每天她都幻想爸爸突然好起来，精神抖擞地从床上下来，像他从前身体好的时候那样，在家里脚步有力地走来走去，端着饭碗大口大口吃饭，哪怕是还像从前那样瞪她，吼她，打她，她都心甘情愿。

有一天她下学回家，真的看见爸爸坐在床上，眼睛睁得大大的朝她笑，她还以为自己眼花看错了。爸爸靠着床头，背后垫着棉袄和被子，他轻声细语地咕哝一句：你皮哪块去了？疯得一头汗。她听到爸爸说话，胸口一热，心里觉得亲切无比。其实她头上根本就没有汗，那天很冷，外面西北风刮得呼呼的，她不知道爸爸怎么会说出那样一句话。

妈妈倒是喜滋滋的，自从爸爸倒下后，她脸上难得有笑容，她也难得安安稳稳坐在床边上，和爸爸静心静气说话。她听爸爸对妈妈说，千万不要往死里摁自己。妈妈问他啥意思，他说，这是我的人生经验。你懂啥叫"吃一堑，长一智"吗？就是栽了跟斗要长记性。妈妈还是不明白。爸爸又说，现在说这个太迟了，后悔已经来不及。妈妈说，不要这样说，摊到这种日子，不值得灰心了。爸爸说，我从来没有灰心过，好就好过，赖就赖过，好赖都要过，所以不值得焦心。妈妈说，晓得呃。爸爸把眼光投向他们几个孩子，他们假装各忙各的，不是不想走过去，是不敢走过去。爸爸的目光停在大喜身上，招手让他过去。他搂着大喜，对妈妈说，老话说，"有子万事足"，要看得长远些，总归会好起来的。妈妈点头，难得她那样温顺。妈妈笑眯眯地说，除了儿子，你还有五个姑娘呢。爸爸木了一下，嘴里轻轻哼了一声，她感觉爸爸是不以为然的。停了片刻，爸爸说，小孩子有出息就好了。妈妈嗯嗯地附和。爸爸又说，不过我是看不见了。她看见爸爸的眼睛朝她看过来，心一惊。她发现爸爸的眼神很柔和，一点不像以前那样凶巴巴的。

她说当时她不晓得这就是爸爸在交代后事，她是后来才知道的。那就是爸爸最后的时刻，他精神不错的样子其实就是回光返照。

凤舞像说一个秘密那样告诉我，她心里喜欢爸爸远远超过妈妈。为了强调爸爸的好，她用晚爹爹说过的话来佐证。晚爹爹活着的时候一直跟她说，爸爸这个人蛮不错，做事肯下力，不奸不滑，有责任心，没有外心，他不喝酒，不抽烟，不打牌，不吹牛，男人的坏毛病一样没有。晚爹爹还偷偷关照过她，要跟爸爸搞好关系，别看妈妈发号施令，样样都像是她说了算，爸爸才是一家之长，家里真有大事，爸爸只要一句话，就把妈妈说的全推翻，要她多关心他，嘴巴要放甜些，多说让他高兴的话，不说让他不开心的话，一句话，要讨他欢喜。她也确确实实听进去了，只是不论她怎么做，都不见效果，她认为是自己功夫不到家，事情做得不好，才讨不着爸爸欢心。她苦着脸，充满了委屈、自责、愧疚和伤心，她蹙着双眉的样子就像一个老太婆。她问我：你说说看，我爸爸那么好，他为什么就不喜欢我呢？

我无言以对，心里发酸。在我眼里她长得好看，人也聪明，心地更是没得说，而且肯对人好，也会对人好，她那种热乎乎的劲头一般人是没有的，我真说不出为什么她爹妈偏偏就是不喜欢她。

妈妈不疼，爸爸不爱，这是凤舞心头的痛，也是她心里的结。之前她经常会跟我说起爸爸对她的责罚，说得很诚实，包括自己受到的冤枉和委屈也一五一十说出来，但有的时候她就像忘记了一样，会兴高采烈沾沾自喜地说起她爸爸对她的种种好，甚至同一件事情，她能完全推翻自己之前的说法，事情还是那件事情，重点却转移了，她说的都是爸爸对她的好，她陶醉的样子让我不忍心挑破或者打断她。

我发现她经常自相矛盾，让我怀疑她头脑有点混乱。我不懂她为什么会这样前言不搭后语，长大之后我才明白，这大概是一种下意识的"修补"吧，她是在用想象粉饰和美化自己的生活，让自己的内心得到安慰，只是当时她没有能力做得圆熟和完美，所以才会那样左支右绌，漏洞百出。好在，我以孩子的同情心接受了她各种矛盾的说法，从来没有当面戳穿，让她尴尬和难堪。

那天，她站在滂沱的大雨里，对我说：跟你说吧，我爸爸其实对我真的好,就在他出事的前几天还专门带我上街买东西给我吃。她忽然神情一变,就像云开日出一般轻快地笑起来,兴高采烈地说:只买给我一个人吃哎!我说的是大实话,骗你我不是人。

她情绪转得这么快,一点过渡没有,我差点转不过弯来。

她详详细细向我描述了那次爸爸单独带她出去的情形。爸爸骑车带她到胜利电影院旁边那家宽敞明亮的国营冷饮店——那是全城最大最好吃,也是我们这些孩子最喜欢的冷饮店,她不知道多少次从外面走过,粉红粉蓝的霓虹灯一闪一闪勾她的魂,她一直想要是能进去尝尝味道就好了,没想到爸爸竟然主动带她来了。爸爸对她说:你还没有吃过冰激凌吧,我买一个给你。她客气,说:不要不要。爸爸一句废话没有,从口袋里掏出两角钱,买了一个蛋筒冰激凌,递到她手上。

爸爸给她买的是店里最贵的冰激凌,奶油有三种颜色,旋转着堆在卷筒上面,她接在手里,激动得心直跳。她不好意思自己独享,让爸爸先吃。爸爸一摆手,虎着脸叫她别烦。她珍惜地轻轻舔了一小口,那是她吃过的最好吃的东西——比蜂蜜还甜,比冰还凉,咬下去牙齿都成了冰糖,那种滋味一辈子忘不掉。

吃完蛋筒里的冰激凌,她问爸爸:这个卷筒也能吃吗?爸爸说:全能吃啊。他的口气好像为她的无知难为情。她便把带着淡淡奶香味又脆又酥的卷筒一口一口吃了,连包在卷筒外面的那一圈半透明的薄油纸也吃了。

爸爸突然之间瞥见,脸色一变,惊愕地低声说:你怎么连纸也吃掉了?她一吓,说:你不是说全能吃的吗?爸爸"嗐"了一声,脸上又红又紫,尴尬极了,马上扭头去看四周有没有人注意他们。她赶紧讨好地小声对爸爸说:纸也是甜的。

她跟我说到这里,忍不住咯咯地笑,笑得泪眼婆娑。

第三章 青春

1 新好友

跟表姐说起这些，表姐说这还不是最惨的，有些事情你不知道，不过都是过去的旧事。表姐迟疑着没有说，也许她觉得这样议论别人家的事情不太好，也许有别的不好说的原因，她不说，我也就没追问。

凤舞的爸爸去世之后，她小姑父想尽办法给他弄成了工伤，据说小姑父跑了无数趟，用他们家里人的话说是鞋底子都磨穿了，托了人，送了礼，还一次次去堵管事的负责人，不答应他就跟着人家，人家往东他往东，人家往西他往西，人家去吃饭上厕所他也一步不离紧跟着，他豁出去了，尊严颜面统统不顾，拼到最后把人家烦怕了，事情总算是办成了。

爸爸算作了工伤，除了补偿了一笔抚恤金，还拿到一个子女留城的指标——这在当时简直是天大的好事。那时高考还没有恢复，有了这个指标，意味着可以有一个人不下农村了，能有城市户口不说，还能分配工作，而且无论做什么每个月都能旱涝保收挣工资。当时大姐已经去乡下插队，二姐和三姐为争这个名额互不相让，姐妹两个闹得不可开交，又吵又打，翻脸不说话。最后三姐没有争过二姐，花小夏进了邮局。能进邮局，等于是捧上了金饭碗，花小夏春风得意，趾高气扬，骄傲得像个公主。她跟小姑妈借了十块钱，去服装厂买了零头布，从杂志上抄了样子，自己裁剪，借了小菜子家的缝纫机做了好几身新衣服，每天打扮得花枝招展，出出进进像个电影明星。她一向拔尖要强，家里除了大喜就她霸道，她跟凤舞不对脾气，对这个最小的妹妹也是欺负惯了，这下更加没有好脸色给她，逮着机会就要踩她几脚。

连我都知道花小夏擅长拉帮结派，她和花小春、花小冬、大喜是一派的，然而，只要是针对凤舞，她会尽己所能把每个人都拉拢到身边，包括她同样看不上而且经常针锋相对的花小秋。凤舞跟谁都不搭帮，在家势单力薄。她还像小时候一样单纯爽直，不喜欢玩心眼，讨厌当面一套背后一套，也不屑搞那些逮着机会祸害别人的鬼鬼祟祟的勾当，因此在二姐面前显得软弱无能，不堪一击，根本不是她的对手。

花小夏有了工作之后，花小秋在家里哭闹了好几次，想要顶替妈妈，被妈妈毫不留情地拒绝。妈妈还不到四十岁，不想这么早就退下来，而且，她的那个名额是一定要留把大喜的，不可能腾出来给花小秋。她让后面三个丫头一丝念头不要起。花小秋闹了一阵，知道这块肥肉自己是无论如何吃不到嘴的，只得偃旗息鼓，在家里赖了半年后，还是去了近郊插队。花小冬早早看清了局势，晓得家里指靠不上，没到毕业自己就早作打算。她是五姐妹当中学习最好也是长得最好看的，那时学习好没啥用，反正毕业了是下农村，但生得漂亮就不一样了，淮剧团到学校招演员，她入选了，拜了大名角筱文艳的弟子为师，后来成了淮剧团里最年轻的台柱子。我妈妈小时候学过戏，又在淮剧团上班，虽没入这行，但自认为是懂戏的，她极少夸别人戏唱得好，花小冬是个难得的例外。妈妈说到她总夸她有天赋，祖师爷赏饭吃，学啥会啥，演啥像啥。我看过花小冬演戏，她扮起来美若天仙，跟她在台下判若两人，连凤舞都说四姐上了台她都认不出来。花小冬在淮剧团唱红没多久，就找了个机会去当兵了，成了家里第一个飞出去的金凤凰。

凤舞没有二姐的运势，没有四姐的能耐，更不像弟弟天生就受到妈妈的偏爱，明摆着毕业之后也是要下乡插队的，当时的大形势就摆在那里。但要说她运气不差——不光她运气不错，我们这代人以及后面的人都幸运地赶上了高考重启。一九七七年十月，我们刚上初三不久高考恢复，然而她家里好像根本就不指望她能考上大学，她那个成绩看上去也是毫无希望。

不过也就是从那个时候起，凤舞又开始认真读书了，成绩提升很快。某次摸底考试，她的分数居然进入了班里的前二十名，不但老师和同学吃了一惊，连她自己都大吃一惊。

我总和凤舞一起玩，却并不知道她在暗暗用功。进了中学她有过一阵功课很有起色，但随着方老师出事，她的分数很快就回落了。我发现这回她成绩进步很大，似乎和一个人很有关系，她就是从小学到中学一直和我们同班的黄小橘。

凤舞没跟吕素静闹翻前，黄小橘和我们是同一个学习小组的，经常在一块玩。黄小橘长得白净清秀，小小的鸭蛋脸，单眼皮，厚嘴唇，一头乌黑浓密的头发美得和她年龄不相称。在当时的审美下，她这种长相属于很普通的，远不如大眼睛双眼皮小嘴巴那样吃香。黄小橘身上有股子娇娇的柔媚劲儿，话少，高冷，懒洋洋，同学送她外号"大白猫"。在班上她一直属于默默无闻的人，不出头，不惹事，无论老师表扬还是批评都没有她。她父母在农科所工作，每天她要走很远的路来上学。学农的时候我们去过那里，好几排青砖房子，周围是大片农田，和农民的田不同的是农科所的田分割成一小块一小块，用低矮的竹篱笆隔开，里面插满不同颜色的标签。我们班有好几个农科所的孩子，他们学习成绩普遍很好，只有黄小橘是个例外，她成绩中游偏下，偶尔会考不及格。但她有自己的一技之长，舞跳得特别出色。她舞姿曼妙，同样的动作做起来优美婀娜，远胜旁人。她是学校文艺表演的积极分子，宣传队的老师总让她领舞。除了跳舞，别的事情她做起来都是马马虎虎，就像是草草对付。初二以前她跟凤舞一样，也是瘦瘦小小，很不起眼，暑假一过，她蹿了起来，长得亭亭玉立。过了不到一学期，她的学习成绩也突然之间就在班上遥遥领先。听同学说，恢复高考以后，她爸爸妈妈开始抓孩子的学习，她是老大，对她抓得最紧，每天轮流辅导她，除了课本上的习题，还找了各种难题让她做，做不完不许睡觉。凤舞经常到黄小橘家去玩，黄小橘父母讲题时她也跟着听，他们捎带手也辅导她，所以她的成绩才这样突飞猛进。

我原先以为农科所和农村差不多，听同学说了才知道黄小橘的爸爸是研究水稻的，她的妈妈是研究棉花的，他们都是很有成就的农学家。我去农科所玩，见到过她爸爸妈妈。她爸爸个子很高，瘦瘦的，戴一副金丝边眼镜，文质彬彬，果然是知识分子的模样。她妈妈微胖，剪着齐耳短发，刘海烫得弯弯的，穿着十分素雅，有一种低调不张扬的美。当时我不懂，以为她一点不打扮很朴素呢。她乐呵呵的，说话声音很大，但不像街上的女人那样喳喳喳，她语调婉转好听，而且说出来的话非常有趣，让你听了忍不住想笑。在我印象中她是个特别勤快的女人，总是忙忙碌碌，同时做着好几件事情。黄小橘的爸爸妈妈我都特别喜欢，尤其是得知他们还辅导孩子学习，对他们更是好感倍增。我跟黄小橘表露羡慕之情，她却摇头，用一种不当回事、甚至还带点不屑的态度说："那两个人，没摊你头上，不好弄的。"用这样直率、带着贬义的口气说自己父母，让我有种耳目一新的感觉，用现在的话说，我觉得她很酷。她跟我说，她爸爸妈妈都是事业型的，只顾忙自己的，以前对她和妹妹基本不闻不问，连她们吃没吃饭都不管，恢复高考之后才想起来要抓她们学习。她还说别看她父母都是上过大学的，观念和作派跟老农差不多，他们过日子精打细算，不舍得花钱，而且还特别重男轻女。她妈妈快四十岁终于拼得一个儿子，开心得要上天，把儿子捧在手心里。弟弟刚刚四岁，长得白白胖胖，像个地主家的小少爷，家里所有好东西都尽着他，不管怎样胡闹爸爸妈妈都不惩罚他。她说小弟弟是爹妈的心尖子，她和妹妹是可有可无的。

我不知道凤舞和黄小橘这两个不大相干的人怎么会突然好起来，也许她们因为在家里被冷落有点同病相怜吧。她们自己说是"鱼找鱼，虾找虾，蛤蟆找蛤蟆"，就是活筒子凑一块瞎胡闹。"活筒子"在我们方言里是差生的意思，有很强的奚落和鄙视的味道，我还从来没有听到过自己说自己"活筒子"的，她们那种自嘲和自揭短处的姿态在我看来潇洒不羁，很可爱，很有趣，也令我打心眼里羡慕。她们形影不离，一个有啥主意，另一个立马相随，连上厕所都要一起去。凤舞和我关系依然不错，但她跟我已经没有那么多话说了。她会喋喋不休地和黄小橘交谈，两个人格外投机，笑起来更是水乳交融，你中有我，我中有你，让我感到和她们在一起自己很多余。

初三的时候，我们换了班主任吴老师，吴老师非常宽松，他第一件事情就是让我们自由选择同桌，不像之前都是老师排座位。凤舞没有选择我，她自然而然地和黄小橘坐了一桌。虽然我已经想到她很可能会这样做，但看到她抱着书包和文具，笑成一朵花一样蹿到黄小橘旁边，甜甜蜜蜜紧挨着她坐下去，我心里还是很酸的。

上课时凤舞和黄小橘那一桌是最爱讲话的，经常被老师点名批评，下课之后她们也不出去玩，两个人头靠在一起叽叽咕咕说个不停。她们脸上时常出现一模一样的表情,连笑容也一模一样。某一天,我惊讶地发觉她们竟然长得越来越像。

忽然之间凤舞和黄小橘成了女同学们羡慕的对象,她们说话的口气,她们很疯的笑声,她们开心时迈着的那种稚拙蹒跚的步伐,她们写作业时笔画纤细的小小的字体,她们扎头发皮筋的颜色,甚至她们走出教室时摔门的动作,都成了时髦,大家争相仿效,而且都想跟她们玩,她们对我们似乎有着非同寻常的吸引力。然而接近她们很难,她们端起了架子,跟谁说话、跟谁玩、对谁热情仿佛是对谁开恩。她们发明了自己的一套语汇,她们说的每个字我们都懂,但她们说的好多话我们却听不懂,特别是当她们说出某句话之后两个人心领神会地开怀大笑,笑得前仰后合,我们却一头雾水,弄不明白她们在笑什么。她们还有一招,在我看来也是非常厉害和神奇的,两个人眼睛一对,不需要说话,就能明白对方的意思,真的是达到了用眼神就能交流的出神入化的境地。我完全想不出她们是如何做到的。所以,即使和她们一道玩,旁人其实也很难和她们融到一起。

还有一点让我感到奇怪和不解,她们两个虽然各有各的个性和脾气,但她们都不是兴风作浪的人,然而,她们走近之后,经常暗中对班上女同学挑拨离间。不知道她们从哪里学来的一套说辞,或者就是她们自创的,能把随便两个人挑得剑拔弩张不对付起来。她们就像散播病毒一样,很快让班上的女同学们分成了不同帮派,帮派与帮派之间以及帮派内部纷争不止。表面风平浪静的班级山头林立,女生之间相互说坏话,造谣中伤,冲突不断,关系极为复杂微妙。学校里都知道我们班级班风不好。神奇的是她们两个却坐山观虎斗,并不卷入其中。更加让我惊讶的是班上的女同学吵架翻脸,她们还会分头去安慰她们。她们态度诚恳,言辞切切,劝谁就站在谁的一边说话，句句都能说到对方心里，然而，在我这个旁观者看来，她们并不是劝和，而是离间。经过她们的劝解，双方的裂隙只会越大，甚至彻底反目成仇。

我刚看出端倪时感到难以置信，理解不了她们为什么要做这种损人不利己的事。渐渐地别的同学也都看出来她们不怀好意，纷纷疏远了她们。她们众叛亲离，不再是女同学的中心。她们两个被大家孤立，不过她们自己却更加抱团，好得难舍难分。

2 "黑桃皮蛋"

不久，凤舞和黄小橘的关系似乎又升级了，在我们一些同学的眼里甚至是很不正常。

我们中学的惯例是初三下半学期要到农场分校去上学，那是一项非常重要的"开门办学"活动。当时虽然学习已经被重视了，这个传统却没有变。

我们的农场分校在城外，四周都是真正的农村。因为路远，我们带午饭到学校，食堂会帮我们蒸热。中午不回家，我们有更多的时间待在学校里。当时为了高考升学率学校对抓学习加大了力度，但我们还是初中生，感觉考大学这件事离我们还很遥远。到农场分校上学，顿时天地开阔，农村的新鲜事物扑面而来，对于刚刚进入青春期满心想着玩的我们来说，真有一种天高任鸟飞的自由和酣畅。

农场分校有两间用旧仓库隔出来的宿舍，一间是男生宿舍，一间是女生宿舍，师生都可以用。宿舍十分简陋，单薄的墙很不均匀地刷了一层白石灰，窗户又高又小，看不见风景，只能用来换气，坑坑洼洼的泥地雨天会泛潮，角角落落都长着青苔，甚至长出蘑菇，经常能看见各种昆虫或快或慢地爬过，有的爬过的地方会留下白亮的黏液,靠墙放了几张双层床,走进去有一股子霉味。老师的办公室条件要好得多,二层小楼,屋里是荸荠色的木地板,窗户又大又亮,站在窗前能看到一望无际的农田和远处错落有致的村舍,而且架子上的热水瓶里总有灌得满满的开水,所以老师都不到宿舍去。男同学一下课就跑得无影无踪,他们摸鱼、捉蝌蚪、偷划农民的小船、采瓜摘果加上搞点临时起意的破坏,忙得不亦乐乎,根本没工夫到宿舍去,所以,两间紧挨着的宿舍就成了我们女生的地盘。

一天中午,我像平日一样端着饭盒准备进宿舍吃饭,发觉女生宿舍从里面锁着,敲门也不开。女同学们都聚在隔壁的男生宿舍里,我走进去,她们神神秘秘地让我别出声,低声告诉我隔壁屋里有情况。我问她们怎么回事,她们不说,一个个贼眉鼠眼,鬼鬼祟祟,脸上挂着古怪的一言难尽的笑容。不时有人蹑手蹑脚绕到后窗下张望,我也被她们拉着一起去,但那个窗户很高,要扒着窗台或者跳起来才勉强能看见里面。我也跟着她们蹦跳着朝里张望,在飞快的一瞥中我看见凤舞和黄小橘一人一头,斜靠在一张双层床的床头,她们的腿像麻花一样交叠在一起,正在说话,不过在外面听不见她们说什么。

这个画面并没有让我产生特别的联想。那时候电视还不普及,没有网络,电影里有颜色的镜头都剪得相当干净,最主要的是我还单纯得如同一张白纸,我觉得她们不过是要好罢了,没啥好大惊小怪的。而且在那个年代,女孩和女孩无论怎么亲昵,形影不离,搂搂抱抱,甚至一起洗澡,睡同一张床等都被看作是正常的,不大会让人有别的想法,同学对她们两个那样神经过敏,反倒让我觉得很不正常。我丝毫不知道女孩跟女孩之间还能有啥名堂,我问同在窗户底下窥探的女同学看到了什么,她们哧哧地鬼笑,反问我说:你不是也看到了吗?

我很蒙，我什么也没看到呀。女同学们交头接耳，说凤舞和黄小橘两个人"关系不正常"。我追问她们为何这样说。我不仅仅是好奇，还有责问的意思。她们不理我，懒得跟我解释，不屑地给我一句：说了怕你也不懂。我听见有个女同学突然大喊一句：看，她们像不像黑桃皮蛋？当时听见这句话的女生们哄的笑起来，她们大笑不止，笑得歇斯底里，东倒西歪，有一种难以描述的暧昧和秽亵。从此，"黑桃皮蛋"成了我们班级的一句黑话，暗指女孩之间不清不楚的关系，主要说的还是凤舞和黄小橘这两个当事人。

　　凤舞和黄小橘经常在中午和放学后占据那间宿舍，她们一进去就将门反锁，就好像那是她们的私人领地，完全不在乎别人在背后指指戳戳。那学期凤舞也长高了，个头快赶上黄小橘，她们经常穿一样的衣服，梳一样的辫子，忽然有一天她们又一起剪掉长发，留着只盖住半个耳朵的短发，而且还是一边长一边短，长的一边挡着眼睛，短的一边露出青色的头皮，又痞又帅，两个人看上去就像双胞胎一样。她们依然好得如胶似漆，走在路上勾肩搭背，或者手拉着手，十指相扣，坐下来也挨得紧紧的，大腿贴着大腿，而且经常依偎在一起，一个像考拉一样搂着另一个。两个人带的饭菜也是一起吃，有时就在一个饭盒里你一勺我一勺地吃，喝水也用同一个杯子，你一口我一口地喝，亲近得就像情侣一样。女同学们暗中用眼神传递着嘲讽和鄙夷。

　　男生的反应和女生很不一样，他们没有人对凤舞和黄小橘说三道四，相反，对她们格外友好。之前班上男生和女生不讲话，课桌上画着"三八线"，同桌之间也不许对方越界，现在男生和女生不再剑拔弩张，学农去田里干活，男生不但抢着干脏活累活，还会主动帮助女生，有时赶上下雨，教室和食堂有一段路，男生会替女生去蒸饭，诸如此类，不一而足。然而，在这片和谐的气氛下，有一天班主任面色凝重地说，希望各位同学能把心放在学习上，不要多想那些这个年龄还不该考虑的事情，现在不是分心的时候。班主任不管我们听懂听不懂，这样不明不白的话翻来覆去讲了好几次。随后我们才弄清楚是因为班上有男生给女生写情书，女生交给了老师。类似的事情逐渐多起来，还有给女生写诗的，更多的是写纸条。班上的男生就像惊蛰之后苏醒过来的虫子，骚动起来。老师立刻把矛头对准了凤舞和黄小橘，他大概认为是她们引发了骚动，不止一次把她们两个叫到办公室去谈话。我不知道老师跟她们谈了些什么，但从凤舞和黄小橘回来时的神态看，好像老师并没有给她们施加太大的压力。她们还是说说笑笑，轻松愉快，而且亲昵的样子丝毫没变。

3　她们和耕有

凤舞和黄小橘又起了新花样。

不知从哪天起，中午吃完饭，她们两个经常走出那间宿舍，到农场分校的后面去。很多时候她们都不进那间宿舍，拿着饭盒直接往后头去。那里有食堂，仓库，工具室，生物标本室，煤堆和菜地，离得远一点还有一个三排棚子的养猪场和养鸡场。那边进进出出有几个工人，给学校烧饭、维修、种地、养小动物等，他们是临时工，经常换人，只有一个人长期在那里，不知他姓啥，大家都叫他耕有。

耕有看上去四十多岁年纪，在我们眼里已经是很老的老头。他脸很瘦削，长期日晒皮肤呈棕色，他个子不高，却长得长手长脚，手臂和腿都很纤细，就像一只秋天的蚂蚱。听说他是一个单身汉，那些工人说到他开口闭口就是"那个老光棍"，我觉得很粗鲁，很不好听。耕有沉默寡言，溜着墙根走路，看见老师他会立定鞠躬，恭敬地让他们先走,他对我们这些学生也非常客气,我们去借工具或者有点啥事麻烦他,任何时候他都立刻放下手头上的活来帮忙。但他也是个不能惹的人,谁得罪了他,他凶得很,我们看见他提着镰刀追着人打,隔着河脸红脖子粗地跟对面的农民骂架。

凤舞和黄小橘经常去找这个衣衫褴褛蓬头垢面的老场工,他们三个站在苦楝树下聊天,远远看去,都是凤舞和黄小橘在说话,耕有听着,他勾着头,身体前倾,似乎听得特别入神。后来不同了,更多的时候是耕有在说,他摆动着胳膊,比画着一些奇奇怪怪的手势,身体不再前倾,却仍然是重心不稳的样子。有趣的是这三个不怎么相干的人总是聊得特别起劲。耕有还带凤舞和黄小橘去喂猪喂鸡,教她们修剪果树,挖了蚯蚓和她们一起去后面的小河里钓鱼,划着水泥船带她们去采菱角。凤舞和黄小橘回到教室来上课面孔都是红扑扑的,疯得一头汗,玩得十分开心畅快的样子。后来,她们会带上饭盒和耕有一起吃中饭,还吃他自己腌的咸菜,竟然一点不嫌他脏,简直让我惊讶不已。再后来有一天,我发现耕有衬衣掖在工装裤里,上上下下穿得干干净净,头发剪短了,连向来卷曲的向不同方向生长的乱蓬蓬的胡须都剃掉了。他剃掉胡子的脸更显瘦削,也能让人看清楚了。原来他长着一张棱角分明的面孔,眼睛不大,却明亮有神,眼泡也并不浮肿,看上去倒是精神了不少,也显年轻了。不与凤舞和黄小橘在一起的时候,他还是沉默寡言,不过不像之前那样愚钝木讷,脸上透出一种颇有尊严的神情。

凤舞、黄小橘和耕有在一起显得既兴高采烈又热情洋溢,她们丝毫不嫌弃他,而且似乎特别能融入他那种穷困潦倒的生活。她们经常帮他干活,不管多脏多累,她们都抢着做。她们好像做农活上瘾,放学后还会绕过小河,到对面农民的大田里去帮忙。耕有会像一个责任心极强的护卫一样紧跟着她们,陪在她们身边,她们做什么，他也跟着做什么。甚至她们帮跟他吵过架的农民拔草、间苗、捉虫、浇水，他也勤勤恳恳跟着干，就像是他自己的事情。说实话，我非常不理解这三个人怎么会走得这么近，是纯真的友情？还是因为孤寂和无聊相互慰藉？或者是她们两个同情心泛滥？然而，看上去他们三个人都特别愉快，而且非常平等，也看不出有任何目的。我一直在默默留意他们，看见他们脸上洋溢着无忧无虑的笑容，我竟然会心生羡慕，有好几次甚至想走过去加入他们。当然，我没有那样做，我不仅胆小，也不像凤舞和黄小橘那么疯。

可是，他们三个人这种超乎寻常的友谊维持的时间并不长，夏天一到，情形就发生了变化。凤舞和黄小橘两个人关系依然亲密，她们对耕有却不像之前热情，她们很少往后面跑了，中午也不再找他一起吃饭。耕有对这样的变化反应还是慢了几拍，他对她们仍是非常亲近，隔得老远会大声喊她们，有时不知从哪里弄了新鲜的瓜果会颠颠地送过来，她们却淡淡的，矜持地对他爱搭不理，甚至毫无回旋余地地断然拒绝他的礼物。她们对他的热情仿佛骤然间急遽降温，如同一阵龙卷风，呼啸而来，倏忽而去，或许也像龙卷风一样具有很强的破坏力。不止一次，下课时我看见耕有远远地站在田埂上，朝我们教室这边张望，他的两个朋友却对他视而不见，我觉得她们既任性又狠心。

她们的薄情明显打击了耕有，很快他恢复了原来的样子，胡子拉碴，衣服裤子都很邋遢，尤其是鞋子，又脏又破，露着脚指头，整个人都黯淡了。期末考试之后我们就要从农场分校回到城里，就像旅行临近结束，大家的心散了，但我没想到他们三个人的友情在分别之前就结束了。

4　谢文屿回来了

新学期开始我们成了高中生，我们重新回到了熟悉的校园。国庆节刚过，谢文屿从青海回来了。他转回了我们中学，而且插班正好回到了我们班级。

没有见到谢文屿之前，凤舞已经把他回来这个消息当成特大喜讯跑来告诉我。谢文屿去了青海两年，变化很大，走的时候他个子矮矮的，嗓音还带着小男孩的尖细，回来的时候他长得高大健壮，至少有一米八，是班上最高的男生，声音也变得浑厚，像个真正的男子汉。他不讲方言，说普通话，丝毫没有我们当地口音，带着纯正好听的北方味儿，发音简直如同收音机里播音员那般字正腔圆，令我们无比羡慕。之前，我们校园里只有一个人课上课下都说普通话，他就是被抓走的方翱翔老师。出现在我们面前的谢文屿，就像当年的方老师一样阳光自信，意气风发。他的成绩依然很好，尤其是语文和历史，比我们的水平要高出一大截，而且他是有自己的认识的，深得老师赞赏。课堂发言时老师经常会点他的名，带着欣赏的神色让他谈谈看法。有时在别的同学发言之后，老师会让他作总结性发言，他的观点总能让我们心悦诚服。他吸引了全班同学的目光，班上好几个女生都暗暗喜欢他。

而凤舞却是明着喜欢他。在小学里别人就把他们说成一对，后来大家不提了，似乎忘了这茬事，连她自己也似乎忘了这茬事，谢文屿回来后，她突然对他主动起来，以前都是谢文屿给她送作业本，还帮她写作业，现在她常常帮他抄笔记。谢文屿虽然成绩很好，但在青海学习的进度和我们这边不同，有些我们没学到的内容他已经学过，有些我们学过的内容他还没有学到，他有不少部分需要补课。

除了抄笔记,只要是跟他有关的事情,凤舞都会热情很高地帮着做。谢文屿显得很高兴,也很领情。两年多不见,我觉得比起我们他更见多识广,也更成熟和沉稳,而他反应又十分敏捷,说出来的话聪明得体,恰到好处,并不老气横秋。同学看凤舞为他做这做那,忍不住要打趣和取笑他们,凤舞不理会,就是一副我行我素的样子,谢文屿不一样,对自己他并不计较,对凤舞他却处处维护,不管人家说他们什么,他都兵来将挡水来土掩,接得住话,回得巧妙。在我看来他相当睿智,也相当高明,既不让别人尴尬,更不让自己和凤舞难堪。

黄小橘对谢文屿也表现出非同一般的热情。就好像要与凤舞保持一致,她也很主动地接近他,有机会就帮他做事。比如轮到谢文屿做值日,她会替他擦黑板扫地,她不像凤舞那么高调,总是不声不响默默地做事,同学甚至以为就是该她做值日。

他们三个人在一起非常和睦,仿佛谢文屿回来,拼图就完整了。他们在一起说说笑笑,我觉得这个画面很自然也很和谐,甚至顾及不到自己被冷落,因为他们形成的那种浑然天成的关系谁插进去都会显得多余。我不由想起耕有,之前他跟凤舞和黄小橘也走得很近,但他与她们和谢文屿与她们是完全不同的,如果硬是要打比方的话,谢文屿和她们是花朵与花朵,耕有和她们就像是泥土与花朵。因为有过去他们三个人做对比,我简直从心底里认为现在他们三个人才是真正合适和对劲的,我也觉得他们三个人会永远这样好下去。

然而,凤舞和黄小橘的关系在她们最浓情蜜意的时候突然就瓦解了。在一次数学课堂测验上,老师给我们出了一张很有难度的卷子,特别是附加题,完全超出了我们学过的内容,全班只有两个人做出来,一个是谢文屿,另一个是黄小橘。老师表扬了他们,还让我们向他们学习。他们两个自然是非常得意,黄小橘没有城府,喜形于色，谢文屿含蓄，装得不值一提。

　　这件事不知怎么就惹翻了凤舞，一下课她就跟黄小橘吵了起来，找的是一个不相干的理由。凤舞板着脸责问黄小橘为什么说得好好的等她一起上学却没等她，害得她差点迟到。黄小橘说她记岔了，哪里约了？根本就没有约，这样找事是啥意思？她们吵得很厉害，课间操都没去做，还互撕了对方的作业本。吵架还好说，撕作业本就是大事，因为前面的作业都要补，即使抄一遍也很费工夫。等我们做完课间操回到教室，她们还面红耳赤地吵得不可开交，两个人都恼羞成怒气急败坏。我心里明白她们为什么吵，因为凤舞说的理由太牵强，太站不住脚，而黄小橘却是一副既理亏又得意的样子，似乎看穿了凤舞的心思，但却没办法在气势上压倒她。她一次次把目光投向谢文屿，似乎想得到他的增援。而谢文屿趴在课桌上奋笔疾书，不知在写着什么，连头都不抬，就像根本没有听见她们争吵。同学也没有一个人劝架，都在一边看好戏。吴老师走进教室来上课，凤舞和黄小橘还没有停止的意思，吴老师耐心地等了好几分钟，她们反而越吵越凶。两个人都气得哭起来，吴老师只好请她们到办公室去冷静冷静。

5　他和我

　　吵架之后，凤舞和黄小橘不说话，也不理谢文屿，他们三个人各自为政。过了一两个星期，谢文屿忽然又跟凤舞和黄小橘有说有笑，有时候他们会一起留在教室里做作业，三个人的关系似乎又恢复了正常。但谢文屿看上去有点谨小慎微，好像生怕做错什么，他并不和她们当中哪一个更接近，大概是为了避嫌，他也不跟她们哪一个单独在一起。

同学们开始传他们三角恋，说得有鼻子有眼。有的说：黄小橘是大老婆，凤舞是小老婆；也有的说：凤舞才是大老婆，黄小橘是第三者插足，说什么的都有。茶余饭后，同学们经常要把他们三个人品头论足议论一番，说起来有滋有味，当面也会嘲笑讽刺他们，拿他们开玩笑。凤舞听了笑嘻嘻的，很受用很得意的样子，黄小橘听了不动声色，莫测高深的样子，倒是谢文屿反而会难为情，还会摆出一副严肃的架势警告同学不要瞎说哦，这样会损害女生的名誉的。他从来不提自己，好像他自己并不重要，或者是那些话根本伤害不到他。看他这样，凤舞和黄小橘却是一点不在乎，她们听他这样说，会和别的同学一起开怀大笑。

在我眼里，谢文屿和凤舞及黄小橘不一样，他是一个品学兼优的好学生，不像她们疯疯癫癫。他转回来不久，吴老师就让他当了班长，之前班干部都是由同学推选，像这样由班主任指定的是特例，说明吴老师真的十分喜欢他。谢文屿也确实处处以身作则，起着老师要求的模范带头作用，他说话做事很能服人，老师对他相当满意。那时我是副班长，和谢文屿不一样，我是由同学选出来的，在老师眼里的权重肯定是不如他的。吴老师隔段时间便会在放学之后召集我们这些班干部开班委会，开完会谢文屿会和我闲聊一阵，他十分自然松弛，跟我聊的也都是泛泛的话题。

我和他之间的友谊大概由此开始。谢文屿很受女同学，尤其是凤舞和黄小橘的喜欢，她们两个已经到了你争我抢的地步，但他给我的印象依然非常好，他稳重，严肃，和气，绝不是一个轻浮的男生。我们有了单独在一起的机会，他也不会随便跟我开玩笑。那时候我敏感脆弱，而且羞怯，为一点点事情能想很多，很容易陷入忧郁和自责，然而和他在一起我不会感到紧张和不自在。他除了学习非常刻苦，很有钻研精神，还有一点深深吸引我的，是他读过很多书，特别喜爱文学。他跟我聊莎士比亚，巴尔扎克，雨果，托尔斯泰，这些金光闪闪的名字我都是从他那里第一次听到。他不仅读过这些作家的书，还知道他们的生平逸事，讲起来如数家珍，仿佛他们都是他非常熟悉的人。他跟我说他特别想当作家，可他爸爸让他不要做大头梦，要他学理科，还说"学好数理化，走遍天下都不怕"，"人是铁，饭是钢，吃饱肚子最重要"，这些话我也是第一次从他那里听到。他给我的感觉是既有梦想又脚踏实地，既浪漫又务实，我被他深深吸引，觉得他太优秀了。

我们很有话说，我特别喜欢听他跟我聊文学。以前他在课间讲《水浒传》给同学听，我就觉得比凤舞的小姑父给我们讲的要好得多，他讲起来有声有色，文辞优美，就像是对着书念出来的一样。而且他相当会渲染气氛，不管是故事还是人物，都有一股子鲜活的劲儿，灵动跳挞，真实可信。他还很会卖关子，讲到紧要处，便会岔出去说别的，勾得人心里痒痒。

有一天，他拿了一本莎士比亚的《哈姆雷特》给我，说他刚看完，非常着迷，让我也看看。等我看完之后，他又拿了几本外国小说给我，都是很旧的书，有的连封面都没有，后面也缺页，但在当时是很珍稀的，问他从哪里找来的，他不肯说，可能是不方便说。那时流行的是知识青年上山下乡和阶级斗争的书，文学名著很少见到，都是在暗中流传。他拿给我看《复活》、《红与黑》、《约翰·克利斯朵夫》、《简·爱》、《包法利夫人》等等，我被迷住了，读得通宵达旦，废寝忘食，连作业都做得马虎潦草。

谢文屿经常和我传递书籍，在我看来这是他和我之间一种特殊的联系。通常，他会在班委会结束或者是放学之后大家走了再给我，有意无意避开别人的目光，偶尔也会在课间把书递给我，他会故意做得随随便便，很不经意的样子，但还是会吸引同学好奇的眼光，甚至引起某些人大惊小怪。这种时候我内心里是很得意的。我暗中留心，凤舞和黄小橘都会装得视而不见。

6 《小王子》

快放暑假的一天，下午上课前我在教室走廊遇见谢文屿，他塞给我一本很薄的绿色封皮的书，书名是《小王子》。他对我说，这是他最喜欢的一本书。当时预备铃已经打过，同学们都进了教室，外面只有我们两个人，他站在走廊里和我说话，好几个同学从窗户探头探脑看我们，我也看见了凤舞和黄小橘流弹一般的目光。但谢文屿却很专注，他一点不受干扰，毫不分心地跟我说了很多，直到上课铃响起。在我们走进教室的那一刻，他轻声对我说一句：这本书送给你。

在课堂里我就迫不及待打开了那本书，我实在是忍不住好奇，想看看能让谢文屿最喜欢的书写的是什么。果然，刚读第一页我就被书里的内容吸引。老师讲课的声音渐渐远去，很快我就完全听不见了。我想起凤舞曾经跟我提到这本书，虽然她并没有读过，还是魁五给她讲过里面的故事。读着书中的内容，我脑子里闪现出这样的画面：魁五临走前夕，和凤舞坐在小河边，两人依偎在漆黑的夜里，一起看星星。这是我当时能想到的最浪漫的情景，也是我所神往的。我望着坐在教室另一侧的谢文屿，一种模糊的快乐穿过午后课堂沉闷的空气，在我眼前闪耀出缤纷绚丽的色彩，犹如烟花一般璀璨。我心里有春风拂过的陶醉和甜蜜，那一刻，我轻盈犹如鸽子，毫无阻滞地从现实中逃逸了出去。

放暑假了。我感觉那个暑假特别漫长，长得过不到头。我读了很多书，最喜欢的就是这本《小王子》。我读了一遍又一遍，有时从头至尾读，有时从中间读，只要拿起来就放不下。我一边读书，一边幻想，我甚至想过，会不会有一天我和谢文屿也像凤舞和魁五那样坐在小河边看星星，这个想法让我心情激荡。夜阑人静之时，我带着这样美好的想象进入梦乡，我从来没有像那个暑假那样盼着假期快点结束，我多么希望早点开学，能见到谢文屿，和他坐在同一间课堂里，跟他说话，跟他一起开班委会，最高兴的，当然是跟他单独相处。

终于等来了开学，而当我再见到谢文屿，对他却并没有想象中那种渴慕的感觉。他头发剪得极短，因为总去河里游泳，人晒得很黑，看上去更加老成持重，就像个老大哥，跟我幻想中的那个玉树临风的少年完全不是一个人，似乎他身上的光环瞬间退去，我并不觉得他有多么吸引我。而凤舞和黄小橘对他依然热情不减，十分痴迷，两个人就像小蜜蜂一样围着他转。有时候我看着她们跟他说话时眉飞色舞，不加掩饰地对他大献殷勤，为他做这做那，为他争风吃醋，还为了他闹别扭，我觉得她们真是傻透了。

凤舞和黄小橘为争夺谢文屿明里暗里一直在竞争，在我看来都到了白热化的程度。她们知道谢文屿不吃早饭就来上学，两个人就从家里给他带吃的，还把自己的零花钱省下来给他买早饭。凤舞更疯，她自己没什么钱，跟同学借钱，把关系不错的女同学借遍了。谢文屿一到学校，经常能收到两份热乎乎的早点。看得出来他很为难，但他都是笑呵呵地收下，做得不偏不倚，我看了都替他尴尬。当他和我的眼神碰在一起，他会低下头去，甚至还会脸红起来。

有一次课间，教室里没什么人，我听见他对凤舞说：你不要再给我带早饭了。他是在恳求她。凤舞反问：为啥呀？他很实在地说：总吃你的我过意不去。凤舞大大咧咧说：那有啥？他说了四个字：无以回报。我听得一愣，心情非常复杂，赶紧快步走开。

除了给谢文屿带早饭，凤舞和黄小橘都会故意跟他表现得很亲近，她们送他圆珠笔，送他橡皮，送他本子，在他生日的时候送他文具盒、水壶还有她们精心手绘的漂亮的小卡片，真的是变着花样讨好他。他对她们都是客客气气，给他什么都珍惜和感激地收下，但我也看得出来他是拿得很稳的，很真诚，却并不过于热情，而且与她们保持着一种微妙的平衡，我心里暗暗感叹他挺不容易的。

凤舞和黄小橘两个人之间虽然关系大不如前，但她们闹闹好好，好像也并没有真正破裂。有一天，她们上着课却突然扭打起来，她们从位子上蹦起来，死命揪着对方的头发，撕扯对方的衣服，用尖利的指甲狠抓对方的皮肉，两个人的脖子、前额和面颊都有了红红的血道子。正在上课的地理老师惊呆了，他挥动着细长的胳膊，像指挥歌咏比赛一样大声嚷嚷着阻止她们，但她们根本不听。老师点了班上几个强壮的男生才把她们拉开，他气得课也不上了，夹着教案抱起地球仪扬长而去。

我们都不清楚凤舞和黄小橘打架的起因，奇怪的是我们都知道她们是为谢文屿打的。而那天谢文屿压根就没来上学，他请假陪爷爷去医院看病。我估计他怎么也不会想到凤舞和黄小橘会为他做出这般疯狂的事。

这件事并没有后续，一切又回到了往常的样子。凤舞和黄小橘的关系到了冰点，她们还是坐一张课桌，但互不理睬。两个人都尽量往旁边靠，中间留出很大的空当，以前有多亲密，现在就有多怨怼。然而，有一点她们却是一样的，她们还是想出花样百般讨好和取悦谢文屿，与他亲近，表现得唯有自己才是和他最好的。而谢文屿还是认认真真一丝不苟地尽量把一碗水端平，在她们之间维持着越来越难的平衡。

7　树洞

与此同时，谢文屿和我的关系一如以往。他还是经常拿文学书给我，基本是在我刚读完或者即将读完一本时就拿给我新的，那个节奏掌握得刚刚好。我是长大之后偶尔想起这些事情才反应过来他其实是相当用心的，只是当时我并无感觉。

吴老师还是定期召开班委会，散会之后谢文屿和我还是会再聊一会儿，就像心照不宣。我们一般都是从吴老师办公室一直走到大操场，再从操场走到教室，有时候会在操场走上几圈，然后绕道穿过实验室后面的小树林，到教室拿上书包各自回家。

谢文屿和我偶尔也会写小纸条。当时同学们之间风行传纸条，和小学里传纸条不同，纸条上的内容更加丰富。女生写给女生的一般都是风花雪月的话，男女生之间写的往往是一些硬邦邦的战斗性很强的话，男生和男生之间写什么我不太清楚，好像他们不怎么玩这样的游戏。这可能就是网络聊天的雏形吧，不过那时候还没有互联网。谢文屿给我写的纸条有时是一句话，有时是一张随手画的小图，都是简简单单的，没有什么感情色彩。我给他写的纸条也差不多，既没有女生写给女生的那种甜腻的抒情色彩，也没有女生写给男生的那种莫名其妙的火药味，但我仍然觉得我们之间的小纸条非同一般，字里行间有一种欲说还休的味道，即使是片言只语，含义也很丰富，而且只有我和他两个人明白。我和班上其他同学有时也写纸条玩，但我最喜欢的就是和谢文屿互写纸条。

有一天，我和谢文屿从吴老师办公室出来，走到实验楼前面，看见一棵法桐树枝上有一个树洞，我突发奇想，对他说：以后我们写了纸条就放在这个树洞里吧。

说过我就忘记了。隔了几天，课间他问我：我给你的纸条你怎么没拿？我这才猛然记起，心中狂喜，朝树洞飞奔过去。之后我们隔三岔五就会在树洞里放上给对方的小纸条。

那一段日子，我心里老是惦记着谢文屿有没有给我留纸条，放学回到家也会坐立不安。我家离学校不远，晚上做完作业我会跑到树洞那里看一看，当然，大多数时候什么也没有。也有的时候，手伸进树洞就能触到叠得四四方方的纸块，那是多么欣喜和激动的一刻。我投桃报李，也会给他回一张纸条。有几次下雨把我们的纸条淋湿，拿到时字迹模糊难辨，写在上面的句子变得断断续续。还有过字被雨水冲掉，完全看不清上面写的是什么。

用树洞传纸条成了我和谢文屿之间的一个秘密游戏，我们兴味盎然，乐此不疲。一天晚上，写完作业我去树洞，正巧和他遇到，我们两个就在操场上兜了好几圈，边走边聊。天气不冷不热，月亮不大不小，微风轻拂，草丛里虫鸣唧唧，夜晚格外美好。

刚开始我们聊的还是常聊的话题，东一句西一句没有主题。后来他跟我说起他在青海的生活，在此之前他从未提起过。他用一种"只告诉你一个人"的口气说他爸爸早就又结婚了，继母比爸爸年轻了将近十岁，和爸爸又生了一个小弟弟。他以为去爸爸那里继母会不欢迎，实际上不是这样，继母对他挺照顾，而且一点不偏心，对他甚至比对自己小孩关照得还要多些。他还说继母非常大方，经常塞零用钱给他。她心灵手巧，做饭特别好吃。她用一口巨大的铁锅炖牛羊肉，汤炖得比牛奶还白，在家门外就能闻到肉香，一家人要吃好几顿才吃得完。他说自己从小不吃肉，但继母做的肉他吃得很香。继母煮的奶茶也特别好喝，她在奶茶里放上酥油、炒米、肉干等，还把晒干的荆棘在火上烧一下在里面涮几下，味道独特，他在别处从来没有喝到过那样香醇浓郁的。继母有一手好厨艺，她会包饺子，蒸馒头，蒸包子，做油锅盔，做煎饼，做烧卖，做面包，拉条子，一切面食她都会做，而且做得非常好。她从小在山里长大，生活经验丰富，会用地笼捕鸟，还会把萝卜埋在地下保鲜，要吃的时候刨出来。她还有好些别的绝活，她特别会找东西，放忘了啥告诉她，立刻就能给你找出来，简直就像变戏法一样。至于用什么办法，她从来不肯说出来。她还会驱鬼，走夜路遇到鬼打墙，她嘴里念着咒语，马上就能找到路。小孩夜啼，她拿张纸写几句顺口溜，出去一贴就好。她有好多奇奇怪怪的招数，都特别神奇，而且相当灵验。他说的这些听得我一愣一愣，忍不住惊叹。尽管不知真假，但觉得大开眼界。

他跟我说了许许多多关于继母的小事，感觉是把我当成特别亲近的人。我真没想到和一个人接近竟这么容易，甚至就发生在不知不觉之间。

有了这次意外邂逅之后，除了下大雨，几乎每天晚上我都会去树洞那里转一圈，他也总不会让我失望，树洞里几乎次次有他写给我的纸条。我们又碰上过几次，每次遇到都开心极了。

但有一天，他显得心事重重地对我说，他收到爸爸的来信，心里有一种不太踏实的感觉。我问他怎么啦，他说爸爸以前在信里总会说到继母，在信的最后都会写一句继母问他好，但最近一连好几封信爸爸一句没提继母，信尾也没写那句话。我安慰他可能是遗漏了，他说不会。我问他担心什么，他没有直接回答，在说了许多不相干的话之后才说：有件事情，我没跟任何人说过，就像一块石头压在我心上。

他神情凝重，告诉我说，还在西宁的时候，有一天他放学回家，在一家放映厅门口看见继母和一个男人从里面走出来，两个人手拉着手。继母看见他一惊，他没跟她打招呼赶紧走了。等继母回到家，显得很不自然，可能她担心他会跟爸爸说吧。那一段日子继母很紧张，他也很不自在，不知道怎么去跟她说他不会对爸爸说的。过了一阵子家里风平浪静，继母知道他没说，对他更好。她本来就对他非常好，看她那样，他心里其实很难受。他停了会儿，愁闷地说：我一直担心她和我爸爸可能会分开。

他艰难地把这些事情说出来，显得忧心忡忡。

他和我分享家里这么大一个秘密，让我心里有一种难以言说的感觉，我很震动，受他情绪感染，我竟有想哭的冲动——我莫名地心疼他，甚至想保护他，为他做点什么。我也很想和他分享我的秘密，但我家里关系太简单了，爸爸妈妈和我们三个孩子，大人是大人，小孩是小孩，爸爸妈妈既不亲热也不冷淡，他们很少吵架，尽管过得十分平淡，看样子也不像会离婚的。他们对我们三个孩子也不怎么操心，很少过问我们功课，也不问我们的成绩，我们只要到点回家就万事大吉，一家人就是得过且过。我好像真的没有什么事情值得拿出来与他分享，我甚至有一种愧对他的心理。然而，我也感觉到跟他之间有一种不同于一般同学的关系，他对我的坦诚令我感动甚至还有些骄傲，心中有一种隐秘的甜蜜。我不知道如果凤舞和黄小橘知道我们有这么多私下的交往和交流会怎么想，她们会不会把我当成敌人？但我觉得我和谢文屿的关系与她们是毫不相干的。

8　转舵

我们的高中是直升的，连班主任和任课老师都没有换，全部是原班人马。上了高中之后，老师层层加码，学习压力明显大起来。我们经常要考试，除了期中和期末的大考，还有周考、月考、季考，随堂测验更是十分频繁，有时候一上午四节课，课课都是考试。我的成绩勉强还是排在前列，比起谢文屿要差一些。黄小橘属于非常不稳定的，有时名列前茅，有时又掉得很低。凤舞倒是明显赶上来了，她的成绩很稳定，不管考题难易，她都没有不及格，而且每次排名还能有微小的进步。她不偏科，各门功课都很平均，没有特别拔尖的，也没有太差的，她稳稳地跻身班上的中游。

凤舞似乎憋着一股劲，她学得很刻苦，经常熬夜读书，有时候凌晨躺下打个盹就又爬起来学习了。那一段她气色很不好，黄巴巴的一张脸，眼睛都眍进去了，但能看出来她的心情很不错，有点像她以前训练的时候，过得充实而愉快。吴老师对她很欣赏，他很重视她，也很鼓励她。吴老师是我们学校的"十佳教师"，他从初三接我们班，以抓得紧、管得严著称，他对每个学生都很关心，对我们非常好。他对有显著进步的同学经常点名表扬，比如凤舞，他称她为班上的一匹黑马，希望我们都能以她的速度进步。那一段肯定是凤舞长那么大听到表扬话最多的时候。

她又像从前那样每天来约我一起上学，放学之后经常到我家做作业，不会的题目就问我，如果我也不会，她会反复看书，经常是她先找到解题的方法。以前我一直以为她成绩差是脑子跟不上，看了她解题的思路，我不由对她刮目相看。她确实是挺聪明的，很会归纳总结，能找到简单巧妙的方法，要么不会，要么就能做得特别好，有时候她答题的步骤比老师教我们的还要更加精练，看她做题的方式我能感受到她的灵巧和才华，说心里话我挺佩服她的。她很有钻劲，很坐得住，比我能吃苦得多。学到深夜我困得睁不开眼，脑子不转了，捧着书本也看不进去，而她依然精神饱满，回到家还会继续看书做题。

眼看高考在即，凤舞忽然不来上学了。我不放心，放学后跑到她家去看看是啥情况，她居然坐在家门口的丝瓜棚下不紧不慢地剥毛豆。我问她为什么不去上学，她只是笑，不作声，却问我喝不喝绿豆汤，说她早起就炖好了，还放了桂花和薄荷。我不知道她为什么放着好好的学不上，却有心思在家里剥什么鬼毛豆烧什么鬼绿豆汤。

我真是替她着急，说话也有点急躁。就在我问她话的当口，她妈妈从家里走出来，她睡眼惺忪，一边打着哈欠，一边笑嘻嘻和我闲聊了几句，让我陪凤舞玩玩，还不住地朝我眨眼睛，似乎在暗示什么。她妈妈的态度特别谦卑，笑得特别甜，在我眼里却是皮笑肉不笑，她跟我说的话和说话的口气，我不知怎么形容，就是又亲切又俗气，我隐约觉得有点古怪。

凤舞在旁边很不耐烦，她扔下手里的活儿，拉起我往河边走去。

过了小桥，她露出极少见的窘态，踌躇良久，说一句：我怕是要转舵了。

一时我没听明白，不知道她这话是啥意思。她苦笑一声，告诉我说她妈妈让她不要再上学了，在家帮着做做事情，早点出嫁。

出嫁？我一听蒙了。我说：你才多大呀，难道让你去做童养媳？

我比她还着急，还有一年多就高考了，她在这个时候放弃不是太可惜了吗？那之前付出的一切努力不都白费了吗？

她有气无力地说：考大学太难了，那是千军万马过独木桥啊，我哪有可能考得上？

我从来没看到过她那样无精打采、垂头丧气。她很无奈地说：我妈妈天天在家里跟我烦，劝我一阵，骂我一阵，急起来她就摔东西。她成天在我耳朵边唠叨，你费那么大劲去做一件没有结果的事，不如做点有用的。她说就好比插秧，一步一步都在后退，看上去是退，实际上是在进。我想想她说的也有道理。

狗屁道理。我带着气恼，没忍住说：你拼一拼多少还有希望，你不考的话，肯定是百分之一百考不上。

看她那副黏黏糊糊，自己不拿主意的样子，我又急又气。

她木着一张脸，望着河对岸出神。反正是我怎么劝她都没用。

不光我说没有用，后来连吴老师说也没有用。

她还勉强上学。不知是待在家里无聊，还是想拿到高中文凭，但她却是三天打鱼两天晒网，读书也再没有之前的那股劲头。有时候下午的课她就不上了，有点像之前她参加训练的时候。但现在不同以往，那时没有高考这件事情，毕业之后就是上山下乡，学生旷课逃学有时老师管得严点，有时老师懒得多管。如今高考不仅检验学生的学习成果，也检验老师的教学成果，吴老师把每个人都盯得很紧，当然也是为我们好。凤舞第一次缺课的时候，我们替她打掩护，说她不舒服回家去了，吴老师就让我们把作业转告她。到第二次她又缺席，吴老师就追问班委们她有没有履行请假手续，还说要找她谈话。但在吴老师和她谈过话之后，她仍然有更多次的旷课。有时候下午上自习，老师前脚刚走，她马上就从后门溜出去了。为了走起来利索，她连书包都不拿。

吴老师放学前经常会过来检查一趟，看到凤舞不在，他的神情便有些凝重。他爱惜她，并没有在班上点名批评她。

吴老师看她成绩断崖式下跌，比她还着急。自从把她当成班上的黑马，他每次总结考试或者小测验，都会把她放在前面讲，拿她开场他很振奋。现在他放在前面讲的拔尖出色的学生里面早已经没有她了，他已经不止一次把她放在最后一个说，但却不是作为表扬的部分，而是作为问题的部分。看得出来，他不仅替她忧虑，而且自己也很沮丧，却还是强打起精神对她进行鼓励。我想吴老师肯定还不知道凤舞不准备参加高考的事吧，更不知道她妈妈还着急要将她嫁出去。我没对任何人讲过，我都不知道这样的事情怎么张口跟别人说。

吴老师一次次找凤舞谈话，凤舞终于跟他说出了实话。吴老师在随即召开的班委会后，留下了我和谢文屿，他兜了好大一个圈子才说到花凤舞不打算参加高考了，问我们听说没有。谢文屿一脸茫然，我点头。吴老师对着我说：她家里对她的安排你也听说了吗？我点头。吴老师说：她从小基础打得不扎实，不过她天赋还是很不错的，脑瓜子聪明，学起来有一股狠劲，大概和她当过运动员有关，吃得起苦，耐力好，只要她想学还是有希望的。吴老师让我们两个去劝劝她。他让我们带句话给她，他说：人生的关键就那么几步，有时就是一两步。吴老师说得语重心长。

我后来才会过意来，吴老师为什么会让我和谢文屿去找凤舞，他肯定是知道凤舞喜欢谢文屿——可是好像他出的这张王牌并没有起到多大效果。

9　家访

吴老师显然不甘心，他没有再请家长，而是自己亲自登门，去凤舞家家访。那个时候老师到学生家里家访已经不多见，吴老师还特意叫上了我和谢文屿作为同学代表，大约是为了显得自然一点。

吴老师事先通知了凤舞要去家访，她妈妈显然有所准备，屋子收拾得清清爽爽，我从小到大去过不知多少次，那实属罕见，比她家过年时还整洁。

凤舞的妈妈自己也捯饬得利利落落，头发剪短了，用小卡子别着，穿着小方领的碎花短袖衬衫，纽扣直扣到下巴底下，裤子是熨过的，裤缝笔直，雪花膏搽得喷香，她满脸喜色，像迎接贵客一样把吴老师和我们迎进家里，亲手给我们泡了茶，还按照我们当地的最高礼节，让凤舞烧水潽蛋给我们吃。

吴老师坐下后没有马上切入正题，他和凤舞的妈妈聊起了家常。吴老师文质彬彬，不擅长说家长里短的话，我替他捏着一把汗。谢文屿也很局促，端坐着，一声不吭。

凤舞的妈妈一个人唱独角戏。她从丈夫死了她一个人拉扯六个伢子说起，说自己就是个纺纱工人，没啥文化，也没啥本事，不过也想为小孩尽到心。她有意放慢了说话的节奏，用一种尽量文雅的方式跟吴老师讲话，不像她平常那样说起话来炒豆子一般。吴老师总是接着她的话头说，那种善意和体贴让我觉得他说出来的每一句话都让人很舒服。吴老师说：高考恢复了，这是改变命运的机会。国家出现了人才断层，如果能考上大学，前途会很光明。凤舞的妈妈鲁莽地打断他，她举了一串例子，都是亲戚和邻居谁家的孩子没考上。随后，她说到自己家孩子，大姐肯用功，心也细，从前在学校学得就认真，到了乡下劳动结束不管天多晚还看书，她去考过，连起分线的边都没摸着；二姐是姊妹当中最聪明的，参加工作了还不甘心，也去考了，分数差得不好意思说出来；三姐成绩过得去，作为应届毕业生去年考的，成绩也是不能提，一提她就要发急；四姐在部队，小时候学习数她最好，不过这么些年又是剧团又是部队，没有捞到好好上学，早荒废了，考大学就别提了。现在家里唯一还有点希望的就是大喜了，他要是能考上，家里怎么样都要供他的，不过他心思好像不在读书上。说到凤舞，她毫不客气地说她是家里几个小孩当中成绩最差的，要是连她这种"活筒子"都能考上大学，太阳怕是要从西边出来了。

这样当面说凤舞，我们听了都难为情。凤舞的妈妈却越说越兴奋，夸张的样子逗得大家都发笑，凤舞也跟着笑，只有吴老师不笑。他非常认真地跟她说：花凤舞的天赋很好，她能在高中阶段追上来，本身就说明是有潜力的。吴老师建议至少让她去考一考，考上考不上先不说，哪怕积累一点临场经验总是好的。他还说：即使一次没考上，只要不气馁，补习一年两年再考，说不定就能考上。

凤舞的妈妈听了，很不以为然，她打断吴老师的话，直说不可能，还说小五子根本就不是读书的料，真是那块料，也没得人一而再再而三供她去考。她一脸鄙夷，声音又高又尖，恢复到她平常说话像吵架的样子。我感觉她藏了半天的狐狸尾巴还是露出来了，我看着都替她尴尬。

凤舞就坐在八仙桌边，从头到尾她没说一句话。她一直微垂着头，专心听着吴老师和她妈妈说话，偶尔跟着笑一下，笑得很讨好。这场谈话眼看到了尾声，吴老师转向她，对她说了几句勉励的话，我感觉他其实是强打精神，凤舞努力做出深受鼓舞的样子，我能看出她并不是发自真心，她在强撑。总算这场戏唱完，大家都松下来。只有凤舞的妈妈一个人在谈笑风生。

从凤舞家走出来，在黄昏的光线下吴老师面色发灰，看上去很郁闷也很疲倦。凤舞一直跟在后面送我们，吴老师一次次叫她回去，她不肯。吴老师不时回过头，一句一句跟她说话，还是叫她不要放弃。我觉得说这些其实毫无意义，我听着心里难受，不知不觉就一个人走到前面去了。等我回头看他们，凤舞已经不见，吴老师和谢文屿神色严峻地一前一后走过来。

我们三人沿着蜿蜒曲折坑坑洼洼的小巷子过了桥，走上了通往城里的大街。路灯已经在幽蓝的暮色里亮起来，吴老师站定了，似乎有话要说，却欲言又止。他微笑着和我们告别，谢文屿突然冒出一句：我们会再劝劝她的。吴老师的脸色忽地亮了，伸手轻轻拍了一下他的肩膀。我觉得谢文屿好懂事，心里很为他骄傲。

吴老师走了之后，我们又跑回去找凤舞，跟她约好吃过晚饭我们三个在学校操场碰面。

凤舞最先到的。我远远地看她站在空旷的大操场上，那么孤单，我叫她，她没有听见，也许是离得太远，也许她正在想心事。没多久，谢文屿也来了，他的脸色有一点凝重，不像下午那般轻松，感觉他似乎要挑起某种重担一样。

我们三个人在操场上边走边聊。以前我和凤舞经常到操场上玩，她训练的时候我没事会来陪她，我和谢文屿也多次在这里散步，但我们三个人一起在晚上来还是第一次。我发现不仅我和凤舞不知不觉间疏远了，谢文屿和她似乎更加疏远。然而，凤舞这天却特别开心，仿佛一扫晚饭前的沉重和郁闷，她身体灵巧地在草坪上蹦蹦跳跳，忽而跑出一段，又迅速跑回来，找不到话说的时候就呵呵傻笑。她就像出笼的小鸟一样轻松和欢畅。

我们从操场走到图书馆，图书馆的四周是水面宽阔的人工湖，我们在石凳上坐下来，天气炎热，风吹过来带着暑气，很蒸人。凤舞满面笑容地对我们说：你们两个上了大学，别忘了我呀。她说得那样由衷，而且用的是此事已成定局的口气。我和谢文屿异口同声劝她一起考，我们说得特别认真，特别诚恳——这是当晚的主题，我们也是替吴老师说的。凤舞苦笑，摇头。她说：能读到高中，我已经很知足了。她还说：以前我不知道要珍惜读书的机会，我醒悟得太晚了。

我听了不由心里发酸。

谢文屿似乎还不甘心，问她说：你真不打算参加高考了吗？你不考不遗憾吗？

凤舞凄楚地说：我妈妈不让我考，就是让我考，哪里就考得上？我这个人生来命不好，幸运的事情没那么容易落在我头上。我妈妈老说，你要是福气好，就不会是个女的。她还说，你要是个女的，就无论如何不应该投胎到我们家里来。真的，我从出生就没有给爸爸妈妈争过气。

她很愧疚，也很黯然，完全是一副认命的样子。

我和谢文屿不知说什么好。

凤舞用一种通达的口气说：我不生我妈妈的气，想想她蛮不容易，除了三班倒，还要接各种零活回家来做，每天不做到累瘫不睡觉，她真的很辛苦，为一家人操碎了心。她老是害头疼，疼起来长吁短叹，她跟我说，要我省点心，反正读不出来，不如帮她做点事，减轻点她的负担。我就听她的吧，只要她高兴。

说到后面，她声音哽咽了，我生怕她会哭出来。

后来我们就不再说高考这件事，我们聊起了小时候学校里那些好玩的事。好多早就忘记的事情居然又被我们想起来了，我们三个你一句我一句，把细节都补充得清清楚楚。我们越聊越开心，凤舞不时哈哈大笑，笑得比我们更疯更欢畅。

多少年过去，我还记得那个夜晚她银铃般清脆的笑声。

10　万元户

凤舞总算坚持把高中读完了，吴老师也终于说动她报名参加高考。高考前夕，放学之后吴老师叫住她，亲手把准考证交到她手里，还站在走廊里跟她谈了话。那天我做值日，打扫完教室，擦干净黑板，恰好看见凤舞离开。吴老师对我说：你再跟她说一说吧，这是改变命运的机会，不考太可惜了，积累一下临场经验也很重要，哪怕就是进考场去体验一下呢。他脸上挂着慈爱的笑容，就像一个操心的爸爸。他似乎抱定了她一次考不上还会再考的信心，甚至说是执念，而在我看来，凤舞那个样子，不是有没有信心和水准的问题，她那股气已经泄了。但我仍然答应了，还是认认真真把吴老师的话转告了她。

可是，应届毕业这年凤舞还是没有走进考场。

就在我们心怀忐忑等着高考分数出来的时候，凤舞家里却在紧锣密鼓为她找对象。

高考之后很闲，我买了很多文学期刊，在家看小说，凤舞常来找我玩。可能她因为没有参加高考有一点自卑感，她来找我不像以前直接就上门，都会有一个小借口，最常说的是借杂志。有时她在我家一坐老半天，也没什么话跟我说，态度唯唯诺诺的。有时她来转一圈就走了，同样是没什么话说，显得百无聊赖。

一天，她又来了，这一次是来还杂志。我问她：都看完了，这么快？

她摇头，不好意思地低眉一笑说：一个字没看，看不进去。她发出一阵自嘲的笑声，又说：我现在看见字就难受，心会一抽一抽地疼。我不知道怎么安慰她。她还说：要是我一直好好学，能参加高考就好了，现在我越想越后悔。她把还回来的那些杂志细心地码整齐，放在我的小书桌上，叹一声说：我十来年的书白读了，看这些有啥用？她的神态中有点破罐子破摔的味道。

不过她也有自己的兴奋点。她神神秘秘地告诉我说，现在外面有人发了大财，已经是万元户了。我听了有点发蒙，只觉得"万"是个巨大无比的数字，我父母一个月工资加起来不到一百块，没有一分钱奖金，一万元他们不吃不喝要挣八年多。然而，那会儿我头脑中没有什么金钱意识，对别人发财丝毫也不眼红。

她看我没啥反应，仍然热情不减地对我说，她妈妈听家里亲戚的话，想找个万元户把她嫁了。她这样说：万元户啊，你见过吗？反正我是没见过。有那么多的钱，真想不出人家过的是什么样的日子——东西肯定是尽吃吧？一年到头新衣裳穿不完吧？想买什么就能买什么吧？想想做梦都要笑醒呐。她羡慕得不行，一副没见过世面的样子。她眼热心馋的样子把我逗得哈哈大笑。

尽管她之前说过她妈妈要把她早点嫁出去，我还是很吃惊，难以想象她刚十七岁就要找对象结婚。如果结婚的话，那就要生孩子，就要买菜做饭，就要里里外外忙家务，那她是不是很快也会像大街上蓬头垢面的妇女那样整天陷在柴米油盐当中呢？望着她干干净净的面庞，清水一般的眸子，我心里有种莫名的惆怅。

我问她自己是怎么想的，她柔顺（木然）地说：我听我妈妈的。

我很不以为然，她看出来了，就像讲道理一样絮絮叨叨对我说，要是她找了有钱人结婚，家里在经济上就能翻身，妈妈就不用这样累这样苦了，将来弟弟就能娶一房好媳妇。她说得顺理成章，理由听上去很站得住脚，就好像这应该是我们大家的共识一样。

但我却拐不过弯来，我说：总要有爱情才能结婚吧？

我想到了谢文屿——那一刻我倒真是完全把自己置之度外。她不是一直喜欢他吗？难道她就能心甘情愿嫁给别人吗？

她的眼睛忽然间没了神采，一张脸呆呆的。她这个样子我是再熟悉不过，从小被老师提问回答不上来，考试考了糟糕的成绩，被老师批评、罚站、罚抄书，挨了父母打骂和姐姐们欺负，她就毫无抵抗地黯淡和干瘪下去。看她这样，我心里替她感到难过和酸楚，也有一种帮不上她的无力感。

她嗫嚅着说：到这一步了，哪里还说得上这个？

她好像有点生气，但不是生我的气。

那一段她来找我聊的都是她妈妈要她找对象的话题，有的时候她显得很轻松，嘻嘻哈哈，好像这个事情令她很开心，甚至有点向往，但这样的时候很少，基本是每次一开始这样，很快就变得心事重重，就像被打回了原形。对未来她很迷惘，尤其是当我问她是不是就打算一辈子待在这里过这样的日子，她显得无可奈何。虽然那时还不知道高考结果，但我总对她说：我是要出去的，一次考不上就再考一次，实在考不上我也会走的。这些话说出来就像是赌气，有点虚张声势，好像是要故意刺激她，其实我也是因为自己前途未卜，心情忐忑烦躁，才这样说的。我不止一次听我爸爸妈妈说女孩子嘛还是留在家里好，言下之意是我考上考不上大学无所谓，也许他们是看我焦心为了宽解我才这样说的，但这不是我想听的，我听得很来气，觉得他们不重视我。他们确实也是更重视我的两个弟弟，更看好他们，在他们身上花的心思也更多，爸爸还专门请了同事给他们补数理化，为他们定的目标是考上重点大学，这反而激发了我的自尊心和好胜心。"到什么山，唱什么歌"，凤舞会用这句老话来接那些无从回答的关于将来的话，而我看她就是自我安慰，而且是非常软弱和不求上进的自我安慰，会让我心里愤愤不平，甚至生起恨铁不成钢的情绪。我想她其实未必真的清楚嫁人是一种什么样的生活吧。

除了幻想能通过嫁给有钱人一步到位地改变自己家里贫困的物质条件，她也惧怕和担心到一个陌生的家里和不认识的人朝夕相处。看她愁眉苦脸，我替她打抱不平。我问她：你上面四个姐姐都还没出嫁，为什么你妈妈不先嫁她们？为什么她眼睛只盯着你一个？她哀怨地叹说，她妈妈就是这样，四个姐姐她都不着急，只着急她一个，就好像她在家里多放一天就会腐烂变质。

她一边说一边豪放地哈哈大笑，然后又反过来替她妈妈说话，情绪在委屈和欢快之间毫无障碍地自由切换。

她说妈妈其实也很难，做得再多，还是要落埋怨。大姐刚到农村有个被推荐上大学的机会，那时高考还没有恢复，能被推荐简直就是让天上掉下来的馅饼砸中,她不晓得这样的好事怎么会轮到自己,仔细想想大概是因为当时公社书记特别喜欢她吧。她回来让妈妈去给公社书记和管事的人送礼,妈妈不舍得花钱,嘴上答应,一直拖着没去,最后名额没给她给了别人。来年高考恢复,她上了考场,结果名落孙山,被周围的人耻笑。他们朝她说,当初如果推荐了你,你早就是大学生了。她听得心里怄死了,跑回家哭,妈妈却只说饭都吃不饱,哪有多余的钱拿出来替你去送礼?妈妈的态度是无所谓的,说你当个大学生又怎么样,又不是凭真本事考的,就是镀层金而已,没得啥大用的。又说,一个丫头片子家,过几年还不是嫁人生小孩?还说,人家肯把一个捧在手心里滚烫的上大学的名额给你,你以为就图你两条烟两瓶酒?这些针头线脑的东西你当人家看得上?他们想要什么,你不晓得我晓得,你不懂我懂。花小春嘴上不响,心里还是有气,有时妈妈说话她不爱听,立马就顶撞她,以前她从来不这样,所以妈妈不敢再惹她。二姐被她的顶头上司看中,那个小领导隔三岔五送她东西,今天一盒茶叶,明天两条鲥花鱼,后天一篮子水果,妈妈开心得不得了。花小夏对她那个领导说不上十分中意,嫌他长得不英俊,为人不潇洒,妈妈却一直敲边鼓怂恿她跟他好,还说男人好看是花架子,花钱大手大脚是不会过日子,人家年纪轻轻就当官,有权有势有前途,这样的人才打着灯笼也难找,他肯来俯就你,你要识好歹。她还对二姐说,你年纪小,没有吃过苦头,不知道天高地厚,不懂有靠山的重要,等吃了亏就晓得了,上头有人罩着,别人不敢欺负,被领导相中,前途光明,将来入党提干就是一句话的事,还不知道有多少肥肉等着你吃,有多少好事会落到你头上。妈妈叫她不要麻木,要抓住机会,所以她自己肯定不会在这个时候去打花小夏的主意。三姐对妈妈一肚子的意见,觉得家里的亏都叫她一个人吃了。她差不多是最后一批去农村插队的，她想留城，妈妈怕她非要闹着顶替，成天话里话外催她快些走。她被逼得在家待不下去，是冷了心走的。高考落榜后她就自作主张不回知青点了，准备秋天开学后去上补习班再考。她不像小时候胆子小好说话，早已经一百八十度大转弯，脾气急，气性大，稍不顺她意就砸锅摔碗，都说她性子像妈妈，凶起来连妈妈都怕她，妈妈能不碰尽量不碰她。四姐早就飞走了，妈妈想打她主意也打不着。花小冬说话，当初靠不上家里，现在也少要烦她。她自己的事情自己管，她要找喜欢的人结婚，明说了休要从她身上捞彩礼，妈妈拿她比她三个姐姐还要没办法。

说了半天，她自己才是最好捏的软柿子。凤舞告诉我，妈妈替她挑对象的标准只有一条，就是男方要有钱。那时候下海做生意刚刚兴起不久，真正发财的人还是凤毛麟角。咸城地处苏北，经济不发达，做生意的气氛不浓，有钱人很稀有，她妈妈却有本事拐弯抹角托张托李，给她介绍了一个又一个对象。

不知道是不是她运气不好，第一次相亲就上当了。那人是她妈妈同车间的小姐妹介绍的，阿姨先说小伙子是她家亲戚，又说是她家远房亲戚，后来说是她远房亲戚的朋友，再后来说是远房亲戚朋友的朋友，反正是越说越远。小伙子家在太湖边上，本人在这边替老乡管仓库，他二十四五岁年纪，倒是比凤舞大得不算太多，长得白白净净，看上去规规矩矩本本分分，除了眼睛小点没啥缺点，妈妈刚看到照片就点头同意了，恨不得立马把她嫁给他。妈妈最中意的是小伙子家里特别有钱，听介绍人说他家是开工厂的，父母都是大老板。见过一两面之后，妈妈催她跟他定下来，但她对那个人一点也喜欢不起来，见了面也没话说。妈妈就骂她不识相，狗肉上不得台盘，人家那样好条件，不嫌弃她是苏北丫头，她还犹豫个啥？她被妈妈一骂，只好乖乖去跟那人约会。

后来事情突然就转了风向。小姑父去苏州办事，专门拐去了一趟无锡，想看看她对象家条件是不是真像说的那么好。他按地址找到他家的工厂，结果不看不知道，一看吓一跳。工厂就是个做螺丝钉和螺丝帽的小作坊，一间黑乎乎的棚子，风一吹就要倒塌的样子，后来一打听还不是他家开的，他父母倒是在这个小工厂里，不过他们就是做工的。当时小姑父不知底细，自报家门，他父母对他格外热情，他们讲排场，非要请他下馆子。他们连拉带拽把他请到弄堂口的一家小面铺子里，点了一荤一素两样小菜，一人一碗三鲜面，结账的时候夫妻俩从口袋里掏出一大把毛票和角子，结果都没能把请客的钱凑齐。他们要找熟人去借，小姑父看不过去，掏出两角钱来才凑够了数。回来之后他把考察的情况一五一十对她妈妈说了，她妈妈一听气炸了，大骂那个混账王八蛋小姐妹连自己人都骗，叫凤舞赶紧跟那个男的吹掉，再不许她去跟他见面。

没出几天，她妈妈又给她找了一个人，据说这个人不是小打小闹卖卖货，是做批发的，去广东福建那边进货，不但卖到我们这里，还卖到上海、南京、苏州那些地方，生意做得很大，钱挣得不少。她见了，头一眼就不喜欢。那人长得不登样，三角眼，扫帚眉，一副猥琐相，就像《十五贯》里的娄阿鼠。她妈妈看他脖子里戴着小拇指粗的金链子，十个手指头上套着八个小板凳大方戒，手腕上还戴着大金表，一眼就把他相中了。妈妈悄悄跟她说，他身上的金子称称也要有一两斤，能跟这个人谈成肯定赚。她勉勉强强跟那人见过两次就不想再见了，实在是忍不了他那个粗鲁和好色的样子。她妈妈叫她不要挑肥拣瘦，过了这个村，没得这个店。还说男人就是男人的样子，你挑了这样，就不要挑那样，样样称心了，就不一定轮得到你，再说人家还不见得看得上你。她小姑父听说了，又暗暗去察访，回来告诉她们说这个人有钱是真的，不过贩卖的货都是假的，已经被查到罚了款，还有可能要抓去吃官司。她妈妈一听吓坏了，怕他被抓去坐牢连累到她们，赶紧叫她跟那个娄阿鼠一刀两断。

凤舞讲得嘻嘻哈哈，就像说笑话一样，我却一点笑不出来。她边笑边说：我妈妈一边跟我说婚姻不是儿戏，姑娘嫁错了人一辈子就完蛋了，一边只要听说人家有钱不问青红皂白就拉我去，人家骗她也相信，我不见还不行，她说我对她不孝顺，不肯听她的话，白养了我一场。她还自己偷偷淌眼泪，怨我爸爸抛下她不管，烂摊子撂把她，她拆东墙补西墙，哪块塌补哪块，累死累活还不讨好。她伤心得不得了，劝都劝不住。

她边说边重重地叹气，饱经沧桑的样子，就像一个上了年纪的人。

11　放榜日

高考成绩出来了，有两门我考得有点失手，好在总分还算高，吴老师分析，报个重点大学没有问题。谢文屿考了我们地区理科第一名，吴老师喜滋滋地说他发挥正常，建议他报北大或者清华。吕素静也达到了一本线，吴老师认为她是超常发挥，很出乎他的意料，属于放卫星。黄小橘没有考好，连起分线都没达到，吴老师说这也太离谱了，同样是很出乎他意料，他为她扼腕叹息，劝她复习一年再考。那天我们班参加高考的所有同学都到学校看成绩，知道分数之后有人欢喜有人愁。

从学校出来，谢文屿快步朝我走过来。他笑眯眯问我假期做什么了，口气特别亲切，随即问我会报什么志愿。我一个暑假没有见到他，也没有收到他的小纸条，面对他有点陌生和尴尬，但立刻就被他愉快的情绪感染。我说还没想好报哪个学校，我问他会报哪里，他肯定地说当然是北京,还说,要不我们一起去北京吧。

我心里十分乐意,但没有马上答应,想着还得回家征求爸爸妈妈的意见。

他忽然换了严肃的神情对我说:你有空吗,陪我去找凤舞好吗?

我不知道他这个时候去找凤舞做什么。她没有参加高考,在放榜的这一天去找她,难免会说起高考的事,我担心会刺激她。

看我迟疑,谢文屿向我解释说,凤舞写信约他,他一直没去,已经拖了好久了。我马上明白了他的意思,答应陪他去。

就在这时,忽听有人大声喊他名字,只见黄小橘从林荫道上飞跑过来,跑得气喘吁吁。刚才看分数的时候我没留意她,这会儿发现她打扮得非常时髦光鲜,她穿着青果领露肩无袖小衬衣,一条齐膝百褶裙,衬衣和裙子都是淡青色的,十分干净,一双白色的珠光凉鞋在太阳下一闪一闪的,她头发剪得短短的,烫了一个个的小花卷,一看就不是自己在家里用火钳什么随便烫的,而是花钱在理发店做的冷烫一类。她面颊红扑扑,嘴唇上涂了浅玫瑰色口红,眉毛也是描过的,那时候很少有人化妆,她这样鲜艳欲滴,煞是惹眼。一个暑假没见,她个子又蹿上去一截,腰细腿长,玉臂纤纤,皮肤白得透明,整个人显得格外清纯轻灵,配上她标致的鹅蛋脸和亮晶晶的丹凤眼,比电影明星还美,跟她之前简直判若两人。她笑靥如花,仿佛丝毫没因为高考失利影响情绪。

黄小橘一来,谢文屿马上就转向她,笑呵呵地和她说话,态度非常温柔。我从来没有看见过他对她这样亲昵,心里很惊讶。黄小橘显露出小姑娘的娇羞,说话声调也不是以前那样直来直去,而是轻声细语,同样相当温柔。她发现谢文屿的衣领没翻好,当着我就伸手帮他披了一下,她做得那么自然,让我心里咯噔一下,瞬间反应过来这两个人的关系肯定非同一般。

黄小橘不跟我说话，只跟谢文屿说话。她跟他说的话都很简短，就像在说暗语，我竟然没听懂他们在说什么。他们说完之后，黄小橘就站在边上好像是等着他，她不急不慌，没有一点催促意思，但她从容不迫的表情和身体随意扭动的样子传递出来的信号就是谢文屿应该跟她走，甚至是必须跟她走。我隐约感觉她就像在宣示主权，而且成竹在胸，不过并不是针对我。虽然她对我视若无睹，不过看她的样子也并不想得罪我。

我们三个站在学校大门外的马路上，仿佛进行着一场艰难的抉择。我是后来才反应过来，其实也有点暗中较劲。谢文屿似乎随遇而安，并不急于拿出态度。黄小橘跃跃欲试，有点焦灼，倒不算咄咄逼人，甚至多少也有点不知所措。我是最被动的那一个，反应比他们要慢几拍。我对眼前的状况因为没有心理准备，茫然无绪，呆呆地等着他们做出决定。我们三个僵持了好一会儿，就像定格了一般，有好几分钟谁也没有说话，也许并没有那么长时间，反正是要多尴尬有多尴尬。黄小橘先绷不住，大概看谢文屿没有表示，她主动对他说：走吧。

谢文屿神色一松，顿时就像有了方向。他马上跟我告辞，没再提去凤舞家的事。黄小橘说完就迈开两条大长腿，顾自在前面先走了，珠光的新凉鞋在太阳下闪耀着招摇醒目的光，十分刺眼。谢文屿没有立刻跟上她，他好像想找些话和我说，或许他是想缓和一下气氛，不过他并没有找到话说。他慢慢转过身，慢慢迈出步子，就像电影里的慢镜头。尽管他走得很慢，却是朝着黄小橘同一个方向走去。我下意识地跟随他们朝前走了几步，才反应过来我家不是这个方向。一时间我漫无头绪，没想好是回家，还是去凤舞家。

若不是亲眼所见，我都不会相信谢文屿和黄小橘会有情况。犹豫片刻，我决定还是回家。我没有去找凤舞，本来是谢文屿的提议，他不去，我也就不想去了。再说，我看见了谢文屿和黄小橘关系如此不一般，我也怕自己忍不住会跟凤舞说，而我心里其实是什么也不想说。

回到家，我感到莫名的空虚，脑子里老是闪过《红楼梦》里的那句话——"既有今日，何必当初"，心里有一种说不出的惆怅和郁闷。

夜晚，我信步走进校园。我习惯性地走到那棵法桐树下，几乎是下意识地把手伸进树洞，我仿佛被烫了一下，我竟然摸到一张纸条。

那张叠得四四方方豆腐干形状的纸条，和我之前收到的纸条一模一样，我拿在手里，心口咚咚地跳起来。我其实并没有指望收到纸条，我没有马上打开，默默地猜想他会在纸条上写什么。他会向我解释他和黄小橘的事情？他会安慰我吗？我猜不出他到底会写些什么。展开纸条，上面就一句话：你填好志愿告诉我一声。这么说他还是想和我去同一个地方上大学？我的心情顿时好了许多。

但是，在填志愿的时候，我没有考虑他的提议。说实话，我将他的话抛之脑后，潜意识里肯定是认定我与他是没有关系的。我听从父母的意见填的都是南京的学校，他们的理由就一个，离家近。其实离家近也有几百公里，并不能随时回家，但这好像就是天大的理由。而我也习惯听爸妈的，他们说这样，那就这样吧。填完志愿我没有给谢文屿留条，我觉得没有必要。

12 我跟你们不是一个世界的人

等待录取和等待考分揭晓一样让人心怀忐忑，心神不宁，不过至少不再前途未卜。那段时间同学都出奇地安静，考得好考得差及没考的都一样，没有谁来找我，我也没有出门找任何一个人。我不知道凤舞在做什么,也没有收到谢文屿的纸条。

一天下午,家里就我一个人,凤舞突然来了。她眼睛红红的,眼泡肿着,好像刚哭过。我问她怎么了,她先不肯说,后来说出来刚和妈妈还有姐姐吵过架,她们骂了她。这种事情在她家经常发生,我随口安慰了她几句,没有追问什么原因。她先说了些别的,后来还是吞吞吐吐说出了吵架的起因。

她说小姑妈不知听了什么人的闲言碎语,跑到她家里来发疯,怪她妈妈给她找对象也不一个一个来,今天这个,明天那个,经常同时弄几个,还个个都要她热络主动,小姑妈说这屁大点地方,这么搞会把名声弄坏不说,连带他们这些做亲戚的也脸上无光,让人家嚼舌头。妈妈一听就不开心,脸挂得老长,不过家里大小事情不少都要靠小姑妈小姑父两口子帮忙,他们也确实上心,她也就没说啥。说到后来,小姑妈说出来有人跑去对她说,小姑父是因为喜欢五丫头才一次次去调查她那些对象,他这样做就是从中作梗,不想让她嫁出去。她在一旁听得当场愣住,不知道小姑妈怎么竟会说出这样的话,也不知道怎么跟她解释。她妈妈炮筒子脾气,顾不得情面,立马炸开了,不管三七二十一跟小姑妈大吵了一通,骂小姑子脑袋进了盐卤,头脑子成豆腐脑了,外头人说啥是啥,自己不睁开眼睛好好看看。人家嚼蛆,自己还搬弄自己家是非,多少也是念过书的,哪能蠢到这个地步?暴风骤雨般一通轰,劈头盖脸把她骂走了。小姑妈前脚走,妈妈又转向她,一口气不喘痛骂了她一顿。妈妈有句话最刺激她,妈妈说:家里这么多姑娘,个个比你漂亮,人人比你讨喜,怎么外面不说她们,偏偏就说你呢?她气得眼泪直流,几个姐姐不同情她不说,还给妈妈帮腔,七嘴八舌说她主意大,头绪多,苍蝇不叮无缝的鸡蛋,她在外面瞎七搭八,不晓得背着她们做了啥见不得人的事情,才叫人家有话说。她们不容她分辩,她说一句，她们有一堆话等着她，她哭得越伤心，她们说得越难听，她说不过她们，气得跑出来。

除了同情我不知道说啥好。她说小姑妈其实一直蛮好的，突然之间就翻脸了，真把她吓坏了，也让她特别伤心。她很担心小姑父，不知道他怎么样，小姑妈要是跟他吵起来怕他在家日子不好过，她也不敢问，更不敢去看他。小姑父一直帮她，她心里很感激，她让他背了这么一个黑锅，觉得自己特别特别对不起他。

她说得唠唠叨叨，语无伦次，她自己受了冤枉和委屈还想着别人，我真替她难过，也替她抱不平。

我简直有点恨铁不成钢，急急地说：你应该跟他们去说清楚啊。

她含泪望着我说：说不清楚的，你还不晓得我家里的人吗？他们想怎么说就怎么说，真的假的他们是不管的。再说了，家里人之间，连对错都无法分清，哪里能说得清楚？

她略平复了些，忽然话题一转，跟我说起放榜那天夜里她打着手电筒悄悄跑到学校去看过我们的考分，我们考多少分她全都知道。她说得有点得意扬扬，而我听了心里却掠过酸楚。她毫无征兆地绽放出灿烂的笑容，兴高采烈，或者说是没心没肺地说：好羡慕你们啊，这下真的能如愿飞出去了！

她说得十分由衷。她说的是"你们"，这个"们"我觉得跟别人无关，就是指谢文屿。

果不其然，接下来她便很自然地跟我谈起谢文屿。我说那天去学校见到他了，他还说要来看你呢。她眼睛刷地一亮，就像夏夜的星星，不过很快就暗淡下去。她转动乌黑的眸子，望着别处，似笑非笑地问我：他说要来看我，怎么没来呢？

我没有说出他后来跟黄小橘走了，话到嘴边我憋了回去，怕她听了伤心。她却大大咧咧地说：他忙坏了，不得空，我清楚的。她提高了声音，说得很豪放。

听她的口气，明显已经知道了谢文屿和黄小橘的事，她故意做出满不在乎的样子。

我问她：你是不是听说了？

她反唇相讥：我听说什么？谁会来对我说？

她两眼炯炯盯着我，眼神中带着讥讽和不信任，让我非常不自在，简直无地自容。我觉得她是在质疑我们的友情，我扪心自问，确实对她不像以前那样知己，心中不由涌过愧疚。

她好像并不在意我的反应，顾自说：这还能不晓得？

我惊讶地问她：他们已经公开啦？

她摇头说：没有吧。她又说：这种事情，想要别人不知道都不容易，那个人那样得意，小人得志，恨不得全世界都知道。我听小菜子说，她天天大半夜唱歌不睡觉，像个疯子。

她一脸的鄙薄，"那个人"无疑是指黄小橘。我心里五味杂陈，既然连凤舞都知道谢文屿跟黄小橘好了，他又给我写小纸条，还让我填好志愿告诉他是啥意思呢？我的情绪瞬间跌落到谷底。

凤舞面色阴沉，郁闷地说：我还没跟你说呢，我真是太笨了，你都不知道我做了什么事情——她停下来，局促地扭动着身子，显得十分羞涩，说：我还给他写信了，而且写了不止一封。第一封信寄出后，好几天过去没有收到他回信，我就该明白他的意思，其实我也已经明白他的意思了，但就是不死心，生怕他没有收到，就又给他写。第二封信他还是没有回，我又写了第三封信。我还在信里约他出来见面，他没出来，我就想种种理由替他开脱，其实就是自欺欺人。我要是早晓得他跟黄小橘那样了，根本就不会给他写一个字，你说我是不是蠢死了？

她满面通红，双手捂着脸，发出一阵咕咕咕的大笑。她突然就不笑了，叹着气，用土话说：我后悔得没魂！

她这样跟我推心置腹，我有点感动，觉得又回到了我们情投意合的时候。

到这一会儿我才明白，原来心里那种黏滞不爽的憋闷是一种被欺骗的感觉，也许说"欺骗"有点过头，至少是被拂逆或者说被辜负了，我自然是很能体会凤舞的心情。我觉得她很可怜，比我还要可怜。我小心地、试试探探地问她：你还喜欢他吗？

那时候我们不说爱，说喜欢。"喜欢"这个词在我们的话语里弹性很大，分量很重，且能够回旋。

现在不喜欢了。凤舞咬着牙果断地说，没有一丝一毫的犹豫。停了片刻又说：真的是死心了。我知道自己再挣扎也没用。她望着我说：以前我一直以为我和他是青梅竹马呢，我想得太简单了，是我一厢情愿，剃头挑子一头热，我早就该晓得自己几斤几两。

她想咧嘴笑一下，但真比哭还难看，我都不敢看她。

她换了一种轻飘飘的口气说：你们都是大学生了，你们都要远走高飞了，我跟你们不是一个世界的人，你们是天上的云，我是地上的泥，我配不上你们。

说着，她的大眼睛里滚落下一串泪珠。

她的眼泪来得太突然了，我瞬间乱了方寸，赶紧拿了自己的一条手绢放在她手里，小声说一句：你这是何苦？

她接过手绢揾在眼睛上，手绢很快湿了。她一边抽泣，一边不好意思地说：看把你手绢弄脏了，等我洗干净再还给你。

我说没事，本来就是拿来用的。她还是把手绢仔细地叠起来，塞进了衣兜。

她就像突然醒过神来，不哭了，说：他还不如跟你好呢。我听了一惊，没等我回过神，她又说：他要是跟你好，我不会这样难受，真的。

她两只刚哭过眼圈红红的大眼睛刹那间清亮如水,明镜一般。我心头一热,相信她说的是真心话。

13 钱老板

那个暑假最令我高兴的是拿到了大学录取通知书,我们全家都沉浸在喜悦之中,家里的气氛特别好,大家说话都是和颜悦色欢欢喜喜,爸爸和妈妈也不为琐事争吵,连吃得都比以往好。妈妈忙着替我准备行装,从洗脸盆、热水瓶、枕头、被子、褥子、床单、席子到碗筷、调羹、梳子、毛巾、牙刷等全买了新的,还给我添了几件新衣服,内衣内裤、棉毛衫棉毛裤这些穿在里面的衣物也都买了新的。亲戚朋友按当地风俗也带了礼物来贺喜,沾边不沾边的人都来表示一下,妈妈在她的小本子上一五一十记下来,等他们有了好事再去还礼。

凤舞送了一条小毛毯给我,她说是跑了好几趟百货公司才买到的,因为之前一直断货。我说她:你哪有钱,给我买这样贵的东西,让我心里过意不去。她带点得意地说:你忘了呀,我是有点老底子的。

那些天她又谈了一个新对象,她称他钱老板。那人离婚带一个五六岁的儿子,她跟他已经见过两次面。我问她感觉如何,她想了想,噘起嘴做个夸张的表情说:不怎么样,又胖又丑,是个老色鬼。

我说:那何必要见第二次。

她说:他有钱啊。

我说:可别又是假的。

她认真地说:这一个看上去是真有钱。

她跟我细说两次见面的情形。第一次见,那人请她和妈妈在全城最贵的醉八仙吃饭,还送了她们母女一人一块式样时新的电子表和两件精纺高支羊毛衫,反正她妈妈是称心得很。第二天,他提出要单独跟她见面,她不想去,妈妈催她去,说刚开了个好头,不能就没得下文,好不好的接触了才能有感情。她推不了,就去了。那人请她吃鱼汤面和蟹黄包子,这两样倒都是她喜欢的,馋了好久。东西端上来,热腾腾,香气扑鼻,她胃口大开,那人却迟迟不动筷子,拉着她说个不停,吹嘘自己怎么样白手起家,怎么样打败对手,怎么样赚到第一桶金,又怎么样越赚越多,一头说一头一支接一支抽烟,嘴上就像支了个烟囱,噗噗地不停冒烟,呛得她直咳嗽,他自己也咳,浓稠的痰就随口吐在脚边的地上,让她看得恶心,对桌上冷下去结了一层油脂的鱼汤面和塌下去的蟹黄包子也没了胃口。等出了饭馆,那人拉她进了一家商店,也不问她一句,就给她买了一双带搭襻的牛皮鞋和一只钉着珍珠的小包,东西是店里最时髦也是卖得最贵的,她不肯收,他硬塞给她。出了商店叫她跟他一道回家,就像下命令一样,还是没有一点商量。她不想去,磨磨蹭蹭,他也不管,用力拉住她手腕,连拖带拽,她挣脱不了,也不好意思拒绝,只好跟他去。一进门他就抱住她,手放在她胸上,嘴巴凑过来啃她,把她往里屋拖。她吓坏了,晓得他要做啥,拼命挣扎,跟他就像打架,把吃奶的力气使出来才算脱了身,夺门而逃,一口气跑回了家。

回到家她跟妈妈说这个人不是好人,不想再跟他见了,妈妈说她不识好歹,还说肯为你用钱的人,就是好人,叫她识相,不要由着性子胡来。她皱起眉头对我说:我妈妈只认得钱,如果能把我称了分量卖掉,我妈妈肯定乐意得不得了。跟你说吧,我完蛋了,我就是人家的一碗菜。

她愁眉苦脸的样子好像一下子长大了好几岁。

我临行的前一晚，凤舞陪我去灯光球场打羽毛球。打完球，我们往体育场的主席台走去，打算到高处找个风大的地方乘凉。天气很闷热，似有若无的一点微风吹在身上丝毫不凉快，空气是潮乎乎的，有一种雨下不下来的憋闷。

凤舞郁郁寡欢，明天我和谢文屿都要走了，她似乎有话要说，却又不说。她走在我前面，就像赌气一般，快步穿过跑道和草坪，拉着栏杆，跳上主席台。她骑跨在栏杆上，做出一个让我十分震惊的举动——她从短裤口袋里掏出一包香烟，抽出一支含在嘴里，问我：你吸吗？

我摇头。那时候除了大人只有小痞子才抽烟，她拿出香烟吓我一跳，她却很自然，表情平淡，似乎根本不值得大惊小怪。她从另一边口袋里摸出火柴，哧的一声划着，点燃烟，深深吸一口，吐出一片烟雾。她吸烟的姿势娴熟老练，弹烟灰的动作利索有力，就像男人一样。她突然柔媚一笑，对我说：我跟那个家伙亲嘴了。

她剧烈咳嗽起来，就像被呛着了，咳得面红耳赤，喘不上气。我很想替她拍拍后背，却没有伸手。她对我说的这件事让我觉得她已经不是她了，我心里对她有一种莫名的排斥。

过了片刻她不咳了，笑嘻嘻地告诉我说她从他那里逃走的第二天，那人买了几样礼物送上门，算是给她赔礼道歉。他送来一只会摇头的电风扇，一只铁皮锃亮的煤球炉，一只火腿，几段花洋布，都是市面上不好买的，要凭票供应，有票都不一定买得到。她特别中意电风扇和煤球炉，她说吹着电风扇，实在是太惬意了，夜里躺下去身上不会汗湿答答的，她妈妈和姐姐都挤过来一起吹。新煤炉也特别好用，火旺得很，炒菜又脆又香，不像之前用了多少年的破炉子，不温不火，半死不活，烧着烧着还会自己熄掉。新炉子外面漆得钢蓝钢蓝的，她从来没有看到过哪家的炉子这么好看。她说得沾沾自喜，那个样子让我觉得陌生。尤其是她夸赞炉子漂亮时，摇头晃脑，眼睛里放出亮闪闪的精光，让我觉得又奇怪又好笑。我从来没有在意过炉子好看不好看，我也不知道有谁在乎烧饭炒菜的炉子漂亮不漂亮，我觉得她有点疯还有点神道。她抽完烟，随手把烟头丢到地上，一脚踩上去跺灭，随即又是好一阵咳嗽。

分别的时候她轻轻拉住我的手，温柔地说：你不会走了就不理我吧？

我说：当然不会。

她要我发誓，笑嘻嘻地伸出小拇指和我拉钩，嘴里还像小时候那样说着：拉钩，拉钩，一百年不许变。

她睫毛上还沾着刚才咳出来的泪花，眼睛在夜色里像野猫一般闪闪发亮。

14　月下漫步

翌日清早，我和谢文屿同车去南京。我们事先并没有约好，碰巧都选了这班汽车。他把座位换到我旁边，刚开始我们没怎么说话，各自望着车窗外出神。公路两边风光旖旎，大片的农田，成行的绿树，蜿蜒的河流，炊烟缭绕的屋舍和在阳光下劳作的人们，虽然是一闪而过，却像是深深吸引了我和他的目光。我一次次偷瞄他，他似乎陶醉在风景当中。

车开出一段，他主动和我闲聊。他问我：不是说好一起到北京上学，你怎么没报志愿？

我脑海里刹那涌起去学校看分那天的情形，我忍住不快，佯装平淡地说：我不是跟你说了吗，我要听父母的。

他低声说一句：可惜。

我没有问他可惜什么。

他又说：你真听话。

在我听来他这句话里充满了讥讽和不满，本来我还想跟他聊些别的，突然就啥也不想说了。

在漫长的行程中，我们很少交谈。中午一过，车厢里的人除了司机都昏昏欲睡，谢文屿却唱起歌来。他声音小小的，就像在我耳边唱给我一个人听。他竟然会那么多港台的流行歌曲，我第一次知道他唱歌那么好听。我闭起眼睛，假装瞌睡，他的歌声不打一丝折扣钻入我的耳朵，无论是他唱的那些歌，还是他的声音，都令我陶醉。

车到南京，我们漫不经心打声招呼就分头走了。车站上人来人往，一错眼珠工夫就看不见他了。

我找到我们大学的接待站，学长们把我们这些新生带回学校办好入学手续，再带到集体宿舍安置。刚吃过晚饭，忽听楼道里有人叫我名字，我以为听错了，旋即响起了敲门声，打开门，来的居然是谢文屿，令我喜出望外。

他换了一件新衬衣，头发梳得整整齐齐，脸上洋溢着灿烂而亲切的笑容，仿佛摇身一变成了另一个人。我顾不上对他的变化吃惊，当时的心情是又惊又喜，见到他就像见到亲人一般，感觉和他短短三两个钟头的分别如隔三秋。我不知道他是怎么找来的，那时宿舍没有电话，他没有我的详细地址，而且他过来也不一定碰得到我——他一定是一路打听着找来的，而且是冒着扑空的风险，想想都让我感动。

我陪他去参观了我们的校园，转完之后他提议去玄武湖玩。我说：天都快黑了，等我们过去估计啥也看不见了。

我心里真实的想法是刚离开家就跟一个男生黑灯瞎火去逛公园，

未免太过分了吧，即便他是谢文屿也不行。

他却兴头十足地说：夏天天长，离天黑还早，再说夜游玄武湖才浪漫嘛。

他执意要去，我不忍违拗。九月初的南京，比咸城还热，玄武湖的知了声此起彼伏，我们走得汗流浃背，并没有多少想象里的浪漫。而且，我们其实都很拘谨。他故作随意地和我闲聊，他说他对自己的专业没有多大兴趣，他真正喜欢的是文学。

记得在中学里他就跟我说过这个话题，当时是说他爸爸要他学理科。我反问他：那你为什么不读文科？

在我心里，他已经今非昔比，应该可以自己作主。

他说：不是总说学好数理化走遍天下都不怕吗？

他似乎有点难为情地解释说他是为了将来挣钱养家，所以才选了热门的计算机专业。

我说：你想得真远。

他听了笑说：没办法啊，谁让我是个男的。

他语气里透着隐隐的骄傲。

他思维活跃，从一个话题跳到又一个话题，不管说什么都兴趣盎然，他的情绪很感染我，让我轻松下来，而且十分愉快。我们聊过不少话题之后，他主动提到了凤舞。他说他直到走都没去找她，心里是早想去看她的。他说得推心置腹，好像跟我是无话不说的朋友。他说凤舞其实是个心高的人，她没有参加高考，他很替她惋惜。

我问他知道不知道她家里一直在安排她相亲，想早点把她嫁出去，他说知道，凤舞在信里跟他说了。

他就像替她打抱不平似的说：太荒唐了吧，她怎么就能接受呢？她为什么要这样逆来顺受？

我没有顺着他的话头说下去，突然冲口而出：她很喜欢你的。

他一愣,马上不说话了。

我感觉他并不是为凤舞喜欢他而惊讶,这对他来说不是啥新鲜事,而是吃惊我竟然会这样说。我也不说话,静观他的反应,我们就像僵持一样。

气氛很有点尴尬,我们沿着河堤默默走着,我感觉空气都在收紧。他放慢了脚步,用一种深沉平和的语气说:虽说考上了大学,我对未来没有把握,我好像站在漂浮在波涛汹涌的水面的一条小船上,自己都站立不稳,根本没有力量再去顾别的。

我想对他说那你和黄小橘是怎么回事呢?但我没有说出来。他好像知道我要说什么,眼睛盯着我,嘴角浮起一个会意的笑容,又好像被我猜中心思很不好意思。我们之间那股紧绷感却立时消失了。

他带着微笑,忆起旧事。他说:上小学的时候凤舞对我就特别好,我一直记得的。那时我爸妈离婚,很快他们又各自结婚,我实际上成了没爹没妈的孩子。妈妈不肯带走我,让我跟着爸爸,爸爸去青海把我丢给了爷爷奶奶。爷爷从前开过店,公私合营之后啥也不做了,他和奶奶没有经济来源,坐吃山空,就剩点房产。迫不得已,身体好的时候摆个小水果摊,后来爷爷病了小水果摊也不能摆了,家里日子过得相当惨,说吃了上顿没下顿都不过分。学校包场看电影,五分钱一毛钱我都交不起,学校组织郊游,我一次没去过,爷爷奶奶不让去。他们都没上过学,我感觉他们对学校不了解,也没感情,总说校长老师都是骗钱的。我爷爷只读过两年私塾,奶奶没有文化,他们都是老实巴交的人,对我却凶得出奇,说是生怕管不住我到外面去闯祸,他们相信棍棒底下出孝子,动不动就给我一顿。他们也不是不惯我,越喜欢越这样。每天我在家都战战兢兢,生怕做错什么,上学对我来说就是从家里逃出去,我觉得学校比家里温暖多了。你知道的,凤舞对我特别好,她会在我文具盒里放新铅笔新橡皮，其实她自己的文具又少又差，她的铅笔又短又秃，圆珠笔杆上裹着胶布，卷笔刀是生锈的，真是穷人同情穷人。当时我在心里暗暗发誓，等我有钱了要给她买好多好多文具，我一定要报答她。你别笑我，那会儿你们说花凤舞是我对象，我知道你们是拿我们开心，不过我心里真的是美滋滋的。

我听了笑，说：你这些话应该讲给凤舞听，她肯定会高兴的。

他撇着嘴说：现在我哪敢对她说这些啊？他带着感伤，感叹道：人要是不长大就好了。

一晚上他跟我说了许多话，却一句没提到黄小橘，似乎有意忽略她。当我们快走到公园门口，他放缓了脚步，在鹅卵石小径上站了下来。他眼波流动，脸上显出既温柔又顽皮的笑容，月光下他慢慢伸出手，似乎想搂住我，但我想都没想就闪开了。

所有这些都发生在似有若无之间。我们的动作幅度都小到可以忽略不计，但我们实在太熟悉了，一颦一笑都能心领神会，装糊涂也是一样。我也不知道我在那个当口为什么会那样。

他没有流露出丝毫的尴尬和恼怒，就像什么也没发生一样。他很快就调整好了情绪，甚至是调整好了气氛。走出公园，他提议要送我回学校，我谢绝了。时间还不晚，况且他和我不是同一个方向，最主要的是我不想刚到学校就让同学误以为我是个随便的人。那是一九八〇年，已经有了开放的气象，但十七岁的我相当拘谨生涩。我们在公园门口分别的时候，他很有礼貌地朝我伸出手。

他凝望着我，眼睛在微暗的光线中闪闪发亮。

我没有说话，也没有动作。

他用一种听上去十分动人的声调说：这是我们的青春记忆，多少年以后回忆起来，肯定会特别美好。

他执拗地毫不犹豫地拉住了我的手，他很用力，向我传递的是一种坚定、果断、不迟疑、不退缩的信号，真是非常出乎我的意料。我脑子嗡的一下，就像短路了一般，思考力和感受力瞬间大打折扣，我不知道这样一来我们的关系是否算是进了一步。我模糊感觉到他十指纤细，是少年人秀气洁净的手，跟我想象中男人宽大结实的巴掌很不一样。

那是我第一次和男生拉手，独自回校的一路上我都在回味着那种惊喜和愉悦，我真的没想到谢文屿会这样做。

第四章 婚前

1 信

进入大学,开启了新生活。那时电话不普及,亲朋好友见不到面时基本靠书信联系,遇到急事才发电报。写信收信对于像我这种刚刚离家的学生来说,是生活中一项非常重要的内容。我没想到的是,我还没来得及给凤舞写信,就已经收到了她的来信,那也是我平生收到的第一封信。

凤舞的信很长,写在练习本撕下来的纸上,正反两面写得密密麻麻,足足写了四页。她在信里写了我走后发生的事,虽然我离开咸城还不到一星期,在她的笔下,竟然大大小小发生了许多事情。我感觉她是把之前知道没有告诉我的一股脑都说了出来,有没有她编造的我不太清楚。我一直以为她不怎么会写,她的作文从来就没有得过高分,没想到她写得非常流畅而且有趣。她描述事情活灵活现,她的那些不合语法,甚至不合逻辑,没头没尾,随随便便的句子和生造的,跳跃性极强,莫名其妙拼凑在一起的词汇就像长在泥土里的秧苗,是活的,有自己蓬勃的生命力。奇怪的是,她写的每一个字,每一句话,包括错别字,以及她造出来的我从来没有在别处看见过的词汇与句子,我竟然都读得懂,而且明白她想表达的微妙的意思及言外之意。读她的信，我禁不住一次次笑出声来，仿佛面对面听她叽叽喳喳地说话。

她在信里详细写了我们同学的八卦，谁跟谁好了，谁跟谁掰了，哪个去上补习班了，哪个进工厂了，哪个进银行了，哪个家里去找谁开后门了，哪个托了九转十八弯的关系也没能如愿去坐办公室，等等等等。她说自己也去银行和邮局报了名参加招聘，被她妈妈晓得了，死活拦住不让去。妈妈成天唠叨的就是要她嫁给有钱人，说人家手指缝里稍微漏点就够你一辈子吃用不愁，一家老小还能跟着沾光，你起早贪黑去上班，辛辛苦苦一个月也就挣几十块，一辈子发不了财。妈妈翻来覆去说这些话，听得她耳朵都快长老茧了。

在信中她称自己那个对象为"钱老板"，其实那人不姓钱，姓陶，只因为他成天将钱挂在嘴上，她这么叫他，他倒并不生气，还蛮高兴，觉得吉利。她信中说钱老板对她越来越中意，她对他不冷不热，他却说小姑娘有点脾气才好，这叫有性格，他已经跟她提过结婚的事，问她是想国庆节结还是元旦结，可她一点不喜欢他，更别说爱了，连反感都没有减少。他约她吃饭，她都不想去，宁可在家喝清汤白粥吃咸菜。他老是搬她妈妈做救兵，她不肯出去妈妈就骂她，她只好去应付。他请她吃饭还是很讲排场，大碗小碟，鸡鸭鱼肉，汤汤水水，要齐齐整整摆满一桌，而且每次吃饭都要上酒，还说无酒不成席。她跟他一起酒量算是练出来了，白的、红的、黄的、啤的都能喝，经常没等菜上齐，他们已经喝得面红耳赤。钱老板特别赞赏她的好酒量和喝酒的爽气，很得意地说以后你跟着我在生意场上大有用武之处。她写道：我堕落了，现在烟酒俱全，就像电影里的女特务，你看见了肯定会讨厌的。

信中她提了很多同学，特别提到那些考上大学离开咸城的同学，虽说没有一个字直接提及谢文屿，但字里行间处处有谢文屿的身影。

她写了我们离开之后她很失落,不止一次梦到我们,醒来之后回不过神来。她还写道,她很同情黄小橘,不知道她过得怎么样,很想去看她,又生怕她以为是去看她笑话,所以一直没有去。虽然她们在同一个城市,却形同陌路。想想从前她们好得心贴心,现在彼此冷得像冰,她心里真难受。她很了解黄小橘,她是个多情的人,心又高,跟她一样被留在了这个从出生一口气待了十几年没有挪过窝的小地方,就像被锁在笼子里,而且她还经历了离别之苦,日子一定更加难过。在信的结尾她用一种既抒情又感伤的笔调写道:"你们走后,仿佛天黑下来,没有了缤纷的颜色,听不见喧闹的声音,看不到由衷的笑容,我们的小城空了,我的心空了。"我不知道这些句子她是怎么想出来的,是不是绞尽脑汁?翻了好多本书?我只觉得她特别用心。信的落款是:你永远的好朋友凤舞。

读她的信,我不时受到冲击,不仅往昔的生活历历在目,有些已经遗忘的事情也想起来了,甚至经历时没有留意的细节也变得格外生动。凤舞写信的那种笔调也是我喜欢和羡慕的,虽然我考上了大学中文系,而且在中学里作文就一直被老师表扬,但读她语句不通,满眼错别字,写得洋洋洒洒杂乱无章既真挚又随意的信,还是自愧不如。

凤舞的来信频繁而稳定,成了我离家之后的一份慰藉。大约每个星期我都能收到她两三封信,有时更多。我回信的速度远不如她,但我收到她的信是必复的。过了大约半个学期,她在信中开始提到黄小橘,后来几乎每封信都会提到。她写到黄小橘笔触会格外细腻,而且有一种柔情似水的意味,和女生之间普通的友情其实是不太一样的,只是当时我略有感觉,还不能真正领悟。而在那时,我理解凤舞放不下黄小橘还是因为她内心里放不下谢文屿,黄小橘就像一面镜子,她通过她折射的还是谢文屿。我不知道我这样想对不对。

某次来信，从头至尾凤舞写的竟都是她见到黄小橘的事，我没想到她们之间有了这样的转折。

那天下雨，她去邮局给二姐花小夏送伞，经过前厅的时候，她瞥见寄包裹和挂号信的柜台后面端端正正坐着的居然是黄小橘。她穿着深绿色制服，一张小脸板板的，眼睛冷冷的，但因为做柜台服务要求面带笑容，她只得咧着嘴，那副皮笑肉不笑的样子实在别扭。她感觉黄小橘的目光像一片薄雾罩在她身上，但她不知跟她说啥，加上意外遇见的慌乱，干脆头一低假装没看见。她估计黄小橘早就看见她了，真没想到毕业之后第一面她们两个是这样子见的。

黄小橘明显瘦了，下巴颏都尖了，脸色被身上老气的制服衬得黄巴巴的，非常憔悴，不过那副自命不凡的劲头一点没有变。

她送完伞没有停留就走了。回到家，就像着了魔，脑子里转的都是黄小橘。她没想到黄小橘参加工作了，她以为黄小橘肯定会继续考大学的，难道她打算永远留在这里吗？她越想越替她可惜，比替自己更可惜。

第二天中午，估摸快到下班时分，她到邮局对面的小巷子里转悠，终于等到黄小橘出来。黄小橘看见她一点不惊奇，心有灵犀般地朝她走过来，就好像知道她是来等自己的。她们一起去吃鳝糊面，她一点弯子没绕，开门见山问黄小橘：你不考大学了吗？不等黄小橘回答，她十分武断地说：你不考太可惜了。她就想跟黄小橘说这句话，也不怕刺激和得罪她。黄小橘一听，不冷不热回一句：要你管？她瞪着黄小橘，黄小橘也瞪着她，都是气鼓鼓的。面条上来，两个人闷头吃面。等吃完了，黄小橘勾起她胳膊和她一起走出门——那个动作让她心里涌起热潮。她们瞬间冰释前嫌，又回到了从前。

她很想问问黄小橘，她和谢文屿怎么样，几次话到嘴边还是没有勇气说出来。说来也巧，没过几天，在家吃晚饭时，她说起见到黄小橘，二姐马上瞪她一眼，接嘴说，你离她远点，那丫头厉害，刚上班不到三个月就被处分了，要不是她爸爸妈妈替她求情，上头有人保她，恐怕就被开掉了。她听了大吃一惊，问二姐是怎么回事。二姐说，你这个同学就是个愣头青，一点不懂社会，想怎么来就怎么来。她交了个男朋友，发到第一笔工资就跑北京去看他，假也不请，人就没影了。主任不见她上班，派人到她家去了解情况，连她父母都不晓得她的去向，还以为她住在集体宿舍呢。过了几天她自己又跑回来上班了，啥事没有发生一样。领导对她说都像你这样我们邮局就不要开门了，关了算了，也没对她怎么样就过去了。以为这就到头了，等到下个月发了工资，她又不见了，一走就是十来天，把领导气坏了，发狠说这回谁打招呼都没用，按章程处理，除了记过处分还扣了她半个月的工资。这两天她又不来上班，听说倒不是跑北京去看男朋友，而是失恋了，被她那个爱得死去活来的对象甩了。

她听了，当即放下筷子，饭也不吃了，跑去看黄小橘。

凤舞写道：听到黄小橘和谢文屿分手的消息，我没有感到丝毫高兴。失恋对黄小橘打击太大了，她伤透了心，躺在宿舍里，不吃东西，奄奄一息，太可怜了。

那一阵子她添了一项新的生活内容，本来除了钱老板来找她吃饭逛店轧马路，她每天也就是在家东摸摸西摸摸消磨时光，自从跟黄小橘恢复了交情，她多了个一起玩的人，现在黄小橘失恋，她觉得自己责无旁贷要安慰她，她也真当件事情做，这令她非常充实。一大清早她就去菜市场买老母鸡，加了黄芪、枸杞、桂圆炖好，中午拎到黄小橘的集体宿舍，给她滋补身体。黄小橘下班她去接她，陪她吃饭散步。她们形影相随，比上学时还要亲密。

凤舞在信中不厌其详地告诉我她和黄小橘来往的琐事，那股子兴奋的劲头，简直就像陷入了恋爱，而且是一种得到热烈呼应的恋爱。她和黄小橘在一起聊得最多的竟是谢文屿,他是她们聊起来就放不下的话题,她们越聊不仅对他了解越多,彼此也相知越深。我惊讶极了,原先是情敌的两个人,居然因为共同喜欢的对象如此情投意合——这在我的人生经验中可是一大空白。

凤舞觉得黄小橘一直没有从失恋中走出来,她对谢文屿依然情深,说白了是仍不死心,甚至认为她就是为谢文屿而生为谢文屿而活的。而她自己早看清楚谢文屿就像天上的星星一样,虽然好像就在眼前,其实离得很远,就连他发出的一点微光,也是遥远而没有温度的。凤舞在信中用比通篇更大的字体写道:凡事不可强求,连我都懂,怎么比我聪明一百倍一千倍的黄小橘反而不懂呢?

对他们三人的关系我谨慎地回避,因为我确实不知道说什么好,甚至不知道该站在什么立场和角度说话。我和凤舞通了那么多封信,我一句没对她说过我和谢文屿之间的事,我也没有向她坦白我们在到达南京的第一晚就去游了玄武湖,说不上是故意隐瞒,就是不想提。我就像给自己建起一道心理屏障,感觉只有不透露我和谢文屿的交往,我才能保持独立性,才能不与她们混为一谈,也才能在我与凤舞的关系中不掺杂别的因素,黄小橘我倒是没有多想,说实话我几乎没有想到她,因为我觉得跟她没什么关系。我也没对凤舞说谢文屿一直在和我通信。谢文屿到学校不久就给我写了一封信,信不长,写得文采斐然,一看就知道十分用心。他的信来得很快,我猜肯定是他一到学校就写的,这个速度让我心中窃喜。之后只要我给他写信,他都是迅速回信。我倒是有意拉开了给他写信的间隔,不想和他通信频繁。因为知道凤舞和黄小橘与他的情感纠葛,我觉得还是离他远点的好。不过,我心里认为我和他的关系与她们没有干系,我是我,她们是她们,山是山,水是水,互不相干。我也这样安慰自己,我和谢文屿的友谊是很纯洁的。

2 心愿

凤舞来信,告诉我钱老板已经到她家里下过小定。我不懂啥叫"小定",读了她的信才明白就是订婚的意思。后来我翻书才知道,从前男女定亲分"小定"和"大定","小定"就是定下嫁娶意向,一般就是双方父母和当事人见个面,互赠礼物,主要是男方向女方送东西,女方回个礼表示一下,规模和花费都不必铺张,意思到了就行。"大定"比起"小定"更加隆重,通常两家对聘礼和嫁妆包括婚礼细节都协商好了,结婚的事正式确定下来,除了未婚夫妻和父母家人,还会请亲朋好友一起吃饭见证。钱老板是有钱人,"小定"搞得就相当气派,不在一般人家的大定之下。他除了带香烟、老酒、茶叶、火腿四色礼物,还给了她两枚金戒指,一只是鸳鸯戏水,一只是龙凤呈祥,都是分量很重成色极好的老货,还给了她春夏秋冬从里到外四套新衣服,八百八十八块钱的一个大红包,送给她妈妈的是两段纯毛呢料子,一台蝴蝶牌缝纫机,他答应等大定的时候再送她一台彩色电视机,把她妈妈高兴得眉开眼笑,笑得合不拢嘴。她马上给毛脚女婿回了礼,给了他两件的确良衬衫,两段毛哔叽裤料,两双上海产皮鞋,两双锦纶丝袜,大大小小也凑起了四样。她从来没有出手这样大方过,被花小春和花小夏讽刺"羊毛出在羊身上"。金戒指和衣服妈妈给了她,八百八十八块钱她笑眯眯地收了起来,对她说先替她收好,等他们结了婚再还给她。她清楚这钱进了妈妈的口袋是再难到她手里的,不过她也没争,乐得讨妈妈开心。放"小定"全程都是妈妈替她张罗的,她不懂这些事情,样样都听妈妈的。

那封信是放"小定"之后几天写的,凤舞在信里写道:你肯定想不到,订婚这么大一件事情,我妈妈事先问都不问我一声就包办了,当我是根木头。我不想嫁给钱老板,他走的时候,我心里突然有一股冲动,我追出去对他说,从今往后我们不要再见面了,你的东西回头我会原物退还的,我说到做到。

这封信之后很久,我没有收到凤舞来信,我写信给她,她也没有回。十二月初的一天,她忽然跑到学校来找我,事先也没有通知我。

那天我正在图书馆看书,忽听有人压低了嗓音叫我名字,抬头一看,凤舞正笑盈盈朝我走来。她穿着簇新的墨绿色呢子外套,一条裤形优美的咖啡色暗格直筒裤,领口露出浅驼色高领毛衣,脚上是一双半高跟深棕色短筒麂皮靴,这身装束在当时出奇地时尚而且贵气。她新烫了大波浪的卷发,戴着圆圆的金耳环,很有几分成熟的风韵。我感觉她就像是分花拂柳而来,身上带着浓浓的香气,比我周围衣着朴素埋头读书的同学要美艳绚丽得多,不仅让我眼前一亮,几乎要闪瞎我的双眼。

看见她我又惊又喜,冲着她说:好长时间没收到你的信,好想你啊。

她咯咯笑着,欢快地说:我也好想你啊,写信太慢,也说不痛快,你看我就直接跑过来找你了。

我逃课陪她出去玩,她开心极了。我带她去看了她从小就心心念念想看的南京长江大桥,第二天又陪她去了中山陵、夫子庙、雨花台、莫愁湖,但没有带她去玄武湖,我几乎是下意识地避开了那里。

一路凤舞和我说了很多话,她还像小时候那样,想到什么说什么,有些话在我听来口无遮拦。她跟我说钱老板这个人很没品,她想跟他吹,却吹不掉,反正他总有办法像蛇那样缠着她。其实一看她的穿着打扮,我就猜到她肯定没有和钱老板分,如果她真和他分开了,不会这么轻轻松松跑来南京玩,她妈妈是绝不可能为她出这个钱的。她边笑边叹气，说她就像砧板上的肉，自己一点作不了主。钱老板仗着有钱，没事就喊她去陪他，一到没人处就对她动手动脚。她既羞答答又大大咧咧地对我透露他们之间的隐私，钱老板像狗一样闻遍她的全身，他最喜欢闻她的屁股，有时把她倒提起来，脸埋在她两腿之间，令她讨厌极了，觉得恶心死了。我听得都惊呆了，她描述的这种情形跟我从电影和书上看到的男欢女爱完全是风马牛不相及，让我深感秽亵和肮脏。她说她拼命抵抗，回回把吃奶的力气都使出来推他，但他力气太大，她扭不过他，她急起来就狠命抓他咬他，他不但不生气，还特别开心。他脱她衣服也不好好脱，总是用蛮力撕，撕不开就用剪刀剪，她看他举起明晃晃的剪刀，生怕他把刀尖戳向她的身体，吓得失声尖叫，觉得他就像个恶魔。看她害怕，他却异常兴奋。他还用带子把她绑在床头，掐她，拧她，咬她。还有一些更加说不出口的，由着他，样样好说，不由着他，他生气，气得鼓鼓的，就像一条河豚鱼，有时气急败坏，大发雷霆。"那个人太变态，太下流了。"她叹着气说。

她口中的钱老板既粗鲁又野蛮，我听了都觉得无法忍受。她哭唧唧地说：我真的受不了他，我真的是不愿意嫁给他啊。想想要跟这个人一天一天在一起过日子，我真想一头碰死算了。

我觉得她这个说法未免太夸张，因为她一边说又一边笑，看上去并不像真是百分之百在苦熬。虽然那时候我生活经验很少，但我了解她这个人，她的一颦一笑，我几乎都能下意识地感知到确切的意思。

她还说：他说我什么都好，就是不会讨人欢喜。我又没有看中他这个人，凭什么要讨他喜欢？

我认真地问她：你真的要嫁给钱老板吗？

她苦着脸说她很难逃脱他的魔掌。她告诉我，放"小定"当晚，她妈妈欢天喜地跟她说挑个日子就好摆酒了，钱老板急煞了，恨不得当夜就把她娶过去。她妈妈还说，以为他出了这么些钱，怕他怎么也要拿拿糖，没想到大鱼稳稳上钩了。妈妈越说越得劲，眉飞色舞，得意忘形，就像打了一个大胜仗。她对妈妈说，已经跟钱老板说过跟他分手了，她是吃了秤砣铁了心了。妈妈收了聘礼正在热腾腾的兴头上，被她这瓢凉水激得跳起来。妈妈先还压着火气跟她好好说，后来见好好说没用，就骂起来，直骂到半夜，又软了口气劝她，看她还是不松口，一气之下把她推进灶披间，拿把大锁把她锁在了里面，只说了一句话，啥时候她答应结婚啥时候放她出来。

灶披间又窄又小，没有窗户，白天也是乌漆墨黑，好在门板间有缝，能透点光进去，夜里伸手不见五指，为了省电，灯头上连灯泡都没有。里面只有一堆引火点炉子的干草和一只马桶，待在里头就像坐牢。她很快就丧失了时间感，只觉得一分一秒极其漫长。外公外婆搬走后这个小屋做过鸡窝，虽然早就不养鸡了，但还会有鸡屎味泛上来，也不知道是心理作用还是臭味真的没有散尽。最要命的是潮湿，薄薄的墙上尽是黏答答的不明液体，她小心翼翼不靠到上面，稍不留神碰到，忍不住阵阵反胃。她被关了两天就投降了。一听她答应嫁给钱老板，妈妈马上开了锁，喜笑颜开把她放了出来。

她换了不以为意的口气对我说：我想开了，反正嫁谁都是嫁。我不喜欢钱老板这个人，但我喜欢他的钱。我妈妈说过，肯给你花钱的男人不一定真喜欢你，不肯给你花钱的男人肯定不是真喜欢你。我妈妈还说，先不说中你意的人看不看得上你，你们就是真好上了，你看看自己这副样子，要啥没啥，就是个吃闲饭的，人家会拿你当根葱？她这句话倒是一针见血，说得我当场哑口无言。

她神色黯然。

我说：那你就偏找个真心喜欢又对你好的给你妈妈看看呗。

她听了哈哈大笑起来，又变得活泼开朗。她说她一软下来，钱老板就来劲了，说：还有谁能像我这样对你好的？她也不跟他客气，说在家闷死了，想出去散散心，钱老板二话不说，拍出五百块钱，让她出门好好玩一趟，还说要不是生意占手，就陪她一起出来了。

我才不要他陪呢。——凤舞虽这样说，却有几分得意，甚至还带着女孩的娇俏和柔媚。她说到钱老板时，我看并不像她控诉他时那样反感。

我留她住在我们宿舍里，晚上同学去上自习，我们挤在一张小床上说悄悄话。

我问她：你就非嫁钱老板不可吗？

她点头，无奈地说：要不然呢？

我问她：那你之前折腾个啥？

她飞快地回一句：不是不甘心嘛。她迟疑了片刻，有点难以启齿一般说：再过一个多月，你们不就要放寒假了，他会回来过年的吧？她声音小下去，带点羞赧地说：我想等跟他见过面再说。

这听着让我有点惊讶，细想一下，倒也是情理之中。

她突然飞红了脸，没头没脑地说：我就像女英雄被敌人严刑逼供也没有招，真的是太不容易了啊。她双手捂住通红的面孔，呵呵呵地憨笑着说：我跟你说这些做什么呀？

我听懂了。

她还像小时候一样纯真和傻气。她又用一种亲昵的絮絮的语气说：我不知道他会不会回来，我没有问过他，也没给他写信，我的事还没跟他说，我想不好怎么跟他说，说了又会怎样呢？

她说得语无伦次，我明白她还是放不下谢文屿。

我没说啥，因为我不知道该怎么说。我也害怕自己一不小心说错话误导了她。

她显得有点忐忑地对我解释说：你不要误解啊，我只是想再跟他当面说说话，就算是跟他告个别吧，这么说好像也不太对，反正就是这个意思吧。跟你说心里话，我总有一种跟他没有说清楚的感觉，也许根本就说不清楚。她轻轻一笑，笑声里透出凄凉，又说：我总不能结了婚再去跟他说这些事吧？

她真痴情。不过我没有把这话说出来。她突然大笑起来，笑得眼泪模糊。随即收住笑，显得忧郁和悲戚。她就是这样矛盾，自己说的话不一会儿自己就要否定掉，就像她小时候写得好端端的字又要用橡皮擦掉。看到她这种不自信和自我怀疑的反应，我心里升起一股苦涩，其实不光她这样，我自己也时常这样矛盾，长大之后才明白或许跟我们从小生长在缺乏安全感和得不到肯定的环境有关。

在她对我说了那么多知心话后，我踌躇良久，终于还是对她说出了谢文屿和我去游玄武湖的事。我告诉她谢文屿跟我充满温情地回忆了她小时候对他的好，好多往事他都记得清清楚楚，对她心怀感激。

她听了惊喜地张大了嘴巴，激动地问我：他真这么说的？

我说：当然，我哪会骗你？

她高兴得满面通红，整个人就像点亮的灯笼一样明亮起来。

她双手捂着脸说：这么说，谢文屿对我印象还是蛮好的，是吧？我真的太开心了！

她欢欣的样子让我心酸。

凤舞临走前一天，我问她还想去哪儿玩，她说哪里都不想去了，这次出来玩得心满意足。她犹豫了片刻，说还有一个心愿——想跟我去大学课堂听一次课，不知道会不会让我为难。

她怎么会有这样的念头？真令我意想不到。从小学到中学她一直有逃学的习惯，我以为她肯定不喜欢坐在教室里受拘束。不过这倒并不难办，我们的课是随便听的，老师从不点名，大部分教授不怎么认识学生,也不会管课堂里坐的是不是本班学生,而且教室里总有空位,因为逃课的人不少。学校里流传着"必修课选逃,选修课必逃","只要胆子大,天天都放假"的顺口溜,不少人旷课旷得心安理得,包括我自己。毕竟同样是睡觉,坐在教室里在教授眼皮子底下偷偷摸摸打盹,肯定不如安安逸逸躺在宿舍的床上睡得舒服香甜。我爽快地答应带她去蹭课。

那天,她坐在我们教室的最后一排,认认真真听了半天的课。上课的时候我扭过头看她,她绷着脸,听得十分专注,和她在中学里发奋读书时的神态一模一样。下课之后我问她感受如何,她神情复杂,既像喜悦又像痛苦,十分严肃地点了点头。

回去不久她写信给我,她写道,在南京的几天是她长这么大过得最快乐的日子,她感觉自己就像飞出笼子的小鸟,体会到从未有过的自由。她最感激的不是我旷课陪她四处游玩,而是把她带进大学校园,让她在课堂里体验了半天的大学生活。尽管好似黄粱一梦,她觉得自己的心定下来了,有力气去应付不称心的生活。

3 亲密感

凤舞走后不久,谢文屿同样是招呼没打一声突然来到南京。他学校放假比我们早,他说考完试心就飞了,在教室和宿舍里一天也待不住,他到火车站买了张站票就走了。

一个学期没见到他,他又长高了一些,也更健壮了一些,肩膀宽阔,眼眸乌亮,神采飞扬,乍一看就像一个大人,只有说话和笑起来才能看出他稚气未脱。我还没考完试,正在没日没夜地紧张复习,他一叫我出去玩,我立马就把书本放到了一边。

那天他约我去了博物院,我们游了梅花山,植物园,又去了天文台,在钟山风景名胜区逛了差不多一整天,从九华山出来,走到鸡鸣寺,吃了晚饭,在鼓楼分手。我还是没有让他送我回校,因为在那里他坐车回去更加方便。南京的冬天很冷,奇怪的是和他在一起好像并不感到冷,而且一天过得飞快。

刚见面我们都有一点拘谨。看完博物院出来,我感觉包围我们的那股清冷的雾气似乎在慢慢消散,他在我面前变得真切,连他的眼神都显得格外诚恳,我又看到了那个我熟悉的谢文屿。

他好像忽然有了许多感触,话多起来。他说他其实不怎么喜欢博物馆,物的气息太浓,而且,那么多珍贵的东西摆在一起,反而抵消了各自相当的价值。他还说,在博物馆里,他能感觉到一种被时光锁定的无奈和悲哀,时间像一张细密无边的巨网,笼罩一切,没有什么可以逃脱。他说的每一句话都让我觉得很深刻,很有分量,仿佛在我头脑里点亮了一盏灯,让我感悟到了许多从前没有意识到的东西。虽然我无法在那个瞬间判断他那些话是否真像听上去那么深刻和准确,但我还是被他富有意味的表达吸引。

他也跟我谈到他的大学生活。他说他对自己的专业兴趣寥寥,上完课写完作业就去图书馆看专业之外的书。这个学期他看得最多的是文学书,除了小说,还读了文学史和文学理论。

我说:那你肯定很充实。

他说:恰恰相反,我是读得越多越空虚。

他的话让我有点费解。

他解释说:读了书才知道自己面对的都是解决不了的问题。

我说:比如呢?

他说:太多了,比如怎么面对世界,怎么面对他人,怎么面对自己,怎么处理情感,当然最大的问题是生死。

这种高深或者说故作高深的说话方式在当时特别对我的胃口,

我也很容易被这样的话语迷惑，心里对他充满了敬佩。

我说：你快成哲学家了。

他问我：你是不是觉得我变冷了？

我确实有这种感觉，不过好像冷还不足以形容他的变化。

看我不说话，他说：我知道自己变了不少，这个变化是发生在每一天，甚至是每时每刻，是一点一点日积月累的。当然有时候经历了某件事情，变化会加速和明显。

他随即跟我聊起他爸爸和继母离婚的事。他说那件看上去与他没啥关系的事让他心里很受挫，他爸爸和继母分头写信告诉他离婚的经过，爸爸写得很简单，三言两语，继母写得比他详细复杂得多。他们的信写得都很平和，应该是属于好离好散，也许他们是不想让他有心理负担。他听到他们离婚的消息，有两三个礼拜睡不着觉，总是放心不下，他为父亲担心，也为继母担心，还为小弟弟担心。他分别给父亲和继母打了电话，可是电话通了之后他又不知道说什么好。他不能干涉大人的事，也不知道该怎么劝解他们，既给不了他们安慰，又给不了他们实际的帮助，他内心很苦恼，莫名地很愤怒，却不知道憎恨什么。在青海他和父亲、继母、小弟弟一起生活，他对他们都有很深的感情，他跟他们在一起时从来没有感觉到自己多余，或者是外人，他们爱他，他也爱他们，尽管平常他们都不怎么表达情感，从来不会把这样的话说出来。正是在青海的那段日子，让他从小就变冷的心暖了过来，对曾经不愿意带他走的父亲也不再恼恨。现在这个家破碎了，他无法去弥合，他束手无策，什么也做不了，一想起来就心如刀绞，甚至对人生悲观。

他跟我说话的口气十分知己，就好像我们是最好的朋友，甚至就像在一起生活了许多年。他给我这种感觉，或者说是错觉，让我觉得自己很理解他，是听得懂他每一句话的那个人，值得他推心置腹，甚至是他能推心置腹的唯一一个人。我毫无抵抗地接受了他不由分说投射过来的这份亲近，心里起了微妙甜蜜的反应。

这一天还有一些事情令我印象深刻，尽管事情很小。

中午，我们在一家小店吃午饭，店里卖旅游快餐，只有红烧鸡块配青菜茄子这一种，谢文峪去买了两份，我只吃了鸡块和青菜，没吃茄子。等我吃完，他把我剩在盘子里的茄子都吃了，他吃得十分自然，没有丝毫嫌弃的意思。我还没来得及阻拦，他已经吃完。

午后天气阴沉，有一阵下起了小雪珠子。走到紫霞湖边，他问我：你冷吗？说话的口气格外温存。说着他摘下自己的围巾和手套，递到我手上。我不接，他却执意给我，还替我把围巾围在脖子里。

这些细节很打动我，我自然不会自作多情到以为他喜欢我，但我知道他至少不讨厌我。而且，他谨慎克制的态度也是我喜欢的。我承认这短短一天的接触，增加了我对他不少的好感。和他在一起，有一种我抵御不了的亲密感，即使在和他分别之后，我心里依然充盈着快乐美好的感觉。

4 不是冤家不聚头

几天后，我和谢文峪回到了咸城。我们没有同车走，因为我表姐映玉从上海过来，我要陪她玩两天。谢文峪也认识映玉，他听说她要来，表现得十分高兴，似乎很想留下来和我们一块玩，但我没有开口邀请他，他也就没有提出来。那时我太腼腆太怯懦，什么事情都思前想后，总怕不妥当，也怕别人不高兴，不懂某些关系该怎么处理，反应常要迟几拍。其实当时我很想邀他和我们同玩，然后再一起回咸城，但我不知道映玉会怎么想，也不知道她乐意不乐意，那个当口也没法征得她同意，信件一来一回完全来不及，所以没敢轻易开口。

回到咸城后我没有和谢文屿联系,出于矜持,我暗暗等着他来找我。随即便开始了忙年。买年货,做新衣,扫屋子,腌鱼,腌肉,做腊肠,蒸糕,蒸馒头,贴春联,哪个日子做什么都有讲究,每天我跟着父母忙前忙后。凤舞来过,说也在家忙年,她妈妈想要在新年头里请客,事情特别多,她是借着买年货绕路过来看看我,她坐都没坐,站着跟我聊了几句就走了。

大年初三是我盼望很久的我们同学聚会的日子,这一天我将会见到我想念的人。凤舞早早来到我家,约我一起去。她穿着簇新的水红缎面棉袄,外面是一件暗红平绒罩衫,露出里面窄窄的一条棉袄领边,虽说有点靠色,却妖娆妩媚,喜气十足,让我想起多年前的那个春节,她穿着晚爹爹给她买的新衣服,喜气洋洋,打扮得就像年历画上的小娃娃,那是我印象中她第一次穿得像模像样。这天她抹着鲜艳的大红嘴唇,面颊上涂了两块胭脂,不知用了什么化妆品搽得香喷喷的,手腕上戴着金光闪闪的手表,两只手的中指上各套一枚黄澄澄的金戒指,耳朵上挂着硕大的花丝嵌玉的金耳坠,那种气场和风韵远在我们这些同龄人之上。

我们去了学校,已经有不少同学到了,教室里坐了一大半人。大家就像毕业前一样,坐在各自的座位上,只有谢文屿和黄小橘例外,他们并排坐在最后一排座位上,两个人挨得紧紧的。我暗暗惊诧了一下,不知道这两人是啥时复合的,看上去他们像是和好如初,甚至比从前更加甜蜜。

见我和凤舞进去,谢文屿站起身,十分热情地跟我们打招呼。他落落大方,从容不迫,感觉他在我们之间游刃有余。作为我们原来的班长,他招呼大家把课桌在教室中央拼好,椅子围着桌子摆成一大圈,把同学带来的瓜子、花生、金果、麻饼和苹果、橘子、香蕉等在桌上摆好,过年的气氛顿时就出来了。

大家随意而坐,说说笑笑。看得出来,谢文屿超级受欢迎,他似乎也非常享受这种被老同学众星捧月的感觉。凤舞和黄小橘一边一个坐在他两旁,她们一样是满脸喜色,丝毫看不出来她们因为他有过矛盾和纠葛。我坐在他们对面,饶有兴趣地观察着他们。谢文屿一本正经,做出不偏不倚的架势,细心周到地照顾着每一个人,仿佛竭尽全力要使大家都开心满意。对黄小橘和凤舞他做得一视同仁,照应了这个,又照应那个,给这个拿个香蕉,给那个拿个苹果,非常有意识地做到一碗水端平。在没人注意的当口,他还不忘飞快地朝我投来意味深长的一瞥,脸上浮起一丝不易察觉的笑容,像是默契很深地向我传递着某种暗号。

而我的注意力却更多在凤舞身上。我以为她看到比我们早到一步的谢文屿和黄小橘如此亲昵会为自己的处境感到尴尬和别扭,但我完全想错了。我不知道谢文屿回来后他们有没有见过,走进教室看见他的一瞬间,她两眼放光,眼神定格在他的身上,整个人就像铁块被磁铁吸引。她也不顾黄小橘高兴不高兴,对谢文屿格外亲近,谢文屿说的每一句话她都专注地聆听,谢文屿的每一个提议她都热情地响应,谢文屿讲笑话,就她笑得最响。她就像点燃的烟花一样冒着火星,好像随时要展示自己最绚烂的样子。与她隔着谢文屿而坐的黄小橘不时皱起眉头,起先还机智地拦截她的话头,后来干脆硬生生地打断她。谁都看得出来黄小橘不太高兴,她时时要故意压凤舞一头。她们两个争相在谢文屿面前表现,那么明显,毫不掩饰,我看了都有点难为情。好在老师同学都在热烈地交谈,大家不怎么注意她们,或者说是故意不去注意她们,给她们留足面子。

中午聚餐,那是我有生以来吃得最热闹的一顿饭。班主任吴老师和我们的任课老师都来了,隔了数月,师生重逢,格外亲切。恰好还有几个班也在这个餐馆聚会，不时有邻班的同学排着队过来敬酒，餐馆里觥筹交错，笑语喧哗，好不热闹。

老师们吃完先行离去，一部分同学也跟着散了，没走的都聚拢到一桌，谢文屿即刻成了我们的中心。还没等大家都坐定，他与黄小橘和凤舞就拼起酒来。

他们三个人已经喝了不少，都是面若桃花，声音高亢。凤舞能喝，我是早知道的，谢文屿和黄小橘毫不相让，看来也是酒量不错。他们把三只酒杯放在一起，斟得满满的，然后各自端起来一饮而尽，没人迟疑，更没人退缩。他们喝了一杯又一杯，就像比赛一样，令我们旁观的人咋舌。他们脸上的桃花越发灿烂，说话声和笑声更加响亮，虽然人少了，包厢里的声音震耳欲聋。五六杯之后，他们才放慢了速度，端着斟满酒的酒杯，没有像一开始那样立刻倒进嘴里。谢文屿似乎比她们两个理性，他一次次问她们是不是到此为止，但她们都不肯刹车，两个人一个比一个逞强，他也只好跟着她们继续喝下去。

凤舞和黄小橘一边喝酒，一边说着刺激和挑衅对方的话，在酒桌上斗酒和斗嘴还好说，但她们毫不掩饰带着敌意，原本欢乐祥和的气氛弥漫着浓浓的火药味。谢文屿明显喝多了，他站立不稳，笑眯眯地看着她们，仿佛对她们这般火气腾腾很欣赏。后来他趴倒在桌上，仍然饶有兴味地抬眼望着她们。而她们却更加剑拔弩张，说出来的每一句话都针锋相对，甚至指着对方，互揭老底。她们已经控制不住自己，有的话说得完全不顾情面。

看她们在谢文屿面前争风吃醋，意乱情迷，我既震惊又不安，我和同学一起劝她们不要再吵，但就像泼油救火，她们反而越说越起劲。那天我也喝了不少酒，后来头晕目眩，稀里糊涂被别的同学拉走了。

5　反骨

这场酒竟喝出不小的动静，成了那个寒假里我们当地街头巷尾的谈资。小城市的生活原本寡淡，谢文屿和凤舞及黄小橘三个斗酒的事情很快传得沸沸扬扬。映玉和那时刚刚成为她男朋友的大朱来我家拜年，聊起听到外面在说我们班的同学聚餐两个女生为争一个男生喝得打起来，我不知道我离开后还有这样的后续。映玉和大朱直感慨，说：现在的孩子真开放。

几天后凤舞来找我玩，她没提打架的事，见我第一句话就说她跟钱老板分手了，她一脸轻松，好像终于把一个恼人的问题解决掉了。她跟我强调说：这一次是真的分了，分得干干净净，彻彻底底，不会跟他藕断丝连了，更不会跟他死灰复燃。

我旋即想到，她能下这样的决心，是不是和谢文屿有了进展。

我委婉地问她：你是有啥新打算了吗？

果然她甜甜一笑，但马上收了笑。她没有顺着我的话头说下去，而是说：反正嫁钱老板我是不甘心的。他是有钱，但我不想要他的钱，要不是我妈妈寻死觅活拦着，我不会跟他拖到现在。我这个人其实总是优柔寡断，我妈妈一逼我，我就软了。她脸上浮起羞涩，说：不过，这次我狠起来了，她跟我说什么都没用了，我要自己作主。

她和我说了许多话，听她的意思，她和钱老板断了就可以自己作主和谢文屿好了，可是，谢文屿是怎么想的呢？他给她什么承诺了吗？黄小橘又怎么办呢？她会善罢甘休吗？……我心中好多疑问，等着她往下说，可她却没有了下文。

她突然间像是提振了精神，一脸认真地说：我想求你一件事，可以吗？

我问她什么事。

她说：你高考复习资料还在吗？能借给我吗？

我第一反应是感到相当奇怪，我问她：你要那些东西做什么？

她就像透露秘密似的说：等开学了我打算去补习，我要考大学。

我听了简直震惊，这个决心下得可真大。她抛荒了这么久，再捡起来可不是一件容易的事，何况当初她学得就不太扎实，要去跟比我们那会儿更加重视学习抓得更紧的学弟学妹同场竞争，难度可想而知。她露出憨憨的笑容，怯生生地低声嘀咕一句：我不能跟人家差距太大。

这个"人家"是谁不言自明。

我答应了她。

隔一日，我翻箱倒柜把散落在家里的高考复习资料收拾整齐，包括以前的听课笔记和做过的一些难题，扎成一捆拿去送给她。

去她家时她正好出门去了，只有她妈妈一个人坐在八仙桌前掐豆芽。我放下复习资料就要走，她妈妈热情地拉住我，客气地给我沏了茶，端出糖果瓜子，还要烧水潽蛋，把我当个贵客，一定要我坐一坐，我没好意思马上就走。

坐下来后，她妈妈先是狠夸了我一番，说太眼热我能考上大学，有出息，给爹妈争气，她家的孩子要有一个像我这样的她就烧高香了，诸如此类的话说了一大篇，随即话头一转，说到凤舞。

她说：人家都说五丫头脾气好肯听话，那是他们不晓得，她要多犟有多犟，浑身上下长的不是骨头是反骨，你要是投在她心上，她肯听你的，要是不合她意，十头牛也拉不动她。她凑近我，一脸苦恼地说：你是她最要好的朋友，从小到大她跟你顶合得来，我跟你说啊，她这个对象追她真是下了大本钱的，他人长得是推扳点，不过拿钱出来是大方的。五丫头倒好，吃也吃了他的，穿也穿了他的，用也用了他的，他都来放过"小定"了，说好年后就娶过去，人家照章办事，毫厘不差，她说翻就翻，死活不肯结这个婚了，我拿她真是一点办法没得。

她说话的口气特别亲近，句句都是肺腑之言，就好像我是她亲生的孩子，甚至比亲生的还亲。

她拧起眉头说：你晓得的吧，大年初三她去参加同学聚会，跑出去吃多了老酒来家，那个脾气大得哟，发疯一样，把对象给她的东西丢到一块，连夜叫大喜用板车拖过去送还把他，她对象年前送来的大彩电也不放过。说死活不跟人家处了，还不许我们拦她，哪个劝她，她就骂哪个，还说我们要是逼她，她就死给我们看。新年头里，她这一通闹，家前屋后全是眼睛和耳朵，你说坍台不坍台？

我听了不知说啥好。

凤舞妈妈又说：我家这个年过得不安生。年前五丫头一天天的不着家，说是找同学玩，回来又不开心，还不能问，一问就烦得不得了，说话像吃了枪药，冲人三丈远。我跟她说，你是快出嫁的人哎，不能由着性子在外头疯，她半句听不进。

听她妈妈这样说，我立即想到放假回来之后，凤舞和谢文屿我都没怎么见到，看来他们两个人很可能并没有闲着。

凤舞妈妈还说：本来她跟钱老板还算风平浪静，你们放寒假，她跟他就疙里疙瘩的。钱老板约她也不肯出去，我让她喊钱老板到家里来吃饭，答应得好好的，菜买好了，饭做好了，结果人没到。问她，她承认就没跟他说。这叫个啥事体？赶紧差了大喜去请，钱老板倒是来了，小丫头拉长了一张脸，你说说人家心里啥滋味？

她说到凤舞一脸的嫌弃，我不知道怎么回应她，只好不吭声。

她喋喋不休地抱怨：我说过她多少次了，你找个对象，不是买根葱买块姜哎，你是要跟他过一辈子的，哪能高兴就睬人家，不高兴就对人家冷若冰霜？她说对钱老板欢喜不起来，看见他心里就烦，我说你不嫁他想嫁哪个？你倒是提一个你看了心不烦的叫我听听。就这个还是挖墙打洞好不容易找到的，你哪里再去找比钱老板方方面面更加现成的？她说找不到她就不结婚，还说她根本就没有想现在就结婚。她一天到晚一副没魂的样子，弄不清楚她头脑子里想啥呢，我快被她怄死了。

我小心翼翼接话说：她要是不情愿的话，强迫她也不太好吧？

她妈妈听了倒也不生气，满脸堆笑说：就是啊，老话说，强扭的瓜不甜，我逼她做什么？也不是哪个能强迫得了她的。我跟她说得明明白白，嫁汉嫁汉，穿衣吃饭，反正你是要嫁给钱的，男的是谁都一样，你说我说得对不对？

我没想到她转弯转得那么快，她说得相当诚恳，但听她这几句话，我脊背一阵发冷，隐隐替凤舞担心。

那一天没有等到凤舞我就回家了。几天之后，天已很晚，凤舞跑到我家里，跟我说看到我送给她的复习资料，她翻了一下，知道我把家底都给了她，开心得不得了。她说早就要来谢谢我，这两天家里乱得很，所以耽搁了。她欲言又止，好像难以启齿，神色很复杂。

我们默默对坐着喝茶，好一会儿她才苦笑着对我说，这下不光是她要和钱老板分，钱老板也要跟她分，态度比她还要坚决。他们两个人虽说目的一致，这两天却闹得不可开交。

她细细告诉我，前些天她妈妈去买菜，在街上遇到钱老板，平常钱老板看见她妈妈大老远就打招呼，妈妈长妈妈短热络得很，那天他看见她就像没看见一样，她妈妈叫他，他居然把脸别过去假装没听见。她妈妈以为街上人多他真没听见，走近去跟他说话。他一脸冰霜，爱理不理，她妈妈以为是她又让他生气了，嘴上跟他客气，请他来家吃饭，他听了不作声，面色更加难看。她妈妈看出不对头，不过不点破，只说先回家弄饭去，让他忙完早点到家里坐。她还没有走出多远，钱老板追上去，对她说，你家凤舞不是要退婚吗，你去告诉她，我答应了。还说，她退不退，我都要退，从今往后大路朝天，各走半边。她妈妈问他怎么好好的说这个话，钱老板说，你回家问你姑娘去。她吐了吐舌头对我说，钱老板不知从哪里听说了她吃醉酒打架的事情，专门找人去打听，把她查了个底朝天，知道她从小就不学好，认流氓头子做大哥，跟男的不清不楚，他气炸了，说自己眼瞎，阴沟里翻船，以为找了个如花似玉的千金宝贝，没想到上了这么大的一个当。

凤舞说得咯咯笑起来，一副没心没肺的样子。又说，她妈妈一听，嘴上还劝钱老板不要听外头促寿的嚼蛆，心里晓得麻烦大了。钱老板说人家说的真话假话他也不问，他就只有两个字：退婚。她妈妈傻眼了，她忙前忙后大半年，等于是竹篮子打水一场空。不过她妈妈嘴上还硬挣，对钱老板说你要退婚正好，她在家里吵死了，还不肯跟你结这个婚呢，我好说歹说，也劝不动她，硬要把她跟你绑一块，我也担心回头你们过得好不好的来怨我。这下子我也正好不管了，只能说你们两个根本没缘分。

她妈妈到家就把她好一顿骂，火冒三丈，就像打雷一样，骂不解气，还顺手摔了两只碗。她以为妈妈又要把她关起来，但这一次没有，妈妈骂完了她，就像下过了雷阵雨一样，雨过天晴。妈妈竟然笑容可掬对她说，钱老板是有钱，跟他一样有钱的肯定不止他一个，比他还要有钱的肯定也不是没有，他不结就不结吧，本来就不中你意，不如再找比他好的。她后来知道妈妈还有一层顾虑，就是万一不顺着钱老板，他要是闹起来，吃亏的是她，只怕她折了名声就不值钱了。

我替她松了口气，这么说这个结就算是解开了。

凤舞呵呵地笑，说：后头还有呢，我妈妈千叮咛万嘱咐，要我跟钱老板客客气气的，他说啥都让我听着，向他低个头，不能惹翻了他。她还叫我一定去把句号跟他画圆。她露出鄙薄和嘲讽的神情，告诉我她妈妈爬到梯子上，从吊在屋檐下的大篮子里掏出一块腊肉，一包腊肠，一只风鸡和一只风鸭，叫她给钱老板送过去。她不肯去，又招出妈妈一大通话。妈妈说，人家钱老板花钱打了水漂，这就是去给人家赔个礼。妈妈还说，礼多人不怪，要是他把难听的话说出来，是谁没意思？

不得不说还是她妈妈老道。

凤舞愁郁地说：看我妈妈怕成那样，真不知道外面把我传成啥样子了。说实在的，我是有底线的。她脸一红，吭吭哧哧，却是特别认真地对我说：万一要是有人误会，你千万要替我说话啊。

我一口答应，当然清楚她害怕谁误会。

她长长地舒出一口气，仿佛卸下了千斤重担。

我说：要说钱老板对你还是不错的。

她斜睨着我，脸上淡淡的，很不以为然，似乎在说，那又怎样？

她忽然软软地一笑，点头说：其实，他不但用了钱，也蛮用心的。他总跟我吹嘘，他笔笔生意都是赚的，不过这笔买卖他是做亏了。

我说：我倒还蛮同情钱老板的。

她看我一眼，哈哈笑起来，纠正我说：他不姓钱，他姓陶。

6 同路

寒假结束，谢文屿又和我同路去南京。这次是他提前来跟我约好的。他来找我还是他以往那个样子，彬彬有礼，既亲近又不失礼貌。他说他有个亲戚在汽车站卖票，顺便可以替我把车票买好，我自然是乐享其成。说心里话，与他同行，我很乐意。

离开咸城那天天气很冷，是个滴水成冰的日子。我们乘坐的头班车不到六点就发车，天还是漆黑的。到车站送他的是黄小橘，她睡眼惺忪，眼泡浮肿，一副睡眠不足的样子。她包着头巾，穿着很厚的棉衣，就像一个体态臃肿的妇人。走相尤其像，也许是心情沉重，她双腿灌了铅一般，在地上拖着，鹅行鸭步，疲疲沓沓，一点没有小姑娘的灵敏和轻捷。她一只手提一个外面套着尼龙绳网兜的布袋，另一只手紧紧挽着谢文屿的胳膊，依偎着他，一点也不避人。她跟我只是淡淡地打声招呼，没有多说一句话。等车的时候，她一会儿给谢文屿披披围巾，一会儿给他正正帽子，又把自己戴的手套拿下来给他套上。汽车开动时她朝坐在车上的谢文屿挥舞着胳膊，追着车奔跑，那样恋恋不舍，就像电影里生离死别的镜头，看得让人动容。

那个早晨，凤舞没有出现。

头天下的雪没化干净，路上结了冰，汽车开得很慢。老掉牙的长途汽车十分简陋，开起来窗户哐哐响，椅子也是吱嘎作响，薄薄的一层铁皮壳子，既不隔热也不隔冷，没有空调，四处漏风。寒冬萧瑟，仿佛一切都被冻僵了，包括我和谢文屿之间的关系。

大概是因为刚和黄小橘离别，他显得无精打采，上了车没怎么和我说话，连偶尔露出的笑容都很倦怠勉强。汽车开动之后，他就趴在前座上打起瞌睡。车开出去一段，天渐渐亮了，还没有彻底亮透，车上大部分人都昏昏欲睡，频率一致地随着汽车颠簸。我没有一点困意，望着车窗外发呆。

和我们第一次去南京不一样，冬天公路两旁的景色十分单调，光秃秃的树在雾蒙蒙的晨光中刻板地排成队列，收割完的田地留着庄稼枯萎的根茬，只有河岸和房屋边一些菜地还勉强有点绿色。沿途一闪而过的房子多半矮小破旧，石灰墙上面爬满了一道道雨水浸染的痕迹，有些看上去快要倒塌。旷野里拱起的一座座坟包上插着艳红艳黄的纸花，猝然闪现，触目惊心。

汽车开出一两个钟头，阳光照进车窗，车里亮堂堂的。乘客们陆续醒来，大家吃东西，相互递烟，车厢里飘起食物和烟草的气味，认识不认识的人用土话说笑，十分喧闹。在一车人的笑语喧哗中我竟然睡着了片刻，醒来的时候发现谢文屿把他的大衣、围巾都披在我身上，难怪那么暖和。

看我醒了，他眼睛里漾满笑意，和刚才消沉的样子判若两人。他弯腰从包里拿出东西请我一起吃，他包里的东西非常丰富，有茶叶蛋、米饭饼、葱油饼、方糕、油条、包子、烧卖、瓜子、花生，还有好多水果。我留心看了一下，那些吃的他都是从黄小橘给他的那个套着网兜的布袋里掏出来的，显然都是黄小橘给他准备的。我不吃，他用古怪的眼神盯我一眼，不说什么。

我们依然没话，气氛还是如冻结一般。中午停车吃饭，我怕冷加上晕车，不想下去，他执意要我下车活动一下，还不顾我的反对，买了一碗滚热的汤面要我喝口汤。我不想负了他的好意，在餐馆油渍麻花的桌子边坐下来，吃了半碗。等重新回到车上，我们之间的那团冷空气仿佛消散了，他又变得话多起来。

他跟我说这次回来他就没有消停过，一个寒假过得心力交瘁。我以为他要说夹在凤舞和黄小橘之间左右为难呢，结果他竟说好在有凤舞和黄小橘常去他家帮忙，不然他更加不知道怎么办了。

他说他爷爷中风加上哮喘，躺在床上离不开人服侍，奶奶腰疼腿疼，心脏不好，好的时候能买菜做饭，不好的时候也是躺在床上起不来。他一回来，叔叔婶婶就把两位老人丢给他，不闻不问。他们对他爸爸一肚子不满，抱怨他只顾自己在青海逍遥快活，不管爹妈，家里的事一点不问，还没钱寄回家。平常叔叔婶婶并不跟爷爷奶奶住在一起，就是隔些日子过来看看他们，两位老人病了他们也不带他们到医院好好检查，只是到药店里买点药让他们胡乱对付。爷爷长了褥疮，奶奶关节疼得睡不着觉，他们还说年纪大了有点毛病是正常的。他看了心疼，一回来就带爷爷奶奶去医院。他一个人弄两个老人忙不过来，黄小橘和凤舞主动来帮他。黄小橘要上班，她一大清早就去菜市场把菜买好送来，下了班就到他家做事，凤舞也是一早就到，烧饭炖汤，洗洗涮涮，给老人喂饭喂药，忙到晚上才走。两个人都是尽心尽力，让他心里非常过意不去。

他没提一句感情上的事，但在我看来他们的关系很不简单。黄小橘跟他分分合合，仍然是一副正牌女友的架势，凤舞爱他也并不躲躲藏藏，而且和钱老板明确分了手，同学盛传他们三个人是在谈一场轰轰烈烈的三角恋爱，我实在想象不出他们三个人是怎么相处的，不过我也不相信像他说的她们只是去帮他照顾两位老人。

他谈兴甚浓，除了捎带提到凤舞，都在说黄小橘。他尽管说得藏头露尾，我还是从他的话里感受到他对黄小橘那份特殊的感情。他说他一直以为黄小橘很娇气，没想到她那么能干，做起事情大刀阔斧，又特别细致，别人想不到，她能想到，而且心到手到，麻利极了。她不怕脏，不怕累，把什么事情交给她那是再放心不过。他为她没有考上大学惋惜，感叹她脑子好用，高考前在她家补习，她父母挑了一些很难的数学题给他们做，他自己是用笨拙复杂的方法去解题，虽然做出来了，但费时费力，如果放在考试时遇到那样的题目，他根本来不及做完，而黄小橘总能找到更简单也更优化的解题思路，她要么不会，但凡能做出来都比他快，在他看来她用的是巧劲。他带着赞赏和遗憾感慨道：这一点她和凤舞太像了，她们简直一模一样，都是特别聪明灵秀的人。我听了心有同感。他又说：

黄小橘很有天赋，凭她的实力，只要正常发挥应该能考上大学，可惜高考的时候不知她怎么失手了。

之前他可从来没有跟我这样大谈黄小橘，我想可能是陷入恋爱的人兴奋的表现吧。而从我心里说，是站在凤舞一边的，我偏执地认为他其实是在拿黄小橘和凤舞对比，用黄小橘的优势来反衬凤舞的不足，是故意碾压凤舞，多少有点要把凤舞比下去的意思，我不由替凤舞感到委屈和不平。

午后，天阴下来，下起了雨夹雪。雪片落到地上很快融化，湿淋淋的道路变得泥泞不堪。汽车艰难地行进在能见度很差的公路上，开了一个多钟头，车子抛锚了。司机下去鼓捣了老半天也没有修好，大家只好坐在车里原地等待。看着晚发的班车一辆一辆从我们后面急驶而去，我们这车的人除了心急无奈还很烦躁，不少人操着方言骂骂咧咧。等了许久，总算有车开来把我们接走。

换了汽车再次上路，车里人谈笑风生，有一种获救的喜悦。谢文屿情绪很不错，我们比之前更融洽，话头也更密。他用温柔的口气问我：一个寒假你怎么不来找我？

他带着一种优越感，听他的口气，好像我们都应该主动去找他才对，他自我感觉也太良好了吧，我不由一笑。

他微笑着说：我还挺盼着你来呢。他的口气十分甜柔。说完，他似乎意识到什么，自己嘿嘿笑起来。

我没忍住，回敬他一句：你忙得过来吗？

他不动声色，装得就像没有听见。

我又不客气地加一句：你有黄小橘和凤舞还不够吗？

他不吭声，就像静止了一般。过了片刻，他转过脸，严肃认真地说：这根本就不是一码事好吗。

他望着我，绽露出俏皮的笑容。

我不理他，扭过头去望着车窗外。

过了一阵，他轻轻碰了碰我的胳膊，用一种听上去十分亲切的语调说：其实每个人都有自己的人生问题需要面对，我与她们不像你想的那样。说心里话，有些事情不是她们现阶段该考虑的，她们眼下最应该做的，在我看来，还是好好拼搏一下。我一直在鼓动她们好好复习，参加高考，中学里老师一直跟我们说高考是改变命运的，像我们这种没有背景的人，能有这样一个机会特别值得好好珍惜。我跟她们也直说了，以后说不定她们会感谢我的，当然我倒不用她们感谢。

他嘴角挂着自负的笑容。

片刻，我醒悟过来，他好像是说黄小橘和凤舞现在还不是谈恋爱的时候，她们需要为自己的前途考虑，这么说，他显然不会在这个时候就和她们确定关系，而且他把黄小橘和凤舞说在一起，似乎更加强化了这个意思。他是否认为她们两个配不上他呢？——我不是从他的话里，而是从他流露的情绪里依稀感到类似的意思，但我很快在心里否认了，我觉得他不会那样俗气。令我很不解的是，他干吗要跟我说这些？

他凑近我，语气更加亲近，那种口气简直可以用"柔软"来形容。

他说：而你就不一样了，你已经战胜了这一关，我们面临的是更上一层楼，我们努力，是为了达到某种更加自由的境地，尽管这非常难。

他几乎是自然而然把他和我说到一起，他的话听上去有一种蛊惑性，然而却瞬间引起了我的警觉。我可不想跟他们几个搅到一块，况且，离开家门还不远，他就跟我说这些，多少也让我产生了抵触的心理。

离南京越近，他越显出一种胜利在望的轻松，脸色也透亮起来，完全没有了早晨刚上车时的疲惫和沉重。他絮絮地跟我说了许多话,他的学校生活,他读过的书和想读的书,他构思的作品,包括他做的一些在他看来很有隐喻色彩的梦,他自己说是"不知所云的乱梦"。他说的有些梦境让我几乎有点不好意思听,虽然没有任何明确的指向和出格的地方,却有一种令我害羞的气息扑面而来,甚至让我感到无处躲藏,我难以描述那种感觉。他不时朝我微微一笑,我觉得那是一种迷人的微笑,因为经验不足,我无法判断是不是带有暗示性,我也无法判断我的感觉是对的还是误会了他。不过他的情绪的确是超级快乐,让我想到飞出笼子翱翔天空的鸟儿。

到达中央门汽车站的时候天已经完全黑下来,雨下得不小,雨丝密集,在路灯的映照下,天空中似有无数闪亮的飞蠓。当晚他要去北京,离火车发车还有两三个小时,火车站就在隔壁,他几次欲言又止,我感觉他是盼望我能留下来陪他。他看我的目光恋恋不舍,言语变得迟滞,很明显是想等我主动开口。其实我早已读懂他的意思,但我心里却有一股莫名的踌躇,或者说是抵触,我害怕一不留神陷入某种剪不断理还乱的复杂关系之中,我怕自己无力招架。那时候我还是个满脑子书本知识的傻孩子,怯懦,谨慎,害怕出格,还处在苍白、单纯、清澈的状态。长途汽车一停稳,我朝他说了声再见,果断拎起旅行包飞快走了,甚至没有回头看他一眼。

那个刹那我能感觉到他的吃惊和委屈,以及难以描述的失落与惆怅,而我心中却有一种莫名的轻松和畅快。

几天之后,我收到他从北京寄来的一封信。还是他一贯的风格,言辞简洁,文采飞扬。他写道:"那天看着你下车走在黑暗的雨幕里,我的心被淋湿了。"

我没去细想他这些话里隐藏的意思,生怕自己会为那天的决绝后悔。

7　发烧

到学校后,我很久没有收到凤舞的信,这有点不正常。我给她写过几封信,她也没有回复。

某一天,她终于来信了。她在信里写道,自我走后,她病了快两个月,每天一到下午三四点钟就开始发烧,经常是烧到三十八九度,最高能到四十一度五。夜里总是烧得昏昏沉沉,一身一身出汗,醒来时衣服被褥都是湿的。而到了早晨,太阳升起来,就会神奇地退烧,也不再难受。早上和中午都很正常,甚至比不发烧的时候还要精神。她去医院看病,验血、拍片等都做了,却查不出任何问题。医生只是开一些退烧药给她,让她发烧时吃。她吃过几次就不吃了,因为知道熬过夜晚就会好。妈妈带她去看中医,每天给她熬很苦的中药,她不肯喝就逼着她喝下去。妈妈说万一她有个三长两短,等于白养她一场。她没办法,一天三顿乖乖吃药,妈妈看不见的时候,她就把比苦胆还苦的药汤偷偷倒掉。

她在信里还说,不过发烧也给她带来好处,她不需要从早到晚做家务,而且大白天也能关起房门不听妈妈唠叨。她耳朵清净,心也定下来,每天一醒过来就看书复习。她不再像以前那样在信里跟我谈感情和找对象之类的话题,也不提周边的人与事,似乎真把心思放在了补习上。之后又是好久没有来信。

"五一"刚过,凤舞家邻居小菜子到学校来看我。小菜子是从小跟我们一起玩的,她比我和凤舞大两三岁,高两个年级,初中毕业家里就不让她上了,她没去插队,也没有上班,银行和邮局这些单位都要招高中毕业生,她家顶替的名额一个给了她哥哥,还有一个要留给她弟弟,没她的份,她去找亲戚学做裁缝,看到报纸上南京开办时装设计培训班,报了名过来学习。凤舞托她给我带了一瓶肉酱和一瓶萝卜干,都是她自己做的。肉酱里放了许多切得方方正正的肉丁和豆腐干丁,还有花生仁和黄豆,炒得油汪汪的,味道鲜美。萝卜干腌得很脆,切得不薄不厚,撒着细细的五香粉,一打开瓶盖香气扑鼻。她真有心,令我感动。

小菜子是个心直口快的人,见到我就大谈凤舞。她一惊一乍地说凤舞好惨,被那个有钱的老板吹了,因为失恋,病得半死不活。

她这种不顾事实的说法让我听了很不舒服,我纠正她说我知道凤舞病了,不过不是因为被她那个有钱的对象吹了,小菜子并不细究,马上又附和我,继续滔滔地说下去。

她说凤舞躺在家里,她家没一个人管她,她都烧得没人样了,瘦成了竹竿,好容易盼来了救星——她家小姑妈和小姑父到她家里帮她说话,催她妈妈赶紧带她到南京或者上海去检查。她妈妈心疼钱,哼哼哈哈哪里肯。她的小姑妈小姑父一趟趟上门,今天来了,明天又来,催了不知多少次,放了钱给她妈妈,还说她看病的这个钱由他们出,她妈妈面子上过不去,才叫她姐姐陪她去。

小菜子用一种既像是愤愤不平又像是幸灾乐祸的口气说:你想不到吧,她几个姐姐一个都不肯去。花小春刚交了一个当警察的男朋友,之前她谈了好几个都不行,她长得还是蛮漂亮的,不过外面都说她是绣花枕头一包草,做事情没脑子,丢三落四,顾前不顾后,脾气还不小。她要求特别高,挑得不得了,矮了不行,高了不行,瘦了不行,胖了不行,长得丑不行,脾气暴不行,这次好容易找到一个称心如意的,两个人打得火热,如胶似漆,一天都舍不得分开。花小夏在单位等提拔呢,她表现特别积极,每天上班第一个到,下班最晚一个走,天天加班到半夜不回家,她说单位不好请假,也不肯陪凤舞去。花小秋既没有谈恋爱也没有上班,她借口要参加高考从知青点跑回来，也不读书，整天东逛逛西逛逛，游手好闲，经常看见她在街边跟一帮半大小孩打台球，叫她陪凤舞去看病，她连个理由都懒得找，只说不得空。花小冬在部队，一年到头也不回一趟家，更加指望不上她了。后来还是她小姑妈和小姑父实在看不过去，带她去了上海。病成那样还要靠亲戚替她出面，你说可怜不可怜？

听到凤舞小姑妈和小姑父为她说话，还带她看病，我想他们之间的误会大概是消除了。我问小菜子，现在凤舞好了没有，她说该是好了吧，看她进进出出精神头可以。

我跟小菜子说之前我收到过凤舞的信，她说正在复习准备参加高考。小菜子大大咧咧用土话嘲笑道：她成绩活死了，就她那两把刷子还要参加高考，真够难为她的。考啥考呀，不怕烤焦了？她把考大学看得太容易了吧？

她笑嘻嘻告诉我，寒假过后凤舞还真去学校报名上补习班，她通过了摸底考试，开心得很，但是补习班要求中途插班也要交全年的学费，她妈妈本来就不情愿她去上课，这下更加有理由反对——归根结底就是一个钱字。凤舞之前谈对象的时候，人家给她买这买那，还给她零用钱，等于是养着她，她家里也没少跟着沾光，她妈妈从来是不避讳的，在外面说起来扬扬得意。对象吹了之后，这份外快没有了，凤舞吃用都靠家里，她妈妈脸色就很难看，话也很不好听，她还想要去上补习班，就把她妈妈惹翻了。她妈妈动不动就黑着脸骂她蚂蚁啃大象不自量力，不称称自己几斤几两，也做上大学的大头梦。还说她实在想读，就去跟学校老师说说，补习费先赊着，真考上了大学，再加倍去付。

小菜子鄙夷地说：她那个妈妈，蛮不讲理，街坊四邻没有她没吵过架的，人家背后都说她，凤舞也算是摊上了。她叹气说：她妈妈一门心思想拿她赚钱，只想快点打发了她。她妈妈嫌一个一个谈对象太慢,让她几个姐姐出去发动熟人朋友多找些一块谈,你说这是招工还是比武招亲啊?把人大牙都笑掉了。她们一点不顾惜凤舞的名声,凤舞不肯见那些人,她妈妈逼着她见,好几次听见她哭得声嘶力竭,我们去劝也没得用,逐渐也没人去劝。她妈妈老是用高八度的声音吼她,催她梳头洗脸换衣服,要放在旧社会,实实足足就是个老鸨。她那个狠啊,凤舞就像不是她亲生的。

我不知道小菜子说的是不是有夸张的成分,但凤舞在家的处境不好是一贯的。小菜子感慨说:没有钱,没有温暖,前途渺茫,小五子的日子真不好过啊。

小菜子结束一个月学习回去的时候,我请她给凤舞带了一封信。下笔的时候我踌躇再三,不知道跟她说什么好,我也不能埋怨她家里,也不知道如何安慰她才好。因为托人带信按规矩是敞口的,我就写了几句让她好好保重身体,学习不要太劳累等泛泛的话。我没有给她带东西,我在信封里放了二十块钱,那是我当时一个月的生活费。

8 落榜

暑假我回咸城时高考已经考过,我去凤舞家没有见到她,她妈妈说她小姑妈摔了一跤,腿骨折了,五丫头去照顾她。过了几天凤舞来我家,见了面先拿出二十块钱执意要还给我,我自然是不肯要,我们推得就像打架一样,最后我还是逼着她收下了。

我问她考得怎么样,她掩口而笑,说:学艺不精,蒙着脑子进的考场,会的紧张得不会了,不会的就更加不会了,好多题没做出来,做错的肯定也好多,不说了,考完我都不敢想,也不敢去学校估分。

我宽慰她说:我考完人也是木的,出了考场什么都不记得,说不定你考得还行。

她笑说：你用不着安慰我，我心中有数的。你是好学生，我是临时抱佛脚，反正考这一次我也就死心了。

我说：一次考上自然好，我们同学中最多有考过四次的——恢复高考到考上，场场没落过。

她听了笑起来，随即神色黯然，说：我是不可能再考了，我要是再提一句这件事，估计我妈妈不把我撕碎也要把我赶出家门。

她说得一点不像开玩笑。

快出成绩那几天，凤舞惶惶不可终日，几乎每天都到我家来转一圈。她焦灼不安，我和她说话，她呆呆的，神情飘忽，时常不知道我在说什么，羞怯地要我重复说过的话。

出成绩的前一晚，她约我去散步。我们信步走进学校，月色淡淡，花香阵阵，她却唉声叹气，心情忧郁。我劝她考都考了，放轻松些。她说：我实在是放松不下来。她的嘴唇起了一层皮，脸色蜡黄，额头上生出几道明显的皱纹，头发就像被秋风吹过的树叶，枯萎干燥，那种肉眼可见的衰老令我难过。那天我们在教室前面的花坛边坐到半夜她还不想走，她仰望着满天星斗，用细弱的声音说：我多么希望这个夜晚已经过去了。随即她重重地叹了口气道：下一个夜晚可能更加糟糕。

果然让她不幸言中。第二天晚上还在同样的地点，几乎是一模一样的情景，同样还是那样炎热，夜来香的香气依然浓郁，香得让人有点透不过气来，她情绪低落，无比沮丧。她已经知道了高考成绩，她考得很不理想，离起分线差了近三十分，上大学肯定是无望了。

她还遭受了另一个不小的打击。她家三姐也考了，考分比她高出了十三分，虽说同样录取无望，但这高出的十三分令花小秋得意非凡，在她面前趾高气扬。花小秋参加高考就是不想在乡下劳动，上补习班想去就去，不想去就不去，上课不记笔记，下课不做练习，复习材料都是崭新的，高考头一场就差点迟到，就这样还比她分数考得高。妈妈和姐姐对她好一通奚落和嘲笑，她们说她没脑子读书，还心比天高，这下子晓得自己几斤几两了吧。家里最能说会道的二姐讥讽她：人家高考是蟾宫折桂，她是癞蛤蟆想吃天鹅肉。

凤舞特别懊恼的是试卷上有一道平面几何题没有做出来，补习班的老师讲过一模一样的，那天是临时加课，数学老师特别关照他们提前半小时到教室，吃过午饭她正要出门，妈妈说：这么早就走？非要她把全家人的衣服洗了再走，她说回来再洗，妈妈说洗迟了晒不干，说着火气就上来了。她不想惹妈妈发火，就去洗衣服。等她匆匆忙忙把衣服洗好晾好赶到学校，老师加课讲的几道题她全部错过，只看见黑板上残留的题目和解答步骤，她正待细看，值日的同学拿着黑板擦飞快擦掉了。她凭着记忆写下了题目，回到家问三姐，花小秋极不耐烦，不愿意给她讲，还说你想听怎么不早点去。她苦涩地说：不过就是拿到这道题的分数，还差着不少呢，我一样还是考不上。

还有一件事也很刺激她，黄小橘因为单位不同意她参加高考，她孤注一掷，干脆把工作一辞了事。那可是主动放弃铁饭碗，如果考不上，再回不了头。她一直上班到临考，虽然报了补习班，也没去上过几次，而她的考分却出奇高，重点大学可以随便报。成绩一出来补习班的老师就带着一帮子学生敲锣打鼓到她家里送喜报，把她当成金字招牌，令她得意非凡。我和凤舞在街上碰到她，她整个人流光溢彩，满脸喜气跟我们打招呼，连跟凤舞也前嫌不计。她站下来跟我们说说笑笑，聊个没完。我问她准备报哪里的学校，她眉飞色舞地说：当然是北京啦！她志得意满，凤舞却像挨了当头一棒。

9　订给了袁家

凤舞没考上大学最高兴的是她妈妈。那一阵子她妈妈脸上总是挂着笑，笑得特别由衷，她逢人便说亏得小五子没考上，差一点煮熟的鸭子就飞了。对花小秋她不说什么，花小秋考不考大学，考上考不上，她都不闻不问，只要她不来跟她提顶替的事情就行。她只咬住一点，自己的那个名额一定要留给大喜，剩下的她也不难为她。而凤舞就不同了，她一直在替她操心，忙来忙去阴差阳错还没有把她嫁出去，拗不过还让她补习考了一回大学，白白耽误了大半年工夫。现在她要收网了，不能再让她由着性子胡来。

她四处串门，托张托李，开始又一轮给凤舞找对象。她把找女婿的门槛提高了，本来开出的价码只要是万元户就行，现在她又提出了新条件，光是万元户不够了，要求男方除了家里有钱，还要本人有本事，不能是光靠爹妈的，更不能是坐吃山空的。

对凤舞她也上了一些手段，为了堵别人的嘴，她对她严加管束，不许她烫头、染指甲、修眉毛，也不许她浓妆艳抹，穿奇装异服。高考失败，凤舞消沉了一段时间之后，忽然变得神气十足，每天涂脂抹粉，描眉画眼，精心打扮，还对自己每一件衣裙都动了手脚，照着画报上的样子不是挖大了领口，就是收紧了腰身，甚至还改出一些奇奇怪怪的款式，穿在身上，招摇过市。那时，时髦的衣服都是从南边流行过来的，她是最早穿上包臀勒腿的牛仔裤的，大大方方展示着自己纤细的腰肢和笔直的美腿。随即她又穿上了黑丝袜和超短裙，裙子短到弯下腰就露出屁股。她妈妈见一次骂一次，什么难听的话都骂出来。妈妈是真心替她急，生怕她走了歪路。她不许她跟没钱的男的玩，不管对方是八岁还是八十岁，只要没她点头，每天吃过晚饭就不准出门。她还亲自动手对凤舞的房间进行清理，把她贴在墙上的那些搔首弄姿穿着暴露的明星挂历统统撕下来，把我送给她的那些复习资料以及她从我家里借走的文学杂志也全部收走卖给废品站，她要凤舞安分守己，让人一看就是个温顺听话的小姑娘。她担心她和钱老板分了外面会有流言蜚语，所以要尽快把这个不省心的小女儿洗白了打发出去。

凤舞彻底蔫了。暑假剩下的日子她再没来过我家，我去看她，她无精打采，似乎连话也不想说，同学聚会她也不肯去。她跟我说她觉得日子乏味，早晨中午晚上，起床吃饭睡觉，自己就像一只刻板的钟，一天重复一天，每天都一样，长得过不到头。她说自己没头脑，没本事，做啥啥不成，特别失败。我劝她没有必要这样灰心，但我没有办法让她不这样灰心。每次去看她，我都会被一种灰暗和不安的情绪笼罩，甚至在她面前会有一种站着说话不腰疼的愧疚感。

等开学回到学校，凤舞没再给我写信，我也很少想得起她。

在某次同乡聚餐上，我听有人提到凤舞，说她特别开放，咸城有点钱的男人没她没见过的，而且还都不是普普通通的关系，不是吃过饭，就是喝过酒，跟他们轧马路吊膀子都是家常便饭。他们说她跟那些男的混得不亦乐乎，让他们带着玩，让他们为她花钱，手脚相当放得开，反正她待在家里没事做，闲着也是闲着。他们鄙视地说她作风不好，骗财骗色，我听得如坐针毡，正欲替她辩白几句，有个同学为她说话：花凤舞这个人不坏的，连轻浮都说不上，有时疯一点，就是性格直爽而已。是她妈妈拉着她到处相亲，她没得办法。有别的同学附和说：人家正常谈谈恋爱，两情相悦，没啥错处。追凤舞的人不少，她大方，不计较，跟谁都客客气气的，她很适玩的。"适玩"是我们当地土话，意思是能处，合群，不小肚鸡肠。马上又有人接话说：她从小在家不得宠，家里人都作践她，她还计较啥呀？计较也计较不过来。大家都笑。我听得心里五味杂陈，也不知道在饭桌上跟他们怎么说，没吃完饭就离席走了。

国庆节我搭顺车回去，见到凤舞，她已经有新的男朋友了。这才过去短短一个月，这速度快得有点惊人。她这个对象叫袁开河，也是她妈妈替她找的，所以她一点头她妈妈就大松了一口气。

那日，我去凤舞家看她，她拿出她和男朋友在公园里拍的几张合影给我看。照片上的袁开河长得獐头鼠目，五短身材，简直就像是武大郎再世。他眉眼生得很开，看上去有点呆，尤其是跟俊俏秀丽的凤舞站在一起，更显得其貌不扬。他穿着蟹壳青的一看就是当地裁缝做的西装，系着大红的绣着金龙的领带，头发倒是梳得油光水滑，要多土有多土。看完照片我啥也没说，我实在不知道说什么好。

凤舞很平静，她那副全盘接受的态度让我替她惋惜。可她自己都不可惜，我为她可惜又有什么用？我们之间的语言好像忽然中断了，两个人都找不到话说。我和她不管谁挑起话头，聊不到几句就聊不下去。有几次我们同时说话，谁也没听清谁，可当我们都让对方先说时，谁都不说了。

她似乎不甘心气氛冷下去，嗫嚅地向我解释：你不晓得，我在这个家里越来越待不下去了，我妈妈天天骂我，再要复习考大学那是痴心妄想。我想去找份工作，她拦着不让。她还是老一套的话，说你做什么工作一上班就能翻身？一个月挣个三四十块钱，顶多够你自己开销，家里人跟着你喝西北风？她根本不顾我的前途，一点不为我着想。她就死活盯着我，要我找个有钱人嫁了。不怕你笑，我妈妈眼睛里只有钱，说是替我找对象，她就是拿着我去寻钞票。

我心里替她叹气。

凤舞蹙起眉头，说：媒婆吃透了我妈妈的心思，把袁开河家说得天花乱坠。说袁家富得流油，从他太爷爷起就是做生意的，一条街的房子都是他家的，上百亩的好地租给别人种，他家靠收租子就吃用不尽，家里金银财宝堆积如山，绫罗绸缎古玩字画不计其数。他爷爷同样很会经营，把家业继承得好好的不说，还紧跟当时的形势，到上海苏州去开厂，赚的银子多到花不掉，装在大缸里，埋在天井里，直到临死才告诉后人。到他父亲这辈，"破四旧"的时候家里老底子被抄走了，好在后来房子又退赔了，他们就用门面房做生意。袁家上上下下都有经商头脑，就是打击投机倒把最厉害的时候他爸爸和几个叔叔也一直在贩货，偷偷摸摸没少赚钱。他们脑筋灵光，家里开着好几爿商店，不说全城第一，也是排在顶靠前的富裕人家。我妈妈一听，激动得一刻等不及，当天就拉着我去袁家的店里逛了逛，他家店面确实很大，货品琳琅满目，我妈妈认定他家实力雄厚，问也不问我一声，趁着上马桶的当口就悄悄跟介绍人说定了。

凤舞就像说别人的事情，小时候的活泼劲头又上来了。她说：后来才晓得媒人那套话是编出来骗人的，人家也不是光骗我们，不过上当的就是我们。

她说她们是稍后才晓得袁开河的太爷爷、爷爷都是土里刨食的地地道道的农民，真就像语文书里写的那样，袁家"上无片瓦，下无立锥之地"，倒是他奶奶家里开中药铺子还有点钱，爷爷拿了奶奶的嫁妆开始做小买卖，听说就是贩卖一些针头线脑，还有女人用的胭脂水粉，赚的钱也就够一家人糊口，根本没发过财。到他爸爸，读了不花钱的师范，当了几年民办学校老师，转正无望，后来不干了，走了爷爷的老路，也是出门贩货。他家里最能干的其实是他妈妈，她没上过学，在扫盲班里学了半年，识了一些字，会记账，勉强能看报。她父亲，也就是袁开河的外公，上过大学，但很早就被一场伤寒夺去了性命，她是家中老大，九岁没有父亲，帮着母亲拉扯弟妹，很能吃苦，也很有主见。在她的主张下袁家开了一家很小的日用杂货店，后来店面不断扩大，成了这么个批发零售都有的大商行——袁家的店是真的，不过开店的本钱是从亲戚朋友手里借的，而且是要付利息的，店里摆得琳琅满目的货品绝大部分是赊的和寄售的，如果刨掉房租水电人工七七八八，还是资不抵债的。她妈妈哪里懂这些，只看见眼前货架上的东西堆积如山，介绍人说啥她都信以为真。

凤舞边说边哈哈大笑，笑得很疯，带着一股叛逆的快意，我已经好久没有听她这样肆无忌惮地笑过，令我想起上小学时一大清早她爬在学校旗杆上的样子。

她告诉我说，见过袁开河她不愿意再跟他见面，妈妈就对她发火，还用上了老手段，一把大锁把她锁在了灶披间里。媒人到她家听消息，她妈妈都不放她出来。让她没想到的是袁开河的妈妈亲自上门来看她。袁妈妈不知道她被关起来，她猜想她见过袁开河不会称心，让小女儿小毛头先到她家送个信，约好了时间，自己带着大包小包的礼品上门——比人家下小定还要阔气得多。她妈妈只好把她放出来，催她梳洗，换了衣服，打扮整齐，还将她换到了家里唯一一间朝阳的屋里。

袁妈妈来了先和她妈妈寒暄了一阵，随即进房间和她说话。袁妈妈在床沿上坐了，没有客套，对她说，我自己的儿子自己清楚，他配不上你，不过他人不错，心也好，不是个不讲道理的浑人，我来就是想劝你跟他处处看。她还说，有些话现在说太早，不过现在不说，可能就没得机会说了。要是我们有缘能成为一家人，我作为长辈不会难为你。你要是肯嫁到我家，我想对你说，先不要分家，吃用都在家里，过生活你用不着操心，我们会照应你们。

凤舞抬起手,给我看手上一枚硕大的翡翠戒指,又撩起衣袖,让我看手腕上一只亮晶晶的精巧手表,我不认得是什么牌子,只觉得戒指和手表都异常华贵。她告诉我这就是袁开河妈妈那天看她时送给她的,她不仅送了她这么贵重的礼物,给她妈妈、姐姐和弟弟人人都送了礼物,而且都是价钱不菲的。她不肯收,袁妈妈二话不说就给她戴在手上。她说刚开始心里是很抵触的,她晓得袁妈妈的目的,抱定的念头是不可能跟她儿子怎么样的。她也知道袁妈妈送她的礼物很金贵,是真正的好东西,自己家里翻遍角角落落也找不出一件这样值钱的物件,不过她根本就不想要。可是,她一看袁妈妈的眼睛,就感觉到了心跳——袁妈妈看她的那种眼神,竟让她想起了晚爹爹。

她无比吃惊,自从晚爹爹死后,再没有一个人用那样的目光看过她,柔柔的像水波,暖暖的像春风,就像一束光,直照进她心底里。

听袁妈妈说了几句话,她的心就软下来,软得像糖稀一样——连袁妈妈说的什么她都没有听仔细,只觉得她说出来的话入情入理,每一句话都很打动自己。袁妈妈赔着小心、一心想讨好她的样子让她心里酸酸的,喉咙发紧,仿佛一不留神就会哭出来。她心里的那种厌烦和抗拒就像太阳底下的冰块一样一点一点融化了。

她跟我说着话,眼睛里突然泛起泪花,一时间,我也莫名被打动。

凤舞评价袁妈妈:她长得瘦瘦小小,只有一米四几的个子,貌不惊人,说话特别亲切,她一开口就让你不由自主相信她。"我从来没有见过这样好的一个妈妈。"她这样说,说得非常由衷。她脸上露出柔和的笑容,让我想到"知足"二字。

她眼波流转,就像想到了什么有趣的事情,嬉笑着说:你不知道，在人家给我介绍袁开河之前，我的名声已经很坏了，外头传得邪乎，说我看见男人就朝他们笑，跟他们发嗲，还有说得更加难听的，我都说不出口。真把我气死了！我是花痴呀，我昏头了呀，我发神经呀？我就是真做了他们传的那些见不得人的事情，他们也不会看到，我也不能去跟说我的人吵吧，一吵倒成真的了，再说我说啥有谁信呢？你没有看见我妈妈慌得手足无措的样子，生怕我跌没了身价，她蚀光了老本。看见袁开河出现，她就像是捞着了一根救命稻草，夯手夯脚，又想拿又怕烫的样子，我真替她难为情死了。袁妈妈跟我妈妈一点不一样，她稳稳当当，别人说什么她听着，不急着回话，也不急着反驳，说出来的话一句是一句，就像书里说的掷地有声。我也不知道她对我妈妈说了啥，她就像是一个救星，来过这一趟之后，我家里忽然云开日出，我妈妈不再像山一样压在我头上，我透上气来，真有一种解放的感觉。

她完全是当逸闻趣事讲，似乎说出来很畅快。她面颊红润，人像雨后的植物那般舒展清鲜。她说好久没有这样痛快说话了，她发现在这里她没有能说这些话的人，她想过要给我写信，只是这些事情提起笔来总感到琐琐碎碎，说不清楚，也觉得不值得细说。

聊得高兴，凤舞提出去吃点东西。街角刚开了一家苏式面馆，她非要拉我去尝尝。我拗不过她，跟她一道走进了那个雕梁画栋门面相当气派的馆子。说是吃面，她点了响油鳝糊、清炒虾仁、竹笋炒鸡脃、田螺面筋镶肉、松鼠鳜鱼、蟹黄灌汤包、黄鱼小馄饨、桂花拉糕，满满摆了一桌子。我叫她少要点，根本吃不完，她不听。点完菜，她就抢着把钱付了。

"我现在有钱了，你放心大胆吃。"她笑眯眯的，说得从容实在，没有一丝炫耀。我心里虽过意不去，但想到她生活宽裕，便安心享用，也很为她高兴。

这天，凤舞还和我说到了黄小橘和谢文屿。她的声音不知不觉高起来，脸上透出亮色，我觉得这才是她真正感兴趣的话题。

她告诉我黄小橘考上了复旦大学，得意极了，她的照片和介绍学习经验的文章贴在学校门口的告示栏里，连她妈妈都被请去到处作报告，得了一堆的脸盆和热水瓶，开心得不得了，说话的嗓门也比以前还要响亮。

之前我已经听说黄小橘去了上海，她没报考北京的大学很出乎我意料，我小心翼翼地问了一句，凤舞沉默了片刻说：不晓得。看她的样子明显是不想多说。我是因为知道黄小橘和谢文屿那层一言难尽的关系，所以不敢问黄小橘本人，也不敢问谢文屿。凤舞似乎想了想，还是说出来了：你没听说她爱上了补习班的一个同学吗？

这可真是个爆炸性消息，我确实一点没听说。

凤舞说：这回她和谢文屿是真的分开了，他们之间曲曲折折，很复杂，说分手也不是一次两次，反正我是搞不清楚他们之间的事情。

她语速很慢，没有嘲笑，也没有幸灾乐祸，似乎带着痛苦和惆怅，倒有点像是说自己的事。

我想起那天我和谢文屿同车去南京时他对我说的那些话，有一句话我印象特别深，他说"我与她们不像你想的那样"，其实他的意思很明白，他和黄小橘以及凤舞都没有确定关系，至少在他那里是这样——假如我没有理解错的话。

凤舞嘴角卷起一个似有若无的笑容，说：我自己也搅在里面跟着起起落落，我和黄小橘不止一次闹得特别僵，我们谁也不理谁，就像仇敌一样，后来和解了，又好得无话不说，连零用钱都放在一块用，过一段又闹翻了，见面不说话，碰上了绕路走。我们闹闹好好，翻腾了也不知多少次，回头想想，这是何苦？

我说：这不正是青春的样子吗？

她听得一愣,随即笑了。

她说:我不知道黄小橘意识到没有,说起来有不少时候我和她就像是一条绳上的蚂蚱,一根藤上的瓜。我总觉得和她是你中有我,我中有你,有时候我们简直就像是一个人。她说得有点动情。停了片刻,又说:如今不一样了,她考上了大学,她有了自己的天地。她深深地叹了口气,带着落寞说:你们都飞出去了,只有我一个还留在原地打转。我觉得自己就像掉进了一口深井,只能看见头顶井口大的一片天,我这辈子怕是就这么烂掉了。

她脸上笑着,人却十分黯然。

第五章　婚后

1　红妆十里

我大四那年冬天，凤舞和袁开河结婚了。按我们当地风俗，正月里不作兴娶亲，他们就赶在腊月里把婚结了。凤舞事先没有通知我，后来她跟我解释是怕影响我学习，她当真怎么想的，我不得而知。我感觉她是不想我去见证那个场面，在我看来只有一个解释，就是她这个婚结得不称心，至少不是她得意的事。那时我正在写毕业论文，学分还没有修满，每天忙碌不堪，熬夜是经常的事，总感觉刚躺下去天就亮了，即使她通知我，我可能也没有时间回去，心里难免还会纠结，所以我很感激她的体贴。事后她给我补寄了一份婚礼请柬，说给我留作纪念。那是我有生以来第一次收到结婚请柬，那份请柬非常精致，丝绒质地，颜色不是平常司空见惯的大红色，是柔美的浅粉色，上面印着的玫瑰花和飘带都是凸起的，烫金的花体字构成心形图案，艺术感十足。

听我们同学说凤舞出嫁的时候十分风光，他们从来没有见过这样的盛况。袁家迎娶她摆了上百桌酒，鞭炮放得比过年还热闹，接亲车队一水的豪华汽车，首尾相接有一两里路长，轰动了咸城。非同一般的是凤舞这个新嫁娘没有坐在汽车里，袁家为了显示对长房媳妇的重视，别出心裁，特意用轿子抬她进门。轿子是袁妈妈提前数月托亲戚在浙江找来的，是一顶极其奢华的朱金木雕万工轿，据说制造时耗费超过一万个工时，所以称作"万工轿"。这顶轿子还是古董，享有"天下第一轿"的美称，需八个人抬。数年后我在博物馆里看见过同样的花轿，木质雕花，朱漆铺底，装饰着金箔贴花，富丽华美，犹如一座小型宫殿。轿上雕刻着人物花鸟虫兽，有龙凤、仙鹤、喜鹊、狮子、石榴、百子等，寓意"天宫赐福"，"麒麟送子"，"独占鳌头"，"花开富贵"等等，占尽各种好意头。轿子的四周悬挂着金银彩绣，有凤戏牡丹、鸳鸯双栖、喜上眉梢这些主题，还有古代传说和戏曲故事，相传其豪华程度甚至远超皇宫里皇后用的花轿。过去新娘子乘坐一次这样的花轿，要花一石米的价钱向贳器店租赁，只有城中豪富之家才享用得起。按照风俗，花轿的前面要有迎亲仪仗，仪仗的阵势包括高灯，中乐队，西乐队，轿前担，花轿的后面还有一顶小轿，坐着作为压轿人的新郎的兄弟。凤舞的婆婆安排得周周全全，特为让袁开山和袁开泰两兄弟都坐在小轿子里面。小轿后面跟着的是浩浩荡荡的十里红妆，凤舞的娘家拿不出什么东西给她做陪嫁，婆婆为了花家面子好看，给凤舞预备了家具箱笼作为嫁妆，提前差人送到她家中。从凤舞家到袁开河家不算太远，送亲的队伍在街上竟走了一个多钟头，围观的人把街道两边挤得水泄不通。城里一些上了岁数的老头老太都说几十年没见过这等排场，他们感叹说能这样风光出嫁，新娘子是几辈子修来的福分。公婆给凤舞的聘礼除了礼金，还有大彩电，双开门冰箱，双缸洗衣机，还有刚刚兴起的窗式空调，衣裳首饰更是应有尽有，不计其数。

　　我大学毕业回去见到凤舞，她不怎么愿意提起自己的婚事，即使说到也是几句话一带而过。那时我们不少同学都已经有了对象，聚会的时候会带过来，她从来不带她丈夫。

凤舞倒是请我去过她的小家，就在离市中心不远紧靠聚龙湖边的一座对开门楼里。楼房是红砖砌的，外墙爬满了翠绿的爬山虎，漂亮雅致得就像是电影里的风景。这在当时的咸城绝对说得上是最高档的住宅。听说这个大院是当地领导的家属院，我问她怎么弄到这个房子，她说是置换的。我第一次听到"置换"这个词，觉得新鲜，也很好奇是通过啥关系或者说啥渠道置换的，再问，她含糊其词，吞吞吐吐，大意是她公公婆婆出面去办的，似乎不方便透露。那时我年轻没城府，不懂得社会上那一套，看她的样子显然比我懂得要多得多。

我第一次去凤舞家正值初夏，她家门前的大湖波光潋滟、水清见底，岸边绿树婆娑，繁花似锦，粉红的合欢花开得异常妖冶，还有我只在公园里见过的长长的环湖木栈道和水榭，美得令人心醉。她家是装修过的，房间里铺了木地板，厨房和卫生间铺了小小方方的黑色和奶油色相间的马赛克，家具和用品都是崭新的。只是满屋大红大绿的摆设，窗台顶上挂着金光闪闪的拉花，看上去有点俗气。给我印象极深的是她家红木五斗橱上摆着一大束塑料花，红的、粉的、紫的、黄的、橙的，甚至还有蓝的，艳丽得夸张，花形硕大无比，完全失真。就是从那时起，我特别不喜欢塑料花。

2 小日子

我第一次见到凤舞的丈夫袁开河，觉得他很热情，很客气，在我看来有点太热情太客气了。他个子不高，长相有点奇特，刀把脸，窄窄的一条，眼睛几乎长在面孔的两侧，很像啮齿类动物，笑起来皱着鼻子，一脸要讨好别人的样子。他略带结巴，却很爱说话，而且说起话来又急又快，好像要把想到的话一张嘴全说出来。但他经常接的话和别人说的对不上茬口,有点不知所云。我和凤舞闲聊,他似乎也不太听得明白我们在说什么,有时候明显理解错了,还兴高采烈一个劲往下说,说得牛头不对马嘴,我们笑,他也不清楚我们笑什么。凤舞也不纠正他,只是跟他瞎打岔。他们俩的关系看上去还是蛮好的,或者说凤舞好像啥都不计较,我心里暗暗佩服她的忍耐。看袁开河那副样子,我忍不住会想跟这样一个人睡觉怎么睡得下去。那时我想到的睡觉就是单纯的睡觉,没有别的意思。我无法想象跟这么一个长得像耗子似的人钻同一个被窝,我不知道新婚宴尔的凤舞感受如何。

凤舞要留我吃饭,袁开河主动说要给我们露一手。他扎起围裙,高高兴兴进了厨房。我和凤舞在房里聊了好半天,早该是饭熟的时候了,外面却寂然无声,听不到一点动静。实在是时间太久了,我们走过去一看,袁开河坐在小板凳上,不慌不忙,慢慢吞吞地剥毛豆,豆子刚刚盖过碗底,竹篮子里的鸡鸭鱼肉还原样未动。凤舞轻叹一声,只得自己动手。

袁开河确实是不太聪明的样子,他在凤舞面前有点唯唯诺诺,对她很逢迎,她说话,他仰着脸听,看她笑,他会跟着笑,嘴巴张得老大,笑得声音很响,显得特别开心,看上去他很得意自己老婆。

我猜这样的婚姻生活凤舞是不会称心的,尽管她没有任何的抱怨。想想她所倾心的谢文屿,再看眼前的袁开河,我自以为完全能体会她的感受。不过她表现得还是蛮开心的,我们三个人吃饭时,她除了照应我这个客人,也照应她的丈夫。她给我搛菜,也给袁开河搛菜,袁开河说话,她听得很专注,接的话也尽量让他开心,他说几句并不好笑的话,她会笑得前仰后合。吃着饭还不时摸摸他的头发,拍拍他的后背,替他拉拉衣领,营造出一种夫妻相亲相爱的氛围,一顿饭吃得让我有点眼花缭乱。我尽量保持镇定和平静,不让自己显得尴尬。

我回学校之后,凤舞又恢复了给我写信的习惯。她的信不算多,但每一封都写得很长,详详细细描写她婚后的日子,遣词造句十分文艺。她在每封信里都会提到自己的丈夫,在她笔下袁开河带着天真的喜感,单纯得像个孩子,虽然笨拙,却有点可爱,为了讨她高兴经常做些让她哭笑不得的傻事。读她的来信,我几乎忘了她丈夫真实的样子。

不过有一点倒是真的,嫁给袁开河之后她过上了吃穿不愁的生活。她不用工作,平日吃饭都在婆家,偶尔自己做顿饭,会有阿姨上门送菜和洗碗收拾。在家无所事事,她常到南京来,尤其是春秋两季不冷不热的时候,来得更加频繁。

大学毕业后我留校在系办工作,收收传真,复印复印文件,整理整理资料,发发会议通知,写写简报,有讲座和活动去帮忙布置一下会场,接接送送教授和宾客。说白了,实际上就是打杂,事情很琐碎,不过没啥压力,每天到点上班,到点下班,同事不少是认识的老师,对我很好,很关照,我有事离开,或者一天半天不去,跟他们说一声就行。凤舞到南京必来看我,她过来没什么事,就是逛逛街、吃吃饭、买买东西,那是一种跟我每天上班下班完全不同的富太太的生活,也是我之前没有接触过也不了解的生活。看她那样悠闲自得,想要啥买啥,让我心里有种微妙的落差感,对她很有几分眼热。她有一本婆婆给她零用的活期存折,存折给到她里面已经存好了五千块钱,她看到这么大数字很吃惊,更加让她吃惊的是婆婆把这本存折交给她的时候说了三个字"随便花"。婆婆叫她不要省,她自己省了一辈子,不想看孩子还过拼拼凑凑缝缝补补的苦生活,她要他们日子过得红红火火。她跟我说起时,我简直要惊掉下巴,想象不出这个世界上还有想花多少钱就能花多少钱的人,关键是这个人就在我的身边，还是我的好朋友。刚刚二十出头的她，成了我认识的最有钱的人。她买起东西来那可是大手笔，上一次街会买好多件衣服，看见款式喜欢的裙子，她会不同颜色一样来一条。她最喜欢买鞋子，高跟鞋、低跟鞋、坡跟鞋、平底鞋，还有带蝴蝶结的、带亮片的、带珍珠的以及装饰得稀奇古怪的鞋，都能让她一见倾心，毫不犹豫地买下来。她自嘲地告诉我她娘家的人半酸半涩地讽刺她是蜈蚣精转世，说她就是再长出一百只脚，也穿不了那么多的鞋子。不过她根本不拿他们的冷言冷语当回事，照买不误。也是从这个时候起，她开始追求名牌。"牌子"的概念我还是从她那里知道的。在我当时的认知里，多花好多的钱去买一个名牌东西，完全没必要，也不值得。用现在的话说，就是贫穷限制了我的想象力。而她却说牌子好不好含金量是不一样的，名牌商品的质量是有保证的，用起来特别放心，感觉也特别好，关键是明眼人一看就知道你有钱能买得起。我不知道她这套话是从哪里学来的，我觉得差不多的东西，比如一把勺子、一件衣服，有没有牌子都是一回事，用起来能有多大的差别？或许她后面那句话才是核心吧。可是当时大概还没有多少人懂这码事，尤其在咸城这种经济相对落后的城市。在我看来她就是穷讲究。不过话说回来，她讲究得起。她那份扬扬得意，我觉得有点幼稚可笑，但我也能想象说不定有人，包括她四个姐姐，会十分眼热。

　　购物带来的快乐，让她满脸放光，连体态和步伐也更加妖娆。她去逛街买东西，袁开河就跟她后面，耐心地一家店一家店陪她逛，替她付钱和拎东西，用现在的话说，就是一个地地道道的宠妻狂魔。他确实是很爱她，那是任谁都一眼能看出来的。

　　凤舞今非昔比，她非常注重打扮，每次见到她都化着精致的浓妆，眉眼描得十分鲜明，擦着猩红的口红，涂着同样红得耀眼的指甲油，头发烫得波浪起伏，抹了厚厚的发蜡，就像从前月份牌上的美女。不过她打扮得那样艳丽，在我看来却显得老相，不如她清清爽爽的样子好看。她告诉过我做一次头发要花好几百块，还要搭上整整半天工夫，而我辛辛苦苦上一个月班才不过挣几十块，我感觉自己连眼馋都眼馋不起。她穿的衣服也都是在上海南京苏州的大百货公司和高级商店里买的，式样和面料又时新又考究，她很以此为傲，说话间会故意强调，又装得像是不经意提及。她说自从她嫁过去，袁家的生意兴旺，一年多进账不少，不仅把以前欠的债还清了，还余下很多钱。她婆婆人前人后夸她旺夫，原本就喜欢她，如今对她更加宠爱，吃的穿的用的样样尽着她，还生怕委屈了她。

　　凤舞到南京，大多数时候袁开河会和她一起来，偶尔她也会自己一个人过来，我感觉没有丈夫跟着，她行动更加灵便自如，说话也更加敞开心扉。一句话，她更像她自己，像从前那个凤舞。她不止一次脸上带着迷醉的表情，感慨地说现在自己成了全城最富人家的儿媳妇，真是连做梦都没有梦到过——若是别人这样说，我也许会觉得轻狂，浮夸，没见过世面，而凤舞说这样的话，我却觉得她真诚，坦率，实在，说的是心里话。她有钱也不光是嘴上说说，每次来都有礼物送给我。她从小就大方，自己没啥的时候都乐于分享，现在手头宽裕，越发出手阔绰。她送我的化妆品都是成套的，还送给我我自己买不起或者舍不得买的裙子，我过生日她竟送了我一条莹白美丽的珍珠项链，珠子又圆又大，一看就是价钱不菲。我不肯收，她就对我说一些孩子气的讨好话，绕着你颠三倒四反反复复念叨，非要我收下不可，弄得我心里更加过意不去。

3　蜜月旅行

凤舞和袁开河结婚一年多，一天早上她没打招呼突然就跑到上海路我和同事合住的家里来找我。她穿着考究，打扮得相当时髦，那时还是初春天气，她穿一件针织暗花露肩连衣裙，勾勒出纤细柔韧的腰肢，裹着一条接近黑色的藏青纱巾，像面纱一样遮着面孔，长长地拖垂下去，还戴着一顶深色的太阳帽和一副墨镜，看上去就像一个大牌明星。我打开门看见她这副装扮，颇为惊愕。她没有客套，径直走进我的房间，把手中的小坤包往我床上一扔，拉下纱巾，摘下帽子和墨镜，我看见她脸颊上红一道紫一道，眼角破了，结着血痂，嘴唇肿着，一张漂亮的脸蛋伤痕累累。

我吓了一跳，问她出了什么事。她不说话，低着头不易察觉地叹了一声，两只水汪汪的大眼睛望着我，脸上忽然漾满了笑意，调皮地说：我对你说是自己不小心撞在门框上，你相信吗？

我当然不相信啦。

她像是疲惫极了，身子软软地在我床沿上坐下来，对我道出了实情。

她和袁开河结婚一周年纪念日前，婆婆给了她六千块钱，说，他们结婚时答应过的蜜月旅行，当时因为操办婚礼拿不出多余的钱，一直没有兑现，现在有钱收上来了，补给他们。婆婆总怕亏欠她，她怕拂了婆婆好意，不好硬推，就把钱接了下来。袁开河看到这笔钱开心极了，一会儿说要去上海，一会儿说要去广州，又说想去东北、新疆、云南、西藏，去过没去过的地方他都想去。那时万元户都很稀罕，得到这么一笔巨款，她首先想到的不是花掉，而是把这六千块钱存起来，留待日后需要时再用。袁开河却不愿意，每天缠着她，非要把这笔钱花出去了事。她拗不过他，最后他们说定到北京去旅游一趟。

她向我承认自己确实是有私心，选择去北京是因为谢文屿在那里，她很想找机会见见他。要说这是她和袁开河的蜜月旅行，但她觉得他们早已经过成了老夫老妻，所以即使去会谢文屿，她也没觉得有什么不可。平日她和谢文屿联系不多，尤其是婚后这一年多，和他没有见过面，只知道他考上了本校的研究生，还是听同学说的。她给他写信，他也回，但间隔拉得很长，一年顶多也就能收到他两三封信。他在信里很少说到自己，写的就是些他读到的书报上的事情，而这恰恰是她喜欢的，她仰慕他学识渊博，眼界宽阔，由衷地想从他那里学到见识，获得启迪。她很为有谢文屿这样一个同学和朋友骄傲，她认为无论是自己，还是丈夫袁开河，都是无法望其项背的。袁开河知道她有这么一个交情不错的男同学，尽管没见过面，但对谢文屿他格外留心，看她收到他的信，甚至是听见他的名字，都特别警觉，有时会冷不丁问上一句，好在她都是从容对答，因为他们之间确实没啥。

凤舞没想到的是才到南京，袁开河就和她闹翻了。因为要去看望袁家的亲戚，他们在南京过了一夜。早晨，她正在洗澡，袁开河突然冲进卫生间，对她大吼，花洒开着，她一句没听清他在嚷什么。她厌烦地叫他出去，反手锁上了门。等洗完出来，袁开河脸红脖子粗地在卫生间门口等着她。他手里拿着一个小药瓶，她一看就明白他为什么发那么大的火。那瓶药是她放在小包最内层口袋里的长效避孕药片，他一般是不动她东西的，不知怎么会一反常态。袁开河就像爆炸一般，责问她为什么偷偷吃这个东西。她不想理他，反唇相讥说我吃药怎么啦？袁开河从来没像那天那样愤怒过，气头上他责问她是不是不想跟他过下去，是不是想让他断子绝孙。袁开河暴跳如雷，越骂越气，发疯一般把桌上的茶杯砸向她，她躲掉了，他一把揪住她，气急败坏对她动了手。

整整一天，袁开河没有来找她。到了下晚，我让凤舞往饭店打个电话，要是袁开河还没走的话告知他一声在我这里，我的意思也是让她给他一个台阶下，但她坚决不打，我要替她打，她不让。我自然不便越俎代庖，那样似乎我不肯留她。天黑下来，她显得坐卧不宁，本来这个时间她和袁开河应该去火车站了。我再次问她是不是该和袁开河联系一下，免得他着急，她反倒平静下来，一脸麻木地说：随他去。

那晚凤舞没走，在我的小屋里住下，不是有计划的，就是随遇而安。她愁眉不展，郁郁寡欢，仿佛一下子又回到了小时候被家里人冷落嫌弃的那种凄楚境地。我没想到她从锦衣玉食跌回过去竟然这么容易，虽说实际情况也许并没有那么糟糕。我什么也不好说，也不知该怎么劝她。她既然留在我这里，那我就好好招待她吧。我房间里只有一张床，还是小床，好在我有两条被子，我们从小耳鬓厮磨，挤在一起睡也不会有任何不便，反倒还很亲切。

第二天我去上班，凤舞跟我一道出门，我问她去哪里，她说回家。我问她是不是先去找一下袁开河，她摇头，我也就没有再多说啥。她看上去情绪不错，好像已经从昨天的阴郁中走了出来。我想日子总归要过下去的，她这么大的人，也是经历过曲折的，不会太不经事，她总会有办法，知道该怎么做。

可是，当我傍晚下班回来，竟然看见她坐在门口的楼梯上等我。我很惊讶，问她怎么没走，说完觉得此话不妥，好像在撵她一般。

她倒毫不介意，说她听了我的话还是去了一趟饭店，袁开河昨天已经退房走了。我问她有没有和他联系，她点头，淡淡地说往家里打过电话，不过一听到他的声音她就把电话挂断了，一句话不想跟他说。

她站在背光的楼道里,脸上浮起微笑,声音柔柔地对我说:好在有你收留我,我这个样子怎么回去?

她走到廊灯下,站在光亮里,把脸对着我,她额头和面颊上的瘀伤没有退,泛着红紫,肿得还很明显。

她带着恳求说:我想在你这里多住两天,可以吗?

我赶紧打开门,让她进屋。

4 细雨蒙蒙

当晚,我用电炉煮了面条,炒了鸡蛋,还下楼买了卤菜招待凤舞。吃完晚饭,我们下楼去散步。她的情绪已经完全恢复正常,似乎把心中的烦闷抛到了脑后。

外面下着毛毛雨,雨丝细密,宛如飞蠓,湿润的空气扑面而来。我怕淋湿,站在楼门口迟疑不决。凤舞一把拽住我,嘻嘻哈哈地把我拉进雨里,催我快走。我要上楼拿伞,她坚决阻止,说细雨蒙蒙,散步最好。我们沿着散发着清香的小樟树的林荫路,走到灯火璀璨的大街上。

一路闲聊。凤舞很轻松自然地跟我聊起结婚前后家里的事。和袁开河的头次见面,是妈妈陪着一起去的,妈妈看袁开河那个样子,认为明显配不上她,越发欢喜,指望从袁家大捞一把。袁家那时实际上正在吃力地爬坡,生意上的事情也不太顺,而且是困难重重,家里仅有的钱都投进去了,收上来的却不多,拆东墙补西墙是常事,就这样还左支右绌捉襟见肘,有一阵现金流耗尽,能借的地方都借了,买卖几乎开不下去,差一点就崩盘了。真正挣到钱缓过来差不多是一年后的事。她妈妈哪管这些,心急得很,恨不得还没种下树就想摘果子。袁家下"小定"的时候,送了四枚金戒指,好烟好酒好茶不计其数,绸缎被面一送十个,丝棉布料都是整匹的,外加一千零一块礼金,寓意千里挑一。一般人家也就是花个一两百块面子上就相当好看,可她妈妈并不知足,嫌礼轻了,对介绍人抱怨袁家不大方,没诚心。下"大定"的时候,袁家备好了婚房,还有一房崭新的家具和电器,又送了她家六千块钱。她妈妈还是不满意,叫媒人去说,这么有钱的人家,才舍得拿这点出来,人家说"瘦死的骆驼比马大",他们拔根寒毛也要比穷人腰粗,花家把最年轻漂亮的小女儿嫁给他们,怎么也要多值点。听妈妈这么说,她自己都要笑死了。好在袁家大度,不仅没动气,还备了好酒好菜,把她妈妈请过去吃喝,酒足饭饱后还给她包了一个六百元的红包,送了她两副成色极好的金耳环,两段好衣料,还有一大篮子应季鲜果,而且从头至尾都对她赔笑脸,话说得也客气好听。他们说定亲才是刚刚开始,娶进门后不会亏待了长媳。媒人也替他们帮腔,说袁家为娶这个儿媳妇用了多少心,下了多少力,从房子到用品一应俱备,婚礼和酒席也都预备定当了,这个城里有这样实力而且肯拿出这么多钱来的恐怕难觅第二户,他家娶这一房媳妇都顶到别人家娶十房媳妇了。她妈妈不爱听,说房子家具电器我们也不能拿过来用,衣料也不能做成衣服都穿在身上,哪里有给钱实惠?她背地里骂袁家是奸商,"卖的永远比买的精",还说自己不是卖女儿的,不能这样马虎就对付了,对袁家很不满。媒人又把她的话传过去,说不定还添油加醋拱了火,袁家没再让步,也没像之前那样花钱花心思哄她高兴,她妈妈气坏了,差一点跟他们闹翻。后来她妈妈再想让袁家大把给钱给东西就难了,而且越来越难。"就像下雨,也就是刚刚湿了个地皮,指望再多就没有了",她妈妈常在家里念叨,嘀嘀咕咕话特别多,还当着别人这么说袁家,这些话拐了几道弯又传了过去,两家的关系更差了。她妈妈也是得罪不起的,就把气撒在袁开河头上。她一开始见到袁开河对他有多喜欢,后来对他就有多不满——原来是富女婿上门丈母娘笑脸相迎,后来就成了傻女婿上门丈母娘眼皮都懒得抬。

凤舞和我在树影斑驳的人行道上慢慢走着,身影被路灯光一会儿拉长一会儿缩短,我们仿佛回到了小时候。她生活中那些鸡毛蒜皮的事在我听来十分新鲜,她笑着讲,我笑着听,并不看作是生活中的难处。

凤舞带着调侃,说她妈妈的如意算盘还是落空了。最初是妈妈逼她嫁给袁开河,等到结婚之后,也是妈妈最先不满意这桩婚事。她结婚没多久,妈妈和袁家就闹得很僵,逢年过节都不去走动,袁家送礼她都没个笑脸,更不说回礼了,让她在婆家很没有面子,她妈妈还口口声声怨她向着袁家。好在她婆婆不计较,总是想办法缓和两家关系。

她承认自己是在特别灰心的情况下答应嫁给袁开河的,明知道妈妈要促成这桩事,说穿了就是想用她捞钱,不光是她,大家都心知肚明,至于她幸福不幸福,她妈妈根本就不在乎。婆婆的出发点自然是为她儿子,她是在结婚以后才知道,袁开河原先有一个对象,还是指腹为婚的,那个女孩和他从小玩到大,关系一直很好,两家关系也没得说,但有一天女孩突然从家里走了,留了一张纸条说她要出去转转,让家里人别找她,其实是跟她哥哥的好朋友私奔了。很快消息传到袁家,给袁开河打击好大。他躺倒了两三个月,本来就不机灵,越发痴痴呆呆,给他吃他吃,给他喝他喝,不给他就不吃不喝,整天没有一句话。他妈妈看他这样,急坏了,想赶紧给他找个对象,治好他的心病。她托人找了一个又一个姑娘,叫他去见面,他也去,见过之后问他如何,他一句话不说,也不肯再去见,唯独她是例外。他见到她就笑了，再叫他见，他也愿意，不但愿意，还蛮高兴蛮踊跃。他妈妈就像捞到了一根救命稻草，以为得着了治她儿子的药，一心在她身上下功夫。

凤舞叹说：我婆婆是个很有本事的人，她在我脚底下挖了个陷阱，让我心甘情愿掉进去。

在她结婚之后，婆婆跟她实话实说，自己的大儿子老实无能，她一心要帮他找一个聪明伶俐的对象，将来在家里才能立得稳脚跟。婆婆好几次跟她说，自己是一眼把她看中的，觉得她方方面面都中意——她不光指望她能照顾她儿子，还指望她能保护她儿子。虽然婆婆有私心，但这样直言不讳说出来，她倒觉得婆婆跟她不见外，待她是真心的。

凤舞说到婆婆跟说到妈妈完全不同，神情显得松弛和温柔。在她看来婆婆是袁家真正的一家之主，袁家是靠她撑着的。婆婆跟她说自己是个苦命人，一来到世上就开始吃苦。她出生时家里已经有两个姐姐，她父亲只想要儿子不想要女儿，对儿子的期待有多大对女儿的失望就有多大，她生下来爸爸都不愿意看她一眼，她一哭爸爸就生气，骂她丧门星。妈妈身体差，加上月子里没啥东西吃，奶水不足，她整天饿得哇哇哭，还没满月就被送给了一个结婚好几年没有孩子的人家。后来那家生下孩子，就不要她了，把她退了回去。她家里不肯接受，父母已经生了两个弟弟，不愿意多她一张嘴，又嫌她讲一口养父母村里的土话难听，看她没一处顺眼，还是要把她送出去。那时她已经四岁多，有嫌她大的，怕养不家，有嫌她小的，怕吃得了饭干不了活，没有人家愿意要她，她被打发到乡下外婆家。外婆家有舅舅的几个孩子，他们是正宗的孙子孙女，她不过是个外孙女，处处遭嫌弃。小小年纪每天起早贪黑做事，经常还要饿肚子。到了上学年龄，她也想像表兄表姐那样去上学，但父母不出一分钱,外公外婆更不舍得拿出钱来给她念书,她一天学没上过。为了让她在家做事,外公外婆把她留到二十九岁才让她出嫁,在那时已经是十十足足的老姑娘。她长相普通,不识字,没有陪嫁,只好嫁给人家做填房。袁开河的父亲比她大了十九岁,离过婚,前房留下一个五岁的女儿,她一进门就要当后妈。而且她听说老袁风流成性,是个浪荡子,人送外号"花花太岁"。她不挑不拣答应了这门婚事,嫁过去十年生了五个孩子,除了袁开河,还有他的两个弟弟袁开山和袁开泰,一个姐姐大毛头和一个妹妹小毛头。加上前房留下的女儿小灯笼,家里一共六个孩子。孩子这么多,丈夫又靠不住,她在工厂里挣的那点工资根本不够用。她一边在印染厂上班,一边偷偷接了各种零活回家做。那时政策紧,动不动就要"割资本主义尾巴",于是她悄悄跑到乡下借亲戚家的空地种菜,在阁楼上养羊、养鸡,还跑出很远去小河里捞鱼捞虾。她不顾风吹雨淋,吃足辛苦,想方设法养活一家老小。直到现在,她吃饭都不肯上桌,要等一家人吃完才去吃剩下的饭菜,一汤一饭都不舍得浪费。婆婆就是这样一个为了家人自己怎么将就都可以的人,那种忍辱负重和好脾气也是不太多见的。

看得出来凤舞和婆婆的感情不错。她说外面的人都以为公公是个非常成功的商人,其实里里外外都是婆婆在操劳,要不是她,家里不会有现在的光景。婆婆不光吃苦耐劳,对公公的宽容也让她吃惊。她听袁家的亲戚吹嘘公公上过大学,是学校里的高才生,写一手好字,吹拉弹唱样样会,还会唱淮戏,风流倜傥,很招女人喜欢。他第一段婚姻娶的是有钱人家的大小姐,前妻娘家很殷实,生第一个女儿小灯笼的时候老婆发现他在外面轧姘头,吵闹过后原谅了他;怀第二个孩子的时候他又跟小灯笼的奶娘好上了,前妻跟他大吵一架之后流产了,一怒之下跟他离了婚。再婚后他依然玩心不改,打牌钓鱼喝酒泡茶馆,喜欢结交漂亮女子。有时借口出去拿货或送货,一走好些日子不回家。婆婆知道他是去相好那里,也不说什么。她跟他的那些老相好也都认识,他并不瞒她,她跟她们见了面都是客客气气的,逢年过节还打点了礼物让公公拿去送给她们。

我听了真觉得难以置信,早就是新社会了,竟还有这样恪守旧传统的妇女。凤舞也感慨,说:我婆婆是忍惯的,她能劝我的,说到底,也是忍。袁开河跟我怎么样她不是不知道,他对我动手不是一次两次了,刚结婚不久他就打过我。事情很小,我就是不小心打碎了一只玻璃杯,他气极了,突然就火冒三丈,大发雷霆,骂我败家,怪我不爱惜东西。不仅打了我,他接下来做的简直让我想不到——他端起放玻璃杯的托盘,连同里面九只杯子从窗户丢了出去。当时我心里冰凉,这就是我要过一辈子的男人!我说不出有多绝望。后来我婆婆知道了,劝我不要动气,气大伤身,顾好自己要紧。其实平常我跟袁开河的摩擦她都看在眼里,她一般不说话,就是劝实际上也是两头和稀泥,用她的话说"手心手背都是肉"。想想她也不容易,她确实待我很好,对我比亲妈还亲,我还能说啥呢?她默默地走出一段说:人家受了丈夫的气能回娘家去,我是连娘家也不敢回,回去也是自讨没趣。

这个夜晚,凤舞还向我吐露了一个秘密,这是多少年以后我仍认为是秘密的秘密,是她的个人隐私,她肯定不会轻易说出来。她告诉我说,其实在她和袁开河的新婚之夜他就打了她,原因是他们第一次做爱没见落红。袁开河趴在床单上仔仔细细寻找,把被子翻来翻去,他重重地叹气,捶打自己脑袋,沮丧极了。他质问她之前都跟谁搞过?被多少男人沾过?她说没有,他更气,骂她煮熟的鸭子煮不烂的嘴,不等她解释,抬手就狠狠扇了她一记耳光,打得她面孔火辣辣,嘴角流血。她委屈地说:我真的是第一次啊,我怎么会随随便便跟别人做那样的事情呢？可是跟他怎么也说不清楚，后来我就干脆不解释了。我不知道别人有没有像我这样的，我真是太倒霉了。

我听了非常震惊，不光是她对我说出这个秘密。那样的初夜，实在令我惊骇。

她长长叹了口气说：别人遇到这种事情可能还说得清，像我这样的有嘴说不清。不过她马上显出无所谓的样子，笑呵呵地说：反正都过去了。她显得很平静，或者说故作平静，就像是往回找补似的说：好在后来他没有为这件事计较过。他再打我，都是因为别的事情。

路灯光下，我瞥见她眼里泪光一闪。

蒙蒙细雨落在她的头发和脸上，晶莹剔透。我去拉她的手，她的小手冰凉。

5　失踪

翌日早起，凤舞收拾得整整齐齐。她脸上的红肿明显消退了些，瘀青也淡了不少，到底是年轻，恢复得快。她细细地化了妆，用遮瑕霜遮盖住脸上残留的痕迹，搽上淡淡一层胭脂，涂了同色略深的口红，把睫毛夹得卷卷的，还用我响声巨大的吹风机吹了头发，收拾停当看上去真是面貌一新。她准备坐上午最晚的那趟车回去，一般大家都喜欢赶早，那趟车乘坐的人少，车票也好买。我要去车站送她，她不让，说她只有一个随身小包，没有行李，走起来轻松利索，已经打扰我两天了，心里很过意不去，让我赶紧忙自己的。正好我班上有会，也就没跟她客气。临别前我关照她万一没买到车票就回来，她说这一趟车从来坐不满，让我尽管放心，还说到家就给我写信报平安。

然而,她这一走,竟然失踪了。

凤舞走后第二天,我下班回到家,瞥见就在她前天坐过的楼梯口,并排坐着两个人,我没细看他们,心里暗想,这是谁家的亲戚,是不是没找到人?忽听一个男人的声音叫我,一看不是别人,正是凤舞的丈夫袁开河。他很羞怯,在我面前十分拘谨,结结巴巴给我介绍那一位是他的妈妈。凤舞两三天前刚和我说到她,没想到这么快就见到了。

我有点蒙,不明白他们怎么会找到这里来,下意识地想到凤舞是不是出了什么事情,心跳瞬间加速。我把他们母子请进屋,房间太小,三个人没地方坐,袁开河坐在椅子上,袁妈妈和我并排坐在床沿上。我要给他们泡茶,被袁妈妈拉住,叫我不要忙。她显得羞愧地用方言对我说:突然跑过来打扰你,真是不好意思。凤舞不见了,我们到处找不到她,一家人急得要命。

我急问他们:她没有回家吗?他们满脸忧愁地摇头。我告诉他们凤舞确实来过,在我这里住了两夜,不过昨天一早已经走了。我不知道如何安慰他们。我详细地跟他们说了凤舞从我这里离开时好好的,情绪很正常,她说得明明白白乘上午最晚那趟车回咸城。他们让我帮着想想她有可能去哪里,会不会去别的要好的同学或者朋友那里,我十分肯定地说不会,因为她的同学也都是我的同学,我知道她没有几个朋友,她能投奔的,说句实在话,大概就我一个吧。

我心中忽地飘过谢文屿的影子,但是凤舞去找他在我看来几乎没有可能。凭我对谢文屿的了解,若是他知道她和丈夫吵了架去找他,大概唯恐避之不及。我不是说他自私,我只是说他头脑清楚,边界感清晰,我早就发现他考虑问题都是从自己出发,而且计算得相当精细。不管之前凤舞和他关系如何,这时候对他来说她俨然是一颗烫手的山芋,他不可能接在手里。凤舞又是个处处替别人想的人,更加不会让他为难。我想她虽然对谢文屿倾心,可她已经结婚,是有夫之妇,这时候去找他又有何意义?在我看来那不但解决不了她任何问题,说不定还会惹出别的麻烦。

我向袁妈妈和袁开河提供不了有用的线索,我差点说出来凤舞上初中的时候就曾经离家出走,身无分文过了几天都能全须全尾回家,现在她二十出头,口袋里还有大把的钞票,更加不成问题。我对他们反复强调她不会有事,说不定就是跑哪里玩了,散过心就会自己回去。大概听我说得肯定,他们略微松弛了一些。母子两人本来还打算到上海、苏州、杭州这些凤舞多次去过的地方找她,听了我的话,他们打消了这个在我看来就是大海捞针的念头。

袁妈妈比袁开河显得还焦急,她嘴唇爆皮,面颊凹陷,人像脱水了一般。我沏了茶,她只是端起杯子礼节性地喝了一口,完全没有心思。他们跟我聊了一阵,我才知道那天袁开河和凤舞吵过在她走了之后,他一直在饭店等她,到晚上她还没有回去,他想到她可能到我这里,也想过来找,但不好意思,也不想对她服软,就没有来。他一个人在饭店睡了一夜,第二天一早就坐车回家去了。次日早晨,他妈妈到他家里浇花,看见他却没有看见凤舞,问他,他不作声,默默地从口袋里掏出两张已经作废了的去北京的火车票放在桌上,两道眼泪流下来。他妈妈向他问清了事情经过,立刻回家去,让全家出动,暗暗去寻找凤舞。他们不敢让凤舞娘家知道,怕她妈妈跟他们吵闹。

袁开河说得磕磕巴巴,吭吭哧哧。他说话时,袁妈妈侧脸望着他,眼神是复杂的,看得出来她既焦灼又忧心,而且很无奈,却不敢流露出来。袁开河说得凌乱吃力的地方,她轻声补上几句。有这样一个无能且不省心的儿子,估计她也是有苦说不出。她很为凤舞担心,生怕她一个人在外面受苦,更怕她遇到坏人。我很后悔凤舞来那天没有坚持让她打电话给袁开河，也许她电话打过去，袁开河就会过来找她，那样就不会出这些事情。袁妈妈还反过来安慰我，她说确实是自己儿子有错，要换她是凤舞也不会打这个电话。她深深地盯了袁开河一眼，收住了话头，没有再往下说。

他们匆匆告辞。我要留他们吃饭，他们客气地婉言谢绝，说还要去亲戚家问问，看看有什么线索。我答应他们我这边有了消息就拍电报告诉他们，我再次宽慰他们说凤舞不是头一次出门，她不会有事的。

6 你知道我去了哪里吗

我在隐隐的不安中过了三天。早晨，我刚到办公室就接到电报，拆开一看，电文很长，完全不像我们平常发的电报那样文字简练。我先看末尾，署名是一个"袁"字，便知道是袁开河发来的。细看电文，说凤舞昨日已经回到家里，一切安好，让我放心。他对我照顾凤舞和安慰他们母子表示感谢，还说让我回咸城到他家去玩，他妈妈要烧菜给我吃，让我一定要去。

系里传达室的老师傅来告诉我，早晨就有人给我打过长途电话，打了不止一次，我进来之前还打过，只说过会儿还会再打。我问他来电话的是男是女，他说是女的，我直觉一定是凤舞。当时长途很难叫通，尤其是还要转接的，我等了一天，连吃午饭都不敢离开办公室，直到下班也没有接到电话。不过，既已收到报平安的电报，我也就不再悬着一颗心。

五月底，我回咸城给爷爷过七十大寿，和凤舞见了面。两个多月没见，她胖了些，也白了些，不像之前那样清瘦。她头发梳成辫子盘在头上，穿着衣襟上有精美绣花的真丝双绉连衣裙，套一件式样时髦的风衣，戴一副古色古香的猫眼耳环，看上去就是很值钱的老货，浑身散发着雍容华贵的气息。她请我去市中心新开张的餐馆吃饭，我听说那是全城最贵的餐馆，那样的地方在那会儿是我看了外面装修就不敢进去的，她却熟门熟路，显然不是第一次来。

坐下之后，她跟我说给我打过好多次电话，宿舍的公用电话总是占线，打到办公室我不是没到就是刚走，阴差阳错就没打通过。她有一腔的话憋在心里要对我说，见到我反倒不知从哪里说起了。我问她为何不给我写信，她皱起眉头，说不是没写过，写了又撕了，心里乱糟糟的，说不清楚。

她坐在我对面，明眸皓齿，笑意盈盈，还是昔日那个一大早来等我去上学的发小。从宽大的窗户里射进来的一缕阳光照在她半边面颊上，她的皮肤白里透粉，眼珠清亮透明，浑身上下有一种灵动如风的劲头。

她提议我们喝点酒。她要了一瓶双沟大曲，两杯酒落肚，她面色红润，神采飞扬，整个人生机勃勃。

你知道我去了哪里吗？——她就此展开话题，随即飞快地说：我去了北京，你肯定想不到吧。

什么什么，她真去了北京？我不是没想到，我是没多想，因为我觉得不太可能。我的惊讶令她开心无比，她大笑着说：要不然我还能去哪里呢？

她说得那样理所应当，毋庸置疑。

在酒精的作用下，她用一种就像讲故事的语气讲起那天和我分别之后的事。她往1路公共汽车站走，还不到七点钟，大街上已经是车水马龙，大人小孩忙着上班上学，阳光照得四处明晃晃亮堂堂。她心情很好，一点不畏惧回去面对袁开河，她知道他脾气来得快去得也快，发起火来就像夏天下雷暴雨，电闪雷鸣很吓人，不过说停就停，过去了就风平浪静。在人潮的裹挟中她挤上了车，公共汽车摇晃颠簸，她脑子里忽然间冒出一个念头，就像点燃的烟花升起来，啪的一下炸开了。恍惚间她看见了跟眼前街景完全不一样的景象，街道，车流，大楼，树木，来来往往的人，男的女的，无数的面孔，年轻的，年老的，还有看不出年纪的，同样是阳光闪耀，巨大的建筑物上的玻璃幕墙反射着绚丽的光影，映照出都市的五光十色，她感觉自己恍然置身在另一时空，跟梦境不一样，她看见的情景都是真实的，触手可及，而且她头脑异常清醒，直到她手里举着的一毛钱被一只手接走，又有一张薄薄的车票由另一只手递到她手里，她才如梦初醒，又回到了摇摇晃晃的1路公共汽车上。就在那个瞬间，她心中突然有了一个计划，没有过程，就已经决定了。

下车之后她没有走进长途汽车站，而是走向隔壁的火车站。她毫不犹豫去买票，但没有当天的票，她不甘心，站在售票窗口等退票。售票员叫她不要等，等不着的。她确实没有等到退票，但她等来了黄牛。有人悄悄把她叫到一边，用翻了一倍的价钱卖给了她当晚去北京的火车票，而且还是一张硬卧车票，她抑制不住内心的喜悦，觉得冥冥之中命运之神在向她露出微笑。

她去车站外吃了一碗面，再没有离开候车室一步，生怕错过火车发车。当晚，她乘上了开往北京的列车，第二天一早准点到达北京火车站。她拿着在车上买的北京市区交通地图，上了公共汽车，照着自己通信本上的地址直奔谢文屿学校而去。她说她也不知道自己哪来的勇气，特别渴望看看他见到她的反应。

她停下讲述，似乎在等我惊叹，但我没有惊叹——在听她说出"我去了北京"那句话之后，我已经猜到会发生什么。凭我对她的了解，我承认，这才是她做的事情。

7 最美的三天

凤舞说她当时就像老酒喝多了上头，一门心思只想去找谢文屿，一点不去想没打招呼会不会遇不到他，也不去想这么做是否合适，他会不会不方便，甚至，他会不会不高兴。就像赛跑一样，她只顾埋头往前冲，她害怕的只是自己丧失勇气打退堂鼓。她哈哈笑着，说自己运气特别好，她很顺利找到了谢文屿的宿舍，他正一个人在房间里看书，看见她特别惊讶，不过他很镇定，笑嘻嘻朝她说你怎么跑来了，早说一声我去接你啊。她说那一刻她心花怒放，幸福得就像花一样。

凤舞身上散发出一种沉迷的气息，在我看来那是一种危险的味道，我直觉她并没有从对谢文屿的痴迷中走出来，尽管我并不知道他们之间发生了什么。

她跟我说，她没有对谢文屿说是专程去看他的，只说到北京玩顺便看看他，她不想让他有一点点的心理负担。他们坐在宿舍里聊天，很快到了中午饭点，谢文屿问她想吃什么，她聊在兴头上，完全忘了还有吃饭这回事。谢文屿带她去食堂，没问她一声就给她打了一份和他相同的饭菜。这种朴实的招待让她心里特别暖，她觉得他是拿她当自己人的。吃过饭，他问她下午想去哪里玩，她其实哪里都不想去，只想跟他在一起，但她没把这话说出来。他带她去了离学校不远的圆明园，从圆明园出来，他好像打算和她告别，她突然之间就慌了——自己不顾一切大老远跑来，跟他在一起这么短短几个钟头就要结束，她胸中涌起惆怅，鼻腔一阵发酸，几乎要掉下眼泪来。

是我主动。——她没有一点害羞地对我说。

她带着俏皮，说得骄傲坦诚，在我看来不是轻浮，是有勇气。就在他们即将告别的时候，她情不自禁伸手拉了一下谢文屿的衣袖，这个下意识的动作令她自己都惊呆了。她心怀忐忑地等着他拂袖而去，然而，他并没有那样做，而是反手轻轻握住了她的手，对她露出甜蜜的微笑。那样自然，那样温柔，好像他一直在等待这个时刻。

他问她打算住几天，她还没有想过这个问题，支吾地说都行。他又问她住在哪里，她随口说准备去亲戚家住，她觉得这样说比较体面，实际上她家在北京根本没有亲戚，袁开河家倒是有一个亲戚，她不认得，袁开河要是一起来，他们可能会去住，袁开河没来，她连那家的地址都不知道。谢文屿替她作主说别去亲戚家了，晚上你就到我们女生宿舍去住吧，他口气笃定，好像这件事用不着商量。她欣喜若狂，立马就答应了——并不是因为他为她找了免费住宿的地方，而是和他在一起的时间又延长了，况且还是他主动提出的。

我以为接下来她会毫无保留地跟我说说她和谢文屿在一起的经过，但我想错了。她停下讲述，问我：你觉得谢文屿是一个怎样的人？

她这个问题真是把我难住了，我跟谢文屿太熟了，有点无从回答，而且我也不知道在这个时候她想听什么样的话，或者说我怎么说才对她心意。

我反问她：你觉得呢？

她呆了一下，脸上浮起微笑，我觉得她的笑容里带着迷醉，也带着迷茫。

她慢悠悠地说：他特别浪漫。

我相信这是一句十分由衷的话。从她的神态和情绪我能判断在北京那几天她和谢文屿一起一定过得相当愉快。谢文屿很会讨女孩喜欢，这我早就知道，尤其他愿意下点功夫的话，那就更加没得话说。凤舞就像是满载而归，看上去她有太多的感触和秘密要与人分享，而我是她最好的朋友，我想她不跟我说大概也没人可说吧。她不断给我斟酒，又给自己斟酒，她喝得又多又猛，我拦都拦不住。我们一起将半瓶酒喝下去，她面若桃花，人像一颗璀璨的明珠。她眉飞色舞地跟我说谢文屿带她去逛了北京最繁华的商业街，看了许多名胜古迹，最特别的是还带她去了动物园和游乐园，用他的话说是和她一起补上他们童年缺掉的那一课。她感慨地说：我跟他在一起过了三天，感觉就像把一生都过完了。

她也说到了性，说得非常含蓄隐晦，有些话只是给出了某种暗示，可惜我当时还是白纸一张，肯定有一些没听懂。当然也有听懂的。她说："和爱的人在一起，如入仙境。"还有，"我没想到爱是这么快乐的一件事"，"那是人间最美好的事情。"还有，"爱可不光是心的事情。"听这样的话让我隐隐感到难为情，她很敏感，赶紧转移话头，没有和我深聊下去。

但她说的每一句话都给我相当深刻的印象。她说在北京的几天，每晚他们都迟迟不睡觉，时间太宝贵了，他们舍不得睡，刚打个盹天就亮了。他们说了好多话，有一夜他们彻夜长谈，一分钟也没睡。

她这样说：我们什么都说，我才知道没有话是不能说的，只不过要看跟谁说。

我承认，她这几句给我的冲击是巨大的，简直就像遭遇龙卷风一样，我头脑中的某个开关仿佛突然打开了——这么说，她和谢文屿的关系肯定超乎寻常，而且，她显然不会是住在女生宿舍里。她倒是诚实，说她到谢文屿那里的第一个晚上，他的室友就主动躲出去把房间让给了他们。谢文屿买了一箱啤酒，他们两个人喝酒聊天，第二天只剩下一堆空酒瓶子。谢文屿对她很坦诚，告诉她他有女朋友了，叫蒋忻儿，是他的学妹，刚上大二，他还给她看了女朋友的照片，出于礼貌，她夸他女朋友很漂亮。他却说我找女朋友不图漂亮，只找对我好的。她顺着他说，那你女朋友一定对你很好吧，他说还真不是，她太自我了，就知道学习，其实我们不合适。这句话让她心里一震，随即，他们就接吻了。

她喝得太多了，脸上布满红云，讲起和谢文屿在一起的那些夜晚，她说得颠三倒四，语无伦次。她异常兴奋，笑个不停，一双大眼睛格外明亮，就像夜空里的星星，令我不禁想起她和我还有春旦三个人去北闸河滩的情形。那时她情窦初开就那样大胆，如今她肯定更敢冒险。她激动地抓住我的手腕说：跟你说说没关系，我们俩是相互见证青春的人啊。

她大义凛然，整个人仿佛散发着光芒，就像一块晶莹剔透的水晶。

她说和谢文屿在一起的时候很怕遇到他女朋友，谢文屿却叫她放宽心，因为不是约会的日子蒋忻儿是不会来找他的。他告诉她，蒋忻儿是那种高标准严要求的人，也许是从小生活在知识分子家庭，她自我期望很高，一点时间不肯浪费，即使谈恋爱也不例外，在他看来她是对自己都狠得下心来的极其严苛的人。她听了又嫉妒又羡慕，终于向谢文屿问出了憋在心里想说又不敢说的话，她问他是不是特别爱蒋忻儿，谢文屿想了想，摇了摇头。这完全出乎她意料，她追问他那为何跟她在一起，他竟说，他会和蒋忻儿分开的，不过不是现在。她不清楚他这句话算不算是给她留下一线希望，不过他的这个回答还是让她心潮澎湃，她认为这是他能给她的最好的回答。

你觉得呢？她这样问我。

我无法回答，只觉得心里五味杂陈。

她告诉我，从北京回来，谢文屿没有联系她，她也同样没有联系他。她度日如年，一天一天都不知是怎么过来的。随着时间流逝，在北京的那些事情离她远去，越来越不真实，就好像根本没有发生过。尽管袁开河做出的是既往不咎的高姿态，他什么也不提，似乎那一篇已经翻过去了，婆婆对她也特别好，一日三餐，热汤热水，对她嘘寒问暖，关怀备至，她待在自己家里，心却飘在很远的地方，觉得家里的一切都很陌生，醒来时常常不知身在何处。她心里难过时就把自己灌醉，每天大部分时间是独自躺在床上度过。她发现只要她人在家里，袁开河就心满意足，而她要是外出，他就像一只警觉的狗一样十分留意她的行动，她下楼他会远远跟着。有时他发起神经，甚至她去洗澡或者上厕所，他都会守在洗手间外面，好像生怕她会悄悄溜走。只有她自己清楚，她根本没有地方可去。

我们喝光了一整瓶酒，凤舞好像说完了想说的话。她呆坐着，木木的，脸上没有任何表情。

我们都喝多了。在长久的沉默之后我问她：那你还爱他吗？

激动像气泡一样从她身体里冒出来，她十分肯定地回答：比爱还爱。

8　插曲

在短短的一个月后，发生了另一个插曲。那是一件我从来没有对凤舞说的事，也可以说那件事和凤舞没有关系，但如果她知道，恐怕就不能说和她没有关系。

事情是这样的，暑假前几天，谢文屿到南京出差，他接到通知就写信跟我约好了见面的时间，临来前两天，又拍了一封电报，告诉我到达的确切日期，我想过要不要去接他，心里纠结了一下，但他没有告诉我车次，看来没有要我接他的意思。

他如约到来。傍晚下班时间，他来到我办公楼门口等着我下班。

他头发剪得短短的,眼神坚定,看上去更加成熟。他给我的感觉是极有主见,神态却又有几分柔和,整个人很自恰,也很自在。想到之前凤舞跟我说过的他们的事情,我觉得我和他的关系会更加轻松和自然。实际上也正是如此,我和他在一起感到前所未有的放松和愉快,我们很有话说,而且几乎无话不说。

他请我去金陵饭店的西餐厅吃饭,那是当时南京最高级的地方,他很坦然地领着我走进去,让我觉得他不仅有消费能力,而且很有气度,当然也让我感到被重视。

坐下之后,我们各自埋头看菜谱,忙着点菜,就好像是真正奔着这顿晚饭来的。

在等着上菜的空当,他问我:你有男朋友吗?

他问得十分认真,那种专注严肃的样子,就像审讯一般。

我反问他:这很重要吗?

他仍然十分认真地说:很重要。又说:我对你的了解太少了,想多知道你一些。

他说得很真诚,丝毫没有开玩笑的意思。我告诉他我有男朋友,他叫康星,学数学的,公派去了芝加哥留学。这是我第一次对别人说出这件事,连跟家里都没有说过。

谢文屿问我:你怎么没跟他一起去?

我不知道他是真不懂,还是故意那么问。当时公派留学,就是夫妻都没有资格同行,更别说我只是一个女朋友。我想说这是我想一起去就能一起去的吗?不过我没说。

他又问我:他还会回来吗?

我如实说:我不知道。

他又问:那你会和他结婚吗?

虽然在当时我的认识里谈恋爱就是奔着结婚去的,但我觉得对于我和康星来说,是否能结婚完全是个未知数。

我带着茫然说:现在说为时太早了吧。

他露出微笑,一个悠长且迷人的微笑,似乎很有深意。他跟我说起之前他去波士顿交流的经历,在那里的某个晚上,他突然感到特别孤独。外面刮着大风,在呜呜的风声中他想到他与很多人失去了联系,甚至跟亲人也失去了联系。他已经有几年没有见过继母和小弟弟,他和他们曾经在一个家里生活,每天在一张桌子上吃饭,朝夕相处,但说分开就分开了,很可能就是永远失去了他们,他再无法走进他们的生活。这种孤独感袭来的时候,他觉得自己一个人再走不下去了,他突然非常渴望结婚,很想拥有一个温暖的妻子。

一时我没领会他想表达的确切意思,然而,"一个温暖的妻子"——他这句话具有极强的渗透性,瞬间钻入我的内心。我不明白他为何忽然对我说起这些,我猜测他是否在暗示我和康星有可能会分手,但感觉他好像并不是这个意思,或者他话里确实隐含了这层意思,而我被他后面的话吸引了注意力。

我接过他的话头说:你要结婚肯定很容易。

他错愕地一笑,很坚决地摇头说:不容易。

我说:你不是有女朋友了吗?

他又一笑,这次笑得很松弛。

他机敏地说:是凤舞对你说的吧?这丫头,啥都往外说。随即他说道:我和我女朋友不合适。

他随口给我举例,说他和蒋忻儿一起到食堂吃饭,她从来等着他给她打饭打菜,吃完等着他替她洗碗,她觉得他照顾她帮她做任何事情都是天经地义的。只要和他在一起,她的书包都是让他背着,她要去听那些热门的公共课和讲座,也总是叫他去占位子。他们待在一起的时候,蒋忻儿只给自己泡茶,从来不会捎带手也给他倒一杯。有一回他重感冒，在床上躺了好几天起不来，让同宿舍的同学带口信给她，但她一直没来看他。等他们见面，他忍不住问起，她的理由竟是那几天不是他们约会的时间。还有一次他踢球和对方球队发生冲突，两边打了起来，他受了伤，额头上缝了几针，贴了一块纱布，蒋忻儿居然没有发现。拆线之后他前额留下一道疤，她看见了，问他是怎么回事。诸如此类的例子不胜枚举，他觉得她的心思一点不在他身上，完全不像一个恋爱中的女孩。看我露出讶异的表情，他又说：蒋忻儿是家里千娇百宠长大的小姐，她的世界和我的世界是不一样的，比如我们认为地球绕着太阳转是常识，在她那里，不管地球还是太阳都应该绕着她转才对。

我忍不住笑起来。

他说：蒋忻儿确实是蛮优秀的，头脑灵活，举止大方，专业能力出色，话也跟得上，而且能歌善舞，会弹钢琴，会画画，外语好，家里从小就很有意识地把她培养成一个淑女，但她的这些优点和才能与我无关。他脸上现出冷漠，沉默片刻说：她是个心很深的女孩，她的心就像埋在地下的石油和天然气，不是谁都有本事开采的。

他尽管说得语气轻松，却流露出凝重，让我感觉他面对这份感情有诸多的不如意。我机智地沉默着，不插话。

他停顿了好一会儿，又说：她才十九岁，不说我和她脾气对不对，我大概也没有耐心等着她慢慢长大。

他说得那样干脆，令我吃惊。我突然发觉他超级沉着冷静，完全不是我认识的那个翩翩少年。

晚餐接近尾声，他粲然一笑，问我：你想过没有，要是我们结婚会怎么样？

我以为自己听错了。

我问他：你开玩笑吗？

他面带笑容说：我不是开玩笑，你完全可以当真。

我脑子就像进了雾一样，白蒙蒙一片，一时间无法思考。

我说：这不可能，我有男朋友。

他说：你有男朋友，我也有女朋友啊。

他说得非常冷静——很冷，而且平静。

那一刻，我承认自己方寸大乱。

我脑子完全转不过弯来。我说：那我们两个怎么可以结婚呢？

我在惊愕中认为他的这个提议不是可行不可行的问题，而是很荒谬，不可思议。我们一天恋爱没谈过，怎么可能一个箭步跨到结婚呢？而且，在我看来，他肯定知道我不会答应，他还要这样说出来，不是故意为难我吗？

我忽然感到心里有说不出的委屈，就像一团乱丝堵塞在我的胸口，我倒不是觉得他冒犯了我，而是觉得他让我做了一个莫名其妙又很无意义的选择。我心情复杂，我真心不想拒绝他，而我又不得不拒绝他。

而他虽然得到了情理之中的否定回答，却没有一点不快的意思，仍然是相当平静地对我说：可能是我没有说清楚，我是说如果我们结婚，你是不是觉得可以接受？

我蒙了，这不还是和刚才同样的问题吗？他就像做科普一般，耐心地给我解释结婚和恋爱是两件不同的事情，爱情可以是情不知所起，一往而深，直教人生死相许；婚姻就不一样了，其本质是合作，所以很重要的一条是匹配，比如条件的对等和互补，虽然不一定精确，但大致是能算得出来的，所以才会有"门当户对"这样的说法。

我不耐烦地说：算得那么清楚有啥意思？感情不就应该是感性的吗？

他口气肯定地说：理性分析和判断能够避免盲目决策带来的错

误和风险。

我把头摇得像拨浪鼓,很不以为然。

他用退让的口气说:那好,我换一个说法,如果感觉对了,感情是可以慢慢培养的,合作的前提就成立了,你同意吗?

他两眼紧盯着我,仿佛要从我脸上钻木取火。我沉默,觉得他这个人不可理喻。

他的目光一直在我脸上,我很不自在。

我说:你就把爱情看成是合作吗?

他说:不,我说的是婚姻。

我一时语塞。

他思路清楚,就像一块硬骨头摆在我面前。

我揶揄地说:你这算是求婚吗?

他竟然无视我的嘲讽,握住了我放在洁白桌布上的一只手。

他的这个举动太突然了,而且是在大庭广众之下。虽然不一定有人注意到我们,但我刹那间慌了神,我承认我的心彻底乱了。

他的想法远远超越了我当时的认知。尽管我已经二十二岁,大学毕业之后已经工作一年,算是走上社会的人了,但我依然头脑简单,书本知识和生活经验严重脱节。我从来没有想过爱情和婚姻竟是可以分开来说的,我的观念中从恋爱到结婚是一个自然而然的过程,爱情的下一站应该是婚姻,就像白天之后就应该是黑夜,如果有谁对我说有地方白天之后还是白天,黑夜之后还是黑夜,我会认为就是胡说八道。而且,还有一点,也是当时我完全接受不了的,就是谢文屿那种一是一二是二的算账方式。他那种务实的劲头让我很不喜欢,甚至抵触。我心里一直认为他是非常浪漫的一个人,怎么会变成这样?真让我有点失望。我觉得他又冷又硬,他的眉毛太浓了,瞳仁太黑了,脸上的线条过于刚毅,他深不可测,就像一个幽暗的深潭，让我看不透他，甚至有点隐隐的害怕。我想都没想飞快地抽回了手。

我几乎忘了他曾是那个和我互传纸条、说过许多知心话的出众可爱的少年。许多年之后我带着反思回看这件事，如果那时他用一种正常的方式——也就是一种比较罗曼蒂克或者哪怕是相对温和的方式，我可能都会心动，毕竟我们有着很好的感情基础，而且我倾心他。况且那时我和康星认识时间不长，刚谈了不到两个月恋爱他就出国留学了，我和他之间远没有与谢文屿之间的感情积累深厚。但是他采取的这种直接且生硬的方式令我不仅难以接受，而且还非常排斥。

虽说被我拒绝，他并不生气。他一向沉稳，这种时候依然保持着稳定而良好的情绪。当晚他送我回校，在我宿舍楼下礼貌地和我告别，我们并没有不欢而散。

在接下来的几天里，我们也还是见面频繁，他一有闲暇就来找我玩，我也去看他，我们还一起去了长江边和栖霞山。那是我们一起过得非常轻松愉快的几天，他恰当地跟我保持着一个普通朋友，且又是好朋友的距离，再没有提一句在我看来出格的话。

他即将离开的那个晚上，我要请他去吃顿丰盛的好饭，他坚决不让，说何必破费。他拉我到学校后面的小巷子里吃面，三鲜面端上来的时候，他尝了一口，带着满意的神色对我说：嗯，很好。

他两眼望着我，目光灼灼。我以为他在说面条，一两秒钟之后才反应过来是说我。他就像总结性发言的样子令我觉得好笑，我忍不住笑了起来。

他认真地一字一顿说：你不要笑，我说的是真心话。我看人很准的，一向不会看错。

他很真诚，也很自负。我听了既高兴，又无语。

饭后老节目，我们去散步。他比之前做得更加绅士，散步的线路让我选，过马路的时候挡在我外侧，说话也不锋芒毕露。可能是离别在即，他表现得缠绵悱恻，甚至说出"真不想回去"之类的话。我们沿街转了一大圈之后，他把我送回到学校门口。

到了该分别的时候，他流露出恋恋不舍的神情，问我：你不邀请我上楼去坐会儿吗？我立刻点了头，那种气氛下，我自然不会拒绝他。

整套公寓漆黑，我的同屋没在家。进了房间之后，他安适地坐在我书桌前唯一的一张椅子里，看着我给他泡茶。等我坐下，他眼神清正地望着我，屋子里安静得就像没人一样，只有小闹钟的指针在咔嚓咔嚓地响着。他站起身，移到床沿上和我并排坐着，一直没有说话。他十分自然地伸出手，似有若无地轻轻搂住了我的腰。

他就像静止一般，似乎在测试我的反应。但他的神情中并没有试探，他似乎把方向性的选择留给我，等我来做决定。如果我有经验一点，那无疑是一个水到渠成的时刻。可是我还处于青涩阶段，不懂在那种充满悸动和欲望的暧昧气氛下该做什么。我端起那杯滚烫的热茶，递给他说：你喝茶。

几秒钟之后，他松开了搂着我的手，接过那杯茶。他喝了一小口就放下了，说一句：太烫了。他默默地坐着，仍然跟我无话可说。我心里觉得他该走了，可是他不提出告辞，我也不能赶他走。突然，他问了我一个振聋发聩的问题：你是处女吗？

这已经远远超出了礼貌，这么隐私的事情我觉得是不可以随便问别人的，无论什么关系都不应该乱问。但既然他问了，我觉得不回答也不好。我轻微点了点头，他就像突然中弹一般，向后倒在我的小床上。我一惊，差点以为他突发心脏病。他不易察觉地叹了口气，坐起身来。几分钟以后，他告辞走了。

当时我没弄明白他提出这样的问题和他很快起身离开之间的逻辑关系，我百思不得其解。当然，我也不好问他。

这些我没有和凤舞说过，我不知道如果她知道了会怎样想，还会不会继续对谢文屿一往情深？但如果换作我，我肯定是做不到的。

9　意外怀孕

刚入夏，凤舞就怀孕了。放暑假我回去见到她，她气色很差，小脸黄巴巴，眼睛下面有淡淡的阴影，嘴唇很苍白，人显得憔悴。

她怀孕纯属意外，本来是想停药半年后再要孩子，没想到刚刚停了两个多月就怀上了。她心里不踏实，去医院看过，医生让她满三个月再去做B超。她也去看过中医，中医更加给她定心丸吃，说既然可以怀上，说明问题不大，如果胎儿有问题，应该会自然流产，让她静心养胎，不要劳神。她妈妈对她把怀孕当个事情很不以为然，说怀个孩子，又不是下个金蛋，哪有那么娇贵？我们一生一窝，个个活蹦乱跳，没见有啥事体的。

她怀孕刚一个多月就有很强的反应，每天早上起来晨吐，中午吃过饭反胃，不躺下不行，有时走在路上就会吐起来，所以都不敢出门。她很怕各种气味，原先她对气味并不敏感，现在娇气得不行，一点点异味都无法忍受。她能从水里闻出漂白粉的味道，从米饭里闻出隔宿气，从衣服上闻出碱垢的气味，从茶叶里闻出油哈气，更别说汽油、煤油、柴油那些冲鼻子的气味，能把她直接熏倒。除了气味她还害怕各种声音，敲击的声音，碰撞的声音，刮擦的声音，各种尖锐的、凄厉的、沉闷的、喑哑的声音都会令她难受。尤其是别人吵架和打孩子的声音，她听了会心动过速，浑身冷汗直冒，透不上气来。每次她难受得支持不住的样子，都会把袁开河吓得够呛。

自从她怀孕之后，袁开河对她特别好，不仅对她嘘寒问暖，关心体贴，而且姿态很高，她出去见同学朋友，他不再紧张兮兮，尤其在用钱上，也比从前大方得多。以前他看她花钱，表面没啥，还做得特别大方，心里总是不太开心，有时会关起门来带着不满和指责跟她算账，尤其是她娘家的人来，要是坐一坐不吃饭就走还好，要是来了又吃又拿，他就会黑脸。现在他给她买东西，尤其是吃的，非常舍得。每天一大清早他就起来去菜市场买菜，不是应季的东西不要，都是挑最贵最好最新鲜的买，而且花了钱还乐滋滋的。

跟袁开河时日稍长，凤舞逐渐看清楚他并不像外表看上去的那样老实敦厚，他木归木，但在用心的事情上还是挺精明的。有两件东西他看得相当紧，一个是钱，一个是老婆。他脑子确实比一般人要慢两拍，但在外面从来不乱花钱，他没啥朋友，偶尔和一起打牌钓鱼的伙伴或者街坊邻居下次馆子，他从来不会主动付账，除非实在躲不掉。他也从来不肯借钱给别人，不管交情如何，哪怕是至亲，他一概说没有，要不就推到她头上，说结婚以后老婆掌管家里经济大权，钱都是她拿着，克扣得他身无分文，还会把衣兜翻过来给人家看。别人看他呆头呆脑的样子，只觉得他可怜，不大会想到他是在说谎装可怜。对老婆他向来就盯得紧，自从她跑到北京去了一趟之后，他对她的管控明显加码。以前她一个人出去他不放心，也就嘀咕几句，后来几乎不让她单独外出。用凤舞的话说她去街角烟纸店一趟他都要问得特别仔细，烦得她不想出门。有时他跟她走在街上，她碰到同学或熟人，就是打声招呼，回来他也要盘问半天。他经常像个小孩一样要跟路，她去哪里他跟到哪里，她不答应，他就远远跟着，像条甩不掉的尾巴。凤舞抱怨说，袁开河只差把她拴在裤腰带上了。那一段是凤舞和袁开河婚姻最稳定的时期，凤舞却跟我说，她心如死水。

暑假里我去她家串门，好几次碰见她婆婆。袁妈妈每次都带了很多吃的用的来看她，对这个怀孕的儿媳妇关怀备至，那种在乎和心疼发自肺腑，可不是装出来的，没有一点虚情假意。她脸上的笑容是那样温暖慈祥，就连她看凤舞的眼神，也是亲妈才有的，我看了都深受感动。袁妈妈一进门就动手做事，丝毫没有长辈的架子。凤舞不让她做，拉都拉不住。她话不多，就是让凤舞养着，不叫她操心劳累。

凤舞私下对我说，要不是因为婆婆，她不会跟袁开河结婚，就是结了，大概也早离了。她刚从北京回到家，袁开河动不动就跟她吵上一架，家里除了电视机，能砸的差不多都砸了，花瓶、杯子、碗碟摔了不知多少，没碎的也带了豁口，连做饭的锅都踩瘪了，她心灰意冷，只想跟他离掉算了。婆婆拦着儿子不让他耀武扬威，对她不但温言相劝，吃的用的样样给她准备好，不舍得她受委屈，看她难过，婆婆比她还要难过。一个长辈做得这样，让她气短心软，不好跟袁开河硬碰。

10　婆婆和妈妈

凤舞不止一次跟我说，自己一直在家吃闲饭，从结婚前开始就多亏婆婆照应。婆婆和她见过第一面之后，经常请她到家里吃饭，还叫女儿大毛头和小毛头一次次去她家里给她送东西。那时她在家处境艰难，跟钱老板没有谈成，她妈妈积了一肚子怨气，每天对她没有好脸色，动不动就说些气她的话，一日三餐虽不至于饿她，但就跟从前穷的时候一样，经常煮些山芋南瓜萝卜胡乱对付。她有啥吃啥，不好吭声，若说一句，妈妈有一百句等着她，句句难听。之前她和钱老板谈对象时，钱老板送她东西给她钱不计其数，绝大部分都让妈妈拿走了，说是替她保管，结果是一样不肯拿出来，她也不好提。她手上没钱，别说添新衣服，就是零零碎碎日用的小东西都买不起。偶尔跟妈妈要，妈妈脸色难看得不得了，还要嘀嘀咕咕唠叨一大篇，要一块钱顶多肯给她一两毛。有自己亲妈比着，婆婆的好令她感激不尽。

凤舞刚和袁开河处对象的时候，前房的姐姐小灯笼和大毛头已经出嫁，妹妹小毛头还小，刚上初中，两个弟弟袁开山和袁开泰十七八岁，在读高中，兄弟姊妹几个都不问家事。这两三年一过，两个弟弟长大了，出落得一表人才，他们和袁开河不一样，长相随父亲，人高马大，气宇轩昂，而且两兄弟酷爱时髦，他们穿名牌衣服，是全城最早拥有进口汽车和进口摩托车的。袁开山书读不进，但天生长着生意脑子，特别精明，随处能发现商机。他除了帮家里照顾生意，还说动父母开了几家小店，有卖水产的，有卖蔬果的，还有卖衣料的，他开的店统统都是薄利多销，鲜鱼活虾蔬菜水果是家家户户日常消耗的，他以全城最低价出售，衣料是工厂加工成衣剩下的零头布，他当废品收来，论斤买进，论尺卖出，赚个差价。袁开泰比两个哥哥聪慧，他是家里几个孩子当中读书最好的，父母指望他能上大学，他高考分数不低，志愿却只填一个，是离家不到一里地的师范专科学校。他不住校，每天早出晚归，上完课就回家打理生意，读了大半年借口身体不好休学在家，跟着父亲和叔叔四处跑，听说靠倒买倒卖外加走私发了大财。袁开河跟两个兄弟没法比，他无能，没闯劲，吃不得苦，还特别恋家，不愿意东奔西跑，对做生意赚钱也没有多大兴趣，只想吃口现成的，和凤舞妈妈当初挑女婿的标准差距不小。两个弟弟很快接手了家里的生意，掌管了家中的财务，袁开河跟不跟着干都捞不着什么油水。好在有他妈妈护着，明里暗里偏袒他，尽量不亏着他。大儿子不顶事，就拉着大儿媳顶个窝，这样分红的时候便能名正言顺分给他们一份。婆婆悄悄跟凤舞说过，袁开河挑不起这副担子，她就要多费点力气。婆婆让她熟悉家里的生意，还教她管账，连公公都说她偏心。

和婆婆形成鲜明对照的是她妈妈。她只要回去，妈妈总有话要嘀咕。妈妈嫌她结婚时袁家给的彩礼少了，时常跟她抱怨袁家对他们小气，她听着，不能顶撞，还得拿好话劝解。可是她越劝妈妈反而越生气，说她偏向袁家，人家都是胳膊肘往里拐，只有她胳膊肘往外拐，还用"嫁出去的女，泼出去的水"这种话刺她。后来也不跟她费口舌，干脆直接开口跟她要钱。

刚开始妈妈向她要钱还有理由，或者说还找出一点理由，比如说家里的洗衣机坏了，自行车坏了，电灯泡坏了，肉涨价了，豆腐涨价了，青菜涨价了，还有上街不当心掉了钱包等等，不管真假，会垫上几句，后来干脆不找理由了，就是直接让她拿点钱出来给她零用。她明知道妈妈并不缺零用钱，她上班有工资奖金，平常节俭得很，连牙膏洗衣粉草纸都是从她这里拿的，只要看见她家有菜，她也会顺手抓两把走。而她结婚以后用的钱都是婆家给的，虽说手头宽裕，但她觉得把婆家的钱转手拿给娘家还是不怎么妥当，毕竟不是为了应急。可是妈妈向她张口，她不好拒绝。况且，她觉得妈妈伸手，她给妈妈钱，未免难为情，所以还要找点其他东西一起送给她。妈妈却根本不在乎，每次从她这里要出了钱，就像打了胜仗一样，喜笑颜开，开心得不得了，她明明白白都做在脸上，毫不掩饰，还要四处去说。

凤舞怀孕了妈妈来得也很勤，她不是来照顾她，而是来找她商量事情，其实也不是商量事情，就是要钱。她觉得女儿怀了袁家的孩子，是大功臣，她自然也要跟着沾光。凤舞心知肚明，不好拒绝妈妈，又不好当着袁开河拿钱给她，两头为难，十分伤神。妈妈去一趟，她就得费心应对，还不一定能让妈妈满意，袁开河反正是看到丈母娘来就很不开心。

11　用计

凤舞和娘家矛盾重重，主要围绕一个钱字。妈妈从她这里要了钱过去其实自己舍不得用，差不多都给了大喜，她自己也不避讳心上最大的事情就是给大喜攒钱讨媳妇。她口口声声彩礼越多，找来的媳妇越好，她挂在嘴上的一句话就是"便宜没好货，好货不便宜"。

大喜读不进书，上到初中毕业就不想再读了，妈妈坚持要他上高中，她一心要培养家里的这棵传香火的独苗，想让他出人头地，无奈大喜读到高一门门功课亮起了红灯，学校让他留级，再读下去恐怕也毕不了业，他嫌"留级生"这个名头难听，主动退学不上了。考大学是彻底无望，退学后他顶替妈妈去了纺织厂做修理工。从他刚满十八岁起，妈妈开始四处替他物色对象，比给凤舞找对象上心多了。她给凤舞找对象看的是钱，给大喜找对象看的是人，一定要姑娘可心可意——不仅要合儿子的心意，也要合她自己的心意。她千挑百拣，相看了一个又一个，差不多把城里和大喜年貌相当的姑娘寻了个遍。她万般心疼这个心尖尖上的儿子，生怕他结婚以后被老婆管束，所以性格强悍的不要；她怕女方家用大喜做重活累活，没有兄弟的不要；她又怕大喜在丈人家受压占不到风头，家里兄弟多的也不要；她怕女方家里有钱大喜被人家看不起，太富人家的女儿不要；她又怕女方家条件太差占了他们便宜，太穷的也不要；她嫌外地人做菜跟我们不是一个口味，不是本地的不要……她挑人的条件一条又一条，讲起来要老半天，她给大喜挑了不下几十个，经过反反复复仔细筛选，才说给儿子。然而，大喜有自己的眼光，妈妈中意，他未必中意，大部分他看一眼照片就丢一边了，嫌人家丑，被妈妈好说歹说见过十来个，没一个相中。晃荡了几年，也没找到称心的。

大喜不像妈妈标准多，什么脾气好不好，能干不能干，他全不管，他只要人生得漂亮，不仅脸蛋要标致，身材也要中看。他不喜欢人高马大前凸后翘的，只喜欢娇小玲珑青涩稚嫩的，尤其喜欢骨瘦如柴楚楚可怜的，挑过来挑过去，最后挑中了前轻纺局局长的女儿裴早阳。他中意她，倒不是看在她爸爸的官位上，裴局长因为贪污受贿已经从高位上栽下来了，裴家已不是有权有势的时候。裴早阳芳龄二十七八岁，比大喜大了好几岁，长得面若芙蓉，瘦到前胸贴后背，娇模娇样，犹如弱柳扶风。裴早阳父亲裴局长是个戏迷，她三四岁就被送去学戏，稍大一点，又拜了名师。她上小学时被淮剧团选上，进剧团唱了四五年戏。那时怕下乡家长都希望孩子有一技之长，将来可以有条出路。高考恢复，她爸爸赶紧让她从剧团出来，重回学校读书。在淮剧团里她和花小冬拜的是同一位老师，大喜去看戏时见到过她，那时她也就十几岁，还是个黄毛小丫头，因为戏唱得好，已经是剧团的台柱子，不少老戏迷买票看戏就是为了去看她。

大喜第一次近距离见到裴早阳是在后台，她刚唱完下来，还没来得及卸装，头上插满珠翠，身上环佩叮当，一袭白衣，风情万种，简直就是嫦娥下凡。他只看了一眼，人就呆了，看着她从面前飘过，一句话不敢和她说。在他的眼里她就是天上的月亮，心里再喜欢，也只能远远看着，他清楚离人家隔着十万八千里。裴早阳早先被剧团团长看中，想让她做自己儿媳，两家也按亲家的礼数走动，后来她父亲出事，被关进牢里，这段婚事就搁浅了，剧团团长那边再不提要娶她进门的话。后来团长的儿子结婚了，新娘不是她。一晃几年，到了适婚年龄的裴早阳无人问津，在当地就算是老姑娘了。某日大喜坐在街边和狐朋狗友喝酒拉呱，远远看见一个女子走过，碎碎的步子，走得急急匆匆，腰肢细到一拃，如花似柳一般，让他心动。定睛细看，不是别人，正是好几年没有见到的裴早阳。她依然十分漂亮，不只是苗条，而是瘦骨伶仃，剪纸般薄薄的身子，穿件普普通通的罩衣都飘飘欲仙，他瞬间就醉了。离得远，他没有上前去跟她打招呼，其实就是离得近，他也未必有这个勇气。听一起喝酒的人说，她家出事了，裴老爹被关进去了。酒桌上听到的片言只语，倒让他挂心了好些日子放不下。妈妈见他茶饭不思，追问他碰着啥事了。大喜就把从少年时就藏在心底里的秘密说了出来，还说非裴早阳不娶。妈妈一听，立马找媒婆到她家去提亲，竟然一说就成。妈妈尤其满意女方的父亲关在牢里，她家一样条件没提。房子裴家有现成的，聘礼、家具、衣裳包括定亲和结婚的日子、婚礼如何操办统统都由花家这边说了算，妈妈和大喜都觉得是捡了个大便宜。妈妈看得开，在家里说亲家公吃官司也不是杀头，几年一过就放出来了，凭他帮过忙的老关系，还怕翻不过身来？何况他家的底子厚实，也不是一般人家能比。看儿子面上，她对裴早阳丝毫不怠慢，聘礼一点不少，礼数一样不差，样样做得周到体面。这些大大小小的事情没一样是离得开钱的，所以她一趟趟跑凤舞家搜刮。

一天清早，邻居小菜子的娘风风火火跑来告诉凤舞，说她妈妈去菜市场买菜滑倒，一跤跌下去把腿跌折了。她一听吓坏了，赶紧跑回家去，看妈妈坐在竹椅子里，面前放个小板凳，跷着腿，腿上裹着一大截绷带，皮肤上还有紫药水的痕迹。妈妈看见她，就哼起来，直说疼死了，一边说还一边笑，直笑得喘不上气来，两只眼睛眼泪巴沙的。

凤舞被妈妈笑糊涂了，不明白她摔成这样有啥好笑的，以为她受了刺激。她弯腰去查看妈妈的腿，妈妈嘴里嚷着不要看，伸出胳膊用劲挡开她，不让她靠近。她问妈妈怎么摔的，妈妈便绘声绘色讲起来，中午大喜要带裴早阳来家吃饭，她起早去买菜，大概血压有点高，昏头涨脑的，天还没大亮，看不清路，走到桥头，踏上一块活动石板，脚下一滑就跌倒了，要不是两只手撑得快，两条腿说不定全断了。一边说一边转动着手腕，让她看手肘上贴的膏药。凤舞不放心，怕伤到骨头，要带她去医院拍片，妈妈死活不肯，极不耐烦地说去医院就是白送钱，跌打损伤一百天，坐在家里养养就好了。

凤舞叫妈妈不要烧饭了，等下袁开河来了让他到饭馆炒几个菜过来，妈妈一听女婿花钱，眉开眼笑，开心得很。她生怕女婿心疼钱叫菜放不开手脚，提前跟凤舞定好几个必点的菜，凤舞一口答应。

到头中午，袁开河来了，进门就对丈母娘一通嘘寒问暖，问怎么跌的，疼得厉害不厉害，伤没伤到骨头，要不要送她去医院，妈妈听了嫌烦，说刚说过一遍，你不早点来，我不想再说一遍。袁开河就闭嘴不再问，臊眉耷眼在一边坐着。

不一会儿，大喜和裴早阳前后脚回来，也问妈妈怎么跌成这样，妈妈倒是耐烦得很，又把刚才跟凤舞说过的那套话细细说给他们听，讲得眉飞色舞，嘴角冒起白沫，还多出了不少生动的细节。袁开河沉着脸坐在旁边，郁郁寡欢，不止是尴尬，还生闷气。凤舞怕他犯拧，再说出点煞风景的话，把气氛弄僵，赶紧拉他一块去饭馆炒菜，他才悻悻地提起脚跟她出门。

等吃完饭，大喜和裴早阳去上班，凤舞和袁开河收拾桌子洗碗。妈妈站起身，凤舞看见了，放下碗筷和抹布，赶忙上去搀扶。妈妈将她手一甩，说一句我去上马桶，竟然健步如飞朝房内走去。凤舞大吃一惊，看得袁开河也是一脸愕然。妈妈好像突然反应过来，停住脚步，朝凤舞说：你忙你的，用不着你扶，我能走。说着笑起来，笑得直不起腰，凤舞和袁开河两个被她笑得一头雾水。

等他们收拾好要走，妈妈打手势让袁开河先走，等他出了门，她一把拖住凤舞说：你看我跌得不轻，不能就这样子走吧？

又是要钱，凤舞不能装傻。她拿出钱包，把里面齐整些的票子都掏出来，放在妈妈面前的小茶几上。妈妈瞟一眼，笑嘻嘻地说：早晓得就这么点，我就不张嘴了。

凤舞说：刚才出来走得急，忘记多拿些了，我马上回家拿了送过来。

她一出门，等在门外的袁开河就问她：你妈跟你鬼鬼祟祟的又是什么事？

她支吾说没事。

袁开河说：没事还要把我支开才能说？

她不吭声。

到家她悄悄拿了两百块钱，找个借口出门，给妈妈送去。妈妈接了钱，皮笑肉不笑地说：这两百块钱，还是我用计逼出来的。不是我说，你要有孝心哎，不能每次等我跟你张嘴要才把。

妈妈的声音拖得老长，她听了莫名想哭。

再回到家，她疲惫不堪。刚在床上躺下，袁开河走进来，拉长了面孔问她是不是跑回家送钱去了。她不置可否，他突然火冒起来，大声说：你妈就是个无底洞，再多都是填不满的，你还不知道吗？你要听我的，当给的给，不当给的就不要给了，你要不听我的，我们以后钱上就分清楚。凤舞不说话，他又说她妈妈势利眼，他花多少钱她对他没个好脸色，儿子一毛不拔，她还是看他样样好。他唠唠叨叨说了好半天，还不解气，去厨房烧水泡茶把茶吊子茶叶罐茶杯摔得乒乓作响，她想睡一会儿，被他弄出的声响吵得不得安逸。

她知道他心里有气，不跟他计较。

袁开河闹了一阵总算安静下来，凤舞刚刚有点眯着，忽听外面有人喊她，门被敲得嘭嘭响，她赶紧起来，竟是妈妈来了。

妈妈收拾得利利落落，穿着的确良短袖衬衫，香云纱七分裤，头发梳得溜光，腿不瘸了，手腕上的膏药也不见了，完全不是中午在家里旧衣破衫那样一副拉挂样。她很惊愕，袁开河也一样。

他们问妈妈：这么快就好了呀？

妈妈吼吼吼一通笑，说道：得了便宜还不好，等啥呀？妈妈往沙发上一坐，高着嗓门子说：你们一走，我望着早上买的那些菜发愁，这么热的天，水里活蹦乱跳的东西都不动了，我紧着把菜烧出来，用纱笼子罩着，凉在窗根底下，一翻皇历，今天日子还蛮不错，想想不如下午就到裴家去放定，叫他们过来吃晚饭，这件大事就算定当了。

他们听了惊诧，说：这个时候去请他们会不会有点迟了？

妈妈眼睛一瞪说：不迟，离吃晚饭还有几个钟头。我管他迟不迟的，那点菜放不过明天。不等他们再说话，妈妈又说：你们也一块过来吃，裴家要是来的人多，早上买的菜不够，你们两个再顺路去老福兴买点酱鸡酱鸭熏鱼过来。

袁开河奉承说：妈妈顶会安排了。随即话头一转，硬邦邦冒出一句：我们到老福兴不顺路，你去才正好顺路。

凤舞眼看妈妈的脸就像雷暴雨即将来临的天色瞬间黑下来，赶紧接过话头说：晓得了，我们去买。她顾不得袁开河在旁边朝她直瞪眼。

妈妈临出门对着凤舞说：记得把你们那套请客用的景德镇金边花碗带过来，借把我用用。放小定不比平常，该做的面子要做到，大喜讲究，我怕他怪。她笑嘻嘻的，走出去又折回来说：放心，我不要你们的。

凤舞答应着，送妈妈下楼。等她再进屋，袁开河跟她大发雷霆，他从橱柜里搬出那一大盒子景德镇细瓷碗，一只一只丢到地上，扔一只说一句：你拿呀，拿去给你老娘呀，说什么借，一家人怎么好说两家话，你统统拿给她。我不要了，我叫你们拿去！她扑上去拦他，他发了疯一样，拿起一摞盘子狠狠丢到瓷砖地上，一时间瓷片飞溅，一整套餐具摔坏了大半。

凤舞心疼极了，眼泪夺眶而出。这套餐具还是她嫁过来之前袁妈妈陪她一起去挑的，有八只浅盘，八只深盘，八只大碗，两只汤碗，还有鱼盘，中碗，小碗，小碟，汤盅，汤匙，酒盅，样样齐全，精美雅致，颜色和花纹都是她非常喜欢的。袁妈妈带她逛遍咸城的瓷器店，这是最好看也是最贵的一套。当时货架上只有几件样品，她们两个一眼看中。袁妈妈问店员库里还有没有成套的，店员说就剩这几只了，这里没有哪家要买成套的，都是拆散零卖的。凤舞一看价钱贵得离谱就拉着袁妈妈说不要了，袁妈妈却说难得看到这样子好看又喜欢的，错过了怕再遇不到。她让店员找来店主，问能不能订货。凤舞还是头一次听说缺货还可以订货，她看着袁妈妈付了定金，收下店主出的字据，感觉自己是开了眼界。等了二十来天，店主亲自提着餐具送货上门。在她看来，这套餐具凝结着婆婆的一片心，平日她舍不得用，生怕万一失手打坏一件不成套，只有请客的时候才小心翼翼拿出来用一用。现在婆婆的心意被袁开河摔得碎了一地，她又气又疼，倒在床上，大哭了一场。

和我聊起这些，凤舞红了眼圈，委屈地说也不怪袁开河动那么大的气，家里姊弟六个，她妈妈就盘剥她一个，袁开河不客气时说她妈妈"揩油"，"敲竹杠"，"打秋风"，她听这些话特别戳心，不过想想自己妈妈何尝不是这样？她要脸，可妈妈不在乎，要不是公婆气量大，不计较，她在袁家没法做人。她跟袁开河的婚姻本来就风雨飘摇，再被妈妈这样闹腾，更加雪上加霜。她说着，眼泪像线一般淌下来。

凤舞说的每一句话，都能听出她无可奈何。我能体会她的处境和心情，我劝她养胎要紧，别的事情不要放在心上。

12　顺脚过来坐一歇

几日后的傍晚，天气难得凉快，凤舞拎了一篮子新鲜荔枝到我家来，她气色清朗，面颊上有了点血色，一看就是缓过来了。我们在门口葡萄架下的阴凉里坐着，晚饭花的香气在四周弥散，我切了西瓜请她吃，她只吃了薄薄一小片，就洗手不吃了，说刚好点，不敢贪嘴，我也不劝她多吃。

她半笑半叹说：又有事说给你听。

她脸上浮起苦涩的笑容，略带嘲讽地告诉我说，那日她妈妈和大喜去裴家放定，裴家倒是好说话，开开心心收下了聘礼，没提任何要求。他们这边定了下个月择吉日迎娶，她们母女也没有意见。本来裴早阳是想等她爸爸出来再办喜事，她爸爸就她这么一个宝贝女儿，把她看得就像眼珠子一样，难得他一点不重男轻女，从小就有心栽培她，对两个儿子反而甚少过问，在我们这里倒是非常少见。裴早阳对父亲感情深厚，不过大喜提出来想快点结婚，她也乐意，毕竟她岁数不小，大约也怕夜长梦多。两边一拍即合，这件事办得出奇顺利。

哪知又出了节外生枝的事情。

放定当天，花家请裴家的人吃了晚饭，把妈妈生怕放坏的菜都吃了，去了她的心病。袁开河砸了那套景德镇金边花碗，事后也有些后悔，好在家里还有别的成套的碗碟，拿了过去，妈妈也没多说什么,只问了一句我要的那套怎么没拿来,凤舞推说放忘了,一时没找到,遮掩过去,妈妈也没再多问。袁开河过了气头,主动去买了许多的熟菜,又去买了水果糕团,算是将功补过。妈妈见到那么多东西,很是开心。

席散裴家人走了之后,她们姊妹几个忙着收拾,妈妈和大喜坐着说话。大喜对妈妈说,裴早阳好说话,也不好欺负她。妈妈问他这话怎讲,大喜说别人家姑娘结婚都有金三件,裴早阳一件也没得。妈妈说不是给过她一个金戒指,大喜说那个金戒指还是奶奶传下来的,窄窄的一条韭菜边子,还不是新的。妈妈说老货才值钱,意思到了就行了。又说我结婚的时候啥都没得,不一样过?大喜听了挂下脸来,说你结婚还是古时候吧?啥都没得你结个啥婚?妈妈听了笑嘻嘻,嘴上骂他没大没小不懂事,喜滋滋地说我不结婚哪来的你?大喜还是不松口,说你没得的东西,不代表人家可以没得,不看看是什么年代了,人家姑娘出嫁都有几件金首饰,我们拿不出来,你不难为情我难为情。再说了,房子家具都是裴家的,他们是嫁女儿,不是招女婿,我们至少应该买条金项链给裴早阳吧,不要让人家说一辈子。妈妈马上显出一副心虚气短的样子,嘴里说着:现在哪里有钱给她买金项链?眼光瞟到她和袁开河身上,袁开河突然站起身,说声"天不早了",一把拖起她,夺门而出。

袁开河这样子神经过敏,让她尴尬。尽管她看大喜跟妈妈要东西就本能地紧张,甚至觉得大喜和妈妈像是在唱双簧,但袁开河一点面子不顾,慌里慌张逃跑的样子还是让她生气。一路上袁开河叨咕她妈妈又要算计到他们头上,把她说得心烦,忍不住拿话呛了他几句,袁开河在大街上就高声大嗓跟她吵,她怕被人围观,闭了嘴,不说话。袁开河却气不消,朝她叫:你等着瞧,你妈妈那个人不达目的不罢休,不榨出油水这个事情没得完。

271

果不其然，第二天她妈妈就到他们家来了，趁袁开河不在跟前对她说：你结婚的时候我买给你的那条金项链呢？我看你不戴，不如拿出来给裴早阳戴几天，等她结过婚我再跟她要了还把你不迟。

妈妈说得轻描淡写，就像到邻居家要根葱要块姜一样。她听了，觉得妈妈就是这么一说，给出去的东西，哪里还能要回来？她不愿意，又说不出口。妈妈看她不吭气，就对她说好话：你福气好，嫁到有钱人家，想要啥有啥，一条金项链对你算不得啥。看她还是不表态，妈妈话说得直截了当：我不能嫁女儿有，娶媳妇没有，你也要替我想想。要是缺了这件宝贝，大喜这个婚结得不顺心，就是我这个当妈妈的没有尽到心。妈妈又唠唠叨叨对她诉苦，说大喜怎么缠她，她如何愁得夜里翻来覆去睡不着觉，晓得她不情愿，实在没得办法想，只好跑来跟她张嘴。妈妈用恳求的口吻对她说：你就当是帮我一个忙好了喂。

妈妈的话都说到这个份上了，她心一软，点头答应了。

要说这条金项链并不真是妈妈买给她的，当初袁家的聘礼之外，婆婆嫌银匠铺子里打的老式首饰不好看，单给了她一个三千块钱的红包，让她自己去店里挑一条时新可心的项链。妈妈见了红包，叫她交给她收着，说怕她东跑西跑把这笔钱弄掉了，她不好跟她顶，只好照办。隔一日妈妈兴兴头头陪她去金店，她挑中一只花丝金项圈，不多不少正好三千块钱，妈妈马上说金项圈这样的古董早不时兴了，硬邦邦的戴着不舒服不说，这么大一块金子套在头颈里，走出去不怕被人抢？不如买条金项链，不显山不露水，戴着也随身。她听妈妈的话，挑了条素链。妈妈又嫌那条太大了，劝她买条精巧些的，意思是分量轻点的。妈妈只拿出六百来块钱买了这条水波纹项链，余下的钱并没有给她。当然，这不算什么，类似的事情也多。妈妈留下了那些钱，满心欢喜。这回妈妈又来要这条金项链，她晓得自己拗不过，若是不给她的话，还不知道会生出多少事情，这条项链肯定是留不住了。她担心这事让袁开河知道怕又要跟她缠杂不清，她怀孕没力气跟他解释，更没力气跟他吵，所以趁他没在，进屋开了衣橱，迅速从锁着的抽屉里把金项链拿出来给了妈妈，至少图个眼前太平。

我默默听着，心里同情她，却不好说什么。我给她沏了一杯热茶，她慢慢抿着，说：我家里头那点事，说出来真是脸红。

她苦笑着说，这事还没有完呢。妈妈从她这里要走了金项链，回到家里灯火通明，花小春正在等她，堂屋里摊了一地的行李，锅碗瓢盆和铺盖，堆得下不去脚。花小春说自己从乡下回来了，马上就要结婚，问妈妈家里有什么嫁妆陪给她。妈妈一听她要嫁妆，赶紧哭穷，说大喜这边要娶媳妇，她拆东墙补西墙这个圈还没跑圆，再要叫她拿出一份嫁妆，逼干她也是没有，叫她不急结婚，先等等，容她喘匀这口气再说。花小春一听急了，说大喜刚二十出头，她都快三十了，怎么不叫大喜等，倒叫她等？她再等下去怕一辈子嫁不出去。妈妈说你结婚应该男方出钱，你人还没有带家来让我过目，也不问我同意不同意，张口就跟我讨嫁妆。我嫁女儿是要对方出聘礼的，我千辛万苦养大个女儿不容易，我的姑娘再好再赖，轮不到我家倒贴。她噼里啪啦一通说，花小春眼泪就掉下来了，说男朋友是个孤儿，父母双亡，从小被好心的邻居们收养，吃百家饭长大，养父母倒是有好几个，不过都穷得叮当响，没人能出这份钱。妈妈一听急了，说人家姑娘都晓得嫁汉嫁汉穿衣吃饭，他这么穷，你何苦非要嫁他？花小春哭得更加伤心，说出来自己怀孕已经快三个月，她扑通给妈妈跪下了，求她多少拿些钱出来，让她赶紧把婚结了，不然名声坏了，没脸见人，只好一死算了。妈妈被她气得噎住，一个巴掌抽过去，半途又缩回手，怕真弄出事来，万一大姑娘想不开寻了短见，那是两条人命。她骂着"促寿的"，"小贱坯子"，拉她起来，答应替她想办法。

妈妈想的还是老办法——找她拿钱。大概是刚从她手里要走了金项链，妈妈没有马上自己登门，而是支了二姐和三姐来打前站。

二姐一向跟她关系不好，小时候没少欺负她，长大她们各过各的，说不上有多大矛盾，就是亲近不起来，平日里基本是井水不犯河水。花小夏估计是让妈妈逼得没有办法才来的。坐定后她开门见山说是为大姐的事过来，她说花小春耳根子软，没脑子，样样听男人的，人家要她方就方，要她圆就圆，现在肚子里有了货，也不好跟对方讲价，好在人家没赖账，只要顺顺当当嫁出去，还能一白遮百丑。她一边嘲笑一边说着同情大姐的话，她说花小春这个当老大的最倒霉，从小家里的事情没少做，中学一毕业赶上插队落户，在农村吃了不少苦，学业荒废了，大学考不上，好不容易回到城里，工作还没有落实，顶多就是去当个工人或者售货员，挣点工资也就够填饱肚子。她还说，哪像你，嫁得好，自己样样有，婆家还有金山银山。我们想帮她，个个是心有余力不足。她听二姐这些话，猜到是妈妈让她来说的，只说等她跟袁开河商量一下再说。

二姐走了个把钟头，三姐又来了。花小秋和花小夏一样，平常极少到她家，不过花小秋不像大姐二姐对她过得好会酸溜溜，对她无可无不可，就像路人一般，一点不像亲姐妹。有时看她不顺眼，也会冷嘲热讽说她几句，基本上对她不理睬。花小秋进了门，看她家这也好那也好，一反常态先是一通夸，还说了许多羡慕的话。正是晚饭当口，她留三姐吃饭，三姐也不跟她客气。

吃过晚饭，花小秋说到正题，她说的事情跟花小夏一样，不过她的意思跟花小夏不一样。也许是刚刚吃了他们一顿好饭菜，她没有站在花小春那头说话。花小秋说大姐那个人向来就是用人脸朝前，不用人脸朝后，她要你帮忙行，你要让她帮忙那是想都不要想。她直说是妈妈像催命一样催着她来的，妈妈自己也是让花小春闹得不得过。她不当回事地说，我就是来走个过场，你们只当我啥也没有说。

第二天，天刚麻麻亮，妈妈就现身了，又是在他们还没有睡醒的时候招呼不打一声就上门来。她赶紧换衣起床，袁开河只顾睡觉，并不起来招呼。

妈妈说是买菜顺脚过来坐一歇，她把菜篮子往地上一蹾，抱怨说，她连一两分钱一把的小葱都舍不得买，每次都是厚着脸皮跟菜贩子讨，省来省去，也堵不住大大小小的窟窿。要不是昨天两个姐姐来过，她都不明白妈妈这通没头没脑的话从何说起。

妈妈问她，两个大的都跟你说了吧？她点头，妈妈神色一松，笑嘻嘻问她，想好出多少？她心里盘算少则五百，多则一千，这笔钱肯定是躲不掉的。妈妈一问，她怕说出来不合她心意，就说你说多少就多少。妈妈一听，眉开眼笑，开心地说，你把多少我拿多少，钱还有嫌多的？

她给了妈妈一千块，妈妈很高兴。她一高兴，话就多，说自己一肚子苦水没处倒，爸爸死得早，家里没有顶梁柱，全靠她一个女人硬撑，一把屎一把尿把一大群伢子拉扯大，吃苦受累不说，到头来还被这个怪那个怨，把她气伤了心。花小春人前人后总说她偏心两个小的，小时候吃的用的先尽弟弟妹妹，长大了连结婚成家还是小的优先，家里有点好东西全让你们卷走了，轮到她要啥没啥。妈妈苦唧唧地说：我难做人哪！你们都是我身上掉下来的肉，哪一个我都舍不得，我苦自己也舍不得苦你们，弄来弄去我倒成猪八戒照镜子里外不是人了。

妈妈还说花小春跟她吵，问她：为什么姐妹五个要让最小的头一个出嫁？为什么只管她一个不管她们？还说先嫁的占风水，应该拿出钱来补偿她们才行。妈妈说得理直气壮,不像是替大姐说话,她一听就知道是妈妈自己的意思。她没想到出了钱还受妈妈这一通话,越想越委屈。

凤舞气呼呼地对我说:有这样颠倒黑白的吗?听我妈妈这一说,好像我占了多大的便宜,从小到大家里人怎么对待我的,她难道不记得?姊妹几个我是头一个结婚,也不是我自己急着出嫁。再说了,我结婚家里没给一分钱陪嫁,袁家还给了我家不少钱和东西。几个姐姐口口声声说羡慕我嫁得好,她们当初怎么不争着嫁呢?这还是至亲骨肉,说的做的都刺我的心,我是真服了她们。

她眼眶里涌起泪水,快速眨动着眼睛,没让眼泪流出来。

她平静了情绪说:我妈妈接过钱,还假模假样站在我这边讲话,说她会叫花小春拿了钱不要作声,她后头还有三个姐姐呢,没一个是省油的灯,她们借她开了头,都跟来要钱的话,怕把我们家底掏空还不够。——她三言两语就把自己撇得干干净净,还在我面前做好人,难怪几个姐姐认准她对我和大喜是最好的,你说我冤枉不冤枉?

我听了无话可说。

她说妈妈走了之后,袁开河气哼哼从床上爬起来,说刚才她们说话他都听见了,问她手里还有多少钱,她说都在抽屉里放着呢,他二话不说,进屋把钱都拿了,锁进了他的保险箱里,还把钥匙藏了起来,说以后家里的钱由他管,她用多少问他要,要不然早晚全进她妈妈口袋里去了。

我劝她说:家家都有一本难念的经,一家子只好包容些,计较了伤感情。

她点头道:可不是?"一家人不说两家话","打断骨头连着筋","血浓于水",这些话一套一套的,让我说啥好?想多了,只有心烦。

她呵呵地笑起来,笑得没心没肺。

13 把你的金项链戴上

这年夏天雨水特别大，差不多每天下午三四点钟就下一场，一下起来就是瓢泼大雨，雨水哗啦哗啦倾泻而下，就像从天上往下倒水，看着就像是不会停一般，地势低点的地方全被淹了，街上积水齐腿深，四处浊浪滚滚，望出去就像汪洋大海，出门很不方便。整个暑假我都待在咸城，因为下雨难以外出，我和凤舞隔了小两个礼拜才见面。那天她来找我陪她去百货公司选衣服，花小春要出嫁了，要她打扮得漂漂亮亮去婚礼上给她撑场面。

凤舞一边试衣服一边跟我八卦家里的事，她妈妈从她那里拿走了一千块钱，并没有全给花小春，只给了她三百块。妈妈悄悄告诉了她，意思是让她别说走了嘴让花小春晓得。她们都以为花小春会嫌少，结果她却非常高兴，说她进了玻纤厂上班，一个月也就挣几十块钱，省吃俭用刨掉吃喝一年也存不下这么多钱，她还以为顶多能从妈妈手里要出一百块，妈妈这样阔气，让她大喜过望。本来她和未婚夫小岳商量只发喜糖不摆酒，有了这笔钱，他们改了主意，决定摆上几桌风光风光。

花小春拿到钱，说出了真话，其实她没有怀孕，那样说就是为了能从妈妈手里抠出点钱来。花小春晓得不诳她是不可能从她那里要到钱的，把妈妈气得差点心脏病发作。妈妈高一声低一声骂她良心叫狗吃了，不知轻重，这种不要脸的谎话都能编得出，居然骗到自己老娘头上，要不是她大喜的日子，非打死她不可。花小春还扬扬得意，说要不是自己会用计，哪能从铁公鸡身上拔下毛来？凤舞边说边笑：我妈妈气炸了，直说可惜了那三百大洋，便宜了那个黑良心的。还千叮咛万嘱咐，叫我不要对袁开河说，家丑不可外扬。

花小春结婚当天,凤舞欢欢喜喜去吃喜酒,回到家就被袁开河打了,眼角、嘴唇都破了,还去医院缝了针,好在没有伤到眼睛。我是后来才知道的,事情的起因竟是因为那条金项链。

那天凤舞装扮一新正准备和袁开河一起出门去,袁开河忽然说:头颈里空空的不好看,去把你的金项链戴上。平常他是不管她穿衣打扮这些事情的,这天不知怎么对她上上下下打量得很仔细。他并不知道她把项链给了她妈妈,她却慌了,因为她只有那一条金项链,金戒指金手镯倒是有好几件,她不想跟他解释,一说起来话又多,也怕说不清楚,再吵起来,就说都是熟悉的人,没得必要。袁开河却坚持要她照他说的办,他难得这样固执,絮絮叨叨说你是有钱人家的媳妇,你大姐出嫁这种时候,怎么能不戴金首饰?你不能叫别人把你比下去。她没想到他还有这样的心思,就拿了一条镀金的项链戴上,反正也是亮闪闪的,只想对付过去就行。袁开河果然并没有细看,还顺嘴赞一句戴上项链就是不一样。

吃喜酒的时候,本来他们家里人坐一桌,吃得差不多,小菜子坐过来凑热闹,她带了几分酒,平常话就多,这么个热闹场合嘴巴更加闲不住。她跟桌上每个人都有得聊,就像一只小蜜蜂,一会儿叮叮这个,一会儿叮叮那个,表面上说着恭维和羡慕的话,暗中带着酸溜溜的讥刺和挖苦,大家都知道她有口无心,没人和她认真,都是和她打哈哈敷衍。她跟凤舞的几个姐姐闲聊,没讨着啥便宜,就转向凤舞,不怀好意地盯着她看,突然大惊小怪地高声笑起来说:是不是我眼花了,现在有钱人时兴带假项链呀?

凤舞没想到小菜子这样眼尖,怕袁开河问,赶紧朝她使眼色。小菜子不知是没领会还是故意的,她还在说:你啥时候买的这条项链,贼光闪闪的,是你上当还是我上当了?凤舞只好硬着头皮说就是真的,说得很没有底气,只想搪塞过去。小菜子还是不依不饶,她嘿嘿笑着道：你不能欺负我们穷人连金子都不识哎。她听了不作声，几个姐姐凑上来看，都是一副看笑话的嘴脸。小菜子觉得自己占了上风，得意扬扬。当时桌上正在相互敬酒，袁开河喝在兴头上，好像也没有留意她们说话。喝完坐下来，袁开河问她们在说啥，刹那间他脸板板的，凤舞很紧张。好在婆婆接过话头说：小菜子夸她项链呢，你一个男子汉，不要去管她们小姊妹的事。大家听了都笑，算是帮她解了围。她真担心袁开河追问，万一他晓得了事情的真相，以他的脾气，在酒席上就能发作起来。

应酬了一天回到家，凤舞疲惫不堪，正准备躺下歇歇，她妈妈拎了婚礼上的剩菜过来，说刚才只顾吃酒，没顾上吃饭，肚子还是空的。她和袁开河赶紧去厨房热了饭菜端上桌，妈妈坐下吃，他们两个一边一个陪着。

吃着饭，妈妈说花小春算是打发出去了，大的阵仗还在后头，再过半个来月大喜娶媳妇，怎么也要比嫁姑娘排场大吧。妈妈算账给他们听，说给了裴家多少多少，给他们小两口买了什么什么，手上的钱快用掉底了。她和袁开河都不接话，由着妈妈一个人唱独角戏。

吃完饭，袁开河站起身，推了碗筷，招呼不打一声就出门了。他常这样，妈妈虽然不开心，也见怪不怪。看女婿走了，马上换了自己人说话的口气，告诉凤舞刚才大喜对她说，大姐夫是个孤儿，他和大姐说没钱没钱还办得这样排场，他没有爸爸，好歹有个妈妈，外头都晓得他在家被惯得不得了，婚礼要是办得不体面，要叫人笑掉大牙的。何况他老丈人还关在牢里，更加不能委屈了人家姑娘。大喜跟她提出结婚的酒席要比原来商定的更上一个台阶，烟酒也要上好的。

妈妈愁眉苦脸，掏心掏肺对她说：哪里是我不想要面子？丫头我有五个，儿子就他一个，我哪会不想把讨媳妇的事情办得风风光光？刚才当着女婿的面我不好说，现在我只有靠你了。

凤舞只好实话实说，告诉妈妈袁开河把她的钱都收走了，现在她手里连私房钱都没得。

妈妈听了，脸一黑，说：你也学会跟我玩花头了。妈妈怂恿她说：那你跟袁开河去要啊。还说：一个床头上的夫妻，你开口，他能不把吗？说句不好听的，你是他家八抬大轿抬进门的，不是养在外头的，他这样子克扣你，说出去不怕人家笑掉大牙。

妈妈吃完悻悻走了。直到夜深，袁开河才回家。他脚步很重，明显带着气。他问凤舞：你妈是不是又跟你要钱了？她不想瞒，钱在他手里，不说也不行。她尽量说得和缓，说妈妈就是提了几句，也没有具体说多少。袁开河听了来火，怒冲冲地说：我说你妈是个无底洞是客气的，她就是个吸血鬼，多少血都不够她吸。你算算她从我们这里掏走了多少钱，她是把我们当银行了吧？

她只想息事宁人，不想跟他吵，就说：一家人，何必说得这样难听。袁开河说：她不来搜刮，我就不说这些难听话。再这样下去，只有跟她一刀两断，以后不许她上门。

听他说出如此绝情的话，她也气起来，气头上没好话，两个人都很火大，针尖对麦芒，互不相让。袁开河不管不顾乱骂起来，把花家祖宗操了个遍，又把架子上的瓶瓶罐罐摔了几个，她去拦，被他抓过去摁在桌上一顿拳打脚踢。等她挣脱开来，两个人都傻了，她面颊和头皮被碎瓷片扎伤，眼角处划了一道口子，半边脸上鲜血淋漓，还有血从头发里往下流。

暑假结束前我们老同学聚餐，凤舞没到。我在饭桌上听说她挨了打，脸被打坏了，出不了门。没等聚会结束我就跑去她家看她。她家没人，窗口黑着。次日我又去，她躺在床上，小脸蜡黄，嘴唇苍白，还没开口跟我说话，一串硕大的泪珠滚落下来。

袁开河和我打过招呼就急步出去了，他似有愧疚，但却绷着，脸上的表情很生硬。他一走，屋里的空气好像都不再紧绷。凤舞坐起身，靠着床头跟我说情况有点不妙，好像有了流产的征兆。我听了紧张起来，问她怎么不去医院，她说已经给医生打了电话，中医来号过脉，让她先观察。我怕她说话费神，马上告辞，说改日再来看她。她却一把拉住我，说好多话没有人说，憋在心里难受，要我坐下来陪陪她。

她给我看脖子和头上的伤痕，她眼角缝了针还没有拆线，额头和太阳穴旁有明显的青肿，她这张脸也不知道挂过多少回彩了，看了让我心疼。

她说：他下手真重，一生起气来就像发了疯一样，打红了眼，对我拳打脚踢，完全不顾我肚子里还怀着孩子，差一点把我打昏过去，有一阵子我脑子一片空白，连疼都感觉不到。我真绝望，这样的日子，不如死了算了。她红了眼圈，又说：我醒过神来，才想到要跑。小时候挨打，大人不让跑，越跑逮住了打得越凶，我都习惯成自然了，现在挨打居然还是想不起来要跑。

她扑哧笑起来，眼睫毛上沾满泪花。

她声音喑哑，用我熟悉的腔调调侃说：等我反应过来，冲出家门，飞奔到大街上，脚上的拖鞋都跑掉了。听不见后面脚步声，回头看他没有追上来，才松一口气。半夜三更，我穿着睡衣，光着脚，披头散发，好在没有熟人看见。街上空空荡荡，看不见人，只有几只狗窜来窜去，我不知道应该去哪里。我想回我妈妈家，又不想去看她脸色，也怕她骂，反正她是不会帮我说话的。我也不能去我婆婆家吧，不为别的，我怕她担心，我跟她怎么说呢，你儿子又打我了？我说不出口啊。我没处去，就在大街上信马由缰地走。不知不觉过了河，还是走回了我妈家。也不知几点了，我妈妈睡了，我敲了老半天门,她才听见起来开门。她看我脸上血迹斑斑,一句话没问就明白了。她冷冷地笑,不安慰我不说,不问青红皂白就骂了我几句,就像小时候在外面被欺负了她还要给我几下子。她拉着脸说我不懂忍让,还说吵了架不该动不动就往娘家跑,带累她不好做人。我听了眼泪直淌,伤心得不得了,我自己的妈妈就是这样对我的。我坐下没有几分钟,真是板凳还没有坐热,她就催我稍点回家去,不要让袁开河找上门来,大家不好看。我是哭着摸黑走回家的,就像梦游,不记得自己是怎么回去的。

她含着两汪泪,让我仿佛又看见她小时候无助的样子。可我除了说几句安慰话,也不能说啥。

她抹了泪说:我小姑妈小姑父听说了,他们来找袁开河,跟他说不能再打我,况且我还怀着孕。他们自然是客客气气,态度软得不得了,话说得苦口婆心。我真没想到,小姑父说着说着,忽然面色一变,他眉毛倒竖,叫袁开河答应以后好好待我,不许对我再动手,还叫他把答应的话一字一句写下来,不能掉转屁股就忘记。袁开河哪里见过这个场面,立马就尿了,没有了气焰。小姑父在外面对谁都和和气气,谁都说他是个大好人,为了我他真是豁出去了。袁开河当着他们的面表态以后不会再这样。你是晓得的,我小姑妈有时候要发发神经,她会疑神疑鬼,得着风就是雨,真难为小姑父还敢站出来替我讲话。袁开河对我动手也不是一次两次,我妈妈和姐姐弟弟不是不知道,他们都把头往脖子里一缩,没有哪个会挺身出来替我说句话。我也明白,他们心里其实都是打着小九九,想从袁开河那里多捞点钱,当然不会为了我去得罪他。她黯然地说:没想到我娘家一大家子人,我还要靠亲戚来替我撑腰。

凤舞在床上躺了几日,孩子没保住,还是流产了。

14　职业女性

凤舞流产，最心疼她的是婆婆。婆婆舍不得她，也可惜流产的胎儿，提起这件事就忍不住流眼泪。她把凤舞接到家里住了一个月，放在自己眼皮子底下看着，不许袁开河气她，每天亲手炖汤做饭，扎扎实实给她补了一个月。婆婆跟她说，小月子也是月子，落下毛病不好治，现在年纪轻，不觉得，如果养不好，没有一个好身体，自己就会吃苦头。她知道婆婆是为她好，样样都听她的。

经历了这次流产，袁开河好像也受了打击，他不像以前那样趾高气扬，在凤舞面前甚至有点唯唯诺诺。他似乎也后悔对她下手太重，而且造成了流产那么严重的后果，可世上哪有后悔药卖？凤舞对他还跟从前差不多，似乎在努力做到与他相敬如宾，但态度是冷淡的。他们两个在一起，让我有一种严冬将至的感觉，虽不能说他们貌合神离，但他们之间看不到丝毫的水乳交融，假如不知道他们是夫妻，他们看上去就跟路人无二，两个人之间连一个亲切的笑容和眼神都没有。

面对袁开河，凤舞心如古井。她悄悄对我说，他们这个样子，尽管公婆特别渴望能够早日抱上孙子，她不敢要孩子。她妈妈从来不问她这事，有也好，没有也好，一点不在乎。有时候妈妈会轻飘飘对她说，自己生孩子生怕了，一个两个三个六个，怀是自己怀的，生是自己生的，疼的是自己，累的是自己，小孩饿了要喂，拉了要换，哭了要抱，病了让人心焦，都是磨人的事，就是有人帮，当妈的辛苦免不了，不如无孩一身轻，能过自己的快活日子。她对花小春说的话就不一样，她不止一次催她快点生小孩，她对花小春说，老话说"多子多福"、"早生早得福"、"母凭子贵"，你生了小孩，你男人会高看你两眼，不过要生儿子才行，生女儿不作数。对大喜和裴早阳她说的又是另一番话。她反反复复说，两口子结婚不就是为了生小孩吗，不生小孩结啥婚呢？老话说"不孝有三，无后为大"，谁家娶媳妇是供着看的？她经常直截了当问裴早阳怀上没有，问得裴早阳很不好意思。

一个家里的人，妈妈对不同人说不同话，用不同心，凤舞说自己早就习以为常，不过要说不在乎也做不到。婆婆倒是真替她急，对她说，你不趁着年纪轻生孩子，年纪大了生起来不容易，带起来也辛苦，等生不出来再想要，后悔就迟了。孩子总归是好的，到老了，有人替你端茶递水，跟你说说贴心的话，那才叫福气。趁我精力好，还能帮你们带。她知道婆婆是真心为她想，也就是她们婆媳心无芥蒂，话才能说得这样通透不绕弯子。她觉得婆婆倒像是亲妈，常常听她一席话，心里头热乎乎的，可是一看丈夫那副嘴脸，心又凉了半截。

我们同学陆续结婚生子，聚会的时候常常是拉家带口。凤舞很喜欢小孩，吃饭时会主动帮忙看孩子，而且极有耐心，而她自己在生孩子这件事情上却犹犹豫豫，说心里很矛盾。公婆那边抱孙心切，他们倒是不催她，就是送各种补品让她调养身体，早早晚晚老保姆北阿姨提着竹篮子给她送来滚烫的炖品，燕窝、虫草、参茸变换着花样给她补，婆婆的用心让她很过意不去。

可是她真想怀却没有那么容易，或许是流产伤了身体，肚子一直没有动静，每个月的月事准得就像钟表，一天不多，一天不少。她不想去四处寻医问药，就是听天由命。

这年年底传来消息，凤舞考进了银行。我听了很感意外，没想到她放着悠闲轻松的日子不过，却去上班，这在每天挤公交、有事没事还要坐班的我看来，真是有福不会享啊。她进银行说是考，其实用不着她自己费劲，她是袁家的媳妇，靠着袁家，在咸城地界上找个工作还是不难的。袁家在咸城名气很响，他们生意越做越大，越发有名。从前他们主要是贩货，赚个差价，随着政策放开，他们开了一连串的店，城里热闹些的街上都有袁记的铺面。袁家的业务范围也不断拓展，公公从零售业开始转向房地产，成了当地知名的企业家，经常出现在报纸和电视上，他穿着西装，仪表堂堂，十分风光。婆婆仍然在幕后，从不抛头露面，但大小事情，样样操心。两个小叔子更加出息，他们除了打理家里原先的业务，袁开山承包工程，袁开泰开装修公司，兄弟俩配合默契，和父亲叔叔一道一条龙把生意做得红红火火。大毛头夫妻管账，小灯笼夫妻和小毛头负责对外联络，袁开河和凤舞就是帮帮忙，或者干脆说就是打打杂，甚至连打杂都插不上手。袁开河没有生意头脑，不是算错了账，就是让人骗了，没有赚到钱反倒生出不少事，还要别人替他善后，家里稍微大点的生意都不敢交给他。大儿子没能耐，婆婆有意提携凤舞，但凤舞同样不懂生意经，心又软，进货进得比谁都贵，卖货卖得比谁都便宜，人家只要跟她哭穷诉苦，她就答应打折赊账，外头欠的钱也拉不下脸要回来。好在他们夫妻俩心平得很，看兄弟姐妹挣钱多，半点不眼红，还是不温不火过着自己的小日子。婆婆心疼他们，常常暗中贴补。凤舞提出想到银行上班，公公婆婆一听，既是铁饭碗，又很体面，况且银行里有自己家的人，肯定是能沾光的，岂有不赞成的？马上出面去替她说成了。

我听说凤舞在银行还蛮吃香的，也蛮吃得开。她人长得美，勤快听话，又能喝酒，又会说话，领导出去应酬喜欢带着她，有时候几个领导为争夺她还能吵起来。她能喝，名声在外。她自己说还是当初跟钱老板一起时练出来的，不过主要还在于豁得出去。这几年她在婆家虽说极少直接插手生意，生意场上的事情还是看了许多，

285

人情世故懂得不少。她会看眼色，知分寸，你来我往，明里暗里，错综复杂的事情一目了然，瞧得明白，理得清楚，掂得出分量，懂得机智巧妙摆好各种关系，至少不会出啥大错。电话里闲聊时她跟我说过，虽说是吃饭，领导交代下来，她会事先做好功课，饭局的背景，来的什么人，谁重要谁次要，要突出哪个人，办成什么事，怎么打配合，她都会摸得清清楚楚，不打无准备之仗。别人以为她就是去吃吃喝喝，她却把饭局真正当成工作，不敢麻痹大意。在穿着打扮上，她也下足功夫。洽谈业务时的正式、半正式，联络感情时的休闲、半休闲，制服，礼服，裙装，胭脂，口红，眼影，香水，丝巾，首饰，一丝不苟。

听我们同学说，大领导来，她端庄得体，见重要客户，她严肃清正，任何时候精神饱满，反应得当。酒桌上客人喝得高兴，难免要调调情，那些酸话荤话她不放在心上，就是别人酒多了，或者借酒盖了脸，对她有些过分，搂搂肩膀，摸摸大腿，她也是一笑而过，稳稳当当，不会让对方下不来台。她在酒桌上这样大方从容应付自如，领导对她都要刮目相看。她从小忍气吞声过来，嫁的又是有钱人家，到了单位既忍让又慷慨，吃得起亏，跟同事不争不抢，有好事主动礼让，别人遇事她会热心相帮，无意中攒得一个好人缘，不但领导赏识，群众基础也相当不错，推举模范和先进代表她都能得高票，所以她进银行没多久就被提拔重用，快到令人咋舌。连我们同学都忍不住要嘲讽她是坐直升机上去的。据说行长特别赏识和喜欢她，所以行里有好机会总能轮到她，她顺风顺水就成了系统里的大红人。

数月之后我再见到凤舞，她神采奕奕，精神面貌焕然一新。她薄施脂粉，头发梳得紧紧的，在脑后盘了一个贝壳髻，发髻乌黑饱满，衬着她白皙细腻的皮肤，美得难以形容。她穿着线条流畅的深色套裙，打扮得优雅得体，完全是一副职业女性的干练模样，很有窗口企业员工的风范。她自信，温婉，气质都有了明显的变化，似乎生活的每一分钟都阳光明媚。我对她说，你真的是越来越漂亮了，要是在街上猛一碰见，我可能都认不出来。她听了哈哈大笑，说她自己也想不到会变成这个样子。她说：要是我家老爹爹还在，他看见了不知道多高兴呢。记得我很小的时候，他就对我说，要好好读书，要有上进心，要做对社会有用的人。女孩子要独立，不能靠别人。走上社会，我才懂得他告诫我的这些话的意思。

在我眼里，凤舞身上已经开始有了成功女性的风采。对我来说，最实惠，也是最让我有幸福感，并为她骄傲的是每次回咸城都是她车接车送。那时候她婆家已经有不止一辆汽车，而她用的却是银行的公车，听说只有行长才能用，副行长都没有资格动用，能随时调用公车，可见她在行长那里是多么有面子。我记得起初是桑塔纳，后来是帕萨特。有一天，她亲自开了一辆锃亮的银灰色丰田皇冠来接我，我问她，你们银行的公车这么豪华吗？她一笑说，这车是她自己的，是婆婆送给她的生日礼物。在车里她用一种很知己又很家常的口气告诉我，婆婆问她想要什么车，她不肯要，婆婆悄悄对她说，你不要傻，这辆车你想要不想要都必须要，我不抬你，他们就会欺你的。这个"他们"是指袁家上上下下的人。我听了很吃惊，想不到婆婆对她如此贴心贴肺。她说得一点不带炫耀，话里是满满的对婆婆这位大家长的感激。

第六章　亲密

1　小菜子的闲话

有五六年时间，恋爱、结婚、调动、考研、找工作、换工作、再找工作，让我忙得无暇他顾，回咸城的时候很少，而且来去匆匆，和凤舞也就见过寥寥几面。

康星完成学业归国之后，分在北京中关村的一个研究所工作，考虑到两地生活不便，我们商量由我调过去。没想到调动工作竟是个大工程，颇费周折。因为年纪轻，社会经验不足，刚开始以为很容易，操作起来却困难重重。有几次眼看就要成了，但不知什么原因又卡住了，而且弄不清卡在哪里。别人提示我们应该去找人，我们马上按照指点去找，该请的客请了，该送的礼送了，仍是没有结果。我几乎想要放弃，在家当个全职主妇算了，康星也有这个意思，当时他收入并不高，但他对未来充满信心，认为靠他一个人养家没有问题。我父母听说了，坚决反对。他们的理由就两条：一是女孩要独立，不能依靠男人，背后的理由他们没说，他们认为不用说，不言而喻；二是他们认为培养我上了大学，他们的投入不能白费。这一点他们说得很明白，说不光是为我花了学费，还为我付出了心血，他们不想看到自己女儿出了学校门没几年就成了灰头土脸的家庭妇女。姑且不论他们的说法对不对,但对于我这种从小听爸爸妈妈话长大的孩子来说,他们的意见我不能不听。在各种碰壁之后,我决定走考研路线,自己辛苦一点,但这条路相对通畅,而且不必四处求人。我花了一年多时间复习考试,好在一切顺利。研究生毕业后我进了一家比较清闲的杂志社,以为总算安定下来,没想到上了不到半年班,杂志社黄了,我们从总编辑到小编辑都成了闲杂人员。飞鸟各投林,我好不容易另找了一份行业小报上班,但几个月之后,我们部门领导带着我们整个部门集体跳槽,准备去创建一份新报纸,允诺的条件自然是很好,然而,这位领导因贪污出事,也有说是被人陷害,创办新报的事不了了之。苦了我们这些跟风的,我们还在原报社上班,但整个部门都被打入了另册。不久之后,报社以"优化组合"的名目,让我们部门所有人在三个月内自谋出路,如果没有地方可去,就要服从安排。我又一次狼狈地出去找工作,总算运气不错,找到了一份广播电台的活儿。到了新单位,要从头学起。采访,做节目,每天很忙很累,好在这只饭碗看着还算结实。

我和康星的婚姻倒是一帆风顺。康星不浪漫,也不会说动听的话,他是一个正常而稳定的人。当我经历了岁月,觉得这样的性格其实是相当难能可贵的。我们没有磨合期,心平气和地共同面对各种困难。作为"北漂",我们每天奔波忙碌,压力很大,过着既没有钱又没有时间的生活。我们住过地下室、小平房、简易楼,还和另外一家合住过同一套公寓,短短几年,生活已经将我磨砺成了一个有历练,而且很能将就的女人。

那几年我和凤舞联系不算太多。那时大家已经不怎么写信,程控电话逐渐普及,打长途不需要去邮局等待接线,但话费相对于我的收入并不便宜,最主要的是我们都忙,我和凤舞只是难得通通电话,后来打得也少了。偶尔,我会从同学那里听到她的消息,但都是只言片语，不仅支离破碎，语焉不详，甚至还自相矛盾。

二十八岁那年冬天我回娘家待产，我打电话告诉凤舞，她很欣喜，说要来看我，但隔了好一阵也没见她来。我去妇幼保健院做例行产检，遇见她家老邻居小菜子，她带着不满一岁的女儿去打疫苗，见到我兴致勃勃聊了好久。

小菜子已经不在服装门市做裁缝，她改做糕点师了。改行之后她的收入比以前多，用她的话说人可以少穿件把衣服，但不能亏嘴。她自己的小家和我父母家离得很近，她经常抱着小孩过来串门。她还和以前一样喜欢扯张家长李家短的闲篇，自然少不得要跟我说到凤舞。

某日，她来闲坐，用一种夸张的语气说：你肯定想不到，你的好朋友小五子现在厉害得不得了，她能算我们咸城最风光的女人了吧。她在银行里提拔得特别快，早就是支行行长了，人家背地里说她是坐火箭上去的。她路子粗，不好办的事情找她，只要她答应，就没有她通不到的关系。

小菜子笑嘻嘻，一副话里有话的神气。她话头一转说：不过凤舞也蛮不易的，我看她就是放过了冬的橘子表面光，心里苦，其实日子过得并不见得有多舒服。

小菜子用她招牌式急促的带点结巴的语气问我：你你你和她有多多多长时间没有见到啦？你们好久没见过了吧？我觉着她老老老了好多，这几年她过得蛮不容易，有点焦头烂额。

她停下来，欲说不说，神情微妙。

她问我：你真的一点没听说吗？

她显出有点难以启齿的样子，迟迟疑疑，但还是忍不住说了出来。

她说：谁都看得出来凤舞跟袁开河不般配，她嫁他就是鲜花插在牛粪上，当初要不是她妈妈图钱，她不会得嫁给那么一个人样子都没有长出来的。她那个妈妈,哪里像亲妈,对她狠得不得了。凤舞结婚以后就像是换了一个人,我看她回娘家时经常是愁眉苦脸,一点没有飞上高枝的得意。嫁了有钱人不是应该高兴的吗?袁家那么有钱,看不出她高兴。有钱还不高兴,你说是不是很反常?肯定不是不顺心就是不如意呗。我觉得她还是蛮可怜的。

我听了有点为凤舞担心。

小菜子神秘兮兮地说:你不晓得吧——她心里有人。

我以为她会说谢文屿,心跳莫名加速,结果她却说:她喜欢她小姑父。

尽管从前就有耳闻,凤舞亲口跟我说过她小姑妈听了别人的闲话还上她家里去闹过,但我认为那就是胡说八道。小姑父确实一直很关心她,对她很好,但他就是一个普普通通的男人,长相一般,腿还有残疾,也没听说他混得有多好,既不大富,也不大贵,他和凤舞年纪相差那么大,隔着辈分,关键是小姑妈一直健在,还很神道,对丈夫盯得相当紧,我难以想象凤舞和小姑父会有什么事。

小菜子说:你还记得她家小姑父吧?上小学的时候他经常给我们讲故事,还带零食给我们吃,见到的小孩子人人有份,对我们都相当好。他笑起来露出一口整齐雪白的牙齿,不瞒你说,小时候我蛮迷他的,觉得他特别有男子气概,特别有魅力,我好希望自己能有这样一个姑父。

我说我当然记得他啦。我清楚记得凤舞带我去造船厂找他,他明知道我们是逃学出来的,不但没有训斥我们,还给了凤舞几分钱,那天我喝到了一生中最好喝的冰镇酸梅汤,吃到了一生中最香甜的盐金枣。凤舞面临辍学是他出面帮她说话,还主动拿出钱来要为她交学费,她病了是他和小姑妈一起带她去看病,他怕她嫁错人,跑去调查她对象的背景,婚后袁开河打她,也是他和小姑妈一起出面去调解，他真就像是凤舞的保护神，尤其是晚爹爹不在后，要没有他，她的日子会难过得多。我还记起一件事，当年凤舞的爸爸让她代替花小春去拖拉机厂会魁五，她跑来找我，说万一第二天上学她没到，让我去告诉她小姑父，小姑父在她心里的分量不言而喻，她的确是将他当成依靠的。

小菜子说她刚听说也不相信，不过无巧不巧还真让她撞见过。有一天她看见凤舞在大街上一路狂奔，泪流满面，就像疯子一样，完全不顾马路上车来车往。她眼看她一头冲进县医院，在后面喊她也没有反应。事后她问凤舞，跑成那个火急火燎的样子是怎么回事，凤舞说是小姑父打青霉素过敏昏了过去，把她吓死了。还有一次，她骑车从小蟒河边经过，目睹了凤舞和小姑父居然手挽着手在河边散步，那里是情侣约会爱去的地方，她差点惊掉下巴。她不知道他们有没有看见她，也没好意思跟他们打招呼，怕他们难为情。

我仍是不信，觉得她捕风捉影，毕竟小辈和长辈一起散步挽个手也不是什么大逆不道的事。

小菜子喋喋地对我说：你不觉得凤舞有点傻气吗？她对人太实心实意了，人家对她稍微好一点，她就要把心掏出来，一丝一毫不肯负别人，从小就这样，长大还这样。我晓得她的，她那个人太不懂保护自己了，一动就是真感情，不是我说她，她家里人也都说她痴。她又说：以前她晚爹爹在的时候，还能保护她，晚爹爹死了家里头的人个个欺负她，他们动不动就打她，经常把她打得鬼哭狼嚎，我住在隔壁，听得真真的。我们不好去拉，别人去管的话他们打得更凶，反倒害了她。只有她小姑父能替她说说话，也只有他肯站出来帮她。她爸爸死得早，家里没个靠得上的男人，不少事情要请小姑父出面，所以他在她家有面子，说话有用。晚爹爹死后就他对凤舞好，看得出来，她对小姑父感情也不一般。

小菜子说得意味深长。我忽然想起凤舞结婚前不久，对我说过她爱上了一个人，是一个永远得不到的人，她这样说："我这辈子大概结不了婚"，还说"我肯定是嫁不出去的"，说这些话的时候她满脸忧伤，悲悲切切，还要我答应她在她孤苦无依的晚年要记得去看看她，因为她只有我这么一个好朋友。在当时听来她的话幼稚可笑，我以为就是小姑娘感情不顺时发发悲声而已。那会儿我还对她说，你怎么可能嫁不出去？你长得这么好看，聪明伶俐，多讨人喜欢啊。果然让我说中，没过多久她就嫁给了袁开河，不过，这个"嫁"和她说的那个"嫁"，看来根本不是一码事。凤舞以前跟我说知心话时也会提到她小姑父，说他人特别好，处处替别人想，宁可自己吃亏，也不肯亏待别人，还说他是除了晚爹爹唯一一个对她跟姐姐弟弟一视同仁的长辈，而且看她犯错也不会凶她，对她一直很疼爱。在我印象中，她跟我聊到她爱的那个男人，和她现实中的这个小姑父，完全是两个不相干的人，无论是从她叙述的口气还是流露的情绪来看，都似乎是风马牛不相及的。我心里猜过可能是某个我不认识的人，我甚至还猜过有可能是她的行长，问她，她当然是一概否定，还让我不要瞎猜。不过我真是从来没有把她小姑父和她爱的那个男人联系到一起，一丝一毫也没有。

　　小菜子却说得言之凿凿，她说凤舞结婚前小姑妈跑到她家里去闹，去了不止一次两次，我们这么个巴掌大的地方，放个屁全城能闻到臭，一点点事情就能闹得满城风雨，弄出这么大动静，让他们一家子出门都抬不起头来。她妈妈怕被袁家知道，把她看得紧紧的，快出嫁前不许她跟小姑父单独说话。她那几个姐姐尤其嫌弃她，出门都不要她跟她们走在一块。她结婚后还有一段时间娘家都不让她回去，后来还不是为了要从她那里捞油水，才慢慢对她不那么排斥，至少明面上做得不那么过分。

小菜子说的这些，我不知真假，也就一听了之。一天，她又来跟我闲聊，她略带羞赧，用袒露心扉的口气告诉我，她跟大喜一直要好，算是青梅竹马，但她家比花家还穷，她又比大喜大了几岁，当时她待业在家，顶替轮不到她，学裁缝和服装设计也没学出名堂，眼睁睁看着大喜娶了年纪更大的裴早阳。她带点幸灾乐祸说，不过他们结婚不到三年就闹翻离婚了，原因不是因为她——大喜跟表嫂搞上了。表嫂比大喜大了十来岁，两个人一共没见过几面，春节表嫂跟着表哥从外地过来拜年，不知怎么一来二去他们搞到了一块。离婚是大喜提出的，他啥都不要，连钱带东西都留给老婆，只图快点拿到离婚证，好跟表嫂做正头夫妻。可是他并没有如愿，他表哥死活不肯离婚，还扬言要杀了他，把他一家人吓得要命。闹到最后是大喜离了，表嫂没离，他成了孤张。他一个人晃荡，也不找别人结婚，大概对表嫂还不死心。他妈妈和几个姐姐心疼他，想起来就在家痛骂那个狐狸精转世的表嫂。后来不知怎么，她们忽然矛头一转，都说是凤舞败坏了门风，带来了报应，不然弟弟不会落得这步田地。她们又像她爸爸刚去世那会子一样，对她什么难听的话都骂出来。老房子的街坊四邻门挨门，她们一骂，家前屋后的人岂有不知道的？

这倒像是凤舞的妈妈和姐姐们做得出来的事情。小菜子半是同情半是哂笑地说：他们欺负凤舞已经习惯成自然，只要是不好的事情就往她头上推，扯得上扯不上都要堆给她，她真是命苦。

她列举的这些事情，真伪难辨，但她说话的神态和节奏却有一种奇怪的感染力，让我不由为凤舞深感忧虑。

小菜子就像透露核心机密似的说：有件事你听说了吗？凤舞好像离婚了，或者就是跟她男人分居了。

我说我没有听说。

她说：反正外面传她过得蛮惨的。

2 一句没提到小姑父

不久见到凤舞。她来看我那天开着一辆崭新的红色宝马汽车，早春天气里，穿着薄薄的奶油色羊绒套裙，透明的丝袜，至少十公分高的蜜杏色和乳白色相拼的细高跟鞋，一头直顺飘逸的中长头发，干净利落。她戴着闪闪发亮的钻石蜘蛛耳饰，纤细的手腕上套着精巧的猎豹形手镯，一看就是价格不菲。她很酷的劲头就像T台上走下来的，从她身上可一点看不出小菜子说的"她过得蛮惨的"，相反，她光彩照人，超级时髦。她给我的感觉仿佛脱胎换骨一般，自信优雅，没有一丝的稚气和土气。她比之前略微丰腴了一点，但仍然十分苗条婀娜，而且线条紧致，还能看出少年时做运动员打下的底子。

我在阳台上看见她时她正从车里出来，她潇洒地关上车门，欢悦地挥舞着手臂和我打招呼，欢天喜地的样子还是她小时候的率真模样。

一进门她就嚷嚷着向我道歉，说早就要来看我，每天忙得焦头烂额，不是开会汇报，就是吃饭喝酒，再就是出差考察学习，东奔西跑，人分成八瓣都不够用。她哈哈笑着说：我从来没想到过自己还有这么有用的一天。

我说：恭喜你升职，我坐在家里都听说了。

她羞赧一笑，不以为意地说：混口饭吃罢了。

我说：家里的饭还不够你吃吗？

她笑得更加欢畅。

她给我带来不少新鲜水果，都是街上水果店买不到的。她细细问了我孕期的状况，叹说自己受了不少罪，还是没能生下一儿半女。

听她的口气，和袁开河的婚姻似乎还正常，至少没有离婚或分居。顺着这个话头，她说到她姐姐和弟弟都有了孩子，大姐有一个儿子，二姐三姐四姐各有一个女儿，大喜有两个女儿，花家下一辈在数量和性别上已经跟他们这辈人相等了。说到孩子，她两眼放光，笑声清脆。

她闲闲地跟我拉起家常。

大姐花小春和大姐夫小岳结婚后就打得一塌糊涂，结婚证不知道撕过多少次，都说是为了孩子才在一起凑合。有一次他们去离婚，走到半路一场瓢泼大雨把他们浇了回去。他们之间其实也没啥大矛盾，就是一些柴米油盐针头线脑的小事情。夫妻俩有一点倒是一模一样，就是特别抠，一根葱都舍不得给别人，他们经常跑到妈妈家去要这要那，他们的两大法宝是哄人和哭穷，连妈妈那么一个爱钱如命的人，都被他们小两口算计走不少东西。

二姐花小夏如愿以偿嫁给了她领导，二姐夫小郑官运亨通，年纪轻轻就当了一把手。有老公罩着，花小夏在单位里很受优待，样样好事少不了她，拿钱得荣誉都排在前头，一直受人巴结奉承，她趾高气扬目空一切，一般人都不放在眼里，不过在丈夫面前却只得委曲求全。二姐夫很花，在外面名堂不少，人家说他是"家里红旗不倒，外面彩旗飘飘"，花小夏跟他一个单位，对他的那些花边不会不知道，她就是鸵鸟，头往沙子里一扎啥都不问。她生孩子很不顺，习惯性流产，怀了三胎才生下女儿，为了保胎，从怀孕到生产，在床上躺了七八个月，生的时候又大出血，差点送命。小郑家里三代单传，全家都盼能来个儿子，见她生下女儿都很失望，她想躲出去生二胎，但端着公家的铁饭碗，不敢冒"双开"的风险。

三姐花小秋老是抱怨自己运气不好，十岁前没有穿过一件新衣服，都是捡两个姐姐的，顶替爸爸，她没争过姐姐，顶替妈妈，她没争过弟弟，偏偏还赶上最后一批下乡插队。她补习了两年，考了三次，总算考上师专。毕业后在郊区的学校当老师，嫌路远挣得少，想办法混到了市里最好的中心医院管人事，从此吃香起来。她经常给人介绍医生，带人去看病，靠山吃山，把咸城的医疗资源用得相当充分。她嫁的是机床厂的一个工人，还是待业时谈的对象，三姐夫小陆很会察言观色见风使舵，还很会装老实，他运气很好，被到厂里视察的一位领导看中，当上了专职司机。领导退休前给他安排了管后勤的位子，虽然只是一个副科长，但油水很足。花小秋却还是瞧不上他，对他很冷淡。小陆忍气吞声，总想翻身，后来辞职下海，先做字画生意，因为不懂行，差点把家底赔光，后来做制冷设备，赚了些钱，花小秋脸色才好看些。花小秋怀孕是个意外，她想做丁克，怀了还是不想要，一次和丈夫吵架后从窗台往下跳，结果啥事没有，生下一个女儿健康活泼，伶俐可爱。她和小陆一直若即若离，或者说貌合神离，她对他脸色好点，他就出去找狐朋狗友喝酒吹牛，夜不归宿，她不睬他，他又往她跟前凑。他们最合得来的事情就是坐在麻将桌上打牌，夫妻俩常常脸对脸，一坐就是一通宵，两人倒是谁看谁都顺眼。

四姐花小冬小时候乖巧听话，没想到竟是姐妹几个当中最能折腾的，她靠自己的本事进了淮剧团，后来又凭自己的能耐去当了兵，回来之后还是靠着自己的人脉挑了个卫生防疫站的工作，既清闲又体面。同事中不少是领导的家眷，她人活络，会来事，经常替这些夫人小姐值班，工作没两年就当上了副主任。不过她情路坎坷，谈了好几场恋爱，都是快到结婚就黄了，有人家不要她的，也有她不要人家的，后来通过征婚找了一个离异的职校老师，没想到结婚没几个月，对方就跟她提出离婚，又去和前妻复合。人家一家子破镜重圆，剩下她孤零零一个。这还没完，离婚不久，她发现自己怀孕了。之前她做过流产，想到自己已经三十出头，年纪不小，一时半会很难找到合适的人结婚，怕做掉再没有机会生小孩，就悄不声响生下了孩子。上个月她又结婚了，经人介绍嫁给了前夫学校的教务主任小高，前任丈夫成了她现任丈夫的手下。

说到大喜，她家唯一的宝贝男孩，她带着宠溺说：大喜顶替妈妈到纺织厂做维修工，织布机只要不坏，他就没啥事情，也算轻松快活。他从小就是家里的金疙瘩，上上下下都围着他转，没想到他结了婚反倒围着别人转，样样肯听老婆的，老婆的话就像圣旨一般，转了半天，人家还是不稀罕他。她无奈地苦笑着说：大喜哪里是会看别人脸色过日子的？他被娇宠惯的，顺着他，还好说话一点，呛着他，他比谁都不耐烦，而且还暴躁，连装都不肯装一下，一身的毛病全出来了。他不会疼人，也不会做事，刚结婚时还兴兴头头想表现勤快，可惜他去买菜，能把市场上最差最贵无人问津的菜买回家；他做个饭，不是烧焦了，就是没烧熟；他洗个碗，弄得到处是油不说，锅忘了洗，桌子忘了擦，做完了别人还要跟在他后面重新弄一遍。他和裴早阳刚结婚还算恩爱，不过好景不长，没过多久就闹得不可开交。两个人都只顾自己，不顾别人，而且互不相让。他们跟大姐和大姐夫两口子一样，看见妈妈手里有点东西有点钱就眼热，想方设法要弄到他们小家去。他们的感情基础其实也薄弱，大喜对裴早阳虽然可以说是一见钟情，那不过是年轻人头脑发热，他自己也承认是以貌取人。从裴早阳那边说，父亲出事，妈妈担心她没人要，她是被家里连催带哄草草嫁掉的，嫁的也不是她中意的人，她心里其实很委屈。他们两个还没结婚就怀了孩子，也许这也是她嫁给大喜的一个原因。他们头胎生的是女儿，不说大喜，妈妈这一关就过不去。他们四处求人，用了不少钱，送了不少礼，开出了女儿有先天性心脏病的证明，拿了准生证生了二胎，结果还是女儿，大喜对老婆就再没有好脸色，一吵架就说她坑了他，断了老花家的香火。裴早阳从小娇生惯养，在剧团里也是被捧惯的，对大喜已经是十分容让，被他说得气起来就回娘家，一走好些日子，大喜带了礼物去她娘家赔礼道歉接她才肯回家。两个人打打闹闹，过了不到三年就离婚了，裴早阳把两个女儿都带走了。后来纺织厂效益不好，大喜既不属于心灵手巧的，又不会搞关系，当个维修工都当不安稳，岗位被人挤掉，就在厂里胡乱打杂，挣得也少。妈妈替他焦心，愁得睡不着觉。大喜没钱用就回家问妈妈要，妈妈就摊派给她们几个姐姐。她还说大喜离婚后没有再找，他高不成低不就，还是从前的脾气，只有他自己看中才行，任谁说都没用。她没说大喜跟表嫂的事，就好像没有那回事一样。

说到自己，她脸上浮起模糊的笑容，不时停顿下来，好像在努力和用心斟酌字句。她说：我读书少，心里好多想法说不出来。她轻声一笑：原先我这个人是不怎么信命的，但是许许多多事情发生了，成了那个样子，又让你不得不相信确实有命运这回事。

我没明白她想要说什么。

她慢悠悠地，就像小时候坐在课堂里练习造句那样一字一句地说：有人对我说，命运就像钟摆，不断地从好的位置摇摆到差的位置，再从差的位置摇摆到好的位置，但这个摇摆，跟钟摆的摆动不一样的是没有规律可言。她带着一种困惑的，就像是愁肠百结的神情说：我们每一天里，每一个小时里，甚至每一瞬间，都可能经历完全相反的事情，我不明白的是同样一件事情，它既让你快乐，又让你痛苦，既让你幸福，又让你悲伤，既让你上天，又让你入地，既托着你飞，又把你碾得粉碎，你说，到底是为什么？

我听得越发糊涂。我问她：比如什么？

她眼神清澈，甚至显得有些天真无邪。她双眼亮晶晶地望着我说：比如爱情。

她说"有人"的那一瞬间，脸上闪过我从来没有见过的神采，让我感觉她说的"有人"不但确有其人，而且非同寻常，一定是她极为珍视并为之心动的人。我不知道是谁，当然我不会直截了当问她。

凭我的直觉，这个人绝对不会是她的小姑父。从头至尾，她一句没提到小姑父。

3　发生了什么

在我女儿猊猊出生前后，凤舞经常抽空从班上跑出来看我，有时工间都要来我父母家转一趟，送点她觉得好吃的东西过来。她还像小时候那样跟我有说不完的话，一坐下就不想走，好多次被她的同事（部下）打电话催走。她跟我聊得最多的是感情问题，也不是具体的什么事情，就是一些泛泛的话题。好像这个年纪的女性都喜欢聊这些，所以我也没有觉得有任何的异样和不自然。

她常用"我问问你啊"或者"你遇到过这样的事情吗"这类话开头，向我发出一些三言两语说不清楚，或者是我根本回答不上的灵魂拷问。

某日，她和我在我家阳台上闲坐，很快，她就进入到那种要与我探讨问题的聊天模式。她问我：什么是纯洁的爱情？婚外的爱情能算纯洁的爱情吗？性在爱情中很重要吗？世界上有真正的爱情吗？女人能相信男人吗？诸如此类。而且她喜欢刨根问底，比小时候求知欲还强。比如她追问我：你说两个人必须是只爱对方才是真正的爱情吗？我说是，但随即想到可能会有更复杂的情况，而且她之所以这样问，答案一定不会这么简单。我马上说：那不一定吧。

果然她说：要是同时爱不止一个人呢？

这可真把我问住了，当时我的生活阅历还不足以说得她心悦诚服。看我张口结舌的样子，她哈哈大笑，笑得特别狂放。

我反问她：那你说呢？

她一脸茫然，说自己想不清楚。

她轻声说：心里肯定是矛盾的。

她遇到的无疑是复杂的情况，这是她给我的感觉。

我无意刺探她的秘密，所以从来不主动向她发问。而她经常就像话匣子打开了似的，特别能说。而且说话时她似乎不需要我呼应，她沉浸其中，不受干扰地往下说，简直就像演员在舞台上说出大段的内心独白。和演员不一样的是她说那些话时非常平静，几乎不带情绪，还会说得前言不搭后语，或者前后矛盾。但不管她说啥，我都能准确领会她要表达的意思，有时往往她自己都没说明白，当然很可能她也没有想明白，而我已经听懂，甚至精准感知到她微妙的情绪，仿佛这是我一种与生俱来的天赋，或者说她所感受的就像是我自己亲身经历的一样。我想这大概是她饶有兴趣对我倾诉心思的一个原因吧。

印象特别深的是她给我讲她夜晚等人的事情。我不清楚是有真实发生的事情做影子，还是她的想象或者梦境。她没有跟我说她等的是谁，但显然不是袁开河。

她说等人让她特别心焦，每一分钟都相当漫长，她在窗口徘徊，以为过了好几个钟头，一看钟表才过去五分钟。尤其是薄暮时分，看着太阳下山，天边被染得通红，她心里满满的惆怅，会有阵阵想哭的冲动。她认为晚霞是世界上最寂寞的颜色，空虚，茫然，无奈，要命的是绝望，那么美，却转瞬即逝。比在黄昏等人更加难受的是在深夜等人，外面一切的声响好像都跟你有关，风声，水声，人声，远远近近的脚步声，隐隐约约的狗叫声，每一声都敲打在你心上。

越是寂寞，听力越好。尤其是突然响起的敲门声，会让你热血沸腾，心跳加速，心律失常。要是长久没有敲门声响起，沮丧的潮水会把你吞没，五脏六腑仿佛被无数虫子噬咬。

她讲自己经历的最惊心动魄的一次，她等到半夜那人还没来，而且一点消息没有，她心急如焚，打电话过去，不接，打传呼过去，不回，她想那人大概是在路上吧，忍不住走出家门去迎。当她走到湖边，皎洁的月光之下，她忽然看见惊人的一幕：水波涌起，巨浪滔天，栈桥和水榭在眼前坍塌，被暗黑的波涛卷走，就像灾难片里的恐怖镜头。她脑子里闪过是发生地震或者海啸了，可是脚下的大地纹丝不动，大海离得很远，她模模糊糊想到会不会是一个梦，可她分明又是清醒的。她站在黑暗中，一些不知光源的反光将她面前的景物照得轮廓清晰。当时狂风大作，高大粗壮的法桐树被风吹得左摇右晃，不时有枝条折断落下，发出巨大的声音，大雨就要来临，她担心这样恶劣的天气那人一路过来太受罪，她希望那人不要来，也想到那人肯定是不会来的。她满心的忧虑，恐惧，失望，甚至是绝望。她顶着大风回到家，一路跟跟跄跄，站立不稳。她关上门，重新躺回到床上，好在家里一切如初，还是原来的样子，外面的狂风大浪飞沙走石没有毁坏家中的一丝一毫。躺下之后，她在心里祈祷让外面的一切也恢复原样，她不再企盼什么，情愿以此作为交换。第二天早上起来，她第一件事情就是开门走出去，外面阳光灿烂，湖水平静，栈桥和水榭一如往常，她很恍惚，头重脚轻，站立不稳。她不知道昨夜的天崩地裂是梦，还是眼前的风平浪静是梦，是自己的祈祷起了作用，还是根本没有发生什么。她跟我说就像上帝在黑夜里修复了一切，白天她看见的和夜里她经历的完全不一样。她没有跟任何人说过，因为她知道说了也没人相信。她问我：你遇到过这样的事情吗？

我惊愕不已。她说得太动情了，让我几乎信以为真。也许，那正是她内心的图景。我感受到莫名的冲击，但也很快毫无障碍地接受并习惯了她这样的说话方式。她时常故意说得语焉不详，我觉得那是出于一种自我保护，我当然能听出来她的生活里隐藏着秘密，在当时那样一个日渐开放的年代，这实在是太正常了。谁的生活里还没有点秘密呢？没有秘密的生活那是多么苍白无味。也许她自己都不知道，她只言片语间流露的爱意绵绵，那样天真无瑕，就像刚采摘下来的新棉花一样洁白，散发着自然的清香，我听了心里涌过阵阵细细的暖流。我被她的真挚和投入打动，不仅感同身受，也为她感到无法言说的欣慰。

4 化敌为友

暮春时节，天气日暖，我女儿已经满月，凤舞喜欢抱她到阳台上晒太阳。她特别仔细，会给猊猊戴上软软的宽边小帽，不让阳光直接晒到她粉嫩的小脸。那些漂亮的小帽子大部分是她出差时从各地的商店搜罗来的，有几顶特美的是她亲手制作的。天晴的日子她会约我出去散步，我们经常沿着小蟒河走上一段，偶尔会走得远点，走到西门大桥，过了桥就是她小时候的家，只有她妈妈还住在那里，那片街区虽然已经一次又一次改造过，仍然是全城最穷最破的地方。隔河眺望，她总是神色凝重。

某一天散步的时候，她试探地问我：有个人，我想带他（她）一起过来玩，行吗？

她没有说谁，似乎怕说出来被我拒绝。

看她的神情，我理所当然以为她说的那个人是男的，我几乎是下意识想到谢文屿，但又马上排除了他。那几年我和他联系甚少，难得想起来会用传呼发个留言给他，他对我也差不多这样。偶尔在北京的中学同学聚会上遇到，我们仍很亲近，他总是紧挨我坐，显得和我关系非同一般，我觉得他是故意做出来给别人看的，当然也有做给我看的意思吧，同学们都似乎很有默契地默认我们关系很好，超过别人。而聚会散后，我和他各奔东西，没有更多的联系。他显然不可能在这个时候出现，因为我知道他正在英国剑桥留学，这是他临行前打电话告诉我的。记得那个电话打得很长，他跟我说了许多他的近况，他新选择的研究方向，还跟我叙了旧，回忆了一些我早就忘记，或者说根本没有任何记忆的童年往事。我印象最深的是他对我说："你很不错，已经上岸。"他的这个"上岸"指的是我结婚，我听着别扭，当时就笑了。他立马会意，笑着说自己没有别的意思，是我想多了。我说：你想结婚的话，不是随时随地吗？他说：你高估我了。他笑叹道，他把我错过了，这是他一生的遗憾。我听了哈哈大笑，无论他此话是真是假，我都当成恭维，至少也是一个玩笑。我猜不出凤舞想带谁来，我一口答应，我想肯定是和她关系很好的人。

她马上说是你认识的，我问是谁，她说黄小橘。

听到这个名字，我惊讶的程度不亚于她说出任何一个我意想不到的名字。她跟黄小橘不是情敌吗？我已经有好几年没有从她嘴里听到"黄小橘"这三个字了。从中学开始她们好好闹闹分分合合已经折腾过不知多少个回合，我不晓得什么时候她俩竟然又化敌为友了。

难怪她显得有点难为情。我问黄小橘现在在哪里，做什么，她说：她一直在外企跳来跳去，我说不上她具体是做什么的，大概是做管理之类吧。她回来已经有好一阵子了，又准备换工作，趁这个时间歇一阵。

她说得平平淡淡，或者说故意说得平平淡淡，就好像她和黄小橘关系一直十分正常，从来不曾有过波折。

黄小橘上大学之后我和她就没有联系，隐约听说她大学毕业后去了日本留学，之后回到上海工作，详情我一概不知。我和黄小橘从来走得不近，因为凤舞和她之间疙疙瘩瘩，我与她比较疏远；又因为她是谢文屿正牌的初恋女友，我觉得和她之间有一点说不清的尴尬，便更是井水不犯河水。我不太能理解的是凤舞跟她的关系，两个人分分合合，不好的时候势不两立，好的时候又如胶似漆，我完全闹不清楚她们这对多年的情敌怎么又不计前嫌和好起来。

凤舞用欣赏和夸赞的口气说她特别佩服黄小橘能量充沛，生活态度积极，她说：我好羡慕她，总往高处走，我太贪图安逸了，所以没有出息。

她说得十分由衷。

我说：你不也很风光，我听小菜子说，你在单位里做得风生水起，你和黄小橘应该说各有千秋。

她摇头，面带羞惭。

我问她黄小橘有没有结婚，她说还没有，不过有男朋友。

我问她：还是当年补习班的那个同学吗？

她愣了，说不记得我说的是谁。随即笑道：早不知道换过多少轮了。

凤舞说起与黄小橘和好的经过。大约两年前她在街上遇到黄小橘的妹妹黄小桃，本想装作视而不见——黄小桃只比我们低一个年级，她想自己与黄小橘的事情黄小桃肯定知道，心里怪不好意思，但黄小桃却主动和她打招呼，她便站定下来，礼节性地和她闲聊了几句。黄小桃没提黄小橘，显然是不想让她尴尬，对黄小桃这份细心和体贴，她又感动又难为情，不想让她把自己看小气了，主动向她问起她姐姐,还跟她要了黄小橘的电话。她把那张写着黄小橘电话的小纸片随手塞进衣兜里,就将此事忘得干干净净。过了一两个月,她把那件外衣送去干洗,从衣兜里翻出记着黄小橘电话号码的纸条,犹豫再三,给她发了一条短信。本来她只想把自己的新电话号码发给她,一激动,短信写得有点长。发出短信她有点后悔,觉得自己多此一举。果然短信发出好几个小时犹如石沉大海,黄小橘那头毫无反应,她反倒松了一口气。夜深人静,她正准备睡觉,电话突然响了,竟然是黄小橘打来的。黄小橘的声音沙哑疲惫,第一句话就是"你又来烦我做啥",她说的是方言,带着毫不掩饰的怒气和责怪,她一听却格外亲切,昔日的感情像潮水般涌来。黄小橘说她出差到旧金山,飞了十几个小时,刚下飞机。她们在电话里一口气聊了五六个钟头,她眼看着窗户发亮,才挂断电话。通过这个电话后,至少有一个礼拜她都处在一种魂牵梦绕的恍惚状态之中,满心想的都是黄小橘,挂念着她,放不下她,她自己也不明白怎么会这样。十几天后黄小橘回国,在浦东机场给她发了一条报平安的短信,她竟然坐不住了。好容易熬到星期天,她买了车票,坐了八个小时的长途车去看她。黄小橘一个人住在弄堂深处的一个破旧狭窄的小房子里,上班很远,工作繁忙,压力很大,而且还正病着,得了严重的贫血,也不敢跟家里说,怕父母担心。她二话不说,打电话给单位休了年假和工龄假,给袁开河打电话说上海的事情没有忙完,留下来照顾黄小橘,带她去医院看病,每天给她做菜煲汤,陪了她半个多月,看着她气色和精神一天天好起来。

凤舞难为情地笑着说:我和她两个,好是真好,翻脸是真无情。我们好的时候说亲如姐妹不过分,比起我和几个姐姐,跟她才是真的贴心。她微微眯起眼睛,露出我很陌生的似笑非笑的表情说:我是后来才意识到,但凡我们闹翻,都是因为谢文屿。

她终于提到了这个名字。她的神态和说到他的口吻都有一种复杂难言的意味，或许可以用"五味杂陈"来形容。

我小心翼翼地说一句：你们现在跟谢文屿的关系正常了吧？

她一愣（也许是我过于敏感），点头说：正常呀，都是过去时了。

她一脸的无辜，还有点不以为然。

随即她轻声一笑说：谢文屿上次回来就说要准备结婚，他早有女朋友了，他们谈了好几年了，你也知道的吧？他自己说时间拖得太长了，有点说不过去。

看她的样子，对谢文屿似乎已经心如止水。

5　又见黄小橘

等我们再见面，凤舞也约了黄小橘。那天凤舞请我们去郊外赏花，去了之后发现花都谢了，临时改成坐船游湖，之后她带我们去一个农庄吃饭。因为不是周末，整个农庄静悄悄的，只有我们一桌客人。

算算我和黄小橘竟有将近十年没见过面了，我们俩都惊讶时间过得飞快。黄小橘变化很大，她早已经不是那个娇花照水的小姑娘，脸上带着一点岁月的风霜，眼睛下面已经有了明显的笑纹。她皮肤依然白净细腻，但不是新鲜花朵般的洁白，而是象牙白，她打扮得十分入时，不过与凤舞的时髦不同，她带着一种另类的酷：头发剪得很短，烫成非洲人般细细的发卷，头顶染成蓝紫色，阳光一照，闪烁着金属的光泽。她戴着硕大夸张材质不详的五彩耳环和式样古怪的颈链和脚链，就像是从遥远的人迹罕至的未开化的海岛归来的。给我印象特别深的是她早早穿上了露脚趾的凉鞋，十个脚指头涂着大红的指甲油，显得个性张扬。她说起话来粗声大嗓，笑起来分贝很高，和原来温柔俏丽的形象反差极大。她穿牛仔裤套头衫，裤腿上有一些不规则的破洞，衣衫上印着密密麻麻难以辨认的花体字母，商标别出心裁打在肩胛和后腰上。她喜欢席地而坐，随手把又大又沉不知装着什么东西的背包往地上一扔，也不在乎干净不干净。她散漫，随性，大大咧咧，透着一股清冷中性风的魅力，完全不像我认识的那个黄小橘。

凤舞对她特别好，那种好和她对别人的好不一样，有一种笼络和巴结，甚至还有一点小心翼翼。黄小橘倒也没有显得理所应当和趾高气扬，对凤舞她也同样像是赔着小心。因为跟她们都熟，她俩这种关系让我深感有趣。

黄小橘比从前能说得多，一坐下来就滔滔不绝说个不停，我们连话都插不上。她语气急促，语句犹如瀑布，有一种飞流直下三千尺的气势。她话说得畅快，尽兴，不遮不掩，知无不言，也不管旁人听了作何感想，这一点倒是和凤舞很像，都属于心直口快，她比凤舞还要放得开。

她毫无铺垫就跟我们讲起自己的罗曼史。她说到前任，前任之前的前任，比前任之前的前任更早的前任，她揶揄别人的同时也嘲讽自己，出语俏皮，针针见血，简直就像讲单口相声，听得我们乐不可支。

黄小橘说起她刚分手的男朋友，人很实在，对她很好，他们已经到了谈婚论嫁的地步——这也是唯一一个向她求婚她答应嫁给他的人。春节的时候她跟他回去见他父母，他家很穷，在大山深处，到了县城还要坐一个多小时摩托车才能到达，是她从来没有去过的穷乡僻壤。他的父母和家人都特别纯朴，对她好得没有话说，他们拿出家里最好甚至是仅有的东西给她吃，还生怕对她招待不周。她非常感动，想到他们培养儿子读到博士是多么不容易，暗下决心等将来有条件了一定接他们到城市生活，让他们过上好日子。然而，回到上海不久，她就和这个男朋友分手了——不是醒悟过来他家太穷，自己背不起这个包袱，而是发现他太花，背着她在和好几个女人调情。有天她男朋友去上班，把汉显BB机忘在她那里，那一天从早到晚呼他的人没有断过，不少是暧昧和甜蜜的留言，发来留言的还不是同一个号码，她没想到一个看上去老实巴交勤奋上进的男人，居然背地里有这么多花头。等他回来，她心平气和地跟他谈，他在装傻、否认、找借口之后，竟然大言不惭地对她说这就是男人的天性，专一是反人性的。还给她洗脑，说男人在本质上都是一样的，他们要尽可能多地得到异性，把种子播出去，完成传递基因的使命，这并不是他要这样做，而是由物种的本性决定的。如果雄性没有这样的本能，那便属于被淘汰之列。她大笑着说：他说得头头是道，让我差点信以为真。当然，也许他只是说了实话而已，但在我这里行不通，我果断跟他说了拜拜，把他放归了山林。

从情绪上看不出黄小橘刚刚失恋，也看不出她是否因为失恋而痛苦。她嘻嘻哈哈地说：我这个人情运不佳，老是情场失意。不过失败多，经验也多。她带着自我剖析说：我算是明白了，如果你对一个男的喜欢得不得了，爱他胜过爱自己，感觉离开他没法活，其实往往不是他有多优秀，而是你的自我不够强大，你对自己不够好，是你不够自信，不够坚强。女人一旦陷入感情，最容易犯的错误是过度关注对方的需求和情绪，而忽略自己的感受，以为付出越多，对方也会更爱自己，两个人就会爱得越热烈，其实这是错误的，大错特错，是一厢情愿，常常事与愿违。实际情况是你越在乎他，便陷得越深，他手上等于有了更多控制你的筹码，你在他面前只会更加被动，而他未必会如你所愿那般爱你，你却会因此感到痛苦，还容易疑神疑鬼。我是栽过跟斗的，终于明白在恋爱中你有没有得到你想要的才是最重要的，你应该注重的是你自己的利益和感受，其他的都是扯淡。永远不要去纠结一个男人为什么不喜欢你，他不喜欢你，你也没必要喜欢他，而且你要义无反顾地远离他。要明白别的东西可能可以通过努力获得，但爱情绝对不行。为情所苦是最不值得的事。

她说得言之凿凿，我和凤舞插不上话。

她问我们：你们是不是觉得我太自以为是？她露出俏皮的笑容说：我求你们说服我，证明我错了。

我们都夸她通透，活得明白。

她又问我们：我是不是很自私？她自怨自艾地说：我知道我这个样子其实很难得到幸福。

凤舞露出钦佩之色，她朝我说黄小橘段位很高，自己遇到情感问题经常要向她请教。她说得很真诚，没有一点玩笑的意思。黄小橘依然是一副洒脱不羁的样子，说自己这么多年在情场上摸爬滚打，情伤累累，练就了一招，就是及时止损。

黄小橘大谈情爱，却一句没有提到谢文屿。我们在一起聊了许多往事，有几次她说得忘情，话头眼看就要触及谢文屿，但她及时而机敏地刹住了车，看上去她更像是顾忌凤舞的情绪。我看她们两个确实是非常要好，似乎比以往任何时候都默契和谐，更加亲密，而且她们的亲昵也不是做出来的，而是发自内心，两人对视都有一种特别的知己和坦诚，令我甚至感到尴尬，觉得自己在场有点多余。

这天我们又吃又喝，荡舟采摘，玩得不亦乐乎，从头到尾都是凤舞付账，我要付钱，被黄小橘拦住，她说你不要管，她有钱。她拦我的力度很大，说话的样子就好像她们两个是一家人。

这天有个插曲，晚饭刚端上桌，凤舞接到一个电话，她马上坐不住了，说要先走一步。她没向我们解释电话是谁打来的，也没提是什么事，只是态度坚决要立即离开。我说不如吃完一起走，她说等不及。黄小橘站出来替她说话，让我别管她，由她忙去，要不然她不定心，我们也吃不好。

凤舞贴心地买了单。她一走，黄小橘似乎人一松，细细地品着桌上的菜肴，恬然的样子就像一尾在池塘里自由自在游弋的鱼，我从来没有看见过她如此松弛和安适。

我们两个继续这顿主人缺席的晚餐。黄小橘跟我缓缓说起她刚读过的一本小说，一个女人为了所爱的男人倾情付出，却被无情抛弃，她讲了许多细节，我问她书名，她却说不记得。她像是带着反思一般说：我发现越是内心缺爱的女人越是肯为男人付出，但往往是付出得越多，付出得越彻底，男人越不当一回事。女人在感情失败的时候常常以为是自己选错了人，其实是爱的方式出了错，所以才会被男人无情收割。

这和她之前谈起自己失恋时说的话几乎一个调子，我直觉她是有感而发。虽说我与她和凤舞一样，从小就是同学，但我对她所知甚少。从那一刻，我忽然对她产生了浓厚的兴趣。

服务生送上来热得烫烫的米酒，我和她对饮。她很自然地跟我聊起一些旧事，我发现我们对许多事情的看法有相当大的出入，不过丝毫不影响我们愉快地畅谈。

酒到酣时，黄小橘单刀直入问我到北京是不是因为谢文屿，还问我为什么没有和谢文屿走到一起，她的态度十分武断，好像谁都应该爱上谢文屿。一时我竟无从回答。

我跟她解释我另有所爱，但不知怎么听上去就像是一句谎话。她两眼直视着我说：那我问你，你喜欢过他吗？我正想寻找合适的措辞，她步步紧逼地说：你就直说，不要绕弯子。

我点头，又觉得是受到她的胁迫，可如果我否定，既不真实，也似乎不符合她的期望。

她又问：你们好过吗？

我说：没有。

她很惊愕，但吃惊的表情转瞬即逝。

停了片刻她又问：不会是因为我影响了你们吧？

她脸上露出少见的迷人又自得的笑容。

我说：不是。我呵呵一笑，又说：如果我爱上他，不会想那么多。

她点头，似乎表示赞同。

她说她也是这样，尤其是在青春萌动的年纪，想做的事情谁都拦不住，而且根本不会顾忌别人的感受。随即她又自己否定了这个说法，说不光是年轻的时候，直到现在她还一样自私自利。她哈哈大笑，说：面对爱情，如果能做到理智和谦让，那还是爱情吗？反正我做不到。

这么多年过去了，许多事情不再是秘密。黄小橘说：有句话叫——"初恋时我们不懂爱情"，我觉得真是太经典了。我以为谢文屿会是我这辈子唯一的爱人，是我的一切，有了他，我的人生才有意义，甚至我的生命才成立。那时候我真觉得把自己的一切都奉献给他还不够，现在想想真是太傻太天真。那时我为了有钱买车票跟他见面，放下补习去参加工作，每个月拿到工资就去北京看他，那是我生活中的盼头，是我活下去的动力。我的一切都是围绕他的，我以为只有那样自己对他的爱情才是完美和纯洁的。我给他写过几百封情书，但就这样，我依然抓不住他的心。我发现他还和别的女孩如胶似漆，别问我怎么知道的，我肯定是有根据才说的，我问他，他也不否认，我彻底崩溃了。我和他吵，责问他，他居然毫无愧疚，就像是理所应当的。

我实在是太愚蠢了，把恋爱中能犯的错误都犯了一遍。——她皱起眉头，仿佛很痛楚。她还说：为了留住他，我做了不少激烈和荒唐的事情，现在想起来都汗颜。完全是因为没有经验，也没有人告诉我那种情形下该怎么做。

她没有细说发生在她和谢文屿之间的事，但她的神情似有很大的悔意。

她突然问我：他伤过你的心吗？

我认真想了想，给了她否定的回答。

她凝视了我两三秒，仿佛要确认我说的是不是实话。她抿紧嘴唇，沉默了片刻说：你和他爱不爱我不知道，但你和他还不算是真爱，因为爱得深肯定会伤心。

我一怔。

她望着我，微笑着不易察觉地摇了下头，神情复杂。她俏皮地一笑：反正你已经结婚，说说也无妨。谢文屿太聪明了，他把账算得太清楚了，我不是指金钱，是所有事情。其实，我们都不是他对手。

我内心受到很大触动。虽然我从来没有这样想过，但说心里话，我承认她看得比我透彻。相爱一场，她竟把谢文屿看作是对手，我不知道谢文屿知道不知道，如果知道他会作何感想。

不过，我还是说：爱情不该是较量，应该是彼此吸引。没等我说完，黄小橘很坚决地摇头，说我太单纯了，态度里带着鄙薄。她一副懒得跟我深究的样子，似乎不屑跟我就这样的问题对话。

我们冷场了好一会儿，她忽然笑起来，岔开话头说：我们上学学过那么多科目，不说大部分，至少一部分是没用的，你说为什么不开一门教我们怎么谈恋爱的课程？那才真正是学以致用的学问，应该有专门的教科书，配备专业水平高而且实战经验丰富的师资，而且要有海量的实操题，还要像高考一样有复习大纲和补习班，那么像我这样的能少走多少弯路啊。

我们笑作一团。

在回去的车里，她迸出一句：谢文屿跟我说过，他不会和自主意识太强的女人结婚，他要找的是贤妻良母。她边说边朝我莞尔一笑：他明确把你我归为一类。

哦，是吗？我嘀咕一句：深感荣幸。

我心里暗笑，看来谢文屿是多重标准，而且他随时可以更改预设条件。这倒是像他，灵活善变，绝不会一条道走到黑。

黄小橘扭过脸来望着我，嘴角挂着揶揄的微笑，她接过我的话头说：荣幸啥呀？你不认为我们都是被人家淘汰出局的吗？

我们再次哈哈大笑。

黄小橘换了认真的神色说：如果按照谢文屿的标准，凤舞大概才是他理想的结婚人选。她补充道：凤舞对他一往情深，样样都会听他的。

然而，她说这话是带着冷笑的，一望而知并不是真的认同。她那种对凤舞和谢文屿毫不客气的双重否定，让我清晰地看到她的强势而且心有不甘。

虽然黄小橘口口声声说对谢文屿已经很淡漠了，但看她对他如此念念不忘，想到他们一个未嫁，一个未娶，我问她和他是否还有可能。她用力摇头说：我跟他情缘已尽，分得彻彻底底，我们早已经恢复到纯洁的兄弟关系。

6　眼花缭乱

这次游玩之后，我们三个经常见面，一起吃吃喝喝，在晴和的日子出去散步，或者头靠头在河边的草地上躺成三条射线。黄小橘是我们三个当中最能说也最敢说的，大多数时候我和凤舞是她的听众，甚至连话都插不上。我发现我和凤舞对她的宽容度远远异于常人，有些话别人不能说，她说无妨，她时常一边绘声绘色地回忆自己经历的各种风流韵事，一边嘲笑我们两个在她看来保守落后的爱情观和生活方式，她自负地调侃我们，我们却乐意被她讥讽，因为她总能把我们逗笑。她甚至还大胆假设我们分别嫁给谢文屿会是什么样子，我们居然都喜欢听她这样胡说八道——当然，她是不会说出什么好话来的。

八月，谢文屿回到咸城。他拿到博士学位从英国归来后，进了部委工作，这次回来是为了继承和出售已故的爷爷奶奶留下的老屋。两位老人家生前立下遗嘱，把他们二十世纪六十年代被抄走，十几年后又退赔回来的房子传给他——他们一手带大的长孙。叔叔婶婶很气忿，想方设法要把这个房子从他手里夺过去，没有达到目的又掉过头求他分他们一半。他原本已经准备妥协，接受他们的提议，但叔叔婶婶说是他们一直在父母跟前寸步不离地照应，为他们养老送终，又出力又出钱，言下之意事情都是他们做的，却没有落着好，显然他们属于自说自话，并不是事实。叔叔婶婶也从父母手里分到了房子，只是他们早早卖掉了，而且很快花光了那些钱。他们认为自己即使再拿到一半还是吃亏，又跟他提出想要整个房子，可以象征性地给他一点钱作为补偿，这个数目当然是很少。他们话里话外叫他不要在意，还说他有出息，前途无量，将来多少钱不挣，眼光放长远些，老家的这点东西根本不值得他计较，让他放弃继承，被他断然拒绝。他们谈了几次，不欢而散。叔叔婶婶找了亲戚对他施压，说了许多难听的话，亲戚又传给他，彼此闹得很僵。他去办继承，才知道手续烦琐，远远超出所料，法律之外还有不少土政策，甚至连办事员都弄不清楚。办完继承手续，他不再犹豫，坚决要售出这个房子。但是叔叔婶婶早在他回来前就将房屋占了，他跟他们说过几次,他们说在这个老房子住惯了,就是不肯动手搬家,而且见了面很僵。他不能像以前回来住在家里,借了朋友的一套房子住在外面。这次回来他不像以往那样来去匆匆,工作已经定了,他一点不急,像是要打持久战的样子。

我跟他有许久没见过面。那几年我从南京折腾到北京,恋爱,结婚,生孩子,换工作,焦头烂额,他从国内到国外又回来,留学,读博,找工作,也是马不停蹄。起先我们还偶尔通个电话,打个传呼,后来连电话和传呼也没有了,真就是相忘于江湖。他回咸城的消息我还是从凤舞和黄小橘那里听说的,他不知道我也在这里,当我们见面时,既意外又惊喜。

在我们见面之前,他和凤舞已经见过好几次,这是从他们的谈话中听出来的,他们显然也没有回避我的意思。那阵子黄小橘不在咸城,她到上海面试去了,我不知道她是故意躲避,还是真的有事。看上去谢文屿和凤舞的关系十分亲密,他们情投意合,水乳交融,那是一种装不出来的感觉。在有他们两个同时在场的情况下,我是下意识地退后的。因为他们之间那种亲近是具有排他性的,在这种事情上我自认为是非常敏感。

那一段时间我们同学隔三岔五聚会,轮流请客,没有别人请的时候就是凤舞买单。她和谢文屿就像一对情侣,不管是谁做东,他俩总是紧挨着坐。大家在饭桌上碰杯斗酒,他们会低着头或者脸对脸悄悄开小会,同学起哄,让他们把私房话说出来让我们大家听听。席散的时候他们两个也是一块走,谢文屿回来之前我们几个女同学总是固定搭凤舞的车,看他们成双作对,我们便识趣地不再往前凑。有同学开玩笑说,可别让袁开河撞见,怕是醋坛子要打翻。

那时候卡拉OK已经从南方传来,正在我们这个小城风行,吃完饭凤舞不愿意早早散场,会邀请大家一起去唱歌。她本来就能歌善舞，卡拉OK唱得非常好，谢文屿也同样是唱卡拉OK的高手，他们两个人唱起来声情并茂，配合默契，但他们很少唱，大部分时候进了歌厅也只是坐在光线昏暗的角落里说话，或默默喝酒。有时却不过同学盛情相邀，他们会在别人的歌声里相拥而舞。谢文屿只邀请凤舞一个人跳舞，从不邀请别人。他们松松地搂着，肢体却在随意的摇曳里透出浓情蜜意。同学看了，窃窃私语。我常以家里有小宝宝为理由，吃完饭就告辞，能不去就不跟他们去歌厅，实在被他们强拉了去，也是略坐一坐就提早撤了。

过了一两周，黄小橘回来了。她一现身，聚会的气氛大变。

黄小橘还像以前一样，当仁不让坐在谢文屿旁边，凤舞自觉自愿坐到她的下手，或者就是随便一坐，没有像从前那样和她分坐在谢文屿两边，她是丝毫没有与黄小橘分庭抗礼的意思。黄小橘不知是有意还是无意，每次都把谢文屿和凤舞隔开。看到这种昔日的戏码再度上演，快到而立之年的同学们不由异常兴奋，大家抱着看戏的心态，悄悄交换眼色，都在暗笑。

谢文屿似乎很想做得一碗水端平，但在黄小橘骄横跋扈盛气凌人的姿态下，他只好半真半假地顺应她，脸上挂着温柔随和的笑容，扮演她余情未了的前男友，或者是爱你在心口难开的倾慕者。凤舞几乎任何时候都毫无原则地站在黄小橘一边，就像是她的铁杆粉丝，黄小橘嘲讽挖苦谢文屿，她也跟着笑，甚至跟着帮腔，并不为谢文屿说一句话，和她之前围着他转，和他同气相求的样子判若两人。每次饭局差不多是她主动买单，如果别人要付钱，她会冲上去抢得像打架一样。黄小橘也会上去阻拦别人，她还是那句话：她有钱，让她付。不过她说这句话和我们三个人在一起时不一样，她跟凤舞完全没有一家人的感觉。

我担心黄小橘和凤舞会有矛盾，那样我们三个人刚建立起来的

317

友情就会被打破，好在没有。凤舞表现得克制忍让，甚至让我有点心疼。黄小橘话里话外一直在提醒她是结了婚的，有丈夫有家庭不能任性，凤舞真就像是把她的话听进去了。她变得端庄严肃，十分刻意地跟谢文屿保持距离，不跟他有亲近的举动，也不跟他开玩笑，连和他说话都很注意分寸。不过有时她一高兴会忘乎所以，也可能是有意要打破那些束缚，她会娇俏妩媚地对谢文屿说一些痴痴的话，做出一些孩子气的亲昵举动，虽然并不过分，但黄小橘明显不悦，甚至毫不掩饰，瞬间黑脸。

有一天，凤舞一个人来到我父母家里，我午睡刚起，被小孩闹了一夜，醒来还是昏头涨脑。我请她坐，给她沏了茶，有一搭没一搭地跟她闲聊，忽然发现她不说话了，看她竟然在流泪。

我问她怎么了，她说没什么，不肯对我说。但她没有马上走，显得心事重重，郁郁寡欢。我问她是不是和袁开河吵架了，她说没有，我问她是不是和娘家人有啥事情，她也说没有，我立刻猜到有极大可能是与谢文屿和黄小橘有关。我向她问一句：是不是他们让你不高兴了？她用力摇头，眼泪噼里啪啦直往下掉，显然是被我说中了。

她抽噎了一阵，平静下来。从我家离开前，她特意关照我不要对别人说，我明白她的意思，向她保证不会说的。

随后几天同学聚会照常，大家相处还算正常，至少没有出现翻车的情形。然而又有一点意外发生，谢文屿的女朋友蒋忻儿突然来了——其实这个"突然"只是对我们而言，人家很可能是早就安排好的。

蒋忻儿到来后，黄小橘立刻也靠了后。再聚会时，蒋忻儿坐在谢文屿身边，做小鸟依人状，黄小橘和凤舞都坐得离他远远的，大家不再拿她们跟他开玩笑，而且饭桌上说的话都中规中矩，没有一句会让人猜疑和浮想联翩。毕竟蒋忻儿是谢文屿的正牌女友，她又是远道而来的客人，这点礼貌我们还是有的。

虽然早就知道蒋忻儿，我跟她近距离接触还是第一次，凤舞和黄小橘也是一样。说起来蒋忻儿和谢文屿交往也有好几年，我记得谢文屿读研究生时她谈恋爱，她还是大二学生。她比我们小三四岁，我们大学毕业她才入学，感觉上她比我们小很多，但这个年龄差在随后的几年时间里几乎被抹平。然而，蒋忻儿在谢文屿面前还是娇滴滴的，就像一个需要保护的小妹妹，或者说她摆出一副这样的姿态。蒋忻儿长得轮廓分明，额高鼻挺，皮肤白皙，吹弹可破，一双杏目水灵灵，看着既聪明又机灵，有一种大都市姑娘的豪爽与明媚。我发现她和黄小橘小时候有几分相像，但和如今的黄小橘却一点不像。大约是为了显得温柔，她时而故作天真，好似一个大家闺秀有意卖萌装傻，显得有点矫揉造作，和黄小橘干练犀利的作风更是大相径庭。跟我们在一起她明显不自在，酒过三巡，菜过五味，她才像是经过了热身，变得活跃和热情。她似乎很想表现得和谢文屿非常恩爱，一会儿给他盛汤，一会儿给他夹菜，一会儿替他拉拉衣领，一会儿摸摸他，看得我们目不暇接，但无论她为他做什么，动作都是硬邦邦的，磕磕碰碰，像个新手，不像是在一起相爱了许多年的。她的那些亲密举动，或者说是故作亲密的举动，让我们尴尬不已。尤其是黄小橘和凤舞，她们的脸色不太好看。凤舞多少好一点，她就像之前对黄小橘一样，尽量喜怒不形于色；而黄小橘连装都不装一下，她趁谢文屿和蒋忻儿不留意的时候朝我们挤眉弄眼，还说些尖酸刻薄的风凉话，好在她是用很土的方言说的，估计蒋忻儿听不大懂，即使她能听懂，至少可以装作听不懂。谢文屿好多次把目光投向我，像是求援，我只好当仁不让出来打圆场，说些和稀泥的话，或者直接岔开话题。经常是一顿饭吃得波谲云诡暗流汹涌，谁都不知道下一秒会发生什么。也有一两次到了不欢而散的地步，大家各走各的，连告别都省略了，我都不知道谢文屿该如何对蒋忻儿解释。

7　道别

　　蒋忻儿还是提前回去了，本来听说是要过完暑假的，离暑假结束还有十来天，她招呼没跟我们打一声就走了，看上去像是赌气离开的。谢文屿也没对我们做任何解释，他的态度就像是一副爱走不走的样子，很无所谓，跟他之前在我们面前有点故作姿态表现出来的对蒋忻儿爱怜体贴反差很大。蒋忻儿一走，我们也没有再大范围聚会，大家都安静了下来，好像之前的热闹忽地消散了。

　　凤舞、黄小橘、谢文屿几个就像隐身了一样，也都见不到了。

　　某天，我听见楼下有人喊我名字，走到阳台上一看，竟是谢文屿。他斜靠在自行车上，说路过这里，顺便来看看我。我请他上楼到家里来坐，洗了手，给他泡茶。

　　他喝着茶，一直沉默。我觉得他有点反常。我问他这些日子过得怎么样，事情都顺吗，他抬起眼睛望着我，一脸的茫然，仿佛听不懂我说的话。

　　过了片刻，他才回过神来，说一句"焦头烂额"，就无话可说了。他喝光了杯里的茶，我又给他续上，他还是默默地坐着。不管我找什么话头跟他聊，他都是一言半语就把话说完了。不好说他是不是心不在焉，更像是神不守舍。他闷闷地坐着，身上散发着寒气，实际上天气很热。

　　坐了半个来钟头，他神情活泛起来，像是缓过来了。

　　他微微笑着说：其实我不是路过这里，我是专门来找你说话的。

本来有一肚子话，见了你倒说不出来了。

我说：不想说就不说。

他争辩道：不是不想说，是说不出来。他皱起眉头，一脸尴尬，还有苦恼。

我问他怎么了，他仍是沉默。

他枯坐了半晌，起身告辞。他说他这一两天就回北京，问我要不要跟他一起走。这一幕似曾相识，我想起上大学时他约我同车去南京，心中涌过昔日重来之感。我立即就答应了。之前我顺嘴和他说到过我的产假即将结束，打算带女儿回北京，我不过是随口一提，他竟然记得。猊猊太小，我一个人带她路上肯定有诸多不便，原本我是想等她爸爸回国后来接我们，但等他回来我的产假就超期了，我正为这事犯愁，谢文屿主动提出同行，对我来说实在是求之不得。

我们定下次日就走。收拾行李的时候我才体会到带一个不到半岁的小婴儿出门和自己出门完全不是一码事。那么大点小东西，需要的物品大大小小几个旅行包都装不下，打包和装箱就花了好几个小时。因为仓促间决定回去，已经没有时间召集同学吃饭，我给凤舞和黄小橘打了电话，在电话里与她们告别。黄小橘说她当晚就要搭便车去上海，上午刚刚收到又一家公司的面试通知，她也正在手忙脚乱收拾箱子。凤舞接到电话马上就赶过来，跑得上气不接下气，还带了好多点心水果给我们路上吃。她恋恋不舍地说：都习惯了有你们在这里，忽然走了，又要冷清了。

她说得很动情，看她落寞的样子，我心里也跟着很惆怅。她说明天一大早要带队下乡去，送不了我们。她把猊猊抱在怀里，舍不得放下。

第二天早晨，长途汽车快要发车的时候凤舞居然出现了。她一身短袖短裙工作服，只化了一点淡妆，掩不住眼泡浮肿，面色蜡黄，看上去十分憔悴。她急匆匆赶来，眼光越过我望向谢文屿。她就像被烫了一下，迅速扭过头去。我看见她眼中泪光一闪，但她转回头来已经恢复了正常。

我对她说：你不是要下乡吗，何苦这么早又赶过来？我是真的心疼她奔忙。她拉着我的手，依依不舍，嘴里喃喃地跟我说她让同事先走了，自己略晚一点过去没关系，不知道下次什么时候再见面，还是过来送送你们。

那天一大早天就开始热了，初升的太阳金光闪闪，一丝凉风没有，空气很蒸人。离发车还有十来分钟，汽车来了，车门还没开，我们站在车站的围栏外边说话，不一会儿都是热汗涔涔。凤舞的目光几乎一直在谢文屿身上，而谢文屿却并不和她对视，他的一双大眼睛眯缝得就像两条线，神情凝重，显得若有所思。

有一阵我们三个人都找不到话说，就那么怔怔地面对面站着，气氛很僵。我们催凤舞先走，不要误了下乡，她却坚持要等我们的汽车开了再走。四周闹哄哄的，抽烟的、咳嗽的、操着方言大声喧哗的、不知为什么事争吵的、提着行李慌慌张张走来走去的，给人一种兵荒马乱的感觉。突然汽车门开了，我们跟着人群一窝蜂拥上了车，车里很快挤得满满当当，行李架上放满行囊，连座位底下也塞满了东西，还有人带了鸡鸭鹅之类上车，活物从箱笼和网兜里伸出脖子，探头探脑，叽叽嘎嘎叫着，扑棱着一阵阵挣扎。刚才车外的劣质烟草味和粗俗的吵嚷声几乎原封不动移到了车内，车厢里又闷又热，乌烟瘴气。

凤舞站在车下，等着与我们道别。我们隔着车窗和她说话，周边太嘈杂，我们听不大清她在说什么。其实到这时候也没有什么要紧的话，无外乎就是说一些路上当心、到了联系之类。说话的时候，凤舞的注意力仍然都在谢文屿身上，她也似乎只在对他一个人说话。

谢文屿默默地听着，微微点头，不像之前那样眼神涣散，他的情绪跟凤舞有了呼应，两人的表情甚至很同频。

汽车开动起来，凤舞的目光刹那间拉出丝来，她跟着汽车奔跑起来，跑得那样忘情。我心里一酸，从车窗里探出身子，使劲朝她挥舞手臂。谢文屿也扭转身子向她挥手，他不像刚才那样满不在乎，我看他也很动情。真的不是我敏感，从头至尾，凤舞都没有多看犼犼一眼，完全不像昨天抱着她那般依依不舍。

8　一路长谈

长途汽车刚开出咸城不久，犼犼就很给面子地睡着了，我总算能喘息一下。谢文屿脸色发青，整个人就像一团有雨下不下来的乌云。刚才还好好的，忽然一下子就成了那样，我紧张起来，问他是不是身体不舒服，他摇头，不一会儿他趴在前座的椅背上睡着了。

没多久他醒了过来，对我说：好几夜没睡过囫囵觉了，刚才突然一阵困劲上来，支撑不住。他不好意思地露齿一笑，说：我感觉从来没这么累过。又补一句：心也累。

我往里挪了挪，让他坐得更加舒服一些。他显然感知到了，微笑地阻止我。

他抬起手腕，张开手指，两只手相对往里一推，接着刚才的话题说：我有一种被包抄的感觉。

他归纳这次回来一个字就是"闹"，跟他之前在北京和国外的生活状态完全不一样，他口气决绝地说很庆幸自己实现了少年时的梦想，远走高飞离开了这个地方，不必再陷于这些盘根错节的关系。他长长地吐出一口气，神情严肃，甚至带着怨尤。

我猜测大概是因为他和叔叔婶婶闹得不愉快，我劝他说：家里的事情不要太放在心上。他说：不光是家里的事情，家里家外都不省心。

他倒是直爽。我立马想到了凤舞、黄小橘和蒋忻儿。老话说"不是冤家不聚头"，夹在这几个如花似玉又个个如同火团一般的女子当中，他确实是很难处吧。

他沉默得就像一块铁。我感觉这个我从小就认识的同学，其实很陌生。

车到高邮，停车吃饭。等再上车坐下，谢文屿情绪好转了许多，甚至主动提出帮我抱孩子。他一次次请求，我一次次谢绝，我说小孩认生，她不肯的，没想到狻狻却并不与我一致，在谢文屿逗她时，朝他伸出的手扑过去。他接过孩子，之后一路上几乎是他帮我抱着。有他同行，单就这一点说，真让我轻松不少，我很难想象要是没有他，这一路上我会多么狼狈。

他慢慢话多起来。他跳出我们正聊着的话题，问我：女孩子是不是到了一定年纪就想结婚？

我问他：你这话从何说起？

他说：你就回答是或者不是吧。

我忽然想起凤舞不久前问过我，两个人怎么样了会发自内心想要结婚，我不知道这是不是巧合。记得我回答她"情到浓时"，她问我啥叫"情到浓时"，具体标准是什么，我回答她是爱得不能自拔。其实当时我只是随口一说，并没有认真思考。

谢文屿等着我回答，我说：你认为是和年纪有关，不是与爱有关吗？

他眼神下意识地躲闪了一下。

他就像是脱口而出一般，直言不讳地说：可我现在一点不想结婚。

他把语气的重点放在了"现在"上。

我很想直截了当问他为什么说现在不想结婚，但我没敢这样说，怕他尴尬，也怕自己尴尬。

他脸上浮起模糊的微笑，像是反省和自责一般说：我这个人特别自私自利，习惯为自己想，我也知道这样很不好。所以。他收住了话头，过了片刻才说：她付出得越多，我越觉得对不起她。

我很想问问他这个"她"指的是谁，凤舞？黄小橘？蒋忻儿？还是别人？不过我立即就反应了过来。

他平复了情绪，带着欣赏说：她真是我们地道的苏北丫头，身上有一股子拼劲，韧性很强，就像爬山，不声不响，一转眼工夫，你看她就爬到半山腰上了，还在不停地噌噌往山顶上爬。这几年她改变好大，说是我们当中变化最大的也不过分。如果我是她，留在这里，处在那种境遇中，可能早就没有斗志，顺流而下了，她却生机勃勃，元气充沛，冲劲很足，锐不可当，她想做什么，谁也拦不住。

他很少这样夸人，尤其是我还从来没有听他这样夸过凤舞。在我看来他这几句话信息量好大。

我说：你应该当面说给她听，她肯定会高兴的。

他摇了摇头，说道：她那个人，太不自信。以她的相貌，性格，才干，收入和财务状况等等来说，样样不错，远远超过同龄人，她却处处小心翼翼，总像矮别人一头，我对她说了，你用不着这样的，你可以过得更好。

我很想说：那你为什么一次又一次把她错过？

我当然不能说。

我说：黄小橘倒是说过一句关于你们的话——

他微侧着脸，全神贯注地等我往下说。

我收住话头，说：还是不说了吧。

我不是卖关子,我只是忽然不想说了。我虽不是特别清楚他与凤舞之间究竟怎么样,但毕竟罗敷有夫,在我看来他们早就没有可能。

他用一种貌似很超然的态度说:黄小橘说过凤舞和我最合适,是这句话对吧?黄小橘自己就对我说过,那时候我们两个还好着,那个大大咧咧的家伙,嘿嘿。

他的表情有点不自然,随即沉默了,显得落寞和凄凉。

晚上,我们上了火车。因为联程票买不到卧铺,只有硬座,在夜行列车上我们几乎聊了通宵。

他又跟我聊到了感情的问题。他显得很沉重,语速缓慢,话说得断断续续,似乎心里有许多解不开的疙瘩,看着就像是纠结于矛盾之中。

他说:对有的人来说,爱情可以跨越一切鸿沟,而对我这种人,并不是这样。我更多看到的是利弊,有自己的一套算账方式,直白地说,就是算盘打得比较精。记得我跟你说过,在我这里爱情是爱情,婚姻是婚姻,生活是生活,事业是事业,也许是从小对家里那些破事看得太多,我没有办法头脑一热只要有爱什么都能扔下不管,我做不到把爱情看得高于一切。与其说我没有勇气,不如说我没有这个能力,我缺乏那种爱情的行动力。

我说:你太冷静了。

我觉得说"冷漠"更恰当。我想起不知从哪里听来的一句话:"爱情很难产生在两个精明的人之间",在我看来,只要有一个精明人,爱情都不容易产生。

他用狐疑的眼光盯着我,大约在猜测我是否在嘲讽他。那一刻,我更多想到的是凤舞。

我说:可惜她没有飞出来。不是说咸城太小,不够她施展,而是她所处的生活环境太不如意,亲情也像是绳索套在她身上。她要是离开老家，生活怎么也不会是现在这个样子吧。

他安静地听着，我说的每一句关于凤舞的话他都听得特别专注。他带着几分温柔和遗憾说：她确实很可惜，什么都听家里安排，其实错失了很多机会。说句不该说的话，她被所谓的亲情毁了。

这一路我们聊得很多也很深，就像真正的知己，说了许多我们之前从来不说的话，他甚至向我吐露了一些内心的秘密。

他说他和黄小橘当初走到一起完全是青春的冲动，是荷尔蒙的作用，热得快，冷得更快。和他相比，黄小橘要长情得多，也深情得多，她对他的好，让他深感愧疚。他清楚自己在她眼里就是一个负心汉，她的眼泪无法打动他，她甚至试图割腕，也还是没法让他投降，他在她面前真就是铁石心肠，连他自己都拿自己没有办法。他想做得和缓一些，甚至为了能让她高兴一点他情愿迎合她，可是女人的感觉太敏锐了，尤其是恋爱中的女人，他任何一点点的勉强都逃不过她的眼睛。她又是那么骄傲和挑剔，丝毫不肯将就。他们两个就像拴在一根绳上的蚂蚱，各自越使劲往前，其实却越是朝着相反方向拉扯对方，那种撕裂感，让他们深感痛苦，而且都很受伤。

他说：往事不堪回首。我们现在能坐到一起，其实是克服了很大的心理障碍。我挺感激她的，也挺佩服她的心胸。这方面我得说有时候你们女的比我们男的强。我不能说她是在表演，但我知道自己在别人面前，尤其是在有那么多熟人的大庭广众之下，确实有表演的成分。

他说得很坦诚，我能感觉到他是第一次对别人说出这些话，在组织语句上他有一些迟滞，语速也比平常更慢。

他还说和蒋忻儿在一起他一直找不到爱的感觉，他跟她约定每周见一次面，就像是例行公事。有时他们当中一个人去外地，或者有事不方便见面，他们也不会补上，而且谁也没有这个意思，他自己还会有松了一口气的感觉。

说到凤舞,他变得吞吞吐吐,欲说还休。

他吞吞吐吐讲了一件小事,他奶奶刚去世不久,一天夜里他饿了,不是一般的饿,是饥饿难耐,凤舞去厨房给他熬粥。已经快十一点钟了,这个钟点回去已经不早了,他知道袁开河那天在家,生怕她回家太迟不便,催她起身。她却说不急,直到把粥熬得火候正好。他看她在灯下用勺子把粥一勺一勺舀到小碗里,双手捧着端给他,她的举动,尤其是她望着他的眼神,令他忽然想起了继母——他悟到自己心里最最渴望得到的正是从小缺失的母爱。

他用一种艰涩却又十分纯真的口气问我:你能告诉我,如果结不成婚,又舍不得分开,想相伴着走一段,这道题该怎么解?

我明白他说的,但我回答不了。他这个问题太为难我了,这不是"既要……又要……还要"吗?他把缺乏勇气和不想负责任说得如此清新脱俗,我听了不止吃惊,甚至感到一丝寒意。

他带着佯装的不满,抱怨我对他不好,一点不肯帮他出主意。

我想按凤舞的脾气,她很可能是宁为玉碎不为瓦全,她是能抛家舍业豁得出去的,但我没说,这显然不是他想听的。可我仔细一想,也许凤舞跟我想的正相反,为了爱情,她是可以做到委曲求全的。所以我倒一时失去了判断。

他推心置腹地对我说:我不是心里没有爱,不是没有诚意,也不是只想自己不想别人,更不是花心,只是在现实中好多事情难以摆平,我左奔右突,找不到一条合适的路,我没有办法各个方面给出合理的交代,我真的是不得已为之,这话说出来可笑,我自己都觉得荒唐,你懂我说的吧?他双目炯炯望着我说:我相信你肯定懂。

我不置可否。

他抬起一只手放在胸口说:我心里很空,很沉重。

9 再次失踪

离我们回京也就一两个月,从咸城传来消息,凤舞失踪了。这太让我震惊和意外了,这不是从前,她不再是小孩子,她有家有单位,也不是过着闲云野鹤的生活,怎么能说不见就不见了?这简直是一件令我难以置信的事。一天之内,我接到十几位中学和小学同学的电话,包括小学毕业后再无联系的同学,也问我有没有听说这件事,知道不知道凤舞的去向。

虽然凤舞小时候就离家出走过,结婚之后也曾有过这样的行为,但这次动静这么大,引发如此大的关注和反响,让我感到事情非同小可。我不知道她发生了什么,心里非常不安。

那日到了夜里快十二点,有人给我打来传呼,没有留言,只有一个电话号码。看区号是咸城的,那时我家因为搬家还没装电话,我立马跑下楼到公用电话回电。

打过去是袁开河接的。他问我凤舞有没有到我这里,我们平常联系多不多,她有没有跟我说过她遇到什么事,一口气问了许多问题。他非常焦急,说话结结巴巴,颠三倒四。我对他说凤舞没来,我已经听说了这件事,一有消息会马上告诉他。我劝他不要着急——但一个大活人招呼不打一声就消失不见了,怎么能不着急呢?他用空洞的语气答应着,隔着电话能感觉到他的慌乱和无奈。

在即将挂电话的那一刻,袁开河含含糊糊地问我凤舞在外面有没有什么情况,他说得很委婉,一句话之后有无数句的解释,说他不是怀疑她,更不是对她不相信,但实际上他的本意正是如此。我不知该怎么接话。他告诉我,他和凤舞已经分居了一年多,之前也断断续续分居过,他跟她吵了架就跑回父母家去住,偶尔会回自己的家，凤舞也会到他父母家住上几天，她跟他家里人，尤其是他父母的关系都很不错，她是把他父母家当成自己的娘家的。他们两个之前吵得厉害的时候也提过离婚，但每次都被他父母劝住。不过他们感情好坏，他爹妈倒也不多管，这么多年，他父母早习惯了他们打打闹闹，分分合合。他很实在地说，现在他不求别的，只求她平安。我听懂了他的意思，觉得他深明大义，竟对他生出几分好感。

通话结束，我很想给谢文屿打个电话，问问他有没有凤舞的消息，但是我迟疑不决，不知道该怎么跟他说才恰当。如果凤舞真在他那里，我算不算冒犯他们的隐私？我是不是就成了一个尴尬的知情者？她若没和他在一起，会不会平添他的担心，甚至令他不快？反正无论怎么想这么做似乎都有些唐突。

我站在街边的电话亭里，望着秋风吹下的落叶在马路上打着旋，一边踌躇着是打还是不打这个电话。我惦记着凤舞，不知她怎么样，心里很为她担忧。时间太晚了，眼看着已经过了零点，我打消了给谢文屿打电话的念头。

那一夜我睡得很不踏实，乱梦丛生。梦中凤舞还是很年幼的样子，她来约我上学，带我翻山越岭去了很远的地方，等我发现告诉她那不是去学校的方向已经来不及。在某个梦的片段，天黑下来，我们疲惫极了，只好找个山洞待下来。突然凤舞一声惊叫，再看她已经坠入洞穴……我惊醒过来，一身冷汗。还有一个梦我也记得十分清楚，凤舞坐在她小姑父的自行车后面，她不像平常那样脸朝前跨坐着，而是脸朝外侧身坐着，甩着两条小腿，欢乐极了。她开心地告诉我小姑父其实是她亲生的爸爸，还特别强调说小姑父是个海员，他周游过世界。她那么得意，骄傲极了。醒来我朦朦胧胧想起她表叔春旦的父亲是海员，那是多么遥远的记忆，我几乎忘记了春旦。在我梦里，凤舞大都是她小时候的样子，她成年之后的模样很不清晰，似乎她一直在走来走去，忙忙碌碌，或者就是愁眉苦脸对我诉说让她为难的事情，我却听不大懂，也没耐心听。将醒未醒之际，我为自己对她的粗暴和冷漠感到深深的自责。

第二天等到上班时间，我呼了谢文屿，给他留言，让他方便时给我回电。他的电话来得很快，他说他听说了凤舞的事，昨天也有同学告诉他。他判断凤舞不至于出什么事，因为就在前一天他们还通过电话，在电话里她听上去挺正常，她只是说在咸城待得很气闷，自己过的是一眼望得到头的生活，今天怎样，明天怎样，今年怎样，明年怎样，一天一天就是重复而已。她还向他讨主意，问他是否应该趁现在还算年轻到外面去闯荡一下，要不然就太晚了。我急不可耐地问他是怎么说的，他沉默了片刻，反问我说：你觉得我能怎么说？难道鼓励她抛家舍业去追求她内心的浪漫？

他听上去有点不悦。很快他平稳了情绪，口气和缓地告诉我说他大意上是阻止了她，让她还是好好过那份安定的生活。他给她分析说，她在银行工作，端着铁饭碗，而且还当上了领导，换个地方要从头做起，没有靠山，没有资源，全凭自己，未必会如此顺利。聊到最后，他劝她能不折腾尽量不要折腾，一份看上去平庸的生活，说不定就是不错的生活，他没敢对她说说不定还是最好的生活，生怕打击她。他问我：你说，我说错什么了吗？他带着疑惑说：还是我的话起了反作用？

他忧心忡忡，不像一开始那样从容淡定。我头脑中有一个闪念，感觉他之前是故作镇定。我差一点问他凤舞突然离家出走是不是跟他有关，但我最终忍住了。

那些天凤舞的事牵动着我的心，几乎每天我都和袁开河通话，问他凤舞回去了没有，每次得到的回答都是失望。谢文屿和我也是热线联络，我们从来没有像那一阵通话频繁，他也同样没有凤舞的

331

消息。不过我们却分别从同学那里听到了一些流言，据说咸城在风传花凤舞是因为经济问题畏罪潜逃了，有的说她贪污，有的说她挪用资金，有的说她虚报账目，操纵财务数据，还有的说她利用职务之便和一些公司大搞权钱交易，如果属实，条条可以入刑。凭着对凤舞的了解，我不相信她会做那些事。袁开河也说绝不可能，凤舞就不是那种人。连她一天学没上过的婆婆都说，她不会知法犯法，家里的钱都用不完，她贪银行里的钱做啥？我想凤舞若真做了违法的事，法律会制裁她，不可能由着她逍遥法外。

10　夜雨

凤舞消失了七八天，音讯杳无，就连在我看来一直是稳坐钓鱼台的谢文屿也沉不住气了。那天晚上八点多钟，我突然接到他打来的传呼留言，让我下楼一趟，他就在附近，想和我说话。我大为惊讶，因为他从来不会事先不打招呼突然就跑到我家这边来，我赶紧换了衣服下楼去。

那夜，外面下着小雨，谢文屿站在便利店的彩色檐棚下面，他没有打伞，头发上落了一些水滴，在灯光下反着光。他面色沉郁，因为消瘦，衬衣显得宽大，在降温的天气里他穿得实在过于单薄。我和他目光一对上，心不由一缩，他憔悴黯淡得和上次我们一起回北京时判若两人。

我们就近进了一家咖啡馆，一坐下来，他开门见山问我：你和凤舞家里联系了吗？她回去了没有？

我说她家还是没有她的消息。他皱紧了眉头说：一个大活人，说不见就不见了，还不报警等什么呢？

他这句话倒真吓了我一跳，我一下子感觉到事情的严重。

我急急地问他：你认为有这个必要？

他避开我的眼睛说：应该是没啥事情吧，我也是心乱了。

他一口气喝了两杯意式浓缩咖啡。他说：这些天我都不知道是怎么过来的。他两眼望着我说：不瞒你说，凤舞离家出走这件事，我是有责任的。

他停下来，仿佛在组织句子。

他说：我不是不知道她一直想走出去，换一种活法，她不止一次问过我，其实她是要我帮她下决心，但每次我都阻止她，连商量都没有，就是直截了当堵死她的路。有时候我说话确实是太武断了，尤其是对她，说一不二，只有结论，没有证明，我也不知道为什么会这样，是谁给了我这样的特权？我现在心里不是自责，是悔恨，我觉得自己做错了。早知道她会这样义无反顾说走就走，我至少好好听一听她的诉求。我对她太没有耐心了，我现在真是追悔莫及。

外面的雨突然下大起来，雨点打在玻璃上发出噼噼啪啪的响声，他扭头望着窗外，我也扭过头去看。外面黑乎乎的树影在风雨里疯狂摇曳。

他吸了口气问我：你看出来了吗？

顶多半秒钟，我就反应了过来，明白他问的什么。但我没有正面回答，那么明显的事情，我就是个傻子也看得出来。不过他们究竟如何，到什么程度，我并不清楚，凤舞也没对我说过。

他说：这些天回想起我对她说的那些话，我觉得自己很浑蛋，我眼前总是浮起她问我一些问题，然后眼巴巴等着我给出答案的样子，我当然知道她期待什么，可我一次也没有让她如愿。我就像一个残暴的人，不，我就是一个残暴的人，我心里想的是我不能按照女人的意愿行事，我一向也正是那样做的。我扪心自问，我好像确实很难和女人建立起那种心心相印的真正亲密的关系，这大概就是

333

咎由自取吧。

我问他要不要再加一杯咖啡,他摇头谢绝。

他不受干扰接着说下去:她早就跟我说过,她想要跟她丈夫离婚,是我一直拦住她。我问她,你离婚之后有啥打算?我觉得这句话从我嘴里说出来特别孙子,我当然知道她怎么想的,但是我总是一次次去浇灭她心里的火苗,我一点也不顾她的感受。

他停下来,拿出香烟,点燃之前站起身,提出跟我换一下座位,他说别让空调把烟味吹到你脸上。

他还是那么温柔、体贴、细腻、多情,女人喜欢和期待的那一套他驾轻就熟,仿佛是一种与生俱来的本领,这大概就是所谓的魅力无穷吧。

他继续跟我说着凤舞和他之间的事情,那些事情他说得线条很粗,一带而过,而且有意模糊了发生的时间,我理解即使面对像我这样的老朋友,他也不想过多暴露隐私。但他还是对我讲了一件事,一件小事,他轻轻一笑说:有一次看她剪了短发,我对她说头发留长了好看,女人味足,你发现没有,她就留起了长发。其实,我不过就是一句无心的话。他停了片刻又说:我爷爷走的时候,是她陪着我,我奶奶走的时候,也是她陪着我,那是我最痛苦最难熬的时候,她陪我给老人家守灵,照顾我,安慰我,通宵都跟我待在一起。

他眼眶湿润了。突然,他轻轻推开隔在我们中间的茶几,毫无预兆地倒下身子,把脸埋在我的膝盖上,他这个举动太出乎我意料了,虽说我们一直关系不错,但从来没有亲密到这个程度。我感觉他好像在抽泣,他就像被抽去了筋骨,那样软弱,无依无靠。我的母性似乎在那个瞬间被激发出来,丝毫不感到他这样唐突。我把手放在他头发上,就像他是个孩子。

大约过了一两分钟,或许时间更短,他从我腿上抬起身子,显得异常疲惫。我这才醒过神来,望着咖啡馆硕大的玻璃窗,外面的雨已经停了,大树也仿佛静止了,想到刚才那一幕不知有没有被邻居或熟人看见,人家一定不知道我和他之间发生了什么。

谢文屿向后靠在沙发上,面色苍白,仍然沉浸在某种自怨自艾的情绪中。他推心置腹地对我说:我跟你说过,我是个自私自利的人,尤其在感情上,小心谨慎,任何时候都不愿意让自己处于被动的位置。我不会轻易给出承诺,而且,说心里话,我对"爱情""婚姻"好像一直都没有做好足够的准备,我总是走一步看一步,步步为营,我知道,像我这样的男人是很让女人失望的。

他微微一笑,我熟悉他这种笑容,从还是孩子的时候就熟悉,我一直以为他是非常自信的,这一刻我忽然意识到,用个不太准确的词形容,他竟是色厉内荏。

他端起服务员送上来的柠檬水,喝一口,缓缓地说:最让我心疼的是她明知道自己沉沦在一段错误的感情中还往里冲,她清楚你根本不是一个对的人,依然还执着地爱着你,爱得一往情深,不计得失,你什么时候需要她,她一定会出现,她总是怀着最大的诚意和善意对待你,我每一次的推诿和拒绝都是对她无情的打击和伤害,可是她好像丝毫不在乎,调整好情绪马上又会笑容满面。想想我心里都忍不住发酸。他感叹道:她对我太好了,肯为我奉献一切,她实在太傻了。可是,我也并非草木,而且,她的好我都懂得,所以……太痛苦了。

我们相对沉默了好一阵子。我不知说什么好,好像说什么都不妥当。

我想到自己,其实,有不少时候,我就像走在悬崖边上,一不留神很可能就成了他口中的那个"她"——现在是另一个人,是我从小到大的朋友凤舞扮演了这个角色。不过,从内心深处说,我对这个角色并不排斥，说不定，还是乐意和渴望的。我感觉到自己好像在燃烧，但那些火焰是冰冷的，我突然打了一个寒战。

我们一直坐到咖啡店打烊。起身离开的时候，在忧郁中显得苍白但仍然十分帅气的谢文屿长长地叹出一口气，说了这样一句话：我现在唯一可以安慰自己的就是我从来没有欺骗过她。

11　归家

凤舞在外面待了四十九天才回家。那天夜里，我接到袁开河打给我的传呼：凤舞已回，平安勿念。我这才长长地松了一口气。

凤舞本人却一直没和我联系。好几次我想打电话给她，甚至已经拿起了电话，但又打消了这个念头。我不知道她回家之后的情形怎样，我生怕自己的关心反而让她有压力。听同学传来的消息，银行是要处理她的，作为支行的一把手，擅自离岗这么多天，招呼不打一声，也不履行请假手续，一句话没交代，工作一扔就不管了，一个多月下落不明，这样的违纪行为，不处理不足以服众，如果谁都像她这样想来就来想走就走，银行就只能关门了。那一段时间凤舞的压力很大，她甚至不打算再去上班，想一辞了之，结果是老行长出面保她，对外只说是临时派她出去考察学习，之后她休年假，让补个休假手续完事，甚至还要给她报销差旅费。有行长这顶保护伞，又拿出这么冠冕堂皇的理由，堵住了众人之口，舆论很快平息。

这年咸城的冬天特别冷，我爸爸妈妈来信说，放在院子里的石臼都冻裂了。因为猊猊还小，怕她不适应，整个冬天我都没有回去，和凤舞也一直没有联系。

再见到她已经是春暖花开。回到咸城我打电话告诉她，当晚她就请我到家里吃饭。我去了她家，屋里收拾得井井有条，十分整洁，袁开河在厨房忙碌,看见我他笑眯眯的,态度里有一种特别的亲近。他让我看他们准备的菜,一个个盘子里是洗净切好的肉和菜,锅里热腾腾炖着的鸡和红烧肉,香味扑鼻。凤舞洗了手给我沏茶,她也是笑眯眯的,明显胖了。

一顿饭吃得其乐融融。原先我还担心会尴尬,她在电话里叫我到家里吃饭,我很踌躇,结果发现自己的担心纯属多余。看上去他们两口子关系正常,袁开河对凤舞不错,替她盛汤盛饭,非常殷勤,简直就像回到了他们新婚宴尔之时。凤舞对袁开河也是客客气气的,连说话声音都很温柔,我觉得用"相敬如宾"形容他们夫妇倒还真是恰当。

也许是因为袁开河一直在场,凤舞和我聊些泛泛的话题,她告诉我一些同学的近况,哪个生了孩子,哪个换了工作,哪个提拔了,哪个下海了等等,她一个字都没有提到黄小橘,也没有提到谢文屿。我识趣地配合她说一些中规中矩平淡无奇的话,一晚上宾主尽欢。

凤舞跟我说起她离家出走的事情,是在隔了许久以后。她不像从前那样怀着一股倾诉的激情竹筒倒豆子一般不厌其详地告诉我事情的经过,而是每次都零零碎碎断断续续地跟我说一点。有时她像是有感而发,不吐不快,却也并不多说,藏头露尾,遮遮掩掩。我不知道她是不是有难以启齿之处,或者有什么别的原因,所以即使她说得语焉不详,我也不会向她发问。

她不止一次向我提起,暑假过后我们忽地一走,她陷入了巨大的空虚。每天,甚至每时每刻,都无法停止想念我们,心里有一种说不出来的渺茫感,浑浑噩噩,感觉自己每一天都在虚度,眼前好像有一片白茫茫的迷雾,看不见未来,也看不见生活的意义。她说自己一直是个得过且过的人,有点阳光水分就能生长,但那种无意义的感觉席卷了她,令她打不起精神。她很消沉,无法振作。她在家躺了几天,吃不下,睡不着,浑身乏力。白天昏昏沉沉,夜里头脑中万马奔腾，没有一丝困意，而且格外清醒。去医院看也看不出毛病，她自己也清楚身体没啥问题。在某个彻底无眠的凌晨，她忽然明白自己就是心病，与此同时，她下定了决心，要到外面去闯一闯，至少是去看看别处的生活。

这个念头一冒出来就长成了一棵参天大树，完全没有从种子到幼苗的过程。她像被一股看不见的力量顶着，顾不得思前想后。她觉得如果再不走，她就再也走不出去，再不会有这样的冲动和心气。不过她还是让自己冷静，她给谢文屿打电话，想和他商量，听听他的意见。然而，不出她所料，谢文屿是反对和阻止的。尽管她早有心理准备，还是相当失望。当时她首选到北京，因为谢文屿的决绝和不支持的态度，她只得改变主意。她也很想去上海，但黄小橘已经在那里，本来对她来说是个依靠，可这个暑假她们因为谢文屿产生的纠葛和不愉快，让她无法面对她，所以她也不想去上海。权衡再三，她决定南下到深圳。

在深圳她有一个关系不错但平日联系不多的朋友，是一位大姐，姓孙，几年前也在银行工作，后来辞职下海，跟着丈夫到南方去创业，在那边做纺织品生意，听说做得相当不错，赚了不少钱。每次回来再匆忙，孙大姐也会跟她见一面，也一直叫她去深圳玩。她去了之后，孙大姐热情地接待她，跟她说深圳正赶上大发展，机会多得遍地都是，劝她留在那里。孙大姐让她在她的公司里实习，同时还让她四处去看看，如果没找到更好的事情，至少有她保底。孙大姐经常带着她出去应酬，给她介绍四方朋友。说是实习，也不给她分派具体的活，每天她从早茶吃到消夜，逛商店，看景区，坐游艇，去歌舞厅，日子过得是前所未有的热闹。她非常喜欢这座充满活力的南方城市，一度很动心想留下来。可是待了二十几天，她忽然就待不住了，心里涌起思乡之情，而且越来越强烈。她很想家，渴望回到那个熟悉的每天一个样的小城市,回到自己的家里,坐在熟悉的桌子前吃饭喝茶,睡在自己睡惯的床上。她被这股浓烈的情绪笼罩,心里像长了毛一样。

她特别记得在深圳待满整整一个月那天,孙大姐请她去高档餐厅吃大餐,问她这段时间感受如何,认真地跟她说非常欢迎她留在自己公司里,希望她能长期待下去,还建议她在深圳买房,在这里安居,不仅为她规划职业前景,还为她规划了未来生活,并承诺只要需要,自己会全力帮她的忙。她被孙大姐的情义温暖,却仍然下不了留下的决心,相反,思乡之情越发强烈。

她问我:你说在老家这里我并没有太多美好的记忆,相反,还有许多童年创痛的回忆,为什么却离不开?总是那么牵挂?

我回答她说:这大概就是故土难离吧。

她说:那你们为什么不是这样呢?

我想了想说:你心太重了。

那一天她喝多了,孙大姐把她送回去。在她临时的小而温馨的居所里她们聊了一个通宵。孙大姐是个很有经历的人,她和丈夫是师专同学,他们从恋爱起分分合合好几个回合,结婚,离婚,复婚,又离,又复,她自己说小半生都纠结在感情当中。对人生她有许多感悟,她自己说都是血淋淋的教训换来的,有一条就是女人必须要靠自己,要有自己的事业,否则很容易在感情和琐事中消耗自己,直到把自己消耗殆尽。孙大姐对她说,女人不能光为自己活,也不能光为某一个人活,那样会羁绊自己的人生,要为更多的人活。她觉得孙大姐正是这样,她处处乐于助人,对她自不必说,还热心公益事业。孙大姐说,人生没有意义,但人生的过程有意义,女人不应该被世俗的条条框框拘束,要活出自己。孙大姐还对她说了许多话,她觉得茅塞顿开,甚至那些当时她听来并无多大感觉的话,越琢磨越觉得大有深意，仿佛在她心里点亮了一盏灯。

之后，又过了大约一个星期，她又像出来之前那样吃不下，睡不着，浑身无力，白天没精打采，夜里脑子就像开火车一样，没有一丝困意。明明她在深圳过的每个日子都舒心快乐，不仅有人关心，甚至可以说是被人疼爱，这是她长这么大很少能够得到的，更不可能如此轻而易举地得到，可不知为什么她却不想再待下去。她自责很没有良心，辜负了孙大姐的美意。

她告诉我在深圳还发生了一些小插曲。有一天她去一个小商品市场闲逛，离她住的地方并不远，她却迷路了。之前她到过这个市场，周边的马路也经过好多遍，不但店铺、街道她很熟悉，就连街边的树木花草长什么样子她都看得眼熟，可是那次她不管走到哪条街上，看见的全是陌生的景象，怎么都找不到回去的路，仿佛时空发生了扭曲，世界出现了破绽。最后她没有办法，只好打电话向孙大姐求助。孙大姐立刻开车来接她，她坐上车，发现只拐了一个弯就到了她的住处。事后她百思不得其解，为什么会在那个并不陌生的地方迷路，转来转去就是走不出去，仿佛被困在梦境里。

她说，她确实很喜欢深圳这座城市，那里欣欣向荣，机会很多。在深圳她除了遇到了善良仗义对她亲如家人甚至比家人还好的孙大姐，还遇到了很多聪慧干练有热情有抱负的人，可她却融不进去，觉得自己并不属于那里。

随后的一个晚上，她回到酒店，走进淋浴间准备洗澡，在镜子里看着自己瘦削的脸和凹陷的眼睛，她很奇怪这样丰衣足食歌舞升平的日子竟让自己过得人比黄花瘦。她忽然像是脑子开窍一般想到自己出来这么久，没跟家里打一声招呼，不知道他们会不会着急，尤其是想到婆婆，心里一阵疼痛。洗过澡躺下，翻来覆去都无法入眠，她睁着眼到天亮，看着窗帘发白，窗帘外的树影在微亮的晨光中摇曳，外面鸟鸣声声，世界开始热闹。她从床上起来，把行装胡乱塞进箱子，就像逃一样下楼打车去了机场。

比来时还要匆促，她买了机票返回。午后飞机在南京禄口机场降落，她已经赶不上当天开往咸城的长途汽车，但她归心似箭，一刻也等不了。她不想第二天再走，包了一辆出租车，一路上都在不停催促司机开快点。

车到咸城已经是晚上快九点钟。天黑透了，她看到一座座房子，不管高矮大小，窗口透出的一团团黄澄澄的灯光都让她觉得暖到心里。她心潮澎湃，嗓子发涩，胸中涌起阵阵想哭的冲动。她又闻到了空气中烧秫秸的焦味和山芋干酿酒的香味，那些气味比任何时候都浓烈——她终于到家了，她感到从未有过的幸福。

她没有回自己的家，而是让出租车直接开到了婆家。她最想做的事情就是进去告诉婆婆一声，她平安归来了。她摁响门铃，袁家的老保姆北阿姨出来开门，北阿姨没有像往常那样打开门后立在门边恭敬地迎她进来，而是又惊又喜，满脸放光，激动地拉住她问长问短，好像生怕她会转身走掉。她顾不得跟北阿姨说话，和她匆匆打个招呼就穿过天井走进屋里。

一家人正在灯下吃饭。咸城人家一般都是五六点钟就吃晚饭，袁家的晚饭要晚，通常八九点钟才开饭。那天家里人很全，公公、婆婆、袁开河，还有袁开山一家，袁开泰一家，小灯笼一家，大毛头一家，小毛头和新婚丈夫，还有几家大大小小的几个孩子也在，她一回去，一家人就整整齐齐聚全了。

她刚走进屋，婆婆就起身招呼她洗手吃饭，四个阿姨站在地上侍候，婆婆还是亲手递了干净手巾给她擦手，亲手替她安了碗筷，就像她以往回家一样。在她洗手的时候，早有阿姨端了一把椅子放在袁开河旁边，小毛头把自己的位子换过来，紧挨着她坐。小姑子就像小狗一样用脑袋温柔地蹭她，在桌子底下紧紧地拉住了她的手，和她十指相扣，她顿时红了眼圈。婆婆不住往她碗里搛菜，把她爱吃的菜都换到她面前，公公让上酒，说今天高兴，大家都要喝一点。袁开河表面上无动于衷，但面色透亮，不仅没有生气的迹象，看上去抑制不住高兴。一家人其乐融融，喜气洋洋，谁也没提一句她离家出走的事情，就好像她只是下班回来略迟了些。她坐在晚饭桌上，嗓子眼被一团热热的东西堵着，好几次眼泪差点夺眶而出。

12　变脸

　　这个温情的场景凤舞跟我讲过不止一两次，听她说的时候，我也为袁家的大度和包容感动。特别是她的公婆和丈夫，能做到这个份上，在我看来相当难得，境界很高。当晚，她和袁开河回到家，袁开河对她千恩百爱，如同失而复得一般。她心里的冰块慢慢消融，觉得自己当机立断回来是对的，一路辛苦也很值得。

　　可是，后来事情就不一样了。仅仅过了一个夜晚，她就看不到丈夫的好脸色。一大早袁开河就为她没有准备好泡茶的开水生气，不光生气，还大发雷霆。她认认真真为他做了早饭，他没吃一口就出门了，还是气呼呼摔了门走的。一整天他不见人影，也没给她打个电话。到了晚上，她到公婆家也没有见到他，家中谁也不知道他去了哪里。直到半夜，他才回家，开灯，开电视，走来走去，乒乒乓乓，脚步很重地走进卧室，完全不顾她在睡觉，好像故意要吵醒她。他一身酒气倒在床上，很快鼾声如雷。紧接着他和她冷战，很长时间不跟她说话，她对他说话，他就像没听见，虽和她在同一个屋顶下，却像没她这个人一般。冷战过后，他频繁跟她吵架，为一点点小事，或者根本没事，说光火就光火，让她苦不堪言。有一次，他又找茬跟她吵架,她没忍住,让他少说几句,他急了,把她的头往门框上撞,还顺手操起放在桌上的大号螺丝刀,用寒光凛凛的刀尖对着她。看着他变形的脸,满口烟熏火燎歪歪扭扭的丑陋的黑牙,她惊恐地大叫,极度害怕他丧失理智。她心里充满恐惧和无助,还有羞辱。她说不过他认,有这样的果,也是因为有之前的因,自己任性在前,所以也不怪他对她这样。

她带着委曲求全和忍让退缩跟我说这些,塌着腰瘫坐的姿态也透露出得过且过的懈怠,那种无可奈何和放弃抵抗是我不熟悉的东西,也是我以前从来没有在她身上看到过的,真的令我难以接受。我觉得她就不应该这样逆来顺受,而是应该积极去寻求解决办法,我委婉地流露了这个意思,她一个劲地摇头。她的妥协让我在心疼她之外,胸口很堵。

她也跟我说到了谢文屿,我以为这才是这段故事的核心部分,因为事情总得有个起因吧。她跟我说了发生在去年夏天的一些事,她讲得更加吞吞吐吐,瞻前顾后,语焉不详。

某一次我们几乎是彻夜长谈,她跟我说那次谢文屿一回到咸城就来找她,她很欣喜,也很意外,他态度格外亲切,已经有好几年他没有这样对她了。她喜出望外,感到昔日重来,当场就晕了。她把工作草草交代了一下,借口出差,和他一起躲到他借住的房子里,每天让楼下的小馆子送两顿饭,整整一个星期没出过门。白天黑夜他们差不多都是在床上度过的,陶醉于青春的激情之中,她自己都无法想象他们怎么会有那么多的热情和能量在一起燃烧。她眼里心里都是谢文屿,跟他好得如胶似漆,把外面的世界忘得一干二净。那一阵恰好袁开河跟她冷战,他住在父母家,和她不说话,也没有联系,所以她连谎话都不用编。谢文屿也非常投入,他专心和她在一起,连传呼都不回。她心里不由又一次燃起希望,她想永远和他生活在一起,决定回去就跟袁开河办离婚。

然而,就在这个时候黄小橘忽然回来了,她给谢文屿打了一个传呼,谢文屿就像梦醒一般,立刻洗澡换衣,准备出门去和黄小橘吃饭。那天对她来说非常尴尬,谢文屿和黄小橘都没有邀请她,犹豫再三,她问谢文屿能不能一起去,谢文屿十分轻松,准确说是故作轻松地说去呗,又不是不熟。她跟着去了,但那种微妙的不自然她心里清清楚楚。席散之后,谢文屿没有再约她一起回去。就像开始得那么突然,他们短短一个星期的同居生活戛然而止。他对她没有一句解释,好像并不需要对她解释。再不久蒋忻儿来到咸城,他又非常自然地做回蒋忻儿的男朋友,连黄小橘都撇到了一边,而且居然切换得无比流畅。

她说的这些有我知道的,也有我不知道的。有不少情景就发生在我和同学的眼皮子底下,那日散场后她形单影只极其落寞的样子还犹在眼前。不过若不是她亲口对我说,我并不知道她和谢文屿纠缠得那样深,甚至还有过短暂而炽热的同居。

她蹙紧眉头,仿佛忍着疼痛一般告诉我,在我们的那些聚会上她太难受了,眼睁睁看着黄小橘和谢文屿打情骂俏,后来是看着谢文屿和蒋忻儿卿卿我我,还要装得跟他像是什么事都没有,配合他演戏,虽说他没有要求她这样做,但她不想给他添麻烦。后来她不想去参加聚会,好几次都想中途退场,为了不扫他的兴,不让他为难和不好解释,她硬是撑着,强作欢颜。

她让我猜猜她最受伤的是哪一刻。我立刻敏感起来,问她:难不成跟我有关系吗?

她笑容凝固在脸上,就那么似笑非笑地望着我。

这么说,竟然让我说中啦?

她说:我说出来你不要不高兴啊。又硬着口气说一句:你要是不高兴，我也没有办法。

　　我还以为她是在跟我开玩笑，也希望她就是在跟我开玩笑，但看她样子并不是开玩笑。她非常严肃地说，当她在长途汽车站看见谢文屿跟我和孩子一起回北京，她彻底崩溃了。我赶忙向她解释说谢文屿不过是做好事，帮我的忙，让她别误会。她根本不听我说什么，执拗地说，那是她内心深处最渴望的幸福的样子，但却是她踮起脚尖也够不着的。我反复对她说，我和谢文屿真的没有什么。

　　我想如果不是凤舞，我是不会说出这样的话的，因为我没有必要向别人解释我和谁的关系如何。而她却像略过了我的话，完全沉浸在自己的情绪里，说：我只是看清了自己人生中的那条线，也可以说是命运吧，明白了什么是自己永远得不到的。

　　她的目光变得散乱和幽深。她像是生气了，我也有点生气。我们相对无语。后来我狠狠捶了她一拳，她也愤愤地捶了我一拳。我们都笑了。

第七章 失去

1 而立之年

三十岁那年我和凤舞一起过了生日。那是我们第一次在一起过生日，也是迄今唯一一次共度生日。三十岁是一个当时觉得很老、回过头去看还很年轻的年纪，某些人的故事从这个岁数才开始，甚至在这个岁数之后很久才开始，不过当时我并不懂这些。我以为过了青春年华，生活就平静得犹如镜面呢，其实不然。

从表面看，凤舞回家以后又回到了原来的生活之中。我们回咸城的时候又是她接接送送，张罗聚会，出钱出力，乐此不疲。她依然像从前那样热情周到，但能感觉出来那种热情并不是真正发自她的内心，更多像是出于礼节。我们在吃饱喝足之后都会说凤舞还是那个凤舞，一点没变，而以前我们不会这么说。很可能大家不同程度都感觉到她还是有不同以往之处吧。

我悄悄问过她过得怎么样，她脸色一变，神情忧戚，带着伤感叹气说还能怎么样，一天天过着呗。就这么一句话，不再多说别的。她有时候会表现得特别开朗，主动跟我说起袁开河还是蛮不错的，年纪大些，也知道照顾她了，婆婆关照他不要为难她，他就真的不为难她，高兴起来会主动买菜做饭，偶尔还会擦擦桌子洗洗碗。她工作上应酬多，经常要在外面喝酒，喝多了他会接她回家，给她做醒酒汤，她难受，他会陪着她，给她端茶递水。他现在也不大爱出去玩了，打牌下棋钓鱼泡茶馆样样都戒掉，除了下楼到烟纸店跟老邻居闲聊，大部分时间在家待着。而且脾气比从前也好得多，不会动不动就摔锅砸碗了。

凤舞变得很喜欢当着人夸奖袁开河，而且夸得很真心，袁开河听了笑眯眯，一副很受用的样子。一次他们两口子非要留我在家吃饭，袁开河又是抢着下厨。他的菜还是浓油赤酱，大鱼大肉，但一看就很下功夫，煎炒烹炸手底下十分利落，厨艺长进非常明显，跟我刚认识时变化巨大，不可同日而语。

那天他显本事，特意做了一道宝塔肉。他说这道菜算红烧肉的天花板，他是跟外婆学的。我是第一次听说和吃到这道菜，有点像梅菜扣肉和走油肉，色香味形更加完美。袁开河饶有兴致地细说这道菜是怎么做的，要选一块夹肥夹瘦的五花肉，切得四四方方，在锅里用油炸过，放在冰箱里冻得不软不硬，然后顺着四面转着圈一刀刀切下去，关键是不能切断，切断就前功尽弃。不过有诀窍，小心仔细一点，切得略厚一点，还是可以做到的。把整块肉切成一整片之后，抹上酱油糟油腐乳等调好的料汁，用一个方形漏斗做成宝塔形状，在里边填上梅菜干贝豆腐丁葱姜炒好的料，放在锅里蒸上一个钟头，倒扣过来出锅就行了。听听就是一道费工费时考验手艺的菜，最让我惊叹的是那次竟是他头一次做，而且相当成功。

凤舞笑眯眯跟我说现在袁开河能耐大了，还会编东西。这我可真是想不到，他一个男人，也不像是好静和心细的，怎么会有这样一个爱好？凤舞带我参观散布在家中各处的箩、筐、篮子、茶盘、凉席、抱枕、扇子、畚箕等等，都是袁开河编的，用的材料是麦秸和篾片，有的刷了桐油，看上去有点粗糙，远到不了艺术品的地步。

她随手拿起一件，轻轻掷下，带着既像是炫耀又像是轻蔑的神情说家里用得着用不着的东西，他样样会编，而且是无师自通。他编起东西来特别入神，简直是物我两忘。

她用一种甚感意外的语调说，某天，他居然编了一只蚂蚱，涂了青翠的颜色，足可以乱真。她拿给我看，我夸赞袁开河手艺精湛，巧夺天工，他在一旁听了却很不好意思，只说反正比出去打麻将好，打麻将老要熬夜，还会输钱。我听了笑，跟他开玩笑说你还会在乎百十块钱的输赢？他老实巴交地说：有时候他们玩得大，远不止这个数。又说：输了总归不高兴，我心眼小，还是在家里编点小东西的好。他实实在在的样子，让我莫名替他感到一种无法言说的委屈。

那天离开他们家凤舞出来送我，她将我的胳膊挽得紧紧的，就像很不愿意我走。站在马路口，她又与我聊了半天，似乎刚才当着袁开河有些话不便说似的，但其实也并没聊什么袁开河不能听的话。她倒是说了许多婆家的好，尤其是婆婆对她贴心贴意，用她的话说，简直就是我们当地俗话说的"冬送棉袄夏送纱"，把她照应得熨熨帖帖。婆婆还时常拿自己的私房钱给她，生怕她手头紧不够用。和袁开河有了矛盾，婆婆也会宽慰她，总是站在她这边说话。她举了一个很小的例子，有一次，袁家有个亲戚送了一些红糖蒸糕过来，是乡里做法，又松又软，甜糯不粘牙，全家人都爱吃。那天她下班迟，回去吃饭时桌上只剩下一小块，她倒没当回事，晚饭后，婆婆把她拉到一边，悄悄对她说给她留了一份，让她带回家去吃。她隐约猜到婆婆会这么做，她果真这样做了，让她特别感动，她知道婆婆心里真的是有她。她说自己跑出去一大圈，公婆非但没责怪她一句，还不让袁开河为这事跟她搅缠，反倒让她很过意不去。有时想想，觉得自己太任性，心里会涌过一阵愧疚。

她话头一转又说，眼下的日子过得很顺，一天一天，从早到晚，好像一眨眼就过去了，不过她却觉得气闷。有时候坐在办公室里看着窗外叽叽喳喳的小鸟，心头沮丧，觉得自己活得还不如一只鸟。小鸟可以自由自在在天空飞翔，而自己却总是被关在方寸之地，家里、办公室、婆家三点一线，想想自己的后半生，生活一眼望得到头。

那天临别的时候，她对我说：要过得下去，就不能对生活有奢侈的欲望。我三十岁就懂了这些，你说我是不是已经老了？

2 中秋节

这年中秋节，凤舞婆家照例大摆宴席招待亲朋好友，袁妈妈让凤舞特为邀请我到家里吃饭赏月。袁家盖了新楼，院子前面的空场上停了一排豪华汽车，好几辆是他们家的。袁家的宴席也非常讲究，摆了好几桌，专门从南京请了星级酒店的大厨来掌勺，家里高朋满座，觥筹交错，好不热闹。袁开河和凤舞作为长子长媳迎来送往，两个人一样的笑容可掬，连面相都仿佛有点相似，至少表面看上去他们夫妻恩爱，关系不错。而且，凤舞在袁家依然颇为受宠。

看得出来婆婆对她尤其好，落在她身上的目光也和看别人不一样。袁妈妈白发苍苍，这次见到明显衰老，但她依然热情洋溢，眼神坚定，双目炯炯有神。她亲切地拉着我的手，似有许多话要对我说，不过来客众多，没有细说的时机。她关照我常来家玩，还说"凤舞一直夸你，她很羡慕你"，我明白她意思是说凤舞羡慕我走出咸城，去了外面的世界，这显然不应该是一个一辈子生活在老家的婆婆赞同的活法吧，她这样说，我觉得就像是凤舞的亲妈，毫无原则地跟她站在一起，令我莫名感动。

夜阑席散，凤舞要开车送我回去。我不让她送，说打个车很方便,你还有客人要招待。她把我手一拉,轻声说:还想和你说说话呢。她这么说,我就不再推辞。袁开河没有跟我们一起走,他送我们上车,态度平静柔和。我看凤舞一眼,她低声说一句:他不回去。

汽车开上马路,我说:看你们的样子还以为你们关系恢复得很好呢。

她说:一言难尽。

在空旷无人的大街上她默默地开着车,过了片刻说:去年我们就坐下来谈过离婚,之前也不是没谈过,去年是认真谈的,连财产怎么分割都说好了。我们没有孩子,房子和汽车都是他家的,钱在各自手里,离婚没那么复杂。我说了房子和汽车我不要,钱也不用分,谁账户上的就归谁,这样最简单。该说的都说清楚了,都定下去办手续的日子了,我婆婆知道了,伤心得不得了,一个人悄悄流泪,她也不劝我们不要离,只说舍不得我。她那样让我很难过,毕竟是婆媳一场,我们一离婚,我和她的这层关系就不存在了,我心里就有点动摇。不是真的打消离婚的念头,而是想总归要等她难受劲过了再提这件事。

汽车经过市中心的时候居然堵车了,大概都是出来赏月的。凤舞小心地开着车,躲开横穿马路的行人。开到空旷的路段,她继续刚才的话题。

过了两三个月,她和袁开河准备去办手续,没想到小叔子袁开山突然离婚了,按说小叔子离婚与她不相干,但这件事对婆婆打击太大了。她对三个媳妇都视如己出,二儿媳小琴还是她的远房表外甥女,说起来还算亲上加亲。小琴满月的时候她就抱过她,从小看着她长大,而且离婚这件事情确确实实是由袁开山引起的,用婆婆的话说"是我儿子不好"。袁开山出轨,铁了心非离不可,小琴一点过错没有,而且之前他们夫妇相当和睦恩爱。婆婆劝说不动儿子,也安慰不了儿媳,她又苦恼又自责,在他们闹离婚的一两个月里,急得病倒住了医院,心脏搭了两条桥,九死一生,捡回一条命。她心疼婆婆,离婚的事就又一次放下了。

她转过脸,望着我嘿嘿一笑,脸上痛苦的痕迹还没有消退。她说:有件事情没跟你说,你肯定想不到——反正我是万万想不到,现在我跟黄小橘成亲戚了。

我听得一头雾水,问她此话怎讲。

她说:袁开山离婚后娶的是黄小橘的妹妹黄小桃,我跟黄小桃成了妯娌,拐了弯跟黄小橘不就是亲戚吗?

我听了不由惊叹,说:世界真小啊。

可不是嘛。凤舞应道。我以为她会说说黄小橘,她却跟我说起了黄小桃和袁开山。

黄小桃和袁开山说得上是真正的青梅竹马,上学第一天他们就是同学,中学他们仍是同班同学,后来黄小桃进了实验班他们才分开。两个人一直是很要好的朋友。黄小桃是班上的尖子,袁开山机灵干练,很有小聪明,但不爱学,在班上是垫底的,没想到这一头一尾两个人竟然走到了一起。两个人都是初恋,他们从初三开始偷偷谈恋爱,少男少女,情窦初开,花前月下,山盟海誓,一个非你不嫁,一个非你不娶。袁开山高中毕业没考大学就去做生意了,黄小桃到苏州读了大学,分在昆山一所中学当老师,虽是异地,并没有动摇他们的爱情。可是临要结婚他们却突然赌气分手了,起因是黄小桃发现袁开山和小琴非常亲近,袁开山跟她解释和小琴就是亲戚,他把小琴当小妹妹看的,没有别的意思,他越解释她越生疑,没少吃醋。不久之后,事情就倒过来了。袁开山去昆山看她,发现她的男同事对她十分殷勤,送点心,送水果,约她吃饭喝咖啡,来了这个来那个,走马灯一样。而黄小桃不仅不避嫌,还开开心心喜气洋洋，好像存心要气他。他真被气着了，认为她用情不专，还上纲上线说自己读书少，她看不起他，跟她吵了一架走了。两个人一样心高气傲，再不提结婚了，就此分了手。他们两个长相俊美，又都聪明能干，两个人一脱钩，立马就被别人抢走。不到半年，一个嫁了同事，一个娶了亲戚。结婚之后他们其实都后悔了，但世上哪有后悔药卖？两个人断了联系，各过各的日子。不承想五六年过去，年初他们在同学聚会上重逢，见面后回去各自离了婚，说是完全没通消息，更没商量，都只要了孩子，房子车子存款留给了对方。他们离婚的过程曲折痛苦，阻力重重，还闹得满城风雨，但两个人都没有犹豫和退缩，总算结成了合法夫妻。

凤舞说：我真惊着了，说心里话，我对他们又佩服又羡慕，他们两个真是敢想敢做，太有勇气了，太豁得出去了，不惜一切代价去纠正一个错误，关键是他们做到了。她沉沉地叹了口气说：我自己也一直在披荆斩棘，但脚下除了荆棘，好像啥也没有。

车快到我父母家，她减缓了车速，对我露出恳切的笑容，说：人家都说"月是故乡明"，月色这么好，真不舍得睡觉，不如我们去赏月吧。

我欣然答应。她把车拐上了另一条路，朝着城外开去。

3 造船厂变样了

在一个空旷的广场上她停下车，兴致勃勃地问我：你还认得出这是哪里吗？

四周没有灯，只有远处反射过来的微弱的路灯光，虽然月光很亮，我还是辨认不出是什么地方。等眼睛适应了一点，我看出像是一个公园，但看不清规模有多大，只能模模糊糊看到一些高高的轮廊，像是摩天轮和巨塔。风吹过高大的树木发出沙沙的声响，空气里弥漫着似有若无的水藻的气味。我判断应该离河不远，但咸城到处都有河，所以还是估摸不出究竟是哪里。

凤舞说：这里就是我们小时候的造船厂，现在改成水上公园了，还没有完全建好，你还记得我们逃学来玩吗？

我当然记得啦，那不仅是我和她友谊的开始，如果要说到"过去"对"未来"的影响，她第一次带我逃学到这里玩肯定影响深远，说不定对我性格的形成也功不可没呢。

她脸朝向我，我只看得见她牙齿在黑暗中一闪一闪，我想如果我能看清她的眼神，大概还像小时候那样清亮和欢悦，或许还有顽皮和叛逆。

她领我沿着黑暗的甬路往里走，边走边说：从前造船厂在这片是最大的一个厂，能在这个厂上班可骄傲了。我也是后来才知道，造船厂是我们这里解放后第一家新建的工厂，也是第一家省属国营厂。我很小的时候小姑父带我来看新轮船下水，到处红旗飘飘，锣鼓喧天，码头和岸上站满了人，好像全城的人都赶来了，真比过节还热闹。谁想得到这样一个巨大的工厂有一天会倒闭。改成公园以后这里比以前漂亮多了，逢年过节装点得简直就像仙境一样，不过我还是喜欢从前造船厂的样子。

我稍微犹豫了一下，问起她小姑父现在怎么样。

她说：小姑父还是老样子，他还是样样为别人想，替别人操心，想了这个想那个，唯独不拿自己当回事，任何时候都是把自己排在最末一位。说着她咯咯地笑起来，笑声很清脆，笑完就叹气。

她说小姑父这几年老得很快，她小时候喜欢吊在他胳膊上玩，现在她跟他掰手腕，他掰赢她都费劲。他太操劳了，身体大不如从前。在家他过得也不太舒心，小姑妈看人家挣钱发财心里就不定当了，她喜欢唠叨，动不动就抱怨家里钱不够用，连肉都吃不起，要勒紧裤腰带过日子，其实也不至于，她就喜欢跟别人家比，一比就不平衡了，总觉得别人过得比自己好，嫌自己嫁的男人无用。小姑父偏又心重，觉得自己对不起老婆孩子，三年前就离开造船厂去做生意。他已经五十多了，家里亲戚劝他不要冒风险，留在厂里图个安逸，他说自己是箭在弦上，只能这样。他人虽活络，但没什么生意头脑，为人又太大方，跟谁合作都肯让利，其实他根本不擅长经商。他做过好几个行当，在造船厂上班时就偷偷做，贩过水产，贩过饲料，承包过养鸡场，还开过毛巾厂，打一枪换一个地方，没赔就算不错。他就像不会走路的人，跌倒了一次又一次，吃足苦头。前两年他和也是从造船厂出来的老同事开了个汽修厂，才算赚到了钱。还没高兴太久，就被一个搭档坑了，那人差点把他的老本卷干净。小姑妈知道了，气坏了，骂他眼瞎，看不清人，没头脑，跟他闹得不可开交，动不动就把经年累月的陈芝麻烂谷子翻出来说，把他骂得狗血淋头。那种日子，他过下来都不容易。他更加难受的是辞职时间不长，造船厂就有了大动作，原厂搬迁到城西的大河边，那里地更大，河更宽，旧址改造成公园，船厂的职工既可以选择跟着厂子过去，也可以换到公园工作。因为增加了不少岗位，好多资历老表现好的工人都被提拔了，小姑父能干肯学，除了跟老师傅学过船体设计，电焊、铆工、涂漆样样都会，还会开大吊车，加上人缘好，厂里有外出学习的机会都会派他去，他是最早一批评上中级工程师的，都说他很有前途。他自己说如果不急着下海，再在造船厂坚持一两年，凭他的资历和人缘，好机会肯定跑不了。可惜他一走，等于是自动放弃了，再有好事也轮不到他头上。

他很后悔，有苦说不出。凤舞语气里充满了对小姑父的同情。

我想起小菜子跟我八卦过她小姑妈吃她和小姑父的醋。她小姑妈情绪好的时候温柔和气,发起疯来六亲不认,我听人说她还住过一阵精神病院。

我问她:小姑妈现在怎么样?

她苦笑一下说:还那样,老是疑神疑鬼。前几天跑我妈妈那里去哭,说过不下去了,非离婚不可。我妈妈说,好好的,怎么又说起这个话?都这么大年纪了,不难为情吗?也不怕叫人笑。好呢,就一起开开心心过,不好呢,就当没他这个人,钱回来就行,人你就随他去。你知道我妈妈那个人,这种不咸不淡的话一套一套的。她还好打听,问小姑妈又是啥事情说起要离婚,小姑妈没城府,说小姑父去楼下杂货店买烟,一去总是老半天,她下去找,回回看见他跟老板娘打情骂俏,两个人坐在一条板凳上,聊得热火朝天,她忍无可忍,把那个狐狸精当着街坊四邻痛骂了一顿。小姑父气得不行,说人家小店开了有二十年了,大家都是老熟人,谈笑几句就打翻了醋坛子,台都叫她坍光了,让他没脸做人。小姑父说起来也是一肚子苦水,他好几次发现小姑妈跟踪他,他一回家她就把他口袋翻个底朝天,查得很细,把他兜里的零用钱都搜走,防他像防贼,当着孩子的面用粗俗难听的话骂他,他在家过得苦不堪言。

她重重地叹气。

她又说:不过,从小姑妈这头说,她过得也很不如意。听我妈妈说,原先她有一个好了几年的对象,是读卫校时的同学,我小时候还看过那个叔叔的照片,长得英俊文雅,可惜他听父母的话娶了家里中意的姑娘。小姑妈伤心透了,发誓这辈子不嫁,却被我奶奶逼着嫁给了小姑父。我奶奶看中小姑父厚道,这点她老人家倒是眼光很准,真没有看错。她对小姑妈说,你嫁别人,人家要嫌你的,你嫁把他,他就是嫌你,也不会对你不好。这点我奶奶同样没有看错。小姑妈这个婚当初结得就很勉强,即使表面上做出夫唱妇随的样子，实际上她心里也一直是别扭的。

我顺着她的话头说：小姑妈也不容易。

她立马就像抢白似的说：难为了我小姑父。

可能她也意识到话说得太急，缓和了口气说：小姑父那个人哟，我也真不知道怎么形容，用他自己的话说是"做盐不咸，做醋不酸，哪头都要顾，哪头也顾不好"，我觉得他就像头骆驼，身上驮满了东西，他负担太重了。她沉默了片刻，婉转一笑说：我们经常会在一起说说话，有时就是坐一坐，走一走。心里有了难受事，没处讲，怎么办，没办法。有些事情，我帮不了他，他也帮不了我。她停一下，慢慢地，字斟句酌地说：他老了，说老就老了。

说这话她的声调有点不太自然。

我们沿着林荫道走到河边，河水汤汤，硕大的月亮当空悬挂，洒下满世界清辉，连空气都似乎格外透亮。她轻声吟道："人有悲欢离合，月有阴晴圆缺，此事古难全。"

她抬头仰望着月亮。

她用一种听上去显得天真的口气说：你看月亮像不像冰糖做的？月圆的时候我觉得月光是甜的。我听了笑起来。她说：你别笑，我寂寞的时候就看月亮，我看过月亮各种样子。

她口气淡淡的，没有一点刚才那种抒情的意味。我听着心里有一种别样的滋味。

她像是随口说起一般说到去海边的事。没有时间，没有具体的地点，也没说跟谁一起去的。我直觉她是和某个恋人一块去的，但她显然不想让我知道那个人是谁。她说夜晚他们在海滩上散步，那天也是圆月，月亮很亮，照得海面银光闪闪，他们在海边一直走到下半夜。她以为那会是一个美好的夜晚，但实际上并不是。那是一个她想忘掉的夜晚。那天天气非常热，潮乎乎的海风没有一丝凉意。

她的裙子湿了,紧紧地裹在身上,头发上沾着沙砾,洗完澡第二天皮肤还会发痒。她轻轻地叹气,随即顾自发出一阵银铃般的笑声,在我听来那是非常女人的笑声,娇俏、妩媚、开朗,带着一点放纵和不计较的大度,我很难精确描述那种感觉。

我不由说道:哦,你还真浪漫。

她却瞬间板起面孔,神情严肃地说:不是的,有些事情不是你希望怎样就怎样的。她重重地叹口气,又说:其实做个女人是很被动的。

她没有详细跟我说那天夜里在沙滩上发生了什么,我不知道那算不算她的秘密生活。后来这一段曾出现在我的梦境里,人物换成了她和我。我们俩漫步在海滩上,脚下是粗糙的沙石发出沙啦沙啦的响声,头顶是一轮明晃晃的银盘似的满月,月光并不像她说的是甜的,而是带着咸味。她突然神色仓皇地奔跑起来,就像在惊恐地逃避着追逐。我也跟着她飞奔,感觉自己腾空飞了起来,但我还是离她越来越远。她冲进大海,卷进齐腰深的海水,她回过头朝我凄然一笑,就像电影里的慢镜头。我想抓住她,已经握住她的手了,但还是滑脱了。我强烈地意识到她是多么无奈,可我却眼睁睁望着她,无能为力。梦醒之际,我心里仍然充满了痛苦、酸楚和愧疚。

我和凤舞站在河边欣赏着月亮和水波交相辉映,她一只手伸过来,纤细的手指轻轻钩住我的手,虽然我有些不习惯,但还是被来自久远的童年的温情打动。

她说:以前我理解的爱情是真挚、美好、幸福的事情,拥有爱情是无比快乐幸福的,我自己有了经历,看了这样那样的事情,才知道根本不是这么回事。爱情会让你受罪,会折磨你,打击你,摧残你,会让你痛苦难过,甚至伤心绝望,我真是怕了。

4　跨世纪的聚会

一九九九年十二月三十一号，二十世纪的最后一天，我们老同学相约一起在家乡跨世纪。千禧年也是我们中学毕业二十周年，大家在这一天提前庆祝。

毕业后同学各忙各的，小范围的聚会不少，但是如此大规模的聚会，回想起来，仅有我刚上大学那年春节的唯一一次。那次聚会老师和同学到得最全，算是盛况空前，不过聚到后面却发生了凤舞和黄小橘因谢文屿打起来的事情——也许正是因为有了这么一个插曲，后来再没有人张罗那么大的聚会。一晃二十年过去了，当年十七八岁的同学已经三十七八，已然人到中年，估计不会再有谁为了某个男同学或女同学打一架了吧。

这次聚会安排在咸城最新也是最高的建筑丹顶大厦的顶楼旋转餐厅，场面富丽堂皇，老师和同学到了很多，近二十年不见，各种惊呼欢叫，笑的哭的都有。大家感情真挚，仿若回到了中学时代。在聚会上我没有看见凤舞，之前因为一直请不下假，无法确定行程，后来又因为买不着机票和火车票，一直处于手忙脚乱之中，好在总算等着了一张退票，才得以成行，我想到了咸城反正会见到她，所以就没有提前跟她联系。回来之后我给她打了几次电话，都无人接听，我想大概是我打过去的时机不合适。进入聚会的大楼，我见到同学逢人便问凤舞来了没有，他们说还没看见，她肯定会来的，这样的热闹少不了她，她不肯错过的。

进去不久我就见到了黄小橘。我正四处巡睃，有人在我肩上重重一拍，回头一看，正是几年未见的黄小橘。我们大呼小叫拥抱在一起。她除了胖了一点，和之前没啥变化。她化着精致的淡妆，穿着单薄的礼服，盛装而来，和周围一个个裹得跟粽子似的同学和老师形成强烈的反差，她自己显然也意识到了，脸上挂着既自得又拘谨的笑容。她站在过道里就和我聊了起来，短短几分钟，我已经从她嘴里知道她结了第二次婚，而且当了母亲。她也正在找凤舞，她大大咧咧地抱怨说自己星夜兼程从纽约飞过来，紧赶慢赶，两个钟头前刚刚到达，放下行李换了衣服就来了，万水千山没在话下，凤舞就在自己家门口，居然磨磨蹭蹭还没到。她拿出手机给凤舞打电话，那头仍是没接。

我们一直没有等到凤舞，倒是等来了谢文屿。他到得很晚，晚餐开席好久才来。他是出差经上海过来的，因为要陪领导出访，次日一早就要赶回去。我已经从同学那里听说他发展得相当不错，从国外回来很受重用，已经是部门一把手，而且势头正劲，可能很快又要升迁，前途无量。谢文屿状态很好，看上去优雅从容，他依然很年轻，眼睛清亮有神，身材瘦削，一点没有发福。和以前不同的是他衣着讲究，西服革履，头发中分，帅气得就像电影明星。他的西服质地优良，衬衫、领带、皮鞋都很高级，那身行头看上去价格不菲。他的头发是用摩丝定型的，皮肤也保养得很好，是那种健康清洁的小麦色。即使从外貌看，他也像是已经跻身成功人士的行列，比起我们那些生活状态普通的同学，他显得玉树临风，鹤立鸡群。

黄小橘看见他马上扑上去，拉手，拍打，拥抱，随后拉他坐了主位，自己紧挨他而坐。她面颊绯红，笑意盈盈，不断地附到他耳边和他窃窃私语，毫不顾忌旁人的眼光，对他依然情浓。而谢文屿却不像从前那样对她深情款款，他虽然也跟她颇为亲近，却不时转过脸和同学说笑，在黄小橘热情的肢体触碰下正襟危坐，似乎以此表示自己与她之间并不存在藕断丝连的关系。

我暗忖可惜凤舞没有看见这一幕。

聚会中途,我离席去接了一个电话,接完电话顺脚走到餐厅外面的天台上透气。外面温度很低,有点微风,空气是湿润的,甚至能闻到那种我从小熟悉的山芋干酿酒的味道,那是咸城特有的气味。天空是暗红的,这也是我记忆中夜空常见的颜色,同样是咸城特有的。尤其是夏天,晚霞能染红整个天际,就像太阳被晒化了融进云层。我回到空旷的顶层环廊,从落地玻璃窗看出去,夜晚的咸城灯火璀璨,跟我记忆中的那个安静小城完全不是一码事。如果不告诉我这是我的家乡,我可能以为是到了一个繁华都市。我正暗自感慨,忽听背后有人轻轻"嗨"了一声,回头看去,谢文屿正笑意盈盈朝我走来。

我说你去哪里了呢?原来一个人跑这里躲清净了。他笑嘻嘻地说。

他大步走到窗前,饶有兴味地眺望夜景,和我一起辨认我们的学校、农场分校、各自的家还有那些大河的位置,因为城市扩大,我们难以找到它们精确的位置,不时欣喜地相互纠正着错误。

谢文屿说:看着这些日新月异的变化真不知道该高兴还是惋惜,旧时的痕迹越来越少,我心里其实是蛮惆怅的。每次回来一趟,不是高兴轻松,不知怎么回事心情总是很郁闷,要好一阵子才能缓过来,有时候甚至没有任何事情刺激也会这样。

我说:这大概就叫乡愁吧。

他缓缓地说:估计是基因里的东西。不管出生在哪里,喝了那里的水,吃了那里的食物,说了那里的土话,就会被那块土地束缚,即便身体挣脱,灵魂也难以挣脱。他微微一笑:年少的时候我一直渴望远走高飞,记得和你说过,我特别想出去,走得远远的,越远越好,真去了外面,我其实经常思乡,我都怀疑得了思乡病,总觉得自己有一部分是永远留在了这个地方。

他凝望着暗黑泛红的天空,脸上浮起迷惘的神情。一种莫名的感伤悄悄包围了我们。

他用一种很有沉浸感的语调说:要准确说出自己的感受,我发现是多么不容易。我们从小受的教育,好像都不太关注自我,也不太关注别人,那些人生中真正有用的知识几乎都没有学到。我经常感到自己不懂别人,也不懂自己,对自己的人生更是不知道该如何去把控。

他停下来,眼神闪烁望着我,似乎在问:你呢?

我笑。

我深有同感。

他带着自谦说:我这个人属于比较笨的一路,上学的时候我是一个勤奋刻苦的学生,走出校门依然积极努力,不怕你笑,可能是从考上大学起,我一直在精心设计自己的未来,也是严格按规划一步步走过来,似乎哪个步骤都没有出大错,但我却走不到我想抵达的目的地。而且我清楚我永远无法到达我心中的理想之境,无论我付出怎样的努力和辛苦也没有用,很可能命运给我写好的剧本主题就是"南辕北辙"。

我并不能将他这段话和他的生活对应上,我感觉对他还是所知甚少。我认真地听他说,没有打断他。

他说:有一种说法,我们这个世界是虚拟的,宇宙中的一切都是设计好的,不然怎么解释宇宙是可以用公式计算的?而且那些数学公式太完美了。这么说来,我们如何相信我们生活其间的世界是真实的?我们认识的世界会不会其实根本不是我们感知到的这个样子?这么多年,我读书读书读书,一直读书,可惜不是越读越明白,而是越读越糊涂。他绕了一圈说回来:和宇宙同样无比复杂的还有人,一个人就很复杂,一个人和另一个人发生联系,复杂性就不止是相加，而当一个人与许多人发生联系，许多人又与更多人发生联系，彼此之间就有了无法预料的可能性。他感叹一句：命运真是奇幻莫测。

他依然保持着他少年时的说话风格，仍是我熟悉的味道。有时候虽然我不清楚他究竟想说什么，但我知道他是有感而发。

他就像突然降落下来一般，用一种关切的，脚踏实地的口吻问我：你过得怎么样？

我说：正常。

他肯定地说：正常就好。说完嘿嘿地笑。

我说：你笑啥？

他说：不怕你笑话，我感觉自己过得就很不正常。

我饶有兴趣地问他：怎么说？

他弯起嘴角，露出尴尬的笑容。迟疑了片刻才说：一晃我们差不多人到中年了，感觉就像做梦一样。而在梦里，我并不觉得自己有这么老，我觉得自己还很年轻，也就十七八岁的样子，但想想我距离十七八岁已经非常遥远。小时候认为三十岁是一个苍老得不行的年纪，三十岁的人就像老树一样，长满了一圈又一圈的年轮，现在连三十岁都已经是回不去的过去。我发现自己过着过着仿佛丧失了时间的感觉，是不是不正常？他做了个深呼吸，说：我正在犹豫是否该结婚了。

他的口气一点也不犹豫，而是说得掷地有声，仿佛下了莫大的决心，很像是鼓足勇气宣布一个重大决定，即便那件事还没有真正决定。

我不晓得该怎么接话。

我隐约知道他早已经跟与他好了很多年的女友蒋忻儿翻篇了，之后他的感情生活我毫不知情，他也从来没和我说起过。他和蒋忻儿分手也不是他本人告诉我的,而是一两年前蒋忻儿给我打过一个电话,说了一些他们之间的矛盾,除了一般情侣都会遇到的事情,比如他对她不够细心,不够有耐心,不够体贴,陪她的时间太少,不认真听她说话,还有一些七七八八的小事情。最核心的一件事是他买了一套房子,买前没与她商量,当然也没让她出一分钱,房本上自然也不会写她的名字,她是无意中在他抽屉里看到了房本,她没忍住,和他提起这件事,他轻描淡写,让她感觉这件事和她没啥关系,她也没和他吵架,自己消化了,不过心里有种感觉,虽然跟他已经交往了这么多年,他并没把她视作一体。我开导了她几句,说的什么我自己都已经记不清。记得她在电话里愤愤地说谢文屿把她拖到了三十出头,成了地地道道的老姑娘,原来花朵一般,现在人老珠黄,她嫁人成了她父母的一块心病,让她很被动。作为女孩,她不好催他,想等他主动提,但他就是不提这茬事。她暗示他,他装傻,言左右顾其他,就是不说正题。她没办法,只好跟他直截了当地谈,他还是那副不温不火的样子。她实在没办法,只好跟他提出分手,他竟然就顺坡下驴答应了。"顺坡下驴"是她的原话,我印象深刻。我听她的意思,大概还是想让我劝和,不过并没有说得很直白。我猜想她之所以找我,是她找不到一个合适的人来做和事佬,由此,我也能感觉到她的不得已,我心里还真的对她有些同情。但我没有和谢文屿说过,我太了解他了,他决定的事情别人是难以让他改变的。我明知不可能替蒋忻儿促成这件事,所以干脆没说,以免尴尬。

谢文屿从裤兜里掏出烟盒,打开,我摇头,他仍示意我拿烟,我又一次拒绝,他还不罢休,把烟盒递得离我更近一些,我终于没推得过他,顺从地拿了一支。他即刻露出满意的神色,替我点着,然后给自己点着,动作潇洒利落,还是当年我们做同学时的模样,不过在学校里我们可从来没有一起抽过烟,那是坏孩子干的事,而我们都是老师眼里的好学生。

他深吸一口,皱起眉头,慢慢吐出烟雾,眯起眼睛问我:结婚好吗?

好啊。我说。

他笑。

他说:年轻的时候我特别渴望小说和电影里的那种爱情,两个人甜甜蜜蜜卿卿我我,有说不完的知心话,在一起呼吸的空气都是香的,再生个孩子,标标准准的老婆孩子热炕头,这是我们多少代人理想的生活方式啊。他话锋一转说:但是一错过就没有了。他带着敞开心扉的意味说:我二十几岁的时候曾经很想结婚——你还记得吧?他露出一个会心会意的温柔笑容。

我说:记得,你跟我说,你想娶一个温暖的妻子。

他笑得眼睛弯弯的,说:对对,你记得真清楚。他故作埋怨地说:谁让你拒绝我的呀?

我完全料想不到他会冒出这样一句。我说:我没有拒绝你。

他说:怎么没有拒绝呢,你是忘记了吧?我记得和你说了——"真不想回去",我表达得还不够清楚吗?

我说:那么——那晚,你站起身就走了,是怎么回事?

我总算找到机会当面问问他那个我一直没弄明白的千古谜题。

他微笑着沉默。

我说:我懂了,你是怕负责任。

他非常严肃地说:你说错了,恰恰相反,我不是怕负责任,我是怕负不起责任。那时太年轻,我担心变数太多。

我说:这么说,你倒是蛮有责任心的。

我带着明显的讥讽。

他居然面色清正，认真地点点头，自省一般说：我承认，如果那时你经历更丰富些，我们可以有更多的交流，前提是你乐意的话。我相信我们是有这样的感情基础的，而且我们也是能够相互理解的，你觉得我说得有问题吗？

他双目炯炯地盯着我，尽管我们是在说一件时隔很久的事，仍然让我感到有些心慌。

他说：如果不说出来，我们彼此永远不会知道对方是怎么想的。他以一种动人的柔和口气说：现在说说也无妨，我还一直引以为傲呢，觉得自己很厉害，理智可以战胜本能。

我们沉默着，手中的香烟慢慢燃烧出一截灰烬。我们的眼神碰在一起，不约而同笑了。

他缓缓地说：我的情运可能有点问题——

刚说了一句，我就打断他：你的情运还不好吗？

他说：我说的是真心话。他做个手势，让我别打断他。又说：以前我和你说过，我认为爱情是爱情，婚姻是婚姻，这是两回事，但我发现自己错了，这是我到了一个年纪才懂得的。我不知道别人是怎么想的，我觉得如果没有爱情，婚姻就是无根之木，无源之水，它不是不能成立，甚至表面上也可以枝叶繁茂，碧波荡漾，但当你身在其间，你知道它是处于一种衰退、萎缩、坍塌、难以为继的状态。尽管我没结过婚，我能想象到，或者说能推演出没有感情基础的婚姻是一种巨大的精神内耗。所以说，要是在二十刚出头没什么人生阅历时脑子一热想结也就结了，等经历多了要下决心反而难了。

他忽地脸色苍白，显得十分忧伤。

我问他：怎么啦？

想起旧事，心里很懊悔。他说：我第一次看《月光宝盒》，至尊宝向紫霞仙子表白那段看得我泪流满面。至尊宝的那段经典台词我都会背:"曾经有一份真诚的爱情放在我面前,我没有珍惜,等我失去的时候才后悔莫及。人世间最痛苦的事莫过于此。如果上天能够给我一个再来一次的机会,我会对那个女孩子说三个字:我爱你,如果非要在这份爱上加个期限,我希望是一万年。"他沉默了片刻说:我也是等爱情离我而去,才意识到那是一份可遇不可求的感情,而我身处其中却是迷糊的,也没有珍惜。她付出了那么多努力,一次又一次靠近我,但我只有在自己需要她的时候才想得起她。回头想想,我太对不起她了。我们纠缠小半生,我竟然没有好好爱过她。

他没有说出那个名字,我先还在心里猜是黄小橘还是凤舞,听到他最后一句话,我清楚是凤舞无疑。

他脸对着窗外,我看不见他的神情。

他说:年纪增长,我终于懂了"错过了"三个字的分量,不是遗憾,是荒凉。也许是心思不那么单纯了吧。现在要让我为结婚而结婚,我肯定做不到。

我问他:怎么说?

他说:我觉得效率不高。

他说得斩钉截铁。

我说:那你的意思是不是结婚还要达到点别的目的?

他一副理所应当的样子,似乎在说这还用说。随即他很知己地问我:你认为我应该结婚吗?

我笑了。我说:你又不是跟我结婚,这个问题就不必问我了吧。

他也笑,口气轻松,带着玩笑说:有一种说法你听过没有,假如一个男人要结婚,他的上司会想,这个人打算安定下来了,可以好好用了,如果是一个女人要结婚,她的上司会想,麻烦来了,她要生孩子忙家务,这个人没法用了。这大约就是社会的共识。

我笑说:所以呢?这是你找到的结婚理由吗?

他不置可否。

片刻之后，他哈哈大笑，浑身流光溢彩，自我感觉相当良好。

他伸手打开窗户，一阵冷风吹来，烟灰掉落在他质感很好的西装上，他迅速关上窗户，从容掸掉烟灰。

他把烟蒂在随身携带的一次性烟灰缸里利落地掐灭，笑着说：这是最后一支了，算是一个圆满的句号吧，从此以后，我要过自律和健康的生活。

我感觉他似乎放下了习惯性的戒备，整个人松弛下来。

他用一种亲切的，推心置腹的语气对我说：这些年我交过几个女朋友，发现在她们当中很难找到一位"合适"的伴侣。我一直算来算去，也没有算过这笔账来，如果撇开爱情不说，是感受重要还是利益重要？是匹配重要还是互补重要？如果能拿婚姻换取什么的话，要不要那样做？值不值得那样做？他笑起来，露出一口整齐洁白保养得很好的牙齿。他像是有点无奈地说：我心中犹豫，主要是我从来没有从理论上搞明白婚姻这件事的实质和要义，所以一直无从下手。

他露出天真无邪的笑容，仿佛一个箭步回到了十七八岁。他用绵软的语调跟我聊起自己的情感近况，还让我帮他分析分析。

他告诉我，他被上司相中，想将唯一的女儿嫁给他。上司很赏识他，一直提携他，对他有知遇之恩。他陪同上司出差的时候，这位司长好几次有意无意提起自己的掌上明珠，还制造机会让他们偶遇。姑娘二十五岁，正在读博，长相秀丽，性格火暴。她读研时和导师闹翻过，谈过轰轰烈烈的校园三角恋爱，去年暑假在某单位实习时和带她的一个部门主任好上了。部门主任有老婆孩子，居然为她离了婚，她毫不犹豫和他结了婚，完全不听家里的意见，不惜和父母闹翻。然而过了不到三个月，这段婚姻就走到头了，原因是她丈夫和前妻藕断丝连让她生气。她丈夫向她解释自己只是尽一个父亲的义务，她不相信事情这么简单。实际上也正是如此，她丈夫甚至还让前妻怀孕了，她忍无可忍。她一时冲动结了，又一时冲动离了，不到一年就从恋爱到分手走完了整个过程。这位姑娘和他倒是一见如故，上司也竭力促成他们——他明显是把女儿的婚姻大事当成了一个有待解决的重大问题，是一颗烫手的山芋。他不能说对这位姑娘毫不动心，她开放有趣，对他非常坦诚，他们相当谈得来，但远没有到非她不娶的地步。他心里很清楚，如果娶了她，从眼下看，对他的前程无疑是大有裨益，至少是增加了升迁的筹码。

虽然我们聊得水乳交融，我听他这么说还是忍不住要吃惊。他什么时候变得这样功利？我模糊地觉得眼前的谢文屿很可能并不是我熟悉的那个人，我不知道是他变了，还是尽管我们相识几十年，但我从来没有真正认识他。

正说着话，玻璃门后面人影一晃，门被推开，一个人走了出来，不是别人，正是黄小橘。

我们的谈话被打断。黄小橘大大咧咧地问我们：你们两个躲这里说什么私房话呢？我也想来听听。

谢文屿笑说：反正没说你，不用那么紧张。

黄小橘噘起嘴，佯装生气说：我知道你不会说我，因为你心里根本就没有我。

她一双美目灼灼地望着他，似笑非笑，既幽怨又俏皮，楚楚动人。

随即我们三个人热聊起来，自然都是一些无伤大雅的话题。那么久没见，大家的生活其实已经没有多少交集，所有发生过的都是过去时，况且也是这个年纪了，不是毛头小孩，所以说的都是一些能让彼此高兴的话。我们话头稠密，聊得十分酣畅。聊了一刻，谢文屿提议说咱们进去吧，要不然别人又该拿我们编故事了。他的眼神是活泼的，有一种家里人的亲切。

回到餐厅，重新落座，同学们少不得对我们一通取笑。

这个难忘的千禧年前夜，大厅里觥筹交错，笑语喧哗，欢宴达旦。但直到聚会结束，凤舞都没有出现。

5　人生大事中没有"爱情"两字

元旦午后，我接到凤舞的电话，她声音沙哑，说她妈妈病了，在ICU抢救，她在医院陪着，刚才手机才充上电，看到我们打的一连串未接电话。她一迭声为没来看我抱歉，对没能参加聚会表示特别遗憾，我想她大概最遗憾的是没有见到谢文屿吧，不过她没有说。

我和黄小橘相约去看凤舞。隔了两天，我们跟她在医院门前一个简陋的快食店见了面。她从医院大门走出来时我几乎没认出她。她混杂在熙熙攘攘的人群中，面色苍黄，头发蓬乱，和那些满脸愁容的中年人毫无差别，完全没有她之前光鲜亮丽的样子。她上身穿一件又宽又大的本白粗绒线棒针毛衣，套一件很厚的米灰色羽绒背心，下身是一条洗得发白的水洗布阔腿裤，裤腿都快扫到地面，脚上是一双姜黄色劳保平底棉皮鞋，用我们土话说，看上去很拉挂。不知从什么时候起，她对衣服似乎不太讲究了，以前她喜欢买名牌，而且还要买最时新的款式，我常会听她兴奋地说起什么大牌出了什么样子，当季最流行的款式是啥，感觉和她在一起，我这个生活在北京这样大都市的人都显得很落伍。这几年见到她穿着相当朴素，除了上班的工作套装，都是些宽松休闲的，以舒适为主，不仅一点不时尚，而且打扮得很老气，甚至不修边幅。她在妆容上也不像从前下功夫，看不见她浓妆艳抹，顶多化个清爽的裸妆，或者就是描个眉，涂个口红。我不知道她因为什么忽然铅华洗尽返璞归真了，她的神情里好像也添了几分沉抑。她很瘦，身子单薄得犹如回到了中学时代。

她告诉我们妈妈已经脱离危险，刚刚从ICU转到普通病房，请了护工照看，她晚上陪夜，白天也能抽身忙些自己的事情。前几日她白天黑夜在医院里，片刻都不能离开。

我说：你姐姐和弟弟呢？

她皱着眉头说：他们自己都是一有事情就找我，已经习惯了，我要不在，他们就像没得魂一样，要么一人一个主意，要么谁也不拿主意，我妈妈病情急，需要家属签字的时候我要不在，他们就乱了套，我担心出事情，自己盯着。

黄小橘听了马上接上去说：她能干，她活该。

这种责怪中带亲昵的口气真是久违了，我听了不由心头一热，不知她们什么时候又前嫌尽释，要好起来。

凤舞跟我们说这大半年来自己的生活几乎是围绕着妈妈，妈妈的心脏病越来越厉害，还有严重的关节炎，走路不便，胳膊也举不起来，生活不能自理，除了坐在轮椅上推出去晒晒太阳透透气，每天只能躺在床上。刚开始几个姐姐还轮流照顾她，但她们都有自己的一摊事情要忙，原本还指望妈妈能帮一把，她一病倒，不但帮不了她们，还要她们照顾，时间一长都是一肚子怨气。大喜是根本指望不上，他从小娇生惯养，家里啥事都不让他做，结婚之后在媳妇面前还稍微动动手，离婚以后连饭都懒得做，妈妈没病的时候到家里吃，妈妈病了要么到几个姐姐家吃，要么自己煮把面条瞎对付。他侍候不了别人，还要别人侍候，妈妈躺倒了，他回到妈妈家里还是当仁不让做大爷。妈妈看见儿子回来总是高兴的，她没力气动手，但有力气动嘴，她不许别人叫大喜做事，要他歇着，结果把几个大的惹得更加不高兴。大喜还像小孩一样,心思单纯,凡事不着急,该吃吃,该玩玩,也不为老娘焦心。他喜欢钓鱼打牌,瘾头大得不得了,天气好的时候就下乡去钓鱼,天气不好就纠结一伙人在茶馆里打牌,玩起来没日没夜,比谁都忙。

妈妈刚躺倒那会,花小春和花小夏跑到银行来找她,说妈妈身体不舒服,一会儿喊这里疼,一会儿喊那里疼,吃不下,睡不着,浑身没劲,起不来床,身边离不开人,她们要上班,没空老守着她,让她回去看看。她放下手上的事情跑回去,妈妈看见是她,一点好脸色没有,冷得像块冰,她进门叫她都不应,还把脸朝向里面睡。但是过了没多一会儿,就来了一百八十度大转弯,喊她扶她起来,说肚子饿了,叫她做饭给她吃。她进厨房,发现冰箱里除了一碗剩粥和几个鸡蛋啥也没有。她给妈妈蒸了鸡蛋羹,侍候她吃了,跑去超市买了一车东西,回来把冰箱塞得满满的。妈妈坐在床上,看着她忙,脸上忽地有了笑意,和她说话的腔调都不一样了,变得柔声细语——出现在她眼前的是一个完全不同的妈妈。

长这么大她从来没见过妈妈对她这样,从小到大,她害怕妈妈,妈妈向来是四街八巷出了名的厉害角色,她扯开大嗓门骂架,邻居很少敢出来应战,她抡起大胳膊打她们姐妹的时候,她们个个闻风丧胆,而现在她成了一个颧骨突出,脸色灰暗,瘦得只剩一把骨头的奄奄一息的老太太。尤其是看到妈妈趴着睡觉,像一只沙漏,一只干瘪扁平的沙漏,她会发怔。想着这个身体生育了她,还有她的姐姐和弟弟,而时光在妈妈丰满的躯体上流逝而过,抽走了里面的血肉和生机,她心酸得不行,也不忍多看,一出家门眼泪就控制不住流下来。

她带妈妈去看病,找最好的医生,把在银行工作十来年积攒的人脉全用上了。中医西医都看过,结果是失望而归。医生对她实言相告，妈妈已经没有康复的可能，药物只能起到减轻她痛苦的作用，如果说之前是三分靠药，七分靠养，现在是一分靠药，九分靠养，能做的就是让她少受罪。

妈妈身边离不了人，她没有孩子拖累，又好说话，姐姐弟弟就不约而同把照顾妈妈的重担推给她。为了照应起来方便，她住回了娘家，在妈妈的房间里搁一张小床，夜里妈妈一叫，甚至翻个身她都能听到。妈妈一向不喜欢她，可是到了这个时候，指靠不上别人，只得将就。

她小心翼翼服侍妈妈，给她洗脸洗澡都会反复调试水温，生怕烫着她或凉着她。她留心妈妈任何一个微小的表情，怕她不舒服不说出来。夜里睡觉的时候，她听到她呼吸匀称才安心。妈妈每一声咳嗽，她都听得很仔细，即使在睡意迷蒙中也细心地分辨她是因为有痰咳嗽，还是因为心脏不舒服发出那种虚弱的咳嗽。她越来越觉得衰弱的妈妈就像是她的孩子，心里会升起一种无法形容的柔情。她要让妈妈过得舒服，至少是不难受，不痛苦，她尽力去做，自己再苦再累无所谓，但有她能做到的，也有她做不到的，要是做得不好或者不够好，她会非常焦虑和自责。

妈妈对她也是越来越依赖，她成了她最离不开的一个人。除了去上班，妈妈时刻要她陪在身边，只要她一走开就扯着嗓子喊。白天大部分时间妈妈都在昏睡，只有姐姐弟弟例行公事回来看看她，她会清醒一会儿。到了夜里，睡不着觉，就和她说话。说的都是陈芝麻烂谷子的事，反反复复絮絮叨叨，她听烦了也只得听，还必须有问有答，如果她稍有懈怠，或者更严重的是她睡着了，妈妈就会骂她，一句一句的，什么难听骂什么，就像她小时候骂她一模一样。

有她照顾妈妈，姐姐弟弟干脆就撒手不管了。她夜里陪床，白天上班，不仅要上班还要加班，天长日久实在吃不消，她提出给妈妈找个保姆，姐姐弟弟一致反对，她说由她来出钱，他们就不反对了，但被妈妈断然拒绝，根本不容商量。后来她去外地出差频繁，还经常要下乡，实在没办法，妈妈也只好接受。为了把妈妈安心托付给保姆，她事无巨细做大量的准备工作，她把想到的每一条写在一张纸上，那张纸密密麻麻写了一大篇，都赶上她的工作总结了。但是她走后不到几分钟，就又会想起还有忘了关照的，她会心神不宁一次次给保姆打电话。无论她多尽心，略有疏漏，妈妈就生气。妈妈心里不情愿，故意不配合，嫌茶烫，嫌菜凉，烦这烦那，各种不称心，甚至把大小便拉在床上。妈妈有好多种办法赶走保姆，要不说人家偷懒，要不说人家偷钱，反正没一个是她中意的，保姆来一个走一个，没有能待得长的。

在开销方面，但凡花费多或者妈妈不肯拿出来，都是她出钱，而且动作飞快，一点不拖泥带水。久而久之家里人都习惯了，能让她出钱都让她出，理由是她的钱来得容易，而且比他们多得多，就是老话说的，她拔根汗毛都比他们的腰粗。妈妈没事也经常向她要钱，她的理由都很切身，比如头疼，给我点钱吧，腰疼，给我点钱吧，膀子疼，给我点钱吧，腿疼，给我点钱吧。没有哪里疼，她会说心里烦，也要她给点钱。只要她给了钱，妈妈就不说这里或者那里疼了，心里也不烦了。

妈妈久病卧床，变得特别黏人，特别难缠，还不时要翻出些新花样来。妈妈不仅要她亲手服侍，还要她轻言细语，对她说好听的话。她最喜欢听的一句就是——"妈妈我爱你"，要她挂在嘴边没事就说。每次听到她说出这句话，妈妈笑得很甜蜜，很满足。看妈妈这样，她会很感动，觉得妈妈是在意自己的。长这么大，她总算看见了妈妈对她流露出温柔，那是她以前从未见过也不认识的一种温柔。如果她不肯说这句话，或者说得感情不饱满，妈妈就会生气，

373

对她不仅不温柔,而且格外暴躁,不留情面,发起怒来会把床头的东西一样一样摔到地上去。有时妈妈情绪崩溃大哭大闹,高一声低一声地号,引得邻居上门来劝,她百口莫辩,拿妈妈毫无办法。

六个孩子,妈妈尤其对她要求高,百依百顺是第一条。妈妈常跟她说掏心窝子的话,用现在的话说就是总要PUA她。妈妈说几个孩子当中对她最上心,把她嫁得最好,让她不愁吃不愁穿,有房住,有车开,体体面面,要不是她动足脑筋,熬干心血,她也过不上这样的好日子。她明白妈妈的意思是要她好好报答自己,而她觉得本来就是亲妈,报答妈妈是应该的,妈妈反反复复这样说,让她以为是对她做的不满意,又不肯直接说出来,讲这些话是敲打她。

我们听了,都感叹她不容易。她却摇头,说自己确实做得并不好。她最愧对妈妈的是对娘家贴补得不够,我和黄小橘听了面面相觑,我们想不到她会这样说。

她说当初妈妈为她挑选婆家,是指望全家跟着她经济上翻身的,虽然不能说没沾着袁家的光,但比起妈妈的期望还差得很远。尤其是近几年,公公婆婆上了年纪,袁家的生意都在两个小叔子手里,别说袁开河本来就不怎么管事,就是公公婆婆也退居二线了。原先婆婆一直悄悄贴补他们,现在进项少了,也有心无力了。若要动大账上的钱,老二老三两个儿子看着不说,两个儿媳也是知道的,对他们这边太倾斜的话,一碗水难以端平。她知道妈妈最大的心愿是买套房子,几个姐姐都出嫁了,都是工薪阶层,再说挣了钱她们也不会拿到娘家来买房子,大喜就更谈不上了,他不但挣得少,还时时刻刻要到妈妈这里来搜刮。妈妈没生病的时候,好多次喊她一起去看房,意思是明明白白的。她们看上过一个一楼的三居室,带一个小院子,可以种菜,那是妈妈最中意的,也是她梦寐以求的。这个房子离她们原先的家不远,在河的另一边。虽然只是一河之隔,但河的那边是真正的城里,不是城乡混居的地盘。她很想全款为妈妈买下来,但她的钱不够,还差着二十几万。她知道要是和袁开河说的话,他不但不肯拿出钱来,肯定还要跟她吵架。要是办贷款的话,袁开河这边更加通不过。他极好面子,认为别人都知道他们袁家是做大买卖的,钱多得花不完,他不能跟老婆去借银行的钱。她也想过让几个姐姐凑一下,等她有了再还给她们,说给妈妈听,妈妈坚决反对,说她们没有钱,想都不要想。她不知道是妈妈怕她们在自己的房子上占一份,还是心疼让她们花钱。她不顾妈妈的反对,悄悄在几个姐姐面前流露了这个意思,她们果真异口同声说没钱,而且直截了当说有钱也不会不明不白拿出来买这么一套房子,将来算谁的,怎么分,哪个说得清?她跟她们确实也是解释不清楚。她知道大喜更加指不上,他是有一分花两分的人,他是真拿不出,她只得自己想办法。这边钱还没凑够,那边房价就涨了上去,其实后来看当时涨得并不算多,就是几万块钱,可她手里的钱更加不够,这个她已经付过一千块钱定金的房子就这么生生错过了。妈妈一直住在老房子里,本来屋顶就矮,渐渐往下塌,逢到下雨漏得厉害,就像语文书里形容的那样:"外面下大雨,屋里下小雨,外面不下了,屋里还滴水",地面的水洇上去,连墙壁都发霉,她觉得妈妈身上这里疼那里疼很可能与房子太潮湿有关。她跟妈妈商量先接她过去一起住,但妈妈一听就摇头,说跟女儿住马马虎虎还可以,跟女婿在一个屋檐下,低头不见抬头见,烦都烦死了。她还想让袁开河去劝妈妈,反正他常住在他父母家,平常也难得回来,结果她刚开口说了两句,他就怒不可遏,说我又不是你家招的女婿,房子也不是你娘家为我们置的,跟你妈住一块算怎么回事?你不想让我回家就明说,用不着这样子拐弯抹角。她知道话说到这里就说死了,房子是他家的,何况妈妈还不愿意过来,只好不说了,这个过渡的方案也就作罢。没有替妈妈买房,她心里一直觉得很不安。

她带着深深的自责说:不管我做什么,在我妈妈看来都不够好,但是她也只能将就。我不知道假如我爸爸一直活到现在,是不是也一样?这个念头刺痛了我,我赶紧不去想。我跟你们说,有时候那种"血浓于水"的亲情,就是揪你的心,让你无法平静,你越想做得好,越觉得自己没做好。

让她稍许感到安慰的是妈妈又一次死里逃生。那天她下班回到家已经快十点,因为行里有要事,她让大姐回家给妈妈做晚饭。据花小春说,妈妈吃完饭一切正常,到八点多服侍她睡觉了她才离开。等她加完班回到家,发现妈妈躺在床边的脚踏板上,她以为妈妈是从床上摔下来的,吓了一大跳。妈妈对她说热得烧心,是她自己爬下去的。她把妈妈抱上床,到半夜三点多钟,听见妈妈翻身,问妈妈怎么了,妈妈说胸口疼,要她扶起来靠一靠。她找了常备的速效救心丸让妈妈含服,过了片刻再看,妈妈脸色没有好转,似乎更暗了一点。问妈妈怎么不舒服,她也说不出来。她赶紧打电话叫救护车,妈妈还在说用不着,谁知道救护车刚到,她就昏迷了。救护车一到医院,妈妈直接被推进手术室。在路上她已经给熟悉的医生打了电话,签字、交费、手术,一分一秒没有耽误。医生出来说一根血管几乎百分之百堵塞了,来迟半步,可能就抢救不过来。到凌晨时分,妈妈被推出手术室,转入心脏监护中心。惊心动魄的一夜终于熬过去。

她说这已经是妈妈第三次被抢救过来,前两次是脑梗,没有这次危险,这次突发心梗,要不是她住在家里,及时发现,险些酿成大祸。她叹着气,忧心忡忡地说妈妈病倒之后时好时坏,每天她都关心着进展,其实是所有的进展都让她担心,好的或者坏的。在发心梗之前有一段时间妈妈忽然好了起来,精神也饱满,甚至还会骂她几句,她竟然觉得很振奋,以为妈妈会从此好起来,但是很快现实击碎了她的幻想,妈妈又回到了那种虚弱的、时时离不开人的状态。她想要带她去上海或者南京的大医院看看,妈妈拒绝,表现得超级清醒,说没有用的,人争不过命。她也知道那没有用,不过她心里不肯承认,总怕留下遗憾。

凤舞跟我们聊了将近一个小时,话题几乎围绕着她妈妈,她的心仿佛被妈妈占满。正说话间,她的电话响了,是护工叫她。她和我们匆匆告别。在她走进医院大门前,对我们感慨道:到了这里才知道,人生最大的事就是生老病死,没有"爱情"这两个字。

6 回忆时和发生时不太一样

四十岁那年,凤舞和袁开河离婚了。关于她离婚的消息,我至少听说了有十来年,也不止听一个人说过,听到的也不止一个版本,我们同学,还有她的老邻居小菜子等人都不止一次说得言之凿凿,当然传言不实。

在凤舞亲口告诉我之前,黄小橘先向我透露了这个消息,我倒是并不太惊讶,传闻听得多了,似乎那是一件水到渠成的事。我听说这件事的心情,说不上是替凤舞感到难过,还是替她感到轻松。毕竟她四十岁了,说老不老,说小不小,我不知道她对未来生活是怎么考虑的,有一点是很清楚的,在咸城那个不大不小的地方,一个女人到了这个年纪,如果想要再婚,还想找到称心如意的对象的话,多少有点难办。不过,我倒觉得,与其过得难受和痛苦,任何年纪止损都不迟,而且,对开始新生活来说,更是任何年纪都不晚。但我并不知道凤舞自己是怎么想的。

黄小橘因为黄小桃这一层关系,对凤舞和袁开河的事知晓得比较详细,她直言不讳地跟我说凤舞和袁开河婚姻走到头跟她娘家有相当大的关系,说全赖她娘家都不过分。一开始这两个人就是错配的姻缘,凤舞的妈妈就是为了钱,哪管她的感受,袁开河的妈妈是一心为自己儿子打算,儿子要月亮,她也会帮他去摘,仗着家里有钱,她替儿子掐个尖,没有哪一个是站在凤舞这边替她考虑的。这两个不相干的人凑在一起过了将近二十年,说明他们两个都是很能忍的。这几年凤舞忙着照顾妈妈,很少回自己家里住,经常是下了班直接从银行回娘家,她和袁开河两个人本来感情基础就薄弱,关系冷了更加难以过到一块去。袁开河后来在他父母的劝说下已经回他们小家去住,夫妻两个也试图缓和关系,不过并没有多少效果。然而,如果不是凤舞娘家的事情牵扯,他们也不至于让一个卖蜂蜜的农村小姑娘插了足。

在黄小橘眼里袁开河虽说和英俊潇洒毫不沾边,但算是一个想好好过日子的人,他脾气有点火暴,不发脾气的时候还是好相处的。而且,他对老婆也还是不错,家让凤舞当,钱尽她花,她拿去支援娘家,他虽说不高兴,没少发脾气,实际上还是由着她的,她在外面应酬,喝大酒,疯一点,闹一点,包括别人传一些风言风语,他从来不去多管,她一次再一次离家出走,他也并没深究,事情过了也就罢了。一个丈夫能做到这样,算是相当大度的了。她见过那个卖蜂蜜的女孩,皮肤黑黑,相貌平平,就是个普普通通的乡下妹子,而且也不是一个会发嗲会讨好的人。那女孩说话直来直去,有点任性,生龙活虎的劲头和年少时的凤舞倒有几分相像,至于说要和现在的凤舞比,除了年轻,她根本没法比。黄小橘认为但凡凤舞对袁开河好一些,他大概不会看上那么一个貌不出众的土丫头。离婚是袁开河提出的,他一开口,凤舞就答应了,而且什么条件都没提,她居然那么好说话。黄小橘替凤舞打抱不平,败给那样一个在她看来毫无竞争力的对手，实在是很冤。

还有令黄小橘意难平的是当地的报纸竟然还跑去报道凤舞，夸张地把她写成一个精心照顾卧病母亲近十载的大孝女，电视台给她拍的纪录片在黄金时段播放了一遍又一遍，还获了奖。黄小橘简直为凤舞痛心疾首，她说：在家里无论她怎么做，她妈妈都不称心，在单位里她是一把手，哪件事情做不好，她都担责任，她忙里忙外，累死累活，把自己的小家都忙散了，一个人形单影只，也就四十岁，本来还是"一枝花"的年纪，你看她憔悴的，头发差不多都白了，真不知道她怎么把自己混成那副惨样子。

黄小橘说起凤舞语气里充满了爱怜。她说这几年她和凤舞见面很多，她尝试在这边发展一些业务，把有些项目介绍到咸城来做，还竭力促成一些合作，也是想为家乡做点事，以前她没有这个意识，年纪大一些，家乡观念重起来。但她把一些合作介绍过来，对接起来并非易事，凤舞帮了许多忙，要不是她，那些事情在这里根本无法落地。她每次回来，都是凤舞接送不说，还陪她跑东跑西，帮她疏通关系，张罗同学聚会，还照顾她的父母，真是如同家人一般。

黄小橘特别怀念十四五岁在农场分校那一段日子，那正是她和凤舞好得如影随形的时候。她满怀深情地跟我回忆，她们经常找机会放学之后不回家，特别是到了期中和期末考试，她们有了复习备考的借口，就一起住在宿舍里。夜晚，偌大的农场除了她们只有耕有，耕有住得离她们好远，但想到有他在，她们感到特别安心。天黑下来，农场笼罩在幽蓝的暮霭下，四周空旷安静，连动物归巢的声音都止息了，她们会在吃过中午的剩饭之后手拉手去简陋的操场散步。深夜她们躺在床上，钻在一个被窝里，轮流讲恐怖故事，说那些百说不厌的悄悄话。白天，她们在课间，或者逃课坐在小河边，吹吹风，晒晒太阳，打打瞌睡，听听鸟叫，仿佛生活在繁忙的世界之外，反正只要不学习就觉得无上幸福。她们在一起度过了许多特别开心惬意的时光。

黄小橘说：凤舞在家得不到温暖，她把我当成依靠，我也很愿意做她的依靠。记得她跟我说过，她这辈子不会结婚，也不会生孩子，我问她为什么这么说，她不吭声。我说你说这话太早，等长大你就不会这样想了。她说是真的，说得特别肯定，不容我怀疑。我跟她说，你要是不结婚我就陪着你，我也不结婚不生小孩，我们两个人在一起过一辈子，相依为命。晚上我们睡觉前老会说一句话："我们要好一辈子"，就像恋人之间的海誓山盟，那时候我们可真好啊。

黄小橘和我聊得更多更深是后来的事。再次和她见面，我们既不在咸城，也不在北京或上海，而是在新加坡。那一段时间她在吉隆坡工作，我去那里开会，百忙之中我们抽空见了一面，还一起吃了饭，逛了植物园。她还是那么干练利落，打扮得非常入时，岁月在她身上并没有留下过于明显的痕迹，四十多岁的她依然明艳动人，似乎比她三十来岁时要显得更加活力四射。她跟我聊起我们没见面那些年的生活，用她的话说是发生了"翻天覆地"的变化。

和以前一样，她接连不断地跳槽，从一家公司跳到另一家公司，她说这几年自己一直在参加各种面试，甚至梦中也在回答面试的问题。转了一大圈，中间有过不少的起落和波折，她又回到了曾经工作过的一家生物医药公司，仍然是做财务总监。她的婚姻生活也不是一帆风顺，她谈过记不清多少场恋爱，结过两次婚，五六年前和研究生同学的第一任丈夫离了婚，嫁给了既是同事又是学长的小夏，他们在美国工作了三年多，回到上海，之后外派新加坡。让我惊叹的是五年里她一口气生了两个女儿和一个儿子，在我们赶上严格计划生育政策的这茬人当中，有三个孩子的并不多，她为此非常得意。

她笑言确实是因为想要儿子才生了三个孩子,她承认自己不但有重男轻女的思想,而且相当严重,用她自己的话说:"如果这是一种病,我病得不轻。"她丈夫小夏是家里的独子,到他已经是五代单传,看着他家中长辈眼巴巴盼望男孩的样子,她实在不忍心让他们失望。她过了三十五岁才开始怀孕,为了生这几个孩子,尤其是为了拼老三,冒了很多风险,甚至是生命危险,吃足了苦头。先兆流产,妊娠期高血压,妊娠期糖尿病,甲状腺功能异常,腹痛,感冒,胎位异常,难产,大出血,一样没落。前两胎大概因为是女孩,肚子没有那么大,到第三胎,孕期工作繁忙,活动少,加上胎儿长得大,还不到七个月肚子就大得像山一样,她走不动,也躺不下,胎儿在里面一动,撑开的腹部肌肉和筋膜就被扯得揪心疼痛。因为胎儿的压迫,她吃饭后胃酸反流,只要吃点东西就胃疼,怕孩子发育不良,又不能不吃。这还不是最难受的,胎儿压迫盆腔血管,腿部血液回流困难,引发水肿,从大腿一直肿到肚皮,医生说在孕妇水肿中也算很严重的。皮肤的疼痛令她连最柔软的贴身衣物都穿不住。一般剖宫产要到三十九周,她刚到三十八周就无法再拖了。由于孩子把子宫撑得太大,切开后收缩不好,切口和胎盘剥离面一起出血,九死一生,终于生下一个儿子。她说如果这一胎还不能如愿,只要身体允许,不,只要生命允许,她肯定还是要继续生下去。

我听得目瞪口呆,这就是在我眼里现代、独立、时尚且事业有成的女性黄小橘,我真不知道该说什么好。她自己也笑话自己,她说:有些观念是根深蒂固的,是基因里自带的东西,不是一代两代人能彻底转变的。社会的发展很快,但沉底的东西很难改,而且不时会沉渣泛起。

她承认,作为一个女人,在这个社会里,她觉得自己弱点很多,浑身都是软肋。

也许是在异国他乡，黄小橘和我非常亲近，远超少年时代。我们相互袒露心扉，聊得十分酣畅尽兴。没想到隔了这么多年，我们竟成了好朋友。

她也和我聊到了自己与谢文屿的关系。我印象中这是她比较回避的话题，即使说到也是三言两语一带而过，如此推心置腹开诚布公地和我深聊还是第一次。她说对初恋铭心刻骨，但自己的初恋就是双刃剑，除了带给她甜蜜，还带给她伤害。她自己长久走不出来不说，还伤害到了她和别人的关系。我认为她说的这个"别人"就是凤舞无疑，而她却说还包括我。她坦率地说以前对我也是充满了敌意，本来我们应该会很好，可惜这样的缘分来得太迟了。我说这不总算还是来了。她咯咯地笑着，让我原谅她——其实我不觉得有什么需要原谅的。我说或许我也有意无意伤害了她，所以我俩算是扯平了。

黄小橘说初恋时她很懵懂，也很没有安全感，不知道怎样才能获得心里期望的那种充满激情的爱情，也不懂得如何建立起那种心心相印的关系。因为爱谢文屿，心里一直忐忑，恐慌。为了看见他的笑容，她心甘情愿为他奉上一切，心甘情愿为他去做一切，甚至是那些违背自己本心的事情。她说自己样样都肯听他的，在他面前表现得特别讲道理，特别好说话，从不违拗他，她后来才明白，这种克制和顺从其实是伪装，是不得已时出于本能的自我保护，也是一种想以此打败竞争对手的武器。她越是爱他，越是忍耐，内心里也越是要求他感情纯粹，对自己专一，而且对此有特别深的执念。然而谢文屿做不到，他爱的显然不止她一个。她深受折磨，一次次崩溃，最后忍痛离开了他。——她说自己并不是因为他有多好才爱他，就是觉得他好，觉得他可亲，虽然她嫁了两次，仍然对他无法忘怀。

她说得动情，眼睫毛上沾着泪花。这一幕，令我不由得想起凤舞。

她承认凤舞是她此生最大的情敌，尽管她们不少时候好得如同一个人。尤其是谢文屿在场的时候，她无法克制内心火焰般的嫉妒，她总觉得他更喜欢凤舞，而凤舞又比她更加毫无保留地深爱着他，比她更无私，比她更豁得出去，跟凤舞相比，她无法像她那样不顾一切。而且，凤舞同样是把她看作情敌的，对她同样很防范，所以她们才会一次次起冲突，一次次翻脸。后来她才明白过来凤舞对谢文屿不仅和她一样是深爱着他，也和她一样没有把握，所以她们在爱情中的反应才会那样相似：同样不自信，同样战战兢兢，同样替对方着想，为对方操心，竭尽全力地付出，还总是生怕自己做得不够多，不够好，以为这样才能留住他的心。她们太像了，所以她们做不成朋友时只能做敌人。她也是在和谢文屿分手之后，随着年龄和阅历的增长慢慢意识到的。

她认为如果没有凤舞作为竞争对手，她和谢文屿的感情会顺利得多，至少不会像她经历的那样艰难曲折和云谲波诡。她说谢文屿从小缺爱，他父母离婚给他心理上造成了很大的创伤。他曾跟她说过，他以为妈妈会要他，没想到妈妈为了再嫁方便，毫不犹豫把他丢给了爷爷奶奶，他亲耳听到妈妈把不带他走当成离婚条件提出来。妈妈再嫁之后不久就生了弟弟，爸爸也是闪电再婚，同样没把他带走。他被父母双双抛弃，表面上有两个家，实际上没有一个家是属于他的。两个家他都没有家门钥匙，家里没有他的房间，没有他的床，连他的一条毛巾一把牙刷都没有。后来他被爷爷奶奶打发去青海，他也觉得自己是被强塞进父亲的家里的。所以他对爱渴望的同时又非常警惕，特别敏感，还有一种神经质的焦躁，既害怕得不到，又生怕得到了再失去，就像饿怕的人会囤很多食物，他对喜欢他的女孩来者不拒，还主动招揽，多多益善。他自己也跟她说过，对她们只是喜欢而已，他真正渴望，也真正能打动他的，是那种随时可以放下一切扑向他的感情。凤舞不仅对他一往情深,而且只要跟他在一起,她能像个盲人,对一切视若无睹,样样都能容忍。她透露在她和谢文屿恋爱期间,凤舞其实一直在他旁边,从未走远,这是他们最终分手的最主要也是最直接的原因。她说自己是伤透了心败下阵来的。

这让我感到不可思议。我说:凤舞为何这么……宽容?

黄小橘疾言厉色地纠正我说:不是宽容,是妥协。她气恼地说:她害了我。

黄小橘告诉我,在换过几轮男朋友之后,她在二十九岁的最后一天眼看就要进入三十岁时,嫁给了一个一直追她的研究生同学。过了不到一年,他们便矛盾重重,经常争吵,从吃饭睡觉花钱到做家务,都难以达成共识,用她的话说是"吃不到一口锅里,尿不到一个壶里"。她发现他经常对她撒谎,已经到了习惯成自然的地步,连下楼去抽烟也要说成是买东西或者取邮件。刚开始她还顾及面子,不拆穿他,但她从他撒谎中感觉到他肯定有事瞒着她。她开始留心,很快发现他确实在外面有一些名堂。他晚归的时候越来越多,有时甚至彻夜不归,给她的理由是加班、出差、陪领导应酬,再不就是说喝醉了,随便在酒店开个房间歇了一夜。她发现他找的都是最方便最不用动脑子的理由,张嘴就来,他连撒谎都懒得费点心思。有一天她无意间从他汽车的储物箱里看见了一张别的小区的停车证,她用一个星期时间每天偷偷记下他行车的公里数,减掉他上下班的里程,发现远远超过这个数。她在地图上查了那个小区的位置,连他在那一周里去过那里几次都一清二楚。她冷静地对他说出来,他完全没有否定,也许是被她打了个措手不及,也许是他也不想再装下去。

他们分道扬镳。黄小橘说,在分割财产时,他们运用各自的专业知识，充分发挥了锱铢必较的特长，将自私自利的本性暴露无遗。然而，他们谁也没有想到，离婚那天竟是他们从结婚到离婚一年两个月婚姻生活中过得最愉快的一天。他们共进了早餐，去民政局办了手续，领了离婚证，又一起共进了午餐，还去喝了下午茶，因为想到从此两人就要告别耳鬓厮磨的共同生活，他们又回到家里去做了爱。之后他们还手拉手去吃了消夜，看了夜场电影，最后在午夜微雨的街头浓情蜜意地吻别——就像一部浪漫的电影完美地达到高潮。不过，她仍然十分庆幸当机立断结束了那段婚姻。再嫁之后，她和现任丈夫感情的热度只维持了很短一段时间，用她自己的话说是蜜月还没度完就归于平淡了，也许是她因为很快怀孕对与丈夫缠绵不感兴趣，他们之间的那团火熄灭了，彼此变得淡漠，就像是合作伙伴。他们虽然有儿有女，却无法建立那种心心相印的亲密关系。有了儿子之后，他们夫妻再没有同过房。而且，除了日常琐事，他们没有太多的交流。她内心老是想着能从压抑的生活中逃离，不过她再不会像从前那样任性，因为生活已经磨去了她的锐气，做了妈妈，凡事她率先考虑的不是自己，而是孩子——她说此生最幸运也是最不后悔的就是生了三个孩子，对她来说，这是婚姻带给她的实实在在的福利，她要好好守护这份来之不易的胜利果实。

那晚她和我聊得很多，畅所欲言，肝胆相照，就像凤舞和我在一起时一样。和凤舞不一样的是，她更加清醒和理智，也更加坚硬。除了提到孩子，她给我的感觉是已经修炼得刀枪不入。

她对我说：爱情可遇不可求，一个人要运气好到什么程度才能得到那种"情不知所起，一往而深"的爱情？我是拼尽了全力，最终还是证明自己不行，是个彻头彻尾的失败者。不过婚姻是另一回事，那是需要用头脑的，需要计算，或者说算计。在我看来，婚姻对男女双方来说，是一种零和游戏，是博弈，我觉得自己至少没输。

她哈哈大笑，有一种苦中作乐的豪迈。

在我看来黄小橘非常真实，她身上有一种超乎寻常的敏捷和犀利，这和她小时候不太一样，大概是得益于生活的磨砺吧。我觉得到了这个年纪，因为阅历的不同，她和凤舞已经很少有共同之处，再看不见她们身上那种相似的影子。

我们的话题又转回到凤舞身上。黄小橘怀着发自肺腑的柔情说：要是凤舞有个孩子就好了。——可能因为我自己做了妈妈，我觉得做母亲是一件多么幸福的事。随即她又说，也可能凤舞本人不这样想。

我说：她很想要孩子，她跟我说过。可是她眼下这个景况，有点无从说起。

7　离婚那件事

经历了离婚的凤舞并没有显得凄惨。岁末，我回到咸城和她见了面。她虽然气色有点暗淡，额头和嘴角有了一些细细的皱纹，但看起来状态不错，眼睛里有光，充满活力，浑身上下散发着明媚的光芒。

刚一见面她就跟我说起自己离婚的事情，坦率，直接，不加掩饰。她说出现这样的结果，应该说是情理之中，没有什么不可接受的。她用了"轻松"、"解脱"、"重获自由"等词语，并没有一点夸张和假装的成分，我想那是她心情的真实写照吧。

她说现在除了上班，她一心照料妈妈。妈妈卧床不起好几年了，这么长时间她一直带妈妈四处寻医问药，自己在奔波和忙碌中忽略了许多事情，好多该做的，该修复和弥补的，都没来得及去做。回头想想，其实袁开河一直是有跟她和好的意愿的，也向她表达过这个意思，他做过不少努力，但她没有给出他期待的反应和回馈。她不是不知道，对他也不是不了解，这么多年一起生活，她清楚他怎么想的，她说自己不是没有自责，不过并不后悔。她也曾想多照顾他一点，比如多给他做做饭，多跟他说说话，多陪陪他，毕竟一天没离一天就是夫妻，可经常想得好好的，等见到他，又会克制不住不耐烦，自己都控制不了自己。

前面几年她不怎么回家住，袁开河反倒回去得多一些，他的说法是家里不能老没人，房子会关荒的。他住在父母家时一日三餐吃现成的，有四个保姆服侍，还有妈妈和姐姐妹妹照顾，家务不需要动手，回到自己家里，吃饭都成问题，每天就买点烧饼油条豆腐脑下点面条对付。他一个人在家日子过得没滋没味，家里到处落满尘土，东西丢得乱七八糟，厨房里垃圾堆得没下脚处，他还不愿意让家里的保姆来收拾，嫌她们嘴碎，回去会搬弄是非。她每次回家，一进门活就上手，忙到离开也就刚刚把家收拾得有点模样，还累得七荤八素。等下次回去，还得如此这般再来上一遍。她疲惫不堪，心情焦躁。袁开河跟她说想请一个钟点工帮着买菜烧饭打扫卫生，她二话没说就答应了。隔了一阵，他又跟她商量，问她能不能就请超市前厅卖蜂蜜的那个小姑娘，她又是二话没说就同意了。

袁开河不是一个阴险狡诈的人，相反，他直爽简单，对她很少藏着掖着，所以她没想到要防备他。他找来的那个钟点工名叫采铃，顶多十八九岁，模样朴实，不声不响，有点木木的。以前她去超市买菜远远见过这个小姑娘，看她对顾客也不殷勤，人家问啥答啥，要是问多了，还有点不耐烦，不会招徕生意，绝不是会讨好别人的人，更加没想到要防备她。来到家里，她做事倒是认真仔细，但也不算眼里有活，基本上是让做什么做什么，跟伶俐乖巧不沾一丝边。不过除了机械一点，手脚慢点，挑不出毛病，她完全想不到袁开河竟会和她搞到一块。

387

事后想想其实是早有苗头，只是她没太留心。采铃来了不到三个月，袁开河就跟她说想给她加点钱，她说加就是了。又过了一段时间，她回去时发觉袁开河和采铃两个人好像有点不对劲，也没别的，就是他们看上去特别有默契，袁开河想要什么东西，没等开口，采铃已经替他拿好，甚至已经递到他手上。袁开河对采铃的依赖也相当明显，有什么事他都张口叫采铃，她这个当老婆的就在眼前他不叫她。有一个星期天早晨，他们两个在家吃早饭，袁开河吃了几口就放下不吃了，她问他怎么了，他说一句"不想吃了"就转身进了房间。不一会儿采铃来了，他从房间走出来，用虚弱的口气跟她说自己胃疼，叫她下楼去买药。他佝偻着背，一副弱不禁风可怜巴巴的样子。采铃两眼望着他，想问，当着她又不好问。她心一沉，冷眼看着他们，女人的直觉立刻让她意识到这两个人之间不正常。

　　很快，她在袁开河的衣柜里发现了采铃的一些衣服包括内衣，认定自己的猜测被证实了。还有更加过分的，有一天，她回家看见袁开河的牙缸里赫然插着两把牙刷，一把白柄的是他的，另一把是那种乡气得触目惊心的艳粉色，一看就不是这个家里的东西。她立刻想到采铃，她盯着那把牙刷良久，直到心里涌起的浪头平静。她想也许是采铃忘了收起来，也许采铃已经习以为常，把这个家当成了自己的。她心情沮丧，但没有发作。她早就想和袁开河离婚，要不是婆婆劝阻，他们过不到现在。两个人即使住在同一个屋檐下，也是井水不犯河水，早就是徒有夫妻之名，没有夫妻之实，她看着采铃当着她竭力装得和袁开河什么事没有的样子，不仅对她恨不起来，甚至还有点为她难受。这个出身贫寒的小姑娘确实很善良，除了对袁开河很好，对她同样也很好。每次她回家，只要提前告诉她一声，她都会做她喜欢吃的菜，给她煲好红枣银耳莲子羹，还会把浴缸刷得白亮洁净，替她放好温度合适的洗澡水，还跟电视里学了在里面漂几片花瓣。不知不觉间，采铃变得懂事周到，就像一只温顺乖巧的小白兔，令她对她心生怜悯。如果她没有发现她与自己丈夫之间的蛛丝马迹，只会越发喜欢她。

她决定先忍下来。倒不是怕打草惊蛇，她想让这件事自然过去，她不相信这两个人之间会有什么天长地久的爱情。她就像鸵鸟一样，头往沙子里一扎，啥也不提。

一天，她回到家，袁开河和她商量说采铃卖蜂蜜赚不到多少钱，不如到他家店里帮忙，她说这事情你定就行。没过几天，袁开河又对她说，采铃租的是城外的农民房，那里住的都是靠卖力气吃饭的人，经常喝酒打架，还发生过一些入室抢劫和拿刀砍人的案件，她一个年轻女孩住在那样的地方不安全，他想让她住在店里，这样她不仅来去方便，而且还能省下房租。她想到只要自己一走，采铃很可能会睡到袁开河的床上，自己又何苦阻止她住在店里，她没说啥，随他安排。

凤舞说，要说也是她自己让采铃一步一步走进家里的。她反思自己的婚姻，和袁开河结婚，就是地地道道的包办婚姻，即便是在当初，她和他也根本谈不上相爱，甚至都没怎么了解就草草结婚了，当然，如果真的彼此了解，可能更难成婚。她是经历了才有体会，没有感情基础的婚姻就像沙上的塔，根基不稳，甚至就像牢笼，双方都受罪。她和袁开河的婚姻本来就是个豆腐渣工程，加上她娘家无休无止的索取，更是百孔千疮。看到采铃对袁开河无微不至的照顾，她也心生愧疚，人家名义上只是个钟点工，倒比她这个明媒正娶的妻子要贴心周到得多。她换个角度想想，有采铃这么个人，她倒正好可以解脱。

她以为自己想得很开，但真到面临离婚心里还是很矛盾，而且也很不舍。看她不着急，袁开河也不着急，只有采铃沉不住气，她焦躁得就像热锅上的蚂蚁，还要克制着，每天来扮演一个保姆的角色。

有一点，她发现自己想错了，她原以为拖一拖，就能把他们两个的热情拖过去，没想到他们居然还认真了，她等来的竟是他们来找她摊牌。

那天黄昏，她下班回到家——那是她难得早归，还买了新鲜的鱼肉和蔬菜。她换了衣服，系上围裙，正准备进厨房烧晚饭，袁开河和采铃从外面走了进来，齐刷刷地站在她面前，吭吭哧哧，老半天没说清楚一句话，但她竟然立刻明白了他们的意思。他们三个人站在厨房和饭厅的交界处，她简直就像挨了当头一棒，短短的几分钟比一年还要漫长。她突然发现这个以前在超市门口卖蜂蜜的女孩不知不觉间变了模样——她的眼睛水灵灵，面庞白里透粉，既娇艳又温柔，带着青涩的慌乱和无助，还有愧疚，楚楚动人，惹人怜惜。她看采铃一眼，就知道自己输了。采铃还没开口说话，就背过身去哭了起来。她哭得梨花带雨，十分悲伤。她没想到哭的居然是她。

采铃走后，只有他们夫妻俩的时候，袁开河才把话跟她说清楚。他说是采铃想要结婚，他答应了她，他给出的理由居然是店里有老鼠，采铃一个人住在那里害怕。他话说得含糊糊，口气绵绵软软，好像随时要把说出来的话收回去。但她能感觉他的态度是坚定的，显然是下了决心的。他老实笨拙的样子让她又气又疼。

凤舞跟我讲述的时候突然之间声音就哽住了，她说：结的时候我不情不愿，离的时候却痛苦万分，我自己也想不到。那个晚上，我和袁开河躺在一张床上——多长时间也没有过了，我们说了许多心里话，不怕你笑话，我们搂抱在一起，比新婚之夜还要亲密，那是我们结婚二十来年感情最好的时候。我们一边说，一边淌眼泪，直到窗户发白，一夜没睡一分钟——天晓得临了的时候，我们想到的反而都是对方的好。人家说离婚看人品，要说袁开河那人还是不错的，他主动要把房子给我，汽车给我，家里的存款也都给我，我对他说，我不是早说过了，你家的东西我不要。再说了，你都给了我，你们怎么生活？他说他父母不会看着不管的，让我不要操心。他这么谦让，比争抢还叫人伤心，我倒是情愿他跟我一分一毫算账呢，那样我心里也许还好受点。

她的眼圈微微红了。

停了片刻她说：我和袁开河离婚，最对不起的一个人是我婆婆。

她告诉我，办完手续她躲了好几天，没去看袁妈妈，觉得无法面对她。她听大姑姐小灯笼说妈妈得知他们离婚的消息就躺倒了，腰酸得起不来床，她知道婆婆有这个毛病，劳累了、烦心了或者受了凉就会发，医生诊断是腰椎间盘突出，以前也曾想要做手术的，听说动了手术就能好，但婆婆害怕自己从此站不起来，毕竟腰酸归腰酸，还有好的时候，还能够做事，万一弄瘫了，倒是给家里人添麻烦，所以一直下不了决心根治。凤舞说：我婆婆这个人就是这样，一辈子都在为别人着想，什么时候都把自己排在别人后头。有个老中医说过，她这个病不仅是积劳成疾，而是身心失调导致的一种虚病。唉，我偏偏又让她为我操心难过了。

正说话间，她的电话响了。她看一眼屏幕，走开去接。我不知道是谁打来的，这个电话不短，她至少说了有十来分钟。接完电话，她脸上泛起光泽，精神焕发，就像换了个人。

重新坐下后，她没有再聊和袁开河离婚的事，她迟迟疑疑地说：还有一些事，说来话长，也不是一句两句说得清的。我答应离婚，说实话也有我自己的原因，等我找个时间慢慢对你说。

8 拆迁

好几个月过去，凤舞没有跟我提起她要告诉我的事。这期间因为我父母身体不太好，我回去多次，和她见面很多，也有不少单独相处的机会，但她就像忘记了一样，没再提起这个话头。

她倒是不止一次跟我说起她娘家拆迁的事情，似乎这件事带来的兴奋感远远盖过了别的事。她说他们一家子上上下下都开心得不得了，不仅花小春、花小夏、花小秋、花小冬和大喜经常去看妈妈，大姐夫小岳、二姐夫小郑、三姐夫小陆、四姐夫小高走动得也特别勤，而且他们回回都不空手，水果糕点是最平常的，他们甚至还买了自己家里都舍不得吃的野生龟鳖、鲜活河鲜和上好的火腿拿去送给妈妈。自从妈妈病倒之后，她那座窄小阴暗的房子里从来没有一下子到过那么多人，简直比过年还要热闹，那种合家欢乐的气氛也是从来没有过的。

花家运气不错，负责拆迁的四个副主任当中有一个是远房亲戚，是凤舞父亲表舅的孙子，名叫谷雨。她父亲死得早，他们跟花家那边亲戚之间没有多少来往，有一回谷雨帮朋友办贷款找过她，叙了亲，走动起来。谷雨热情活络，有这么一个投桃报李的机会，他本着胳膊肘往里拐的原则给花家争取到了最好的拆迁条件，不仅妈妈住的两间老房子定了最高的补偿，连他们自行搭出来的小前厅和两个小披屋都算在内，甚至把邻居废弃不用的一个小得进不去人的工具房也算给了他们，他还把奶奶从前曾住过的早让别人家占去的一小间，也想方设法划了回来，令他们大喜过望。靠着谷雨，花家人省心省力，免去了扯皮挨宰就得到了最好的补偿。然而，在要房子还是要钱这个问题上，一家人产生了巨大的分歧。他们分了两派，妈妈和大喜是要房派，几个姐姐和姐夫是要钱派，凤舞说她家的这两派争得不可开交。

不过争归争，这算是妈妈名下的财产，她人还在，头脑还清楚，还得由她说了算。妈妈的原则是家里的东西都要留给儿子，所以这件事情最终其实是大喜说了算。大喜平常十天半个月也见不着人影，那一段时间他倒是有事没事常跑回妈妈家，和妈妈两个人关起门就像密谈一样，她回去都觉得自己碍事。有一次母子两个谈了很久，她去敲门也不开，妈妈到点应该吃药排便，她着急也没用。结果是妈妈尿了床，这还好说，换换衣裤换换床褥也就罢了。妈妈因为再次憋尿，等想尿又撒不出来，十分痛苦，妈妈反过来埋怨她不关心自己，还把气撒到她头上。

四个姐姐很抱团，她们飞快结成了统一战线，自然而然站到了母子俩的对立面，她们知道肉是吃不到嘴里的，都想能喝上口汤。她们四个结婚后有的分了房也有的买了房，住房条件都过得去。花小夏最有经济头脑，有钱就买房，不仅在咸城买，还在南京买，除了收租金，房价上涨她也赚了不少。花小春和花小秋也买了房，只有花小冬没买，但她离婚时前夫把单位分的房子给了她，再婚时新任丈夫也有单位的福利分房，她家里有两套房，住一套租一套，也是蛮得意的。按咸城风俗，"嫁出去的女，泼出去的水"，娘家的财产跟她们没啥关系，但妈妈养老她们多少也出了钱，她们悄悄商量必须有她们一份，哪怕就是意思意思。她们在要房还是要钱这件事上特别一致，都主张要钱，房子肯定轮不着她们住，钱跟她们不一定有关系，但毕竟分起来容易些，她们打的如意算盘是多多少少也能跟着沾点光。妈妈清楚她们的想法，她一门心思只想把房子完完整整交到儿子手上，所以她不松口。

凤舞自己也赞成要房，一是房子已经盖好，她去看过，户型和配套设施还是不错的；二是她替妈妈算账，那点拆迁款不一定马上就能拿到手，如果拖上几年才下来，从眼下看房价一直在涨，等拿到钱再去买房，说不定连这样的房子都买不到。毕竟有谷雨照应，同样等级的房子他们还能有机会挑挑朝向和楼层。她还有一个自认为更好的想法，她离婚后住的还是结婚时袁家给的房，她本来就有计划买房，不过一直没买，她想过如果拿到房，她可以拿出自己的积蓄把家里这套房买下来，哪怕是按市场价就高也可以，这套房她和妈妈住着，等于妈妈有房住，手上还有现金，可以用这笔钱来保障生活和医疗费用。妈妈病了这么些年，那点退休金根本不够用，她们姐妹几个每个月都要拿出钱来贴补她，尽管是她拿大头，几个姐姐经常在背后嘀嘀咕咕，意思是被娘家拖累，对妈妈拿钱去贴补大喜她们也意见很大，她想如果有这一大笔钱，妈妈用不着再向她们伸手，而且想怎么用就怎么用，姐姐们也说不出啥。再说，她买下这套房子，也等于保留了一个娘家的老宅。但她刚说出这个意思，就被妈妈和姐姐弟弟一致否定。他们说出来的话也一模一样，都说你婆家那么有钱，还要到我们这里来分一杯羹？她妈妈就像是没理解她的用心，或者说根本就信不过她，居然说你巴巴来服侍我，不会是想吞我房子吧？话虽然说得笑嘻嘻，她听了很刺心。她跟他们解释说不是这个意思，她没有想要占这个房子，他们却说，你不想占为啥要打家里这套房子的主意？外头房子多的是，你为啥不去买？他们认定她没安好心，话说得理直气壮头头是道，让她还真不怎么好反驳。她跟他们说不清楚，而且不管她怎么说，他们听都懒得听。

最终定下来要房子，四个姐姐很不高兴，好容易等来了拆迁这种天上掉馅饼的好事情，妈妈只偏心大喜一个，她们不但生气，而且还都特别伤心。四个姐姐经常在一起说妈妈和弟弟的坏话，刚开始她们还拉她一起，但她一听她们说这些，就劝她们算了，也不是过不下去，一家人开开心心多好，至亲骨肉，犯不着为这点事伤感情。她们却说她饱汉子不知道饿汉子饥，站着说话不腰疼，她当然可以不在乎，但不能摁着她们也不在乎，还不让她们说说解气。她不劝还好，劝了反而等于是火上浇油，不仅没把姐姐劝得心平气和，还把她们劝得火气更大。她们愤愤地说她们从小受委屈，吃苦有她们，受累有她们，挨打挨骂有她们，到了现在这把年纪，还是和小时候一样要受委屈，出钱有她们，出力有她们，有了好处轮不到她们。她们发狠说，以后老娘怎么样她们都不管了。她们看她的眼光就像看叛徒，渐渐地，她们四个走动，也不叫她，这些年她通过种种努力和她们回暖的关系又冷了下去。

9　风箱里的老鼠

妈妈的脾气越来越差，她长期卧床，身上没劲，情绪烦躁。女儿女婿来，她嫌他们吵，他们不来，她恨他们没良心。她对几个女儿一肚子怒气，骂起她们忍不住要追根溯源，她骂她们一个个都是讨债鬼，一样是十月怀胎，一样是肚子疼得死去活来，生出来的却是赔钱货，一把屎一把尿养大，都是替人家养的。她怪她们不来给她端茶倒水，不来给她揉腰捶腿，不来她床头尽孝，人不来就算了，钱也不把，白养她们一场，她想起来就骂一阵，也不管她们在不在跟前，听得见听不见。她什么话难听骂什么，把花家祖宗一个个问候到，几个女儿有一个算一个，个个没良心。她骂起来不管不顾，把对她体贴入微的凤舞也一起骂在里头。也不知道是她记岔了，还是年纪大了脑筋糊涂，她经常把四个姐姐，包括大喜做的让她不开心的事情都记到了凤舞的头上，嘴里数落着别人的事情，专盯着凤舞一个人骂,凤舞自然不好跟自己亲娘计较,知道跟她说也说不清楚,只会惹她更加暴怒,只好不作声,由她骂。

花家第一批拿到了新房子,本来是开心的事,结果一大家子的矛盾更加白热化。四个姐姐因为妈妈没有听她们的,气得都不怎么上门了,连过节都不给妈妈送节礼。大喜也不高兴,他提出过让妈妈直接把房本写成他的名字,妈妈了解自己儿子,担心房子真给了他被他卖掉,吃光用光,啥也不剩,没有答应。虽然房子是许给他了,但要拿到还得等妈妈百年之后,几个姐姐却对他冷淡了不少,连他去她们家里吃饭,也不像以前那样热情,他很恼火,觉得自己得不偿失。而且这房子还影响到了他和裴早阳的关系。妈妈劝过他,既然不找别人,不如就跟裴早阳复婚,毕竟她是他两个孩子的亲妈,不看僧面看佛面。他也跟裴早阳提过,裴早阳似乎有点活动,但她没有表态,大概是看他混得不好,他一直住在纺织厂分的一间连上下水都没有的宿舍里,挣得少,玩心重,自顾不暇。自从听说他妈妈家要拆迁,她对他的态度就不一样了,主动去问他这样那样,连挑什么户型最占便宜都替他打听到。她还给他出主意,说等拿到房子,可以给他妈妈在旁边租个小户型,他和女儿就可以搬进大房子里住了。他问她那你呢?她笑而不答,意思也是愿意的,因为她不会舍得和两个女儿分开。结果等拿到房子,还是他妈妈搬进去,她的脸马上又翻了过去,对他冷冰冰,他也不好再跟她提复婚的事。本来他对复婚其实也没多高的热情,说到底就是凑合,一看复不成,心中有气,回到妈妈家鸡蛋里挑骨头,跟妈妈找茬闹了好几次。妈妈很伤心,她不怪大喜,却抱怨凤舞,找的理由瞎七搭八,或者根本不寻理由,把气撒她头上,她又气恼又伤心,却只能忍气吞声。

我回咸城看望父母,替他们去医院拿药,意外碰见凤舞。她夹在人流里,走得大步流星,风风火火,我喊了她几声才把她叫住。

她告诉我她妈妈阑尾炎住院，刚动完手术，折腾得她七荤八素。

我说：阑尾炎不就是一个小手术吗？

她苦笑说：都这么说，但跟我妈妈说不通，你不晓得我费了多大的劲托人去找了我们这里最好的医生，人家让我不用这么紧张，说医生开个阑尾就像切个萝卜那样简单，但我妈妈一听要动刀吓得发抖。她最怕进医院，病了这么多年还是这样。她认为像她这种年纪大又浑身是病的人一进医院怕就出不来了，看病就是花钱买罪受，我们怎么劝都没得用。她只听得进大喜一个人的话，只相信他一个人，大喜不说话，她就宁肯在家里挺着，疼得死去活来不到医院。我们实在没办法，连哄带劝，叫了救护车把她送进了医院。

说到大喜，凤舞连连叹气，说从妈妈住院他一直没有来看过，妈妈先忍着啥都不说，等到手术前两天，忽然叫她打电话，必须把大喜喊过来。大喜在乡下钓鱼，她打电话给他，把妈妈的意思说了，问他打算什么时候回，他说下雨路不好走，先不回。回答得斩钉截铁，丝毫不拖泥带水。他能冒雨出门，不能冒雨回来，老娘躺在病床上等他，他也不当回事，她真不知道说什么好。她劝了他几句，他只是鼻子里哼哼。大喜的脾气是顺着他可以，戗着他死拧到底。她明知磕不动他，也不想跟他伤和气，只好去劝妈妈，安慰她有什么事她们几个都能办，不用非得把弟弟喊回来。妈妈就气起来，不吃不喝。中午饭送来，她不吃，晚饭送来，她还不吃。大姐来看她，她叫大姐给大喜打电话，二姐来看她，她又叫二姐给大喜打电话，三姐和四姐来看她，她还是提同样的要求。等四个姐姐走了，妈妈还是不吃饭，也不睡觉，靠在床头上长吁短叹。病房里还住着别人，被她吵得不得安逸。她问妈妈，有什么事非要大喜不可？妈妈说出来担心上了手术台下不来，见不到大喜她不做手术。手术已经约好，医生给她插队安排的，这么大的人情不能辜负，而且确实也不能再

397

拖了。她很怕节外生枝，实在没有办法，只好再去给大喜打电话。大喜已经睡了，老半天才接电话，在电话里对她光火，不过他骂骂咧咧还是答应赶回来。好在路不太远，骑摩托车一个小时就到了。妈妈一见到儿子，眉开眼笑，老泪纵横，拉着大喜的手，一口一个"小乖乖"地叫，立马样样都肯，吃药、挂水，特别配合，好说话得很。妈妈看大喜衣服淋湿了，直骂她，怪她不心疼弟弟，做事情顾头不顾尾，大半夜黑灯瞎火让大喜跑这一趟，万一要是路上出点啥乱子，就是存心不让她活了。

凤舞对我说：诸如此类的事情成天发生，就像结石一样塞满了我的生活，我怎么做都不好，我就是风箱里的老鼠，两头受气。她又说：不过看妈妈夜里睡得安稳，顺顺当当把手术做了，也算是值了。

我们匆匆告别。看着她转身吃力地迈上台阶，驼着背，塌着腰，疲态尽显，我不由心中一酸。

10　突然心痛

清明刚过，凤舞的妈妈去世了。我没在咸城，她没有通知我葬礼的时间。

她妈妈离世之后近三个月，有一天从傍晚到夜深，她接连不断地给我发来好几条长长的信息。

> 我妈妈走得很突然，我知道这一天早晚会来，但是不知道事情发生得这么快。前半夜她还跟我说话，她还惦记冰箱里有半块豆腐要吃掉，不要放坏了，我让她别操心这些小事，她说我不操心小事还能操心啥大事，想不到天不亮她就走了。我不

是没有心理准备，原以为她临走可能需要抢救，我还提前跟医院打好招呼，但她一声不响就走了。早晨我叫她，她已经没有回声了。

妈妈算是解脱了，对我来说就像一道闪电劈来，猝不及防。妈妈走了要发丧，要通知亲友，要请和尚念经，要办豆腐饭，那天上午我有两个重要的会要开，下午要陪行长出差，都是早就定好的，我通知了我姐姐弟弟，让他们先来守灵，我上班去开会，开会的间隙安排丧事，我不能头脑发蒙，我要确保事事妥妥当当。下午我陪领导考察，直到事情结束，没有人知道我家里发生了什么事。我顾不得伤心，也没有时间伤心。

妈妈下葬的时候我几个姐姐号啕大哭，在火葬场那样的地方都能引起围观，说心里话，我真有点替她们难为情。她们真会表演，妈妈活着的时候她们随时可以尽心，妈妈需要她们的时候经常见不着她们的人影，非要等妈妈不在了哭天抢地，我真是无语。看她们那样，我反而哭不出来。

从殡仪馆出来，他们带着解脱的心情去吃饭，饭吃了一半就开始说说笑笑，而且说话的声音越来越大，餐馆里回荡着嗡嗡的声浪，都是我家的人在说话，比一起吃饭的哪一桌都吵得多，就好像什么事也没有发生，就是逢年过节家里人热热吵吵聚会，让我更加心情憋闷。我一句话也说不出来，一口东西也吃不下去。

上个礼拜，我开车走在河西大桥上，突然下起瓢泼大雨，雨刷器都刮不过来，车外灰蒙蒙的，水天一色，我心里一酸，眼泪就像喷泉一样汹涌而出，我在车里放声大哭。好在，没有人看到。

刚才我一个人在家里烧晚饭，想到妈妈临终前还记挂着冰箱里那半块豆腐，她是省惯的，最舍不得东西，我突然心痛，伤心得不行。就在今天，我发到了去年的年终奖，妈妈只要晓得我发到钱，总会特别高兴，但我已经看不见她开心的样子。

爸爸死的时候，我还小，心里也很难过，主要是担心日子过不下去，因为听妈妈说爸爸死了她一个人养不活我们这么多人，我生怕她不要我们，如果真是这样，第一个不要的肯定是我，我担心得从睡梦里都能惊醒。想想妈妈真不容易，那些年我家过得要多惨有多惨，最穷的时候连精盐都买不起，我大姐去小店里一次只买半包大粗盐，烧菜的时候要用刀背拍碎才能下锅，到了锅里还化不开。是妈妈一个人咬牙扛起了这个家，把我们六个拉扯大。

这几年我和妈妈相依为命，眼看着她越来越衰老和软弱，我发现她经常会背着我们流眼泪，我想她心里肯定有许多说不出的苦。我问她哭啥，她不肯说，再看见她哭，我只好假装没看见。我真是很心疼她。不知从什么时候起，她每天要我对她说"妈妈我爱你"，说一遍还不够，我觉得她特别可怜。有一天我刚说了句"妈妈我爱你"，她马上回我说"妈妈也爱你"，我听了眼泪直淌。从小长到大，我还从来没有听她对我说过这样的话。

妈妈下葬那天天气特别好，晴空万里，阳光灿烂。难得那么好的一个春天，应该是带她到花园里晒太阳赏花的，她却被推进焚化炉烧成了灰。那天特别暖和，我却一直在瑟瑟发抖。出门的时候我套了毛衣、毛背心、小棉袄，还加上了厚羽绒服，比最冷的大冬天穿得还多，但是穿得那么多，还是冷，直冷到心里。

在殡仪馆和妈妈见最后一面，她已经装殓停当，躺在白花丛里，一辈子头一次化了浓妆，面颊搽了胭脂，还抹了鲜艳的口红，乍一看，都不认识了。我心里难受，刀割一般，又奇怪地想笑，我看我姐姐几个也都忍不住在笑，她们说妈妈活着要是打扮打扮，还怪好看的呢。说心里话，我从来没觉得我妈妈好看，她一辈子都在粗糙和粗鲁中过来的，想想都替她伤心。

我弯腰去亲妈妈的脸，我也不知道自己为什么要这样做。我以为她的脸一定是又冷又硬，结果却是软软的，比想象中光滑，就像亲在玻璃上一样。我一辈子第一次亲她，我知道再没有这样的机会了。

在等待将妈妈送去焚烧的那段时间里，我一直拉着她的手，我在心里对自己说，这是妈妈在这个世界上最后的时光，假如她有灵魂，假如她还能看得到，这也算是自己能给她的一份温暖吧。作为一个女人，妈妈的一生算不得幸福，而且不知道她自己是怎么想的，她会为自己哀怜吗？——她来了，走了，生了一串孩子，也没落着什么好，一辈子，就这么咔嚓一下落幕到头了。

妈妈的手冰凉，瘦削，就像干枯的老藤，完全不像我记忆中肥硕有力。她那双忙碌了一辈子，在纺织厂劳动竞赛中屡屡获胜，打起我们结实得像木槌的手，让我感觉无比陌生。

从殡仪馆回到妈妈的家里，看着她躺过的空空的床铺，觉得就像做梦一样。我多希望从梦里醒来还能看见她就在床头靠着，她就是骂我，我都会高兴，只要我还有妈妈……我站在她的屋子里，还能闻到她的味道，我不敢放开呼吸，意识到空气中还有妈妈存在，我就泪如雨下。

我不相信自己已经没有妈妈了。

妈妈走后，我突然感到了放松，身体就像一条口袋，里面所有东西一样一样都从破洞口漏了出去，那种松弛，不，应该叫松懈，是我从来没有体会过的。我感觉自己就像融化的软糖和洗烂的布一样。

那天她发给我的最后一条短信是这样的：

妈妈走了，我特别委屈——不是难过，不是悲痛，就是委屈。想到她再也不能补偿我了，我心痛难忍。

我理解她的心情，回了长长的短信安慰她，但我清楚说什么都不足以慰藉她的丧母之痛。

第八章 爱情

1 凤舞的家宴

人到中年，杂事繁芜。父母年事日高，我的两个弟弟友帛和友黍都在国外，他们大学毕业出国留学，之后在美国和加拿大生活和工作，难得回来。为了照顾爸妈，我在阔别家乡多年之后，又频繁回去，每个月都会回咸城，有时一个月回去三五趟，不过每次都是匆匆忙忙，和亲朋好友甚少联系，和凤舞见面也不多。

咸城变化不小，早就通了火车，建了多个豪华的商业中心，虽远不及北上广深这些大都市发展势头迅猛，但也是一步一个脚印发展着，最明显的是新建的大厦鳞次栉比，而且外观也十分现代，到处是亮闪闪的玻璃幕墙和不锈钢板，替代了原先土气的石灰墙和马赛克贴面。街道拓宽了，穿城而过的河道疏浚并建起了围栏和步道，城区扩大了，像大饼一样向四周铺开，原来的老城遗留的痕迹越来越少，坐在汽车里经过，马路纵横，高楼林立，满眼都是陌生的景象。我们当年的中学迁到了城南，原来的校园成了高考补习学校，我小时候住过的房子早已经被夷为平地，上面建起了一个巨大的体育馆，凤舞家从前的小平房却依然和左邻右舍的房子一起立在大河对岸，那片区域虽然早就完成了搬迁，不知因为什么原因一直原封未动，无人居住的房屋因为年久失修，风吹雨淋，看上去颤颤巍巍，仿佛随时会垮塌，蜿蜒曲折的街道越发衰败破旧，就像一段段腐烂的肠子，盘绕在那个被遗弃的街区。咸城早已不是我记忆中的那座小城，这里好的部分异常鲜亮突出，差的部分更加残破触目。这里的生活节奏和气息，甚至风吹来的那种感觉，都不再是我熟悉的。

一天，我开着表姐的汽车去超市替父母采购生活用品，刚停下车，在人来人往的超市门口偶遇凤舞。她买完东西，手里拎着大包小包出来。刚刚十一月，深秋时节，天气未寒，她包着头巾，戴着墨镜，裹着长长的呢子大衣，在人群里非常显眼。但第一眼看见她，我竟没有认出来，一错眼珠之际只是觉得这个女人干练的风度很是醒目。她步子很大，走得很快，看见我，脸上刹那间绽露惊喜，立刻对我埋怨道：真的是你呀？我还以为认错人了呢，你回来怎么也不告诉我一声？

听她的口气，就好像我们昨天还在一起，我心中一阵感动。她消瘦了许多，下巴颏尖尖，面色白冷，显得楚楚动人。她没有化妆，从她成年后，我难得见她素颜，她脸上的皮肤依然紧致，眼神清亮，神采奕奕。

我停了车，我们站在超市门口就聊了起来。我问她这一阵是不是很累，她好似一言难尽。她说开会学习汇报出差，加上正常的业务，确实很忙，自己已经向上级提出退居二线，等着他们批准。说着她笑起来，用一种大大咧咧毫不见外的语气说道：你回来得正好，我有好多话要跟你说呢。

第二天恰好是周末，她约我到她家去吃中饭。

我如约去了她家。她还住在湖边的那座楼房里，隔了这么多年，城里建起了大片的新楼，这座楼房看上去已经很陈旧，红砖墙黯淡了，颜色斑驳，有的地方已经剥落得坑坑洼洼，有一种凝重的收缩感，好在不算破败，倒是在岁月和风雨的侵蚀下增添了古朴和雅致。外墙上的爬山虎也老了，藤蔓遒劲，叶子浓绿中透出棕黄和褐色，令我心中生出一种无法言说的惆怅。暗暗一算，她在这里已经住了有二十几年，真是时光荏苒，日月如梭。这二十几年世事变迁，可谓天翻地覆，这里乍看上去却仍是老样子，仿佛时间凝滞了，空气里弥漫着一种恒定的安逸感，天长地久一般。经过湖边的时候，我不由驻足了片刻，静静感受了一下在别处体会不到的宁静。湖水依然碧波荡漾，岸边树叶落了不少，一群鸭子游弋在水面，凉亭水榭，清肃秀丽，美得犹如古画。

我摁响门铃，来开门的是一个十五六岁的半大男孩，长相俊秀，一看就是凤舞家的脸型和眉眼，笑起来的酒窝都和她一模一样，只是显得十分青涩和稚嫩。

门一开，屋里笑语喧哗，凤舞喜笑颜开迎出来，她扎着围裙，戴着花布小帽，正忙着烧菜。桌上已经放好几个冷盘和热菜，她炒好最后一个菜，洗了手，招呼大家入座吃饭。

除我之外客人都是孩子，凤舞向我介绍他们。来开门的是大姐的儿子礁礁，已经上高一，是个德智体全面发展的孩子，他不仅学习成绩优秀，钢琴和围棋都很棒，还是学校篮球队的主力。大些的女孩是二姐家的女儿桐桐，因为跳级，也上高中了，她和礁礁一样，也是个品学兼优的学生，同样很有运动天赋，学校运动会上屡屡拿到名次，跑步、跳高、投掷各种项目都很出色。我不由想起凤舞小时候在运动会上大放异彩的那些时刻，往事历历在目，令我唏嘘感叹。比桐桐略小点的女孩是三姐家的茜茜，她眼放精光，一看就十分机灵，俏皮的神态和我刚认识时的凤舞简直毫无二致。她读的正是我和凤舞的那个中学，凤舞说当年的教室和操场全部翻新了，设施很现代化，教室里不仅有电脑，大屏幕，投影仪，还有空调，连校门和我们上学那会儿都完全不一样了，相当豪华气派，她从门口经过都不认识了。茜茜和她小时候一样不喜欢上学，总找各种理由逃学，在家里看电视，打游戏，溜到公园去玩。比她当年机灵的是茜茜会拉爸爸妈妈替她请假，让她逃学逃得冠冕堂皇理直气壮。看得出来凤舞对这个孩子相当偏爱，说起她的事不管对错充满赞赏。最小的那个女孩叫滴滴，是四姐家的。如果说那三个孩子和凤舞只是局部相像或者说神似，滴滴长得和她几乎是一个模子里刻出来的，尖尖的一张小脸，乌溜溜的大眼睛，粉粉的嘴唇，一副聪明相，娇嫩得像一棵水芹菜。和凤舞小时候明显不一样的是，她文文静静，落落大方，身上看不到一丝的自卑和畏缩，也没有任何要讨好别人的意思，她的可爱不是乖巧柔顺，而是纯净，就像阳光下的水滴。她话不多，每一句都说在点子上，小小年纪性格中那份从容端庄让人一看就心生喜欢。而且她还特别亲人，不到五分钟就依偎到我这个陌生人的怀里。凤舞说这几个孩子常来她家，在这里他们比在自己家里更加自由自在，因为她不拘束他们，会想方设法满足他们各种各样的要求，包括在他们父母看来非分的要求。大喜家的两个女儿欢欢和乐乐也是她家的常客，这天被她们妈妈带去上补习班了，她们明年就要高考，裴早阳对两个女儿的学习抓得特别紧，那两个丫头要来了，更加热闹，能给你吵翻天。她说着，爽朗地大笑起来，我已经好久没听她笑得这样畅快。

　　看得出来凤舞真喜欢孩子，对孩子耐心极好。她关切地听他们说话，回答他们的每一个问题，满足他们的每一个请求，对他们说话的语气和笑容里有动人的温柔。她和这四个孩子相处得和谐快乐，每个孩子和她都很亲，跟她没有一点隔膜。几个孩子都健康活泼，都很放松，一看就不是在打骂贬低嘲讽欺凌的家庭氛围中长大的。他们彼此也很友爱，和凤舞小时候兄弟姐妹之间吵吵嚷嚷相互倾轧伤害完全不一样。

一顿饭吃得热热闹闹，四个孩子七嘴八舌跟我讲起他们跟凤舞的趣事。他们说冬天下大雪，他们拿了小姨的围巾、帽子、眼镜去楼下堆雪人，他们要啥她都给，还特别高兴，他们的妈妈是绝不会允许他们这样做的。有一次他们在楼下的草窠里捡到一窝小猫，他们挑了喜欢的各自抱回家去，他们的父母就像商量好了似的全都不让养，他们只好把小猫送到小姨家。小猫刚出生几天，眼睛还没有睁开，小姨拿针筒给它们喂奶，六只小猫都活蹦乱跳活了下来。因为她经常要出差养不了，他们商量给小猫找领养。最小最弱的那只是他们最喜欢和心疼的，就送给住得很近的一位邻居。那家已经养着几只猫，他们担心这只小不点到了新家会被大猫们欺负，到了那家门口，小姨做出了一个让他们无比吃惊的举动，她竟然像猫妈妈那样叼着小猫的后脖颈爬进去。他们看得目瞪口呆，连那家的几只大猫也看傻了。他们边说边笑，笑声震天。我想如果是凤舞他们小时候这样疯闹，肯定是要挨骂的。

凤舞做的家乡菜孩子们吃得非常香，她给他们剔鱼刺、剥虾壳，对男孩女孩一视同仁，每个孩子她都照顾得十分周到。她身上辐射出来的那种母性，令我这个做母亲的人感动。

凤舞对我说，她妈妈不在以后，平常上学的日子，礁礁和桐桐经常住她这里，因为她家离学校近，他们可以多睡二十分钟。早晨她给他们做早饭，开车穿过市中心，送他们去上课，在晚高峰之前，再把他们接回来——有时候他们放学或者补课晚了，她就得在晚高峰路上最堵的时候穿街过巷。回到家给他们做饭，帮他们看作业，他们睡下之后她洗碗、洗衣服、擦地、收拾，有时候还要加班工作。等忙完躺下，经常是累得精疲力尽，只剩一格电，甚至电量耗尽。她笑说自己的每一天都过得特别充实。

饭后，孩子们七手八脚帮着收拾了桌子，然后一窝蜂跑下楼去玩。凤舞让我到小客厅里坐下来，沏了香香的玫瑰花茶，端来瓜子花生，我们坐在午后的阳光里喝茶闲聊。家里从刚才的喧闹中安静下来，我细细打量着这间我熟悉得不能再熟悉的屋子，里面摆放的还是他们结婚时的家具，虽然式样明显过时，因为擦拭得十分清洁，有一种在岁月中沉淀下来的珍贵。凤舞还保持着她年轻时的爱好，不时会挪动家具，让屋里看上去更有新鲜感。

坐定之后，她柔声细语给我讲她四个姐姐和大喜的近况，就好像我也是他们家中的一员，她要让我知道我不在家时发生的那些家庭琐事，这种感觉让我觉得既熟悉又陌生。

她说，多亏了这几个孩子，她和姐姐弟弟的关系回暖了不少。他们一向很排斥她，她怎么做，在他们眼里似乎都不对。照理结婚以后各过各的，好就多来往，不好可以井水不犯河水，可他们对她总能挑出毛病。以前妈妈在的时候她回家去，经常能撞到他们几个在一起嘀嘀咕咕，见她进屋，他们就突然不作声了。倒不是她多心，隔一段时间姐弟中就会有人来给她传话，说某某人生她气了，她细问，又吞吞吐吐不肯说出来，要么说半句留半句，惹她发急。她给他们买东西，他们说她施舍穷人，有一阵不给他们买，他们又抱怨她小气，抠得要死，嫁了有钱人，鼻孔朝天，没人情味，反正她对他们再好也不能讨他们高兴。最让她伤心的是妈妈去世后有一段时间他们竟不让她回娘家——说到这里她停了下来，我问她为什么，她吞吞吐吐，难以启齿一般，目光躲闪地说一句就是嫌弃她呗。

就像触碰到了敏感的话题，她突然收住话头。

后来我才知道其中缘故，是和她另一段感情有关。

那天，她跟我解释说妈妈生病的时候她照顾得多，姐姐弟弟生怕她以此为理由跟他们争家产，又联起手来孤立她，跟她闹得很僵，让她很无奈。她尴尬地皱起眉头笑着说,那点家产,有啥好争的?她要是有争的心,早不知道发成啥样了。她说自己不是不爱钱,从前穷日子过来的,知道没有钱的苦,但是比起亲情,她真没觉得钱就是一切。她边叹气边说,自己若不是亲身经历,根本不知道亲人之间居然是这样的,磕磕碰碰还好说,你争我抢,恨你有,笑你无,有事没事把你气受,有些事情做得真的难看,上不得台面,她都不好意思说。好在这几个小孩跟她都很亲,给了她极大的安慰。

说到孩子,她眼睛里闪烁着欣悦的光芒,那是一种发自内心的欢喜。她忽然粲然一笑,就像透露秘密一般轻声说:有个消息要告诉你呢——我怀孕了。

2 你不想知道我怀的是谁的孩子吗

这个消息就像跃出水面的大鱼,带着巨浪朝我扑来,我瞬间惊呆了。凤舞作为一个离婚的单身女人,在四十二三岁的高龄竟然怀孕了,如果不是她亲口对我说,我都不敢相信这是真的。我从小就听长辈的女人说二十来岁生小孩是"想生就生",三十来岁生小孩是"虎口逃生",四十来岁生小孩是"险象环生",再大年纪生就是"舍出命生"。如今虽说医学发达了,但高龄生产仍然是有不小风险的。即使不说凤舞还是单身状态,单说这么大年纪怀孕,无疑是冒险,说严重点,简直是赌命。我不知道她是怎么想的,也难以理解她为什么要这样做,真替她捏一把汗,悬一颗心。在我看来她是明知山有虎,偏向虎山行。按照习惯我应该对她说贺喜之类的话,可我实在说不出来。我的惊愕和不知所措竟把她逗乐了。

她笑得没心没肺,笑声犹如银铃一般,仿佛年龄一瞬间从她身上褪去,她又成了那个天真未凿的傻姑娘。

她带着一种在我看来十分幼稚的泼辣劲儿说：你不想知道我怀的是谁的孩子吗？随即做出挺自豪的样子说：我这辈子无论生活还是感情都很不顺，挣来挣去，想要的总够不着，以为拿到手了，却是水中捞月，我以为爱情与我无缘，没想到倒是体会到了书里说的那种爱情呢。

她柔媚一笑，笑得那样纯真和纯情。

天哪，是谁呀？我忍不住问她。

她害羞一般把头埋在手心里，旋即抬起头，望着我，眼波流转，美美地一笑说：你认识的。

我心说不会是谢文屿吧？但凭直觉不像。谢文屿是个头脑异常冷静的人，这种在我看来头脑发热，甚至说是发昏的事情不像是他做出来的。当然，也有可能是我意料不到的，比如，是在某种特定的情形下发生的，或者是他精明清醒的外表下隐藏着炽烈的无法控制的冲动，是我完全不了解的。不过我还是下意识地希望不是这样，尽管我和他并无瓜葛。我说：我们共同认识的人太多了。

她还是那种不掩不藏的明朗神色，马上说出了让我无比震惊的三个字：方老师。她弯起嘴角笑道：你肯定不会忘记他吧？

方老师——竟是他啊！

我当然记得啦，当年那个阳光帅气的年轻老师，高高的个子，结实的肌肉，理着短短的平头，笑起来眼睛像两条小鱼，穿着运动背心和白得耀眼的运动裤带领我们跑步，他是我们最好的体育老师，也是我们最喜欢的老师，可以说是我们许多小女生心目中的青春偶像。上他的课我们那么快乐，可惜他大好的前途就像台风中的树枝突然被折断了。转眼二三十年过去，他好像从我们的世界里消失得无影无踪，我很少想得起他，我几乎没听谁提起过他。

听凤舞说出是方老师，我吃惊的程度不亚于那天课间操在大操场上眼睁睁看着他被当众抓走。

我立马想到那句老话——"不是冤家不聚头",不由脱口而出:怎么会呢?

我飞快在心里替她评估了一下这件事的风险。这么多年走南闯北,面对事情我已经习惯尽量理性分析,而且就像扫雷一般迅速捕捉那些不利因素和潜在危机。我真没法替她高兴,也没法做到无动于衷。不管怎么说,方老师早已经不是那个风度翩翩的体育老师,别的不说,他坐过牢,是刑满释放人员,她竟然毫不介意?

她沉浸在甜蜜的情绪中,眼睛里好像冒出粉红的泡泡,她身上洋溢的幸福和陶醉就像一道暖流,漂浮在我冰凉的谨慎和冷静之上。

她带着抒情的意味说:我也觉得不可能啊,我真没想到,我还会跟方老师重逢,我更加没想到,此生还能遇到真心相爱的人。

她沉迷的样子就像一个涉世未深的小女孩,和她这个年龄严重不符。仿佛有一道光照在她的身上,她整个人都亮了一层。

她说:我和方老师的缘分竟然这么深。从十二三岁认识他到现在,已经三十年过去了。这段时间里发生的事情,层层叠叠,就像千层饼,我都不知道从哪里说起。上学的时候我就特别仰慕他,那时候我远远看见他的身影心都怦怦直跳,他跟我说句话我会激动老半天,会觉得那一天过得特别带劲。结婚前我翻出一个小日记本不知该怎么办,上面记满了关于他的事情,我在校园里见到他的情景,他对我说的话,还有我做的跟他有关的梦……哈哈哈,那个时候我好痴情,把这个日记本看得像命一样。结婚的时候我犹豫再三,怎么也舍不得丢掉,藏来藏去,夹在衣服里带了过来,一直锁在箱子里,现在还珍藏着呢。方老师对我特别好,你是知道的,他在操场上看见我就带我去领了运动服,一心要把我培养成一个出色的运动员。要不是他出了事情,我的命运肯定会改写的。

我立马想起大操场上的那一幕，穿过岁月我仿佛看到方老师满带笑意的脸。那时他还不是我们的老师，对我们来说只是一个陌生人，他说话那么和气，笑容那样亲切，这么多年过去了，我仍然记忆犹新。当时正是夕阳西下，金灿灿的落日余晖把我们的身影在操场的草坪上拉得老长。

凤舞说：那个时候被方老师赏识我真是受宠若惊。我小时候什么样子你是知道的，在家里不是挨打就是受骂，在学校里成绩不好，我是没什么自信的。我记得清清楚楚，有一天训练结束，方老师把我喊到办公室，从抽屉里拿出一个崭新的帆布书包送给我，他对我说，你运动好，学习也必须好，我们培养的优秀运动员不是四肢发达头脑简单的人，要德智体全面发展。从他对我说过这番话起，我开始用功读书。他送我的那个书包到现在我还在用，在我眼里比任何奢侈品大牌包都要贵重。

我脑海里叠印着昔时的画面，方老师组织我们拔河，他自己花钱买文具给我们发奖；他用午休时间来给我们排练文娱节目，他有好多好点子，不断对节目做出修改，不满意就推倒重来；他给我们讲小说和电影，有他的地方总是欢声笑语一片。印象特别深的是他除了讲故事情节，还会问我们一些问题，启发我们思考。方老师不仅仅给我们带来耳目一新的教学氛围，他就像给我们沉闷闭塞的生活开了一扇窗子，让我们呼吸到了新鲜流动的空气，我们这些学生真的是发自内心喜爱他。

凤舞眼神清澈地望着我说：不瞒你说，刚上初二，我和他就超越了师生关系。你还记得吧，当时他就住在大操场旁边器械房后头的小平房里，我们训练完了经常去他那里喝水，找东西吃，一点不把自己当外人，跟他能多待一会是一会，也不光是我一个人这样，运动队的人都这样，有时我们待得太晚，他生怕耽误我们写作业，只好轰我们走。我是在他那里赖得时间最长的一个。当时我还不懂那种情感,其实就是男女之情,只不过朦朦胧胧的,还是萌芽状态——那会儿我身体没有成熟,心已经悄悄长大。

她掩口而笑。

她变得欢悦,语速也快起来。她说:虽说青春懵懂,但心里的那种感觉是非常真切而且强烈的,就像小苗,长出的叶子是尖的,我的渴望也是尖的。我特别喜欢下雨天,一下雨训练就停了,别的运动员回教室上课,我用躲雨做借口,去方老师宿舍里消磨时间。他的小屋很简陋,一下雨就漏,墙壁都洇湿了,他用水桶、脸盆、饭盆等各种容器接水,房间里滴滴答答响着,此起彼伏,相当热闹。不过有那么个小窝遮风挡雨,真的好幸福好有安全感。有时方老师去办公室,我一个人也愿意待在那里,静静的,空气中有他的气息。她呵呵一笑,又说:我只要躲进那里,不会有人骂我,也不会有人支我去做这做那。方老师跟我聊天总是和颜悦色,尤其是遇到我不懂的和理解不了的,他会讲得特别耐心,打各种比方。我不会做的习题,他会拿过课本研究一番,然后给我讲得明明白白。他还用煤油炉煮面条给我吃,那是我一生中吃过的最好吃的面条。

她嘿嘿笑起来,浑身上下充溢着幸福感。

她忽然面露羞赧说:有天下晚,他拥抱了我,还吻了我,那可是我在心里盼了很久的,终于等来了这个梦寐以求的时刻!我不记得是怎么发生的,但我是心甘情愿。我记得特别清楚是在黄昏时分,外面很亮,屋里已经暗下来,就在他家那条窄窄的过道里,他轻轻搂过我的腰,双眼盯着我好一会儿,我以为他要说什么,但没有。我只觉得飘浮起来,身体轻得不像是自己的。他亲了我,我幸福得晕头转向,不敢相信这是真的。实际上他只是用嘴唇轻轻碰了碰我的面颊,应该算是"纯洁的吻"吧。我当时最大的感觉是被他——我最尊敬最爱慕的人肯定了，心里充满了骄傲。长那么大，我从来都是被欺负被冷落的，总觉得自己很差，特别不讨喜，他愿意亲吻我，让我顿时有了自信。

她停下来，似乎有所顾忌。然而，倾诉的激情像潮水很快冲走了一时的尴尬，她马上又接着说起来。

她说：方老师那时其实是很克制的，亲过我之后，他一直跟我保持距离，不像之前那样跟我说说笑笑，训练时保护我的时候尽量不接触到我的身体，递东西给我也留心不碰到我的手。那时我特别敏感，对他的一举一动都非常留意，他拘谨小心的样子我感觉得清清楚楚，不过当时还以为是自己惹他生气了呢。那会儿他正和宋老师谈着恋爱，我是知道的，看着他们两个出双入对，恩恩爱爱，我一点也不在乎，也不觉得自己和他那样做有啥不对。我喜欢他，爱慕他，倾心他，依恋他，他是我最爱的人，他也喜欢我，我觉得这跟别人无关。后来方老师和我的事情被当成了他的罪状，我根本不明白是怎么回事。我也不知道只有我们两个人的事情，别人怎么会知道的。那一天眼睁睁看着他被那几个恶狠狠的彪形大汉从大操场上抓走，我吓昏了，感觉天都塌下来了，好一段时间我都过得提心吊胆，经常睡梦里惊醒，觉得马上就要轮到我了，下一个被抓走的肯定就是我，等了好久没被逮走，心里还奇怪呢。后来我听说是有人嫉妒方老师，那人也是我们学校的老师，比方老师年纪大，不过我不认识，忘了他姓啥。那人一直盯着方老师想抓他的小辫子，捕风捉影搜罗了一些证据，他果然也让人家抓到了把柄。还有说是宋老师气他用情不专，告到学校领导那里，学校领导就出手整他，结果她自己也受到了连累。那个年代整人是家常便饭，而且都是不留情面的，被整死的人不计其数。方老师方方面面太出众了，他就像一只美丽的孔雀，太引人注目，也太容易引人妒恨，所以才遭此黑手,而我还一直以为是自己害了他。

她跟我聊起旧事,时隔这么久,我听了还是相当震动。

她说,方老师被关了一年,放出来之后在离咸城近一百公里的一个海边农场劳动改造,他被开除了公职,又是那样一个罪名,大家对他唯恐避之不及。她一直打听他,问谁都说不知道,后来她才想明白,人家大概怕和这么个犯了事的人扯上关系,就是知道也说不知道吧。她不死心,总算从魁五的一个小弟那里打听到了他。高中快毕业那年,她第一次去看他,当她出现在他面前的时候,他就像不相信自己的眼睛。方老师告诉她,从他被抓,再没有见到过学校里任何一个人,包括当时正跟他热恋的正牌女友宋老师和之前跟他谈过恋爱的蔡老师都没去看过他。

方老师在农场改造,住在一间十分简陋的房子里,那简直称不上房子,就是一个有一个屋顶一扇门的棚子,顶上盖的是稀疏的茅草,墙是漏风的,门也关不上,屋里东西极少,床铺很窄,上面只有一条千疮百孔的破席子和一条肮脏的看不清本来颜色的薄被。屋子的一角放着零星几件做饭的家什,冷锅冷灶,看不见一点吃的,让她心疼极了。不过方老师情绪还好,至少很平静。他告诉她农场有食堂,一天三顿饭是有的,一干两稀,早上是照得见人影的喝嘟,中午有米饭,晚上剩饭加点水和山芋干萝卜块煮煮,饭菜都在里面。节假日师傅休息,食堂不开伙,自己也能做口吃的对付。一个礼拜能吃到两次豆腐,两个礼拜能吃到一次肉。他没有说能不能吃饱,但看他额头和手臂青筋暴起,皮肤呈象牙色,眼睛下面有青褐色的阴影,一副形销骨立的模样,她猜他肯定吃不饱。

凤舞感慨地对我说:方老师特别坚强,以前老师们总教育我们说人在逆境要怎样怎样,他是真的做到了。可是看他那副落魄的样子,我心里难受得不行。原先他是多么英俊潇洒的一个人,被折磨得苍老粗糙，胡子拉碴，身上的棉袄又破又脏，就像一个贫穷的乞丐。见过他之后好长一段时间我都缓不过神来，想起他就心里发酸，背地里不知为他淌了多少眼泪。我说不出那种感受，不光是痛苦，还有惋惜和无奈，心如刀割。我去看过他两次，就再没去过那个农场，我实在没有勇气面对他，也承受不起心里的那种折磨……此后有好多年都没有跟他联系。

她的声音哽住了。

我知道那几年她过得也不容易，高中都差点没有毕业，她妈妈不断地给她找对象，催她出嫁，她自顾不暇。

等平静了些，她脸上浮起笑意，说：有件事情特别感动我。方老师自己过得那么惨，居然还收养了一只小猫。在我们说话的当口，那只猫从外面回来，匍匐在方老师脚边，温顺得就像一个听话的孩子。那只猫和方老师一样，也是瘦骨嶙峋，看得让人心疼。方老师说他每天都会省口吃的给小猫，碗底里还会剩一点喝嘟汤去喂旁边水塘里的小鱼，说起这些，他笑容灿烂，满脸放光，仿佛还是那个我熟悉的方老师。

凤舞起身去换茶。换好了茶，她走过去打开窗户，孩子们的声音像浪花一般奔涌而来。她站在窗口朝楼下喊了几句，孩子们稚嫩清亮的嗓音抢着回应，听不清在说些什么，她快乐地咯咯笑起来，充满了活力。虽然已是人到中年，她仍很美丽，一颦一笑富有女性魅力。她掩上窗，重新坐下来，继续刚才的话题。

她是隔了七八年后再次见到方老师的，那纯粹是一次意外的偶遇。她走进老城的一家小店，方老师恰好也在。他们都很吃惊，方老师比她在农场见到时更加消瘦，人都瘦脱了形，一眼看上去就是一个穷困潦倒的中年人。其实那时他也就三十五六岁，正是风华正茂的年纪，却那样显老，她差一点没认出来。后来方老师告诉她，他一眼就看到了她,她明艳的青春和夺目的美丽让他自惭形秽,她比他上次见到长大了,成熟了,更加风姿绰约,他想躲,但那个店太小了,无处可躲。当时他们两个就像被施了魔法一样定住了,对望的一瞬间,她的眼泪不争气地涌进眼眶。她赶紧快步走出小店,生怕自己失声痛哭。店员有认识的,那样一来怕是全城都会知道。她跑出去,他追了出去,迷乱中她听见身后有脚步声,她不由自主地加快了步伐。她跑出一段,回过头去看,却不见方老师的人影。

四周都是陌生的面孔,唯独找不到她刚刚见到的那张久违却是无比熟悉的脸。她顿时慌了神,脑袋嗡嗡的,重新返回到那家小店,里面没有一个顾客。她转身出了小店,沿街奔跑着找他,先是朝东,后是朝西,把东西两头都跑了一遍,随后又沿着南北大街狂奔,然而他却消失得无影无踪。她跟他就这样失之交臂,他的出现就像是一个梦。

她叹息着说:那一阵,我对方老师真是魂牵梦绕。走出家门就下意识东张西望,仔细辨别街上每一个人,人家看到我的目光可能会奇怪,说不定会以为我不正常,我就是千方百计希望能从人群中找到他。特别是经过那个小店,我的心会狂跳。好多次我装着买东西走进店里,但回回都是失望而归。我特别后悔,当时为什么那么惊慌?为什么要跑掉?为什么没和他要一个联系方式?实在没有办法,我又去找魁五那个小弟,几年前就是他帮我找到方老师的,我向他打听方老师的下落,他居然一脸茫然,反问方老师是哪个。

虽然断了联系,但方老师一直在她心上。那时她已经结婚四年,和袁开河虽说不冷不热,但在外人眼里他们还是一对小日子过得蛮不错的夫妻,至少是关系正常。自从碰到过方老师,她几乎忘了自己已经嫁作人妇的已婚身份,日思夜想都是他,盼望再次跟他相遇。咸城就那么大,她相信走来走去总归会见到,哪知这一等就是十一二年。

那是二十世纪的最后一年，1999年，她三十六岁，他四十七岁。没有任何的预兆，那一天她从外面开会回来，刚走进银行大厅，一眼瞥见一个熟悉的身影——她说自己不是看见的，而是感应到的。定睛一看，果真是他。她的心跳得那样急那样快，让她透不上气来，几乎要昏倒，有几秒钟她以为自己突发心脏病。她在原地呆立了好一会儿，终于镇定了一点，走过去对他说：你好。他面带笑容，目不转睛盯着她，还是他一贯沉静的神态。他微微眨动着眼睛，温文尔雅地对她说：你好。她穿着工作服，以为他只当自己是一个热心的工作人员，并没有认出她来，但她立刻从他眼睛里看见闪亮的光芒，那是她一辈子只见到过一次的光，她瞬间知道自己一直在他心里，他们之间的感情还在，如果那是有生命的话，它还活着，真真切切地活着，而且活得健康壮硕，生机勃勃。

凤舞脸上绽放出笑容，带着激动，身体轻盈地摆动着，就像是手舞足蹈一般对我说：我无法描述当时的心情，那种巨大的欢喜就像过年的焰火在心里炸开，他在我眼里是五光十色的。要说也不光是高兴，其实是五味杂陈。我怕被人看见自己凌乱的样子，快步走出银行。我竖起耳朵听着身后的脚步声，一出银行大门就回头看他，生怕他没有跟上，我可不能再失去他了。我看他一直紧紧跟在我后面，就隔着两三步的距离。他走得气喘吁吁，我能听见他急促的呼吸声。我一路往北，眼泪不争气地掉下来，泪流满面。我们沿着小蟒河一直走到城外，他上来握住我的手，握得紧紧的，把我的手指都捏疼了。

那一天成了他们生命中重要的日子。他们在一起聊了好几个钟头，方老师跟她讲了离开农场之后的生活，他回老家蛰居了一段，日子过得沉闷压抑。他多次来咸城，不少时间就住在这里，在体育馆、健身房等等地方打点零工维生。他去找学校平反,但被无情拒绝。在一次次碰壁之后,他离开了这个伤心之地,去了南方。南方多雨,他的身体在遭受摧残之后落下不少病痛,适应不了潮湿的气候。他又去了北方,走了大大小小几个城市,北方的寒冷干燥他也同样不适应,恰好父母叫他回来,他就回了。十几年时间,走来走去,一直没有安定下来。半年前他从老家出来,再次去找学校平反,学校领导早已换过几茬,他们以不了解当时情况为由,表面对他同情,实则不过是应付他,对他的问题踢皮球,根本不予解决。有一个当年的同事对他的遭遇很同情,主动为他介绍了一份还算不错的工作,在老城中心的电影院做售票员,画海报。那是我们小时候经常去的地方,学校每一两周都会在那里包场电影,不过她已经有许多年没进过电影院,虽然他上班的地方离她的工作单位只是一河之隔,直线距离不到三里地,真就是一箭之地,但每天下班之后她都是往相反的方向回家。她有不少应酬,因为这些年老城一直在改造,那里尘土飞扬,没有地方停车,她竟一次没去过。那天他们边走边说,直到夜深才分手。之后她去看他,去了一次又一次。

她说:方老师看见我去高兴极了,让我觉得自己这样做特别值得。小时候连我亲生父母都嫌弃我,现在有人由衷欢迎我,把我捧在手心里,看得比珠宝还珍贵,我真的是受宠若惊,心里的幸福感满满的。她甜蜜地叹了一声:人生有时候真是玄妙,就像在操场上跑步,你以为跑出去很远,其实只是绕了一个大圈而已。我和方老师走到一起,就像是命中注定。

3 枯枝牡丹

次日凤舞约我去赏花。她给我打电话,说看电视新闻,作为我们当地一大特色的枯枝牡丹开了，花期只有短短几日，现在正是盛放时节，错过可惜。

不知从啥时起枯枝牡丹忽然成了我们咸城名花，相传是某大将军将马鞭插入泥土之中，开出大朵牡丹，所以这种牡丹在花开之时花朵艳丽而枝杆枯萎。我从小就听说，觉得神奇，只是无缘见过。还有更奇的，据说枯枝牡丹的花瓣能应历法增减，农历闰年十三个月，花开十三瓣，平年十二个月，花开十二瓣，因此它和琼花、并蒂莲一起被称为"花中三绝"。民间还有传说此花通灵，能预知世事，有慧根和有修炼的人一看便知凶吉，凤舞对此特别有兴趣。

她让我等她开车来接，我问她身体行吗？她说这次怀孕一点反应没有，甚至比往日精力更好。她说听过一个说法，身体对胎儿越接受，妊娠反应越轻，她觉得自己很庆幸。

那天我们去赏花非常开心，只是人比花多。赏花结束，凤舞邀我吃晚饭，饭后她意犹未尽，又拉我一起散步。

正当谷雨，不冷不热，她开车直奔北闸。

我们下到河滩，这里风景如昨。远远近近虽然建了些房子，但建得不多，层高也低，而且错落有致，并不显出太多人为痕迹。大片的芦苇滩依旧，视野之内，苍苍茫茫。我们沿着岸边似有若无的小道朝前走去，天很快暗下来，低沉的天幕星星闪烁，远比城里见到的要明亮得多。

上次来这里我们还是小学生，我记得还是跟她的表叔春旦一起来的，一晃三十多年过去了，我感叹时光真如白驹过隙。

凤舞抬头仰望着星空说：你说，我们看见的这些星星还是当年的那些星星吗？没等我说话，她呵呵傻笑了几声，语速很快地用方言说：我特别欢喜看到生活里经久不变的东西，眼睛一睁，看到的天空还是天空，房子还是房子，街道还是街道，树还是那些树，人还是那些人，我就觉着无比定心，有一种说不出来的安慰。世界没变，熟悉的一切还在，多好哇！我不知道有多少人和我一样。我总想抓住生活里稳定不变的东西，但我根本抓不住。她沉默了片刻又说：我总感觉自己就像漂浮在水上，脚下没根，站立不稳。尤其是感情上，好像就没有真正风调雨顺的时刻。

这个夜晚她对我敞开心扉，和我说了很多话，仿佛又回到了我们无话不说的小时候。她细细地跟我讲了她和方老师的事情，有些是她深藏在心间对谁也没有吐露过的秘密。她说其实早就想对我说，只是没有勇气，好几次话到嘴边，心里缺乏那股说出来的劲头。

她告诉我，再见到方老师，她封存在心里的对他的感情瞬间迸发。用她的话说，就像一颗生命力顽强的种子，不计后果地发芽生长出来。他们两个人飞快坠入爱河，好得如胶似漆。那会儿她和袁开河尽管感情平淡，袁开河经常回他父母家住，她大部分时候住在妈妈那边照顾她，他们在一起过日子的时候不多，见面话很少，不过还是客客气气。他们早就分房睡了，基本井水不犯河水。她以为从此可以这样平平淡淡过到老，方老师的出现就像一个重磅炸弹，猝不及防把她貌似平静安稳的生活炸得稀烂。

方老师相当落魄，他人到中年还是孑然一身，做着一份收入微薄的临时工。当时他住在离电影院不远的集体宿舍里，就在信托商店和少年宫之间那条鸡肠子一样的小巷子里，是一座年久失修的简易楼，走进楼门就能闻到一股扑鼻的尿臊味，踏上楼梯整个楼都在颤抖。他们旧情复燃，两个人干柴烈火，一日不见如隔三秋，不知不觉来往频繁起来。她经常一下班就跑去看他，有时匆匆见一下就回家，有时撒好了谎和他一起吃晚饭。方老师是个自尊心极强的人，即使遭受那样大挫折也没有丝毫改变。他挣得不多，加上不习惯精打细算，总是入不敷出，但他不肯让她付钱，下不起像样的馆子，就在小巷子里的小店铺，甚至是走街串巷的小吃摊上请她吃碗馄饨或面条，她却非常开心。吃过晚饭他们会趁着夜色到僻静的路上或者河边走走，哪条路黑就往哪条路上去，哪里没人就在哪里多待一会儿，见着面就开心极了。

他们还有个约会的好地方，就是电影院。经常是灯一熄，电影开映，他们就一前一后溜进去，坐在最后一排。咸城的电影院很早就实行敞门入场，里面经常坐不满，他们连票都不用买，而且也不用害怕被查到，因为方老师自己就是负责查逃票的那个人，他们也算是贪了他的工作之便。电影放什么他们从来不好好看，反正想看几遍都行，他们的注意力根本不在电影上。他们在黑暗里紧紧地拉着手，手心都出汗了，也舍不得放开。方老师那间简陋的集体宿舍里住着四个人，有两个结婚成家了，他们吃过中饭会去午休，偶尔夜班太迟了会住在那里，还有一个家在乡下，星期天和农忙的时候就要回家去劳动，宿舍里没人的时候，就成了他们的天地。他们总也待不够，抱在一起时间就像飞一样。

她颇有一些难为情。

她说：我觉得和上学那会爱上他不一样，那个时候多单纯啊，只要看见他就特别高兴，那种纯纯的爱不知怎么消失得无影无踪。我特别强烈地想跟他在一起，朝夕相处那种，最好是早上醒过来一睁眼就看见他，晚上睡梦中一伸手就能够到他。

她轻笑几声，笑声却透着干涩，似乎有点尴尬。

情人相见，自然是春情激荡，我以为她是为此害羞，而她却说：不瞒你说，我和方老师确实情热，不过还真不是因为性。刚开始他不怎么行，这件事让我们很伤神，尤其是他，很受打击，沮丧极了。我以为他是担心同宿舍的人回来心情紧张，跟他说没事，不怕，反正我是要嫁给你的，但我怎么说对他都无效。我想试试别的办法，我约他到外地去，住在安静的酒店里，他心理负担应该会小些吧，结果也没多大效果。估计这是他过去生活留下的阴影，我没想到竟然这么严重。我安慰他，跟他说我不在意这些，有没有这个事情无所谓的，他却放不下，很自责，很难过。他是个心重的人，恰恰又碰上这样的难言之隐，我不知道是该劝慰他，陪他去医院，还是啥也不说，只当没这件事，真是进退两难。我感觉我和他之间的关系明显冷了下去，他变得不大愿意见我，我打电话给他，他也是没精打采，聊几句就不想说了。可是隔一段时间我们还是会忍不住见面，有时是我去找他，有时是他来找我，有几次我们走在半路上居然遇上，惊喜极了。我们和好如初，他后悔自己让我承受压力，求我不要生他的气，我当然不会生他的气啦。其实我们就是面对面说说话，拉拉手都是好的。那种感情，怎么说呢，真是火辣辣的，两颗心都是滚烫的。他跟我说，我们怎么跟年轻人一样？他说自己年轻时对谁也没有这样过，我也觉得和他的感情就像火焰一般。

在路灯光的映照下，她眼神清亮，脸上纯净如水。有几个瞬间，我恍若看见了少女时代的她。

她用一种就像是一往无前的口气说：我真是太渴望和他生活在一起了，有没有那件事我觉得一点不重要。我就想每天做饭给他吃，给他洗衣服，陪他一起看电视，万一他生病了我能在床头服侍他，给他端汤递水，我就心满意足了。

我心里感叹她真是痴情。

她说：方老师对我特别好，跟我说话轻言细语，极有耐心，还像上学那时候，把我当孩子一样关心，冷了热了，每天吃了什么，睡好了没有，他都会问到。我若是受了委屈，说把他听，他会跟我同仇敌忾，根本不问青红皂白，绝对站在我这边，为我说话，给我撑腰。有时候我忍不住要笑，明明是我理亏，他也会毫不犹豫固执地给你偏爱，而不是说些不温不火不偏不倚不痛不痒听上去显得十分正确的废话，更不会贬低你打击你。他总是呼应你的情绪，不扫你的兴。我从小是受冷遇长大的，不管跟谁发生矛盾，是不是我的错都是我的错，不管吃多大亏也听不见一句安慰的话，从来没有人像他这样对待我，我真很不习惯，也觉得特别特别温暖。说心里话，我很吃他这一套。他让我越来越自信，而不是越来越自卑，尽管我清楚自己有毛病，并没有那么好。要是我身体有点不舒服，他就急得不行，一直挂在心上。我会痛经，自己没当回事，痛起来就忍忍，忍过去就完事，他看不得我受罪，也不知他怎么打听到一个乡下的老中医，说是治痛经特别灵，手到病除，我不肯去，他就自己骑着自行车一次次下乡去找那个老先生，终于讨要到人家祖传的方子，给我抓了药，又替我煎好，我不吃怕辜负他，吃过之后果真有效。他像个爸爸一样疼爱我，我自己的爸爸可是从来没有对我这样过。他挣得那么少，自己过得捉襟见肘，每个月发到钱马上抽出几张，硬是省下点来给我。他把那些钞票装在信封里，叫我自己去买点东西。我每次接过他给我的信封都感动得要落泪，就像我们小时候作文里写的那样，感觉他递给我的信封沉甸甸的。

返回的时候，她拐进一条小街，在一家灯光幽暗的饮品店前停了车，提议进去喝点东西。她径直去柜台买了两杯果汁，笑眯眯地说：这个店是我和方老师经常来的，这里的东西比别处便宜，他没钱的时候就只给我买一杯果汁，大杯的三块，小杯的一块，他自己就要一杯免费的白开水，坐在我对面吸烟，静静地看我，像个呆子一样。

她掩口而笑，幸福难抑。

她突然话题一转说：想不到方老师居然还会吃醋，我出去应酬，他不放心，总要问我都有谁，那些人跟我关系怎样，每次问得还特别详细。袁开河跟我结婚那么多年，他是从来不管这些的，多一句话不问，我暗想他是知道我是什么人的，尽管我名声不怎么样，外面传我的风言风语不少，我还真不是个随随便便的人。你说我图啥呀？我啥也不图，花言巧语打不动我，能入我的心才行，千金万金难买我一个愿意，连袁开河都说我是个怪人，所以吧，即便听到外头传我的那些不三不四的言语，他也没有说过一句话。当然，他那个性格也是什么事都闷在心里。他跟我早就是老夫老妻，对我淡得很，任何时候他表现出来都是对我毫不在意。方老师不一样，要是知道有人对我不错，他会闷闷不乐，还会说些气话，有时在外头我喝醉了，他会特别不高兴，说我不懂得保护自己，很危险，会被居心不良的坏人占便宜。我跟他解释，喝酒唱歌的都是熟人，要么就是有业务关系，是工作需要，乱七八糟的人我也不会应酬他们，叫他放心，而且我会把握自己，他听不进，说我傻，没心眼，没有防人之心，不懂人心险恶。后来发展到我去哪里，见了什么人都要向他汇报，可他听了还是要吃醋，唉，难缠得很。她忍俊不禁一般，嘿嘿嘿笑起来，又说：为了让他安心，我和所有异性朋友都断了联系，甚至包括谢文屿。

我不由得想起我们那次跨世纪大聚会她没有到场，她妈妈生病是一个理由，也许还有这个原因吧——我刚提一句，她立马点头，说确实是生怕见了同学老师让方老师多心和伤心。这么多年过去了，他心头的伤口还是没有愈合，害怕听她提起我们这些老同学，他拒绝所有的聚会，不愿意出现在当年的同事和学生面前。她说自己很理解他，为了他也减少了和同学的接触。她向我透露，谢文屿在到咸城之前就多次打电话联系过她，知道她人在医院，提出去医院见她一面，但她以不能随便进出病房为借口硬是推掉了。

她说：和方老师好了之后，我第一件事就是想和袁开河离婚。

方老师倒是并没有流露过这个意思,是我自己发自内心认为该这样做,这样做我才心安,也不算对不起他们哪一个。我和袁开河就像一锅永远烧不开的水,总那么温吞吞的,热不起来,当然,也没到结冰的程度。和方老师完全不一样,我对他朝思暮想,一日不见如隔三秋,我要完完全全属于他,当然也要他完完全全属于我,我受不了心是分裂的。当我对方老师说出来,他居然一听就反对,说他不想破坏我的家庭,他担不起这个罪名,而且他现在这个样子,根本不能给我一份安逸的生活,给不了我幸福,他负不起这个责任。我说你是负不起责任,还是不肯负责任?我气急败坏,话说得直来直去,我真的是好灰心啊,也不管他听了高兴不高兴。他果然默住了,脸上瞬间结了一层冰,好半天才颤抖着嘴唇说我误会他了,不懂他的一片苦心。他伤心至极的样子让我看了心疼。我跟他说我只想跟你在一起,对别的无所谓。他好久不说话,后来说你越这样说,我越不能辜负你。我说我心甘情愿,他还是不肯答应。他在房间里脚步很重地踱来踱去,就像一只被困住的狼,长吁短叹,极其为难。看他痛苦,我比他还要痛苦。

她双眉紧锁,完全没有了之前的轻快和陶醉。

喝完杯子里的果汁,她沉默了好一阵,又说:我们在最关键的问题上无法达成一致,我特别伤心。那个时候我还是很单纯,尤其是在感情上,一心追求那种一是一二是二,黑白分明的关系,不喜欢缠杂不清,暧昧不明,从内心里抵触和痛恨脚踏两条船,所以很难接受这种将就,觉得自己十分委屈。如果说实在不能走到一起,那就只好分手。分手是我提出的,我冲得很,话说得直截了当,一点余地没留——心里越爱,其实越脆弱。我和方老师前前后后分过好几次,每一次分开都痛不欲生,隔一段就又复合了。后来我会过意来,他只想和我保持这种地下关系,他话虽没明说,边界划得非常清晰，那是我突破不了的界线。我觉得仿佛在他和我之间竖着一道看不见的墙，不是坚硬的，就像是橡皮的，撞上去会弹回来。可是我真没有办法一边热情似火地爱着他，一边还跟袁开河安稳如常地过日子。我心里闷着一口气，觉得上不着天，下不着地，很难受，还没处说，所以，后来袁开河向我提出离婚，我想都没想，脑袋一蒙就同意了，还生怕他会反悔。

她似乎还要说什么，却突然刹住了车。

我更关心的是她眼下面临这么个状况怎么办。几个月后一个新生命就要降临，我问她方老师是怎么打算的，她就像没听懂我说的话，好一会儿才还过魂来，淡淡一笑：还没跟他说呢。

什么什么，这么大的事情竟然不在第一时间告诉他，我实在是太震惊了。

她解释说：也不是一点风没透，只是没有跟他认认真真坐下来好好谈过，我怕直接一说吓着他。又说：我想他心里应该是有数的。

我更加困惑了，他们不是十分相爱吗？他们不是灵魂伴侣吗？这么重大的事情，而且分明不是她一个人的事情，居然不能顺畅沟通，难免令我对他们的关系生疑。她一个人默默扛下这一切，心里的压力有多大可想而知。

我感觉到她的情绪忽地低落下去。

她缓缓地说：我都不知道怎么跟你说，虽然我和他很相爱，我问过他想不想要个孩子，还是在我们最情热的时候呢，他态度特别坚决地说自顾不暇怎么要孩子？他明确说不想把小孩带到这个世界上来受罪，而且说得相当决绝。我跟他想得完全不一样，我想要孩子，特别想要，那可是我和他的爱情结晶啊。我想如果我们有了孩子，他肯定就会想要结婚，给孩子一个家。我还想，当他面对一个新生命，也许就能放下心理负担，我们就能好好生活在一起，这是

427

我梦寐以求的。为了实现这个心愿，我暗暗做着准备，每天跑步，调养身体，一直没有放弃努力。我不是那种容易怀孕的体质，年纪也不小，而且他对性事是极淡的，不瞒你说，大多数时候我们见面在一起也就是谈谈说说，搂搂抱抱，上床是很偶尔的，他认为我们不可能怀孕，我也觉得怀孕的概率渺茫。前阵子我在家里测出两条杠，高兴极了，简直是喜从天降！我想先让他有个思想准备，我问他，如果我怀孕了，我们是不是就把小孩生下来？我故意说得像是在跟他开玩笑，他一听居然紧张得要命，问我真的假的，叫我别吓他。又过了几天，我觉得该让他知道实情了，那天我们在外面吃饭，我说我大概率是怀孕了，他听了大惊失色，长叹一声，饭没吃完，放下筷子气呼呼走了，之后就再没和我联系过，我给他打电话不接，发信息不回，他就像人间蒸发了一样。

天，还有这样的事情？她真是太沉着了，还有心情跟我聊那么多他们相爱的细节。我觉得方老师太不可思议，他们不是一夜情，也不是一天两天的露水关系，况且凤舞如此深情地爱着他，他竟然在这样的时候跟她玩起了失踪，我实在不知道该说什么。

我单刀直入地问她：那你怎么办？

我是真心替她急。

她咧了咧嘴，勉强笑了笑，说想缓一缓等方老师情绪安定了再跟他谈。她倒过来宽慰我说：没事，我知道他那个人，他不会不管的。

我问她：你就这么有把握？他要是真不管呢？即使他管，他怎么管？

我说得直来直去。还有许多话我憋着没有说出来，我不忍再往她单薄的肩膀上放石头。

她绕开了我的问题，用一种听上去很务实的口气说：他大概是去做准备了吧。

她脸上露出模糊不清的笑容,凭我对她那么多年的了解,我清楚她心里根本没底。

我追问她:他做什么准备呢?

她仍是绕过了我的问题,言左右顾其他,含含糊糊地说:几个月前有一回他还跟我说呢,等攒够了钱,就去买房子。

我不知道她是不是把这种话当成了方老师对她的承诺。现在她已经怀有身孕,这个时候方老师拿出明确的态度好好规划一下他们未来的生活才是重要和必须的吧,而不是给她开一张不知哪天才能兑现的空头支票。况且,他们现在并没有流落街头无家可归,买不买房子在我看来不是第一位的,最要紧的是他的态度,他应该担起责任,但我知道不能再逼凤舞,因为她虚弱得就像一棵霜打的秧苗,我多看她一眼都会感到心疼。

她忽然皱起眉头,愁容满面,有气无力地小声说:我和方老师的事情挺复杂的,有些话我不知道怎么跟你说。

她重重地叹了一口气,两眼凝望着黑漆漆的窗外,目光迷离。

她说:我现在真的知道啥叫进退两难。

她没有继续说下去。

天太晚了,饮品店等着打烊,我们是店里最后的客人。

4　先兆流产

直到离开咸城我和凤舞都没有再见过面。她给我打电话说突然就有了严重的妊娠反应,吐得厉害,白天腰酸背疼,夜里睡不着觉,人很不舒服。我担心是那天我们在外面逛太久她累着了,她说不是,平日她也总东奔西走,都好好的——那么,大概还是因为心里有事伤了神吧。她的声音在电话里听上去有气无力，我不敢细问她事情进展得怎么样，只是让她想开点，无论遇到什么事，多多保重自己，毕竟她除了自己还有孩子。她口气温顺地答应着，说现在这个样子，只能先把身体顾好再说。

过了几天，我不放心，打电话问候她，她说自己刚缓过来一点，小姑父病了，陪他跑医院检查，怀疑是胃癌，他紧张得不得了，吃不下，睡不着，精神几乎垮了。她顾不得自己不舒服，赶紧帮他找医生，联系病床，准备做手术。刚把小姑父安顿好，小姑妈又倒下了，她本来就不禁事，受到这个打击，每天在家长吁短叹，也跟着病倒了，头晕，心慌，难受，浑身无力，连楼都下不了，她不相信西医，只愿意看中医。小姑妈小姑父的三个儿女都在国外，她打电话给他们，都说暂时回不来，各有各的理由。她带着两位老人在不同的医院穿梭，忙里忙外，精疲力尽。

我劝她不要强撑着做事，怀孕初期还是要当心一些，小姑妈和小姑父那边何不请她姐姐和弟弟帮忙。她说：根本指望不上他们，我妈妈生病躺在床上那么多年他们都不管，哪里会去照应小姑妈小姑父？他们能例行公事到医院探望一下就算很给面子了。

她说她不敢让娘家的人晓得她怀孕的事，怕他们知道了不但不站在她这边，说不定还会挑事和给她施压。她要我替她保密，我答应了。

隔了没几日，我接到黄小橘打来的电话，她一点弯子没绕，开门见山对我说：你不知道凤舞先兆流产吧？要不是我去看她，她都不对我说。那个人犟起来没魂，一条道走到黑，我不知道说她什么好，她分明是在作死哎，不晓得这个年纪怀孕冒多大风险吗？

黄小橘告诉我凤舞突然流血，自己悄悄跑去医院保胎，方老师连看都没去看过她，她孤零零躺在床上，见到她就哭了。

黄小橘说：我早就知道她跟方老师打得火热，因为这是她的私事，我不好说啥，其实我是反对的。他们好了有几年了吧，方老师从来不走到台前，跟她一直是偷偷摸摸，躲躲藏藏，起初我以为是他以前栽过跟斗，怕见到我们这些熟人触发心里的伤痛，可是日子总归要过下去的吧，他总不能隐身一辈子？而且，最最关键的，凤舞婚都为他离掉了，他总该给她一个交代对吧？

她在电话里长叹一声。

她又说：现在弄到这个地步，她躺在医院里，方老师也不管，而且他不哼不哈，不拿主意，我真有点看不下去。

黄小橘说得风急风火，为凤舞她既着急又恼怒。

我说：凤舞对我说了她怀孕的事，叫我保密。我问过她怎么打算，她一直回避。

黄小橘说：她跟我也是这样，躲躲闪闪，问她没有一句痛快话。她那个人，总替别人想，爱上谁能豁出命去，把对方当成自己的整个世界，我是吃过她苦头的，太晓得她了。她急速收住话头，但我已经听明白她说的什么。她无疑还在为凤舞曾对谢文屿百依百从耿耿于怀，她的口气里还是醋意满满。隔了片刻她又说：都这个时候了，她还不知道要为自己想想。

黄小橘恨铁不成钢，仿佛凤舞是她一个不听话的逆子。

她带着不小的情绪，愤愤地说：我怀疑方老师是不是真像凤舞说的那样和她真心相爱。先不说别的，你想想，当初他一边和宋老师谈着恋爱，跟蔡老师听说也没断干净，一边又跟她不清不楚——那时候她才是个初中生，不是我说，恐怕当时她连自己是不是上当受骗都无法判断。方老师因此受到了惩罚，付出了代价，当然，他们自己肯定说是真情。放下这段不说，后来她再遇到他，她早不是小孩子，而且都已经结婚成家，是有阅历的人了，怎么还这般糊涂呢？

431

我倒是从来没有想到过方老师会欺骗她，感情的事本来就是如鱼饮水，冷暖自知，真情和假意可能就是一张纸的两面，甚至可能就是一张纸的同一面，以我的判断，凤舞和方老师之间有感情那应该是真实不虚的吧。

黄小橘说：我不知道凤舞是怎么跟你说的，她对我说到方老师从来都说他怎么爱她，对她怎么好，我差点以为她遇到了旷世的爱情呢。见到方老师她就疯了，为了他把婚离了，把家拆了，当然她自己不这样说，她说当初她妈妈催她出嫁就是半推半卖，她自己作不得主，和袁开河之间没有爱情，跟他就是过日子，等等等等。但如果方老师不出现，她跟袁开河大概还能过得下去吧？袁开河肯定不是她心仪的对象，两个人阴差阳错成了夫妻，凭良心说，作为丈夫他对她是够宽容的，这么多年，由着她作。假如她踏踏实实过日子，袁开河估计也不会跟那个卖蜂蜜的小丫头弄到一起，说句那什么的话，即使他外面有相好的，大概也不会闹到跟她离婚。袁开河那个人纵使有这样那样的缺点，但他本质上是个老实人，心地很善良，他心里也是喜欢凤舞的，而且能娶到她这样的美人要说也蛮知足。所以说，他们夫妻散伙主因还在于她。她离了婚，方老师不但没有娶她，还转身娶了一个十七八岁的农村小姑娘，骗她说没领结婚证，和那个小姑娘不算合法夫妻，这种骗鬼的话只有她信。我听别人说，方老师和那个女孩是在老家摆过酒的，他们的家人包括亲戚熟人都知道他们是正儿八经的两口子，人家是明媒正娶，那凤舞又算什么？她算第三者插足？还是算一拖二的那个二？我点过她，但点不醒她，也许她就是要知难而进。

在我听来这又是一个惊天大雷，凤舞跟我可是一句没有透过，难怪她跟我说她和方老师之间的事情挺复杂的，也难怪黄小橘会如此忧心忡忡。

黄小橘说：凤舞痴起来真让人没得话说。她还替方老师辩解呢，说他这样是不得已而为之，她相信自己和他是真心相爱的，要我说她就是相信了他的花言巧语，我不能说她是剃头挑子一头热，但方老师明显不像她那样走心。即便他真像她说的很爱她，他在她眼皮子底下另娶了旁人，这又怎么说？而且这是发生在跟她相好了很久之后，她竟能容忍，反正我是一百个不理解。现在她已经没有时间再迷糊下去了，她不为自己想想，难道不为肚里的孩子想想吗？

我也很替凤舞犯愁，她想要生下这个孩子，这样看来，更加障碍重重。

当务之急——黄小橘说：她得和方老师把婚结了。

我说：方老师要先离了才能结吧？那要是方老师根本没有这个意思呢？

黄小橘说：这正是我担心的。

我心一沉。

黄小橘说：她现在身体那个样子，不能再给她雪上加霜了，等她情况稳定点再说吧。不过她不能把脑袋往沙子里一扎就了事。她几乎是一字一顿地对我说：我们两个无论如何都要好好劝劝她。

我毫不含糊答应了。

5　我们这样的爱情才是最纯粹的

我真把劝凤舞当成了一件大事。

下个月回咸城，我第一时间打电话告诉凤舞，她说她身体基本恢复正常，兴致很好地和我约在市中心新开张的一个大型购物中心的咖啡店见面。

她气色明显好转，面色虽不红润，却透出清朗的光泽。她说自己先兆流产的症状已经消失,不吐也不难受了,妊娠反应差不多过去了,去医院检查胎儿情况稳定,发育良好。她情绪不错,完全没有黄小橘给我打电话时传递的那种焦灼和危机感。她坐在装修得豪华考究很有一种和国际接轨的时髦范儿的咖啡店里,从容自在,就像一个没有任何烦心事的幸福女人。

闲聊中我对她说黄小橘给我打过电话,很关心她,也很担心她,她一听便笑,用一种亲昵的口气埋怨道:她那人,就爱瞎操心。

我加重了语气说:她对你可是实心实意。

我没说我对你也同样担心。

她点头说:我知道。

她温柔地把手搭在我手腕上,笑得十分由衷和灿烂。我差点脱口而出你怎么还一点不着急呢。

她是真不着急。平静,舒展,从从容容。

她笑说:你们是我久经考验的最要好的朋友,我晓得你们都是为我好。我这个人,爱起来头脑就不清醒了,只顾风花雪月,哪管洪水滔天。

她哈哈大笑起来,笑得十分酣畅。

我可没她淡定。我把话题往黄小橘关照的方向引,问她:现在……都理顺了吗?

她瞪大眼睛望着我,仿佛一下子没听懂我在说什么。不过她即刻会过意来,缓慢地摇了摇头。

她依然带着微笑说:我是后知后觉,其实方老师对我一直是有所保留的。她垂下眼睑说:我对自己都不愿意承认这点,但是,我也骗不了自己。

她跟我说起方老师娶别人的事,用平铺直叙的口气,虽然我已经从黄小橘那里得知了一些,但听她亲口讲出来还是觉得震动和惊愕。

她坦率地承认那件事对她刺激很大,是扎在她心上的一根硬刺,现在虽然不是一碰就流血,但还是会痛。她和方老师在一起浓情蜜意好几年,方老师居然突然跟别人结婚了,事先对她一丝风都没透,她知道这件事竟然还是十分偶然在应酬的酒桌上听说的。聊起这件事的是方老师曾经教过的一个学生,人家并不知道她与方老师的特殊关系,只是酒后闲扯,无意中讲到的。说来也巧,那些日子她正对方老师的行踪起了疑心,没想到里面确实埋着雷。当时她和方老师有一个多月没见过面,他们走到一起后,很少间隔这么久不见面的。之前方老师跟她说要回老家一趟,给老父亲过生日,顶多一个礼拜就回来。一个礼拜后他没有回来,而且自从回去他再没有主动联系过她。她打电话给他,他不接,发短信给他,他要么不回,要么回复得很慢,文字也很简短,都是"好"、"对"、"嗯"、"再说",跟他平常一发短信就是洋洋洒洒好长一段完全不同,也不再有甜言蜜语。她明显感觉到他的冷淡,她想不出是因为什么,他们的关系一直很好,她也没有惹他不开心,她尽量不去多想。过了二十多天,方老师回来了,以前他从老家一回来就迫不及待要跟她见面,这次只是给她发了一条信息,还是回来几天后才发的,只说回了,忙,再无下文。她打电话约了他好几次,他总说手上的杂事还没料理清楚,延几日再说。就这样一拖再拖,直到她从别人嘴里听说他结婚了。

等他们再见面,方老师倒也没有隐瞒回老家娶妻的事情。他抱住她痛哭流涕,直说对不起她。他说自己是被迫的,是不得已而为之,这个老婆是老爹老妈送给他的礼物,他不忍违拗他们,也的的确确没有办法不接受。父母七老八十,风烛残年,最大的心愿就是看到他结婚成家,他一拖再拖,实在拖不过去。他那么大一个人,在她面前哭得一把鼻涕一把眼泪,把她的心都哭碎了。

他跟她说爹妈给他娶的老婆菊芽同样也是被家里逼婚的,他之所以接受这样一个门不当户不对只读过小学二年级的农村姑娘,主要是出于同情。他给她讲菊芽的身世,她家姐妹好几个,她生下来就被父母送给了别人家,收养她的人家不是没有孩子,那家有两个智障儿子。她养父养母担心生出来还是智障,不敢再生,又害怕自己老了没人照顾弟兄俩,打算抱养一个健康正常的女孩。他们还有一个想法,养大女孩可以给呆傻的儿子做媳妇。可是一个姑娘不能嫁两个儿子,而且他们从小兄妹相称,哥哥娶妹妹也不好看,他们就改了主意,想找一个出得起彩礼的人娶她,拿了钱再给兄弟说媳妇。菊芽刚满十七岁,他比她大了将近四十岁,坐过牢,没有钱,没有稳定的工作,身体还不怎么好,对她来说,肯定是委屈的。他父母拿出大半辈子的积蓄,用土话说是拿出了棺材老本,两个出嫁的姐姐也偷偷帮着垫了一部分,替他凑齐了彩礼,娶了这个老婆。方老师眼睛红红地对她解释说,自己跟菊芽萍水相逢,谈不上有啥感情基础,和她只是办了几桌酒,没领结婚证,从法律上说,他们并不是正式夫妻。他向她保证,菊芽影响不到他们两个的感情。

她就像坠落悬崖,跌在荆棘丛里,重创之后又被扎得遍体鳞伤。那天她也哭了,哭得比方老师还要伤心。她难以接受这件事情,但她又放不下方老师,舍不下跟他的这份情。她的心撕裂般疼痛,她忍着,没对方老师说一句责怪和抱怨的话,因为她知道他是个自尊心极强的人,如果她责难他,他们也许再没有也许了。

最后还是她妥协。她吞下了这个苦果,在方老师的自责和哀求下没有和他分开。婚后方老师带着菊芽搬到城郊去住,离她比之前路远了许多,他没有向她解释为何要这样做,她看出他是有意疏远她,内心深受煎熬,可她还是像鸵鸟一样把头扎进沙子里,不敢说一句话。她知道方老师新婚宴尔,这个时候自己和他的关系像薄冰一样脆弱,她太爱他了,不想失去他,自然不敢跟他争。菊芽回乡下去的时候,方老师仍会来找她,和她反复上演"新人不如故"的戏码,一次又一次苦苦求她原谅。他是那样真诚,他的话,他的眼神,他的拥抱都让她心软。菊芽经常要回娘家,那边有一大家子等着她照应,还有田里的农活等着她干,所以方老师和她的来往表面上倒是没受太大影响。

方老师一次次对她说,"我爱的是你,心里只有你,没有别人"。他还说,"我爱你超越世俗意义,我们这样的爱情才是最纯粹的"。他仍像她少女时代那样苦口婆心开导她,用听上去很像是人生的真知灼见点拨她,耐心细致地为她做心理按摩,给她灌心灵鸡汤。他对她说:爱情是用来体验的,不是用来占有的。人生苦短,我们能做的就是不断尝试收获新的感受,然后放下。我们来到这个世界,能看到太阳怎么升起,夕阳怎么落下,能看到月升,看到花开,看到水流,看到雨落,已然非常幸福,我们知道太阳好,月亮好,花好,水好,我们不会疯狂到想要把一切占为己有,那也根本做不到啊。

她说自己不是纯粹的无脑痴呆,也不是时时能被他的花言巧语哄骗,她曾直言不讳问他,既然说爱我,为什么不跟我结婚?他语气和缓地跟她讲道理,说他和菊芽结婚,相当于救她,有了他,她的生活会比之前好;而如果和她结婚,他给不了她优渥的生活,而且还会拖累她。她说自己根本不在乎,只要和他在一起,吃苦受罪都心甘情愿。他却说,你肯这样想,我从心里感激你,但是我不能这样做。爱情和婚姻从来不是一回事,爱情可以浪漫,结婚是过日子,谁也不会愿意越过越差吧?我既给不了你更好的,自然也不想让你跟着我受罪。你翻翻《婚姻法》,要是我没记错的话,从头到尾就没有"爱情"这两个字。

凤舞长叹一声说：他太会说了，不管什么事，有理没理，总能讲出一番大道理，关键是他的话总能打动我，让我服气——我不服气也不行啊。特别是看见他的眼泪，我毫无抵抗力，心比豆腐还软。他对我的好确实是我从来没有经历过的，他牢牢抓住了我的心，我爱他爱得铭心刻骨，根本没有一点原则。

她两只大眼睛脉脉含情，还是少年时纯净如水的眼神。看得出来，她仍然深陷于对方老师的爱情之中，无法自拔。

到这个时候，她还不考虑自己面临的具体问题，我只好跟她把话说得更加明白透彻。

我说：我问你，到现在这个地步，方老师对你有啥承诺？

我自己都听出自己声音里的尖厉，但我又不能不说。

她的瞳仁散开，眼神变得空洞。

她喏喏地说：他总给我希望，却总不兑现。我要是逼他，他让我给他时间，我要是逼急他，他会流泪，说他不忍心去伤害一个无辜的女人，菊芽没有文化，没有技能，又那么年轻，在这个复杂的社会上难以立足，如果他抛弃她，她还会被周围的人耻笑，在娘家很可能都待不下去，她会活得比以前更加艰难，他的良心根本过不去。

他竟跟她说良心。我没忍住，说：说句不该说的，那他就忍心伤害你吗？

她愣怔了一下，苦笑说：黄小橘也是这么说的。可是——我又能怎么办呢？

当然是直接跟他摊牌啦。我的声音不由高起来：现在你不光是为了自己，还关系到你们的孩子。我咬牙提醒她：你没多少时间了呀。

她点头，郑重地答应。看得出来，这回她是铆足了劲。

我心里略略轻松了一些，觉得自己劝她总算有点效果。

6 出事

凤舞怀孕已满三个月,黄小橘又给我打来电话,火急火燎地说她刚才又问过凤舞,她还没有和方老师谈好,还在那里漫无头绪地等着他反应呢。黄小橘说话的口气有点气急败坏,她在电话里几乎是嚷嚷着对我说:你说这个人是怎么回事?自己的事情这么不上心,到现在还痴心不改地相信方老师,我劝她赶紧拿主意,她根本听不进去,我再不管她的事情了。

凤舞也给我打来电话,她说她不是没跟方老师好好谈,而是跟他谈不下去。问他怎么办,他说顺其自然,她不明白他说的"顺其自然"是什么意思。她追问他,他不说话,问急了,他说自己没啥办法。他还说他才是最难的,他不舍得伤害她们任何一个。他能做的就是搂着她,对她诉说内心的矛盾和烦恼,要不就是默默地坐在一边淌眼泪。

凤舞对我说,现在已经过了早孕的人流时间,胎儿在肚子里一天天长大,如果要放弃这个孩子,她实在舍不得。她一筹莫展,一向作为她人生导师,且是她肚子里孩子父亲的方老师这时却退避三舍,不说不迎刃而上,干脆连主意都不拿。我听了十分焦急,甚至想替她去找方老师谈谈。

没用的,你可千万别去找他。她口气异常坚决地阻止我。

我想起刚得知她和方老师走到一起的时候,我还说这么多年没有见过他,很想见一见,当年他对我们这些学生相当好,我对他感念在心,而她听了却刹那间变了脸色,不自然起来,反复强调方老师不肯见人的,他最怕见到昔日的熟人,尤其是当年的同事和学生,我表示理解,再没提过这一茬。当时我对她那种强烈的反应并没有多想,这会儿忽地会过意来,她很可能还有提防别人的意思。我简直有点好笑,却又笑不出来。她对方老师情痴若此,我完全没有话说。我说要替她去找方老师谈谈,其实是乱了阵脚,病急乱投医。我赶紧收回了自己的话,不过还是催她不要再拖。我忽然完全理解了黄小橘,友情让我们失去了冷静。

凤舞匆匆挂断了电话,给我的感觉就像是仓皇逃窜。

之后好长一段时间没有她消息,我给她发过问候信息,她没有回复,我不敢打电话问她事情的进展。

过了一个来月,一天傍晚,在下班的班车上,我突然接到她来电,她用一种可以用云开日出形容的喜悦的声音说:跟你说个好消息,方老师答应了,他终于下决心了,他说只要给菊芽一笔钱他们的关系就可以了结,现在只是钱还没有谈好。不管怎么说,他已经拿出明确的态度了。

我为她高兴,也替她松一口气,这就算为她生下孩子铺平了道路吧。我以为方老师只要解除了和菊芽的关系,就能顺理成章和她结婚,她怀孕这件事甚至就成了一个能起到促进作用的正面因素,她和方老师两个终于可以修成正果了。

但事情并不像想的那样顺利。接到她这个电话不到一个星期,她就流产了。半夜黄小橘给我发短信,问我睡了没有,随即她电话就打了过来。

凤舞出事了。她当头一句,吓走了我全部的睡意。

黄小橘语气急促地说:黄小桃刚才告诉我,凤舞大出血,从下午抢救到现在,孩子没有保住。

我听了大惊,问她是怎么回事。她说她人在上海,具体情况不太清楚,只知道凤舞流产了,多亏了袁开河,是他发现她出事把她送去抢救的。

后来我才知道，那天袁开河给凤舞打电话，想叫她到他父母家吃饭，她一直没接，他不放心，让老保姆过去看看。北阿姨敲门不开，却看见门口有一双沾满泥泞的高跟鞋，她认得是凤舞的鞋子，觉得蹊跷。她常来这边浇花送东西，有家门钥匙，便自作主张开了门进去。只见凤舞躺在床上，面色惨白，奄奄一息，叫都叫不应，她赶紧告诉袁开河，袁开河分秒没耽搁叫了救护车把她送进了医院。

我问黄小橘，现在凤舞怎么样，她说：应该没有生命危险。她用透露秘密的口气说：她不光是流产，说是还吃了药，床头有两个空药瓶，呕吐得到处都是，要是发现得再晚点，恐怕她的小命不保了。袁开河一直在医院守着她，还不敢让她娘家人知道。你说她干吗跟自己过不去啊？

十几天后我回咸城见到凤舞，她已出院回家休养，我带了补品去看她，她看到我就像见到久别重逢的亲人一般眼泪哗哗直流。

我在她床沿上坐下，她抱住我肩头，抽泣着说她现在已经不是完整的女人了，不光没有保住孩子，因为大出血，还切除了子宫，这辈子再生不了孩子了。她松开我，无力地靠在床头，形容枯槁，凄怨颓丧，哪还是昔日那个容光焕发如花似玉的凤舞？望着她我心中无比酸楚，不知说什么好，生怕哪一句话说得不妥当触碰到她心里的伤口。我胸中一直翻涌着一股莫名的恼怒，我认为她这个样子是被方老师害的。我真想问问她，她和方老师因为相爱而在一起，怎么竟弄到这步田地？

她一直在哭，眼泪不住从眼眶里涌出来，我很受她情绪感染，为她难过。我劝她月子里不能流泪，会把眼睛哭坏。她用纸巾抹着泪，拉住我的手，问我：你觉得我是不是很好骗？我很傻吗？我这个人是不是不可救药？

说真的，我心里满是肯定的答案，但我不能说出来，我只好安慰她。

我说：事情过去了，你要振作起来，把身体养好。

她仍沉浸在自己的情绪中，苦恼地说：我一直以为我和方老师好得就像一个人，我什么都可以给他，也从来不让他有一点点为难，能做的不能做的我都为他做了，我样样迁就他，爱他爱得一次次放低底线，我真不图他什么，只是想以真心换真心。我以为他对我也是一片真情，但结果证明我可能错了。

之前她说起方老师都是充满了爱慕与深情，她用如此幽怨的口气说他还是第一次，显然是被他伤透了心。直到这时，我还不知道他们之间还有别的事情。

7　我说错了吗

说话间，袁开河来了。他简单问候了凤舞几句，有没有舒服一点？肚子还痛不痛？胃口怎么样？吃了什么？睡得好不好？都是寻常的话。看上去他们关系不错，如果不知道背景，可能还会以为他们仍是两口子。我想起他们新婚不久请我到家来吃饭和一次一次来这个家里做客的情形，心里阵阵发酸。

袁开河进厨房给凤舞蒸了鸡蛋羹，服侍她吃了。他坐在床前，慢悠悠地跟她说话，问她上回拿来的红茶喝了没有，喜不喜欢，凤舞说味道不错，不过平常还是喝绿茶和铁观音多些。他点头，说绿茶就要等新茶下来，家里铁观音有的是，回头再送点过来。又问她晚上想吃什么，让北阿姨去做。凤舞摇头，说刚吃过东西就问我，想不起来。他就把能想到的好吃的一样一样提示她，每一样她都摇头，还像从前那样任性。袁开河却是耐性极好，一直面带微笑。凤舞终于说上次北阿姨包的荠菜小馄饨还不错，等有空了让她再包一点。

袁开河马上接嘴道：马上就叫她去包好了，反正她闲着没事。说着就拿起电话。

凤舞说：我忘了，现在天寒地冻的，也没到吃荠菜的季节。

袁开河说：超市里有得卖，再说冰箱里就有焯好的。

他往家里打了个电话，叫北阿姨立刻包馄饨，还仔细地吩咐了一番多剁点姜，放点开洋、木耳，少放盐，不要放鸡精味精。

打完电话他对我说晚上有空就去他家里吃饭，择日不如撞日，他妈妈总念叨我。凤舞也在一旁热情地怂恿我去看看袁妈妈。袁开河问她有没有精神一起过去，她说腰还酸疼，坐不住。他马上改口，说也是呢，你动了手术日子还短，该躺着静养。

我第一次没跟凤舞一起去了袁开河家。袁家还是高朋满座，客厅里摆着几台麻将，张张桌子坐满了人，笑语喧哗，十分热闹。房间的电视机里飘出高亢的歌声，除了他家里的人，还有不少陌生面孔出出进进，他一一给我介绍，得意地告诉人家我是凤舞的好朋友。

袁开河领我穿过大小客厅和天井，上楼进了一个房间，见到了袁妈妈。她头发雪白，身量似比上次见到还要瘦小，不过她精神矍铄，更加慈眉善目。她和我聊起家常，得知我刚去看过凤舞，详细问了她身体恢复得怎样，话里话外，全是惦念，好几次她微微红了眼圈。在她房里说了一会儿话，袁开河来请我去吃饭。自从他父亲故去，袁妈妈就吃斋念佛，不下楼跟大家一起吃饭。她拉着我的手，让我有空常到家里玩。

这天恰好黄小橘回来，黄小桃去机场接她，告诉她我在袁家，她直接就过来了。

入夜，袁开河陪我和黄小橘姐妹坐在小客厅里喝茶。他亲手给我们泡了茶，和我们坐了坐，出去陪客人打牌，留下我们三个说话。

我们立刻说到凤舞。

443

她太不珍惜自己了。——黄小橘说得气呼呼的,她简单粗暴地认定凤舞和方老师就是傻子遇到了骗子。她说:照理我不该这么刻薄说自己的老师,上学的时候方老师待我不错,那时我体质差,上体育课的时候老会发晕,他经常为我测心率,对我格外照应。但情义归情义,事情归事情,从他对凤舞做的那些事情看,他就是一个利用了她痴情的好色之徒。

她说得这般义不容情,我听不下去,和她争辩了几句,气氛有点尴尬。

黄小橘并不在乎,继续说:我理解不了凤舞跟方老师爱得死去活来,他却移情别恋,她为了方老师离婚,他却另娶他人,她冒风险高龄怀孕,不说方老师不为她打算,他甚至也不想办法妥善处理这件事,而是头往脖子里一缩,不闻不问,一拖再拖,根本不在意她,她竟然不哼不哈就那么忍着。她以为爱情是奉献和牺牲,她不知道在不珍惜她的人眼里这就是软弱和好欺负。她用恼恨的口气说:这个孩子来得真不是时候,无端成了牺牲品。现在胎儿流产了,摆在他们眼前的问题不费一枪一弹就解决了,方老师可以继续风流潇洒,她也可以继续委曲求全。

黄小桃打圆场似的插话说:凤舞人太好了,我早就听说她多情,没想到她如此痴情。袁开河一直在家里讲,她是个大方的女人,从来不会小肚鸡肠算账,处处为别人着想,不肯让人家吃亏。离婚的时候他给她什么都不要,这样的人也真是少见。所以离婚这些年,袁开河对她还是很放在心上,家里人还说他们离了婚倒比没离婚看着还要和睦。黄小桃换了土话说:凤舞这个人做人是经得起考验的,她连对陌生人和难打交道的人都非常好,她太善了。

我点头附和。

黄小橘沉着个脸,就像没听见一样。她紧蹙双眉,顾自说道:

凤舞在单位做领导也能独当一面，说她是女强人一点不过分，她在感情上怎么就这样怯懦？比传统的贤妻良母还要卑微。她曲意迁就，把一颗心掏出来捧在手里递给人家，还生怕人家不接受，受不得别人一点好，生怕亏欠别人，她不懂这种低到尘埃里的姿态会纵容男人吗？她不知道女人越是上赶，男人跑得越快吗？在中学里她就和男生一起玩，家里也七七八八给她介绍过不少对象，我还以为她也算久经沙场，怎么这么缺乏实战经验？

黄小橘和黄小桃姐妹俩聊起凤舞的一些事情，很为她感慨。她们说凤舞和袁开河离婚后，找她的人不少，不乏有钱的和有权的，有几个还是我们这边的名人，都是社会精英，还有省里他们同系统的领导，哪个不比方老师条件更好？但是她找了各种说辞都推掉了，人家不傻，她话说得再婉转好听，结果就是她不愿意呗。她一心扑在方老师身上，可方老师做出的反应显然不如她所愿。

黄小橘重重地叹气道：他们在一起有好几年了吧，日子是一天一天过的，凤舞肯定早就知道方老师的态度——只要头脑正常，不会感觉不到吧？她居然不知道要回头，非得一条道走到黑。就因为他会对她嘘寒问暖，甜言蜜语，为她提供形同泡影般虚幻的情绪价值，她就心甘情愿付出一切？我倒不是说她非要图方老师什么，但真心换真心是应该的吧？

我说：或许方老师对她确是真心，只是事情做得不到位。

黄小橘一口否定，反问我：你真这么认为？她无力地向后瘫靠在椅子里，很快又坐直了身子，说：看来傻的真不是一个半个。我说句话不许反驳——假如，我是说假如，你遇到方老师这样的，大概同样会上当受骗。

我说：感情的事情是复杂的。

不过我没有和她争论。

她用恨铁不成钢的口吻说：我早就发现一个问题，虽然我们这代女人赶上了一个提倡"男女平等"的时代，从小就有机会上学，一部分还有幸受过高等教育，我们能走出家庭去工作，这一切比我们的前辈进步巨大，就说我奶奶和外婆，她们还是裹小脚的，吃饭不能上桌，一辈子的职责就是相夫教子，然而，到了我们，配得感仍然很低，而且一陷入感情，甚至一到某个年龄，就会想要结婚，要生孩子，我不是说女人做贤妻良母不好，我是说这种想法深深根植于我们的意识甚至是潜意识，已经成了思维定式。没有多少女人是从精神到物质到身体真正独立的，这话也许说得失之偏颇，但事实怎样，你们也都看到了。所以当一个男人表现出珍爱我们，对我们认可和关怀，这个人若还是我们景仰和喜欢的，我们就很容易自然而然落入情网，而且被困其中，不能自拔。她停下，思索了片刻，对着我说：我单问你，一个人是好人，他做的事情是骗子做的，那他算不算是骗子？

我说：从逻辑上说是骗子。

她大笑起来：别跟我扯什么狗屁逻辑，"是"就是"是"，至少你还没有彻底糊涂。

我从来没有见过她这么焦虑和烦躁，她真像一个妈妈或姐姐为凤舞操心，她的真心很打动我。要说她与凤舞曾是情敌，这层关系似乎早就在岁月中溶解了。

黄小橘沉浸在对凤舞的关切中，她说：我觉得这和她从小在家里受到的冷落和创伤大有关系。不是说有的人用童年治愈一生，有的人用一生去治愈童年，她人长大了，心里那个不受待见的小女孩还没有长大。

她这几句话让我听得内心波浪翻滚。何止凤舞是这样，我自己不也是这样？我们都相信爱情，相信爱情不应该和物质联系在一起，相信有爱就有一切，而且，迄今我都认为这是对的，没有错啊。我为凤舞说话：正因为她小时候缺爱，所以她才更加珍惜爱。

黄小橘不屑地冷笑，尖刻地嘲讽道：是啊，所以一味退让，退到无路可走，一味牺牲，差点丢掉自己性命。

聊到最后，黄小橘仍然认定凤舞的所谓爱情就是被方老师蒙骗和蛊惑。"男人要骗她还不容易？都用不到智商，凭着基本的动物本能就足以做到。"她说自己是淹死过好多次才学会了游泳，自己的经验是拿血和命换来的，所以对凤舞经历的这一切洞若观火，看得清清楚楚，明明白白。

看我和她妹妹并没附和，黄小橘更加愤愤不平，问我们：我说错了吗？那你们倒是说说她那样做对在哪里，让我也认识认识什么是伟大的爱情。

8　家乡风味

我和黄小橘打算等凤舞好些约她聚聚，我们三个人已经很久没一起见了。自凤舞流产一晃两三个月过去，已经是暮春时节，草长莺飞，红瘦绿肥，晴雨相间，天气格外惬意。定下了时间，黄小橘临时有急事去了上海，之后又回了新加坡，我问凤舞我们是不是改期，她说不改。

她请我去城里最老的双龙饭店吃饭，在乐善巷的深处，不是本地人大概不会知道有这么个馆子存在。小时候上学这里是我们的必经之路，那时候看见这家馆子的招牌，闻着里面飘出来的炒菜的香气都让我们馋得流口水。后来老城越来越破旧，又总在拆建，修修补补，没完没了，我至少有十几年没来过这里。没想到经过改造，旧貌换新颜，菜馆整旧如旧，装修得古色古香，典雅别致，走进院子，恍若回到了旧日时光。我跟着凤舞踏上长着野草和青苔的台阶，

里面正传来悠扬的淮剧唱腔,清朗朗悲切切几句:

三月逢春花自芳,从此深山奏琴空鸣响,野岭开花谁闻香。

我们在临窗的一张八仙桌边坐下来,凤舞打开菜谱递给我,让我想吃什么点什么。我看标着"时价"的河豚、刀鱼一类都是天价,晓得她定然不肯让我结账,如果我硬跟她抢,少不得一番拉扯,甚至弄得像打架一样,我已经很不习惯,也知道拗不过她,便说你熟悉,不如你来点,我对她强调只想吃咸城的家常小菜。她点头,合上菜谱,对满面笑容迎上来的老板娘轻声嘱咐了几句,我没细听,等菜端上来,有醉蟹、泥螺、盐水虾、红烧鳜鱼肚、清炖甲鱼裙边、鲍鱼烧肉坨子、爆炒长鱼丝、藕粉圆子等等,还有汤汤水水,一道一道不停地端上来。我直说太多了,根本吃不完,让她赶紧把没上的菜去掉。她不肯,说都是家乡风味,你在外面不容易吃到,各样尝一点,吃多少算多少,剩下的她打包。上菜的大姐跟她也是相熟的,在一边笑嘻嘻地介绍说这些菜用的原料都是顶好的,不提前预订是没有的,就是一盅鸽子汤都是用野鸽子加了人参虫草松茸吊的,银鱼蒸蛋用的也是野鱼和野鸡蛋。菜上了满满一大桌,凤舞一如既往阔气大方,似乎要以此来表达热情和体面,而我早已经习惯了吃多少点多少,对铺张有发自内心的不安,我感觉自己与她在这些细节上有明显的出入。她特别细心地关照服务生免去芫荽和茴香,那是我从小不吃的。她还点了我们当地的黄酒,让加了姜丝和话梅,温得烫烫的端上来。

经过流产和手术,她瘦了一圈,尽管化了妆,也盖不住眼角眉梢的疲惫和憔悴。她跟我说,这次黄小橘为她操了不少心,回来就替她找医生,西医中医都找了,为她跑前跑后,还开导她。

她露出小虎牙，笑道：她骂了我，叫我醒醒神，不能再稀里糊涂下去了。她瞪眼扬眉做了个夸张的振作表情说：现在我醒悟过来了，只要不碰心，日子就过得下去。

她笑嘻嘻的，十分轻松的样子。

我说她：记得还是你跟我们说的，人生最大的事是生老病死，没有"爱情"这两个字，自己又何必为情所苦？

我说过吗？她反问我，一脸茫然。随即她轻轻一笑，自省一般说：我真不记得自己还说过这么深刻的话。我是一时清醒，一时糊涂，好了伤疤忘了疼，吃多少条壕沟也不长记性，在同一条河里不知淹死过多少次了。

我想起黄小橘说过，她自己就是地地道道的恋爱脑，在爱情面前智商为零，凤舞比起她有过之无不及，她在爱情面前智商为负数。

痛定思痛，我想凤舞也该清醒了吧，没想到她却还是痴心不改。她半笑半叹地说：我和方老师在一起快八年，还是新鲜感十足。每次看见他，我还会有眼前一亮的感觉，仿佛这小十年就像没过一样，而且我们有说不完的话。活到这个年纪，经历了这么些事情，我明白了每一种生活都有它的代价，爱情当然也有代价。我和方老师的感情让我变得充实，也更加丰富，我觉得自己没有白活。

她端起酒盅，和我碰杯，轻轻抿了一口。

她说：无法想象如果从来没有遇到方老师，从来没有过和他的感情经历，我会是什么样子。她柔声细语地剖析自己：得到爱情对我来说比乞丐得到金子还要幸福，况且方老师对我有知遇之恩，除了爱情，我对他怀着一颗感恩的心，我一直对自己说，要做一个知恩图报的人。想起小时候，他是我生命中的暖流，是他激发了我，让我开始建立起自信。没有他，我不会是现在的我，我心里清清楚楚。他对我太重要了。尽管在和他的关系中我吃了不少苦头，说吃足苦头也不过分,但我还是爱他。而且,他是值得我爱的。

她说得十分动情,眼睛里似乎含着泪花,我不好意思看她。这就是凤舞,让我无话可说。

我认真地对她说:无论怎样,别跟自己过不去。

她点头,同样认真地说:我知道,我再不做蠢事了。

我们对饮了几杯,她明显松弛下来。她说这一回真的是死里逃生。她慢慢地绽露出笑容,笑容里却满是苦涩。

她轻笑两声说:受过情伤我明白了一个道理,当你坠入爱河,再爱,再甜蜜,再幸福,再美好,也是有痛苦和无奈的。我现在已经不难受了,我很平静。

她望着我,两只大眼睛依然明亮和神气,她没画眼线,淡淡的睫毛似有若无,虹膜和眼眶几无边际,近乎透明的眸子就像映着天幕的湖水,让我不由想到"水天一色"这个词。

她说:有一件事情我没有告诉黄小橘,她那个脾气,我不敢对她说,怕她听了要炸。

她用镇定平和的语气对我说出一件事——在她和方老师之间,除了菊芽,还有一个人,就是我们的同学吕素静。

听到吕素静这个名字,我有一种恍惚感,仿佛一段遗忘的记忆被唤醒,脑子里即刻浮现出一张严肃的长长的脸,紧抿的薄薄的嘴唇,一副不屈不挠刚毅倔强的样子。毕业后我就再没见到过她,我几乎忘了这个同学。

凤舞说:真没想到,过了二三十年,吕素静居然又成了我的情敌。——后来我才明白,我和方老师之间最大的障碍其实不是菊芽,而是这个老同学。

我太了解吕素静了,她可不是大家以为的她该成为的娇娇女,而是一块硬骨头。她沉稳安静人畜无害的外表下,有着坚如磐石的性格。小时候我不了解她,也没想要了解她,如今有了年龄和阅历再回望,她是那种深藏不露的人,远比她表面看上去内核坚硬,她就像一枚炸弹,冷峻的外表包裹着威力强大的炸药。我记得她是运动队训练最刻苦自觉的一个,每天早晨五点不到就在操场上跑圈,风雨无阻,经常能得到方老师表扬,令凤舞羡慕和嫉妒。她的运动成绩提高得也是最快的,每次比赛不是冠军就是亚军。她自控力极强,而且不怕吃苦。不得不佩服方老师是个好伯乐,和他发现凤舞一样,在一堆青葱稚嫩的小丫头当中发现了吕素静这棵苗子。

凤舞跟我讲了在方老师家门口和吕素静撞车的一节,对她来说,那可真是惊心动魄,她的原话是"把我的心撞得稀碎"。完全是意料之外,她看到这个多年不见的老同学出现在方老师家门口,顿时蒙了,心脏几乎跳出胸腔。她立刻意识到吕素静和方老师肯定有着非同寻常的关系,她就像挨了当头一棒,除了慌乱,尴尬和难堪,沮丧和悲哀就像暴风骤雨一般向她袭来。

迄今她不知道这纯粹是意外,还是出于某种精心的安排。如果是有意的安排,那这着棋实在是太狠了。每次想到,她都在心里一个劲地否定这样的想法,可又摆脱不了这个念头的纠缠。这是她在那件事发生后好些日子想到的,她当然不会去跟方老师求证——在他面前,她不会这样任性和冲动。

按照一贯的习惯,她和方老师见面都会事先约好,她从来不会贸然前往。以前是因为有袁开河,他们是地下关系,后来又因为有了菊芽,他们还是地下关系,而且需要顾忌的更多。他们见面前会反复确认彼此是否方便。

那天,有个多年前她帮过忙的朋友给她送来一箱小海鲜,她知道方老师喜欢,也知道那段日子菊芽回老家去了,就想给他送去。去之前她按老习惯给他发了信息,他回信息说午后在家。那天她特别忙,开了几个会,接待了几拨客人,已经快到下班时间。她开上车,驶向方老师家。因为比约定的时间晚了些,出发时她又特意给他打了一个电话,告诉他大约半小时到。方老师在电话里说一直在家等着她呢,还贴心地关照她路上开车小心一点。

事后,她脑海里一直回旋着电梯停下时发出的"叮"的一响,就像电影里不断闪回的画面。伴随那声清脆的铃声出现的情景,令她错愕和难忘。

当她提着一泡沫箱海鲜走出电梯,几乎同时,楼道里传来开门声,那声熟悉的"吱呀",她一听就知道是方老师家大门发出的。她以为是他开门迎她,刚要加快步伐,突然听见高跟鞋叩击地面发出的清脆响声——虽然那个声音是收敛的,小心翼翼的,但在她听来却振聋发聩,像鼓点敲击着她的耳膜。她第一反应以为是菊芽突然回家了,她可不想和菊芽迎面撞上,赶紧收住脚步。

说时迟那时快,一个女人从她面前一晃而过,她们打了一个只有几秒钟的短暂照面,那人没有朝电梯走来,而是果断地拉开楼道的防火门,进了步行梯。她一眼认出那个纤长的身影正是吕素静——那样的步态,那样的利落,特别是那股倔倔的劲头,她可真是一点没变,除了已经是人到中年的样貌,几乎还跟在学校时一模一样。就像是凭着第六感,她清楚地感知到吕素静也认出了她,不仅认出了她,而且对她们的不期而遇似乎毫不意外。她们并没有对视,但目光都扫到了对方。在那极为短暂的一瞥间,她看到吕素静的侧脸镇定,冷静,甚至还有一种方寸不乱的警觉和心如止水的漠然,她整个人就像山涧的潭水一般深不见底,这跟上学时可大不相同。她不知道这些年吕素静经历了什么,她身上已经感觉不到一点当年的单纯和明净。她被她冰冷幽深的目光震慑,在慌张和迷乱中推开了方老师家虚掩的大门。

她惊魂未定。方老师还像以往一样一把搂过她，就像久别重逢一般热烈地拥抱她，将她抱得紧紧的，好长时间不放手。她忍不住开口问吕素静怎么来了，方老师并没有否认，也没有丝毫惊讶，算是默认了。他脸上浮起暧昧的笑容，笑而不答。他的冷静，让她感到他就像一座大山，横亘在自己面前，也让她完全看不透。但她当时并没有反应过来他为何会如此平静和镇定。她和他说话，他就像没有听见一样，沉浸在和她的耳鬓厮磨之中，又像是用忘情的亲昵来表达对她的爱意。她心里的疑惑更重。方老师温柔地拉着她的手，让她在沙发上坐下来，喝口茶，定定神。

方老师的神情其实已经说明了一切，他似乎默认了刚才发生的一切不是意外，但她却觉得难以置信。他们彼此太了解了，一个眼神就能读懂对方的意思。她腾地起身就要走，方老师一把拉住她，她用力挣脱，他用了更大的力气揽住她。他们脸对脸凝视了好几分钟，但两个人一句话没说。之后他们重新坐下，仍是沉默不语。

从进屋她就一眼瞥见像往日一样，茶几上放着用她专属的杯子泡好的茶。杯口袅袅冒着热气，她知道一定是喝上去口感极好的。她喜欢滚烫的热茶，方老师会在她进门前几分钟为她沏好她爱喝的茶。这么说来，他竟然是当着吕素静就为她泡好了茶，她被重重一击。——他连这样体贴入微的举动都不用避着吕素静，可见吕素静不仅是知道她的存在，甚至是接受了这件事情的。

这怎么可能？惊愕令她晕眩。等她头脑略微清醒，她发现自己再次被方老师紧紧地拥在怀里，他对她绽露出温厚动人的笑容，既像是赔罪，又像是抚慰，还极有耐心地在她耳边絮絮地说着哄她的话。

她心里燃烧着怨怒的火苗，在气恼和伤心中她留意到方老师家里打扫得一尘不染，地板拖得干干净净，桌椅擦得锃光瓦亮，连窗台上都没有一点浮尘——这是她每次来都会做的事情。她瞬间明白了为什么菊芽不在家时,有那么多次他家竟出奇干净,她知道方老师自己是没有收拾打扫的习惯的,除非实在脏乱得不成样子,会花钱请人来做,她是自然而然接手了这件事情,完全是出于对他的爱。她居然从来没有想一想他家突然变干净有什么蹊跷。她又一次怒不可遏地挣脱他,冲向门口。

方老师像驯服一头猛兽一样用力将她控制住。他紧紧抱住她,犹如一个犯了错误的孩子,求饶似的在她胸前低垂着头。他红着眼圈,死活不肯放她走。僵持了许久,最终她还是松懈了下来。

两个人重新坐回到沙发里,谁也不说一句话。方老师一次次掏出香烟,在吸还是不吸之间犹豫。他像是下了很大决心,点上后抽了两口,又马上掐灭。过一阵又点着,抽两口,再掐灭。每次吸了烟他就起身去打开窗户,片刻之后又去关上,好几个小时,他机械地重复着这些动作。他们从黄昏坐到天黑,墙上的石英钟发出咔嚓咔嚓的声响,就像一个笨拙的人拖着疲惫的身子踽踽独行。黑暗的房间有一种压迫感,令她窒息。

方老师终于开口说话,他的声音在空旷的屋子里回荡,轻飘飘,软绵绵,让她生出一种如梦如幻的不真实感。他对她说,他爱她,从她是个小女孩的时候就爱她。在操场上看到她第一眼就对她心生怜惜——她棉袄的袖口是破的,裤子上打着补丁,黑黑瘦瘦,神情里带着紧张和自卑,笑起来却又特别纯真开朗,就像花朵绽放。他特别感激她在他落难的时候去农场看他,让他知道在这个世界上有人记挂着他,让他有了活下去的勇气。他感谢命运让他们走到一起,她带给了他莫大的幸福和安慰,尽管他付出了巨大的代价,仍然感到来人间一趟值得……句句都是动听的话。如果放在以前,她肯定会感动和陶醉,尽管听过无数遍,每次听他说还像第一次听到一样幸福。可是,现在听着,却句句扎心,觉得他就像背一篇记熟的台词,而且她分不清他哪句是真哪句是假,她也不清楚自己还应不应该相信他。

突然之间她再也忍不住,没等他说完,向他抛去一连串的质问。那些话就像是直接从她的胸腔里喷射出来的,她从来没有用如此激奋和质疑的口气跟他说过话,她完全是不顾一切。

"我们结束了"——这个声音在她脑海中回响,她感觉自己瞬间塌陷,往深不可测处急遽坠落,那是她长到那么大经历的最绝望的时刻。

那种内外交困的感觉她从小就不陌生,但从来没有像此刻这般强烈。她说当她对方老师说出这句话,感觉发出的不是自己的声音,这句话也不像是从她喉咙里说出来的,倒像是从她心底幽深黑暗的裂缝中迸出来的。每个字仿佛都带着金属的回音,就像一把明晃晃的尖刀,扎向她面前那个她爱得铭心刻骨的人。

9 胎动

就在他们僵持不下之时,她忽然感觉到身体里发生了一种微妙而异样的反应,似有若无,稍纵即逝,是她从来没有感受过的——仿佛是在一个宁静的湖面,有一条很小的鱼儿蹦起来,在空中翻腾了一下,又落下去,潜回到水中,纤细的身体后面拖着一条闪闪发光的银线。她想再体会一下,细细地品味那种轻柔婉转的滋味,水面却宁静得毫无波澜,任她仔仔细细地搜寻,也捕捉不到一点痕迹,恍若从来没有发生过什么。她凝思静想了片刻,就像得到启示一般,意识到那就是胎动。那是一个来自未知世界的新生命向她发出的第一声招呼,她就像醒过神来,感觉到那个小生命真实存在,不是她幻想出来的,也不是诊断书上的那个阳性符号。她百感交集,心情难以形容。

她独自品尝了这个小小的跳动,忍住没有说出来。本来她肯定是会和他分享的——这个甜蜜美好的时刻，作为她腹中小生命的父亲，他本应该享有这个权利，但她却不想也不愿对他说。她心里一片冰凉，为他的负心和自己的冷酷感到悲哀。

僵持了好几个钟头，方老师终于开口提出要跟她好好谈谈，她点头答应，想听听他在这个时候究竟有啥话要对她说。可是他说出这句话之后，又长久不开口。她胸口堵得难受，几次想走，又觉得既然答应谈谈，就跟他把话说完再说，不必显得那般绝情。

他们一直坐到深夜。除了长久的沉默，主要是方老师在说话。直到这个时候他仍然没有拿出明确的方案，还是含糊其词地请求她原谅。她心里被一股难言的焦躁和绝望顶着，生怕自己脾气失控。

谈了半夜，没有结果，只有精疲力尽。她忽然明白过来，这个"没有结果"其实就是结果，是方老师给出的结果。她从他断断续续的话语中听出几层意思，一是他不想改变眼下的生活状态，他不忍伤害任何一个；二是他没有能力给她更多，当然，他说得很漂亮，他愿意把一切能给的都给她；三是他还想和她继续好下去，他爱她，放不下她，也舍不得她。方老师眼含热泪，深情款款地对她说：我爱你，你知道你在我心里的分量，如果失去你，我的人生暗淡无光。她很想反唇相讥，但她什么也没有说。

凌晨，她从方老师家里出来，想着以前从这里离开时心里充满了愉悦和幸福，现在却被灰心和痛苦包围。

她开车回家。马路上空旷无人，她开到一处红绿灯前，变灯之后她发现自己正行驶在逆行的车道上，赶忙一个急刹车停了下来。慌乱中她不知该原地掉头，还是继续在逆行的道路上走下去。她牢牢握着方向盘，竭力控制着汽车不撞到马路中间的隔离墩上。她有一种走投无路的绝望，眼泪霎时间模糊了双眼。突然，对面一辆急驶的汽车朝她狂闪大灯，她感觉有个巨大的黑乎乎的东西迎面撞来，犹如大山压顶……她魂飞魄散，好在，那辆车从她旁边一闪而过，她从短暂的昏厥中清醒过来，庆幸自己躲过了一劫。

她终于从逆行的封闭路段驶了出来，就像逃离了一场噩梦。短短几分钟，汗水浸透了内衣，她感觉胸口和脊背冰凉。她总算把车开到了大街上，路边出现了她熟悉的街景和房屋，她松一口气，正想定定神，忽见前面街道被挖开了，刚才慌乱之中没有看见施工绕路的牌子，等她看见亮着一串红灯的警示牌，已经一头扎了进去。她看清这是一条前面放了路障的死路，她想倒出去，发现留出的通道很窄，两边还停满了汽车，路面坑坑洼洼，高低不平，很容易剐蹭到别的车。她浑身瘫软，实在没有心力把车开出去。她辨认出这里离家不远，决定停了车走回家去。

从车里出来，她双腿软得几乎站立不稳。走出没多远，她发现那条回去的必经之路也被挖开了，两边堆着挖出来的泥土，她昏头涨脑，一时想不出还能从哪条路回家。

她拖着筋疲力尽的身子，在昏暗的路灯光下慢慢爬上堆得高高的土坡，想从上面跨过去。然而泥土很松，她脚下一滑，整个人顿时腾空而起，摔了下去。

身体的巨痛让她惊醒。她第一时间想到的是肚里的孩子，不由冒出一身冷汗。她庆幸自己还活着，确认没有摔伤，手脚都还能动，挣扎着从泥泞里爬了出来。

她像个泥人，衣服裤子沾满了泥浆，在凛冽的寒风中冻得瑟瑟发抖。她不记得是怎么走回家的，只记得掉下去的时候鞋掉了，她在泥水中摸到了高跟鞋。一到家，她在门外就甩掉了被泥浆湿透的高跟鞋，进屋脱掉肮脏的衣服，一头栽倒在床上。外面还是漆黑的夜，她感觉自己和黑夜连成了一片。

天亮之前，她流产了。半梦半醒中她感觉到身体里有一股暖流涌出来，随即变得冰凉。没有剧痛，甚至没有疼痛，她以为是在做梦，伸手一摸，手上果真沾满鲜血。她的心呼地一落，人就像僵死了一般。

她静静地躺在床上，半天没有动弹。她感觉到那个一望无际的湖漏了，那条蹦跳起来跃向天空的小鱼毫无动静，仿佛从来没有存在过。

她清楚地记着日子，怀孕一共是四个月零七天，如果一切顺利，再过五个月这个孩子就将诞生。然而，永远不会有这一天了。

10　心太软

凤舞喃喃地说：命运的安排，有什么是不能接受的呢？

她红了眼圈，泪水又一次蒙上了眼睛。

我听得心如刀割。

这一切可以不发生的，或者不是这样发生的，我心里有种说不清楚的怨怒，但我却无言以对。因为我说啥都是马后炮，而且我知道我早说同样无益，她不会听的。再说，也并不是没有说过。

一桌子的菜冷下去，结着薄薄的油脂，她几乎没动筷子。

她凄楚一笑，说：方老师得知我流产，他也很伤心，在我面前流过好几次泪，我们都不忍提这件事。前两天他来看我，对我检讨，说他对不起我，对不起我们没有机会出世的孩子，他崩溃大哭，哭得停不下来。他是真伤心，绝对不是装出来的，我们在一起这么多年，我知道他的，其实他最心软。她沉默了片刻又说：你想不到吧，这件事之后，他对我比之前更好，好像要补偿我似的。她略带嘲讽地说：以前他对我就是关怀备至，细心呵护，现在更加温柔体贴，关心我冷了热了，饱了饿了，问长问短，连出去吃饭都点我喜欢吃的菜，假如我和他之间没有这些让我如鲠在喉的事，我大概永远会活在爱情梦里。

她双眼空洞呆滞。

停了片刻，她说：我最介意的当然是他和吕素静的关系，我对他说得也很绝情——有她没我，有我没她。结果……

她停下来，不说了。

她忽然显得疲惫，脸色变得黯淡。我给她杯子里续了热茶，她浅浅抿一口，似乎努力提着一口气，艰难、潦草地跟我继续刚才的话题。

她讲了方老师和吕素静的一些事情。令我惊讶的是，她说那些事情都是方老师亲口告诉她的。她叹息着跟我说，方老师对她是很坦诚的，只要她想知道，他什么都跟她坦白，这一点也证明他是爱她的，也是她非常看重的，觉得在茫茫人海里能遇见这样一位跟她推心置腹的爱人，相当珍贵。老话说"黄金万两好求，知己一个难得"，方老师也说遇到她是自己的福分。

柔和的神情又回到她的脸上，经历了这些事情，我明白她还是很依恋方老师的，我赶紧咽回了想说的话。

她告诉我，方老师和吕素静开始来往比和她更早。当年他刚从农场回来，吕素静就去看他。吕素静的一个表舅是他体校的同学，他出事后她经常向表舅打听他的消息，一直暗中关注他。在学校里他重点培养吕素静时完全因为她是一棵好苗子，跟她没有多少私交，更谈不上有私情。她从医学院毕业之后分在苏州的一家医院工作，丈夫是同事，有一个儿子，用社会的标准衡量属于事业家庭双丰收。每次她回咸城都会来看他，其实有不少次是专程回来看他，只是当时他并不知道。为了多赚钱和时间灵活，她从医院辞职，做了医药代表。她看他的次数更多，有时在咸城一住好长时间，对外说是照顾父母。那时他做些零工，收入低微，生活困窘，每次她回来都为他添置各种生活用品。他们自然而然走到一起，对他来说，就是聊慰寂寞。一天，吕素静郑重告诉他自己离婚了，孩子给了前夫，她打算回咸城找份工作。虽然没有直说，但意思很明确，想要嫁给他。他当时正找学校平反，被学校一口回绝，心灰意冷，想到自己贫困落魄，一无所有，还是个刑满释放人员，跟她结婚会害了她，就毫不含糊拒绝了她。吕素静是个自尊心极强的人，遭到拒绝，就不再提这件事，不过依然经常回来看他，对他还一如从前。在他的阻止下她没有回咸城工作，他认为她回来会影响她发展，她已经为他牺牲很多，他不想耽误她，也觉得自己承不起她这份情。她对他从来言听计从，不敢违拗半分，她仍然在外面工作，不时回来看他。早几年她就在咸城买了房子，一方面是为了照应父母，另一方面自然也是为了和他保持这段关系。他说自己亏欠她很多，她对他一往情深，他却从未对她做出过承诺，因为他一直在等待自己真正喜欢的人。

方老师向她承认当他在小店里和她意外邂逅，他知道自己终于等到了心里的那个人。然而，他也知道自己面临着艰难的抉择。当她转身跑掉，冲动之下他不顾一切追了出去，但又很快停下了脚步——他心里发生了十二级地震，他被一股强力撕扯，他想到自己只要再往前迈出几步就再难回头，那个瞬间，他良心发现，想到吕素静对他那样好，他不能辜负她。而且，当时他并无把握她对他的感情，甚至不知道她转头跑掉是不是躲避他。他调转身混入人群，拐向另外一个方向。他对她说，那是他一生中最难的转弯。他还说自己当时的境况实在太惨，连基本的生活都要靠一个女人，即便这么多年她一直在他心上，他也无法不考虑自己的实际情况，更无法放开心去爱她。那天之后的无数个日子，他想她想得神思恍惚，夜不能寐。他经常独自发呆，一个人沿着小蟒河走到城外，就像梦游一般。好在命运在十一年后又给了他一次机会，他此生总算没有错过她。

她的睫毛上沾着泪花。

她从方老师那里证实吕素静确实知道他们的关系，从一开始他就没有瞒她，也根本没有打算瞒她。方老师用掏心掏肺的口气对她说因为如果要隐瞒，就要编很多谎话，而且未必瞒得住。他说自己不愿意撒谎，他是个十分讨厌谎言的人。她认为他之所以和吕素静打明牌，是不愿意为难自己，或许还有让吕素静知难而退的意思，他没有说，她也没有问，心里甚至有过占了上风的小小得意。方老师说他不知道吕素静是怎么消化和接受这件事情的，他从来没有和她聊起过，他和她很少有那样深入的交流，好多话都是不说出来的，就像盲人摸象，凭的是心知肚明，其实也未必真的彼此清楚。他和吕素静一直就是那样一种相处模式。方老师对她感慨，吕素静倒是从来没有跟他计较，这也正是他觉得和她能处下去的原因。吕素静知道他们两个遇到，既没有闹，甚至也没有表露出生气，而且从不过问，就像没有这回事一样，方老师说连他都感到吃惊和不解，不知道她是怎么做到的。他以为她会义无反顾地拂袖而去，那样的话，他们三个人之间的问题就算解决了，他也用不着左右为难，毕竟，由他来了断那段年深日久的感情，他是下不去手的。他根本没想到吕素静居然肯如此委曲求全。后来他娶菊芽，同样没有瞒她，她也仍是泰然处之，对他还是一如既往。

真是少有的人，偏偏让我遇到了。凤舞无奈地对我感叹。

我觉得匪夷所思。妇女解放好几十年，早已经不是男人三妻四妾的时代了，况且吕素静是受过高等教育的现代女性，我不懂为何竟然情痴若此。凭我从小对她的了解，她其实是有那种至真至纯的秉性的，这点倒是和凤舞如出一辙。

你遇到的是一个劲敌。我对凤舞说。

我尽量说得不带揶揄。

她点头，笑得很苦，说：还不止一个，至少有两个。

她说菊芽虽然没上过几天学，不认得几个字，不会阅读和计算，但她女人的直觉相当敏锐。和方老师一起过了没多久，就知道他除她之外还有别人。菊芽也很冷静，拐弯抹角很隐晦地问过方老师，他不想骗她，因为跟她朝夕相处，他担心自己说了谎话记不住，也怕她得知详情追究起来弄得不好收拾，所以干脆含含糊糊承认了。他以为她会跟他吵架甚至离婚，结果她不哭不闹，反过来对他更加关心体贴，而且从不过问他的行踪，只是比先前更加警觉地留意他的一言一行，似乎生怕对他服侍不周。

凤舞说，方老师发自肺腑地对她感叹：世界上最好的就是女人，尽管我满心愧疚，我割舍不下对你们任何一个的感情。

这简直拓展了我对人性的认知。我不由脱口而出：这就是你相信的爱情吗？

也只有一起长大的发小我才会说得如此直率，我甚至做出了要为她纠错的架势。我以为我态度这么冲会惹恼她，果然她沉默了。

随即她以一种平和的口气找补似的说道：爱情应该专一，这是大多数人的共识，可又有多少人真正能做到呢？她露出犀利的神情，有句话说，"从前车马很慢，一辈子只够爱一个人"，其实我心里一点不羡慕，比起遇到真正能走进你心里，让你无条件爱的人，别的根本不足挂齿。你说呢？

当然。我说。

但我心里其实是含糊的。我自问我能做到像她那样包容吗？答案是，不知道。

462

她还说到了更加敏感的问题。她说：除了情感上的嫉妒，性上的嫉妒其实是更加强烈。我体会到的不只是被辜负，被忽视，更是一种被背叛的感觉，虽然我不想承认，但是我不得不承认。那种感觉就像用滚烫的烙铁烫我的心，我觉得我没有办法再和他继续下去。我也怀疑自己是不是心胸太窄，我承认确实是心胸太窄。

她就像下意识地睁大一只眼，眯起另一只眼，扭曲的脸上出现的那种迷惘是我从来没有见到过的。那个瞬间我感到她远比我了解的要复杂。

她露出一个无奈的微笑，仿佛回到了现实。

她就像自言自语一般说：爱情到底是啥？我怎么越琢磨反而越糊涂。她追问我：为什么爱得越深，越希望爱的人只属于你一个人？爱不是让人变得心胸宽广的吗？我怎么感觉反而变得狭隘自私了？她长叹一声说：唉，爱和性都太复杂了。

我觉得复杂的不只是爱情，也不只是性，而是人性。

我说：你问问自己在情爱关系里追求的是啥呢？

她说：追求的当然是幸福啦——她灿烂一笑，沉吟了一下说：还有心安。

我问她：你得到了吗？

当然。她反应极快地说。

然后她深吸一口气，就像要扎进水里潜泳一般。

随即她面色沉郁，却是笑着说：不过，追求和得到之间总是有距离的。这也不仅仅是爱情这件事吧。世事不尽如人意，爱情岂不一样？

她凝望着窗外墙角里一株绽放的桃花。在这个阴雨天气里，桃花更显娇美。

我说：进一步有进一步的喜欢，退一步天地宽阔。

她点头赞同。她口吻里摇曳着一丝戏谑,缓缓地说:有些事情当时想不通,痛苦得撕心裂肺,过一段时间你再去想,就根本想不起来了。

　　她的诙谐把我逗笑。

　　她短促地叹了一声,说:有一点是真的,方老师爱我们,我们也都爱他。

　　她抿紧双唇,形成一个不易察觉的微笑。

　　我竟无言以对。

尾　声

1　世上确实有相像的人

晚上，在灯下吃饭。

表姐说：有人送来梅子酒，忘记拿出来喝了。

说着，起身去拿酒。

表姐夫说：我只能少喝一点，中午让他们拉着喝了。

映玉问：谁呀？

大朱说：中学的领导，校长副校长教导主任等等都到了，还有几个有头有脸在场面上很活跃的老同学。

映玉说：都毕业几十年了，他们怎么会想到要找你？

大朱说：说是让捐一个鼎。

映玉说：啥？

大朱说：鼎。

映玉问他：捐鼎做什么？

大朱慢吞吞文绉绉说出四个字：赓续文脉。

映玉一听就笑了，说：跟你有啥关系？

大朱也笑，说：拉我去凑热闹。

映玉说：你也不懂舞文弄墨，怕是连难写的字都还给老师了。

她随口问道：你捐了多少？

大朱说：我随大溜，出了一千。

映玉拿了酒和杯子过来给我们斟上。

大朱问我：你和凤舞见上了吗？今天中午我碰到她了，她来得迟，被学校的那几个领导热情洋溢地团团围着，我跟她碰了杯，没顾上多说话。

我说：我还没见到她，通过电话，她特别忙，等她空一点。

映玉随口问一句：凤舞也捐了吧？

大朱说：那是自然，校长把主宾的位子给她留着，拿她当个大金主，她肯定没少捐。

映玉说：她特别有善心，我看报纸上登的捐赠名单里回回都有她。

这一晚，我们喝着梅子酒，回忆了许多往事。当然，必不可少又说到了凤舞。

映玉和大朱感叹，谁都认为凤舞可以升得更高，开局那么好，她又是个懂得眉高眼低的聪明人，大方干练，吃得起亏，又得上头赏识，而她不是没有利用好这层有利因素，而是根本就不去利用，真不知道她是洒脱还是任性。我抢着说，她就是心里太要干净了。映玉和大朱听得一愣，随即深深点头附和。"现在像她这样的傻人可不多了。"他们夫妇两个异口同声地说。

我忽然意识到，这大概正是凤舞想活成的样子吧，我倒觉得这才是她。映玉和大朱也说，她在社会上混了那么多年，有时候看上去单纯得像个孩子，热情起来就像一团火，是不是她的事情都冲在前头，比当事人还上心，而且她真不是装出来的。在银行那样一个说简单不简单，说复杂很复杂的环境里，她能做得如鱼得水，而且干干净净，周边频繁有人出事，她没沾惹一点，确实是很有定性。

我叹说：她从小缺爱，受了那么多苦，这么大年纪了，没有丈夫,没有孩子,这样的日子她过得有多灰心啊。

映玉即刻反唇相讥一般说:还真不是,凤舞很乐观,很坚强,你想不到,还挺能苦中作乐的呢。

映玉说起她们几个老同学约着去文化宫参加合唱团,发现凤舞也在这个团里,每周她们有两次集体训练是雷打不动的,还会有小组练习,凤舞是活跃分子。我知道她从小就喜欢唱歌跳舞,小学就是宣传队的,上了中学她成了学校的台柱子,我并不觉得她唱歌有多好听,但她却非常喜欢唱,一唱起歌来情绪饱满神采飞扬,如入无人之境。映玉说,他们合唱团比她唱得好的大有人在,但没一个达到她那么痴迷,用"热爱"都不足以形容。凤舞自己说是"白天大声唱,晚上小声唱,洗衣唱,做饭唱,苦也唱,乐也唱",唱歌不仅是她的乐趣,也是她生命的一部分。她不放过任何一次登台演唱的机会,各种唱歌比赛她都踊跃参加,得过大大小小不少奖,和评委个个认识,都是熟人,她又是个热络的人,有事没事约他们喝酒,有了推杯换盏的交情,只要她登台一唱,不管唱成啥样,哪怕是一张嘴就跑了调,也总能得奖。虽然从来没有达到过专业水准,她成了咸城最有名的歌唱家,大型的节庆活动都会请她一展歌喉,你想不到吧?看她唱歌那种热情洋溢快乐无比的样子,别人很难想象她经历过那么多的苦难和不如意。

听表姐这样说,我不由想起电影《被嫌弃的松子的一生》,松子长得漂亮,也喜欢唱歌,同样是备受家人嫌弃,我在看那部电影的时候就禁不住一次次想起凤舞,我甚至觉得她俩连长相都很相像。

2 《故乡》

总算和凤舞见上了面。当日我和表姐一家正吃中饭,听见砰砰的敲门声，有个沙哑的嗓门响起来，用方言大喊映玉，叫得高一声低一声的，我以为是外面出了什么事。映玉侧耳细听，说：好像是凤舞来了。她放下筷子站起身，打开门，果真是凤舞。

这七八年凤舞变化真是挺大，她发福了，比上次见到至少胖出半圈，下巴上长了一层肉，一笑两只大眼睛眯成了两根线，完全没有了小时候小脸尖尖的伶俐模样，不过也并不显得饱经沧桑，看着倒是一副乐天安命的样子，如果在大街上猛不丁碰到，我恐怕不能一眼认出她。

我面前的凤舞不像小时候率真泼辣，也不像前几年那样利落矜持，而是咋咋呼呼，特别热情，似乎一张嘴就要把一整天的话讲完，我不知她怎么变成了大妈劲十足的一个人。她穿着银行里那种深色的工作服，脖子里扎着一条颜色鲜艳的丝巾，说不清为什么看她这身打扮我觉得她很像一名女干部，和她以前穿这么一身工作服完全不一样，似乎气质都变了。她看了我直说你倒是没大变化呀，这本来是女人间不管真假互夸的话，可我对着她却说不出来同样的话。

她在饭桌边坐下来，表姐为她添了一副碗筷，她说吃过了，不吃了，映玉客气地让她，她便毫不见外大大咧咧地吃了起来，一边跟我们闲扯，聊得十分热闹。她小时候的样子又显现出来：热情，乖巧，柔顺，一副似乎要讨所有人高兴的样子，而且她每一句话都尽量说得周全，也确确实实在努力讨每个人欢心。

吃完饭映玉和大朱要上班，凤舞带我去我们小时候经常玩耍的河边走走。穿城而过的小蟒河大致还是原来的模样，岸边修了步道，比原来整洁美观，她却说不如从前水草丰美的天然河岸好，河堤砌起来之后不怎么听得见青蛙叫了，报纸上说是青蛙不来产卵了，而且小孩子失足掉下去自己也爬不上来，不过现在大人也不会让小孩随便到河边玩，小孩出门后面很少不跟着大人，孩子是家里的中心，是眼珠子，宝贝得不得了，和我们小的时候完全不是一回事了。

走到一处斜坡，树木高大，青草萋萋，她望着波光粼粼的河水出神，随口回忆起自己八九岁的时候为了捞废品就在这里落水，那时她不会游泳，好在河边水浅，扑腾了几下便爬了上来，算是死里逃生。她嬉笑着说着往事，就像在说别人的事情。她说：我裹着精湿的衣裤跑回家，边跑边浑身淌水，我妈妈看我那副狼狈样，很火地瞪着我，我对她说刚才掉进河里了，她不但没说一句安慰的话，抡圆了胳膊狠狠扇了我。我妈妈那个人你是知道的，她打孩子可不像人家雷声大雨点小，她是真出死劲打呀，她先把大粗膀子甩到背后，简直就像鲲鹏展翅，运足了气嗖的一声抽上来，特别有气势，你还没反应过来，已经挨了她几下子了，打得那是真疼啊。她声音清脆地笑起来：我生生让她打怕了，看她发怒瑟瑟发抖。她那几巴掌呼上来，我脑袋嗡嗡响了好半天，加上耳朵里进了水，人晕晕的，特别难受。当时我想，还不如爬不上来淹死算了。那天夜里我躺到床上都睡迷糊了，她才想起来熬了半碗姜汤，把我摇醒灌了下去。她收住笑，叹道：从小到大，我是家里多余的人。

她的神情和在我表姐家时完全不一样，变得愁郁冷峻。她略显犹豫地说：我怎么又跟你说这些话了，看见你就忍不住想对你说说心里话，你不会烦吧？你看，一晃我们好几年没有见面了，我们竟然都年过半百了。

我说：父母不在了，回来触景伤情，徒添悲伤，所以能不回来就尽量不回来。

她说：我知道你忙，回来也是匆匆促促，我不太好意思打扰你。其实每次听说你回家，我就想立马跑来看你。说心里话我一直特别羡慕你，像你这样早早走出去的人，大概不会像我这么郁闷。你们在外面见过大世面，认识许许多多人，朋友也多，估计不会老想着过去的那些事。我一直还在这里,碰来碰去还是原班人马,以前的事,现在的事,甚至还可能包括将来的事,桩桩件件都在眼前,枝枝蔓蔓,纵横交错,我好像被罩在一团网里,也像掉进了陷阱里,经常憋闷得很,我没有人能说,也怕说出来平白给你添烦。

我对她说:跟我你见啥外,我们不应该生分的。

她点头,无比温柔。

她突然嘿嘿笑起来,说:说来好笑,有一天我在我妈妈家里整理东西,她的每个柜子和抽屉都塞得满满的,我们小时候的那些旧东西她都舍不得丢,我翻出一册课本,也不知道是谁的,随手翻开,恰好是鲁迅先生的《故乡》。你还记得上学时候学过这篇课文吗?我虽学了,可是一点印象没有,看每个字都是新鲜的,我竟然一口气读了两遍。昨天我又忍不住拿出来,细细读了一遍,读着怎么觉得自己就是闰土。闰土说:"阿呀呀,你放了道台了,还说不阔?你现在有三房姨太太,出门便是八抬的大轿,还说不阔?吓,什么都瞒不过我。"哈哈哈哈,我真害怕自己张口一说话就跟闰土一样。

我眼前旋即闪现她小时候的模样。乌黑的大眼睛,灵活,机敏,就像少年的闰土。

她两只眼睛笑得弯弯的,说:知道你成了作家,你不晓得我有多开心,简直就像我自己成了作家一样。跟你透露一个秘密,不怕你笑——我初中时也有过作家梦,魁五借给我中外名著,我读得如痴如醉,上课用课本挡着偷偷摸摸看,老师讲什么我一句都听不见。

我问她:魁五怎么样?有几十年没听到过他名字了。

她说:魁五的命运蛮坎坷的。当年他在街上多么风光,跟他一起的小兄弟后来严打被抓进去不少,好在他离开了。他去当兵,查出肝有点问题,被退了回来,差点没走成。他自己去找带兵的领导,首长发了话,他才顺利去了部队。到部队时间不长,一九七九年上前线，受了伤，昏迷了二十几天才醒过来，他自己说差一点就永远醒不过来。他立了功，从部队复员回来，因为学历低，分配在街道工作，同事都是些大姐大妈。他高中没毕业，只能算初中学历，后来靠自学成才，考了各种证，他一直想换个工作，但人家不认他那些证。几年后才候到一个法院招聘的机会，他终于进了法院工作。他跟我说，靠的还是请客送礼那一套，考不考的不过是走个过场，做做样子给旁人看的。他分在民事庭上班，帮人调解纠纷，特别热心，对谁都有求必应。不过他的上司并不赏识他，一直打压他，直到退休他就是一个小职员。他结婚很晚，听说是受伤留下了后遗症，娶了老婆不到半年就离了。她百感交集地说：我第一次和男孩子约会就是和他，假如那可以算作约会的话，有一阵子我可迷他了，特别想成为他的女朋友。她哈哈笑了几声，又说：现在我们遇上还会聊一阵，也是几十年的老朋友了。她带着百感交集的神色说：魁五是我认识的变化最大的一个人。他跟我说过一句话我一直记得，他说他一直想做大英雄，但发现自己连做一个普通人都做得很艰难。

淡淡的微笑凝固在她脸上，她显得哀婉惆怅。

很悲。我说。

直到现在，我脑子里还有魁五清晰的样子：十七八岁，健壮，匀称，英姿飒爽，像一棵挺拔俊俏的小桉树。那时候他眼睛里已经有了成年人当中都少见的成熟，大概是他读过很多的书吧。

凤舞笑着说：我要是会写书就好了，我就把经历过的有意思的人和事写下来——要不你来写吧，好多人过了一生，没人知道他们是怎么过的，也从来没人在乎他们是喜是悲。可惜我没天才吧还不用功，回头想想，真是蹉跎了当年读书的好时光，现在后悔都来不及。

我说：有一段时间你成绩突然追上来了，我记得吴老师说你爆发力很足，是一匹黑马。

她明亮地一笑说：是有那么一段。之前是因为有方老师激励，他跟我说，做一件事就要做好，同样是花了时间和力气，为什么不能精益求精？他出事后我心灰意冷，不想读书。后来吴老师给我打气，让我振作起来，不要消沉。遇到这么好的班主任真是福气。但是——她叹气道：你不知道我在家里顶了多大压力，我妈妈和姐姐讽刺挖苦不说，只要看见我读书做作业，她们就支我去做这做那，一刻不让我消停。夜里我开灯看书，她们说灯光刺眼晃得她们睡不着觉，我躲进被窝打手电看书，她们嫌我浪费电，根本不是这块料，装啥大头虾？你晓得的，等不及我高中毕业，我妈妈就迫不及待要把我嫁出去。回头想想，其实啥也由不得我作主，完全是被牵着鼻子走。本来我们这茬人正好赶上高考恢复，吴老师一次次对我说这是改变命运的机遇，反反复复让我千万不要错过。我还记得临高考前几天，已经放学了，他追到教室外面，给了我一套语文复习题，上面好多古代的诗文，都加了注释，还有押的作文题，都有范文，关键是那时候复印机不普及，全是用复写纸手抄的。吴老师站在走廊里语重心长跟我谈了好一会儿话，当时的场景直到现在还历历在目，阳光照在栏杆的哪个位置我都记得清清楚楚。吴老师一头花白的头发，脸上挂着慈爱的笑容，真的是拿我当孩子一般。可惜我辜负了对我那么好的吴老师，错过了摆在面前改变命运的机会。

我想到"远走高飞"那个词，假如她考上大学，一切大概都会改写，然而没有假如。我心里暗暗为她叹气。

她脸上绽放着笑容，仿佛说的都是十分愉快的事。她说：我看过一部电影，记得里面有个女人说，"你永远不会知道生活在一个漏雨的屋顶下是什么滋味"，我小时候啥状况你是最清楚不过的，有些话跟别人没法说，跟你说你一听就明白。前两天我去给父母扫墓，站在他们坟前，我心酸得不行，想起小时候经常挨打挨骂，最让我难受的是整天生活在挨打挨骂的恐惧中。那时候我有一个心愿,希望我爸爸能朝我笑一笑,就是那种脸对脸的笑,但他从来没对我笑过。可能你想不到,我这一辈子都没有看到我爸爸对我露出发自内心的笑容。我一边给爸妈烧纸,想到这样的机会永远不会有,我哭得稀里哗啦。

我替她感到心酸难过,那是一种无比切肤的感受,仿佛与她混同在一起。她就像是习惯性地拉住我的手,但可能意识到我们不再是小时候,只是一瞬间就松开了。她的手指冰凉。

3 小蟒河边

我们在河边坐下来,还像小时候放学后那样,不过我们不再像从前那样在青草丛生的河滩上席地而坐,而是坐在岸边的木条椅上,这样微小的细节让我心里瞬间升起某种物是人非的感觉,我清晰地意识到眼前的一切都和童年拉开了巨大的距离。现在不仅看童年无比遥远,连看年轻时候都非常遥远。

几年不见,我和凤舞其实已经有明显的疏淡。我们聊起各自的近况,说到一些共同认识的熟人和同学的消息与八卦,话题才变得轻松起来。我问起她的姐姐和弟弟,她说:他们都好,各过各的日子,生活都蛮富足,我们这代人长大后赶上了物质丰富的好时代。她转而又说:他们都是热热闹闹一家子,这一点我可比不上他们。

她脸上笑着,我却从她绽露的笑容中看见了一抹凄凉。

她絮絮地告诉我,大姐退休了,在家带孙子,孙子已经快周岁。在我印象中花小春的儿子礁礁还是个孩子呢,凤舞说,礁礁已经二十四岁,在大学期间谈了个女朋友,他们本来没打算早早结婚,还想出国读研究生,不小心怀了孩子,大姐和大姐夫抱孙心切,催促他们赶紧成婚。小两口没有房子,大姐大姐夫让他们住在家里。没过多久,花小春和儿媳妇就矛盾重重,其实都是鸡毛蒜皮的事。小时候大姐是姐弟当中性子最柔脾气最好的,后来不知怎么变成了火药桶,动不动就炸。她自己说是从小受的苦太多,又到农村广阔天地摔打了几年,把性子磨糙了。前半辈子她和婆婆(丈夫的养母)吵,后半辈子她又接茬和媳妇吵,家里过得鸡飞狗跳。二姐是姊妹当中最有钱的,他们夫妇收入稳定,很早就知道买股票买房子,不过她是只顾自己的人,跟两边家里处得都不怎么好,关系紧张的时候,除了在街上碰到,也就过年的时候她跟娘家的人见一两面吃一两顿饭,后来因为孩子,大家走动才又密切起来。当年父亲出意外她得到了进邮局的名额,同样是个意外,她做梦恐怕都没想到。她一直拽得很,丈夫在单位大权在握,她跟着沾光,巴结她的人很多,被马屁精们捧上了天。她本来就是个厉害角色,在哪里都不肯吃亏,一辈子处处都要占上风。不过老公在外面很花,她知道却拿他没有办法。二姐夫人很江湖,喜欢喝酒打牌,交游甚广,出手大方,尤其舍得在女人身上花钱,这一把年纪了,还跟年轻时一样,丝毫没改。前不久还有个小姑娘找到花小夏摊牌,说自己跟老郑才是真爱,差点把她气出心脏病。她跟老公闹过几场,跳着脚逼他跟外面的女人断干净,还找人去让那个小姑娘把老郑给她的钱和东西都还回来。老郑知道了,二话不说,收拾了箱子从家里搬了出去,还倒过头威胁她再闹就离婚,把她吓坏了,赶紧偃旗息鼓。她清楚老公是自己的招牌和底气,她要靠着他混,真离了婚在外人面前可就没有原先的排面,日子不会有这么滋润,就是告老郑,估计也告不赢他。就凭老郑的手腕和人脉,她碰都不敢碰。而且她也知道老郑跟这个小三断了,只要他想,还会有别的小三小四,她根本管不住。还有一点,也是她特别忌惮的,就是她只生了一个女儿,老郑一心想要儿子,喝多了他借酒撒疯,隔三岔五提起要找人生个儿子这种话,她听了一声不敢响,她也认为没替老郑生下儿子是自己的软肋。她特别清楚贫苦出身学历不高的老郑在毫无背景的情况下能一路披荆斩棘混上去,可不是吃干饭的,她跟他斗,肯定讨不着便宜不说,夫妻打个两败俱伤,对谁都没有好处,损失最大的肯定还是她自己,所以她立刻转弯,不再为小三的事跟老郑闹,对他依然是相敬如宾。她在外面风光了大半辈子,厌成那样,看了叫人心疼。三姐嫁的老陆表面老实忠厚,实质上是个特别会折腾的人,他给领导开了几年车后,积攒了些人脉,下海做生意。他胆子大,敢冒险,几起几落,赚起来能赚得盆满钵满,赔起来又能一口气赔个精光。年轻的时候花小秋跟他没少吵闹,年纪大了两个人和睦了许多。花小秋是个看得开的人,特别会享受,有钱就要花出去,而且最舍得花到自己身上。老公挣了钱,还没焐热,她就拿去消费。她吃的用的都买好的贵的,喜欢给自己买珠宝首饰名牌衣服,一到周末假期就出门游山玩水,还特别热衷做医美,浑身上下能动的都动了,尤其是一张脸,额头是假的,鼻子是假的,面颊是假的,下巴是假的,双眼皮也是假的,加上减肥、隆胸、打美容针等没少花钱。老陆看她大把花钱就生气,但拿她没办法,她作起来劲头很足,他吃不消,只好拿钱保平安。四姐也是个能量很大的人,从小就是姐妹当中最有点子最不消停的一个,现在反倒成了最图安逸的一个。她和第二任丈夫老高感情不错,用她自己的话说是认命了,跟谁过都得忍。她这么说是带着沾沾自喜的腔调的,她是真的中意老高,老高对她也是真好。不仅对她好,对她的女儿滴滴也非常好。每天他一大早上起来为孩子做早餐,都是按照她喜欢的口味做的,果汁是鲜榨的,牛奶热得恰到好处,鸡蛋煎得不老不嫩。滴滴还小那会,天气好的时候他拉着她的小手走路送她上学,天气略微有点不好,就开车送她上学，而且乐此不疲。任何时候只要看见滴滴，他都乐呵呵的，笑得像朵花一样。四姐夫仕途很顺，早就当上了重点中学的校长，花小冬夫贵妻荣，自己都毫不讳言跟着老高吃香的喝辣的，没少得油水。让她烦心的是老高年纪没比她大几岁，"三高"一样不少，一年到头不是这里疼就是那里疼，她陪他四处寻医问药，还变着花样给他人参枸杞冬虫夏草地进补，一门心思扑在他身上，可老公的身体仍然让她忧心忡忡，她说起来便唉声叹气，暗地里跟她们姊妹抱怨好几年没有性生活了。说到唯一的弟弟大喜，她话很少，欲言又止。从前说起大喜她总是很兴奋，话头很密，即使大喜要靠她们几个姐姐接济过日子，她说起他也是口气宠溺，充满怜爱，简直就像说自己的孩子。我问她大喜现在怎样？在做什么？她说前几年他啥也不做，闲在家里，两年前和别人合开了一个棋牌馆，生意马马虎虎，反正挣了钱他也不说，没挣钱他肯定会哭穷。我问她大喜又结婚了没有，她说没有，之前还想过跟裴早阳复婚，后来也放下不提了，估计他们私下里没谈拢。不过他们和两个孩子常在一起过，和一家人也差不多。她淡淡地说，平常都忙，跟他联系并不多。

说到自己，她三言两语一带而过。她做出一副十分轻松的样子说自己比上不足比下有余吧，好在有一份工作，不用靠别人来养。她笑嘻嘻地说：我早就学会了什么事情都往好里想，这是不是就叫看开了？过去那些不愉快的事情我都忘掉了，或者说尽量都忘掉，我总对自己说，我是一个幸福的人，有现在这样的生活我很知足。

她呵呵笑着，显出十分潇洒的样子，明亮的光线下她舒展开的眉宇间布满了细碎的皱纹，愁苦的痕迹无法掩饰地刻在她的面庞上。

4　脆弱的微笑

我很想知道她现在的感情状况，几次话到嘴边，没说出来，总觉得直言不讳问她有些唐突，毕竟时隔这么久，我们好像已经难以进入以前那种无话不说的状态。

午后的河边静谧安宁，天气就像是百年一遇般清朗，阳光照在身上暖洋洋的，空气透明得纤尘不染，微风飘来阵阵沁人心脾的草木清香，虽然才清明，苏北的春意已经很浓郁了。我们并肩而坐，望着眼前清亮欢快的流水，我感觉她真正地松弛了下来。

她忽然想起什么似的，小心翼翼地问我：你和谢文屿见得多吗？

我说：基本相忘于江湖吧。难得通个电话，聊些有的没的。

她听了笑起来，说：怎么我们差不多，我跟他也是这样，偶尔通个电话，说点没头没脑的话。她略显随意地问我：你知道他结婚没有？

我不假思索地说：应该是结了吧。

我想起后来谢文屿和我通电话时，从他的话中我听出他和上司家的千金在谈恋爱，他跟她似乎还挺情投意合。微信流行之后，他在朋友圈发过和女朋友出游和爬山的照片，不过他极少发朋友圈，也就有过那么一两次。

凤舞说：你这个消息不实吧？你们离得那么近，我以为你有他的新消息呢。我怎么听说他到现在一直没有结婚。

她似乎想说啥，却止住了话头。我直觉她知道的肯定比我多。

不会是和你有关吧？我随口开了句玩笑。

她立刻摇头否认，一脸认真地说：如果放在以前兴许还能说跟我有点关系，现在肯定与我无关，我不能自作多情。

她哈哈大笑，洒脱不羁，令我想起青少年时代她叛逆的样子，我已经好久好久没有看到过她这个样子了。

她带着小小的炫耀说：谢文屿倒是和我说过，他疑惑自己是不是把我错过了，我回他说，你有疑惑，说明你肯定没有把我错过。

她眼睛里闪过一道光彩，就像太阳光反射在镜子上那样耀眼，她机敏的样子犹如小时候爬在旗杆上那般灵动可爱。

她说起几个月前见到谢文屿的情形。去年冬天他回咸城处置他爷爷奶奶留下的房产，他和叔叔婶婶为房产争了好些年，他办了继承，但叔叔婶婶一直还占着房子，他们先是说住在里面孩子上学方便，后来又说孩子上班方便，再后来又说孩子要结婚，他们住不开，让他继续把房子让给他们住，一句不提产权的事。这中间跟他上演了一出又一出的亲情戏，想打动他，归根结底还是想要他把房产让给他们。他也想过干脆放弃这套房子算了，但又讨厌叔叔婶婶的嘴脸，不想助长他们的贪婪，这件事拖到现在还没有收场，闹得很不愉快。她感慨说家家都有一本难念的经，谢文屿说的这些，她都明白，一听就懂，再清高再骄傲再不食人间烟火也难免陷入家里的这些琐事，一家子的至亲骨肉说不准在哪件事情上就翻了车。她话头一转说，谢文屿一回来就找她，她张罗老同学一起聚了，和他也单独见了，聊的大多是这些琐琐碎碎的事情，听他唠叨，诉苦。说起他们自己过去的事情，两个人竟连细节都对不上了，久远得就像是前世，好一番唏嘘。

她两眼凝视着我说：我们也说到了你。

她停下来，没有说下去。她专注地观察着我的反应，似乎等着我问她。

我没问。

她眼睛亮晶晶，露出脆弱的微笑。

她转移了话题。她声音柔柔地说：有一次聚会结束我开车送他回去，车里只有我们两个人，兴许是喝多了吧，他问我恨不恨他？我反问他，我为什么要恨你？他侧过脸望着我笑，还是上学时的那种眼神，单纯，诚恳，真心实意，纯净得就像没有一点心机。那一刻我都恍惚了，真的好像时光倒流。他还是当年那个跟我坐同桌的小男生，几十年过去了，他在我眼里一点都没变。

我用方言脱口而出：他又把你惑住了吧？

差点沦陷。她掩口而笑，也用方言说：只要看见他，只要听见他说话，尤其是看到他那双乌溜溜的眼睛，我立马就时光穿越，回到小时候。那时候我学习成绩差得不行，考试老是垫底，但是你肯定想不到我有多么喜欢上学。上学是我一天当中最开心的事情，我最讨厌的是星期天，因为那天没得学上。小学的时候你们老拿我和谢文屿开玩笑，我其实特别开心。说心里话，我总忘不掉他对我的好。为了他，我和黄小橘相互吃醋，成了势不两立的仇敌，一次又一次打翻，跟你也几乎成了情敌……她转过头谨慎地望着我，似乎只要我流露出一点点的不自然，她就会立即收住话头。片刻之后，她大笑起来，很坦然地说：反正早过去了，你不会到现在心里头还跟我存着疙瘩吧？

我故意说：还好吧，至少我们没有为了他打起来。

说话间，我猛然想起她和黄小橘的那些旧事，赶紧刹住车不往下说。

她已会意，扑哧笑了。

我说：其实，我们爱的都是自己心里的那个人，只是年轻时不懂。

她就像是豁然开朗，大声说：太对了，可不是嘛！她反思一般说：我好像并不真懂爱情是什么，直到现在都很迷惘。我不知道我很爱人家，人家并没有那么爱我，算不算爱情？我也不知道我很爱他，他也很爱我，但他还爱着别人，这算不算爱情？不管怎么说，能遇到值得你爱的人，那是一件多么幸福的事。你说呢？

我说：当然啦。

她说：我总是会对比我读书多、比我见识广、比我聪慧，能引领我、提升我的人动心，越是高攀不上越想高攀，从小到大都是如此。

她说着忍不住嘿嘿笑起来。

我对她说其实她从小就很机灵，长得又美，在我看来，未必是她高攀了别人。我说的是真话。她听了十分用力地摇头，一脸羞涩。

她沉浸在自己的情绪里，说：年轻的时候我心里总是奔涌着滚烫的暖流，渴望和某个人建立起心心相印的亲密关系，我想把自己的一切全部献给他，而且是无条件地献给他，不图回报，我觉得那样的感情才是真挚和纯洁的，我真的就是这样想的。在遇到方老师之前，我爱得最深的那个人就是谢文屿。

她有点激动，不顾一切地要把心里的秘密告诉我，对我来说，这似乎也并不是秘密。

有些你知道，有些你并不知道。她说：我一直期待他能给我一个承诺，但是我根本看不到这样的迹象。每次我们在一起，都像是萍水相逢，开始是这样，结束还是这样，不管有过怎样铭心刻骨的经过，都改变不了那个就像是预先设定好的走向。我和他的关系就像是省略号，中间是断开的，而且可能随时中断，再无下文。我根本不能说这有什么不好，因为对我来说，这就像是赏赐，我简直得感谢命运。但是我并不想和他调情，我也不只想和他幽会，我是想和他相爱，我想要和他在一起共同生活，朝夕相处那种，所以当我意识到无法跟他走到一起，而且，爱他越深，受伤也越深，我就望而却步了……我和他的关系就好像一杯热腾腾的咖啡端上来,还没来得及喝,就已经飞快冷掉了。

她苦涩地笑了笑,从随身的小包里摸出一包香烟,动作娴熟地从里边弹出一支,她朝我亮了亮烟盒,示意我也来一支。我摇头,她把细长的棕色香烟衔在嘴里,点燃,深深地吸一口。她果仁似的褐色眼睛从烟雾中浮现出来,还是年少时那般澄澈如水。

她跟我忆起新婚不久那回她从南京到北京去找谢文屿的事。那天早晨她从我宿舍离开,天气还有点凉,风吹在身上冷飕飕的,阳光很好,金灿灿的。那是她第一次去北京,她的的确确是直奔谢文屿去的,她爱他爱得神魂颠倒,怀里揣着一团火,心像火山喷发时的熔岩一般沸腾,而他大概就是顺水推舟而已。她说:也许那是我一生中做得最愚蠢最错误的事,我不该在自己过得狼狈不堪的时候去找他。谢文屿太善良了,他没有拒绝我——真的,我很感激他。尽管我们后来没有走到一起,我心里对他的那份情是不会变的。

她说得十分动情。

我说:爱过就是好的,要不然人生多么苍白,岂不是白活一辈子?

她用力点头,深表赞同。

她说:跟我婆婆,应该说是前婆婆聊天,她说我们这代人比她那代人还有她的前辈都要命好,我们自由多了,真正可以自由恋爱。从前除了极少一些胆子大的和有见识的人,差不多都是听从"父母之命,媒妁之言",即使找了不合适的人,也只得将错就错凑合一辈子,离婚是大逆不道的事情,女人要是被休,一辈子抬不起头。袁妈妈对我说,不管怎么说,能按照自己的心意去爱,就是爱错了也是幸福的。她这话是在我和她儿子离婚前说的,你能想象吗?真可惜她生错了时代。

5　不是放下，是放得下

太阳不像刚才那么晒了，我们起身沿着小蟒河一路朝北走。岸边的水杉树笔直挺拔，树干比原先粗了两倍不止，我还记得它们刚栽下去时纤细的样子，走在这条路上难免触景生情。

我问凤舞现在和方老师怎么样——说了这么多，才算聊到了正题。说实话，我还真是挺挂心的。经历了大半生的相处，我深知凤舞这个人心是非常重的，她和方老师那般情深，不可能说放下就能放下。

果然，她沉默了片刻，说他们还是一切如常，隔三岔五仍会见面。方老师已经和菊芽分手，他把原来准备买房交首付的三十万块钱都拿出来给了她，现在自己和他来往已经变得名正言顺，符合公序良俗。她边说边自嘲地笑起来，笑过，更加沉郁。

她十分坦诚地对我说：流产那件事对我打击太大了，确实是把我的心伤得透透的。她长长地叹气，说：这些话我从来没对别人说过，我没有勇气说出来。被自己最爱的人伤得体无完肤，这怎么说呀？太难说出口了。

她说经过那次波折，有一度真想忘掉方老师，从此和他再无牵连，但心里其实很放不下他。方老师对她还是特别好，仍像以前那样对她关怀备至，假如没有这些事情支支棱棱揸在里面，她对他肯定还是一往情深，还会觉得自己是世上最幸福的女人——"我对他的爱纯得像水晶，没有一点杂质"，"我啥也不图，只想和他在一起，听他说话，看他笑，我就特别高兴"，"我都觉得自己傻，但我真的开心"，这都是她的原话。我很惊叹，痛定思痛之后，她依然能这样想，这样做，在我看来，她得有多大的宽厚和包容之心。她说方老师跟她反思过往，说自己二十几岁就栽了那么大一个跟斗，以为这一辈子彻底完了，前途黑暗，再难翻过身来，没想到赶上了一个开放包容的时代，尽管自己命运坎坷，至少可以像普通人一样过自食其力的生活，没有一直处于被打击被污辱之中，他很知足，也很庆幸。而他最庆幸的是自己落魄半生，仍然有她真心爱他。

她半笑半叹，带着苦涩和讽刺说：还不止我一个人真心爱他。

她轻轻摇了摇头，长久沉默。

我没说一句宽慰她的话，我认为这是她自己选择的生活。

我们默默走出一段路，她告诉我说，方老师虽然和菊芽解除了关系，但和吕素静并没有分开。她旁敲侧击问过他，他没对她撒谎，默认了。她难以接受，对这个昔日的情敌加老同学耿耿于怀，在方老师面前说了不少气话，表现得跟吕素静势不两立，然而，他却有办法让她平静下来。他十分坦诚地跟她讲他和吕素静相处的一些事情，吕素静对他的付出和深情——当然，他对吕素静也有情，一句话，他们彼此放不下。方老师对她说，想不到吕素静是个超级冷静超级稳定的人，她太能忍了，不说喜怒不形于色，不管生活中有啥杂质，她都能通过自身强大的系统过滤得干干净净，遇到再大的风暴，也能镇定自若。她感情上的自愈能力极强，跌倒了自己爬起来，有能耐飞快填平自己情感上的坑，从来不把负面情绪转嫁给别人。和她相识几十年，相处也有十好几年，他经常不知道她在想什么，她总是像一座山一样稳稳地立在那里，也像山一样沉默。吕素静给他的感觉是她好像从来看不见自己失去什么，看见的都是得到。他感慨她凡事包容，简直像个老母亲。他还说吕素静刚进运动队的时候还有点娇气，当时他跟她强调一定要稳健，踏实，这是一个好运动员的基本素质，只有内心稳定，发挥才能稳定，她听进去了，从此一点一点变成了另一个人。

凤舞说她听得非常惊愕，尽管她和吕素静从小学到中学都是同学，对她并不陌生，但她对她其实了解很少。方老师坦然从容把这些话对她说出来，并不担心她生气，他做得就像她是他的知己，甚至是他的一个分身，她着实有点感动，自然而然被他带了进去。她听方老师说这些话，没有一丝一毫感觉到被排挤和敲打的意思，看得出来他是就事论事，甚至为了把心里最真切的感受说出来，对事情不加掩饰。虽然他那些话像硬刺一样扎她的心，扎得她鲜血淋漓，但她却又很愿意听他说，不光是出于好奇，而是她认定这正是自己与方老师之间长久而深刻的信任——这恰恰是她看重并被深深吸引的。

她跟我讲这些，没有显出气恼、悲哀和沮丧，相反，她很平静，让我感觉到她内核的坚硬。这大概是经历了岁月磨砺的结果。我想我的老同学吕素静遇到她，也算是棋逢对手吧。

凤舞露出一个谨慎的笑容，用一种既像是商榷，又像是十分知己的口吻对我说：你说，忠诚真就那么重要吗？既然明知道难做到，某些人甚至根本做不到，还刻意要求真的有意思吗？这不是存心为难别人也为难自己吗？

她似乎想说得俏皮，脸上绽露笑容，但那个笑容稍纵即逝，就像天忽然阴下来。她描过眼影的眼皮抬起来，又落下去，就像沉重的蝴蝶的翅膀。不知怎么我忽然感觉到她在努力地生活，爬山一般，一步一步走得十分辛苦，很可能远远超出旁人所能看到的。这种感觉有一瞬让我感到揪心。

我接着她的话说：你说的其实是爱情最大的风险是出轨还是不爱。

她短促地一笑，自省一般说：我这个人很有问题，我很难从感情中走出来，其实根本就走不出来。对我来说，真正喜欢的人，无论彼此间有过什么波折,无论失望过多少次,说放下的那一刻,回过头再看,还是会心软。

我说:这么说,你原谅他啦?

她沉思了片刻,说:谈不上原谅,心里放得下,爱情就成立,心里放不下,爱情就不成立——我对他不只是爱情。

她的神色却仍带着忧悒和纠结,我能感觉到她说出这句话的时候并不轻松,仿佛在平静如镜的水面下挣扎。

她就像是赌气一般说:为什么非要图个结果呢?要么给我爱,要么给我钱,要么给我婚姻,如果什么都没得到,就要彻底否定那段关系,把以前所有的好都一笔勾销,我觉得太不应该这样了。爱不是索取,更不是勒索。

我点头赞同。想起康星说过,爱不是束缚、钳制和霸占,而是为了让对方过得更好,更自由,更幸福。这是在我们刚结婚的时候说的,现在他跟我说的每一句情话都离不开柴米油盐。

我说:每个人都有自己的问题要面对,有人爱应该是多一份支持。

凤舞莞尔一笑:我想开了,能在一起就好好珍惜,这就足够了。

话虽这样说,能忍受这种拥挤的关系,难道她不感到委屈?我不知说啥好。

她带着一意孤行说:在我看来爱是没有错的,没有爱才是错的。

她就像为自己的话说得如此理直气壮而忍俊不禁。

她又说:我经常自己对自己说话,我这样一个普普通通的毛丫头,从小过着破破烂烂的生活,我能成为现在的自己,真的很知足了,对让我爱的人和事我充满感激,即使遇到挫折,心中交织着嫉妒和绝望,我也能从里面咀嚼出甘甜,你肯定要说我这个人没药可医了吧?

你真是痴心不改。我由衷地感慨。

她眼神炽热，以一种非常严肃非常诚恳的神态说：我从方老师那里得到的支持和温暖是我从来没有从别的男人那里得到过的。上学的时候他是真正把我当成一棵好苗子对待的，我自己知道自己并没有那么好，那是我希望活成的样子。他一直鼓励我多读书。后来我们再遇到，我工作上取得任何一点成绩，他会真心为我高兴，我碰到困难和挫折，他会鼓励我，帮我分析，寻找对策，让我把目光放长远，站得更高去看。从小我打翻一碗汤都觉得天要塌下来了，因为棍棒随时会敲到身上，我心里有很大的阴影，遇到一点事情往往自己先慌了，他让我镇定，把心放平，稳稳当当去把事情做好，即使是烂摊子，也一点一点收在手里，归置整齐，是他替我把内心的破碎一点一点修补起来。说心里话，跟他在一起，我度过了无数快乐美好的时光。

她绽露笑意，整个人就像一只充足了气的气球，变得轻盈起来。

她乐呵呵地说：以前我和你说过，方老师这个人在逆境中很坚强，日子再难，他也能保持乐观，我觉得他真是很不可思议。他还特别有趣，和他在一起，我也变得有趣。说出来也许惹你发笑，他在地板上垫上厚厚的棉花胎，和我比赛立定跳远，这样一个简单的小游戏，我们百玩不厌。那时他住在老城南租来的一间破房子里，除了床和一张小方桌，只有一张旧椅子和一张破沙发，椅子是不能靠的，一靠就吱嘎吱嘎响，椅背好像随时要折断，沙发有一个洞，坐下去屁股直接就掉进洞里。那个房子特别潮，地上爬着各种各样的虫子，仔细看能看到从来没有见到过的新面孔，瘆人得慌。他一点不在乎，泡壶粗茶，点支蜡烛，悠闲自得吟诵起唐诗宋词。烛光照在陋室里，空气像水波一样流动，光影里仿佛弥漫着淡淡的花香——那不就是我想象中遥不可及的幸福生活嘛，我竟然真真切切体验到了。和他在一起,我总是觉得时间过得飞快。他也说,这么多年,我们还像是在热恋。我恍然大悟,哦,热恋,多美妙的一个词,说出来心口怦怦跳,确确实实是这样的啊。好多时候,我们什么也不做,什么也不说,就在沙发上静静地坐着,他从来不会不耐烦,尤其是我在外面特别烦心特别累的时候,他的那种稳定和温和,真的能给我注入能量,给我安慰。当时我就想,我已经拥有了我想要的一切,还有啥不知足的呢?

我听她这样说,心里混杂着对她的同情和怜惜。说实话,我也很有点吃惊,她和方老师的感情充满了沟沟壑壑,在我看来是脆弱的,况且他们彼此又没有法律约束,也不靠金钱维系,据她说的也并非出于强烈的身体吸引,真难想象他们是如何保持这样一段关系的。

她柔柔一笑:连方老师都说我太痴情了,他说你吃了这么多苦头,应该认清男人,不能再上当了,不值得的,很不值得,太不值得。——他脸对脸跟我一句一句说出这些话,有点恨铁不成钢的样子,他真是为我想,也真替我急,你不知道我有多感动。他很像一个爸爸,不过我爸爸可从来没有这样对我。

她停下来,良久沉默。

她说:从小我体会到家人之间,最亲的亲人之间的感情是苦涩和疼痛的,长大后体会到的爱情还是苦多甜少,一言难尽,反正是刚有快乐,痛苦肯定随即就到。我一颗心被伤得瘢痕累累,不过,想想还是值得珍惜。再苦再疼,总比什么也没有要强吧,我觉得自己这辈子值了。我心满意足,不再纠结,因为我是心甘情愿的。

她的话带着自相矛盾,自己大概也意识到了。她边说边笑,轻松、爽直、满不在乎,但又藏着凄凉与无奈,她情绪中的坚强和乐观令我既酸楚又心疼。阳光将她的面色晒得绯红,她额头上浮起一层薄汗。她拉我走向树荫底下。

她步履匆匆,边走边说:我从一部电影里听到这样的话,大意啊——真正的强大不是对抗,而是允许一切发生,允许虚伪、愚蠢、丑恶,允许走弯路,允许付出没有回报。我听了心里大受震动。能够接受与不如愿的事情共存,我们不是放过别人,其实是放过自己。

她回过头,朝我一笑,她的声音仿佛被风吹散,但她那个笑容却异常明亮,就像暗夜里的一团火光。

我承认被她深深打动。这么多年,她确实成长了,在我的感觉中她长成了一棵枝干粗壮挺拔蓬勃的大树。

我发现她说起话来和她表面给人咋咋呼呼的感觉有相当大的不同,听她说话的时候我甚至感觉和我视觉中的那个凤舞不是同一个人,跟我记忆中或者说印象中的凤舞也不是同一个人。她好像有多面性,她经历的生活仿佛将她分裂成了不同的人,或者说不同的侧面,犹如一颗钻石,就好像被切割过一样。

我问她:你说,你们之间会有结果吗?

她就像是反唇相讥一般说:你不是作家吗?你应该知道结果的吧。

我说:我哪知道。

她说:你猜呢。

她抿嘴一笑,嘴角边的两个小酒窝深不见底。她说:现在我们就像亲人一样。

她一句话给出了答案。

她忽然哈哈大笑起来,说:干脆都跟你说了吧,我看上去是单身一个,实际上跟三个男人关系密切,除了方老师,一个是我的前夫哥袁开河,还有一个是我的小姑父。袁开河是个老实无用的人,他父亲去世了,妈妈年纪大了,这两年袁妈妈除了到院子里晒晒太阳，楼都很少下，家里的生意老早就放手不管了，家中钱财差不多都在袁开山和袁开泰手里，这两兄弟可了不得，早就成了咸城最著名的企业家，顶着一串金光闪闪的头衔，那些头衔多到连我都说不清楚，他们算是吃到了时代的红利，财富增长很快，实力雄厚，走到哪里人家都是高接远迎，当成财神爷一般。他们对我倒是一直不错，我嫁给他们大哥的时候他们还是半大小孩，即便我和袁开河离了婚，他们也一口一个大嫂叫我，把我当家里人。好多次他们拉我跟他们一块干，我都谢绝了。我知道自己没有做生意的能耐，以前袁妈妈也栽培过我，我不但没那个脑子，最主要是狠不下心，那些坑蒙拐骗、尔虞我诈、见利忘义的事情我做不来，也根本无法接受。袁开河跟他这两个弟弟一点也不一样，他还像从前一样，不争不抢，不是他不想争，是他根本没本事争。还有一件，我们离婚后，他和采铃居然没结成婚，原因是采铃原先在村里谈的那个对象来找她，他们两个旧情复燃。采铃的对象很早就去南方打工，早先他们是定了亲的，她那个对象给过她几千块钱的彩礼，和她说好挣了钱回来娶她，但在建筑工地上干了几年，被老板拖欠工资，没挣到多少钱，他父亲一场病把他好不容易拿到手的那点钱花尽了还不够。他跑去求采铃，说自己一把年纪，她不嫁给他，他就娶不上老婆，还威胁她，他们要是做不成夫妻，他就杀她全家，把她吓坏了，害怕他发疯真干出来。袁开河也怕闹出人命，再不舍也只好放采铃走。他们两个回老家结婚踏踏实实过日子去了，倒把袁开河撇下了，用他自己的话说，钱和感情都打了水漂，到头来啥也没捞着。他也请人来问过我愿不愿意和他复婚，我肯定是没答应。他一直想再结婚，听说托人介绍了一个又一个，也没遇到合适的，要么人家不肯将就他，要么他不肯将就人家，我真没想到他竟然是个高不成低不就的人。

她的口气变得怜惜。

她又说：站在他的角度，想想也蛮可怜，当初跟我结婚也不是他自己的意愿，他就是好说话，听他妈妈的，心里也未必如意。如今他年纪不小，身体不好，除了家里给他的房子车子，手上也没有多少钱，他跟我说习惯了这种清净的生活，不想再结婚了，当然男人的话就是听听而已，说不定哪天遇到个动心的他又变主意了。说出来好玩，他一个人，我也是一个人，他老跑来找我，有时候还要我做饭给他吃。我说你家里好几个阿姨服侍，想吃啥叫她们做就是，他说不一样的，只想吃我做的。照理说我没这个义务，不过只要他提出来，我照做，从来不会得拒绝他，他想吃什么，我就给他做什么。有时候他来得频繁，早也来，晚也来，再说，我住的还是当初结婚时他父母给我们的房子，感觉就像跟他没有离婚一样——这是不是人家说的离婚不离家呀？

在返回的路上，天空突然飘起了雨点，是好久没见过的太阳雨。有一阵子雨还下大了，雨丝密集，像一支支晶莹的细箭从灰蓝的天空射下来，我们奔跑到不远处的凉亭躲雨。她呵呵笑起来，没头没脑地说：那天回去时也是下雨，比这还要大。

我竟然立刻明白她说的是我们去造船厂玩的那一天，那时我们是两个刚上小学二年级的小屁孩，我们的友谊正是从一起逃学的那个下午开始的。

她很自然地说起她的小姑妈和小姑父。小姑妈在去年初离世，她突发心脏病，坐在沙发上等救护车的工夫就停止了呼吸。小姑妈做了一辈子护士，做过无数救死扶伤的事，救治过不少生命垂危的人，轮到自己却没有被抢救过来。她面露忧伤，叹气说，在突发心脏病之前小姑妈就浑身是病，高血压，糖尿病，哮喘，痛风，关节炎，肝不好，脾不好，肠胃不好，肾不好，天气变化的时候全身疼，而心脏却一直是好好的，没想到最后事情居然出在这上头。好在她走得快,所以倒是没遭一点罪。家里亲戚朋友都说这是修来的,她一直帮别人,积了德了。小姑父在小姑妈走后中过一次风,不算严重,治疗得及时,没有留下明显的后遗症,说话和行动基本没受影响,现在看上去和没病前差不多。他曾被怀疑过是胃癌,胃切除了一半,所幸不是癌症。得过那场大病之后,他和以前变化很大,以前他是个做啥事情都用尽全力很拼的人,在造船厂的时候,他凭着勤奋肯学硬是从一个小学徒当到了技术员,下海后做了好几样事情,每天起早贪黑,劳心劳力,小姑妈还嫌他做啥啥不成,他的压力相当大。后来总算是赚到了一些钱,他迷上了收藏,因为不懂行,总被人骗。骗他的都是披着朋友外衣的人,今天找他喝酒,明天约他打牌,他是个热心肠的人,又特别吃哄,手里有了钱人也有点飘,别人拉他吃酒喝茶都是他结账,那帮人也常到他家里吃喝,不但中饭晚饭经常有不请自来的,早饭桌上都坐着外人。只要有人来,他都是热情相迎,特别开心,杀鸡买肉,备起来吃。这个没走,那个又来,家里就像摆了流水席,房子里成天吵吵嚷嚷,酒气熏天。小姑妈烦透了,说他,不听,多说几句,他就赌气跑出去了。小姑父总说人家来喝你一杯酒吃你一口饭,都是缘分,哪里就吃喝得穷?还有一桩,也是小姑妈来气的,只要他一赚到钱,立马就有人跑来问他借,他都是二话不说,拿出来给人家,人品正的会还钱,多一半是肉包子打狗。别人不还,他也不好意思要,借出去的钱大部分打了水漂。这还都好说,他经不住那帮狐朋狗友的花言巧语,从他们手里收了不少假古董,为这事小姑妈一哭二闹三上吊,不知跟他干过多少架,好好的日子过得炮火连天,谁劝都没用。我更是不能去,我一去会害得小姑父更加没得清净日子过。某一天他总算醒悟过来,再不收那些玩意儿,挣了钱交一半给小姑妈过日子,余下的拿去资助失学儿童。他一口气做了好几年,最早支助的那拨孩子都

491

长大了，不少已经工作。现在他最大的爱好你肯定想不到——观云，天上不同的云，他都叫得出名字，比如卷状云，层状云，积状云，他会依照云判断天气，看看云彩，他就知道是晴是雨，有时候比天气预报还灵。他知道好多谚语，成天念念叨叨，我都听熟了，什么"早晨朵朵云，下午晒死人"，"云在东，雨不凶，云在南，河里满"，"蜜蜂迟归，雨来风吹"，"急雷快晴，闷雷难晴"，"朝霞不出门，晚霞行千里"。最神的是他看云就知道雨要下多长时间，每次说准了，得意极了，逢人便说。年纪大了他比以前话多，唠唠叨叨，跟谁都有话说，一个人常常自言自语，跟猫说，跟狗说，跟花草也说。他还经常救助流浪动物，给猫狗喂食，看见它们伤了病了掏钱带它们到医院治疗，他很早就学会了上网，通过互联网为小动物找领养。每天忙忙碌碌，跑跑颠颠，他身体倒是越来越硬朗。过年的时候他儿子儿媳，我的大表哥大表嫂从澳大利亚回来，想接他一起走，他不肯去。

她脸上泛起柔和的光泽，眼神里甚至带着宠溺，仿佛在说自己的一个孩子。

我说：小时候听你家小姑父讲故事，有些到现在我还记得，长大后看书，才知道他有很多自由发挥的地方。

她听了咯咯一阵笑，说：我从小好崇拜小姑父，我家晚爹爹不在之后，他就是我们家的灵魂人物。他走南闯北，见多识广，我们都习惯和喜欢听他的。不过，这些年渐渐不一样了，我不知道是他老了，还是我们之间有了代沟，我跟他不怎么说得到一块了。她苦起脸说：有时候好好的开头，说着说着我们两个就南辕北辙了，要再多说几句，就会争起来。我发现他的想法都是从新闻里看来的，电视报纸说个啥，马上就变成了他的话，说起来一套一套的。关键是他还学走了样，加进了好些他自己的理解，话还是那些话，说的不是原来的意思,漏洞百出,前言不搭后语。你还不能跟他辩,你要是跟他口径稍稍不一致,他会跟你争得面红耳赤,口干舌燥。他固执得很,完全听不进别人说话,跟他从前一点不一样。我心里暗想,如果晚爹爹活着,会不会也是这个样子?我觉得应该不会,晚爹爹向来有自己的想法,别人跟他说啥,他听得很专注,不过从来不会人云亦云。他喜欢看书,读的都是《史记》《汉书》《资治通鉴》那些书,直到临终,他床头都摆满了书。

她微微叹了口气,略显无奈。

她接着说:这些年小姑父好像变得越来越脆弱,要人顺着他说,不顺着他说马上就急,也有时候正相反,你若跟他说的不一样,他立刻就不作声了,垂头丧气,非常郁闷,就像个犯了错误的孩子。我生怕他不开心,不敢呛他,听他一本正经说出那些颠三倒四似是而非的话,我一听一了,随他去说,再难受也忍着不跟他争辩。

我不由脱口而出:连三观都影响不了你们的感情了。

她爆发一阵大笑。

她说:和家里人好像是没有什么道理好讲吧,我就是尽量顺着他们。我发现自己年纪越大越宽容,换句话说,也是越来越和稀泥,不再像年轻时那样黑白分明,感情上更加如此。她清脆地一笑,又说:而且,我也不再像从前那样觉得自己委屈,对方高兴我就高兴,旁人高兴我就高兴,我真就是这么想的,是不是有点傻?

我说:不是有点傻,是非常傻。

她听得嘻嘻笑起来。

她很有幸福感地说:小姑父隔三岔五会到我家来吃饭喝茶,我晓得他不是真为吃饭喝茶,他是记挂我,想来看看我,跟我说说话。每回他都不空手来,只要有点好吃的就要带给我,就像当年晚爹爹对我那么好。有时忙起来我没时间跟他见面,但再忙我每天都会给他打个电话,他是接到我电话最高兴的一个人。

她脸上浮起娇憨的笑容,那是她说起别人时不曾有的。

她还说:小姑父经常会和我一起去老胜利电影院旁边的那家冷饮店吃凉皮,你还记得那家店吧?那可是我和小姑父怀旧的一个地点。就是在那里,我爸爸带我去吃过冰激凌,那是我吃到的人生中第一个冰激凌,那样的美味,我觉得都不是人间有的。那也是我尝到的永生难忘的爱的味道,只要一走进那家店,我就幸福感爆棚。我一直以为自己从小缺爱,其实,我还是得到过爱的。

她似乎还想说什么,但刚说一两句就把话咽了回去,显然那是她不便提及或者无法启齿的,即使下了决心对我敞开心扉也是如此。

她轻轻一笑,说道:对我来说,有他们在,我的世界就没有变——多好啊,多难得!活到这个年纪,我不再强求什么。我明白许多你想得到的东西是可望而不可及的,就是拿到手,也是抓不住的。

我听了心里百感交集。

你太悲观了。我说。

她摇头:不是,正相反。她咧嘴笑起来,换了爽朗的大大落落的口气说:如今可以说是我一生中过得最乐观也最快乐的时候。我等于跟三个男人一起过,今天是这个,明天是那个,后天又是另一个,有时一天要见他们三个,走马灯似的,我自己都好笑,我的生活围绕着他们,真的是哪个都放不下。要是别人知道我是这个样子,也算对得起我从小就有的小阿飞的名声了。

6 多喝了几杯

当晚,凤舞邀我去参加同学聚会。和以往一样,饭局是她张罗的,事先没跟我说,大概是怕我谢绝。她约的清一色都是我们中学同班的女同学，八九个人，刚好一桌。这些同学都是上学时经常一起玩的，有的毕业之后就没见过，久别重逢，大家非常开心。

女同学吃饭少不了拍照的环节。先是拍菜，拍了菜又拍人。单人的，双人的，多人的，各种组合。大合照必定是要有的，凤舞去请服务生来拍。拍好一看不满意，刚才乱乱哄哄忘记开美颜和瘦脸了，大家一迭声嚷嚷赶紧删掉，又去请服务生过来，重新有站有坐绽露笑靥。这下拍出来漂亮多了，当然不是因为外貌和表情，而是上了科技与狠活。凤舞开玩笑说：这不就是网上说的，假如生活欺骗了你，拿出你的美颜相机，我们一起欺骗生活。

一顿饭吃得其乐融融。没想到发生了一个小插曲，凤舞出去买单，回来的时候后面跟着一个人，身材高大，穿一件大红牡丹图案的长毛衣，一头蓬松的卷发染成酒红色，鼓着一对大眼睛，就像一条硕大的红金鱼，她直着嗓门说话，人还没进门，就听见她欢腾的笑声和嚷嚷一般的说话声。

凤舞朝我说：看看，谁来了，你还认得出她吗？

红金鱼叫着我的小名，咧嘴朝我笑道：哪里不认识了吗？真是贵人多忘事，我变化有那么大吗？反正我一眼就认得出你。

我乍一看还真没认出是谁，定睛细看，竟是小菜子。她也是发福了许多，因为个子高，身形倒还没太走样，不过一张脸却变了很多。她的脸上有很重的医美痕迹，隆了鼻子，垫了下巴，割了欧式双眼皮，可能还打了美容针，面颊浮肿，加上又涂了厚厚的粉底，抹了戏妆一般的眼影，两道眉毛画得吊吊的，难怪我一眼没有认出来。

小菜子紧挨着我坐下来，亲热地跟我叙旧，说起上次见面还是我生狖狖的时候，一晃竟有二十多年没见了，她一迭声感叹时间过得太快，我们就像六月心里的麦子都老了。小菜子虽然不跟我们同班,但她跟桌上每一位都是老相识,跟她们比我还熟。凤舞给她倒酒,又让服务员给她加了碗碟,她毫不见外,端起酒杯就喝,跟大家聊得热火朝天。

小菜子进来时已经带了几分酒,说起话来嗒嗒嗒嗒就像开机关枪一样,一说一大串,让人插不上嘴。从前她喜欢讲八卦,还很有小女人腔调,远不像现在这般张牙舞爪。桌上的同学笑话她"嘴打锣,舌打鼓",在我们土话里有满嘴跑火车说话不上道子的意思,她听了也不恼,反而说得更加兴致勃勃。她讲了不少旧事,有我知道的,大多数是我不知道的,有的事情听上去匪夷所思,就像是她编出来的。她的话引来阵阵笑声,三个女人一台戏,这一大群女人发出的笑声快把屋顶掀翻。大家笑得越开心,她讲得越起劲,表情语调都十分夸张,就像表演一样,好像也没有谁在意她说的是真是假。

小菜子乘兴讲了几件凤舞小时候出丑的事情,不过还算无伤大雅。她讲凤舞参加宣传队演节目说错了台词;她跟凤舞一起去晚爹爹家,她问凤舞认不认得路,凤舞说是走熟的,结果她们走迷了路,两个人转到天黑也没有找到,只好灰溜溜回去。天寒地冻,她们饿着肚子,摸黑穿过乱坟岗子,吓得魂飞魄散;还有,学校组织拉练,家里不给凤舞钱,她从她爸爸的口袋里偷拿了两角钱,挨了一顿好打,哭得像杀猪,一条街的人都跑去围观。凤舞听了也是笑得前仰后合,满不在乎,似乎在配合小菜子,给她面子。

小菜子突然用极其亲昵的口气问凤舞:大喜呢?我都好久没见到过他了,看见他帮我带个话,就说姐姐想他了。

凤舞听了,笑嘻嘻说一句:你自己打电话给他不好吗?她打趣道:大喜有五个姐姐,烦都烦不过来,他最不缺的就是姐姐了。

大家都笑。

小菜子一怔,也哈哈笑,随即做娇媚状,搂住凤舞的臂膀,夸张地抱怨说：那我不管，要不是阴差阳错，我就嫁给你们家大喜了，我跟他从小就是青梅竹马，不就是你家嫌我家穷嘛。

凤舞听了笑说：别说你家穷，我家难道不穷吗？

小菜子半真半假叹气道：唉，穷人还嫌弃穷人，弄得我们两个生生错过了。听说大喜过得不好，一个人形单影只的，出门是他自己，回家还是他自己，我听了心都痛。她用一种主持公道的口气说：我跟你说啊，大喜可是你们唯一的弟弟，父母不在了，你们几个姐姐要照应好他哎。

她就像是当仁不让替大喜维权，说得义正词严。看得出来凤舞有些不悦，她竭力克制，脸上依然带笑，说得心平气和：大喜过得还好吧，他一个人过是有点清冷，但也有一个人过的轻松自在。他想热闹的时候，就跑去找女儿她们团聚，他们还是其乐融融的一家人。他现在日子过得还蛮惬意的，孩子不用他操心，也用不着每天去上班，逍遥自在，再说了，我们几个做姐姐的也算照应他的呀。

小菜子忽然冒出几句：你们家的事情我再清楚不过，多少年我们都是隔壁邻居。你肯定知道，我和大喜好过一段，尽管是偷偷摸摸的，现在这个岁数了，也没啥不能说的，我跟他关系一直不错，好多话他不一定跟你说，但会跟我说，你们几个姐姐从小总欺负他。

凤舞听她这么说，一副错愕的样子，当即变了脸色，打断她：这话是从哪里说起？大喜是家里唯一的男孩，又最小，全家都拿他当宝贝，小时候有爸爸妈妈奶奶晚爹爹外婆外公护着，我们几个姐姐怎么可能欺负他？

小菜子皮笑肉不笑地说：那就是我说错啦，应该说你们几个当姐姐的都妒嫉他，这你承认吧？

凤舞的脸慢慢涨红起来，看得出来她很尴尬，除了尴尬，还很委屈。真没有呀——她还是带笑说。她摊着手，显得十分无奈。

497

我感觉她的笑容里渐渐透出一股子寒气，虽然脸上还笑着，但态度里却有说不出的坚硬，就像泥土下面埋着石头，甚至是带刀的钢刀。包厢里的空气瞬时紧张起来，似乎有一点子火星就会点燃。而小菜子仿佛并没有察觉到凤舞情绪的变化，或者她根本不在乎，还在没心没肺地说着。我突然担心起来，生怕凤舞克制不住和小菜子吵起来，好在没有。

很快笑容又回到了凤舞的脸上，小菜子说什么她都像局外人那样应和着，很无所谓的样子。刚才那股劲一闪而过，我还是相当震动。我忽地意识到童年的阴影其实并没有从她心中消散，相反，还郁结在她内心深处，甚至形成了石头和刀锋。小菜子在某个瞬间忽然反应过来，发现了凤舞的不快，她呵呵干笑着，脸涨得通红，大家七嘴八舌赶紧把话岔了开去。

小菜子朝大家举起酒杯，喝完杯中酒立马起身匆匆走了。见她落荒而逃，刚才有说有笑的凤舞突然放下筷子，沉着脸说：她就爱搬弄是非，我出去偏偏遇到她，真是撞见鬼了。

一桌的同学都安慰她说小菜子就是这个样，有点人来疯，属于有口无心的，多喝了几口老酒，说话没轻重，都是从小一块玩大的，犯不着为她几句着三不着两的闲话不开心。

大概是为了逗凤舞开心，她们少不得在背地里多说小菜子几句。她们说小菜子小时候嘴馋，为了不花钱吃一包瓜子，可以替摆摊卖炒瓜子的生风炉。她们说她笨手笨脚，当年她妈妈带她去学裁缝，进门老师傅正在绗被子，就把手里的针给她叫她试试看，她没缝几针，师傅就喊她停手，说你不学现在就走好了，学的话出去千万不要说认得我。还说她做裁缝不老实，替客人量尺寸都能量出名堂来，正好被她对象撞见，把个醋坛子打翻了，两个人差点没结成婚。她们又说小菜子这个人不上档次，结交的朋友五花八门，有放高利贷的，有替人拼缝的，有拉皮条的，有做小姐的，还有靠行骗吃饭的。跟她顶好的就是个女骗子，专门骗男人，编出一套自己身世有多凄惨的故事诓人家，先让对方占些小便宜，然后就要狠狠敲竹杠，相当于杀猪盘，中招的远不止一个两个。传说小菜子还跟她里应外合，帮她钓鱼和销赃，分没分着钱不好说，不过手上过了肥肉，自然不会不沾油。她们说得肆无忌惮，笑得东倒西歪。

凤舞听了，木木的，不笑也不说话。好一会儿才用土话就像是自言自语一般说：要说也怪不得她，正好撞着我心头的痛了。

我们大家跟她碰杯，她干了好几杯酒，面色才渐渐缓和过来。

7 团圆

晚饭后凤舞送我到表姐家楼下，说桃花没谢，梨花开得正好，想带我去郊外赏花，我告诉她明日晚上高铁回京，上午还要去看看亲戚，这次恐怕时间不够了。她表示要送我去车站，我说不必麻烦，她说那明天看情况再说。

第二天下午三点来钟，我接到她打来的电话，说已经到映玉家楼下，想约我去吃个早晚饭。我说午饭吃得迟，还不饿呢，让她上楼来坐。

不一会儿她来了，怀里抱着一个五六岁的小女孩，我随口问了一句这孩子是谁呀，我想当然地认为大概是她亲戚朋友家的小孩。她柔声细语让小姑娘喊我阿姨，小姑娘不作声，怯生生的，神情有一点木讷，准确说是呆滞和涣散，对她的话充耳不闻。我拿巧克力给她吃，她不接，不像是出于腼腆，就是没有想要的反应，好像根本就不认识那是什么东西。一个小孩子对巧克力毫无兴趣，这令我不是一般惊讶。

499

凤舞没有马上回答我的问话，她柔和地笑着，脸上洋溢着满满的慈爱。

她把手里提着的一个帆布袋子放在桌上，对我说：给你带点水果路上吃。

我笑说：就几小时的路程，哪里吃得了这么一大包水果？

她欢快地说：你看看是什么再说。

我一看，竟是黄灿灿的一兜枇杷。

她说：也是巧了，中午下楼看见有挑着竹筐卖枇杷的，我想刚过清明，还没到枇杷上市的时候，不会是我们当地产的。卖枇杷的说是用了什么先进技术种的，我尝了一下，倒还真是我们小时候吃过的味道，心里马上想到你，赶紧买了一点给你拿过来。

她兴高采烈的样子让我想起我们小时候分享零食的情形，不由一阵感动。我不再推让，她显得十分欢喜。

离去高铁站还有一段时间，我们带着孩子去楼下小公园散步。小公园一进门就是儿童乐园，有滑梯和秋千，她让孩子玩滑梯，孩子害怕，滑了一次就不肯再上去。她把孩子抱到秋千上，慢慢地晃动着，孩子愣愣地坐在上面，仍然不笑，也不说话，样子呆呆的。

不远处有个装饰着卡通动物头像刷得五颜六色的售卖亭，我要去给小孩买冰激凌，凤舞拉住我说孩子肠胃弱，吃不得生冷东西。我去给她买了一大纸桶爆米花，她捧着，用不太灵活的手指捏着，一颗一颗塞进嘴里，机械地咀嚼着，不时有爆米花从她手中滚落到地上，清亮的口水也顺着她的手指和下巴流下来，她似乎毫无感觉。凤舞帮她擦拭，凑到我耳边低声说：看出来了吧，这孩子有点那什么……她有孤独症。

她神情忧戚。

到这会儿我仍然没把这个孩子与她联系起来，她流产失去了子宫，此生与生育无缘，所以即便她带着孩子，且对这个孩子疼爱有加，我也没有多想，以为她不过是帮谁照看一下小孩而已。

她脸上挂着一丝苦笑说：你晓得昨天我为啥生小菜子气？这里边有个缘故我没跟你说过，我觉得有点说不出口。我跟谁都没说，不过我估计知道的人肯定也不少——咸城这个地方，虽然摊饼似的扩大了，不像从前一顿茶饭就能绕城走一圈，但是七大姑八大姨都搭得上关系，盘根错节谁跟谁都能有千丝万缕的联系，真就是人家说的好事不出门，坏事传千里。

她一边摇动着秋千架上的孩子，一边说：昨天我连自己的隐私都跟你说了，这件事终究没说得出口。前两天我去扫墓，在墓地里看见一个女人哭得伤心欲绝，差不多也是我们这个年纪，旁边一大堆人个个阴沉着脸，也没人劝她，我听了他们不多的几句对话，一下子就明白了从小家里人对她不好，她受了委屈有苦没处说，只好到坟上哭。

她蹙起眉头，脸色暗沉下来。

真的是家丑，我不知道怎么跟你说。她就像是鼓起勇气说：你知道的，我妈妈从来对我们几个孩子是不一样的，大喜是她的心肝宝贝这是不用说的。后来她生病了，我那几个姐姐和弟弟不能说完全不管，说好听点，他们也就是帮忙，实话实说大部分时候他们就是到老娘床头站一站。妈妈在床上瘫了那么多年，主要是我管她，也是我床头床尾一直服侍她。妈妈去世后，遗产一直没有分割，大喜拿着妈妈家的钥匙，他不开口提，大家也都不说，谁也不愿意出这个头。要说也没有多少东西，最值钱的就是拆迁时分到的那套房子，还有就是妈妈省吃俭用攒下来的钱，有个小几十万。她的退休金不高，我和几个姐姐每个月都贴她钱，逢年过节会给她红包，她舍不得用，也信不过我们，都叫大喜帮她存起来，她不在了，自然就到了大喜手里。依妈妈的心意,也是要留给儿子的。去年房价猛地涨起来,大喜忽然拿出一份遗嘱来,上面清清楚楚写着房产,存款,还有家里七七八八的东西有一样算一样全留给他,我们姐妹几个都没有份,当时我四个姐姐一听就气哭了,我知道她们不光是因为啥都没得着难过,她们是觉得伤心,我除了伤心,还特别寒心。我晓得妈妈一颗心都在儿子身上,对我们这些女儿不在乎,但万万没想到她还立了这么份遗嘱。同样是亲妈,我们也是她生的,她怎么就偏心成这样?不过她对我们姐妹几个一样,我也就认了。不瞒你说,我认为自己心里比四个姐姐还苦,这么多年我照顾妈妈,我对她的感情越来越深,我以为她对我也是一样,结果并不是这么回事——不过,难受归难受,她人已经不在了,我又能怎样?记得我妈妈刚走那会儿,我夜里睡不着觉,常常以泪洗面,小十年跟她相依为命,早就习惯了听着她的呼吸声睡去。那一阵子我都抑郁了,心里充满了悲伤和委屈,还有自责和后悔,觉得自己没有照顾好她,没有早点带她去体检,没有带她再多跑几家医院看病。我还经常做噩梦,梦里替她着急,把自己急醒了,醒来发现枕头都哭湿了。直到现在,想起那些事情,还要靠安眠药才能睡着,严重的时候安眠药都不管用,眼睁睁等天亮,能连着好几夜没觉睡。

她细说事情的经过。去年刚过新年,大喜突然拿出妈妈的遗嘱,三姐悄悄跟她说,这遗嘱是大喜逼着妈妈立的,他为了让她们四个不说话,分给了她们每人五万块钱。她问三姐为什么没有我的份,花小秋支支吾吾,对她解释是大喜决定的,她们不过是跟着喝口汤,根本插不上嘴。还说,大喜说你不缺钱,你前夫家有钱,你嫁过去就富了,底子厚得很,远不是我们能比的,再说你没有孩子,一个人过也花不了什么钱,而且你一直在妈妈跟前服侍,她有什么体己东西还不早让你要走了,我们都不知道你眯了多少呢。她顿时噎住,没想到姐姐弟弟背后会这样说她。和妈妈一起生活，基本是她用钱，日常的开销，请护工和保姆，包括妈妈做的自费检查、吃的自费药，从来都是她主动掏钱，难得妈妈会说要把钱给她，她自然是不肯要，觉得跟自己亲妈一五一十算账，很难为情，反正她是做不出来，姐姐弟弟也都是知道的，因为妈妈当着她的面不止一次对他们说过，没想到他们竟然装糊涂。她听三姐绕来绕去说了一大通话，才明白三姐跑来找她不光是跟她搬弄是非，还有别的意图。当时咸城快要通高铁，好几个大商圈同时开业，连建好之后一直生意清淡的仿古商业街都一下子火爆起来，一铺难求，妈妈的房子也水涨船高跟着涨起来，妈妈去世那会儿也就值个八九十万，现在毛估一下能卖到三四百万，而且还在涨价。她们四个人加一起才从大喜手里拿到二十万元，凑一起一聊，心里都很不平衡，觉得吃了大亏。她们找出的法律依据是父亲去世没有分割财产，尽管当时没啥可分的，但毕竟妈妈的这一份里包含着父亲的那一份，拆迁前的老房子父亲是有份的，可是她们都是拿过钱的，还立了字据，想反悔没那么容易，大喜肯定不会答应。她们晓得要是惹翻了大喜，他脾气一上来，那可是六亲不认的，况且他手上拿着妈妈的遗嘱，白纸黑字，本来就没有她们的份，他能给她们一人五万元已经是相当开恩了。四个姐姐商量了好几个晚上，想出了一个她们认为的万全之策，就是让她出头来闹。

凤舞涨红了脸，有些愠恼地说：我听我三姐说那些话，脑子都是蒙的，伤心，气恼，委屈，难过，一浪一浪翻起来，心像针扎一样痛。这就是亲情吗？我真是体会到心在滴血。钱倒还在其次，我真不知道怎么得罪我弟弟了，他为何要这样对待我？说良心话，我对大喜够好的，我和他年龄接近，从小到大我们两个在一起玩得最多，也玩得最好，我有什么东西都舍得给他，自己舍不得吃也要省给他，我家那个境况，好东西能到我手上也实在不易，就那样我对他也是毫无保留。记得上小学前出痧子，好在是他传染给我的，要是我传染给他，恐怕要被打死。当时我们发烧睡在床上，我被挪到小披屋里，整天关着门，开一条缝透气都不行，怕过给别人，大喜反被抱到父母的大床上去睡，一家人围着他团团转，给他做好吃的，又是鸡蛋羹，又是桂圆汤，我连一口水都没人递。我一个人躺在阴暗的小屋子里，想的不是自己，要我拿自己的性命去换弟弟的性命都心甘情愿。我最担心的是弟弟千万不要有事，那种焦急的心情，现在想起来还在心上。

我想到大喜刚上学那会儿，她每天背着他去学校，都舍不得弟弟脚沾地走路。尤其是赶上雨天，大喜穿着雨衣，她驮着他，还替他打伞，完全顾不得自己淋湿，她那种不堪重负的样子，至今都历历在目。谁要是欺负大喜，她能跟人家拼命。在我眼里，她真的就如同我们语文书上写的，把唯一的弟弟看得"就像眼珠一样"。她爸爸妈妈虽说对她各种嫌弃，但是大喜跟她出去他们是特别放心的，甚至比跟着几个姐姐出去更加放心。年幼的大喜十分顽皮，爬高上低一刻不停，不记得有多少次把胳膊和膝盖摔得瘀青流血，她那种心疼，难以用言语形容，那不仅是发自内心的爱，也是母性，现在想起都让我震动，对大喜她真的就像一个小妈妈一样。咸城水网密集，河道纵横，一到夏天，孩子喜欢到河里游泳，大喜不会游泳，也喜欢到水边玩，无数次我看到她紧紧跟着他，寸步不离。我记忆特别深的一个情景，大热天里，她拉着大喜的手从水里蹚过，水大的河段她把他背在身上，那时大喜的个头已经远远超过她了，她就像驮着一大团食物的小蚂蚁。我曾听她说过一件非常骇人的事情，有一天吃过中饭，大喜要出去玩，外面在下雨，妈妈不让，趁妈妈进厨房的工夫，他溜了出去。家里人各忙各的，竟没人留心，她赶忙追出去跟上他。因为连日暴雨，河水涨得把河滩都淹没了，水连天，天连水，好多地方分不清哪里是河哪里是岸。大喜专找水急的地方蹚，突然他身子一斜，栽进水里，漂了起来。她一把没拉住，说时迟，那时快，眼看着他被一股浊流冲走，她不顾一切扑腾着去救他，完全忘记了自己不会游泳。她都不知道是怎么救起大喜的，费尽全力，拽着他出了水，等爬上岸，腿是软的，好半天都站不起来。她说那是她一生中最后怕的事情——万一大喜有个闪失，她根本就不能活命。

说实话，我很难理解都是一母同胞，父母不在了，大家都已成家立业，各有各的生活，况且过得还蛮不错，走出去也算有头有脸，他们何苦还要像小时候那样排挤她？连我这个局外人看了都觉得无语。

凤舞又一次停下来，仿佛要缓一缓才有力气继续说下去。

她放慢了语速，尽量用平和的口气说：三姐来找过我之后，大姐二姐四姐也来找我，说的意思一样，就是挑我出头翻盘。我没有答应，你别笑我心眼小。一是想想她们拿钱的时候把我撇开，个个心安理得，现在又拱我出来闹，闹成了人人有份，闹不成我生气委屈丢人现眼，她们把头一缩啥事体没有，说不定还转过头来说些抹稀泥的话，或者矛头一转对着我，充个好人，甚至倒打一耙，往我身上一推，说是我煽动她们的，都是完全做得出来的，我想都想得到。从小到大，我吃过她们的亏多了去了，我再傻也不会上当。二也是因为这个事情就像往我心上砍了一刀，旧伤又添新伤，我真是没有勇气去面对——钱倒还在其次，那种憋屈我真受不了，仿佛一把又回到了小时候。我怕话一出口，自己会像墓地里看见的那个女人一样，哭得像个疯子。

我听了为她难过，却不知道怎么劝慰她。

她说：有阵子我四个姐姐轮番来找我，走马灯一样，今天你来，明天她来，有时候还带着姐夫们一块过来。她们来一次让我难受一次，撕裂一次，不过我还是没去跟大喜提这件事。后来她们大概看我不得力，拿她们的话说是"稀泥糊不上墙"，不来找我了。我以为她们就此作罢，没料到她们又跑到大喜那里，说我因为没有分到家产要去告他，我不知道她们为啥要说这种无中生有的话，她们这样做彻底伤了我和大喜的感情，虽然这份感情早已经像有裂纹的玻璃杯那样脆弱。我知道她们狠，不知道她们这么狠。这还没完，她们四个又联合起来去跟大喜吵，偏说那个遗嘱是他胁迫妈妈立的，并不是妈妈的本意，还说她们去公证处调查过了，手上有证据。我相信她们会不顾面子这么做，但不知道她们是否真的拿到有利于她们的证据，没想到大喜竟然一下子就软了，不知是不是被吓住了，还是里面真有啥名堂，实际情况是什么我不清楚，也没有问过。我知道大喜不怕几个姐姐，但对四个姐夫还是忌惮的，他们都是厉害角色。大姐夫老岳从前当过警察，后来辞职去开出租车公司，人脉很广，虽然退休了，还是很有点余威的。五行八作，三教九流，都打过交道，路子粗得很，而且他脾气火暴，得理不饶人，不管外人还是家里人，谁惹了他，定会死掐到底，一大把年纪了，遇事还是横冲直撞，大喜不敢惹他。那三个姐夫还在台上，个个很有世面。二姐夫老郑有权有势，走哪里都有人奉承，在家里也数他官位最高，一家老小聚餐，他总是当仁不让坐主位，说出话来一言九鼎，家里人对他都礼敬三分。他倒不一定看得上我妈妈的那点房产，但他是个不占便宜就算吃亏的人，惹恼了他也不是闹着玩的，只怕大喜招架不住。三姐夫老陆也是处处要占上风的人，他年轻的时候在机床厂就是打群架的好手，他们有大厂区"十八条好汉"之称，早年间称霸一方。下海后他帮人家去要债，摆平生意上的纠纷，花小秋讥讽他有勇无谋，但他这个"勇"也不是大喜敢惹的。四姐夫老高是个笑面虎，他一副温文尔雅的模样，看上去热情诚恳，说什么都是好好好，是是是，有事找他，如果是小事，随手能办，也不妨碍他什么利益，他会热心帮忙，而且是笑脸相迎，让人误以为他是个特别友善和热心肠的人，但只要事情略微难办一点，尤其是可能要损害到他自己的利益，或者要他搭情面，他立马躲得干干净净。他特别善于伪装，在哪里都口碑极好，几乎人人都说他是个好人，他对大喜这个小舅子一直非常客气，四个姐夫中他跟大喜关系最铁，大喜最不敢得罪的也是这个四姐夫。听三姐说大喜答应再给四个姐姐每人加三万块钱，她们不同意，后来经过一轮又一轮的吵闹加谈判，他允诺等卖了房子给她们每人再加五万，虽说她们想要得更多，但也知道大喜是属公鸡的，还是铁公鸡，加上他天生驴脾气，所以见好就收。她们怕夜长梦多，逼着大喜赶紧去把房子卖掉，每个人拿到钱才算罢休。房子一卖，父母那个老家算是彻底散了，这次分钱还像上次一样没我的，对我瞒得严严实实，还是大喜前妻裴早阳跑来告诉我的，我听得气坏了，心里难过得要命。我问几个姐姐，为什么一次又一次把我排除在外？她们讪讪的，还倒过头来劝我呢，吞吞吐吐说，妈妈遗嘱里写了都是给大喜的，大喜愿意怎么处置当然是全听他的——她们众口一词，理直气壮，光天化日的就这么转着圈说话，好像完全忘了之前来找我时是怎样说的。她们还像小时候一样抱起团来，每个人都是一样的脸色，不阴不阳，躲躲闪闪，说的都是一样的话，我猜她们肯定是事先统一了口径，我好像又回到了童年孤立无助的境地……她们明着欺负你还心安理得，堂而皇之，那种恶意和俗气压得你喘不过气来。这竟然发生在相依为命一起长大的亲人之间，我忍了她们大半辈子，觉得再忍不下去。她们就像蜥蜴一般冷血，唉，不说了，从小到大，她们都是那副样子，我从来争不过她们，也不愿意跟她们争，我承认在她们面前我是彻彻底底败下阵来。

她的眼圈刹那间红起来，眼里浮起泪花。

她说：几个姐姐让我伤心，最让我伤心的是大喜。昨天小菜子说的那些话，我听着就像是大喜私底下跟她讲的。大喜从小在家里享受了比我们姐妹不知好多少倍的待遇，家里长辈独宠他一个，却还要说受我们几个大的欺负，还要说我们当姐姐的嫉妒他，昨天我也是因为多喝了几杯酒，一听就火冒了——我承认小菜子的话确实是刺激到我，让我一下子没控制住自己。说真话，我从来不嫉妒大喜，我甚至觉得他享受那些是理所应当的，而且，直到昨天夜里，我从来没有怀疑过自己的这个想法，因为从小就听惯了家里的那一套，我爹妈还有奶奶外公外婆他们总说"小伙有用，丫头没用"，晚爹爹倒是从来没有说过这种话。我想如果父母不特别偏心弟弟，我们兄弟姐妹之间的关系也许不会这样畸形。

我听了深有同感，我自己家里何尝不是这样？我也是从小就认为父母对弟弟们更好更加重视是理所应当的。我父母以前常说的也是凤舞家父母和长辈说的话。重男轻女成了我们当地的民风，一代一代，代代相传，大家早习以为常。某种观念一旦成了习俗和传统，简直就像刻在基因之中，要打破和摆脱谈何容易。

我发觉自己和凤舞因为共情比跟我两个弟弟更加聊得来，感情上也更加亲近，简直就是没有血缘关系的亲姐妹。我劝她看开点，别往心里去。

她怅然道：是啊，不然又能怎样呢？本来以为年纪逐渐大了，姊妹几个会和和睦睦，看她们这样子，我的心凉透了，知道往后真有什么事情，肯定是指不上她们的。

我劝她：这倒未必吧，毕竟是同胞手足，争家产是一回事，也不是你一家是这样的，亲情总归还是在的，你不要太悲观。

但愿像你说的这样吧。她扑哧一笑说：我那几个姐姐只要一看我气急，就叫我去问问你，她们简直异口同声，说你们两个不是好朋友吗，叫我听听你怎么说，她们吃准了你总归是会往好里劝我的。我心里其实也是怕打扰你——今天我干脆都跟你说了吧，本来我急着找你是想跟你商量打官司的事情，你在外面，见多识广，认识的人也多，我想问问你，像我这种情况怎样才能为自己讨个公道，原本我还想麻烦你帮我介绍个好律师，但是，昨天睡了一夜，我想通了不少，改了主意。不怕你笑，看见你之后也不知为什么我不想那样做了，现在心里已经彻底打消了这个念头。

我笑说：你是看出我无能还怕麻烦吧？

她听了掩口而笑。

我说：老话说，清官难断家务事，为什么家务事难断，因为里面都是人情，一不小心伤害的都是至亲，至亲之间磕磕绊绊有啥味道？争输了是伤心，争赢了也还是伤心。

她点头赞同，转而说：你这是好人的想法，好人总是吃亏的。又说：我跟你想的一样，只是不能说得像你这样明白。她凄苦一笑，随即流露出一丝调皮的神色说：我看你也是妥协惯了，说出来的话句句都是劝人后退。

我笑，她也笑。

她收了笑说：气不过的时候，心里也会发狠，想：你们怎么对我，我也怎么对你们，干脆大家都别好过。但这样的念头一冒出来，我立刻就会自责，觉得很丑。我自己已经受了欺负，吃了苦头，一颗心伤痕累累，再以其人之道还治其人之身，表面上痛快了，实际上真的好过吗？未必好过。一家子人，至亲骨肉，"血浓于水"，"打断骨头连着筋"，这些话说得都没错，不过我真听不得，一听就要落泪，就像被戳到心头的痛处。她面露羞赧，快速补一句：你不要说我自相矛盾啊。

我说：爱情和亲情某些时候就是双刃剑，带给你的不一定是快乐和幸福，而是严酷的精神折磨，你感受到的也许是"从没这样好过，也从没这样糟过"。

她深深地点头，长长地叹气。她刹那变了脸色，神情黯然，满脸戚容，仿佛山雨欲来。

确实就如你说的。她说：有件事我一直没有跟你说过，因为提起来实在痛心。你还记得孙大姐吗？就是我深圳的那个好朋友。

我说：我记得，你说过，她对你很不错。

她说：是啊，岂止是"很不错"，是特别特别好。她出事了——

她一下子哽住了。停了片刻，她说：太出乎意料了，完全想不到，那么好的一个人，待人诚心，事业做得风生水起，竟会是那样一个结局。

她跟我讲起孙大姐的事。孙大姐到深圳早，吃到了改革开放的红利，先是做纺织品生意，后来投资房地产，赶上了风口，获得了巨大的财富，但是她的个人生活却并不一帆风顺。她和丈夫老项是大学同学，两个人从校服到婚纱，毕业后一起分在财政局，后来又一起辞职创业。他们性格都很强，两个人同样很有主见，夫妻俩经常吵架，孙大姐和她说过，吵到最后都是她向丈夫妥协。她在深圳的时候也目睹他们在公司里争吵，事情的起因很小，至少不是什么大事。他们曾经几分几合，结了离，离了复，复了又离，离了再复。她听公司里的老员工说，孙大姐的丈夫人挺好，他和善慷慨，很有绅士风度，特别受女性喜欢，在外面也有不少风流故事，不过孙大姐似乎并不在意，他们以为她是自信大度，直到有一天发生了一件异常惨烈的事情。去年的某天深夜，她留下一纸遗书，开着她那辆红色的宝马X7，冲进了大海……认识她的人听说这件事都无比震惊，谁也不会想到乐观开朗的孙大姐会以这样的方式结束自己的生命。

凤舞说：这个消息像一个炸雷打在我头上，我听了心都碎了，差点哭晕过去。后来才知道，孙大姐出事是因为她老公爱上了她的小姨——是她嫡亲的小姨啊。她小姨只比她大四五岁，早先在她公司做过副总，后来因为身体不太好不干了，在家休养，她每月还给她开着一份不菲的薪水，等于是一直养着她。她这个小姨一直没有结婚，是个很老实本分的人，长相普通，性格稳重，对她也非常好，想不到她老公偏偏会喜欢上她。孙大姐直到老公向她摊牌才知道这件事。老项对她说，他见到她小姨第一眼就觉得特别亲切，他遇到事情跟她说，她都是静静听着，为他出主意，从来不会给他增添压力，对他来说，她一直是一个给他信心、让他定心的存在，他不想看到她快六十岁还孑然一身，一个人过得冷冷清清，身体不舒服的时候身边连个能递杯水的人都没有，他要娶她，给她一个家。听说孙大姐听了除了惊愕似乎没啥别的反应，她转身走出家门，晚上下班之后准时回来。这样过了一个星期，表面看上去一切正常。后来她每天加班，很晚回家，老项也觉得还算正常。又过了大约一个月，这期间他们协商好了离婚的一些事宜，包括家产分割、公司股权等事情，孙大姐并没有要求老项净身出户，实际上是老项提出什么她都同意，两人毫无争执。出事之后，老项精神崩溃，滴酒不沾的一个人天天喝得酩酊大醉，像祥林嫂一样逢人便说"我有罪，真的，我害了她，太惨了"。我去深圳参加了孙大姐的葬礼，我想不到跟她的最后一面是这样见的。我听公司的老员工讲起这事，无法想象孙大姐那样要强的一个人内心遭受的痛苦，爱人和亲人的背叛，她承受不住这样的厄运。她虽然成功富有，其实是个很传统的女人，她自己说一辈子只谈过一次恋爱，只爱过老项一个男人，她肯定是心碎了，最后选择了让自己从这个世界上消失。

虽说我和孙大姐素未谋面,但听凤舞说这些,同样感到心痛,为孙大姐扼腕叹息。

凤舞说:孙大姐是在爱情和亲情的双重打击下与世长辞的,她是被爱情和亲情杀死了。

她说得斩钉截铁。

太不值得了。我说。

是啊。她重重地叹气。又说:我是拿她作为自己人生的榜样的,我在她那边的时候,她除了处处照顾我,还对我说过许多推心置腹、在我看来是指点我人生的话。她说女人要活出自我,不要心里只有自己,要有大爱……她的话犹在耳边,谁料到她自己却活不下去。

她的眼泪从面颊上滚滚而下。

她从秋千架上抱起孩子,搂在怀里。她用手背抹去汹涌而出的泪水说:本来我以为自己这辈子不会有孩子,没想到还是有了她。她眼眶湿润,慈爱地望着怀中的小孩。

竟然是她的孩子,我心里忽地暖流一涌。

孩子手里的爆米花又掉了下来,她伸手去接,接住了耐心地递给她,没接住掉在地上的,她弯腰捡起来塞进自己的嘴里。

她忍住悲伤说:不瞒你说,我自己也差点没能从爱情和亲情的创痛里走出来,往事不堪回首……我是在伤心之下决定无论如何要有一个孩子,年纪大了也好有个照应。朋友介绍我去福利院收养一个,我想找个机灵点的,男女无所谓,好好养大,以后能给我养老送终就好。没想到一进福利院大门,一眼就看见这个小可怜,大冷的天一个人坐在屋外的水泥墩子上,耳朵冻得通红,流着清水鼻涕,脸上脏得像小花猫,手上生了冻疮,手指肿得小胡萝卜一样,不是阿姨不管她,是阿姨实在顾不过来。我看她一眼就动了心,忘了是想来找聪明伶俐的孩子,心里有个声音说就是她了,没有一秒钟犹豫，立时我就决定要收养她，你说这是不是缘分？

她轻轻地抚摸着孩子稀疏的黄毛，孩子静默不动，就像在被动地接受和适应这陌生的触碰。她呆滞里有一丝丝微小的翕动，似有若无，就像泥土下埋着的种子在沉睡和发芽间游移。

凤舞说：有一天在家里看见一本《安徒生童话》，不知是礁礁还是桐桐的书，我随手翻开，看了《丑小鸭》那篇，心里好多感慨。有些天鹅是混在鸭群里长大的，像我这样的本来就不是天鹅，我实实在在就是一只鸭子，小时候是鸭子，长大了也还是鸭子，我自己清清楚楚。对我们这样的来说，成长太艰难了，总是在夹缝中求生存，在困境中挣扎，往前每走一步都要拼尽全力，不知什么时候可能栽倒在地再也起不来。她比起我，还有明显的先天缺陷，被亲人抛弃，没有父母照顾，怕是活着都很艰难，过的什么日子就更加说不上了。

我被她的同情心打动。

她压低了声音悄悄对我说：孤独症是很难治的，至少现在还没有办法治好。我想我也不指望她怎么样，只想好好把她养大，不让她渴着饿着，冻着热着，不让她孤苦无依，尤其是不要让她像我有点爱和温暖就像飞蛾扑火啥都不顾不要命地往上冲，我要保护好她，不让她像我这样心上伤痕累累。等我老了，她能为我端个茶倒个水，陪我说说话，是个安慰，这就足够了，就是她做不到，也不要紧。记得我晚爹爹说，"人死了没有人哭两声，难为情的"，我觉得活着的时候看着她高兴就好了，死了有没有人哭无所谓。不少人劝我说她太大了，知道不是我亲生的，以后对我不会好，我听不进这种话，我就相信将心比心。

她望着孩子，眼神无比温存。

她笑，我也笑。

她有点兴高采烈地告诉我说：她叫甜蜜，是我刚给她起的新名字。

她得意地望着我，等着我夸奖。

我夸赞这个名字极好。

她满面春风地说：今天一大清早我就去福利院把她领出来，本来还想挑个黄道吉日接她回家，昨天夜里回去之后我就坐不住了，真的是一分一秒都等不及，只想快点把她带回来。

她望着孩子，满是慈爱。

她在孩子的小脸上轻轻亲了一下，带着由衷的喜悦，显得有点天真地说：她是我世界里的新成员，我的世界已经好久没有新成员了，我和她总算团圆了。

她把孩子的小手放在自己的手掌上，轻轻抚摸揉捏着，孩子愣愣的，两眼无神，毫无反应，仿佛飘浮在某个遥远的地方。

我心里感到一阵钝痛。因为自己有孩子，知道养育一个这样的小孩要付出多么大的辛苦，扪心自问，换我是绝无勇气领养这样一个幼儿的。

凤舞说：如果不是遗嘱的事情刺激我，大概无论如何下不了领养孩子的决心，不管我家里人怎么对我，我都认为他们是亲的热的，直到现在，半夜从睡梦里醒来我都不相信那些伤心的事情真的发生过。有了这个孩子，我就像忽然懂得了因果，你别笑话我迷信啊，我们在语文书上不是也学到过"失之东隅，收之桑榆"吗？我是越来越相信缘分，我这么想啊，假如我不是打小那样过来，假如我不是情路坎坷，假如我不是自己无法生育，我肯定不会有她这个小宝宝——那些让你吃尽苦头备受煎熬的事情，竟然也能给你带来福分呢。

她脸上浮起一层亮色，露出美美的笑容。我们在金光灿灿的夕阳下分别，她抱着孩子，就像一个真正幸福的母亲。

2024.8

后记

心里的声音

程 青

1

我一直想写这样一本书,一个虚拟的女孩,生活在我虚拟的故乡,和虚拟的我一起长大,我们一起爱上虚拟的异性,有虚拟的好友,过着既相似又不同的生活,我们就像是彼此的分身,我们之间有着难以描述的吸引和微妙的疏离。我对她知道得很多,但她总有出乎我意料的举动。我们可以许多年不见一面,而在心里,永远是密友和亲人。如今,已经有越来越多的人相信,我们生活的世界就是虚构的,关键是,在我自己虚构的世界里,我和她过着一种类似真实的生活,或者说是和我们身处的现实世界的生活十分接近,却又是别具一格的生活。许多在我们真实世界中无法说出的话语,不能表达的心情,都可以在这个世界中展露和释放,无法达成的心愿和欲望,也可能在这个世界中以原有或另外的形式实现或者得到补偿。在这个世界里,所有的完美都是不完美的,而所有的不完美可能令人心动。这就是我想写《凤舞》的初衷。

2

我总想以小说记录时代，记录生活。也许是当记者的缘故，"当下"在我的意识中有着非同一般的意义，虽然我从来没有真正想清楚这个"意义"的内涵和外延到底是什么。"现在"对于我和我的小说来说，既是时间概念，也是空间概念。一方面，它相对于过去和未来呈现切肤的冷暖与色彩，另一方面，它正在发生，正在上演，锐利和震动的气息扑面而来。它不仅仅是背景，更是构成我小说的不可或缺的因素。

我写《凤舞》，有一个十分清晰的意识，就是要记录和我同时代的人们，尤其是女性的生活。一个女子从小到大会经历什么？感受什么？她得到了什么？失去了什么？随机的命运会有什么确定性和不确定性？一本小说若能带来哪怕是拼图的一小片，已然令写作者十分欣慰。

3

《凤舞》这部小说写得比我预想的要长，而我心里的那个故事比这个长篇还要长，要长得多。那是从二十世纪六七十年代发生，一直到现在还没有停止的故事，在我心里更重的还不是故事，而是人物的命运、经历、感受，是时代的变迁在人物身上的投射，更是在我们身上的投射。我们这代人运气很好，赶上了一个蒸蒸日上欣欣向荣的年代，我们的物质生活可以说超越了历代祖辈，然而在我们的心里，如此富足的生活也不仅仅是用"快乐"和"幸福"这样的语词能充分涵盖的。我们每一天所经历的货真价实的生活，我们心中的波澜、创痛、挫败、沮丧，或许并不比其他时代的人们更少。

每个朝代的人们经历各不相同，早年阅读文学作品我就懂得了时代对人命运的超乎寻常的影响。《凤舞》所写的半个多世纪的时间跨度，也正是我个人所亲身经历的，最有感触的生命体验，所以在写这个长篇的过程当中，我一直情绪饱满，因为我有太多的话想说。

4

至今我已写了14个长篇，如果统计一下工作量，按一到两年完成一部，有的长篇需要花费更多的年头，我至少付出了二十到三十年。按说应该是积累了一定的写作经验，但实际上每开始创作一个新的小说，都是一场全新的体验，甚至是历险。不管起始有多么顺利，中间一定会有一个又一个的困难摆在面前，有些似乎是难以逾越的障碍。

我不知道如何去描述那种无中生有的构建的艰难，也不知道那些人物、情节包括语句是从何处来的，它们或许形成于意识之中，或许原本就存在于另一个平行宇宙之中，我们只是有幸看见了，感知到了，并且寻找到了。而我并不清楚在此之前需要做怎样的准备，以及，我是否已经准备好了。对我来说，那真的如同摸黑走路，在伸手不见五指的黑暗中踽踽独行，向着一个未知的目的地，向着可能看见光的地方，一路狂奔，直到走完这段崎岖坎坷的路程。也有可能会跌倒，有可能会滚下山坡，有可能会遇到雪崩，有可能会遇到无法预料的意外。这不完全是修辞——我自己的经验，不是每个开工的小说都有完成并和读者见面的幸运，某些作品因为种种原因会被推翻，有可能是因为设计时的不合理与不周全，有可能是笔力不逮，也有可能是突然间兴趣丧失，还有可能是不可预料的外部因素。对作者而言，就只能当作是弹奏练习曲，退后一步说是积累经验，但实际上的打击类似于比赛失利和投资失败，甚至是更加严重的信心的彻底崩溃。这些不但可能遇到，而且必须接受，这是不得不经受的磨练。当眼前出现一片光亮，那也是剧终落幕的时候。所以即便是在作品完成之时，我内心里也没法感到巨大的狂喜。虽然喜悦似乎应该是有的，然而，更多感到的仍是重压——然后呢？又该写什么呢？就像007一样，又要整装待发，去面对另一个任务，那兴许是更加艰巨的任务。

5

我个人的体会，面对一部长篇，首要的任务是完成，完成之后才说得上精益求精。因为一搁置，就有可能拖成烂尾工程，一旦烂尾，前面的努力就会付之东流。在长达数月、数年乃至更长的时间，被打断和被迫放下是时有发生的事情，这是一种可怕的侵蚀，不仅干扰你的工作，还影响你的思路和情绪，甚至吞噬你的意志。一旦停下来，可能就再拿不起来，就像我们卸下肩头的重担，很可能再也挑不起来。文气一旦中断，要把线头一个个续上，可能比另起炉灶新砌大厦还要困难。所以，坚持是一件特别重要的事情，也是十分必要的，收住那一口气，是挑战，也是完成一个长篇小说的必经之路。

开始写《凤舞》，大约在2021年的春天。起始写的是一个中篇，因为这个人物的印象太强烈，而且是突然之间出现在我的脑子里，我几乎没有想清楚就急于写下来。对我来说，小说中的许多想法或者灵感，是稍纵即逝的，就像从水里捞起沉甸甸的婴儿，假如不紧紧抱住，他可能就顺流而下，越漂越远。写成长篇是稍后一些的事情。中篇发表之后，至少停顿了一年多，2022年秋天开始坐下来，耐心地写出它在我心里完整的样子——那是一棵树，主杆茁壮，枝丫分岔，叶片繁茂，我隐约看见的是这个样子，能否将它原貌呈现，那是对我的考验。

写这个长篇正值时疫泛滥，一边是随时有可能被病毒侵入的恐惧（最终免不了还是阳了），一边却是在想象中的故乡大地上穿梭和徘徊。我很难说这个小说进展得顺利还是不顺利，和我不少有如神助轻松完成的小说相比，它无疑是艰难的。我是那种不起大纲几乎没有构思就徒手开写的作者，每天往前推进一点，基本维持在2000到3000字，就像是在做一种匀速运动。但就这一天两三千字，进展得十分缓慢，经常要从早晨写到太阳落山，晚饭之后还要挑灯夜战，写完之后疲惫得脑电波快成一条直线，带来的直接后果是难以入眠，而第二天又是全新的空白页等着填满。如果某一天因为有事或者进展不顺等等没有完成定额，次日等待我的就是加倍的工作量。

我查了工作日志，如此没日没夜写了一年之后，连三稿都没有完成，而通常我写一个长篇至少要改七八遍，像《凤舞》这样超过30万字的，需要修改的次数更多。我以为一年是可以大概完成的，事实上几乎写了两整年，还不算之前的准备时期。整个写书阶段，我每天忙碌，过着狼狈不堪的生活。面对小说，就像面对一个巨大的工程，好在，没有被吓倒，也没有想过放弃。这期间我病过，感染了新冠，发高烧，咳嗽不止。病好之后仍然虚弱，最要命的是写作水平急遽衰退，断崖式下跌，直接回到小学三年级水平——那是我认字不多，会造简单句子的水准，稍微繁复一点的意思就表达不清，甚至没有能力写长的句子。然后就像受伤后的恢复训练一般，再一点点努力让自己的思维和写作能力回升，那真是一个艰辛的不堪回首的阶段。如今回顾，却成了一种难得且难忘的经历。

2024.11.20